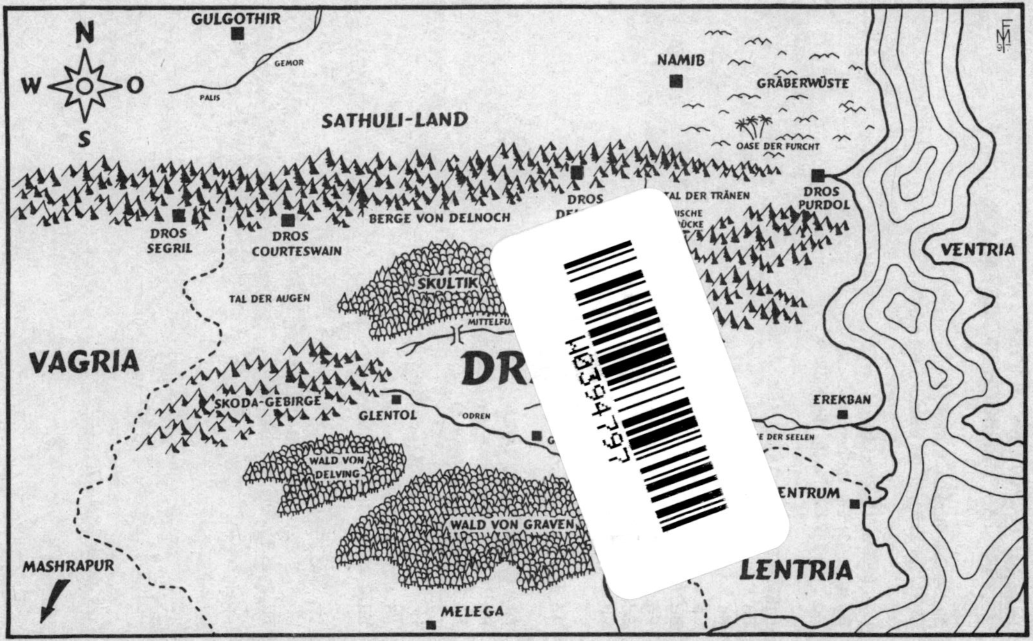
GULGOTHIR
N
W
O
S
GEMOR
PALIS
SATHULI-LAND
NAMIB
GRÄBERWÜSTE
OASE DER FURCHT
DROS PURDOL
VENTRIA
DROS SEGRIL
DROS COURTESWAIN
BERGE VON DELNOCH
DROS
TAL DER TRÄNEN
SKULTIK
TAL DER AUGEN
MITTELFU
VAGRIA
SKODA-GEBIRGE
GLENTOL
ODREN
EREKBAN
WALD VON DELVING
WALD VON GRAVEN
LENTRIA
MASHRAPUR
MELEGA

DAVID GEMMEL IM TASCHENBUCH-PROGRAMM:

20 296 Des dunklen Ritters Heldenlied
28 329 Im Zeichen des dunklen Mondes

DER RIGANTE-ZYKLUS
Bd. 1 28 331 Die steinerne Armee
Bd. 2 28 337 Die Nacht des Falken

DIE DRENAI-SAGA
Bd. 1 20 307 Die Legende
Bd. 2 20 320 Der Schattenprinz
Bd. 3 20 332 Waylander
Bd. 4 20 347 Der Bronzefürst
Bd. 5 20 359 Im Reich des Wolfes
Bd. 6 20 372 Druss - Die Legende
Bd. 7 20 414 Die Augen von Alchazzar
Bd. 8 20 426 Winterkrieger
Bd. 9 28 332 Waylander der Graue

DIE PARMENION-SAGA
Bd. 1 20 270 Der Löwe von Macedonien
Bd. 2 20 292 Der dunkle Prinz

DIE STEINE DER MACHT
Bd. 1 20 384 König der Geister
Bd. 2 20 402 Das letzte Schwert

DIE FALKENKÖNIGIN
Bd. 1 28 321 Eisenhands Tochter
Bd. 2 28 324 Die Keltenkriege

David Gemmell

Die Drenai-Saga

DER SCHATTENPRINZ

Fantasy-Roman

Ins Deutsche übertragen
von Irmhild Seeland
Mit einer Enzyklopädie
von Alexander Huiskes
und Harald Lange
Kartenzeichnung
von Markus Fabian

BASTEI LÜBBE

BASTEI LÜBBE TASCHENBUCH
Band 20 320

1. Auflage: November 1997
2. Auflage: Juli 2000
3. Auflage: August 2004

Vollständige Taschenbuchausgabe

Bastei Lübbe Taschenbücher
ist ein Imprint der
Verlagsgruppe Lübbe

Titel der englischen Originalausgabe:
The King Beyond the Gate

Lektorat: Stefan Bauer
Nachwort von Alexander Huiskes und Harald Lange
Titelillustration: Luis Royo, Norma Agency, Barcelona
Kartenzeichnung: Markus Fabian
Umschlaggestaltung: QuadroGrafik, Bensberg
Satz: KCS GmbH, Buchholz / Hamburg
Druck und Verarbeitung:
Brodard & Taupin, La Flèche, Frankreich
Printed in France
ISBN 3-404-20320-8

Prolog

Auf den Bäumen lastete der Schnee, und der Wald lag wie eine schüchterne Braut unter der weißen Decke. Eine Weile blieb der Mann zwischen den Felsen und Steinblöcken stehen und betrachtete prüfend die Hänge. Schnee sammelte sich auf seinem pelzgefütterten Umhang und dem breitkrempigen Hut, doch er beachtete es nicht, wie er auch die Kälte ignorierte, die durch sein Fleisch drang und seine Knochen taub werden ließ. Er hätte der letzte Lebende auf einem sterbenden Planeten sein können.

Beinahe wünschte er, es wäre so.

Zufrieden, weil er keine Patrouillen entdeckt hatte, bewegte er sich schließlich den Hang hinab, wobei er die Füße behutsam auf den trügerischen Boden setzte. Seine Bewegungen waren langsam, und er wußte, daß die Kälte eine wachsende Gefahr darstellte. Er brauchte einen Lagerplatz und ein Feuer.

Hinter ihm erhoben sich die Delnoch-Berge unter sich zusammenballenden Wolken. Vor ihm lag der Skultik-Wald, ein Gebiet voll dunkler Legenden, enttäuschter Träume und Kindheitserinnerungen.

Der Wald lag schweigend da. Nur hin und wieder knackte trockenes Holz, wenn das immer dicker werdende Eis die Zweige brechen ließ, oder es rauschte leise, wenn der Schnee von den Ästen rutschte.

Tenaka drehte sich um und betrachtete seine Fußspuren. Die scharfen Konturen verschwammen bereits; in wenigen Minuten würde die Fährte nicht mehr zu sehen sein. Er ging weiter, seine Gedanken voller Kummer, seine Erinnerungen zerrissen.

Er schlug in einer flachen Höhle, die Schutz vor dem Wind bot, sein Lager auf und entzündete ein kleines Feuer. Die Flammen loderten auf und ließen rote Schatten auf den Höhlenwänden tanzen. Er zog seine Wollhandschuhe aus und wärmte sich die Hände über dem Feuer; dann rieb er sich das Gesicht und kniff sich in die Wangen, damit das Blut wieder besser zirkulierte. Er hätte gern geschlafen, aber noch war die Höhle nicht warm genug.

Der Drache war tot. Tenaka schüttelte den Kopf und schloß die Augen. Ananais, Decado, Elias, Beltzer. Alle tot. Verraten, weil sie an die Ehre und vor allem an die Pflicht glaubten. Tot, weil sie glaubten, daß der Drache unbesiegbar war und daß das Gute letztendlich triumphieren mußte.

Tenaka kämpfte die aufsteigende Müdigkeit nieder und legte dickere Äste auf das Feuer.

»Der Drache ist tot«, sagte er laut. Seine Stimme hallte in der Höhle wider. Wie seltsam, dachte er – es war die Wahrheit, und doch glaubte er sie nicht.

Er blickte in die Schatten des Feuers und sah wieder die Marmorhallen seines Palasts in Ventria vor sich. Dort gab es kein Feuer, nur die sanfte Kühle der inneren Gemächer, denn der kalte Stein hielt die kräftezehrende Hitze der Wüstensonne fern. Weiche Sessel und gewebte Teppiche, Diener, die Krüge mit geeistem Wein brachten und Eimer mit kostbarem Wasser heranschleppten, um die Rosengärten zu wässern, damit die Schönheit der blühenden Sträucher erhalten blieb.

Beltzer war der Bote gewesen. Der getreue Beltzer – der beste Krieger im Range eines Bar, den der Flügel aufzuweisen hatte.

»Wir sind nach Hause zurückbeordert worden, General«, hatte er gesagt, als er unbehaglich in der großen Bibliothek stand. Seine Kleidung war voller Sand und wies Spuren der Reise auf. »Die Rebellen haben eins von Ceskas Regimentern im Norden geschlagen, und Baris hat den Rückzugsbefehl persönlich erteilt.«

»Woher weißt du, daß es Baris war?«

»Das Siegel, General. Sein persönliches Siegel. Und die Botschaft: ›Der Drache ruft‹.«

»Baris ist seit fünfzehn Jahren nicht mehr gesehen worden.«

»Ich weiß, General. Aber sein Siegel ...«

»Ein Klumpen Wachs bedeutet nichts.«

»Für mich schon, General.«

»Also wirst du nach Drenan zurückkehren?«

»Ja, General. Und du?«

»Zurück zu was, Beltzer? Das Land liegt in Trümmern. Die Bastarde sind unbesiegbar. Und wer weiß, welche schändlichen, zauberischen Mächte gegen die Rebellen ins Feld geführt werden? Sieh dem ins Gesicht, Mann! Der Orden des Drachen wurde vor fünfzehn Jahren aufgelöst, und wir alle sind älter geworden. Ich war damals einer der jüngeren Offiziere. Jetzt bin ich vierzig. Du mußt auf die fünfzig zugehen – falls der Drache überlebt hätte, würdest du bald in den Ruhestand gehen.«

»Ich weiß«, sagte Beltzer und nahm straffe Haltung an. »Aber die Ehre ruft. Ich habe den Drenai mein Leben lang gedient und kann mich dem Ruf nicht verweigern.«

»Ich schon«, sagte Tenaka. »Die Sache ist verloren. Gib Ceska Zeit, und er wird sich selbst zerstören. Er ist verrückt. Das ganze System zerbricht.«

»Ich bin kein Mann der Worte, General. Ich bin dreihundert Kilometer geritten, um die Botschaft zu überbringen. Ich kam, um den Mann zu suchen, dem ich einst diente, doch er ist nicht hier. Es tut mir leid, wenn ich gestört habe.«

»Hör zu, Beltzer!« sagte Tenaka, als der Krieger sich zur Tür wandte. »Wenn es nur die kleinste Aussicht auf Erfolg gäbe, würde ich gern mit dir kommen. Aber das Ganze riecht nach Niederlage.«

»Glaubst du, das wüßte ich nicht? Wir alle wissen es!« erwiderte Beltzer. Dann war er gegangen.

Der Wind drehte und fuhr in die Höhle. Schnee trieb ins Feuer. Tenaka fluchte leise. Er zog sein Schwert und ging hinaus, um zwei dicke Büsche abzuhacken und als Schutz vor den Eingang zu zerren.

Als die Monate vergingen, hatte er den Drachen vergessen. Er mußte sich um seine Besitztümer kümmern, um wichtige Dinge in der wirklichen Welt.

Dann war Illae krank geworden. Tenaka war im Norden gewesen, um Wachpatrouillen aufzustellen, welche die Gewürzstraße schützen sollten, als die Nachricht ihn erreichte, und er war nach Hause geeilt. Die Ärzte sagten, Illae hätte eine fiebrige Krankheit, die vorübergehen würde, und es bestünde kein Grund zur Sorge. Doch ihr Zustand hatte sich verschlechtert. Lungenbrand, hieß es. Sie magerte ab, bis sie zum Schluß nur noch in dem großen Bett liegen konnte. Ihr Atem ging stoßweise, und ihre einst blauen Augen schimmerten nun wie ein Bild des Todes. Tag für Tag saß er neben ihr, redete, betete, flehte sie an, nicht zu sterben.

Und dann war es ihr besser gegangen, und sein Herz tat einen Sprung. Sie erzählte ihm von ihren Plänen für ein Fest und hielt inne, um zu überlegen, wen sie einladen sollte.

»Sprich weiter!« hatte er gesagt. Aber sie war tot. Zehn Jahre geteilter Erinnerungen, Hoffnungen und Freuden waren wie Wasser im Wüstensand versiegt.

Er hatte sie aus dem Bett gehoben und in einen weißen wollenen Schal gewickelt. Dann drücke er sie fest an sich und trug sie in den Rosengarten. »Ich liebe dich«, sagte er immer wieder, küßte ihr Haar und wiegte sie wie ein kleines Kind.

Die Diener scharten sich schweigend um ihn, bis nach einer Stunde zwei von ihnen vortraten. Sie trennten den weinenden Tenaka von der toten Frau und führten ihn auf seine Gemächer. Dort fand er das versiegelte Schreiben, aus dem der neueste Stand seiner geschäftlichen Unternehmungen hervorging; daneben lag ein Brief von Estes, seinem Buchhalter. Die Briefe enthielten Vorschläge für verschiedene Investitionen und bewiesen eine scharfe politische Einsicht dessen, was außer acht zu lassen, auszunutzen und zu beachten war.

Ohne nachzudenken, hatte er den Brief geöffnet, die Liste von vagrischen Siedlungen überflogen, von lentrischen Eröffnungen und drenaischen Dummheiten, bis er zu den letzten Sätzen gelangte:

›Ceska hat die Rebellen südlich der sentranischen Ebene in die Flucht geschlagen. Es hat den Anschein, daß er wieder mit seiner Klugheit prahlt. Er hat Boten ausgeschickt, um alte Soldaten heimzurufen; es scheint, daß er den Drachen gefürchtet hat, seit er ihn vor fünfzehn Jahren entließ. Jetzt hat er seine Furcht überwunden – sie wurden bis auf einen Mann vernichtet. Die Bastarde sind entsetzlich. In was für einer Welt leben wir nur?‹

»Leben?« sagte Tenaka. »Niemand lebt – sie sind alle tot.«

Er stand auf und ging zu der nach Westen gelegenen Wand, stellte sich vor einen ovalen Spiegel und betrachtete die Trümmer seines Lebens.

Sein Spiegelbild starrte zurück; die schrägstehenden violetten Augen klagten ihn an, und der fest zusammengepreßte Mund wirkte bitter und zornig.

»Geh nach Hause«, sagte sein Spiegelbild, »und töte Ceska.«

1

Die Gebäude der Unterkünfte waren schneebedeckt, die zerbrochenen Fenster standen offen wie alte, nicht verheilte Wunden. Der Platz, einst platt getreten von zehntausend Mann, war jetzt uneben, und das Gras drängte von unten gegen den Schnee.

Der Drache war brutal behandelt worden: seine steinernen Flügel waren vom Rücken abgeschlagen, die Fänge zerschmettert und das Gesicht mit roter Farbe verunziert. Als Tenaka in schweigender Verehrung davorstand, hatte er den Eindruck, daß der Drache blutige Tränen weinte.

Dann betrachtete Tenaka den Platz, und die Erinnerung brachte blitzartig helle Bilder zurück: Ananais, der seinen Männern Kommandos zurief, widersprüchliche Befehle, die dazu führten, daß sie sich ineinander verkeilten und zu Boden gingen.

»Ihr Mistratten!« brüllte der blonde Riese. »Ihr wollt Soldaten sein?«

Die Bilder verblaßten vor der geisterhaften weißen Leere der Wirklichkeit, und Tenaka schauderte. Er ging zum Brunnen, neben dem ein alter Eimer lag, dessen Henkel noch immer an ein verrottetes Tau geknotet war. Er ließ den Eimer in den Brunnen hinab und hörte, wie das Eis brach; dann zog er ihn hinauf und trug ihn zum Drachen.

Die Farbe war nur schwer herunterzubekommen, doch er arbeitete fast eine Stunde daran und schabte die letzten roten Spuren mit seinem Dolch ab.

Dann sprang er zu Boden und betrachtete sein Werk.

Selbst ohne die Farbe sah der Drache bedauernswert aus, sein Stolz zerbrochen. Tenaka dachte wieder an Ananais.

»Vielleicht ist es besser, daß du gestorben bist, als das hier sehen zu müssen«, sagte er.

Es begann zu regnen, eisige Nadeln, die in sein Gesicht stachen. Tenaka warf sich sein Bündel über die Schulter und lief zu den verlassenen Unterkünften. Die Tür stand auf, und er trat in das ehemalige Offiziersquartier. Eine Ratte huschte ins Dunkel, als er vorbeiging, doch Tenaka beachtete sie nicht und ging zu den größeren, nach hinten gelegenen Räumen. Er ließ sein Gepäck in seinem alten Zimmer und kicherte, als er den Kamin sah: Holz war daneben aufgestapelt und alles für ein Feuer vorbereitet.

Am letzten Tag mußte jemand in sein Zimmer gekommen sein und das Holz aufgeschichtet haben, obwohl er gewußt hatte, daß sie fortgingen.

Decado, sein Bursche?

Nein. Decado besaß keine romantischen Züge. Er war ein bösartiger Killer, der nur von der eisernen Disziplin des Drachen und seinem eigenen ausgeprägten Sinn für Loyalität gegenüber dem Regiment in Zaum gehalten wurde.

Wer war es dann gewesen?

Nach einer Weile gab Tenaka es auf, in seiner Erinnerung nach Gesichtern zu suchen. Er würde es nie erfahren.

Nach fünfzehn Jahren sollte das Holz trocken genug für ein rauchloses Feuer sein, sagte er sich und legte frischen Zunder unter die Scheite. Bald leckten Flammenzungen empor, und das Feuer begann zu flackern.

Aus einem plötzlichen Impuls heraus ging Tenaka zu der holzgetäfelten Wand und suchte nach der verborgenen Nische. Früher war sie bei der leisen Berührung des Knopfes aufgesprungen, jetzt knirschte die verrostete Feder. Sanft drückte er die Täfelung auf. Dahinter befand sich eine kleine Vertiefung, die entstanden war, als man einen Stein entfernt hatte, viele Jahre, bevor der Drache aufgelöst wurde. Auf der Rückseite stand in der Sprache der Nadir:

Nadir sind wir
der Jugend geboren
Blutvergießer und
Äxteschwinger
doch Sieger sind wir.

Zum erstenmal seit Monaten lächelte Tenaka, und ein Teil der Last wurde von seiner Seele genommen. Die Jahre fielen von ihm ab, und er sah sich wieder als jungen Mann aus der weiten Steppe, der gekommen war, seinen Dienst beim Drachen anzutreten. Er konnte wieder spüren, wie seine neuen Bruderoffiziere ihn anstarrten – und ihre kaum verhohlene Feindseligkeit.

Ein Nadirprinz beim Drachen? Das war unvorstellbar, ja, obszön. Doch unbestreitbar war dieser junge Bursche ein besonderer Fall.

Nach den Ersten Nadirkriegen vor hundert Jahren hatte Magnus Wundweber den Orden des Drachen gebildet, als der unbesiegbare Kriegsherr Ulric seine Horden gegen die Mauern von Dros Delnoch führte, der mächtigsten Festung der Welt, wo er von dem Bronzegrafen und dessen Kriegern jedoch zurückgeschlagen wurde. Der Drache sollte für die Drenai eine Waffe zum Schutz gegen künftige Invasionen der Nadir sein.

Und dann, wie ein Wirklichkeit gewordener Alptraum – und während die Erinnerungen an den Zweiten Nadirkrieg noch frisch waren – war ein Stammesangehöriger der Nadir ins Regiment aufgenommen worden. Schlimmer noch, er war ein direkter Nachfahre von Ulric. Und doch hatten sie keine andere Wahl, als ihm seinen Säbel zu überreichen.

Denn er war nur von der mütterlichen Seite her ein Nadir. Von der väterlichen Seite war er der Urenkel von Regnak, dem Wanderer: dem Bronzegrafen.

Das war ein Problem für diejenigen, die ihn so gern gehaßt hätten.

Wie konnten sie einen Nachfahren des größten Helden der Drenai hassen? Es war nicht leicht für sie, aber sie schafften es.

Ziegenblut wurde auf Tenakas Kissen verschüttet, Skorpione in seinen Stiefeln versteckt. Seine Sattelgurte wurden angeschnitten, und schließlich legte man ihm sogar eine Viper ins Bett.

Die Schlange hätte ihn beinahe getötet, als er sich zu Bett legte und sie ihre Zähne in seinen Oberschenkel hieb. Er schnappte seinen Dolch vom Nachttisch, tötete die Schlange und machte dann einen kreuzförmigen Schnitt in die Wunde, in der Hoffnung, der Blutstrom würde das Gift ausschwemmen. Dann blieb er still liegen; denn er wußte, daß jede Bewegung das Gift schneller in seinen Blutkreislauf gelangen ließ. Er hörte Schritte auf dem Flur und wußte, es war Ananais, der Wachoffizier, der nach Beendigung seines Dienstes in sein Zimmer zurückkehrte.

Tenaka wollte nicht um Hilfe rufen, denn er wußte, daß Ananais ihn nicht mochte. Aber er wollte auch nicht sterben! So rief er Ananais' Namen; die Tür wurde geöffnet, und der blonde Riese erschien.

»Eine Viper hat mich gebissen«, erklärte Tenaka.

Ananais duckte sich unter dem Türrahmen hindurch, kam zu Tenakas Bett und stieß die tote Viper mit seinem Stiefel beiseite. Dann betrachtete er die Wunde in Tenakas Bein.

»Wie lange ist das her?« fragte er.

»Zwei oder drei Minuten.«

Ananais nickte. »Die Schnitte sind nicht tief genug.«

Tenaka reichte ihm den Dolch.

»Nein. Wenn sie tief genug wären, würdest du wichtige Muskeln verletzen.«

Ananais beugte sich vor und drückte seinen Mund auf die Wunde, um das Gift herauszusaugen. Dann legte er einen Druckverband an und holte einen Arzt herbei.

Obwohl der größte Teil des Gifts heraus war, wäre der junge Nadirprinz beinahe gestorben. Er fiel in ein Koma, das vier Tage anhielt. Als er aufwachte, saß Ananais an seinem Bett.

»Wie fühlst du dich?«

»Gut.«

»Du siehst aber nicht so aus. Trotzdem, ich bin froh, daß du am Leben bist.«

»Danke, daß du mich gerettet hast«, sagte Tenaka, als der Riese aufstand, um zu gehen.

»Es war mir ein Vergnügen. Aber ich möchte trotzdem nicht, daß du meine Schwester heiratest«, sagte er grinsend und ging zur Tür. »Übrigens, gestern wurden drei junge Offiziere entlassen. Ich glaube, von jetzt an kannst du ruhig schlafen.«

»Das werde ich nie können«, erwiderte Tenaka. »Für die Nadir ist das der Weg des Todes.«

»Kein Wunder, daß ihre Augen schräg stehen«, meinte Ananais.

Renya half dem alten Mann auf die Füße. Dann häufte sie Schnee auf das kleine Feuer, um es zu löschen. Die Temperatur sank, als die Sturmwolken sich finster und drohend über ihnen zusammenballten. Das Mädchen hatte Angst, denn der alte Mann hatte aufgehört zu zittern. Er stand jetzt bei dem verkrüppelten Baum und starrte mit leerem Blick zu Boden.

»Komm, Aulin«, sagte sie und legte einen Arm um seine Hüfte. »Die alte Kaserne ist nicht mehr fern.«

»Nein!« rief er und wich zurück. »Sie werden mich dort finden. Ich weiß es.«

»Die Kälte wird dich umbringen«, zischte sie. »Komm schon!«

Widerstrebend erlaubte er Renya, ihn durch den Schnee zu führen. Sie war ein großes Mädchen und stark, doch das Gehen war mühsam, und sie atmete schwer, als sie durch die letzte Reihe Buschwerk vor dem Platz des Drachen kamen.

»Nur noch ein paar Minuten«, sagte sie. »Dann kannst du dich ausruhen.«

Der alte Mann schien aus diesen Worten neue Kraft zu schöpfen und stolperte schneller voran. Zweimal fiel er beinahe zu Boden, doch sie fing ihn auf.

Renya trat die Tür des nächsten Gebäudes auf und half

dem alten Mann hinein. Dann streifte sie ihr weißes, wollenes Kopftuch ab und fuhr sich mit der Hand durch das schweißnasse, kurzgeschnittene schwarze Haar.

Geschützt vor dem beißenden Wind spürte sie, wie ihre Haut zu brennen anfing, als ihr Körper sich auf die warme Umgebung einstellte. Sie löste den Gürtel ihres weißen Schaffellmantels und schob ihn über ihre kräftigen Schultern zurück. Darunter trug sie eine hellblaue Wolltunika und schwarze Beinkleider, die zum Teil von schenkellangen, schaffellgefütterten Stiefeln verborgen wurden. An ihrer Hüfte hing ein schmaler Dolch.

Der alte Mann lehnte sich an die Wand. Er zitterte heftig.

»Sie werden mich finden! Sie *werden*!« jammerte er. Renya beachtete ihn nicht, sondern schritt den Gang hinunter.

Am anderen Ende erschien plötzlich ein Mann. Renya fuhr zusammen; der Dolch sprang ihr in die Hand. Der Mann war groß und dunkel und schwarz gekleidet. An seiner Hüfte hing ein Langschwert. Er kam langsam näher, doch mit einer Zuversicht, die Renya einschüchterte. Während er auf sie zukam, bereitete sie sich auf den Angriff vor und beobachtete seine Augen.

Sie stellte fest, daß sie von einem wunderschönen Violett waren und schräg standen, wie die Augen der Menschen von den Nadirstämmen im Norden. Sein Gesicht war kantig und beinahe schön zu nennen, abgesehen von dem grimmigen Zug um den Mund.

Renya wollte ihn mit Worten aufhalten, ihm sagen, daß sie ihn töten würde, wenn er noch näher käme. Aber sie konnte nicht. Den Mann umhüllte eine Aura der Macht – eine Autorität, die Renya keine andere Wahl ließ, als zu reagieren statt zu handeln.

Und dann war er an ihr vorbei und beugte sich über Aulin.

»Laß ihn in Ruhe!« rief Renya. Tenaka drehte sich zu ihr um.

»Im meinem Zimmer brennt ein Feuer. Hier entlang, auf der rechten Seite«, sagte er ruhig. »Ich werde ihn dorthin tragen.« Geschmeidig hob er den alten Mann hoch und trug ihn in seine Unterkunft, wo er ihn auf das schmale Bett legte. Dann zog er dem Alten Mantel und Stiefel aus und begann, ihm sanft die Waden zu massieren, deren Haut blau und fleckig war. Er drehte sich um und warf dem Mädchen eine Decke zu. »Wärm sie am Feuer«, bat er und wandte sich wieder seiner Arbeit zu. Nach einer Weile horchte er auf die Atmung des Mannes – sie war tief und gleichmäßig.

»Schläft er?« fragte sie.

»Ja.«

»Wird er es überstehen?«

»Wer kann das sagen?« entgegnete Tenaka, stand auf und streckte sich.

»Danke, daß du ihm geholfen hast.«

»Danke, daß du mich nicht getötet hast«, erwiderte er.

»Was tust du hier?«

»Ich sitze an meinem Feuer und warte darauf, daß der Sturm nachläßt. Möchtest du etwas essen?«

Gemeinsam saßen sie vor dem Feuer und teilten sich getrocknetes Fleisch und Hartzwieback. Sie sprachen wenig. Tenaka war nicht besonders neugierig, und Renya spürte intuitiv, daß er keine Lust hatte zu reden. Doch das Schweigen war keineswegs unbehaglich. Sie fühlte sich ruhig und friedlich, zum erstenmal seit Wochen, und selbst die Bedrohung durch die Meuchelmörder wirkte weniger real. Es schien, als würde die Kaserne durch Magie geschützt – unsichtbar, aber unendlich mächtig.

Tenaka lehnte sich in seinem Stuhl zurück und beobachtete das Mädchen, das in die Flammen starrte. Ihr Gesicht war anziehend, oval mit hohen Wangenknochen und großen Augen, die so dunkel waren, daß die Pupillen mit der Iris verschmolzen. Sie machte den Eindruck von Kraft, unter der sich Verletzlichkeit verbarg, als ob geheime Ängste oder eine verborgene Schwäche das Mädchen quälten. Zu einem anderen Zeitpunkt hätte er sich zu ihr hingezogen gefühlt. Doch wenn er jetzt in sich hineinsah, konnte er keine Gefühle entdecken, kein Begehren … kein Leben, wie er erstaunt feststellte.

»Wir werden gejagt!« sagte sie schließlich.

»Ich weiß.«

»Woher willst du das wissen?«

Er zuckte die Achseln und legte Holz nach. »Ihr seid auf einer Straße, die nirgends hinführt, ohne Pferde und Verpflegung. Und doch sind eure Kleider teuer und euer Benehmen kultiviert. Also lauft ihr vor irgend etwas oder irgend jemandem davon, und daraus folgt, daß man hinter euch her ist.«

»Stört dich das?« fragte sie.

»Warum sollte es?«

»Wenn du mit uns zusammen erwischt wirst, mußt du auch sterben.«

»Dann werde ich eben nicht mit euch zusammen erwischt.«

»Soll ich dir sagen, warum man uns jagt?« fragte sie.

»Nein. Das ist euer Leben. Unsere Wege haben sich hier gekreuzt, aber wir gehen einem unterschiedlichen Schicksal entgegen. Es besteht keine Notwendigkeit, mehr über den anderen zu erfahren.«

»Warum? Hast du Angst, du würdest dich ängstigen, falls du es wüßtest?«

Er dachte sorgfältig über die Frage nach und sah den Zorn in ihren Augen. »Kann sein. Aber vor allem fürchte ich die Schwäche, die sich daraus ergibt, wenn man Anteil nimmt. Ich habe eine Aufgabe zu erfüllen, und ich kann nicht noch andere Probleme gebrauchen. Nein, das stimmt nicht – ich *will* keine anderen Probleme.«

»Ist das nicht selbstsüchtig?«

»Natürlich. Aber es hilft zu überleben.«

»Und ist das so wichtig?« fuhr sie ihn an.

»Das muß es wohl sein, sonst würdet *ihr* nicht davonlaufen.«

»Es ist wichtig für ihn«, sagte sie und deutete auf den alten Mann im Bett. »Nicht für mich.«

»Vor dem Tod kann er nicht davonlaufen«, sagte Tenaka leise. »Auch wenn es Mystiker gibt, die behaupten, daß es ein Paradies nach dem Tode gibt.«

»Er glaubt daran«, sagte sie lächelnd. »Und genau davor hat er Angst.«

Tenaka schüttelte langsam den Kopf; dann rieb er sich die Augen.

»Das ist etwas zuviel für mich«, sagte er mit einem gezwungenen Lächeln. »Ich glaube, ich werde jetzt schlafen.« Er nahm seine Decke, breitete sie auf dem Boden aus und legte sich darauf; sein Kopf ruhte auf seinem Bündel.

»Du gehörst zum Drachen, nicht wahr?« fragte Renya.

»Woher weißt du das?« fragte er zurück und stützte sich auf den Ellbogen.

»Die Art, wie du gesagt hast: ›mein Zimmer‹.«

»Sehr scharf beobachtet.« Er legte sich wieder hin und schloß die Augen.

»Ich heiße Renya.«

»Gute Nacht, Renya.«

»Willst du mir nicht deinen Namen sagen?«

Er mußte an all die Gründe denken, ihr seinen Namen zu verschweigen.

»Tenaka Khan«, sagte er schließlich. Und schlief ein.

Das Leben ist eine Farce, dachte Steiger, als er dreizehn Meter über dem gepflasterten Hof an den Fingerspitzen hing. Unter ihm schnüffelte ein riesiger Bastard, den zottigen Kopf hin und her schwenkend, die klauenbewehrten Finger um den Griff eines Schwertes mit gezackter Klinge gekrallt. Schnee wehte in eisigen Schauern herein und stach Steiger in die Augen.

»Vielen Dank«, wisperte er und blickte zu den dunklen, schweren Sturmwolken empor. Steiger war ein religiöser Mann, der die Götter als eine Gruppe uralter Wesen betrachtete – Ewige, die mit der Menschheit endlose Scherze von kosmisch schlechtem Geschmack trieben.

Unter ihm schob der Bastard sein Schwert in die Scheide und stapfte davon in die Dunkelheit. Tief Luft holend, zog Steiger sich über die Fensterbrüstung und schob die schwarzen Samtvorhänge auseinander. Er befand sich in einem Arbeitszimmer, das mit einem Schreibtisch, drei Eichenstühlen, mehreren Truhen und einer Reihe von Bücherregalen und Ständern für Schriftrollen ausgestattet war. Das Arbeitszimmer war aufgeräumt, übertrieben aufgeräumt, dachte Steiger, als er feststellte, daß die drei Schreibfedern exakt in der Mitte des Tisches und parallel zueinander ausgerichtet waren. Von Magister Silius hätte er auch nichts anderes erwartet.

Ein langer, silberner Spiegel in einem Mahagonirahmen hing an der Wand gegenüber dem Schreibtisch. Steiger richtete sich zu seiner vollen Größe auf, nahm die Schultern zurück und betrachtete sich in diesem Spiegel. Die schwarze Gesichtsmaske, dunkle Tunika und Beinkleider verliehen ihm ein furchterregendes Äußeres. Er zog seinen Dolch und nahm die Lauerstellung des Kriegers an. Die Wirkung war beängstigend.

Perfekt, sagte er zu seinem Spiegelbild. Dir möchte ich nicht in einer dunklen Gasse begegnen! Er steckte den Dolch wieder weg, ging zur Tür und hob vorsichtig den eisernen Riegel.

Hinter der Tür lag ein schmaler Gang, von dem vier weitere Türen wegführten – zwei auf der linken und zwei auf der rechten Seite. Steiger schlich zum letzten Raum links und hob behutsam den Riegel. Die Tür öffnete sich lautlos, und er ging hinein, wobei er sich dicht an die Wand drückte. Der Raum war warm, obwohl das Holzfeuer im Kamin nur noch schwach brannte, ein gedämpftes rotes Glühen, das die Vorhänge rund um ein großes Bett beleuchtete. Steiger ging zu diesem Bett, um einen Blick auf den dicken Silius und seine ebenso dicke Frau zu werfen. Silius lag auf dem Bauch, sie auf dem Rücken, und beide schnarchten.

Warum schleiche ich eigentlich? fragte Steiger sich. Ich hätte auch laut pfeifend hereinkommen können. Er unterdrückte ein Kichern, fand das Schmuckkästchen in der verborgenen Nische unterhalb des Fensters, öffnete es und ließ den Inhalt in einen schwarzen Samtbeutel gleiten, den er am Gürtel trug. Der Wert des Schmucks würde ihm fünf Jahre ein Leben in Luxus erlauben. Aber so, wie die Dinge lagen, mußte er den Schmuck an einen der schäbigen Händler im Südviertel verkaufen, und dann würde das Geld nur für drei Monate reichen oder für sechs, falls er nicht spielte. Steiger erwog, diesmal die Finger vom Glücksspiel zu lassen, aber das war unvorstellbar. Also gut. Dann eben nur drei Monate.

Er knüpfte den Beutel wieder zu, schlich rückwärts auf den Gang hinaus, drehte sich um …

… und fand sich einem Diener gegenüber, einer großen hageren Gestalt in einem wollenen Nachthemd.

Der Mann schrie auf und ergriff die Flucht.

Steiger schrie ebenfalls auf und flüchtete, schoß eine Wendeltreppe hinab und prallte mit zwei Wächtern zusammen. Beide taumelten zurück und schrien im Fallen. Steiger rollte sich ab, kam wieder auf die Füße und rannte nach links, die Wächter dicht auf den Fersen. Eine weitere Treppe tauchte rechts von ihm auf, und er rannte hinauf, immer drei Stufen auf einmal nehmend. Seine langen Beine trugen ihn mit erstaunlicher Geschwindigkeit davon.

Zweimal verlor er beinahe das Gleichgewicht, ehe er das nächste Geschoß erreichte. Vor ihm befand sich ein eisernes Tor – verschlossen, aber der Schlüssel hing an einem hölzernen Haken. Der Gestank, der durch das Tor drang, brachte ihn wieder zu Sinnen, und Angst verdrängte seine Panik.

Die Verliese der Bastarde!

Hinter sich hörte er, wie die Wächter die Treppe hinaufkeuchten. Er nahm den Schlüssel, öffnete das Tor, schlüpfte hindurch und verschloß es von innen. Dann ging er vorsichtig in die Dunkelheit und betete zu den Uralten, daß sie ihn noch für ein paar weitere solcher Scherze am Leben ließen.

Als seine Augen sich an die Dunkelheit gewöhnt hatten, sah er zu beiden Seiten des Ganges mehrere Öffnungen, in denen Silius' Bastarde auf Stroh schliefen.

Er ging auf das Tor am anderen Ende zu und nahm dabei seine Maske ab.

Er hatte das Tor fast erreicht, als hinter ihm das Trommeln einsetzte und die gedämpften Schreie der Wächter die Stille durchdrangen. Ein Bastard stolperte aus seinem Nest; die blutroten Augen hefteten sich auf Steiger. Der Bastard war über zwei Meter groß, hatte gewaltige Schultern und muskelbepackte Arme, die mit schwarzem Fell bedeckt waren. Sein Gesicht war langgezogen, scharfe Zähne säumten das Maul. Das Trommeln wurde lauter, und Steiger holte tief Luft.

»Geh und sieh nach, was der Lärm bedeutet«, befahl er dem Untier.

»Wer du?« zischte es. Die Worte wurden durch die heraushängende Zunge verzerrt.

»Steh hier nicht rum! Geh und sieh nach, was da los ist!« rief Steiger scharf.

Das Untier stapfte an ihm vorbei. Weitere Bastarde kamen auf den Gang und folgten ihm, ohne Steiger zu beachten. Er lief zum Tor und schob den Schlüssel ins Schloß. Als er ihn drehte und das Tor aufschwang, scholl plötzlich ein bellendes Gebrüll durch den schmalen Gang. Steiger blickte sich um und stellte fest, daß die Bastarde mit wütendem Geheul auf ihn zu rannten. Mit zitternden Fingern zog er den Schlüssel aus dem Schloß, sprang durch das Tor, warf es hinter sich zu und verschloß es.

Die Nachtluft war frisch, als er die wenigen Stufen zum Westhof hinaufrannte und weiter zu der verzierten Mauer, die er geschickt erstieg. Er ließ sich auf die dahinterliegende gepflasterte Straße fallen.

Das Abendläuten war längst vorbei, und so hielt Steiger sich auf dem ganzen Weg zum Wirtshaus in den Schatten. Am Ziel angelangt, kletterte er am Spalier hinauf zu seinem Zimmer und klopfte an die Läden.

Belder öffnete das Fenster und half ihm hinein.

»Nun?« fragte der alte Soldat.

»Ich hab' die Juwelen«, erklärte Steiger.

»Ich verzweifle noch an dir«, sagte Belder. »Nach all den Jahren, die ich dir gewidmet habe – was ist aus dir geworden? Ein Dieb!«

»Das liegt mir im Blut«, sagte Steiger grinsend. »Erinnerst du dich an den Bronzegrafen?«

»Das ist Legende«, erwiderte Belder. »Und selbst, wenn es stimmt, hat keiner seiner Nachfahren je ein unehrenhaftes Leben geführt. Selbst diese Nadirbrut Tenaka nicht!«

»Sprich nicht schlecht von ihm, Belder!« sagte Steiger leise. »Er war mein Freund.«

2

Tenaka schlief, und die vertrauten Träume kamen wieder und peinigten ihn.

Die Steppe dehnte sich vor ihm aus wie ein gefrorener grüner Ozean, bis zum Ende der Welt. Sein Pony stieg, als er an den ungegerbten Lederzügeln zog; dann schwenkte es nach Süden und galoppierte mit trommelnden Hufen über den trockenen, harten Boden.

Tenaka grinste, als er den trockenen Wind auf seinem Gesicht spürte.

Hier, und nur hier, war er er selbst. Halb Nadir, halb Drenai – ein Produkt des Krieges, ein Symbol aus Fleisch und Blut für einen unbeständigen Frieden. Bei den Stämmen akzeptierte man ihn mit kühler Höflichkeit, wie es jemandem gebührte, in dessen Adern das Blut Ulrics floß. Aber Kameradschaft wurde ihm kaum zuteil. Zweimal waren die Stämme von den Drenai zurückgeworfen worden. Einmal, vor langer Zeit, hatte der legendäre Bronzegraf Dros die Festung Delnoch gegen Ulrics Horde verteidigt. Vor zwanzig Jahren hatte der Drache Jongirs Armee dezimiert.

Und jetzt war Tenaka da, eine lebende Erinnerung an die Niederlage.

So ritt er allein und bewältigte alle Aufgaben, die ihm gestellt wurden. Schwert, Bogen, Speer, Axt – mit all diesen Waffen war er geschickter als alle anderen; denn wenn sie mit den Übungen aufhörten, um die Spiele der Kindheit zu genießen, arbeitete Tenaka weiter. Er lauschte den Weisen, so daß er Kriege und Schlachten aus einer anderen Sicht erfuhr, und sein scharfer Verstand sog alle Lektionen auf.

Eines Tages würden sie ihn respektieren. Wenn er nur Geduld hatte.

Aber er war zurück nach Hause in die Zeltstadt gekommen und hatte seine Mutter neben Jongir stehen sehen. Sie weinte.

Und da wußte er Bescheid.

Er sprang aus dem Sattel und verbeugte sich vor dem Khan, wie es sich gehörte, ohne seine Mutter zu beachten.

»Es ist Zeit für dich, nach Hause zu gehen«, sagte Jongir.

Er sagte nichts, nickte nur.

»Sie haben im Drachen für dich einen Platz. Es ist dein Recht als Sohn eines Grafen.« Der Khan fühlte sich sichtlich unbehaglich und blickte Tenaka nicht in die Augen. »Na, sag schon etwas«, fuhr er ihn an.

»Wie du es wünschst, Herr, so soll es geschehen.«

»Du flehst mich nicht an, bleiben zu dürfen?«

»Wenn du es von mir verlangst.«

»Ich verlange gar nichts von dir.«

»Wann soll ich aufbrechen?«

»Morgen. Du wirst eine Eskorte bekommen – zwanzig Reiter, so wie es meinem Enkel zusteht.«

»Du ehrst mich, Herr.«

Der Khan nickte, warf Shillat einen Blick zu und ging davon. Shillat öffnete die Zeltklappe, und Tenaka trat in ihr Heim. Sie folgte ihm, und sobald sie drinnen waren, drehte er sich um und nahm sie in die Arme.

»O Tani«, flüsterte sie unter Tränen. »Was mußt du noch alles tun?«

»Vielleicht werde ich in Dros Delnoch wirklich zu Hause sein«, sagte er. Aber die Hoffnung erstarb in ihm, noch während er die Worte aussprach, denn er war kein Narr.

Tenaka erwachte, weil der Sturm heulte und an den Fensterläden rüttelte. Er streckte sich und warf einen Blick auf das Feuer – es war bis auf ein paar glühende Kohlen heruntergebrannt. Das Mädchen schlief im Sessel, ihr Atem ging tief und gleichmäßig. Tenaka stand auf und ging zum Feuer, legte Holz nach und entfachte es vorsichtig wieder. Er schaute sich den alten Mann an – seine Farbe sah nicht gut aus. Tenaka zuckte die Achseln und verließ das Zimmer. Der Flur war eiskalt, die hölzernen Dielen knackten unter seinen Stiefeln. Er ging in die alte Küche und zum Brunnen. Es war schwer zu pumpen, doch er genoß die Anstrengung und wurde belohnt, als das Wasser in den Holzeimer strömte. Dann streifte er die dunkle Weste und die grauwollene Tunika ab, wusch sich den Oberkörper und erfreute sich an der fast schmerzhaften Kälte, als das eisige Wasser seine schlafwarme Haut berührte.

Tenaka zog sich aus und ging in den Turnsaal. Dort wirbelte und sprang er, landete leichtfüßig und ließ erst seine rechte, dann seine linke Hand durch die Luft sausen. Er rollte sich auf den Boden, bog den Rücken durch und sprang wieder auf die Füße.

Von der Tür her beobachtete Renya ihn aus den Schatten des Flurs. Sie war fasziniert. Er bewegte sich wie ein Tänzer, doch es lag etwas Barbarisches über der Szene: ein ursprüngliches Element, das gleichzeitig schön und tödlich war. Seine Hände und Füße waren Waffen, die blitzschnell unsichtbare Gegner töteten, doch sein Gesicht war nüchtern und bar jeden Ausdrucks.

Sie schauderte und hätte sich gern in die Sicherheit seines Zimmers zurückgezogen, doch sie konnte sich nicht von der Stelle rühren. Seine Haut hatte die Farbe von Gold in der Sonne, weich und warm, doch die Muskeln darunter bewegten sich und spielten wie Silberstahl. Sie schloß die Augen, stolperte rückwärts und wünschte, sie hätte ihn nie gesehen.

Tenaka wusch sich den Schweiß vom Körper und zog sich dann rasch an. Hunger nagte an ihm. Zurück auf seinem Zimmer, spürte er die Veränderung der Atmosphäre. Renya mied seinen Blick, als sie bei dem alten Mann saß und ihm über das Haar strich.

»Der Sturm läßt nach«, sagte Tenaka.

»Ja.«

»Was ist los?«

»Nichts ... nur, daß Aulin unregelmäßig atmet. Was meinst du, wird er wieder gesund?«

Tenaka ging zu ihr. Er nahm das dünne Handgelenk des alten Mannes und fühlte nach dem Puls. Er war schwach und unregelmäßig.

»Wann hat er das letzte Mal etwas gegessen?«

»Vor zwei Tagen.«

Tenaka suchte in seinem Gepäck und brachte einen Beutel mit getrocknetem Fleisch und einen kleineren mit Haferflocken zum Vorschein. »Ich wünschte, ich hätte Zucker«, sagte er, »aber das hier muß es auch tun. Geh und hol Wasser und einen Kochtopf.«

Ohne ein Wort verließ Renya den Raum. Tenaka lächelte. Das war es also – sie hatte ihn beim Üben beobachtet, und aus irgendeinem Grund hatte es sie aus der Fassung gebracht. Er schüttelte den Kopf.

Sie kam mit einem eisernen Topf zurück, der bis zum Rand mit Wasser gefüllt war.

»Gieß die Hälfte weg«, befahl er. Sie schüttete es in den Gang, und er brachte den Topf zum Feuer und schnitt mit seinem Dolch das Fleisch hinein. Dann setzte er den Topf vorsichtig in die Flammen.

»Warum hast du heute morgen nichts gesagt?« fragte er, ihr den Rücken zugewandt.

»Ich weiß nicht, was du meinst.«

»Als du mir beim Üben zugesehen hast.«

»Ich habe dich nicht gesehen.«

»Woher wußtest du dann, wo du Topf und Wasser finden kannst? Du bist diese Nacht nicht an mir vorbeigegangen.«

»Wer bist du, mir Fragen zu stellen?« fauchte sie.

Er drehte sich zu ihr um. »Ich bin ein Fremder. Du brauchst mich nicht anzulügen oder mir etwas vorzumachen. Nur unter Freunden brauchen wir eine Maske.«

Sie setzte sich vors Feuer und streckte ihre langen Beine den Flammen entgegen.

»Wie traurig«, sagte sie leise. »Bestimmt kann man doch nur unter Freunden in Frieden sein?«

»Mit Fremden ist es einfacher, denn sie berühren unser

Leben nur für einen Augenblick. Du enttäuschst sie nicht, denn du schuldest ihnen nichts, und sie erwarten auch nichts. Freunde kann man verletzen, denn sie erwarten alles.«

»Du mußt seltsame Freunde gehabt haben«, meinte sie.

Tenaka rührte mit dem Dolch in der Brühe. Ihm war auf einmal unbehaglich; denn er hatte das Gefühl, die Kontrolle über ihr Gespräch verloren zu haben.

»Woher kommst du?« fragte er.

»Ich dachte, das interessiert dich nicht.«

»Warum hast du nichts gesagt?«

Ihre Augen wurden schmal, und sie wandte den Kopf ab. »Ich wollte deine Konzentration nicht stören.«

Das war eine Lüge, und sie wußten es beide, doch die Spannung ließ nach, und die Stille wurde größer und zog sie zueinander.

Draußen hatte der Sturm sich ausgetobt und erstarb.

Als der Eintopf dick wurde, gab Tenaka die Haferflocken dazu, um die Mischung noch mehr anzudicken; dann streute er ein wenig Salz aus seinem kleinen Vorrat hinein.

»Riecht gut«, sagte Renya und beugte sich über das Feuer. »Was ist das für Fleisch?«

»Vor allem Maultier«, sagte er.

Er ging in die Küche, um hölzerne Teller zu holen. Als er zurückkam, hatte Renya den alten Mann geweckt und half ihm, sich aufzusetzen.

»Wie fühlst du dich?« fragte Tenaka.

»Bist du ein Krieger?« fragte Aulin ängstlich.

»Ja. Aber du brauchst keine Angst vor mir zu haben.«

»Bist du ein Nadir?«

»Söldner. Ich habe Eintopf für dich gekocht.«

»Ich bin nicht hungrig.«

»Iß trotzdem«, befahl Tenaka. Der alte Mann zuckte bei dem schroffen Tonfall zusammen; dann aber wandte er die Augen ab und nickte. Renya fütterte ihn langsam, während Tenaka sich am Feuer niederließ. Es war eine Verschwendung von Nahrung, denn der alte Mann lag im

Sterben. Doch Tenaka bedauerte es nicht, und er verstand nicht, weshalb.

Als die Mahlzeit beendet war, sammelte Renya Topf und Teller ein. »Mein Großvater möchte mit dir sprechen«, sagte sie und ging hinaus.

Tenaka trat ans Bett und starrte auf den Sterbenden hinab. Aulins Augen waren grau und glänzten in beginnendem Fieber.

»Ich bin nicht stark«, sagte Aulin. »Das war ich nie. Ich habe jeden enttäuscht, der mir vertraute. Außer Renya … ich habe sie nie im Stich gelassen. Glaubst du mir das?«

»Ja«, antwortete Tenaka. Warum haben schwache Männer immer das Bedürfnis zu beichten?

»Wirst du sie beschützen?«

»Nein.«

»Ich kann dich bezahlen.« Aulin ergriff Tenakas Arm. »Bring sie nach Sousa. Die Stadt liegt nur fünf, sechs Tage südlich von hier.«

»Du bedeutest mir nichts. Ich schulde dir nichts. Und du kannst mir nicht genug bezahlen.«

»Renya sagt, du hättest einmal zum Drachen gehört. Wo ist dein Ehrgefühl?«

»Begraben unter Wüstensand. Verloren in den wirbelnden Nebeln der Zeit. Ich will nicht mit dir reden, alter Mann. Du hast mir nichts zu sagen.«

»Bitte, hör mich an!« flehte Aulin. »Als junger Mann diente ich dem Rat. Ich unterstützte Ceska, arbeitete für seinen Sieg. Ich glaubte an ihn. Dadurch bin ich mitverantwortlich für den abscheulichen Schrecken, den er über dieses Land gebracht hat. Ich war einst ein Priester der Quelle. Mein Leben verlief in Harmonie. Jetzt sterbe ich und weiß überhaupt nichts mehr. Aber ich kann nicht sterben und Renya den Bastarden überlassen! Ich *kann nicht*! Verstehst du nicht? Mein ganzes Leben war Versagen – mein Tod *muß* etwas bewirken.«

Tenaka schob die Hand des alten Mannes fort und stand auf.

»Jetzt hör du mir zu«, sagte er. »Ich bin hier, um Ceska zu töten. Ich erwarte nicht, daß ich am Leben bleibe, doch ich habe weder die Zeit noch den Wunsch, deine Verantwortung zu übernehmen. Wenn du willst, daß das Mädchen nach Sousa kommt, dann werde gesund. Setze deine Willenskraft ein.«

Plötzlich lächelte der alte Mann, und alle Spannung und Furcht fielen von ihm ab. »Du willst Ceska töten?« wisperte er. »Ich kann dir etwas Besseres raten.«

»Besser? Was könnte besser sein?«

»Bringe ihn zu Fall. Beende seine Herrschaft.«

»Wenn ich ihn töte, ist das erreicht.«

»Ja. Aber dann würde einer seiner Generäle die Macht übernehmen! Ich kann dir das Geheimnis verraten, mit dem du sein Reich zerstören und die Drenai befreien kannst.«

»Wenn das eine Geschichte von Zauberschwertern und magischen Sprüchen ist, vergeudest du nur deine Zeit. Diese Geschichten habe ich allesamt schon gehört.«

»Ich will dir keine Geschichte erzählen. Versprich mir nur, daß du Renya beschützen wirst, bis sie in Sousa ist.«

»Ich werde darüber nachdenken«, sagte Tenaka. Wieder drohte das Feuer zu verlöschen, und er legte das letzte Holz auf die Flammen, ehe er den Raum verließ, um das Mädchen zu suchen. Er fand sie in der kalten Küche.

»Ich will deine Hilfe nicht«, sagte sie, ohne aufzusehen.

»Ich habe sie dir noch nicht angeboten.«

»Es ist mir egal, ob sie mich fangen.«

»Du bist zu jung, als daß dir das egal sein könnte«, sagte er, kniete neben ihr nieder und hob ihr Kinn. »Ich werde dafür sorgen, daß du sicher nach Sousa kommst.«

»Glaubst du, er kann dir genug zahlen?«

»Er sagt es jedenfalls.«

»Ich mag dich nicht besonders, Tenaka Khan.«

»Willkommen bei der Mehrheit!« erwiderte er.

Er ging zu dem alten Mann zurück. Lachend riß er das Fenster weit auf, um die Winterluft ins Zimmer zu lassen.

Vor ihm dehnte sich der Wald in weißer Unendlichkeit.
Hinter ihm lag der alte Mann. Er war tot.

Renya trat ins Zimmer, da sie sein Lachen gehört hatte. Aulins Arm war aus dem Bett gerutscht, und seine knochigen Finger deuteten auf den hölzernen Fußboden. Seine Augen waren geschlossen, sein Gesicht friedlich.

Sie ging zu ihm und strich ihm zärtlich über die Wangen. »Nun mußt du nicht mehr davonlaufen, Aulin. Nun brauchst du keine Angst mehr zu haben. Möge die Quelle dich heimgeleiten!«

Sie breitete eine Decke über sein Gesicht.

»Jetzt bist du deiner Verpflichtung enthoben«, erklärte Renya dem schweigenden Tenaka.

»Noch nicht«, erwiderte er und schloß das Fenster. »Er sagte, er wüßte einen Weg, um Ceskas Herrschaft zu beenden. Weißt du, was er damit gemeint hat?«

»Nein.« Sie wandte sich ab und hob ihren Mantel auf. Ihr Herz war plötzlich leer. Dann hielt sie inne. Der Mantel entglitt ihren Fingern, als sie in das verlöschende Feuer starrte und den Kopf schüttelte. Die Wirklichkeit verblaßte. Was gab es denn, wofür zu leben sich lohnte?

Nichts.

Was zu lieben sich lohnte?

Nichts.

Sie kniete vor dem Feuer nieder und starrte hinein, ohne zu blinzeln, während ein furchtbarer Schmerz die Leere in ihrem Innern vertrieb. Aulins Leben war ein dauernder Strom von kleinen Freundlichkeiten, Zärtlichkeiten und Fürsorge gewesen. Er war niemals absichtlich grausam oder bösartig gewesen, und niemals gierig. Doch er hatte sein Leben in einer verlassenen Kaserne ausgehaucht – gejagt wie ein Verbrecher, verraten von seinen Freunden und verloren für seinen Gott.

Tenaka beobachtete das Mädchen. In seinen violetten Augen war kein Gefühl zu lesen. Er war ein Mann, der an den Tod gewöhnt war. Langsam packte er seine Sachen in den Leinenbeutel; dann zog er Renya auf die Füße, legte ihr den Mantel um und schob sie sanft aus der Tür.

»Warte hier«, bat er. Er ging zum Bett zurück und zog seine Decke vom Leichnam. Die Augen des alten Mannes hatten sich geöffnet, so daß er den Krieger anzustarren schien.

»Schlafe in Ruhe«, flüsterte Tenaka. »Ich werde auf sie achtgeben.« Er schloß dem Toten die Augen und faltete seine Decke zusammen.

Draußen war die Luft kalt und frisch. Der Wind hatte nachgelassen, und die Sonne schien blaß von einem klaren Himmel. Tenaka sog langsam und tief die Luft ein.

»Jetzt ist es vorbei«, flüsterte Renya.

Tenaka sah sich um.

Vier Krieger waren aus dem Schutz der Bäume getreten und kamen mit gezogenen Schwertern auf sie zu.

»Laß mich«, sagte sie.

»Sei still.«

Er löste sein Bündel und ließ es in den Schnee gleiten. Dann schob er seinen Mantel von den Schultern, so daß seine Schwertscheide und das Jagdmesser sichtbar wurden. Er ging zehn Schritte auf die Krieger zu; dann wartete er und musterte sie abschätzend.

Sie trugen die rot-bronzenen Brustplatten Delnochs.

»Was sucht ihr hier?« fragte Tenaka, als sie näherkamen.

Keiner der Soldaten erwiderte etwas, was sie als Veteranen auswies; statt dessen schwärmten sie aus – bereit für den Angriff des Kriegers.

»Sprecht – oder der Kaiser bekommt eure Köpfe!« sagte Tenaka. Sie hielten inne, und ihre Blicke fuhren zu einem Schwertkämpfer mit scharfgeschnittenen Zügen, der zu ihrer Linken stand. Seine blauen Augen blickten kalt und bösartig.

»Seit wann macht ein Wilder aus dem Norden Versprechen an den Kaiser?« zischte er.

Tenaka lächelte. Die Männer waren stehengeblieben und warteten auf eine Antwort – und damit hatten sie ihre Stoßkraft verloren.

»Vielleicht sollte ich es erklären«, sagte er, immer noch lächelnd, und ging auf den Mann zu. »Es ist so …«, seine Hand schoß vor und nach oben und krachte dem Mann mit ausgestreckten Fingern in die Nase. Der dünne Knorpel riß bis zum Hirn auf, und er fiel ohne einen Laut zu Boden. Sofort wirbelte Tenaka herum und sprang, so daß seine Stiefel einen zweiten Gegner an der Kehle trafen. Noch im Sprung zog er sein Jagdmesser. Auf den Fußballen landend, schoß er herum, parierte einen Hieb und grub die Klinge in den Hals des dritten Mannes. Der Vierte stürmte mit erhobenem Schwert auf Renya zu. Sie stand ruhig da und beobachtete ihn ohne Interesse.

Tenaka warf das Jagdmesser. Es traf den Mann mit dem Griff an der Helmkante. Aus dem Gleichgewicht gebracht, taumelte er in den Schnee und verlor dabei sein Schwert. Tenaka rannte auf ihn zu, als er versuchte, auf die Füße zu kommen. Dann warf er sich auf den Rücken des Mannes, so daß er wieder zu Boden ging und ihm der Helm vom Kopf fiel. Tenaka packte ihn an den Haaren, zog den Kopf zurück, griff das Kinn des Mannes und drehte es ruckartig nach links. Sein Genick brach wie ein trockener Ast.

Tenaka hob sein Messer auf, wischte es sauber und steckte es ein. Er blickte prüfend über die Lichtung. Alles war ruhig.

»Nadir sind wir«, flüsterte er mit geschlossenen Augen.

»Sollen wir gehen?« fragte Renya.

Verwirrt nahm er ihren Arm und sah ihr in die Augen.

»Was ist los mit dir? Willst du sterben?«

»Nein«, antwortete sie abwesend.

»*Warum* bist du dann einfach stehengeblieben?«

Tränen stiegen ihr in die nachtdunklen Augen und liefen ihr über die Wangen, doch ihr blasses Gesicht zeigte keinerlei Ausdruck.

Er wischte ihr eine Träne ab.

»Bitte, faß mich nicht an«, flüsterte sie.

»Jetzt hör mir mal zu. Der alte Mann wollte, daß du lebst. Er hat dich geliebt.«

»Das spielt keine Rolle.«

»Es spielte eine Rolle für ihn!«

»Spielt es eine Rolle für dich?« Die Frage traf ihn so kalt wie ein Windstoß, und er suchte in seinem Innern nach der richtigen Antwort.

»Ja.« Die Lüge ging ihm leicht über die Lippen, und erst, als er sie ausgesprochen hatte, erkannte er, daß es gar keine Lüge war.

Sie schaute ihm tief in die Augen, dann nickte sie.

»Ich werde mit dir kommen«, sagte sie. »Aber eins mußt du wissen: Ich bin ein Fluch für alle, die mich lieben. Der Tod verfolgt mich, denn ich hätte nie das Leben kosten dürfen.«

»Der Tod verfolgt jeden, und er versagt nie«, erwiderte Tenaka.

Gemeinsam wanderten sie nach Süden. Bei dem steinernen Drachen blieben sie stehen. Eisregen war auf seine Flanken gefallen und hatte ihm einen diamantenen Schimmer verliehen. Tenaka blieb die Luft weg, als er das Gesicht betrachtete – das Wasser war auf die zersprungenen Fänge des Oberkiefers gelaufen, hatte neue Zähne aus funkelndem Eis geschaffen und auf diese Weise die Pracht des Drachen erneuert, seine Macht wiederhergestellt.

Tenaka nickte, als würde er eine leise Botschaft hören.

»Er ist schön«, sagte Renya.

»Viel mehr als das«, sagte Tenaka leise, »er lebt.«

»Lebt?«

»Hier drin«, antwortete er und berührte sein Herz. »Er heißt mich zu Hause willkommen.«

Den ganzen Tag über eilten sie nach Süden. Tenaka sprach nur wenig; statt dessen konzentrierte er sich auf die unter dem Schnee verborgenen Pfade und hielt wachsam Ausschau nach Patrouillen. Er konnte ja nicht wissen, ob die vier Soldaten sämtliche Jäger gewesen waren, oder ob es noch weitere Gruppen gab, die das Mädchen verfolgten.

Auf eine seltsame Art kümmerte ihn das nicht. Er beschleunigte das Tempo und schaute sich nur selten um, ob Renya Schwierigkeiten hatte, mitzuhalten. Wenn er hielt, um Landmarken zu studieren oder offenes Gelände zu beobachten, war sie immer dicht hinter ihm.

Renya folgte ihm still, die Augen auf den großen Krieger gerichtet. Sie bemerkte die Sicherheit seiner Bewegungen und die Sorgfalt, mit der er seinen Weg wählte. Wieder und wieder sah sie zwei Szenen vor sich: den nackten Tanz in dem verlassenen Turnsaal und den Todestanz mit den Soldaten im Schnee. Ein Bild überlagerte das andere ... sie vermischten sich, wurden eins. Derselbe Tanz. Die Bewegungen waren so geschmeidig, beinahe fließend, wenn er sprang und sich drehte. Die Soldaten hatten im Vergleich zu ihm unbeholfen und ungelenk gewirkt, wie lentrische Marionetten an verknoteten Stricken.

Und jetzt waren sie tot. Hatten sie Familien? Wahrscheinlich. Liebten sie ihre Kinder? Wahrscheinlich. Sie waren voller Zuversicht auf jene Lichtung marschiert. Und dann, binnen weniger schrecklicher Augenblicke, waren sie nicht mehr.

Warum?

Weil sie mit Tenaka Khan getanzt hatten.

Sie schauderte. Das Tageslicht ließ nach, und lange Schatten krochen aus den Bäumen hervor.

Tenaka wählte als Platz für ihr Lagerfeuer eine Stelle hinter einem vorspringenden Felsen, wo sie vor dem Wind geschützt waren. Sie lag in einer flachen Senke und war von knorrigen Eichen umgeben, die das Feuer gut abschirmten. Renya ging zu ihm, sammelte Holz und stapelte es sorgfältig auf. Ein Gefühl der Unwirklichkeit packte sie.

Die ganze Welt sollte so sein, dachte sie. Von Eis bedeckt

und rein: Alle Pflanzen schlafen, warten auf die goldene Vollkommenheit des Frühlings; alles Böse vergeht unter dem reinigenden Eis.

Ceska und seine Legionen der Dämonenbrut würden verschwinden wie die Alpträume der Kindheit, und die Freude würde wieder Einzug bei den Drenai halten, wie das Geschenk der Morgendämmerung.

Tenaka holte einen Topf aus seinem Gepäck und setzte ihn aufs Feuer; dann warf er Schnee hinein, bis der Topf halbvoll mit warmem Wasser war. Anschließend schüttete er aus einem kleinen Leinenbeutel eine großzügige Portion Haferflocken hinein und gab Salz hinzu. Renya beobachtete ihn schweigend, den Blick auf seine schrägstehenden violetten Augen geheftet. Wieder fühlte sie sich ruhig und friedlich, als sie mit ihm am Feuer saß.

»Warum bist du hier?« fragte sie.

»Um Ceska zu töten«, antwortete er, während er den Haferbrei mit einem Holzlöffel umrührte.

»Warum bist du hier?« wiederholte sie.

Einige Augenblicke verstrichen, doch sie wußte, daß er Antwort geben würde, und so wartete sie und genoß die Wärme und die Nähe dieses Mannes.

»Es gibt sonst keinen Ort, wohin ich gehen könnte. Meine Freunde sind tot ... Meine Frau ... ich habe nichts. In Wirklichkeit habe ich immer nur ... nichts gehabt.«

»Du hattest Freunde ... eine Frau.«

»Ja. Es ist nicht leicht zu erklären. In der Nähe von Ventria, wo ich zu Hause war, gab es einst einen weisen alten Mann. Ich sprach oft mit ihm über das Leben und die Liebe und Freundschaft. Er schalt mich, machte mich wütend. Er sprach von tönernen Diamanten.« Tenaka schüttelte den Kopf und verfiel in Schweigen.

»Tönerne Diamanten?« fragte sie.

»Spielt keine Rolle. Erzähl mir von Aulin.«

»Ich weiß nicht, was er dir sagen wollte.«

»Das glaube ich«, erwiderte er. »Erzähl mir einfach von ihm.« Mit zwei Stöcken hob er den Topf aus dem Flammen und setzte ihn zum Abkühlen auf den Boden. Sie beugte sich vor, um frisches Holz nachzulegen.

»Er war ein friedlicher Mann, ein Priester der Quelle. Aber er war auch Arcanist und liebte nichts mehr, als das Land nach Relikten der Alten zu durchsuchen. Er hat sich mit seinen Fähigkeiten einen Namen gemacht. Er erzählte, daß er Ceska unterstützt hat, als er an die Macht kam, daß er ihm alle seine Versprechen für eine bessere Zukunft geglaubt hat. Aber dann begann die Schreckensherrschaft. Und die Bastarde ...«

»Ceska hat die Zauberei immer schon geliebt«, meinte Tenaka.

»Du kennst ihn?«

»Ja. Erzähl weiter.«

»Aulin war einer der ersten, der Graven erforschte. Er fand die verborgene Tür unter dem Wald und die Maschinen, die dort standen. Er erzählte mir, daß seine Forschungen bewiesen, daß die Maschinen gebaut worden waren, um bestimmte Krankheiten zu heilen, unter denen die Alten litten. Aber anstatt sie für diesen Zweck zu benutzen, schufen Ceskas Adepten die Bastarde. Zuerst wurden sie nur für die Arena gebraucht, wo sie sich gegenseitig in Stücke rissen, als Nervenkitzel für die Zuschauer. Aber schon bald erschienen sie auf den Straßen von Drenan, trugen Rüstung und die Abzeichen von Ceskas Wache.

Aulin gab sich die Schuld daran und reiste nach Delnoch, um die Kammer des Lichts unter der Inneren Festung zu untersuchen – vergeblich. Dann bestach er einen Wächter und versuchte, durch das Land der Sathuli zu flüchten. Aber die Jagd begann, und wir wurden statt dessen nach Süden gehetzt.«

»Wo bist du in diese Geschichte hineingeraten?« fragte er.

»Du hast nicht nach mir gefragt, sondern nach Aulin.«

»Ich frage jetzt aber dich.«

»Kann ich ein wenig Haferbrei bekommen?«

Er nickte, berührte prüfend den Kessel und reichte ihn

ihr. Sie aß schweigend und gab Tenaka dann den Rest. Als sie ihre Mahlzeit beendet hatten, lehnte der Krieger sich an den kalten Felsen.

»Dich umgibt ein Geheimnis, junge Dame. Aber belassen wir es dabei. Ohne Geheimnisse wäre die Welt ein trauriger Ort.«

»Die Welt ist ein trauriger Ort«, sagte sie, »voller Tod und Schrecken. Warum ist das Böse so viel stärker als die Liebe?«

»Wer sagt das?« entgegnete er.

»Du hast nicht unter den Drenai gelebt. Männer wie Aulin werden wie Verbrecher gejagt. Bauern werden niedergemetzelt, weil sie es nicht schaffen, wahnwitzig große Getreideernten abzuliefern, und die Arenen sind voll von geifernden Mengen, die es genießen, wenn Tiere Frauen und Kinder in Stücke reißen. Das ist abscheulich! Alles!«

»Es wird vorübergehen«, sagte er sanft. »Aber jetzt sollten wir schlafen.« Er streckte die Hand nach ihr aus, doch sie wich zurück, in ihren Augen stand plötzlich Angst. »Ich will dir nichts tun, aber wir müssen das Feuer verlöschen lassen. Wir werden die Wärme teilen, aber das ist auch alles. Vertrau mir.«

»Ich kann allein schlafen«, sagte sie.

»Na schön.« Er band seine Decke los und reichte sie ihr; dann wickelte er sich in seinen Mantel, lehnte den Kopf an den Felsen und schloß die Augen.

Renya streckte sich auf dem kalten Boden aus und bettete den Kopf auf den Arm.

Als das Feuer erlosch, nahm die Nachtkälte zu und drang in ihre Glieder. Renya erwachte, unkontrolliert zitternd, und setzte sich auf, um ihre gefühllosen Beine warmzurubbeln.

Tenaka öffnete die Augen und streckte die Hand aus. »Komm«, sagte er.

Sie ging zu ihm, und er öffnete seinen Mantel, wickelte sie mit hinein und zog sie an seine Brust, ehe er die Decke über sie beide breitete. Noch immer zitternd, kuschelte sie sich an ihn.

»E-e-erzähl mir von den tönernen Diamanten«, bat sie.

Er lächelte. »Der weise Mann hieß Kias. Er sagte, zu viele Leute gingen durchs Leben, ohne innezuhalten und sich an dem zu erfreuen, was sie haben. Er erzählte von einem Mann, der von einem Freund einen Tonkrug bekam. Der Freund sagte: ›Schau ihn dir an, wenn du Zeit hast.‹ Aber er war nur ein schlichter Krug aus Ton, und der Mann stellte ihn beiseite und lebte sein Leben weiter und verbrachte seine Zeit damit, Reichtümer anzuhäufen. Eines Tages, als er alt war, nahm er den Krug und öffnete ihn. Darin lag ein riesiger Diamant.«

»Das verstehe ich nicht.«

»Kias behauptete, das Leben wäre wie dieser Tonkrug. Solange wir es nicht genau anschauen und verstehen, können wir uns nicht daran erfreuen.«

»Manchmal raubt dir das Verständnis auch die Freude«, wisperte sie.

Er sagte nichts, sondern richtete die Augen auf den Nachthimmel und die fernen Sterne. Renya versank in einen traumlosen Schlaf; ihr Kopf fiel nach vorn, so daß die Wollkapuze verrutschte, die sonst ihr kurzgeschnittenes Haar bedeckte. Tenaka wollte sie wieder hochziehen, hielt aber inne, als seine Hand ihren Kopf berührte. Das Haar war nicht kurzgeschnitten – es war so lang, wie es nur sein konnte. Denn es war kein Haar, sondern dunkles Fell, weich wie Zobel. Sanft zog er die Kapuze wieder hoch und schloß die Augen.

Das Mädchen war ein Bastard, halb Mensch, halb Tier.

Kein Wunder, daß sie sich nichts aus dem Leben machte.

Gibt es auch für Wesen wie sie tönerne Diamanten? fragte er sich.

3

An der Drachen-Kaserne zwängte sich ein Mann durch das Gebüsch vor dem Exerzierplatz. Er war groß und hatte breite Schultern, schmale Hüften und lange Beine. Er war ganz in Schwarz gekleidet und trug einen Ebenholzstab mit Eisenspitze. Er hatte eine Kapuze auf, und sein Gesicht war unter einer Maske aus geformtem, schwarzem Leder verborgen. Er bewegte sich leichtfüßig, mit den gleichmäßigen, fließenden Bewegungen eines Athleten, doch er war wachsam, und seine hellblauen Augen prüften jeden Busch und jeden Schatten unter den Bäumen.

Als er die Toten sah, umkreiste er sie langsam und las aus den Spuren den kurzen Kampf ab.

Ein Mann gegen vier.

Die ersten drei waren fast sofort gestorben, und das war ein Zeichen für Schnelligkeit. Der vierte war an dem einsamen Krieger vorbeigerannt. Der große Mann folgte der Spur und nickte.

So. Hier lag ein Geheimnis. Der einsame Krieger war nicht einsam – er hatte einen Geführten, der am Kampf jedoch nicht teilgenommen hatte. Die Fußspuren waren klein, die Schrittweite jedoch groß. Eine Frau?

Ja, eine Frau. Eine große Frau.

Er warf einen Blick zurück auf die Toten.

»Das war gute Arbeit«, sagte er laut. Seine Stimme klang gedämpft durch die Maske. »Sehr gute Arbeit.« Einer gegen vier. Nicht viele Männer würden einen solchen Kampf überleben – und dieser Mann hatte nicht nur überlebt, sondern gesiegt, ohne seine Fähigkeiten voll einzusetzen.

Ringar? Er war ein blitzschneller Killer mit phantastischen Reflexen. Doch er wagte selten einen Nackenhieb, sondern wählte öfter den unteren Rumpf: den Bauchstich.

Argonin? Nein, er war tot. Seltsam, wie schnell man so etwas vergessen konnte.

Wer dann? Ein Unbekannter? Nein. In einer Welt, in der Waffenfertigkeit von höchster Wichtigkeit war, gab es nur wenige Unbekannte mit so erstaunlichen Gaben.

Der Mann besah sich die Spuren noch einmal, malte sich den Kampf aus, und sah zuletzt den verwischten Abdruck in der Mitte. Der Krieger war in die Höhe gesprungen und hatte sich in der Luft gedreht wie ein Tänzer, ehe er den tödlichen Hieb anbrachte.

Tenaka Khan!

Die Erkenntnis traf den großen Mann wie ein Schlag. Seine Augen funkelten seltsam, und sein Atem ging stoßweise.

Von allen Männern auf dieser Welt, die er haßte, nahm Tenaka Khan den ersten Platz ein.

Entsprach das noch der Wahrheit? Er entspannte und erinnerte sich; seine Gedanken folgten den Spuren in seinem Gedächtnis, die sich wie Salz in eine schwärende Wunde gefressen hatten. »Ich hätte dich damals töten sollen«, sagte er. »Dann wäre mir nichts von alldem zugestoßen.«

Er stellte sich vor, wie Tenaka starb, wie sein Blut in den Schnee rann. Es bereitete ihm keine Freude; dennoch hungerte er nach der Tat.

»Dafür wirst du mir bezahlen«, sagte er.

Und brach auf nach Süden.

Tenaka und Renya kamen am zweiten Tag gut voran. Sie sahen niemanden, nicht einmal Anzeichen von Menschen. Der Wind hatte sich gelegt, und in der klaren Luft lag eine Verheißung des Frühlings. Tenaka schwieg zumeist, und Renya drang nicht in ihn.

Gegen Abend, als sie einen steilen Hang hinabkletterten, rutschte sie aus und schoß vorwärts, rollte Hals über Kopf den Hügel hinab und schlug sich den Kopf an einer knorrigen Baumwurzel auf. Tenaka lief zu ihr, streifte ihr den Burnus ab und untersuchte die klaffende Wunde an der Schläfe. Sie funkelte ihn an.

»Faß mich nicht an!« schrie sie und schlug nach seinen Händen.

Er wich zurück und reichte ihr den Baumwollschal.

»Ich mag es nicht, wenn man mich anfaßt«, entschuldigte sie sich.

»Dann werde ich dich nicht anfassen«, antwortete er. »Aber du solltest die Wunde verbinden.«

Sie versuchte aufzustehen, doch die Welt drehte sich, und sie stürzte. Tenaka machte keine Anstalten, ihr zu helfen. Er sah sich nach einem Lagerplatz um und entdeckte ein Fleckchen etwa dreißig Schritt zu ihrer Linken: ein natürlicher Schirm aus Bäumen, der den Wind abhielt, mit überhängenden Zweigen, die vor Schnee schützten. Er ging hinüber, wobei er Reisig aufsammelte. Renya beobachtete, wie er fortging und versuchte aufzustehen; doch ihr wurde übel, und sie begann heftig zu zittern. Ihr Kopf pochte. Der Schmerz war ein rhythmisches Hämmern, das Wellen der Übelkeit durch ihren Körper sandte. Sie versuchte zu kriechen.

»Ich … brauche dich nicht«, flüsterte sie.

Tenaka bereitete das Feuer vor, pustete auf den Zunder, bis kleine Flammen über dem Schnee tanzten. Dann legte er dickere Zweige und schließlich Äste darauf. Als das Feuer kräftig brannte, kehrte er zu dem Mädchen zurück und hob die bewußtlose Gestalt auf. Er legte sie neben das Feuer; dann kletterte er auf eine Tanne in der Nähe und hackte mit seinem Schwert einige dünne Äste ab. Daraus machte er ein Bett für sie, hob sie darauf und breitete dann die Decke über sie. Er untersuchte die Wunde. Soweit er sagen konnte, war nichts gebrochen, doch um die eigroße Beule bildete sich ein häßlicher Bluterguß.

Er streichelte ihr Gesicht, bewunderte die Zartheit ihrer Haut und ihren schlanken Hals.

»Ich werde dir nichts zuleide tun, Renya«, sagte er. »Bei allem, was ich bin, bei allem, was ich je getan habe und dessen ich mich schäme – ich habe noch nie einer Frau etwas zuleide getan. Oder einem Kind. Du bist bei mir sicher ... Deine Geheimnisse sind bei mir sicher. Ich weiß, wie das ist. Ich stehe auch zwischen zwei Welten – halb Nadir, halb Drenai. Für dich ist es noch schlimmer. Aber ich bin hier. Glaub mir.«

Dann wandte er sich wieder dem Feuer zu und wünschte, er könnte ihr diese Worte auch dann sagen, wenn sie die Augen geöffnet hatte. Aber das würde er nicht tun; das wußte er. In seinem ganzen Leben hatte er nur einer Frau sein Herz geöffnet: Illae.

Die schöne Illae, die Braut, die er auf einem ventrischen Markt gekauft hatte. Er lächelte bei der Erinnerung daran. Zweitausend Goldstücke, und er hatte sie mit nach Hause genommen, nur um zu hören, daß sie sich weigerte, das Bett mit ihm zu teilen. »Genug von diesem Unsinn!« hatte er getobt. »Du gehörst mir. Mit Leib und Seele! Ich habe dich gekauft!«

»Was du gekauft hast, war ein Körper«, gab sie zurück. »Faß mich an, und ich bringe mich um. Und dich auch.«

»Wenn du es in dieser Reihenfolge versuchst, wirst du eine Enttäuschung erleben.«

»Verspotte mich nicht, Barbar!«

»Also schön. Was soll ich dann tun? Dich wieder an einen Ventrier verkaufen?«

»Heirate mich.«

»Und dann wirst du mich lieben und ehren, verstehe ich das richtig?«

»Nein. Aber ich werde mit dir schlafen und versuchen, dir eine gute Gefährtin zu sein.«

»Dem Angebot kann man nur schwer widerstehen. Ein Sklavenmädchen, das seinem Herrn viel weniger bietet, als er bezahlt hat, dafür aber zu einem höheren Preis. Warum sollte ich das tun?«

»Warum nicht?«

Zwei Wochen später hatten sie geheiratet, und die zehn Jahre ihres Zusammenlebens hatten ihm Freude gebracht. Er wußte, daß sie ihn nicht liebte; aber das machte ihm nichts aus. Er mußte nicht geliebt werden, er mußte Liebe geben können. Sie hatte das von Anfang an erkannt und erbarmungslos darauf gesetzt. Er ließ sie nie wissen, daß er das Spiel durchschaute; er entspannte sich lediglich und genoß es. Der weise Mann, Kias, hatte versucht, ihn zu warnen.

»Du gibst zuviel von dir selbst, mein Freund. Du füllst sie mit deinen Träumen und Hoffnungen, deiner Seele. Wenn sie dich verläßt oder verrät, was bleibt dann für dich übrig?«

»Nichts«, hatte er wahrheitsgemäß geantwortet.

»Du bist ein Narr, Tenaka. Ich hoffe, sie bleibt bei dir.«

»Das wird sie.«

Er war so sicher gewesen. Aber er hatte nicht mit dem Tod gerechnet.

Tenaka schauderte und zog den Mantel fester um sich, als der Wind auffrischte.

Er würde das Mädchen nach Sousa bringen und dann weiter nach Drenan reisen. Es würde nicht schwer sein, Ceska zu finden oder zu töten. Niemand kann sich so gut schützen, daß er wirklich sicher ist. Nicht, solange der Meuchelmörder bereit ist zu sterben. Und Tenaka war mehr als bereit.

Er wünschte den Tod, sehnte sich nach der trostlosen Leere und der Abwesenheit von Schmerz. Jetzt würde Ceska wissen, daß Tenaka auf dem Weg war. Der Brief müßte ihn binnen eines Monats erreicht haben, da er per Schiff nach Mashrapur und von dort nach Nordosten, nach Drenan gebracht wurde.

»Ich hoffe, du träumst von mir, Ceska. Ich hoffe, ich wandle durch deine Alpträume.«

»Ich weiß nichts von seinen«, sagte eine gedämpfte Stimme, »aber du wandelst durch meine.«

Vor ihm stand der Riese mit der schwarzen Maske.

»Ich bin gekommen, dich zu töten«, sagte er und zog sein Langschwert.

Tenaka zog sich vom Feuer zurück. Er beobachtete den Mann; seine Gedanken klärten sich, und sein Körper nahm die gewohnte Geschmeidigkeit für den Kampf an.

Der Riese wirbelte sein Schwert herum und spreizte die Arme weit, um sein Körpergewicht auszubalancieren. Tenaka blinzelte, als ihm die Erkenntnis kam.

»Ananais?« fragte er.

Das Schwert des Riesen sauste zischend auf seinen Hals zu, doch Tenaka parierte den Hieb und sprang zurück.

»Ananais, bist *du* das?« fragte er noch einmal.

Der Riese blieb einen Moment schweigend stehen. »Ja«, sagte er schließlich. »Ich bin es. Und jetzt verteidige dich!«

Tenaka steckte sein Schwert in die Scheide und ging auf den Riesen zu. »Ich kann nicht gegen dich kämpfen«, sagte er. »Und ich weiß nicht, warum du meinen Tod wünschen solltest.«

Ananais machte einen Satz nach vorn, hämmerte seine Faust gegen Tenakas Kopf und stieß ihn in den Schnee.

»Warum?« rief er. »Du weißt nicht *warum*? Sieh mich an!«

Er zerrte die Ledermaske vom Gesicht, und in dem tanzenden Zwielicht sah Tenaka einen lebendig gewordenen Alptraum. Da war kein Gesicht mehr, nur die verzerrten, narbigen Überreste von einst menschlichen Zügen. Die Nase war nicht mehr, auch die Oberlippe nicht; gezackte weiße und rote Narben zogen sich kreuz und quer über die noch verbliebene Haut. Nur die blauen Augen und das dichtgelockte blonde Haar wirkten menschlich.

»Gute Götter des Lichts!« flüsterte Tenaka. »Das wußte ich nicht ... habe ich nie gewußt.«

Ananais kam langsam näher und senkte die Spitze seines Schwerts, bis sie Tenakas Hals berührte.

»Der Kieselstein, der einen Erdrutsch auslöste«, sagte der Riese rätselhaft. »Du weißt, was ich meine.«

Tenaka hob die Hand und drückte langsam die Klinge zur Seite.

»Du wirst es mir schon erzählen müssen, mein Freund«, sagte er und setzte sich auf.

»Bei allen Göttern!« brüllte der Riese, ließ sein Schwert fallen und zog Tenaka auf die Füße, bis ihre Gesichter sich fast berührten. »Sieh mich an!«

Tenaka schaute mit ruhigem Blick in die eisblauen Augen und spürte, daß dort der Abgrund des Wahnsinns lauerte.

Sein Leben hing an einem seidenen Faden.

»Erzähl mir, was geschehen ist«, sagte er leise. »Ich werde nicht fortlaufen. Wenn du mich töten willst, dann tu es. Aber erzähle es mir.«

Ananais ließ ihn los, drehte sich um und suchte seine Maske, so daß er Tenaka seinen breiten Rücken zuwandte. Und in diesem Moment wußte Tenaka, was er von ihm erwartete. Trauer erfüllte ihn.

»Ich kann dich nicht töten«, sagte er.

Der Riese drehte sich wieder um; Tränen strömten aus seinen Augen.

»Ach, Tani«, sagte er mit bebender Stimme, »sieh nur, was sie mir angetan haben!« Als er auf die Knie sank und mit den Händen sein verunstaltetes Gesicht bedeckte, ließ Tenaka sich neben ihm nieder und umarmte ihn. Der Riese begann zu weinen; seine Brust wogte, und sein Schluchzen war laut und voller Qualen. Tenaka tätschelte ihm den Rücken, wie einem Kind und als würde er seinen Schmerz spüren, als wäre es sein eigener.

Ananais war nicht gekommen, um ihn zu töten, sondern um durch seine Hand zu sterben. Und Tenaka wußte, warum der Riese ihm die Schuld gab. An dem Tag, als der Befehl kam, den Drachen aufzulösen, hatte Ananais die Männer um sich geschart, um nach Drenan zu marschieren und Ceska abzusetzen. Tenaka und der Gan des Drachen, Baris, hatten sich geweigert und die Männer daran erinnert, daß sie für die Demokratie lebten und kämpften. So war die Revolution beendet gewesen, noch ehe sie begonnen hatte.

Und jetzt war der Drache zerstört, das Land lag in Trümmern, und der Schrecken regierte die Drenai.

Ananais hatte recht gehabt.

Renya beobachtete die beiden schweigend, bis das Schluchzen verebbte; dann stand sie auf und ging zu ihnen. Sie legte Holz auf das ersterbende Feuer. Ananais blickte auf und suchte hastig nach seiner Maske, als er das Mädchen sah.

Sie kam an seine Seite, kniete neben ihm nieder und berührte sanft die Hände, die die Maske hielten. Sie schloß ihre Finger um seine, löste die Maske daraus. Ihre dunklen Augen waren nur auf die des Riesen gerichtet.

Als das zerstörte Gesicht sichtbar wurde, schloß Ananais die Augen und senkte den Kopf. Renya beugte sich vor und küßte ihn auf die Stirn, dann auf die vernarbte Wange. Er öffnete die Augen. »Warum?« flüsterte er.

»Wir alle haben Narben«, sagte sie. »Und es ist weit besser, sie nicht zu verbergen.« Sie stand auf und ging zurück zu ihrem Bett.

»Wer ist sie?« fragte Ananais.

»Sie wird von Ceska gejagt«, erklärte Tenaka.

»Werden wir das nicht alle?« meinte der Riese und setzte die Maske wieder auf.

»Ja, aber wir werden ihn überraschen«, sagte Tenaka.

»Das wäre schön.«

»Vertrau mir, mein Freund. Ich habe vor, ihn zu stürzen.«

»Allein?«

Tenaka grinste. »Bin ich denn noch allein?«

»Nein! Hast du einen Plan?«

»Noch nicht.«

»Gut. Ich dachte, wir zwei würden vielleicht losziehen und Drenan umzingeln!«

»Dazu kommt es vielleicht noch! Wie viele vom Drachen sind noch am Leben?«

»Sehr wenige. Die meisten sind dem Ruf gefolgt. Ich

hätte es auch getan, wenn er mich rechtzeitig erreicht hätte. Decado lebt noch.«

»Das ist eine gute Nachricht«, sagte Tenaka.

»So gut nun auch wieder nicht. Er ist Mönch geworden.«

»*Mönch*? Decado? Er lebte, um zu töten!«

»Nicht mehr. Denkst du daran, eine Armee aufzustellen?«

»Nein. Gegen die Bastarde würde eine Armee nichts nützen. Sie sind zu stark, zu schnell – zu viele.«

»Man kann sie besiegen«, sagte Ananais.

»Menschen nicht.«

»Ich habe einen besiegt.«

»Du?«

»Ja. Nachdem der Drache aufgelöst wurde, habe ich mich als Bauer versucht. Es hat nicht geklappt. Ich hatte riesige Schulden, und Ceska hatte die Arenen für Kampfspiele freigegeben, also wurde ich Gladiator. Ich dachte, nach drei Kämpfen hätte ich vielleicht genug Geld, um meine Schulden zu bezahlen. Aber es hat mir Spaß gemacht, weißt du? Ich kämpfte unter einem anderen Namen, doch Ceska fand heraus, wer ich war. Jedenfalls vermute ich es. Ich sollte gegen einen Mann namens Treus kämpfen, doch als die Tore geöffnet wurden, stand da ein Bastard. Götter, er war bestimmt zweieinhalb Meter groß! Aber ich habe ihn besiegt. Bei allen Höllendämonen, ich habe ihn besiegt!«

»Wie?«

»Ich mußte ihn nahe herankommen und im Glauben lassen, er hätte gesiegt. Dann habe ich ihm mit dem Messer den Bauch aufgeschlitzt.«

»Das war ein großes Risiko«, meinte Tenaka.

»Ja.«

»Aber du bist davongekommen.«

»Nicht ganz«, antwortete Ananais. »Er hat mir das Gesicht zerfetzt.«

»Weißt du, ich dachte wirklich, ich könnte dich töten«, sagte Ananais, als sie gemeinsam am Feuer saßen. »Ich war ganz sicher. Ich habe dich gehaßt. Je mehr ich das Land leiden sah, desto mehr bist du durch meine Gedanken gespukt. Ich fühlte mich betrogen, als ob alles zerstört worden wäre, wofür ich gelebt hatte. Und als der Bastard ... als ich verwundet wurde ... ich habe den Verstand verloren. Den Mut. Alles.«

Tenaka schwieg; sein Herz war schwer. Ananais war eitel gewesen, doch mit einem Humor gesegnet, der immer selbstironisch war. Das hatte seiner Eitelkeit den Stachel genommen. Und er war schön gewesen. Die Frauen hatten ihn vergöttert. Tenaka unterbrach ihn nicht. Er hatte das Gefühl, als wäre eine lange, lange Zeit vergangen, seit Ananais zum letztenmal Gesellschaft hatte. Die Worte flossen in einem stetigen Strom, doch der Riese kam immer wieder auf seinen Haß auf den Nadirprinzen zurück.

»Ich wußte, es war unvernünftig, aber ich konnte nicht dagegen an. Und als ich die Leichen bei der Kaserne fand und wußte, daß du es getan hattest, war ich blind vor Zorn. Bis ich dich hier sitzen sah. Und dann ... dann ...«

»Dann wolltest du dich von mir töten lassen«, sagte Tenaka leise.

»Ja. Es schien ... angemessen.«

»Ich bin froh, daß wir einander gefunden haben, mein Freund. Ich wünschte nur, ein paar von den anderen wären hier.«

Der Morgen war hell und frisch, und die Wärme, die den Frühling verhieß, küßte den Wald und ließ das Herz der Reisenden leichter werden.

Renya betrachtete Tenaka mit neuen Augen. Sie erinnerte sich nicht nur an die Liebe und das Verständnis, das er seinem entstellten Freund entgegenbrachte, sondern auch an die Worte, die er zu ihr gesagt hatte, ehe der Riese kam: »Glaub mir.«

Und Renya glaubte.

Aber mehr noch. Etwas in seinen Worten berührte ihr Herz, und der Schmerz in ihrer Seele ließ nach.

Er wußte.

Und dennoch mochte er sie. Renya wußte nicht, was Liebe war; denn in ihrem ganzen Leben hatte sich nur ein Mann um sie gekümmert, und das war Aulin, der alte Arcanist. Jetzt gab es noch einen. Und er war nicht alt.

O nein, ganz und gar nicht!

Er würde sie nicht in Sousa zurücklassen. Oder sonstwo. Wo Tenaka Khan hinging, da würde auch Renya hingehen. Er wußte es noch nicht. Aber er würde es schon noch erfahren.

An diesem Nachmittag pirschte Tenaka hinter einem jungen Hirsch her und erlegte ihn, indem er seinen Dolch zwanzig Schritt weit schleuderte. Die Gefährten hielten ein Festmahl. Sie legten sich früh schlafen und machten auf diese Weise wett, was ihnen in der letzten Nacht entgegen war, und am nächsten Morgen kamen im Südosten die Türme von Sousa in Sicht.

»Ihr bleibt hier«, riet Ananais. »Ich könnte mir vorstellen, daß inzwischen eine Beschreibung von euch in ganz Drenan verbreitet ist. Warum hast du auch bloß diesen verdammten Brief geschrieben? Es ist nicht gerade klug, das Opfer wissen zu lassen, daß der Mörder unterwegs ist!«

»Ganz im Gegenteil, mein Freund. Er wird von Verfolgungsängsten aufgefressen. Es wird ihn wach halten – gespannt – so daß er nicht mehr klar denken kann. Und mit jedem Tag, an dem er nichts von mir hört, wird seine Angst größer. Das macht ihn unsicher.«

»Glaubst du«, sagte Ananais. »Na ja, ich bringe jetzt Renya in die Stadt.«

»Gut. Ich warte hier.«

»Und hat Renya gar nichts dazu zu sagen?« fragte das Mädchen zuckersüß.

»Ich wußte nicht, daß du etwas dagegen hast«, erwiderte Tenaka verblüfft.

»Hab' ich aber!« fauchte sie. »Ich gehöre dir nicht. Ich gehe, wohin ich will.« Sie setzte sich auf einen umgestürzten Baum, verschränkte die Arme vor der Brust und starrte in den Wald.

»Ich dachte, du wolltest nach Sousa«, sagte Tenaka.

»Nein. Aulin wollte das.«

»Und wohin willst du gehen?«

»Ich bin mir noch nicht sicher. Ich werde es dich wissen lassen.«

Tenaka schüttelte den Kopf und wandte sich mit ausgebreiteten Armen an den Riesen.

Ananais zuckte die Achseln. »Wie auch immer, ich gehe auf jeden Fall. Wir brauchen Lebensmittel, und ein paar Informationen können auch nicht schaden. Ich werde sehen, was ich herausfinden kann.«

»Paß auf, daß du keinen Ärger bekommst«, warnte Tenaka.

»Mach dir keine Sorgen. Ich werde mich unauffällig unters Volk mischen. Ich suche mir einfach eine Menge, in der alle schwarze Masken tragen, und halte mich daran.«

»Du weißt, was ich meine.«

»Ja. Mach dir keine Sorgen! Ich werde nicht die Hälfte deiner neuen Armee bei der ersten Gelegenheit aufs Spiel setzen.«

Tenaka schaute ihm nach, als er davonging, und kehrte dann zu dem Mädchen zurück. Er wischte den Schnee von dem Baumstamm und setzte sich neben sie.

»Warum bist du nicht mit ihm gegangen?«

»Wolltest du, daß ich gehe?« fragte sie zurück und blickte ihm in die violetten Augen.

»Ob ich wollte? Was meinst du damit?«

Sie lehnte sich an ihn. Er roch den moschusartigen Duft ihrer Haut und bemerkte wieder einmal die Schlankheit ihres Halses und die dunkle Schönheit ihrer Augen.

»Ich will bei dir bleiben«, wisperte sie.

Er machte die Augen zu und verschloß sich so der Magie ihrer Schönheit. Doch der Duft blieb.

»Das ist verrückt«, sagte er und stand auf.

»Warum?«

»Weil ich nicht sehr lange leben werde. Verstehst du denn nicht? Ceska zu töten ist kein Spiel. Meine Chancen, mit dem Leben davonzukommen, stehen eins zu tausend.«

»Es ist ein Spiel«, widersprach sie. »Das Spiel der Menschen. Du brauchst Ceska nicht zu töten – es ist nicht deine Aufgabe, die Bürde der Drenai auf deine Schultern zu nehmen.«

»Das weiß ich«, sagte er. »Es ist etwas Persönliches. Aber ich werde es bis zum Ende durchstehen – und Ananais auch.«

»Und ich auch. Ich habe ebensoviel Grund, Ceska zu hassen, wie du und dein Freund. Er hat Aulin zu Tode gehetzt.«

»Aber du bist eine Frau!« sagte er verzweifelt.

Sie lachte – ein volles, anziehendes Lachen voller Humor. »Ach, Tenaka, was habe ich darauf gewartet, daß du einmal etwas Törichtes sagst. Du hast immer so recht. Du bist so klug. Eine Frau, in der Tat! Ja, das bin ich. Und mehr als das. Hätte ich den Wunsch gehabt, hätte ich diese vier Soldaten selbst töten können. Ich bin genauso stark wie du, vielleicht noch stärker, und ich bin genauso schnell. Du weißt, was ich bin: ein Bastard! Aulin kannte mich in Drenan, als ich noch ein Krüppel mit krummem Rücken und kaputtem Bein war. Er hatte Mitleid mit mir und brachte mich nach Graven, wo er die Maschinen benutzte, so wie sie gedacht waren. Er hat mich geheilt, indem er mich mit einem von Ceskas Schoßtieren verschmolz. Weißt du, was er genommen hat?«

»Nein«, flüsterte Tenaka.

Mit einer blitzschnellen Bewegung sprang sie vom Baumstamm. Seine Arme fuhren hoch, als sie ihn traf, und er stürzte in den Schnee. Zischend entwich die Luft aus seinen Lungen. Innerhalb von Sekunden hatte sie ihn fest zu Boden gedrückt. Er kämpfte, doch er konnte sich nicht rühren. Sie hielt seine Arme flach in den Schnee gepreßt und drehte sich, bis sie auf ihm lag, so daß ihr Gesicht nur Zentimeter von seinem entfernt war.

»Er hat mich mit einem Panther verschmolzen«, sagte sie.

»Das hätte ich dir auch geglaubt, wenn du es nur gesagt hättest«, keuchte er. »Die Demonstration war überflüssig.«

»Nicht für mich«, widersprach Renya. »Denn jetzt habe ich dich in meiner Gewalt.«

Er grinste … bog den Rücken durch und drehte sich. Mit einem Überraschungsschrei wurde Renya nach links geschleudert. Tenaka wirbelte herum, sprang auf sie und hielt ihre Arme unter ihrem Körper fest.

»Mich hat selten jemand in seiner Gewalt, junge Dame«, sagte er.

»Und?« fragte sie und hob eine Augenbraue. »Was willst du jetzt tun?«

Er wurde rot, antwortete aber nicht. Und bewegte sich nicht. Er spürte die Wärme ihres Körpers, roch den Duft ihrer Haut.

»Ich liebe dich«, sagte sie. »Ehrlich.«

»Ich habe keine Zeit. Ich kann nicht. Ich habe keine Zukunft.«

»Ich auch nicht. Was hat ein Bastard schon zu erwarten? Küß mich.«

»Nein.«

»Bitte.«

Er antwortete nicht. Er konnte nicht. Denn ihre Lippen trafen sich.

4

Steiger stand in der Menge und beobachtete, wie das Mädchen an den Pfahl gebunden wurde. Sie wehrte sich nicht und schrie nicht, nur Verachtung lag in ihrem Blick. Sie war groß und hellhaarig – nicht schön, aber auffallend. Als die Wachen Gestrüpp um ihre Beine häuften, sahen sie das Mädchen nicht an, und Steiger spürte, daß sie sich schämten.

Wie er.

Der Offizier kletterte auf die hölzerne Plattform neben dem Mädchen und blickte über die Menge. Er spürte, wie ihr mürrischer Zorn über ihn hinwegschwemmte und genoß es. Sie waren machtlos.

Malif zupfte seinen roten Mantel zurecht, nahm den Helm ab und steckte ihn sorgfältig in die Armbeuge. Der warme Sonnenschein war angenehm, und der Tag versprach, schön zu werden, sehr schön.

Er räusperte sich.

»Diese Frau ist der Aufwiegelung, der Hexerei, des Handels mit Giften und des Diebstahls angeklagt. In allen Punkten wurde sie rechtskräftig verurteilt. Doch wenn sich jemand findet, der für sie sprechen will, so soll er es jetzt tun!«

Sein Blick fuhr nach links, wo sich in der Menge etwas rührte. Ein alter Mann wurde von einem jüngeren zurückgehalten. Kein Sportsgeist!

Malif schwenkte die Arme nach rechts und deutete auf den Bastard in der rotgoldenen Livree des Magisters Silius.

»Dieser Diener des Gesetzes ist auserwählt worden, die Entscheidung des Gerichts zu verteidigen. Wenn jemand für das Mädchen Valtaya streiten will, laß ihn zuerst einen Blick auf seinen Gegner werfen.«

Steiger packte Belders Arm. »Sei kein Narr!« zischte er. »Man würde dich töten, und das lasse ich nicht zu.«

»Es ist besser zu sterben, als das hier mit anzusehen«,

erwiderte der alte Soldat. Doch er wehrte sich nicht mehr, und mit einem müden Seufzer wandte er sich ab und bahnte sich einen Weg durch die Menge.

Steiger warf einen Blick auf das Mädchen. Ihre grauen Augen blickten in die seinen, und sie lächelte. In diesem Lächeln lag ein Hauch von Spott.

»Es tut mir leid«, flüsterte er, doch sie blickte ihn nicht mehr an.

»Darf ich etwas sagen?« fragte sie. Ihre Stimme war klar und kräftig.

Malif wandte sich ihr zu. »Das Gesetz erlaubt es. Aber falls deine Worte aufwieglerisch sind, lasse ich dich knebeln.«

»Meine Freunde«, begann sie, »es tut mir leid, euch hier zu sehen. Der Tod bedeutet nichts, aber das Fehlen von Freude ist schlimmer als der Tod. Die meisten von euch kenne ich. Und ich liebe euch alle. Bitte, geht nach Hause und behaltet mich in Erinnerung, wie ihr mich gekannt habt. Denkt an das Lachen und streicht diesen schlimmen Augenblick aus eurem Leben.«

»Das wird nicht nötig sein, meine Dame!« rief jemand. Die Menge teilte sich, und ein großer, ganz in schwarz gekleideter Mann trat auf den Scheiterhaufen zu.

Valtaya blickte hinab in die hellblauen Augen des Mannes. Sein Gesicht war von einer Maske aus glänzendem schwarzem Leder bedeckt, und sie fragte sich, ob ein Mann mit so schönen Augen wirklich der Henker sein konnte.

»Wer bist du?« wollte Malif wissen. Der Mann nahm seinen Lederumhang ab und warf ihn nachlässig in die Menge.

»Du hast doch nach einem Streiter gefragt, oder?«

Malif grinste. Der Mann war zwar kräftig gebaut, aber selbst er wirkte neben dem Bastard wie ein Zwerg.

Was für ein schöner Tag, nein wirklich!

»Nimm die Maske ab, damit wir dich sehen können!« befahl er.

»Das ist weder nötig noch Vorschrift«, erwiderte der Mann.

»Das stimmt allerdings. Also gut. Es wird ein Zweikampf sein, ohne Waffen.«

»Nein!« rief Valtaya. »Bitte, Herr, überlege es dir – das ist Wahnsinn! Wenn ich sterben muß, dann allein. Ich habe mich damit abgefunden, aber du machst es mir schwer.«

Der Mann beachtete sie nicht; statt dessen zog er ein Paar schwarze Handschuhe aus seinem breiten Gürtel.

»Gestattet ihr mir, diese zu tragen?« fragte er.

Malif nickte, und der Bastard stampfte vorwärts. Er war über zwei Meter groß und besaß einen riesigen, fuchsähnlichen Kopf. Seine mächtigen Arme endeten in gekrümmten Klauen. Ein tiefes Grollen drang aus seinem Maul, und die Lippen entblößten schimmernde Fänge.

»Gibt es irgendwelche Regeln?« fragte der Mann.

»Keine«, antwortete Malif.

»Gut«, sagte der Mann und hämmerte dem Untier seine Faust ins Maul. Einer der Fangzähne brach bei dem Aufprall ab, und Blut spritzte durch die Luft. Dann sprang der Mann vor und ließ einen Hieb nach dem anderen auf den Schädel des Wesens niederregnen.

Aber der Bastard war stark, und nach dem anfänglichen Schock brüllte er seinen Trotz hinaus und ging zum Angriff über. Eine Faust ließ seinen Kopf zurückschnellen; dann schlugen seine Klauen zu. Der Mann sprang zur Seite; seine Tunika war zerfetzt, und Blut rann aus Kratzern in seiner Brust. Die beiden Gegner umkreisten sich.

Plötzlich machte der Bastard einen Satz, und der Mann warf sich mit den Füßen voran in die Luft, so daß seine Stiefel in das Gesicht des Ungeheuers krachten. Der Bastard ging zu Boden. Der Mann rollte sich auf die Füße und lief vor, um einen Tritt anzubringen, doch der Bastard holte mit dem Arm aus und schlug ihn zu Boden. Das Biest erhob sich zu voller Größe; dann taumelte es, die Augen rollten, und die Zunge hing ihm aus dem Maul. Der Mann attackierte und landete einen Hieb auf dem Schädel des

Bastards, der vornüber in den Staub des Marktplatzes fiel. Dann stand der Mann über ihm. Seine Brust wogte, und er wandte sich an den erstarrten Malif.

»Bindet das Mädchen los!« sagte er. »Es ist vorbei.«

»Hexerei!« rief Malif. »Du bist ein Zauberer! Du wirst mit dem Mädchen brennen. Packt ihn!«

Zorniges Gebrüll erhob sich aus der Menge, die vorwärts stürmte.

Ananais grinste und sprang auf die Plattform, als Malif zurückstolperte und nach seinem Schwert tastete. Ananais verpaßte ihm einen Schlag, daß er von der Empore flog. Die Wachen machten kehrt und rannten davon, und Steiger kletterte auf den Scheiterhaufen und zerschnitt mit seinem Messer die Stricke.

»Komm schon!« rief er und zog Valtaya am Arm. »Wir müssen weg hier! Sie werden zurückkommen.«

»Wer hat meinen Mantel?« brüllte Ananais.

»Ich habe ihn, General«, rief ein bärtiger Veteran. Ananais wirbelte den Mantel um seine Schultern, befestigte ihn und hob dann, Ruhe gebietend, die Hände.

»Wenn sie fragen, wer das Mädchen befreit hat, dann sagt ihnen, es war die Armee von Tenaka Khan. Sagt ihnen, der Drache ist zurückgekehrt!«

»Hier lang, rasch!« rief Steiger und führte Valtaya in eine schmale Gasse. Ananais sprang leichtfüßig von der Plattform und folgte ihnen. Er warf noch einen Blick auf den leblosen Malif, dessen Genick grotesk verdreht war. Er muß übel gestürzt sein, dachte Ananais. Aber hätte der Sturz ihn nicht getötet, hätte das Gift diese Arbeit erledigt. Behutsam zog er die Handschuhe aus und drückte den verborgenen Knopf, so daß die Nadeln über den Knöcheln wieder bedeckt waren. Er steckte die Handschuhe in den Gürtel; dann rannte er dem Mann und dem Mädchen hinterher.

Sie bückten sich, um durch eine Nebenpforte in einer kopfsteingepflasterten Straße zu gelangen, und Ananais fand sich in einem dunklen Gasthaus wieder, dessen

Läden geschlossen und in dem die Stühle auf den Tischen gestapelt waren. Der Mann und das Mädchen standen an der langen Theke.

Der Wirt, ein kleiner, dicker Mann mit beginnender Glatze, goß Wein in irdene Becher. Er blickte auf, und Ananais trat aus den Schatten. Die Karaffe entglitt seinen zitternden Fingern.

Steiger fuhr herum; in seinen Augen stand Angst.

»Ach, du bist es!« sagte er. »Du bewegst dich sehr leise für deine Größe. Schon gut, Larcas, das ist der Mann, der Valtaya gerettet hat.«

»Freue mich, dich kennenzulernen«, sagte der Wirt. »Was zu trinken?«

»Ja, danke.«

»Die Welt ist verrückt geworden«, sagte Larcas. »Wißt ihr, in den ersten fünf Jahren, da ich diese Schänke führte, gab es keinen einzigen Mord. Jedermann hatte wenigstens ein bißchen Geld. Damals gab es viel Freude. Die Welt ist verrückt geworden.«

Er goß Wein für Ananais ein und füllte dann seinen eigenen Becher nach, den er auf einen Zug leerte. »Verrückt! Ich hasse Gewalt. Ich kam her, um ein ruhiges Leben zu führen. Eine Kornstadt am Rande der sentranischen Ebene – kein Ärger. Aber seht euch das jetzt an! Tiere, die umherlaufen wie Menschen. Gesetze, die niemand versteht, geschweige denn befolgt. Spitzel, Diebe, Mörder. Laß während der Hymne einen fahren, und du giltst als Verräter.«

Ananais zog einen Stuhl von einem der Tische und setzte sich mit dem Rücken zu dem Trio. Vorsichtig hob er die Maske an und nippte seinen Wein. Valtaya kam zu ihm, und er wandte den Kopf ab, leerte seinen Becher und rückte die Maske wieder zurecht.

Valtaya legte ihre Hand auf die seine. »Danke, daß du mir das Leben gerettet hast«, sagte sie.

»Es war mir ein Vergnügen, meine Dame.«

»Deine Narben sind wohl schlimm?«

»Ich habe noch nie schlimmere gesehen.«

»Sind sie verheilt?«

»Zum größten Teil. Die unter meinem rechten Auge geht hin und wieder auf. Aber damit kann ich leben.«

»Ich werde sie heilen.«

»Das ist nicht nötig.«

»Es ist nur eine Kleinigkeit. Ich möchte das gern für dich tun. Hab keine Angst. Ich habe schon oft Narben gesehen.«

»Aber nicht solche, meine Dame. Ich habe kein Gesicht mehr unter dieser Maske. Aber früher war ich schön.«

»Du bist noch immer schön«, sagte sie.

Seine blauen Augen sprühten, und er beugte sich mit geballten Fäusten vor.

»Spotte nicht über mich, Weib!«

»Ich wollte doch nur …«

»Ich weiß, was du wolltest – du wolltest freundlich sein. Ich brauche keine Freundlichkeit und kein Verständnis. Ich war schön und habe mich darüber gefreut. Jetzt bin ich ein Ungeheuer und habe gelernt, damit zu leben.«

»Jetzt hör mir mal zu«, befahl Valtaya und stützte sich auf die Ellbogen. »Aussehen bedeutet mir nichts. Taten zeichnen ein besseres Bild von einem Menschen als Haut und Sehnen und Knochen. Was du heute getan hast, war schön.«

Ananais lehnte sich in seinem Stuhl zurück, die Arme vor der breiten Brust verschränkt.

»Es tut mir leid«, sagte er. »Verzeih.«

Sie kicherte und ergriff seine Hand.

»Da gibt es nichts zu verzeihen. Wir haben uns nur ein bißchen besser kennengelernt.«

»Warum wollten sie dich verbrennen?« fragte Ananais, legte seine Hand auf die ihre und genoß die Wärme ihrer Haut.

Sie zuckte die Achseln. »Ich handle mit Kräutern und Arzneien. Und ich sage immer die Wahrheit.«

»Und so was nennt man Zauberei und Aufwiegelung. Was ist mit dem Diebstahl?«

»Ich habe mir ein Pferd geborgt. Erzähl mir von dir.«

»Da gibt es wenig zu erzählen. Ich bin ein Krieger auf der Suche nach einem Krieg.«

»Bist du deshalb nach Drenan zurückgekommen?«

»Wer weiß?«

»Habt ihr wirklich eine Armee?«

»Eine Armee von zwei Mann. Aber es ist ein Anfang.«

»Jedenfalls bist du optimistisch. Kämpft dein Freund auch so gut wie du?«

»Besser. Er ist Tenaka Khan.«

»Der Nadirprinz? Der Khan der Schatten?«

»Du hast in Geschichte gut aufgepaßt.«

»Ich bin in Dros Delnoch aufgewachsen«, sagte sie und nippte an ihrem Wein. »Ich dachte, er wäre tot wie der Rest des Drachen.«

»Männer wie Tenaka sterben nicht so leicht.«

»Dann mußt du Ananais sein. Der Goldene?«

»Ich hatte einst diese Ehre.«

»Zwei berühmte Krieger, um die sich Legenden ranken! Ihr sollt hundertfünfzig Kilometer westlich von Sousa zwanzig vagrische Räuber in die Flucht geschlagen haben. Und später habt ihr eine Bande von Sklavenjägern in der Nähe von Purdol im Osten umzingelt und vernichtet.«

»Es waren nicht zwanzig, sondern nur sieben Räuber – und davon hatte einer Fieber. Wir waren den Sklavenjägern zahlenmäßig zwei zu eins überlegen.«

»Und habt ihr nicht eine lentrische Prinzessin vor Nadirkriegern gerettet und seid dabei Hunderte von Kilometern nach Norden gereist?«

»Nein, aber ich habe mich oft gefragt, wie diese Geschichte entstanden ist. Das alles geschah, bevor du geboren wurdest – woher weißt du eigentlich so viel darüber?«

»Ich höre Steiger zu. Er erzählt wunderbare Geschichten. Warum hast du mich heute gerettet?«

»Was ist das für eine Frage? Bin ich nicht der Mann, der Hunderte von Kilometern gereist ist, um eine lentrische Prinzessin zu retten?«

»Ich bin keine Prinzessin.«

»Und ich bin kein Held.«

»Du hast es mit einem Bastard aufgenommen.«

»Ja. Aber sein Tod begann schon mit meinem ersten Hieb. Ich habe Giftnadeln in meinen Handschuhen.«

»Trotzdem hätten das nicht viele Männer getan.«

»Tenaka hätte ihn ohne die Handschuhe getötet. Er ist der *zweit*schnellste Mann, dem ich je begegnet bin.«

»Der zweitschnellste?«

»Soll das heißen, du hast noch nie von Decado gehört?«

Tenaka richtete das Feuer und kniete dann neben der schlafenden Renya nieder. Sie atmete gleichmäßig. Er berührte ihr Gesicht sanft mit einem Finger und streichelte ihre Wange. Dann ließ er sie allein, stieg auf einen Hügel in der Nähe und starrte über die sanften Erhebungen und Ebenen nach Süden, während die Morgensonne langsam über den Skeln-Bergen aufging.

Wälder, Flüsse und weites Grasland zogen sich in blauem Dunst bis in die Ferne, als ob der Himmel geschmolzen sei und sich mit dem Land verbunden hätte. Im Südwesten durchstießen die wilden Skoda-Berge die Wolken wie Dolchspitzen, rot wie Blut und stolz schimmernd.

Tenaka schauderte und zog den Mantel enger um den Leib. Ohne Spuren von menschlichem Leben war das Land schön.

Seine Gedanken wanderten ziellos umher, doch immer wieder tauchte Renyas Gesicht vor seinem geistigen Auge auf.

Liebte er sie? Konnte Liebe so schnell entstehen, oder war es nur die Leidenschaft eines einsamen Mannes für ein trauriges Kind?

Sie brauchte ihn.

Aber brauchte er sie?

Gerade jetzt, bei allem, was noch vor ihm lag?

Du Narr, sagte er sich, als er sich ein Leben mit Renya

in seinem Palast in Ventria vorstellte. Dazu ist es zu spät. Du bist der Mann, der vom Berge kam.

Er setzte sich auf einen flachen Stein und rieb sich die Augen.

Worin liegt der Sinn dieser hoffnungslosen Mission? fragte er sich, und Bitterkeit stieg in ihm auf. Er konnte Ceska töten, daran bestand kein Zweifel. Aber worin lag der Sinn? Würde sich die Welt durch den Tod eines Despoten ändern?

Wahrscheinlich nicht. Aber sein Weg stand fest.

»Worüber denkst du nach?« fragte Renya, setzte sich neben ihn und schlang die Arme um seine Hüften. Er öffnete seinen Mantel und legte ihn um ihre Schultern.

»Ich habe nur taggeträumt«, sagte er, »und die Aussicht bewundert.«

»Es ist schön hier.«

»Ja. Und jetzt ist es vollkommen.«

»Wann wird dein Freund zurückkehren?«

»Bald.«

»Machst du dir Sorgen um ihn?«

»Woher weißt du das?«

»Ich habe es erkannt, als du ihn gebeten hast, Ärger aus dem Weg zu gehen.«

»Ich machte mir immer Sorgen um Ananais. Er hat einen Sinn für das Dramatische und einen sublimen Glauben an seine körperlichen Fähigkeiten. Er würde es auch mit einer Armee aufnehmen und wäre überzeugt, siegen zu können. Das könnte er wahrscheinlich auch – jedenfalls bei einer kleinen Armee.«

»Du hast ihn sehr gern, nicht wahr?«

»Ich liebe ihn.«

»Nicht viele Männer können das sagen«, meinte Renya. »Meist fügen sie hinzu: ›Wie einen Bruder‹. Kennst du ihn schon lange?«

»Seit ich siebzehn war. Ich kam als Kadett zum Drachen, und bald darauf haben wir uns angefreundet.«

»Warum wollte er mit dir kämpfen?«

»Er wollte es nicht wirklich. Aber das Leben hat ihm übel mitgespielt, und er hat mich dafür verantwortlich gemacht – jedenfalls zum Teil. Vor langer Zeit wollte er Ceska beseitigen. Er hätte es tun können. Statt dessen half ich, ihn aufzuhalten.«

»Das ist nicht leicht zu verzeihen«, sagte sie.

»Da hast du recht.«

»Hast du immer noch die Absicht, Ceska zu töten?«

»Ja.«

»Selbst wenn es deinen Tod bedeutet?«

»Selbst dann!«

»Wohin gehen wir von hier aus? Nach Drenan?«

Er wandte sich zu ihr und hob ihr Kinn mit einer Hand. »Willst du immer noch mit mir kommen?«

»Natürlich.«

»Es ist zwar selbstsüchtig, aber ich bin glücklich darüber«, sagte er.

Der Schrei eines Mannes durchbrach die Stille, und Vogelschwärme stoben kreischend vor Panik aus den Bäumen. Tenaka sprang auf.

»Es kam von dort«, rief Renya, nach Nordosten deutend. Tenakas Schwert blitzte im Sonnenschein auf, und er rannte los, dicht gefolgt von Renya.

Ein bestialisches Geheul mischte sich jetzt mit den Schreien, und Tenaka wurde langsamer.

»Das ist ein Bastard«, sagte er, als Renya ihn einholte.

»Was sollen wir tun?«

»Verdammt!« sagte er. »Warte hier.«

Er lief los, über einen flachen Hügel auf eine kleine Lichtung, die von schneebedeckten Eichen umgeben war. In der Mitte kauerte ein Mann am Fuße eines Baumstammes. Seine Tunika war blutverschmiert und sein Bein entsetzlich aufgerissen. Vor ihm stand ein riesiger Bastard.

Tenaka stieß einen Schrei aus, als das Wesen den Mann angriff, und es schoß herum und starrte den Krieger aus blutroten Augen an. Er wußte, daß er dem Tod ins Antlitz blickte, denn kein Mensch konnte es mit diesem Wesen aufnehmen und mit dem Leben davonkommen. Renya lief an seine Seite, den Dolch vor sich ausgestreckt.

»Geh zurück!« befahl Tenaka.

Sie beachtete ihn nicht. »Was jetzt?« fragte sie kühl.

Der Untier erhob sich zu seiner vollen Größe von zwei Meter siebzig und breitete die klauenbewehrten Arme weit aus. Es war offensichtlich zum Teil ein Bär.

»Lauft!« schrie der Verwundete. »Bitte, laßt mich allein.«

»Ein guter Rat«, meinte Renya.

Tenaka sagte nichts, und das Biest griff an und schickte dabei ein Gebrüll durch den Wald, das einem das Blut gefrieren ließ. Tenaka duckte sich, die violetten Augen fest auf die schreckliche Gestalt gerichtet, die sich auf ihn stürzte.

Als der Schatten der Bestie auf ihn fiel, sprang er mit einem Kriegsschrei der Nadir vor.

Und das Biest verschwand.

Tenaka stürzte in den Schnee, und sein Schwert entglitt ihm. Sofort rollte er sich wieder auf die Füße und kam vor dem Verwundeten hoch, der jetzt dastand und lächelte. Weder seine blaue Tunika noch er selbst zeigte Spuren einer Wunde.

»Was geht hier vor, bei allen Göttern?« wollte Tenaka wissen.

Die Gestalt des Mannes schimmerte und verschwand. Tenaka fuhr zu Renya herum, die mit großen Augen den Baum anstarrte.

»Jemand hält uns zum Narren«, sagte Tenaka und klopfte sich den Schnee von der Tunika.

»Aber warum?« fragte das Mädchen.

»Ich weiß nicht. Laß uns gehen – der Wald hat seinen Zauber verloren.«

»Sie waren so wirklich«, sagte Renya. »Ich dachte, es wäre zu Ende mit uns. Was meinst du, waren das Geister?«

»Wer weiß? Was auch immer sie waren, sie haben keine

Spuren hinterlassen, und ich habe keine Zeit, mir über solche Rätsel den Kopf zu zerbrechen.«

»Aber es muß doch einen Grund haben«, beharrte sie. »War das nur für uns gedacht?«

Er zuckte die Achseln und half ihr den steilen Hang hinab zu ihrem Lager.

Sechzig Kilometer von ihnen entfernt saßen vier Männer schweigend in einem kleinen Raum. Sie hatten die Augen geschlossen und ihren Geist weit geöffnet. Dann schlug einer nach dem anderen die Augen auf, lehnte sich in seinem Stuhl zurück und streckte sich, als ob er aus tiefem Schlaf erwachte.

Ihr Anführer – jener Mann, der scheinbar auf der Lichtung angegriffen worden war – stand auf, ging zu dem schmalen Fenster und blickte hinaus über die Wiesen.

»Was meint ihr?« fragte er, ohne sich umzusehen. Die drei anderen tauschten einen Blick aus; dann sagte der eine, ein kleiner, kräftiger Mann mit dichtem, gelbem Bart: »Auf jeden Fall ist er würdig. Er hat nicht gezögert, dir zu helfen.«

»Ist das wichtig?« fragte der Anführer, der immer noch aus dem Fenster schaute.

»Ich glaube schon.«

»Dann sag mir warum, Acuas.«

»Er ist ein Mann mit einer wichtigen Mission, und doch ist er ein Menschenfreund. Er war eher bereit, sein Leben aufs Spiel zu setzen – nein, es fortzuwerfen – als einen Mitmenschen leiden zu lassen. Das Licht hat ihn berührt.«

»Was meinst du, Balan?«

»Es ist noch zu früh für ein Urteil. Der Mann handelt vielleicht einfach nur überstürzt«, antwortete ein großer schlanker Mann mit dichten, dunklen Locken.

»Katan?«

Der letzte Mann war ebenfalls schlank, sein Gesicht lang und asketisch, die Augen groß und traurig. Er lächelte.

»Wäre es meine Wahl, würde ich ja sagen. Er ist würdig. Er ist ein Mann der Quelle, auch wenn er es nicht weiß.«

»Dann sind wir uns im wesentlichen einig«, sagte der Anführer. »Ich glaube, es ist an der Zeit, daß wir mit Decado sprechen.«

»Aber sollten wir uns zuerst nicht ganz sicher sein, Abt?« fragte Balan.

»Nichts im Leben ist sicher, mein Sohn. Nur der Tod.«

5

Es war eine Stunde nach dem Abendläuten. Die Straßen von Drenan waren verlassen, und die große weiße Stadt schwieg. Ein dreiviertel voller Mond stand an einem klaren Himmel und spiegelte sich in tausend nassen Steinen auf der Straße der Säulen.

Aus den Schatten eines großen Gebäudes kamen sechs Männer in schwarzer Rüstung. Dunkle Helme bedeckten ihre Gesichter. Sie gingen rasch und zielstrebig auf den Palast zu, ohne nach links oder rechts zu blicken.

Zwei Bastarde, mit schweren Äxten bewaffnet, verstellten ihnen den Weg, und die Männer blieben stehen. Sechs Paar Augen hefteten sich auf die Wesen, und sie heulten vor Schmerz auf und flohen.

Die Männer gingen weiter. Aus Fenstern, vor die hastig Vorhänge gezogen oder Läden geklappt wurden, beobachtete man sie. Die Marschierenden spürten die Blicke, fühlten, wie Neugier sich in Furcht verwandelte, wenn man sie erkannte.

Sie gingen schweigend weiter, bis sie ans Tor kamen. Dort warteten sie. Nach einigen Sekunden hörten sie das Knirschen, als der Riegel auf der anderen Seite zurückgeschoben wurde, und das Tor schwang auf. Zwei Wächter verbeugten sich, als die schwarzgerüsteten Männer über den Hof und weiter in die fackelerhellten Flure gingen, die von Wachen gesäumt wurden. Alle Augen mieden sie. Am anderen Ende glitten die Türen aus Eiche und Bronze auf. Der Anführer hob die Hand, und seine fünf Begleiter hielten inne, machten auf dem Absatz kehrt und blieben vor der Tür stehen; ihre Hände ruhten auf den Ebenholzgriffen ihrer Schwerter.

Der Anführer nahm den Helm ab und trat in den Raum.

Wie er erwartet hatte, saß Ceskas oberster Minister, Eertik, allein an seinem Schreibtisch. Er sah auf, als der Krieger erschien. Seine dunklen Augen unter den schweren Lidern richteten sich auf den Ritter.

»Willkommen, Padaxes«, sagte er. Seine Stimme klang trocken und leicht metallisch.

»Ich grüße dich, Ratgeber«, antwortete Padaxes lächelnd. Er war groß und hatte ein eckiges Gesicht mit Augen, grau wie der Winterhimmel. Trotz seiner vollen, sinnlichen Lippen war er kein gutaussehender Mann. In seinen Zügen lag etwas Fremdartiges – ein Makel, der schwer zu beschreiben war.

»Der Kaiser braucht eure Dienste«, sagte Eertik. Als er aufstand und um den eichenen Schreibtisch herumging, raschelten seine dunklen Samtgewänder. Padaxes kam dieser Laut wie das Zischen einer Schlange vor, die sich durch trockenes Gras windet. Er lächelte wieder.

»Ich stehe dem Kaiser stets zu Diensten.«

»Das weiß er, Padaxes. Und er weiß auch, daß du seine Großzügigkeit zu schätzen weißt. Es gibt einen Mann, der dem Kaiser Schaden zufügen will. Wir haben gehört, daß er im Norden ist, und der Kaiser wünscht, daß dieser Mann ergriffen oder erschlagen wird.«

»Tenaka Khan«, sagte Padaxes.

Eertik riß vor Überraschung die Augen auf. »Du weißt von ihm?«

»Offensichtlich.«

»Darf ich fragen, woher?«

»Nein.«

»Er ist eine Bedrohung für das Reich«, sagte Eertik, bemüht, seinen Zorn zu verbergen.

»Er ist eine wandelnde Leiche von dem Augenblick an, da ich dieses Zimmer verlasse. Wußtest du, daß Ananais bei ihm ist?«

»Nein«, antwortete Eertik, »obwohl ich jetzt, wo du es sagst, das Geheimnis durchschaue. Ananais wurde wegen seiner Verwundung für tot gehalten. Stellt diese Information ein Problem für deinen Orden dar?«

»Nein. Ob einer, zwei, zehn oder hundert – nichts kann

gegen die Templer bestehen. Wir werden morgen früh aufbrechen.«

»Kann ich euch irgendwie helfen?«

»Ja. Schicke in zwei Stunden ein Kind in den Tempel. Ein Mädchen unter zehn Jahren. Es gibt bestimmte religiöse Riten, die durchzuführen sind. Ich muß mit der Macht kommunizieren, die das Universum beherrscht.«

»Es wird geschehen.«

»Unsere Tempelgebäude müssen instand gesetzt werden. Ich habe überlegt, ob wir aufs Land ziehen und dort einen neuen Tempel errichten – etwas größer«, sagte Padaxes.

»Genau die Gedanken des Kaisers«, erklärte Eertik. »Bis zu deiner Rückkehr werde ich einige Pläne entwerfen lassen.«

»Übermittle dem Herrscher Ceska meinen Dank.«

»Das werde ich. Möge eure Reise kurz und eure Rückkehr ruhmreich sein.«

»Wie der Geist es will«, sagte Padaxes und setzte seinen Helm wieder auf.

Von seinem hochgelegenen Turmfenster aus blickte der Abt in die Oberen Gärten hinunter, wo achtundzwanzig Akolythen vor ihren Bäumen knieten. Trotz der Jahreszeit blühten die Rosen; ihr Duft erfüllte die Luft.

Der Abt schloß die Augen und schwang sich empor. Sein Geist stieg auf und schwebte. Sanft ließ er sich in den Garten hinab und kam neben dem schlanken Katan zum Stehen.

Katans Geist öffnete sich, um ihn zu empfangen, und der Abt verband sich mit seinem Schüler und schwamm mit ihm in den grazilen Ästen und den Kapillargefäßen der Pflanze.

Die Rose hieß sie willkommen. Es war eine rote Rose.

Der Abt zog sich zurück und gesellte sich nach und nach zu jedem seiner Akolythen. Nur Balans Rose blühte nicht, doch die Knospen waren voll, und sie war nur um weniges hinter den anderen zurück.

Der Abt kehrte in seinen Körper im Turm zurück, öffnete die Lider und atmete tief. Er rieb sich die Augen, ging zum Südfenster und sah hinab auf die zweite Ebene und den Gemüsegarten.

Dort kniete ein Priester in einem schmutzigen braunen Kittel auf der Erde. Der Abt verließ sein Zimmer, stieg die Wendeltreppe hinab und stieß die Tür zur unteren Ebene auf. Er schritt über den frisch gescheuerten, gepflasterten Pfad und die steinernen Stufen, die zum Garten hinunterführten.

»Ich grüße dich, Bruder«, sagte er.

Der Priester sah auf; dann verbeugte er sich. »Ich grüße dich, Vater Abt.«

Der Abt setzte sich auf eine steinerne Bank in der Nähe. »Bitte, mach weiter«, bat er, »laß dich durch mich nicht stören.«

Der Mann nahm seine Arbeit wieder auf und jätete das Beet. Seine Hände waren schwarz vor Schmutz und seine Fingernägel zersplittert und abgebrochen.

Der Abt schaute sich um. Der Garten war gepflegt, die Werkzeuge scharf und gut instand, die Pfade sauber und frei von Unkraut.

Er blickte den Priester voller Zuneigung an. Der Mann hatte sich sehr verändert seit jenem Tag vor fünf Jahren, als er ins Kloster marschiert war und erklärt hatte, er wolle Priester werden. Damals hatte er eine prächtige Rüstung getragen; zwei Kurzschwerter hingen an seiner Hüfte und ein Wehrgehänge um die Brust, in dem drei Dolche steckten.

»Warum möchtest du der Quelle dienen?« hatte der Abt gefragt.

»Ich bin des Todes müde«, hatte er geantwortet.

»Du lebst, um zu töten«, sagte der Abt und blickte dem Krieger fest in die gehetzten Augen.

»Ich möchte mich ändern.«

»Du willst dich verstecken?«
»Nein.«
»Warum hast du dieses Kloster gewählt?«
»Ich ... ich habe gebetet.«
»Hast du eine Antwort bekommen?«
»Nein. Aber ich war unterwegs nach Westen, und nachdem ich gebetet hatte, habe ich es mir anders überlegt und bin nach Norden gezogen. Und ihr wart hier.«
»Glaubst du, daß das eine Antwort war?«
»Ich weiß nicht«, antwortete der Krieger. »War es eine?«
»Weißt du, welcher Orden das hier ist?«
»Nein.«
»Die Akolythen sind sehr begabt, weit über das Maß normaler Menschen hinaus, und sie haben Kräfte, die du nicht begreifen kannst. Ihr ganzes Leben haben sie in die Hände der Quelle gelegt. Was hast du zu bieten?«
»Nur mich selbst. Mein Leben.«
»Gut. Ich werde dich aufnehmen. Aber hör genau zu und merke dir, was ich sage: Du wirst nicht mit den anderen Akolythen zusammenkommen. Du wirst die obere Ebene nicht betreten. Du wirst hier unten in einer kleinen Kate wohnen. Du wirst deine Waffen ablegen und sie nie mehr anrühren. Du wirst niedere Arbeiten verrichten und völligen Gehorsam leisten. Nie wirst du jemanden ansprechen, und nur wenn ich dich anrede, darfst du antworten.«
»Einverstanden«, sagte der Krieger, ohne zu zögern.
»Ich werde dich jeden Nachmittag unterweisen, und ich werde deine Fortschritte beurteilen. Falls du versagst, werde ich dich des Klosters verweisen.«
»Einverstanden.«
Fünf Jahre lang hatte der Krieger gehorcht, ohne Fragen zu stellen, und im Laufe der Zeit konnte der Abt erkennen, wie der gehetzte Ausdruck aus den dunklen Augen des Mannes verschwand. Er hatte viel gelernt, wenn er es auch nie schaffte, die Fesseln des Geistes abzustreifen. Doch in allen anderen Dingen war der Abt zufrieden.

»Bist du glücklich, Decado?« fragte der Abt nun.

»Ja, Vater Abt.«

»Kein Bedauern?«

»Nein.«

»Ich habe Neuigkeiten über den Drachen«, sagte der Abt und beobachtete ihn sorgfältig. »Möchtest du sie gern hören?«

Der Priester blickte ihn nachdenklich an. »Ja. Oder ist das nicht recht?«

»Doch, Decado, das ist recht. Sie waren deine Freunde.«

Der Priester wartete schweigend, daß der Abt fortfuhr.

»Sie wurden von Ceskas Bastarden in einer furchtbaren Schlacht vernichtet. Obwohl sie tapfer und gut gekämpft haben, konnten sie gegen die Macht der Untiere nicht bestehen.«

Decado nickte und nahm seine Arbeit wieder auf.

»Wie fühlst du dich?«

»Sehr traurig, Vater Abt.«

»Nicht alle deine Freunde sind umgekommen. Tenaka Khan und Ananais sind zu den Drenai zurückgekehrt, und sie planen, Ceska zu töten – seine Schreckensherrschaft zu beenden.«

»Möge die Quelle mit ihnen sein«, sagte Decado.

»Wärst du gerne bei ihnen?«

»Nein, Vater Abt.«

Der Abt nickte. »Zeig mir deinen Garten«, bat er. Der Priester erhob sich, und die beiden Männer wanderten zwischen den Pflanzen umher, bis sie schließlich zu der winzigen Hütte kamen, in der Decado wohnte. Der Abt ging um die Hütte herum. »Hast du es hier bequem?«

»Ja, Vater Abt.«

Hinter der Hütte blieb der Abt stehen und betrachtete den winzigen Busch mit der einzelnen Blüte, der dort wuchs.

»Und was ist das?«

»Sie gehört mir, Vater Abt. Habe ich etwas Unrechtes getan?«

»Wie bist du an die Pflanze gekommen?«

»Ich fand einen Schößling, den jemand von der oberen Ebene hinuntergeworfen hatte, und ich habe ihn vor drei Jahren eingepflanzt. Es ist eine schöne Pflanze. Für gewöhnlich blüht sie erst viel später.«

»Verbringst du viel Zeit bei ihr?«

»Soviel ich kann, Vater Abt. Sie hilft mir, mich zu entspannen.«

»Wir haben viele Rosen auf den oberen Ebenen, Decado. Aber keine von dieser Farbe.«

Es war eine weiße Rose.

Zwei Stunden nach Sonnenuntergang kehrte Ananais zurück, begleitet von Valtaya, Steiger und Belder. Tenaka beobachtete, wie sie näher kamen. Der ältere Mann war ein Veteran, wie Tenaka sehen konnte, der sich vorsichtig bewegte, die Hand immer am Schwert. Die Frau war groß und gut gewachsen; sie hielt sich dicht bei dem schwarz gekleideten Ananais. Tenaka grinste und schüttelte den Kopf. Immer noch der Goldene, dachte er. Aber der junge Mann war interessant. An ihm war etwas seltsam Vertrautes, doch Tenaka war sicher, daß sie sich noch nie begegnet waren. Athletisch und hochgewachsen, mit großen Augen und sympathischen Zügen, das dunkle Haar von einem schwarz-metallenen Stirnreif zurückgehalten, den ein einzelner Opal schmückte. Er trug einen blattgrünen Mantel und schenkellange braune Wanderstiefel. Seine Tunika war aus weichem Leder, und in der Hand hielt er ein Kurzschwert. Tenaka spürte seine Angst.

Er trat zwischen den Bäumen hervor, um sie zu begrüßen.

Steiger blickte auf, als Tenaka näherkam. Er hatte das Verlangen, loszulaufen und ihn zu umarmen, kämpfte es jedoch nieder. Tenaka würde ihn nie und nimmer wiedererkennen. Der Nadirprinz hatte sich nur wenig verändert, stellte Steiger fest, abgesehen von den wenigen grauen Haaren, die in der Sonne schimmerten. Die violetten Augen waren noch immer durchdringend, die Haltung verriet noch immer unbewußte Arroganz.

»Du kannst Überraschungen einfach nicht widerstehen, mein Freund«, sagte Tenaka.

»Wohl wahr«, antwortete Ananais. »Aber ich habe Frühstück mitgebracht, und Erklärungen können warten, bis wir gegessen haben.«

»Stelle mir die Leute vor«, sagte Tenaka sanft.

»Steiger, Valtaya und Belder«, stellte Ananais die Ankömmlinge vor, in Richtung des Trios deutend. Dann ging er an Tenaka vorbei zum Feuer.

»Willkommen!« sagte Tenaka lahm und breitete die Hände aus.

Steiger trat vor. »Wir sind nur vorübergehend in eurem Lager«, sagte er. »Dein Freund hat Valtaya geholfen, und es war lebenswichtig, daß wir die Stadt verließen. Jetzt, wo Valtaya in Sicherheit ist, werden wir zurückkehren.«

»Verstehe. Aber zuerst wollen wir gemeinsam essen«, lud Tenaka ihn ein.

Das Schweigen am Feuer war unbehaglich, doch Ananais beachtete es nicht, sondern nahm seine Mahlzeit mit zum Rande der Lichtung, wo er sich mit dem Rücken zu den anderen niederließ, so daß er die Maske abnehmen und essen konnte.

»Ich habe schon viel von dir gehört, Tenaka«, sagte Valtaya.

Er wandte sich ihr zu. »Viel von dem, was die Leute sagen, entspricht nicht der Wahrheit.«

»Im Herzen solcher Legenden ist immer ein wahrer Kern.«

»Vielleicht. Wo hast du diese Geschichten gehört?«

»Von Steiger«, antwortete sie. Tenaka nickte und wandte sich an den jungen Mann, der heftig errötete.

»Und wo hast du sie her, mein Freund?«

»Von hier und dort«, erwiderte Steiger.

»Ich war Soldat. Nichts weiter. Meine Vorfahren haben mir Ruhm eingebracht. Es gibt viele bessere Schwertkämpfer, bessere Reiter, bessere Menschen. Aber sie haben keinen Namen, den sie wie ein Banner vor sich hertragen können.«

»Du bist zu bescheiden«, sagte Steiger.

»Das ist keine Frage der Bescheidenheit. Ich bin halb Nadir aus Ulrics Linie und halb Drenai. Mein Urgroßvater war Regnak, der Bronzegraf. Und doch bin ich weder Graf noch Khan.«

»Der Khan der Schatten«, sagte Steiger.

»Wie konnte so etwas geschehen?« fragte Valtaya.

Tenaka grinste. »Es war der Zweite Nadirkrieg, und Regnaks Sohn Orrin schloß einen Vertrag mit den Nadir. Unter anderem wurde vereinbart, daß sein Sohn Hogun Shillat, die Tochter des Khans, heiraten sollte. Es war keine Liebesheirat. Es war eine große Zeremonie, so erzählte man mir, und die Vereinigung wurde in der Nähe des Schreins von Druss vollzogen, auf der Ebene nördlich von Delnoch. Hogun nahm seine Frau mit in die Festung, wo sie drei Jahre lang unglücklich lebte. Ich wurde dort geboren. Hogun starb bei einem Reitunfall, als ich zwei war, und sein Vater schickte Shillat nach Hause. In dem Ehevertrag stand, daß ein Kind aus dieser Ehe Dros Delnoch nicht erben konnte. Und was die Nadir anbelangt, sie hatten nicht den Wunsch, ein Halbblut als Führer zu bekommen.«

»Du mußt sehr unglücklich gewesen sein«, meinte Valtaya.

»Ich habe in meinem Leben auch viel Freude kennengelernt. Du brauchst kein Mitleid mit mir zu haben.«

»Wie bist du General des Drachen geworden?«

»Ich war sechzehn, als der Khan, mein Großvater, mich nach Delnoch schickte. Das gehörte wieder zum Ehevertrag. Mein anderer Großvater war dort, um mich zu begrüßen. Er sagte, er hätte vereinbart, daß ich beim Drachen diene. So einfach ist das.«

Steiger starrte ins Feuer, und seine Gedanken wanderten in die Vergangenheit.

Einfach? Wie konnte man einen so schrecklichen Moment als einfach bezeichnen?

Es hatte geregnet, erinnerte er sich, als die Wachen auf dem Turm von Eldibar die Trompeten bliesen. Sein Großvater Orrin war in der Festung gewesen, bei einem Glücksspiel mit ihrem Gast. Steiger hatte in seinem Hochstuhl gesessen und zugesehen, wie sie würfelten und die winzigen Regimenter bewegten, als der Trompetenstoß unheilvoll durch den Sturm schallte.

»Der Nadirbalg ist da«, sagte Orrin. »Er hat sich wahrlich den richtigen Tag ausgesucht!«

Sie zogen Steiger einen Umhang aus geöltem Leder und einen breitkrempigen Lederhut an; dann machten sie sich auf den langen Marsch zu Mauer Eins.

Dort angekommen, blickte Orrin auf die zwanzig Reiter und den dunkelhaarigen Jungen auf seinem zottigen Pony hinab.

»Wer verlangt Einlaß in Dros Delnoch?« rief Orrin.

»Der Sohn Shillats«, schrie der Hauptmann der Nadir zurück.

»Nur er allein mag eintreten«, sagte Orrin.

Die großen Tore öffneten sich knarrend, und der Nadirtrupp riß die Ponies herum und galoppierte zurück nach Norden.

Tenaka drehte sich nicht um, den Reitern nachzublicken, und kein Wort wurde zwischen ihnen gewechselt. Der Junge drückte seinem Pony die Fersen in die Flanken und trabte durch den Tortunnel auf das grüne Feld zwischen Mauer Eins und Zwei. Dort glitt er aus dem Sattel und wartete auf Orrin.

»Du bist hier nicht willkommen«, sagte Orrin, »aber ich halte meine Versprechen. Ich habe dafür gesorgt, daß du beim Drachen aufgenommen wirst. In drei Monaten brichst du dorthin auf. Bis dahin wirst du lernen, dich wie ein Drenai zu benehmen. Ich will nicht, daß ein

Verwandter von mir im Offizierskasino mit den Fingern ißt.«

»Danke, Großvater«, sagte Tenaka.

»Nenn mich nicht so«, fuhr Orrin ihn an. »Niemals! Du wirst mich ›General‹ oder in Gesellschaft ›Herr‹ nennen. Verstanden?«

»Ich glaube schon, Großvater. Und ich werde dir gehorchen.« Tenakas Blick wanderte zu dem Kind.

»Dies ist mein wahrer Enkel«, erklärte Orrin. »All meine Kinder sind tot. Nur dieser kleine Kerl ist noch am Leben, um meinen Stamm weiterzuführen. Er heißt Arvan.«

Tenaka nickte und wandte sich an den Mann mit dem dunklen Bart, der links von Orrin stand.

»Und dies ist ein Freund des Hauses Regnak – der einzige Ratgeber im ganzen Land, der sein Salz wert ist. Sein Name ist Ceska.«

»Ich freue mich, dich kennenzulernen«, sagte Ceska und streckte die Hand aus. Tenaka ergriff sie. Seine blauen Augen hielten die dunklen Augen seines Gegenübers fest.

»Laßt uns hineingehen, damit wir aus diesem elenden Regen kommen«, brummte Orrin. Der weißbärtige Graf hob das Kind auf seine breiten Schultern und schritt auf die Innere Festung zu. Tenaka nahm die Zügel seines Ponys und folgte ihm. Ceska ging an seiner Seite.

»Ärgere dich nicht über sein Benehmen, junger Prinz«, sagte Ceska. »Er ist alt und kann nichts für seine schroffe Art. Aber er ist ein guter Mann, wirklich. Ich hoffe, du wirst bei den Drenai glücklich sein. Falls ich etwas für dich tun kann, zögere nicht und laß es mich wissen.«

»Warum?« fragte Tenaka.

»Ich mag dich«, antwortete Ceska und klopfte ihm auf die Schulter. »Und wer weiß – vielleicht bist du eines Tages der Graf.«

»Wohl kaum.«

»Das ist allerdings wahr, mein Freund. Aber in letzter

Zeit ist viel Unglück über das Haus des Bronzegrafen gekommen. Wie Orrin schon sagte, all seine Kinder sind gestorben. Nur Arvan ist noch am Leben.«

»Er sieht kräftig aus.«

»Ja, wirklich. Aber das Äußere kann sehr täuschen, nicht wahr?«

Tenaka war sich nicht sicher, ob er verstand, was Ceska meinte, aber er wußte, daß in seinen Worten dunkle Unterströmungen von finsteren Versprechen lagen. Er antwortete nicht.

Später lauschte Tenaka schweigend, wie Valtaya von ihrer Rettung auf dem Marktplatz berichtete und wie sie einen Wächter bestochen hatten, damit er sie durch das nördliche Ausfalltor der Stadt passieren ließ. Ananais hatte große Vorräte an Lebensmitteln mitgebracht, dazu zwei Bögen und achtzig Pfeile in Rehlederköchern. Valtaya besaß zusätzliche Decken und eine zusammengerollte Leinwand für ein kleines Zelt.

Nachdem sie gegessen hatten, nahm Tenaka Ananais auf die Seite. Sie suchten sich ein stilles Plätzchen, wo sie den Schnee von einigen Felsen wischten, ehe sie sich setzten, um miteinander zu reden.

»In Skoda gibt es einen Aufstand«, sagte Ananais. »Zwei Dörfer wurden von Ceskas Legion überfallen und geplündert. Ein Ortsansässiger namens Rayvan hat eine kleine Armee aufgestellt und die Plünderer vernichtet. Es heißt, daß die Männer ihm scharenweise zulaufen, aber ich glaube nicht, daß er sich halten kann. Er ist nur ein einfacher Mann.«

»Nicht von Blute, willst du sagen«, meinte Tenaka trocken.

»Ich habe gar nichts gegen einfache Leute. Aber er hat nicht gelernt, einen Feldzug zu planen.«

»Was noch?«

»Zwei Aufstände im Westen – beide erbarmungslos

niedergeschlagen. Alle Männer gekreuzigt, die Felder mit Salz bestreut. Du kennst das Verfahren!«

»Was ist mit dem Süden?«

»Schwer zu sagen. Neuigkeiten sind selten. Aber Ceska ist dort. Zur Stelle. Ich glaube nicht, daß sie sich erheben werden. Man sagt, es gebe eine Geheimgesellschaft, die sich gegen Ceska verschworen hat, aber das ist vermutlich nichts als Gerede.«

»Was schlägst du vor?« fragte Tenaka.

»Laß uns nach Drenan gehen, Ceska töten und uns dann zurückziehen.«

»So einfach?«

»Die besten Pläne sind immer einfach, Tani.«

»Was ist mit den Frauen?«

Ananais zuckte die Achseln. »Was können wir tun? Du sagst, Renya will bei dir bleiben? Dann laß sie mitkommen. Wir können sie bei Freunden in Drenan lassen. Ich kenne immer noch ein oder zwei Leute, auf die wir uns verlassen können.«

»Und Valtaya?«

»Sie wird nicht bei uns bleiben – es gibt hier nichts für sie. Wir werden sie in der nächsten Stadt zurücklassen.«

Tenaka hob eine Augenbraue. »Nichts für sie?«

Ananais wandte den Blick ab. »Nicht mehr, Tani. Früher, vielleicht.«

»Also gut. Wir brechen Richtung Drenan auf, halten uns dann aber nach Westen. Skoda müßte um diese Jahreszeit sehr schön sein.«

Seite an Seite gingen sie zum Lager zurück, wo sie drei Fremde vorfanden, die auf sie warteten. Tenaka sagte leise: »Geh kundschaften, Ani. Sieh nach, wie viele Überraschungen noch auf uns warten.« Dann trat er vor. Zwei der Männer waren Krieger, beide etwa in Tenakas Alter. Der dritte war ein blinder alter Mann, der das zerschlissene blaue Gewand der Sucher trug.

Die Krieger näherten sich. Sie sahen sich unverkennbar ähnlich, mit schwarzen Bärten und scharfem Blick, wenn der eine auch eine Spur größer war als der andere. Der kleinere sprach zuerst.

»Ich bin Galand, und das ist mein Bruder Parsal. Wir sind hier, uns euch anzuschließen, General.«

»Zu welchem Zweck?«

»Um Ceska zu stürzen. Was sonst?«

»Dafür brauche ich keine Hilfe, Galand.«

»Ich weiß nicht, was das für ein Spiel ist, General. Der Goldene war in Sousa, und er sagte der Menge, der Drache sei wieder da. Nun, wenn das so ist, denn bin ich auch wieder da, nehme ich an. Du erkennst mich wohl nicht?«

»Allerdings nicht«, antwortete Tenaka.

»Damals hatte ich noch keinen Bart. Ich war Bar Galand vom Dritten Flügel unter Elias. Ich war der Schwertmeister, und ich habe dich einmal bei einem Turnier geschlagen.«

»Ich erinnere mich. Die Halbmond-Riposte! Du hättest mir die Kehle aufschlitzen können, hast mir aber nur einen scheußlichen blauen Flecken verpaßt.«

»Mein Bruder kämpft genauso gut wie ich. Wir möchten wieder unter deinem Kommando dienen.«

»Hier gibt es nichts zu dienen, mein Freund. Ich habe die Absicht, Ceska zu töten. Das ist die Arbeit eines Meuchelmörders, nicht die einer Armee.«

»Dann werden wir bleiben, bis die Tat verübt ist! Ich war fieberkrank, als der Ruf kam und der Drache sich wieder formierte. Seitdem bin ich krank vor Kummer. Viele gute Männer sind in diese Falle gelockt worden. Es scheint mir nicht richtig.«

»Wie habt ihr uns gefunden?«

»Ich bin dem Blinden gefolgt. Merkwürdig, nicht wahr?«

Tenaka ging zum Feuer und setzte sich dem Sucher gegenüber.

Der Mystiker hob den Kopf. »Ich suche den Fackelträger«, sagte er. Seine Stimme war nur ein trockenes Wispern.

»Wer ist das?« fragte Tenaka.

»Der Dunkle Geist liegt wie ein großer Schatten über dem Land«, flüsterte der Mann. »Ich suche den Fackelträger, vor dem alle Schatten fliehen.«

»Wer ist dieser Mann, den du suchst?« drängte Tenaka.

»Ich weiß es nicht. Bist du es?«

»Das bezweifle ich«, sagte Tenaka. »Willst du mit uns essen?«

»Meine Träume sagten mir, daß der Fackelträger mir Nahrung bringen würde. Bist du es?«

»Nein.«

»Da sind drei«, sagte der Mann. »Von Gold, Eis und Schatten. Einer ist der Fackelträger. Aber welcher? Ich habe eine Botschaft für ihn.«

Steiger kam herbei und kauerte sich neben den Mann.

»Ich suche die Wahrheit«, sagte er.

»Ich habe die Wahrheit«, erwiderte der Mystiker und streckte die Hand aus. Steiger ließ eine kleine Silbermünze hineinfallen.

»Der Bronze entsprungen, wirst du verfolgt und gejagt, getrieben auf dem Pfad deines Vaters. Den Schatten verwandt, niemals ruhend, niemals stille. Dunkle Speere drohen über dir, schwarze Flügel zu verschlingen. Du wirst bleiben, wenn andere fliehen. Es liegt in dem Rot, das du trägst.«

»Was bedeutet das?« fragte Tenaka. Steiger zuckte die Achseln und ging davon.

»Der Tod ruft mich. Ich muß ihm antworten«, wisperte der Mystiker. »Und der Fackelträger ist noch nicht da.«

»Gib mir die Botschaft, alter Mann. Ich werde sie weitergeben, das verspreche ich dir.«

»Dunkle Templer reiten gegen den Prinzen der Schatten. Er kann sich nicht verbergen, denn die Fackel leuchtet hell in der Nacht. Aber Gedanken sind schneller als Pfeile, und die Wahrheit ist schärfer als eine Klinge. Die Untiere können fallen, aber nur der König jenseits des Tores kann sie zu Fall bringen.«

»Ist das alles?« fragte Tenaka.

»Du bist der Fackelträger«, sagte der alte Mann. »Jetzt sehe ich dich deutlich. Du bist von der Quelle auserwählt.«

»Ich bin der Prinz der Schatten«, sagte Tenaka. »Aber ich folge weder der Quelle noch einem anderen Gott. Ich glaube an keinen Gott.«

»Die Quelle glaubt an dich«, sagte der alte Mann. »Ich muß jetzt gehen. Bald kann ich ruhen.«

Tenaka sah ihm nach, wie er aus dem Lager humpelte; die nackten Füße hoben sich blau vom Schnee ab. Steiger kam zu ihm.

»Was hat er dir gesagt?«

»Ich habe es nicht verstanden.«

»Sag es mir«, bat Steiger, und Tenaka wiederholte, was der Alte erzählt hatte. Steiger nickte. »Einiges ist leicht zu deuten. Die Dunklen Templer, zum Beispiel. Hast du mal von den Dreißig gehört?«

»Ja. Krieger-Priester, die ihr Leben damit verbringen, reinen Herzens zu werden, ehe sie losziehen, um in einem fernen Krieg zu sterben. Der Orden ist vor Jahren ausgestorben.«

»Die Dunklen Templer sind eine obszöne Parodie der Dreißig. Sie verehren den Geist des Chaos, und ihre Kräfte sind dunkel, doch tödlich. Jede Form des Lasters ist ihnen Vergnügen, und sie sind hervorragende Krieger.«

»Und Ceska hat sie gegen mich ausgeschickt?«

»Sieht so aus. Sie stehen unter der Führung eines Mannes namens Padaxes. In jedem Tempel gibt es sechsundsechzig Krieger, und es gibt zehn Tempel. Sie haben Kräfte, die weit über die normaler Menschen hinausgehen.«

»Sie werden diese Kräfte auch brauchen«, meinte Tenaka grimmig. »Was hat der Seher noch gesagt? Kannst du noch mehr deuten?«

»›Gedanken sind schneller als Pfeile.‹ Das heißt, du mußt deinen Feinden in Gedanken voraus sein. Der

›König jenseits des Tores‹ ist ein Rätsel. Aber du solltest es kennen.«

»Wieso?«

»Weil die Botschaft für dich war. Du mußt ein Teil davon sein.«

»Und was ist mit deiner Botschaft?«

»Was ist damit?«

»Was bedeutete sie?«

»Daß ich mit dir ziehen muß, obwohl ich es nicht will.«

»Das verstehe ich nicht«, sagte Tenaka. »Du hast doch einen freien Willen – du kannst gehen, wohin es dir beliebt.«

»Ich nehme es an«, sagte Steiger lächelnd. »Aber es ist Zeit, daß ich meinen Weg gefunden habe. Erinnerst du dich, was der alte Mann über mich gesagt hat? Der Bronze entsprungen? Regnak der Wanderer war auch mein Vorfahr. Den Schatten verwandt? Das bist du, Vetter. Dunkle Speere drohen? Die Templer. Das Rot, das ich trage? Das Blut des Bronzegrafen. Ich bin lange genug davongelaufen.«

»Arvan?«

»Ja.«

Tenaka legte dem jungen Mann die Hände auf die Schultern. »Ich habe mich oft gefragt, was aus dir geworden ist.«

»Ceska befahl, mich zu erschlagen, und ich lief davon. Ich habe viel Zeit damit verbracht, davonzulaufen. Viel zuviel Zeit! Ich bin kein Mann des Schwerts, weißt du.«

»Das spielt keine Rolle. Es ist schön, dich wiederzusehen.«

»Und ich bin froh, dich wiederzusehen. Ich habe deine Laufbahn verfolgt und Tagebuch über deine Heldentaten geführt. Es ist wahrscheinlich noch immer in Dros Delnoch. Übrigens, ganz zu Anfang hat der alte Mann noch etwas gesagt. Er sagte, es wären drei. Gold, Eis und Schatten. Ananais ist der Goldene. Du bist der Khan der Schatten. Wer ist Eis?«

Tenaka wandte sich ab und starrte in die Bäume.

»Es gab einmal einen Mann. Er war als der Eistöter bekannt, denn er lebte nur für den Tod. Er heißt Decado.«

Drei Tage lang durchstreiften die Gefährten den Wald in Richtung Süden und Westen auf die Skoda-Berge zu. Es wurde wärmer, und der Schnee schmolz in der Frühlingssonne. Sie bewegten sich wachsam, und am zweiten Tag fanden sie den Leichnam des blinden Suchers, der neben einer knorrigen Eiche kniete. Der Boden war zu hart, um ein Grab auszuheben; so ließen sie ihn einfach dort.

Galand und sein Bruder blieben neben dem Toten stehen.

»Seltsam. Er sieht nicht gerade unglücklich aus«, sagte Parsal und kratzte sich den Bart.

»Es ist schwer zu sagen, ob er lächelt oder ob der Tod sein Gesicht so verzerrt hat«, meinte Galand. »In etwa einem Monat sieht er bestimmt *sehr* unglücklich aus.«

»Und *wir*?« flüsterte Parsal. Galand zuckte die Achseln, und die beiden Brüder machten sich auf, den anderen zu folgen.

Galand war glücklicher dran gewesen und entschieden klüger als die meisten anderen Krieger des Drachen. Als der Befehl zur Auflösung kam, war Galand nach Süden gegangen und hatte für sich behalten, woher er kam. In der Nähe des Waldes von Delving, südwestlich der Hauptstadt, kaufte er einen kleinen Bauernhof. Als die Schreckensherrschaft begann, ließ man ihn in Ruhe. Er heiratete ein Mädchen aus dem Dorf und gründete mit ihr eine Familie. Aber an einem strahlenden Herbsttag vor sechs Jahren war seine Frau verschwunden. Es hieß, daß die Bastarde Frauen raubten, doch Galand wußte, daß seine Frau ihn nie geliebt hatte … und ein Bursche aus dem selben Dorf, Carcas, war am selben Tag verschwunden.

In Delving machten Gerüchte die Runde, daß man Jagd

auf die ehemaligen Offiziere des Drachen machte, und man sagte, daß Baris selbst verhaftet worden war. Das alles überraschte Galand nicht – er hatte immer vermutet, daß Ceska sich als Tyrann erweisen würde.

Mann des Volkes! Seit wann scherte es einen aus Ceskas verderbtem Stand, wie es dem Volk erging?

Der kleine Hof war einträglich, und Galand kaufte von einem Witwer ein angrenzendes Stück Land dazu. Der Mann wollte nach Vagria – er hatte einen Bruder in Drenan, der ihn vor bevorstehenden Veränderungen gewarnt hatte –, und Galand hatte ihn aufgekauft, für einen Preis, nicht höher als ein Pfefferkorn.

Dann waren die Soldaten gekommen. Ein neues Gesetz besagte, daß Bürger ohne Titel nicht mehr als vier Morgen Land besitzen durften. Der Staat beanspruchte den Rest für sich – zu einem Preis, der ein Pfefferkorn fürstlich erscheinen ließ. Die Steuern wurden erhöht und Erntemengen festgesetzt. Nach dem ersten Jahr waren diese Mengen unmöglich zu erzielen, denn das Land wurde seiner Güter beraubt. Brachliegende Felder wurden bepflanzt, die Erträge sanken.

Galand nahm alles hin, ohne sich zu beklagen.

Bis zu dem Tag, an dem seine Tochter starb. Sie war hinausgelaufen, um die Reiter zu sehen, und ein Hengst hatte nach ihr getreten. Galand sah sie fallen, rannte zur ihr und barg sie in den Armen.

Der Reiter stieg ab. »Ist sie tot?« fragte er.

Galand nickte; er brachte kein Wort hervor.

»Leider«, sagte der Reiter, »wird das deinen Steuersatz erhöhen.«

Der Reiter starb, als Galand ihm seinen Dolch ins Herz stieß. Dann zog er ihm das Schwert aus der Scheide und sprang einen zweiten Reiter an, dessen Pferd scheute. Der Mann wurde abgeworfen, und Galand tötete ihn durch einen Stoß in die Kehle. Die übrigen vier wendeten und zogen sich etwa dreißig Schritt zurück. Galand ging zu dem schwarzen Hengst, der seine Tochter getötet hatte, und hämmerte ihm das Schwert beidhändig in den Hals. Dann lief er zum zweiten Pferd, schwang sich in den Sattel und galoppierte nach Norden.

Er hatte seinen Bruder in Vagria gefunden, wo er als Steinmetz arbeitete.

Jetzt unterbrach Parsals Stimme seine Gedanken, während sie etwa dreißig Schritt hinter den anderen herwanderten.

»Was hast du gesagt?«

»Ich sagte, ich hätte nie gedacht, daß ich mal einem Nadir folge.«

»Ich weiß, was du meinst. Es läßt einem das Blut in den Adern gefrieren. Trotzdem, er will dasselbe wie wir.«

»Wirklich?« flüsterte Parsal.

»Was meinst du damit?«

»Sie sind doch alle gleich – die Kriegerelite. Für sie ist es doch nur ein Spiel. Sie sorgen sich nicht mit dem Herzen darum, wie es ausgeht.«

»Ich mag sie auch nicht, Bruder. Aber sie gehören zum Drachen, und das bedeutet mehr als Blutsbande. Ich kann es nicht erklären. Auch wenn uns Welten trennen – sie würden für mich sterben, und ich für sie.«

»Ich hoffe, du hast recht!«

»Es gibt nur wenige Dinge im Leben, deren ich mir sicher bin. Das ist eins davon.«

Parsal war nicht überzeugt, sagte aber nichts, sondern starrte nur die vor ihm gehenden Krieger an.

»Was geschieht, wenn wir Ceska töten?« fragte er plötzlich.

»Wie meinst du das?«

»Ich weiß nicht genau. Ich meine – was tun wir dann?«

Galand zuckte die Achseln. »Frag mich das noch einmal, wenn er blutend zu meinen Füßen liegt.«

»Ich habe das Gefühl, daß sich nichts ändern wird.«

»Vielleicht nicht. Aber ich werde meinen Lohn bekommen haben.«

»Es stört dich wohl nicht, daß du dafür sterben könntest?«

»Nein! Dich etwa?« fragte Galand.

»Und ob!«

»Du mußt ja nicht bleiben.«

»Natürlich muß ich. Ich habe immer auf dich aufgepaßt. Ich kann dich nicht einfach bei einem Nadir lassen, oder? Warum trägt der andere diese Maske?«

»Ich glaube, er hat Narben oder so etwas. Er war Arena-Kämpfer.«

»Wir alle haben Narben. Bißchen eitel, was?«

»Dir paßt im Moment aber auch gar nichts, wie?« grinste Galand.

»War nur ein Gedanke. Die beiden anderen sind ein komisches Paar«, murmelte Parsal nach einem schnellen Blick auf Belder und Steiger, die neben den Frauen gingen.

»Hast du was gegen die zwei? Du kennst sie ja nicht einmal.«

»Der alte Knabe sieht brauchbar aus.«

»Aber?«

»Ich glaube nicht, daß der Junge im Nebel seinen Weg finden kann.«

»Wenn wir schon dabei sind – ich nehme an, was die Frauen angeht, hast du nichts auszusetzen?«

»Stimmt«, antwortete Parsal lächelnd. »Ganz und gar nichts. Welche gefällt dir besser?«

Galand schüttelte kichernd den Kopf. »Darauf lasse ich mich nicht ein«, sagte er.

»Mir gefällt die Dunkle«, erklärte Parsal ohne Verlegenheit.

Sie schlugen ihr Lager in einer flachen Höhle auf. Renya aß nur wenig und ging dann in den Nebel hinaus, um die Sterne zu betrachten. Tenaka ging ihr nach, und so saßen sie beisammen in seinen Mantel gehüllt.

Er erzählte ihr von Illae und Ventria und der Schönheit der Wüste. Und während er sprach, streichelte er ihren Arm und ihren Rücken und küßte ihr Haar.

»Ich kann nicht sagen, ob ich dich liebe«, sagte er plötzlich.

Sie lächelte. »Dann sag es nicht.«

»Es macht dir nichts aus?«

Sie schüttelte den Kopf, küßte ihn und schlang die Arme um seinen Hals.

Du bist ein Narr, Tenaka Khan, dachte sie. Ein wunderbarer, liebender Narr!

6

Der schwarze Mann hatte seinen Spaß. Zwei der Räuber lagen am Boden, und es blieben noch fünf übrig. Er schwang die Eisenstange und wirbelte die daran befestigte Kette herum. Ein großer Mann mit einem Stab griff an; die Hand des schwarzen Hünen zuckte vor, und die Kette wickelte sich wie eine Peitsche um den Stab. Als er daran zerrte, stolperte sein Angreifer – in einen krachenden linken Aufwärtshaken. Er sank zu Boden.

Zwei der noch verbliebenen vier Räuber ließen ihre Keulen fallen und zogen Krummdolche aus den Gürteln. Die beiden anderen rannten in den Wald, um ihre Langbogen zu holen.

Es wurde ernst. Bis jetzt hatte der schwarze Mann noch keinen Gegner getötet, aber das mußte sich jetzt ändern. Er ließ den Streitkolben fallen und zog zwei Wurfmesser aus den Stiefeln.

»Wollt ihr wirklich sterben?« fragte er. Seine Stimme war tief und volltönend.

»Hier wird niemand sterben«, sagte eine Stimme von links. Der schwarze Hüne sah sich um. Zwei weitere Männer standen am Waldrand. Beide hatten ihre Bogen gespannt und zielten auf die Gesetzlosen.

»Ihr kommt gerade rechtzeitig«, sagte der schwarze Mann. »Sie haben mein Pferd getötet.«

Tenaka lockerte behutsam die Spannung der Sehne und trat vor.

»Verbuche es als Erfahrung«, sagte er. Dann wandte er sich an die Gesetzlosen. »Ich schlage vor, ihr steckt eure Waffen weg – der Kampf ist vorbei.«

»Er war die Mühe sowieso nicht wert«, sagte der Anführer und untersuchte seine am Boden liegenden Kameraden.

»Sie leben alle noch«, sagte der schwarze Mann, steckte

seine Messer weg und hob den Streitkolben mit der Kette auf.

Aus dem Wald ertönte ein Schrei, und der Anführer der Gesetzlosen sprang auf.

Galand, Parsal und Belder traten aus den Bäumen hervor.

»Du hattest recht, General«, sagte Galand. »Da wollten sich noch zwei anschleichen.«

»Habt ihr sie getötet?« fragte Tenaka.

»Nein. Allerdings ziemlich verbeult.«

Tenaka fuhr zu den Gesetzlosen herum. »Werden wir noch einmal Ärger mit euch haben?«

»Du willst mich doch wohl nicht um mein Wort bitten, oder?« erwiderte der Mann.

»Ist es etwas wert?«

»Manchmal!«

»Nein, ich will dein Wort nicht. Mach, was du willst. Aber wenn wir uns das nächste Mal begegnen, werde ich dafür sorgen, daß ihr alle sterbt. Das ist *mein* Wort!«

»Das Wort eines Barbaren«, sagte der Mann und spie aus.

Tenaka grinste. »Genau.« Er drehte sich um, ging zu Ananais zurück und schritt mit ihm in den Wald. Valtaya hatte ein Feuer vorbereitet und unterhielt sich mit Steiger. Renya kehrte, einen Dolch in der Hand, auf die Lichtung zurück, als Tenaka kam. Er lächelte sie an. Die anderen folgten, bis auf Galand, der die Gesetzlosen weiter im Auge behielt.

Zuletzt kam der schwarze Mann, der sich zwei Satteltaschen über die breiten Schultern geworfen hatte. Er war groß und sehr kräftig und trug eine enganliegende Tunika aus blauer Seide unter einem Schaffellmantel. Valtaya hatte noch nie jemanden wie ihn gesehen, obwohl sie Geschichten über dunkelhäutige Völker weit im Osten gehört hatte.

»Ich grüße euch, meine Freunde«, sagte er und ließ die Satteltaschen zu Boden gleiten. »Viel Segen auf euch alle!«

»Möchtest du mit uns essen?« lud Tenaka ihn ein.

»Das ist sehr freundlich, aber ich habe meine eigenen Vorräte.«

»Wohin gehst du?« fragte Ananais, als der schwarze Mann in seinen Taschen suchte und zwei Äpfel zum Vorschein brachte, die er an seiner Tunika polierte.

»Ich besuche euer schönes Land. Im Augenblick habe ich kein festes Ziel.«

»Woher kommst du?« wollte Valtaya wissen.

»Von weit her, meine Dame, viele tausend Kilometer östlich von Ventria.«

»Machst du eine Pilgerfahrt?« fragte Steiger.

»So könnte man es nennen. Ich habe eine kleine Mission zu erledigen. Dann werde ich nach Hause zu meiner Familie zurückkehren.«

»Wie heißt du?« fragte Tenaka.

»Ich fürchte, mein Name wäre für euch schwer auszusprechen. Aber einer der Räuber hat etwas zu mir gesagt, das eine Saite bei mir gerührt hat. Ihr könnt mich Pagan nennen.«

»Ich bin Tenaka Khan.« Rasch stellte er die anderen vor.

Ananais streckte ihm die Hand entgegen, Pagan ergriff sie fest, und ihre Blicke trafen sich. Tenaka lehnte sich zurück und beobachtete sie. Beide Männer waren von der gleichen Art, ungemein kraftvoll und ausgesprochen stolz. Sie sahen wie zwei Preisbullen aus, die sich gegenseitig abschätzten.

»Deine Maske ist dramatisch«, meinte Pagan.

»Ja. Dadurch sehen wir wie Brüder aus, schwarzer Mann«, erwiderte Ananais, und Pagan kicherte, tief und voller Humor.

»Dann sind wir Brüder, Ananais«, sagte er.

Galand erschien und ging zu Tenaka. »Sie sind nach Norden gezogen. Ich glaube nicht, daß sie zurückkommen.«

»Schön. Das war gute Arbeit da hinten.« Galand nickte und setzte sich neben seinen Bruder. Renya machte Tenaka ein Zeichen, und die beiden entfernten sich ein Stück vom Feuer.

»Was ist?« fragte er.

»Der schwarze Mann.«

»Was ist mit ihm?«

»Er trägt mehr Waffen, als ich je bei einem Mann gesehen habe. Er hat zwei Messer in den Stiefeln, ein Schwert und zwei Bögen, die er unter den Bäumen zurückgelassen hat. Und unter seinem Pferd lag eine zerbrochene Axt. Er ist die reinste Ein-Mann-Armee.«

»Und?«

»Haben wir ihn durch Zufall getroffen?«

»Meinst du, er ist auf der Jagd nach uns?«

»Ich weiß nicht. Aber er ist ein Killer, das spüre ich. Und Ananais mag ihn nicht.«

»Mach dir keine Sorgen«, sagte er leise.

»Ich bin kein Nadir, Tenaka. Ich bin kein Fatalist.«

»Ist das alles, was dich beunruhigt?«

»Nein. Jetzt, wo du es erwähnst – die beiden Brüder, sie mögen uns nicht. Wir gehören nicht zusammen, und wir stehen einander nicht nahe – wir sind nur eine Gruppe von Fremden, die die Ereignisse zusammengeführt haben.«

»Die Brüder sind stark und gute Krieger. Ich kenne mich in diesen Dingen aus. Ich weiß auch, daß sie mir gegenüber mißtrauisch sind, aber dagegen kann ich nichts machen. Das war immer schon so. Aber wir haben ein gemeinsames Ziel. Sie werden noch lernen, mir zu trauen. Und sie werden uns nichts tun. Und was Pagan betrifft – falls er mich jagt, werde ich ihn töten.«

»Wenn du kannst!«

Er lächelte. »Ja. Wenn ich kann.«

»Bei dir hört sich das so einfach an. Ich sehe das nicht so.«

»Du machst dir zu viele Gedanken. Halte es wie die Nadir. Beschäftige dich mit einem Problem erst dann, wenn es auftaucht, und mach dir keine weiteren Sorgen.«

»Ich werde dir nie verzeihen, wenn du dich umbringen läßt«, sagte sie.

»Dann paß auf mich auf, Renya. Ich vertraue deinen Instinkten – das meine ich ehrlich. Du hast recht mit Pagan. Er ist ein Killer, und vielleicht ist er hinter uns her. Es wird interessant sein zu sehen, was er vorhat.«

»Er wird anbieten, mit uns zu reisen«, sagte sie.

»Ja, und das wäre nur sinnvoll. Er ist fremd in unserem Land, und er ist schon einmal angegriffen worden.«

»Wir sollten ihn abweisen. Wir sind so schon auffällig genug mit deinem riesigen Freund und seiner schwarzen Maske. Aber dazu noch ein schwarzer Mann in blauer Seide?«

»Ja. Die Götter – falls es sie gibt – sind heute zum Scherzen aufgelegt.«

»Ich kann nicht darüber lachen«, sagte Renya.

Tenaka erwachte aus einem traumlosen Schlaf, die Augen weit aufgerissen. Angst streifte ihn wie ein eisiger Hauch. Er stand auf. Der Mond schien unnatürlich hell, glühte wie eine Zauberlaterne, und die Zweige der Bäume raschelten und knackten, obwohl kein Windhauch sich regte.

Er blickte sich um – alle seine Gefährten schliefen. Als er zu Boden sah, traf es ihn wie ein Schlag: sein eigener Körper lag dort, in seine Decken gewickelt. Er begann zu zittern.

War das der Tod?

Von allen grausamen Scherzen, die das Schicksal trieb …

Eine leichte Bewegung, wie eine Erinnerung an den Wind von gestern, ließ ihn herumfahren. Am Rand der Lichtung standen sechs Männer in dunkler Rüstung, schwarze Schwerter in den Händen. Sie kamen auf ihn zu und schwärmten dabei zu einem Halbkreis aus. Tenaka griff nach seinem eigenen Schwert, konnte es jedoch nicht berühren; seine Hand glitt durch die Waffe hindurch wie durch Nebel.

»Du bist verdammt!« sagte eine hohle Stimme. »Der Geist des Chaos ruft.«

»Wer seid ihr?« fragte Tenaka, beschämt, daß seine Stimme zitterte.

Spöttisches Gelächter kam von den dunklen Rittern.

»Wir sind der Tod«, sagten sie.

Tenaka wich zurück.

»Du kannst nicht davonlaufen. Du kannst dich nicht bewegen«, sagte der vorderste Ritter. Tenaka erstarrte. Seine Beine wollten ihm nicht gehorchen, und die Ritter kamen immer näher.

Plötzlich überkam den Nadirprinzen ein Gefühl des Friedens, und die Ritter blieben stehen. Tenaka blickte nach rechts und links. Neben ihm standen sechs Krieger in silberner Rüstung und weißen Mänteln.

»Dann kommt, ihr Hunde der Finsternis«, sagte der silberne Ritter, der ihm am nächsten war.

»Wir kommen«, erwiderte der dunkle Ritter, »aber nicht, wenn du rufst.« Einer nach dem anderen verschwand unter den Bäumen.

Tenaka drehte sich langsam um, verloren und verängstigt, und der silberne Krieger, der gesprochen hatte, legte dem Nadirprinzen die Hand auf die Schulter.

»Schlaf jetzt. Die Quelle wird dich beschützen.«

Dunkelheit hüllte ihn ein wie eine Decke.

Am Morgen des sechsten Tages verließen sie den Wald und gelangten auf die ausgedehnte Ebene, die sich zwischen Skultik und Skoda erstreckte. Weit im Süden lag die Stadt Karnak, doch nur die höchsten Türme zeichneten sich als weiße Nadeln vor einem grünen Horizont ab. Nur noch vereinzelt waren Flecken von Schnee zu sehen, und das Frühlingsgras drängte sich zur Sonne empor.

Tenaka hob die Hand, als er den Rauch sah.

»Das kann kein Grasfeuer sein«, sagte Ananais und schützte die Augen mit der Hand vor der grellen Sonne.

»Da brennt ein Dorf«, sagte Galand. »So ein Anblick ist heutzutage nur allzu häufig.«

»Euer Land ist voller Kummer«, sagte Pagan, ließ sein riesiges Bündel zu Boden gleiten und legte die Satteltaschen darauf. An seinem Gepäck war ein mit Bronze eingefaßter Schild aus gestärkter Büffelhaut befestigt, ein Bogen aus Antilopenhorn und ein kalbslederner Köcher.

»Du schleppst mehr Ausrüstung mit dir herum als eine ganze Einheit des Drachen«, murmelte Ananais.

»Sentimentale Gründe«, antwortete Pagan grinsend.

»Am besten meiden wir das Dorf«, sagte Steiger. Sein langes Haar war strähnig vor Schweiß, und sein Mangel an körperlicher Übung machte sich deutlich bemerkbar. Er setzte sich neben Pagans Gepäck.

Der Wind drehte und trug Hufgedonner zu ihnen heran.

»Verteilt euch, und legt euch flach auf den Boden«, ordnete Tenaka an. Die Kameraden liefen Deckung suchend auseinander und ließen sich bäuchlings ins Gras fallen.

Eine Frau erschien auf dem Kamm eines Hügels; sie rannte so schnell sie konnte, und ihr kastanienbraunes Haar flatterte hinter ihr her. Sie trug einen Rock aus grüner Wolle und einen braunen Schal. Auf dem Arm trug sie ein kleines Kind, dessen schrille Schreie bis zu den Gefährten drangen.

Beim Laufen warf die Frau hin und wieder panikerfüllte Blicke über die Schulter. Der Schutz der Bäume war noch eine Ewigkeit entfernt, als die Soldaten herangaloppierten; doch die Frau rannte weiter, direkt auf Tenaka zu.

Ananais stand fluchend auf. Die Frau schrie auf und schwenkte nach links – in Pagans Arme.

Die Soldaten zügelten ihre Pferde, und ihr Anführer stieg ab. Er war groß und trug den Umhang von Delnoch; die Bronzerüstung war glänzend poliert.

»Danke für eure Hilfe«, sagte er, »wenn wir sie auch nicht gebraucht hätten.« Die Frau war jetzt still und hatte in ihrer Verzweiflung den Kopf an Pagans breite Brust gelegt.

Tenaka lächelte. Es waren zwölf Soldaten, davon elf noch zu Pferde. Sie konnten nichts weiter tun, als die Frau auszuliefern.

Dann bohrte sich ein Pfeil in den Hals des nächsten Reiters, der wie ein Stein aus dem Sattel fiel. Ein zweiter Pfeil grub sich in die Brust des weiteren Soldaten; er taumelte rücklings, und sein Pferd scheute und warf ihn ab. Tenaka zog sein Schwert und stieß es dem Offizier in den Rücken, der sich umgedreht hatte, als die Pfeile flogen.

Pagan stieß die Frau von sich und fiel auf die Knie, die Wurfmesser aus den Stiefeln ziehend. Sie flogen aus seiner Hand, und zwei Soldaten starben, während sie noch versuchten, ihre Pferde unter Kontrolle zu halten. Tenaka rannte los, sprang in den Sattel eines reiterlosen Pferdes, griff die Zügel und trieb das Tier an. Die sieben verbleibenden Soldaten hatten ihre Waffen gezogen, und zwei griffen Pagan an. Tenakas Pferd krachte in die übrigen fünf; ein Tier stürzte, die anderen scheuten und wieherten wie verrückt. Als Tenakas Schwert herabsauste, schoß ein Pfeil an ihm vorbei und drang einem der Reiter ins linke Auge.

Pagan zog sein Kurzschwert, dann warf er sich nach links, als die Pferde an ihm vorbeidonnerten, rollte sich aber sofort wieder auf die Füße, als die Reiter ihre Pferde zum Stehen brachten. Er stürmte vor, blockte einen wütenden Hieb ab und stieß einem der Reiter sein Schwert in die Seite. Als der Mann schreiend aus dem Sattel stürzte, schwang Pagan sich auf den Rücken des Tieres und von dort auf den zweiten Reiter und warf ihn aus dem Sattel. Sie stürzten gemeinsam zu Boden, und Pagan brach dem Mann mit einem einzigen Hieb das Genick.

Renya warf ihren Bogen zur Seite und kam mit dem Dolch in der Hand aus ihrer Deckung. Sie rannte zu Tenaka, der gemeinsam mit Ananais die übrigen Soldaten bekämpfte. Renya sprang hinter einem Reiter in den Sattel und hämmerte ihm die Klinge ihres Dolches zwischen die Schulterblätter. Der Mann schrie auf und versuchte sich umzudrehen, doch Renya schlug ihn hinters Ohr. Sein Genick brach, und er ging zu Boden.

Die beiden letzten Soldaten wendeten ihre Pferde und trieben sie aus dem Getümmel, hinauf auf den Hügel. Doch Parsal und Galand verstellten ihnen den Weg, und die Pferde scheuten und warfen einen der Reiter ab. Der andere klammerte sich grimmig fest, bis Galands Schwert ihm in die Kehle drang. Parsal zog seine Waffe aus dem Körper des gestürzten Reiters.

»Eins sage ich dir«, erklärte er breit grinsend. »Langweilig ist es nicht, seit wir zurück sind.«

Galand grunzte. »Wir haben verdammt viel Glück, weißt du das?« Er wischte sein Schwert im Gras sauber; dann nahm er die Zügel der beiden Pferde und führte sie zu den anderen.

Tenaka verbarg seinen Ärger und sagte zu Pagan: »Du kämpfst gut!«

»Reine Übungssache«, antwortete der schwarze Mann gelassen.

»Ich würde gern wissen, wer den Pfeil geschossen hat«, meinte Ananais.

»Vergiß es – es ist passiert«, sagte Tenaka. »Jetzt sollten wir besser hier verschwinden. Ich schlage vor, wir reiten bis zum Einbruch der Dunkelheit zurück in den Wald. Da wir jetzt Pferde haben, können wir die verlorene Zeit wettmachen.«

»Nein!« sagte die Frau mit dem Kind. »Meine Familie. Meine Freunde. Sie werden da hinten abgeschlachtet!«

Tenaka ging zu ihr und legte ihr eine Hand auf die Schulter. »Hör mit gut zu. Wenn ich mich nicht irre, gehörten diese Soldaten zu einer halben Hundertschaft, und das bedeutet, daß noch fast vierzig Mann in deinem Dorf sind. Das sind zu viele – wir können euch nicht helfen.«

»Wir könnten es versuchen«, sagte Renya.

»Schweig!« fuhr Tenaka sie an. Renya blieb der Mund offenstehen, doch sie sagte nichts mehr. Er wandte sich wieder an die Frau. »Du kannst gern bei uns bleiben, und wir kommen morgen mit dir in dein Dorf. Wir tun, was wir können.«

»Morgen ist es zu spät!«

»Wahrscheinlich ist es jetzt schon zu spät«, sagte Tenaka.

Sie riß sich von ihm los. »Von einem Nadir erwarte ich auch keine Hilfe«, sagte sie tränenüberströmt. »Aber einige von euch sind Drenai! Bitte, helft mir!«

»Der Tod hilft keinem von uns«, sagte Steiger. »Komm mit uns. Du bist entkommen – andere vielleicht auch. Außerdem kannst du sonst nirgends hin. Komm schon, ich helfe dir auf ein Pferd.«

Die Gefährten stiegen auf und ritten zum Wald. Hinter ihnen kreisten die Krähen.

In dieser Nacht rief Tenaka Renya zu sich, und sie verließen das Lager und gingen in den Wald. Den ganzen Nachmittag über hatten sie kein Wort gewechselt.

Tenaka war kühl und distanziert. Er ging zu einer mondbeschienenen Lichtung; dann wandte er sich an das Mädchen.

»Du hast den Pfeil geschossen! Tu nie wieder etwas ohne meinen Befehl!«

»Wer bist du, mir Befehle zu erteilen?« fauchte sie.

»Ich bin Tenaka Khan, Weib! Erzürne mich noch einmal, und ich lasse dich zurück!«

»Sie hätten die Frau und das Kind getötet!«

»Ja. Aber deinetwegen könnten wir jetzt alle tot sein. Was wäre damit erreicht?«

»Aber wir sind nicht tot. Und wir haben die Frau gerettet!«

»Mit Glück. Manchmal braucht ein Soldat Glück, aber man sollte sich nicht darauf verlassen. Ich bitte dich nicht, Renya, ich befehle dir: du wirst so etwas nie wieder tun!«

»Ich tue, was mir gefällt«, sagte sie.

Er schlug ihr mit der flachen Hand ins Gesicht. Sie fiel hart zu Boden, rollte sich aber sofort wieder auf die Füße. Ihre Augen funkelten, und ihre Finger waren zu Klauen gekrümmt. Dann sah sie das Messer in seiner Hand.

»Du würdest mich töten, nicht wahr?« flüsterte sie.

»Ohne zu zögern.«

»Ich habe dich geliebt! Mehr als mein Leben. Mehr als alles andere.«

»Wirst du mir gehorchen?«

»O ja, Tenaka Khan, ich werde dir gehorchen. Bis wir Skoda erreichen. Dann werde ich dich verlassen.« Sie machte auf dem Absatz kehrt und ging zurück ins Lager.

Tenaka steckte den Dolch weg und setzte sich auf einen Felsen.

»Immer noch der Einsame, was, Tani?« sagte Ananais, der aus dem Schatten der Bäume trat.

»Ich will nicht reden.«

»Du warst hart zu ihr, aber du hattest recht. Doch du bist ein bißchen zu weit gegangen – du hättest sie nicht getötet.«

»Nein. Hätte ich nicht.«

»Aber sie macht dir Angst, nicht wahr?«

»Ich habe doch gesagt, ich will mich nicht unterhalten.«

»Stimmt, aber ich bin Ananais – dein verstümmelter Freund, der dich gut kennt. So gut wie kein anderer. Du glaubst, bloß weil wir unser Leben riskieren, gäbe es keinen Platz für die Liebe? Sei nicht so dumm – genieße sie, solange sie da ist.«

»Ich kann nicht«, sagte Tenaka mit gesenktem Kopf. »Als ich herkam, konnte ich an nichts anderes denken als an Ceska. Aber jetzt scheine ich immer mehr Zeit damit zu verbringen, an … du weißt schon … zu denken.«

»Natürlich weiß ich. Aber was ist mit deinen Nadirweisheiten? Das Morgen soll sich um sich selbst kümmern?«

»Ich bin nur halb Nadir.«

»Geh und sprich mit ihr.«

»Nein. So ist es besser.«

Ananais stand auf und streckte sich. »Tja, ich lege mich jetzt schlafen.« Er ging zurück zum Lager und blieb unterwegs bei Renya stehen, die unglücklich ins Feuer starrte.

Er hockte sich neben sie. »Mit manchen Männern ist es seltsam«, sagte er. »Wenn es um Geschäfte oder Krieg geht, können sie wahre Giganten sein, klug und stark bis zum Übermaß. In Herzensangelegenheiten aber sind sie wie Kinder. Frauen sind anders. Sie sehen das Kind im Mann als das, was es ist.«

»Er hätte mich getötet«, flüsterte sie.

»Glaubst du das wirklich?«

»Du nicht?«

»Renya, er liebt dich. Er könnte dir nichts tun.«

»Warum dann? Warum sagt er es dann?«

»Damit du es glaubst. Damit du ihn haßt. Damit du gehst.«

»Na, das hat ja auch geklappt«, sagte sie.

»Das ist schade. Trotzdem ... du hättest den Pfeil nicht abschießen dürfen.«

»Das weiß ich!« fuhr sie auf. »Das brauchst du mir nicht zu sagen. Ich ... ich konnte nur nicht ertragen mitanzusehen, wie diese Hunde ein Kind umbringen!«

»Darauf war auch ich nicht erpicht.« Er warf einen Blick auf die Frau, die auf der anderen Seite des Feuers lag und schlief. Der schwarze Riese Pagan saß mit dem Rücken an einen Baum gelehnt, das Kind in den Armen. Es hatte ein pummeliges Händchen aus seiner Decke gestreckt und um Pagans Finger geklammert, der mit tiefer Stimme sanft auf das Kleine einsprach.

»Er kann gut mit Kindern umgehen, nicht wahr?« meinte Ananais.

»Ja. Und mit Waffen.«

»Ein wahrhaft geheimnisvoller Mann. Trotzdem, ich behalte ihn im Auge.«

Renya blickte in die strahlend blauen Augen über der

schwarzen Maske. »Ich habe dich gern, Ananais. Wirklich.«

»Hast du mich gern, dann hab' auch meine Freunde gern«, sagte er und nickte in Richtung der hochgewachsenen Gestalt von Tenaka Khan, der zu seinen Decken ging.

Renya schüttelte den Kopf und starrte wieder ins Feuer. »Schade«, sagte er.

Zwei Stunden nach Einbruch der Dunkelheit ritten sie ins Dorf. Galand hatte es ausgekundschaftet und berichtet, daß die Soldaten nach Süden, in Richtung der Türme von Karnak, aufgebrochen waren. Das Dorf war zerstört; von den geschwärzten Balken stiegen dunkle Rauchwolken auf. Überall lagen Tote, während am Rand der ausgebrannten Häuser zehn Kreuze errichtet worden waren, an denen die Rastmitglieder des Dorfes hingen. Man hatte sie ausgepeitscht und geschlagen, ehe man sie an die Balken genagelt hatte; dann hatte man ihnen die Beine gebrochen, so daß die geschundenen Körper zusammensackten und so die Luftzufuhr zu den Lungen abschnitten. »Wir sind Barbaren geworden«, sagte Steiger, der sein Pferd von dem Anblick abwandte. Belder nickte nur, doch er folgte dem jungen Drenai zu den Feldern hinter dem Dorf.

Tenaka stieg auf dem Dorfplatz vom Pferd, wo die meisten Toten lagen – mehr als dreißig Frauen und Kinder.

»Das ist doch sinnlos«, sagte er, als Ananais zu ihm kam. »Wer soll jetzt die Felder bestellen? Wenn das überall im Reich geschieht …«

»Es geschieht überall«, sagte Galand.

Die Frau mit dem Kind zog ihren Schal über den Kopf und schloß die Augen. Pagan sah die Bewegung, ritt an ihre Seite und nahm ihr die Zügel aus der Hand.

»Wir warten außerhalb des Dorfes auf euch«, sagte er. Valtaya und Renya folgten ihm.

»Es ist seltsam«, meinte Ananais. »Jahrhundertelang

haben die Drenai Fremde abgewehrt, die so etwas mit unserem Land gemacht hätten. Und jetzt tun wir es selbst. Was für Männer ziehen sie jetzt bloß ein?«

»Es hat immer schon Leute gegeben, die diese Art von Arbeit liebten«, erwiderte Tenaka.

»In deinem Volk, vielleicht«, sagte Parsal leise.

»Was soll das heißen?« fuhr Ananais den schwarzbärtigen Krieger an.

»Vergiß es!« befahl Tenaka. »Du hast recht, Parsal, die Nadir sind ein grausames Volk. Aber das hier waren keine Nadir. Und auch keine Vagrier. Wie Ananais sagte – jetzt tun wir uns das selbst an.«

»Vergiß, was ich gesagt habe, General«, bat Parsal leise. »Ich bin nur wütend. Laßt uns hier weggehen.«

»Sag mir eins«, sagte Galand plötzlich. »Wird es etwas an all dem ändern, wenn wir Ceska töten?«

»Ich weiß es nicht«, antwortete Tenaka.

»Er muß vernichtet werden.«

»Ich glaube nicht, daß sechs Männer und zwei Frauen ein Reich zu Fall bringen können. Du etwa?«

»Vor ein paar Tagen«, sagte Ananais, »war es nur ein Mann.«

»Parsal hat recht. Laßt uns hier verschwinden«, sagte Tenaka.

In diesem Moment begann ein Kind zu weinen, und die vier Männer rannten zu den Toten und schoben sie beiseite. Zuletzt fanden sie eine dicke alte Frau, die ihre toten Arme schützend um ein Mädchen von fünf oder sechs Jahren geschlungen hatte. Der Rücken der Frau wies drei schreckliche Wunden auf, und sie war offensichtlich über das Kind gekrochen, um es vor den Waffen zu schützen. Doch eine Lanze war durch ihren Körper hindurch in den des Kindes gedrungen. Parsal zog das Mädchen frei. Dann erbleichte er, als er das Blut sah, das seine Kleidung durchtränkt hatte. Er trug die Kleine aus dem Dorf zu den anderen, und Valtaya eilte herbei und befreite Parsal von seiner zarten Last.

Als sie das Mädchen behutsam ins Gras legte, schlug es die Augen auf. Sie waren strahlend blau.

»Ich will nicht sterben«, wimmerte das Mädchen. Seine Augen schlossen sich, und die Frau aus dem Dorf kniete neben ihm nieder und hob seinen Kopf in ihren Schoß.

»Es ist alles gut, Alaya. Ich bin es, Parise. Ich bin zurückgekommen, mich um dich zu kümmern.«

Das Mädchen lächelte schwach; dann aber erstarrte das Lächeln und wich einer schmerzverzerrten Grimasse. Die Gefährten sahen, wie das Leben aus ihr wich.

»O nein! Bitte nicht!« murmelte Parise. »Süße Götter des Lichts, nein!« Ihr eigenes Kind begann zu weinen, und Pagan hob es hoch und drückte es an seine Brust.

Galand wandte sich ab und fiel auf die Knie. Parsal trat an seine Seite, und Galand sah mit Tränen in den Augen zu seinem Bruder auf. Er schüttelte den Kopf, denn Worte wollten nicht über seine Lippen kommen.

Parsal kniete neben ihm nieder. »Ich weiß, Bruder, ich weiß«, sagte er sanft. Galand holte tief Luft und zog sein Schwert.

»Ich schwöre bei allem, was heilig oder unheilig ist, bei allen Wesen, die krabbeln oder fliegen – ich werde nicht ruhen, bis dieses Land wieder sauber ist!« Er sprang auf und schwenkte sein Schwert durch die Luft. »Ich komme, Ceska!« brüllte er. Er schleuderte seine Waffe zur Seite und stolperte davon.

Parsal wandte sich entschuldigend an die anderen. »Seine eigene Tochter wurde getötet. Ein reizendes Kind … ein Kind des Lachens. Aber er hat ernst gemeint, was er sagte. Und … und ich bin bei ihm.« Seine Stimme war belegt, und er räusperte sich. »Wir sind keine großen Kämpfer, er und ich. Ich war nicht einmal gut genug für den Drachen. Wir sind keine Offiziere. Aber wenn wir etwas sagen, dann meinen wir es auch so. Ich weiß nicht, was ihr jetzt vorhabt. Aber diese Leute da hinten – das sind meine Leute, meine und Galands. Nicht reich und vornehm. Nur tot. Diese dicke alte Frau starb, um das Kind zu beschützen. Und sie hat versagt. Aber sie hat es versucht, und sie hat ihr Leben bei dem Versuch gegeben. Nun, das werde ich auch!« Seine Stimme brach, und er fluchte. Er wandte sich ab und folgte seinem Bruder.

»Nun General?« fragte Ananais. »Was machst du jetzt mit deiner Sechs-Mann-Armee?«

»Sieben!« warf Pagan ein.

»Siehst du, wir werden immer mehr«, sagte Ananais, und Tenaka nickte. »Warum willst du dich uns anschließen?« fragte er den schwarzen Mann.

»Das ist meine Sache. Aber wir haben das gleiche Ziel. Ich bin Tausende von Kilometern gereist, um Ceska stürzen zu sehen.«

»Wir begraben das Kind und brechen nach Skoda auf«, erklärte Tenaka.

Während des langen Nachmittags ritten sie wachsam, Galand und Parsal weit entfernt an den Flanken. Gegen Abend brach plötzlich ein Sturm über die Ebene los, und die Kameraden suchten Zuflucht in einem verlassenen steinernen Turm am Ufer eines rasch dahinfließenden Flusses. Sie pflockten die Pferde auf einem nahem Feld an, sammelten, was sie an Holz bei einer Baumgruppe finden konnten, und machten eine Stelle auf dem Boden im ersten Stock des Turmes frei. Das Gebäude war alt und quadratisch. Es hatte einst zwanzig Soldaten beherbergt, denn es handelte sich um einen Wachturm aus den Tagen des Ersten Nadirkriegs. Es gab drei Stockwerke, von denen das oberste kein Dach besaß, so daß die scharfäugigen Späher nach Nadir oder Sathuli Ausschau halten konnten.

Gegen Mitternacht, als die anderen schliefen, rief Tenaka Steiger zu sich und führte ihn die Wendeltreppe hinauf.

Der Sturm war nach Süden gezogen, und die Sterne strahlten hell. Fledermäuse umkreisten den Turm, und von den Delnoch-Bergen fegte ein kalter Wind heran.

»Wie geht es dir, Arvan?« fragte Tenaka, als sie unterhalb der Wehrgänge saßen, vor dem Wind geschützt.

Steiger zuckte die Achseln. »Ich fühle mich ein bißchen fehl am Platze.«

»Das gibt sich.«

»Ich bin kein Krieger, Tenaka. Als ihr mit den Soldaten gekämpft habt, habe ich nur im Gras gelegen und zugeschaut. Ich war wie erstarrt!«

»Nein, warst du nicht. Alles geschah gleichzeitig, und diejenigen von uns, die schon standen, haben einfach nur schneller reagiert. Wir sind dafür ausgebildet. Sieh dir zum Beispiel die Brüder an. Sie sind zu der einzigen Stelle gegangen, an der die Soldaten entkommen konnten und haben sie auf diese Weise daran gehindert, Hilfe zu holen. Ich habe ihnen das nicht befohlen. Sie sind Soldaten; das ist alles. Das ganze Scharmützel hat vielleicht zwei Minuten gedauert. Was hättet du tun können?«

»Ich weiß nicht. Mein Schwert ziehen. *Helfen*!«

»Die Zeit wird noch kommen. Wie sieht es in Delnoch aus?«

»Ich weiß nicht. Ich habe es vor fünf Jahren verlassen, und davor war ich zehn Jahre in Drenan.«

»Wer regiert in Delnoch?«

»Niemand aus dem Haus des Bronzegrafen. Orrin wurde vergiftet, und Ceska hat einen seiner eigenen Männer eingesetzt. Er heißt Matrax. Warum fragst du?«

»Meine Pläne haben sich geändert!«

»Inwiefern?«

»Ich hatte die Absicht, Ceska zu töten.«

»Und jetzt?«

»Jetzt habe ich etwas noch Dümmeres vor. Ich werde eine Armee aufstellen und ihn stürzen.«

»Keine Armee der Welt kann gegen die Bastarde gewinnen. Götter, selbst der Drache hat versagt! Sie sind nicht einmal in die Nähe gekommen!«

»Nichts im Leben ist einfach, Arvan. Aber ich bin ausgebildet, eine Armee zu führen. Meinen Feinden Tod und Zerstörung zu bringen. Du hast Parsal und Galand gehört. Sie hatten recht. Ein Mann muß sich gegen das Böse stellen, wo immer er es antrifft, und er muß all seine Kraft einsetzen. Ich bin kein Meuchelmörder.«

»Und woher willst du diese Armee nehmen?«

Tenaka lächelte. »Ich brauche deine Hilfe. Du mußt Delnoch erobern.«

»Das kann nicht dein Ernst sein!«

»Es ist mir tödlich ernst.«

»Du verlangst, daß ich ganz allein eine Festung einnehme? Eine Festung, die gegen zwei Nadirarmeen bestanden hat? Das ist verrückt!«

»Du stammst aus dem Hause des Bronzegrafen. Gebrauche deinen Verstand. Es gibt einen Weg.«

»Wenn du dir schon einen Plan ausgedacht hast, warum tust *du* es dann nicht?«

»Ich kann nicht. Ich stamme aus dem Hause Ulrics.«

»Du redest in Rätseln. Sag mir einfach, was ich tun soll.«

»Nein. Du bist ein Mann, und ich glaube, du unterschätzt dich. Wir werden in Skoda Halt machen und uns anschauen, wie das Land aussieht. Dann werden du und ich eine Armee aufstellen.«

Steigers Augen wurden groß.

»Eine Nadirarmee?« flüsterte er. Alle Farbe wich aus seinem Gesicht. »Du würdest die *Nadir* bringen?«

»Nur, wenn du Dros Delnoch einnehmen kannst!«

7

Der Abt wartete geduldig in der dunklen Bibliothek, über seinen Schreibtisch gebeugt, die Finger ineinander verschränkt, die Augen geschlossen. Seine drei Gefährten saßen ihm unbeweglich gegenüber, wie lebende Statuen. Der Abt schlug die Augen auf und sah sie an:

Acuas, der Starke, mitfühlend und treu.

Balan, der Skeptiker.

Katan, der wahre Mystiker.

Alle waren auf Reisen, im Geist miteinander verwoben, während sie die Dunklen Templer suchten und einen geistigen Schleier über die Bewegungen Tenaka Khans und seiner Kameraden warfen.

Acuas kehrte als erster zurück. Er öffnete die Augen und strich sich über den gelben Bart. Er wirkte müde, ausgelaugt.

»Das ist nicht leicht, Herr«, sagte er. »Die Dunklen Templer haben große Macht.«

»Wir auch«, warf der Abt ein. »Sprich weiter.«

»Es sind zwanzig. Sie wurden in Skultik von einer Bande Gesetzloser angegriffen, erschlugen sie aber mit fast arroganter Leichtigkeit. Sie sind wahrlich hervorragende Krieger.«

»Ja. Wie weit sind sie noch von dem Fackelträger entfernt?«

»Weniger als einen Tag. Lange können wir sie nicht mehr täuschen.«

»Noch ein paar Tage wären unschätzbar wertvoll«, sagte der Abt. »Haben sie einen weiteren nächtlichen Angriff unternommen?«

»Nein, Herr. Aber ich halte es für wahrscheinlich, daß sie es wieder versuchen.«

»Ruhe dich jetzt aus, Acuas. Hol Tois und Lannad, um dich abzulösen.«

Der Abt verließ den Raum und ging durch den langen

Flur langsam hinab zur zweiten Ebene und Decados Garten.

Der Priester mit den dunklen Augen hieß ihn lächelnd willkommen.

»Komm mit mir, Decado. Ich möchte, daß du dir etwas anschaust.«

Ohne ein weiteres Wort machte er auf dem Absatz kehrt und führte den Priester die Stufen hinauf bis zur eichenen Tür. Decado zögerte auf der Schwelle – während all seiner Jahre im Kloster hatte er diese Stufen nie betreten.

Der Abt drehte sich um. »Komm!« sagte er und trat in die Schatten. Ein seltsames Gefühl der Angst ergriff den Gärtner, als ob ihm seine Welt entglitte. Er schluckte und begann zu zittern. Dann holte er tief Luft und folgte dem Abt.

Der Abt führte ihn durch ein Labyrinth von Gängen, aber Decado schaute weder nach links noch rechts, sondern richtete seinen Blick fest auf den grauen Kittel des Mannes vor ihm. Der Abt blieb vor einer Tür stehen, die wie ein Blatt geformt war. Sie besaß keine Klinke.

»Öffne dich«, flüsterte der Abt, und die Tür glitt lautlos beiseite. Dahinter befand sich ein langgestreckter Raum, in dem dreißig silberne Rüstungen standen, dazu Mäntel in strahlendem Weiß. Vor jeder Rüstung stand ein kleiner Tisch, auf dem Schwert und Scheide sowie ein Helm mit weißem Roßhaarbusch lagen.

»Weißt du, was das hier ist?« fragte der Abt.

»Nein.« Decado schwitzte stark. Er wischte sich die Augen, und der Abt stellte besorgt fest, daß der gehetzte Ausdruck wieder in seine Augen zurückgekehrt war.

»Das sind die Rüstungen, welche die Dreißig von Delnoch unter der Leitung von Serbitar trugen – die Männer, die im Ersten Nadirkrieg kämpften und starben. Du hast doch von ihnen gehört?«

»Selbstverständlich.«

»Erzähl mir, was du gehört hast.«

»Was soll das alles, Vater Abt? Ich habe noch Arbeit im Garten zu tun.«

»Erzähl mir, was du über die Dreißig von Delnoch weißt«, befahl der Abt.

Decado räusperte sich. »Sie waren Krieger-Priester. Anders als wir. Sie übten jahrelang mit den Waffen und wählten dann einen fernen Krieg, um dort zu sterben. Serbitar führte die Dreißig in Delnoch, wo sie dem Bronzegrafen und Druss der Legende mit ihrem Rat zur Seite standen. Gemeinsam wehrten sie Ulrics Horden ab.«

»Warum sollten Priester zu den Waffen greifen?«

»Ich weiß es nicht, Vater Abt. Es ist unbegreiflich.«

»Wirklich?«

»Du hast mich gelehrt, daß alles Leben der Quelle heilig ist und daß es ein Verbrechen gegen Gott ist, Leben zu nehmen.«

»Und doch muß man das Böse abwehren.«

»Aber nicht, indem man die Waffen des Bösen benutzt«, antwortete Decado.

»Ein Mann steht mit gezücktem Speer über einem Kind. Was würdest du tun?«

»Ich würde ihn aufhalten – aber nicht töten.«

»Du würdest ihn mit einem Fausthieb aufhalten?«

»Ja, vielleicht.«

»Er stürzt schwer, schlägt sich den Kopf auf und stirbt. Hast du dann gesündigt?«

»Nein ... ja ... ich weiß nicht.«

»Er ist der Sünder, denn sein Tun hat dein Handeln verursacht, und daher war es seine Tat, die ihn getötet hat. Wir streben nach Frieden und Harmonie, mein Sohn – wir sehnen uns danach. Aber wir gehören zu dieser Welt und ihren Anforderungen. Dieses Volk lebt nicht mehr in Harmonie. Das Chaos regiert, und es ist furchtbar, all die Leiden zu sehen.«

»Was versuchst du mir zu sagen, Herr?«

»Das ist nicht leicht, mein Sohn, denn meine Worte werden dich sehr treffen.« Der Abt trat vor und legte dem Priester die Hände auf die Schultern. »Dies ist ein Tempel der Dreißig. Und wir bereiten uns darauf vor, gegen die Dunkelheit zu ziehen.«

Decado wich vor dem Abt zurück. »Nein!«

»Ich möchte, daß du mit uns reitest.«

»Ich habe an dich geglaubt. Ich habe dir *vertraut*!« Decado wandte sich um, so daß er unmittelbar vor einer der Rüstungen stand. Er fuhr herum. »*Das* ist es, wovor ich hierher geflohen bin! Mord und Totschlag. Scharfe Klingen und aufgeschlitztes Fleisch. Ich war glücklich hier. Und jetzt hast du mir all das genommen. Macht weiter – spielt euer Soldatenspiel. Ich will nichts damit zu tun haben.«

»Du kannst dich nicht ewig verstecken, mein Sohn.«

»Verstecken? Ich kam her, um mich zu ändern.«

»Es ist nicht schwer, sich zu ändern, wenn dein größtes Problem darin besteht, daß in einem Gemüsebeet Unkraut wächst.«

»Was soll das heißen?«

»Es heißt, daß du ein krankhafter Killer warst – ein Mann, verliebt in den Tod. Jetzt biete ich dir die Gelegenheit festzustellen, ob du dich wirklich geändert hast. Zieh die Rüstung an und reite mit uns gegen das Chaos.«

»Um wieder töten zu lernen?«

»Wir werden sehen.«

»Ich will nicht töten. Ich möchte mit meinen Pflanzen leben.«

»Glaubst du, ich will kämpfen? Ich bin fast sechzig. Ich liebe die Quelle und alles, was wächst und sich regt. Ich glaube, das Leben ist das größte Geschenk im Universum. Aber das Böse gibt es wirklich auf dieser Welt, und es muß bekämpft werden. Vernichtet. Dann haben andere die Möglichkeit, die Freuden des Lebens zu kosten.«

»Kein Wort mehr!« fuhr Decado ihn an. »Kein einziges Wort mehr!« Jahrelang unterdrückte Gefühle brachen sich Bahn, erfüllten seine Sinne; vergessene Wut peitschte ihn auf. Was für ein Narr war er gewesen, sich vor der Welt zu verstecken und wie ein schwitzender Bauer in der Erde zu graben!

Er ging zu einer Rüstung, die ein Stück abseits von den anderen stand, und seine Hand schloß sich um den Elfenbeingriff des Schwertes. Mit einer geschmeidigen Bewegung ließ er die Klinge durch die Luft sausen; seine Muskeln spürten den Kitzel der Waffe. Die Klinge bestand aus Silberstahl und war rasiermesserscharf. Sie war perfekt ausbalanciert. Er drehte sich zum Abt um – und wo er früher seinen Meister gesehen hatte, sah er jetzt nur noch einen alten Mann mit wässrigen Augen.

»Diese Aufgabe ... ist Tenaka Khan darin verwickelt?«

»Ja, mein Sohn.«

»Nenne mich nicht so, Priester! Nie wieder. Ich tadle dich nicht – ich war der Narr, daß ich an dich geglaubt habe. Schön, ich werde mit deinen Priestern kämpfen, aber nur, weil es meinen Freunden hilft. Aber versuche nicht, mir Befehle zu erteilen.«

»Ich werde nicht in der Lage sein, dir Befehle zu erteilen, Decado. Du bist gerade zu deiner eigenen Rüstung gegangen.«

»*Meine* Rüstung?«

»Erkennst du die Rune auf dem Helm?«

»Es ist die Zahl Eins in der Schrift der Alten.«

»Es war Serbitars Rüstung. Du wirst sie tragen.«

»Er war der Anführer, nicht wahr?«

»Wie du es sein wirst.«

»Das ist also mein Los«, sagte Decado, »einen bunt zusammengewürfelten Haufen von Priestern anzuführen, die Krieg spielen. Na schön, ich kann genausogut mit einem Schwert umgehen wie jeder andere.«

Decado begann zu lachen. Der Abt schloß die Augen und sprach lautlos ein Gebet, denn hinter dem Lachen spürte er die Qualen von Decados gemarterter Seele. Verzweiflung packte den Priester, und er verließ den Raum, verfolgt von irrem Gelächter.

Was hast du getan, Abaddon? fragte er sich.

Tränen standen in seinen Augen, als er sein Zimmer betrat, wo er auf die Knie fiel.

Decado stolperte aus dem Gewölbe und kehrte in seinen Garten zurück, ungläubig die ordentlichen Reihen von Gemüse anstarrend, die gestutzen Hecken und die sorgfältig beschnittenen Bäume.

Er ging zu seiner Hütte und stieß die Tür auf.

Vor weniger als einer Stunde war dies sein Zuhause gewesen, ein Zuhause, das er liebte. Er war zufrieden gewesen. Jetzt war die Hütte nur noch schäbig, und er verließ sie und ging zu seinem Blumengarten. Die weiße Rose trug drei neue Knospen. Zorn wallte in ihm auf, und er packte die Pflanze, um sie auszureißen. Doch dann hielt er inne und ließ sie langsam wieder los, starrte zuerst auf seine Hand, dann auf die Pflanze. Nicht ein Dorn hatte ihn verletzt. Sanft glättete er die zerdrückten Blätter und begann zu schluchzen, sinnlose Laute, aus denen sich langsam Worte formten.

»Es tut mir leid«, sagte er zu seiner Rose.

Die Dreißig versammelten sich im unteren Hof, wo sie ihre Pferde sattelten. Die Tiere besaßen noch ihr Winterfell, doch sie waren eine kräftige Bergrasse und konnten laufen wie der Wind. Decado suchte sich eine Fuchsstute aus, sattelte sie rasch und schwang sich auf ihren Rücken. Den weißen Mantel drapierte er nach Art des Drachen hinter sich über dem Sattel. Serbitars Rüstung paßte ihm perfekt; sie fühlte sich geschmeidig an, wie eine zweite Haut.

Der Abt Abaddon stieg in den Sattel eines kastanienbraunen Wallachs und ritt an Decados Seite.

Decado schwang sich im Sattel herum und beobachtete die Krieger-Priester, die schweigend auf die Pferde stiegen. Er mußte zugeben, daß sie sich geschmeidig bewegten. Jeder richtete seinen Mantel genauso, wie Decado es getan hatte. Abaddon betrachtete nachdenklich seinen einstigen Schüler; Decado hatte sich glatt rasiert und sein langes, dunkles Haar im Nacken zusammengebunden. Seine Augen strahlten voller Leben, und auf seinen Lippen lag ein beinahe spöttisches Lächeln.

In der Nacht zuvor war Decado seinen Hauptleuten vorgestellt worden: Acuas, dem Herzen der Dreißig, Balan, den Augen der Dreißig, und Katan, der Seele der Dreißig.

»Wenn ihr Krieger sein wollt«, hatte Decado ihnen erklärt, »dann müßt ihr mir gehorchen. Der Abt sagt, daß es eine Macht gibt, die Tenaka Khan jagt. Wir werden diese Macht aufhalten. Die Männer, gegen die wir kämpfen, sind wahre Krieger, wie man mir berichtet. Wir wollen hoffen, daß eure Suche nicht unter ihren Händen endet.«

»Es ist auch deine Suche, Bruder«, sagte Katan mit einem milden Lächeln.

»Es gibt keinen Mann, der mich erschlagen könnte. Und wenn ihr Priester fallt wie die Ähren, dann werde ich fortreiten.«

»Ist ein Anführer nicht verpflichtet, bei seinen Männern zu bleiben?« fragte Balan, mit einer Spur von Zorn in der Stimme.

»Anführer? Das hier ist eine priesterliche Farce! Aber schön, ich werde meine Rolle spielen. Aber ich werde nicht mit euch sterben!«

»Willst du mit uns beten?« fragte Acuas.

»Nein. Betet für mich mit. Ich habe zu viele Jahre mit dieser fruchtlosen Übung vergeudet.«

»Wir haben immer für dich gebetet«, sagte Katan.

»Betet lieber für euch selbst! Betet, daß eure Eingeweide sich nicht in Wasser verwandeln, wenn ihr den Dunklen Templern begegnet.«

Mit diesen Worten hatte Decado sie verlassen. Jetzt hob er den Arm und führte den Trupp durch die Tempeltore hinaus auf die sentranische Ebene.

»Bist du sicher, daß deine Wahl klug ist?« fragte Katan den Abt auf geistigem Wege.

»Es ist nicht meine Wahl, mein Sohn.«

»Der Mann wird von Zorn verzehrt.«

»Die Quelle weiß, was wir brauchen. Erinnerst du dich an Estin?«

»Ja. Armer Mann. So klug – er hätte einen guten Anführer abgegeben«, sagte Katan.

»Das hätte er wirklich. Mutig, doch freundlich, stark, doch sanft, und beseelt von einem Verstand frei von Arroganz. Aber er starb. Am Tag seines Todes erschien Decado vor unserem Tor und suchte Zuflucht vor der Welt.«

»Aber angenommen, Vater Abt, es war nicht die Quelle, die ihn geschickt hat?«

»Kein ›Vater Abt‹ mehr, Katan. Einfach nur ›Abaddon‹.«

Der ältere Mann unterbrach die geistige Verbindung, und es dauerte einige Augenblicke, ehe Katan bemerkte, daß seine Frage unbeantwortet geblieben war.

Die Jahre fielen von Decado ab. Wieder einmal war er im Sattel, den Wind in den Haaren. Wieder einmal donnerten Hufe über die Ebene, und sein kochendes Blut brachte ihm seine Jugend in Erinnerung zurück ...

Der Drache, der auf die Nadirräuber losging. Chaos, Verwirrung, Blut und Schrecken. Erschlagene Männer und gebrochene Schreie, Krähen, die ihre Freude am dunklen Himmel hinauskreischten.

Und dann, später, ein Söldnerkrieg nach dem anderen bei den abgelegensten Völkern der Welt. Immer verließ Decado das Schlachtfeld ohne eine einzige Wunde an seinem schlanken Körper, während seine Feinde zu all jenen Höllen fuhren, an die sie glaubten, als vergessene Schatten.

Das Bild Tenaka Khans erschien vor seinem geistigen Auge.

Das war einst ein Krieger! Wie oft war Decado eingeschlafen und hatte von einem Kampf mit Tenaka Khan geträumt? Eis und Schatten im Tanz der Schwerter.

Sie hatten gekämpft, viele Male. Mit hölzernen Klingen oder umwickelten Spitzen. Selbst mit stumpfen Säbeln. Sie waren ebenbürtig. Aber solche Kämpfe waren bedeutungslos – nur wenn der Tod in den Klingen lauerte, konnte ein wahrer Sieger hervorgehen.

Decados Gedanken wurden unterbrochen, als der gelbbärtige Acuas an seine Seite galoppierte.

»Es wird eng, Decado. Die Templer haben die Spur der anderen in einem verwüsteten Dorf aufgenommen. Sie werden sie morgen früh eingeholt haben.«

»Wie schnell können wir bei ihnen sein?«

»Frühestens bei Morgengrauen.«

»Dann mach dich wieder an deine Gebete, Gelbbart. Und bete fest.«

Er ließ sein Pferd in Galopp fallen, und die Dreißig folgten ihm.

Es war kurz vor Morgengrauen, und die Gefährten waren fast die ganze Nacht hindurch geritten. Sie hatten nur eine Stunde Rast eingelegt, um die Pferde etwas ausruhen zu lassen. Die Skoda-Berge türmten sich vor ihnen auf, und Tenaka wollte unbedingt dorthin, da sie Sicherheit boten. Die Sonne, noch hinter dem östlichen Horizont verborgen, ging gerade auf, und die Sterne verblaßten, als ein rosa Schimmer den Himmel färbte.

Die Reiter verließen ein Wäldchen und gelangten auf weites Grasland, das im Nebel lag. Tenaka spürte, wie eine plötzliche Kälte in seine Knochen drang. Er schauderte und zog den Mantel straffer um den Körper. Er war müde und unzufrieden. Seit ihrem Streit im Wald hatte er nicht mehr mit Renya gesprochen, wenn er auch dauernd an sie dachte. Weit davon entfernt, sie aus seinen Gedanken zu vertreiben, indem er sich gegen sie wandte, war es ihm lediglich gelungen, sich selbst unglücklich zu machen. Und doch war er nicht fähig, die Kluft zu überbrücken, die er zwischen ihnen aufgetan hatte. Er warf einen Blick zurück, wo Renya neben Ananais ritt und über einen seiner Scherze lachte; dann wandte er sich wieder nach vorn.

Vor ihm, wie dunkle Dämonen aus der Vergangenheit,

warteten zwanzig Reiter. Sie saßen unbeweglich in den Sätteln, und ihre schwarzen Mäntel flatterten im Wind. Tenaka hielt sein Pferd etwa fünfzig Schritt vor ihnen an; die anderen ritten an seine Seite.

»Wer, bei allen Göttern ist das?« fragte Ananais.

»Sie suchen mich«, antwortete Tenaka. »Sie sind mir im Traum erschienen.«

»Ich möchte nicht pessimistisch erscheinen, aber es sind ein bißchen viele für uns allein. Fliehen wir?«

»Vor diesen Männern kannst du nicht davonlaufen«, sagte Tenaka tonlos und stieg ab.

Die zwanzig Reiter folgten seinem Beispiel und kamen langsam durch den Nebel. Renya schien es, als bewegten sie sich wie Schatten von Toten auf einem Geistermeer. Ihre Rüstungen waren schwarz; Helme verbargen die Gesichter, und in den Händen hielten sie dunkle Schwerter. Tenaka ging ihnen entgegen, die Hand am Schwert.

Ananais schüttelte den Kopf. Ein merkwürdig tranceartiger Zustand hatte ihn befallen und zu einem machtlosen Beobachter gemacht. Er glitt aus dem Sattel, zog sein Schwert und folgte Tenaka.

Die Dunklen Templer blieben stehen; ihr Anführer trat vor.

»Wir haben noch nicht den Auftrag, dich zu töten, Ananais«, sagte er.

»Ich sterbe nicht so leicht«, erwiderte Ananais. Er wollte eine Beleidigung hinzusetzen, doch die Worte erstarben auf seinen Lippen, als eine schreckliche Angst ihn überfiel wie ein eisiger Hauch. Er begann zu zittern und hatte das plötzliche Verlangen, davonzulaufen.

»Du stirbst genauso leicht wie jeder andere Sterbliche«, sagte der Mann. »Geh zurück! Reite deinem Schicksal entgegen, wie es auch aussehen mag.«

Ananais sagte nichts; er schluckte nur mühsam und schaute Tenaka an. Das Gesicht seines Freundes war kreidebleich, und es war offensichtlich, daß auch ihn Angst gepackt hatte.

Galand und Parsal traten an ihre Seite, die Schwerter in ihren Fäusten.

»Glaubt ihr, ihr könnt gegen uns bestehen?« fragte der Anführer. »Hundert Männer könnten es nicht mit uns aufnehmen. Hört auf meine Worte, hört die Wahrheit – fühlt sie durch Entsetzen.«

Die Angst wurde stärker, und die Pferde wieherten unruhig vor Furcht. Steiger und Belder sprangen aus dem Sattel, als sie spürten, daß die Tiere durchzugehen drohten. Pagan beugte sich vor, um seinem Pferd den Hals zu tätscheln, und das Tier beruhigte sich, doch es hatte die Ohren flach an den Kopf gelegt und stand kurz davor, in Panik zu geraten. Valtaya und Renya sprangen aus den Sätteln, als ihre Pferde durchgingen; dann halfen sie Parise, der Frau aus dem Dorf, vom Pferderücken.

Ihr Kind schützend, das zu schreien begonnen hatte, legte Parise sich auf die Erde. Sie zitterte unkontrolliert.

Pagan stieg ab, zog sein Schwert und ging langsam zu Tenaka und den anderen. Belder und Steiger folgten ihm.

»Zieh dein Schwert«, flüsterte Renya, doch Steiger beachtete sie nicht. Er brachte nur noch den Mut auf, neben Tenaka Khan zu stehen. Jeder Gedanke an einen Kampf wurde unter seiner Angst begraben.

»Dumm«, sagte der Anführer der Templer verächtlich, »wie Lämmer auf dem Weg zur Schlachtbank!« Die Dunklen Templer rückten vor.

Tenaka mühte sich, seine Panik zu überwinden, doch seine Glieder waren bleiern, und sein Selbstvertrauen schwand. Er wußte, daß man dunkle Magie gegen ihn einsetzte, aber das Wissen allein genügte nicht. Er kam sich wie ein Kind vor, das von einem Leoparden beschlichen wird.

Kämpf dagegen an! befahl er sich. Wo ist dein Mut?

Plötzlich, wie in seinem Traum, ließ das Entsetzen nach, und Kraft durchströmte seine Glieder. Ohne sich umzusehen, wußte er, daß die weißen Ritter zurückgekehrt waren – diesmal jedoch in Fleisch und Blut.

Die Templer hielten inne, und Padaxes fluchte leise, als die Dreißig in Sicht kamen. Jetzt wo er an Zahl unterlegen war, überdachte er seine Möglichkeiten. Mit Hilfe der Macht des Chaosgeistes prüfte er seine Feinde und traf auf eine Mauer aus Stärke, die seinen Bemühungen widerstand ... bis auf den Krieger in der Mitte. Dieser Mann war kein Mystiker. Padaxes kannte die Legenden, die sich um die Dreißig rankten, und er erkannte auch die Rune auf dem Helm des Mannes.

Ein Nicht-Mystiker als Anführer?

Ihm kam eine Idee.

»Viel Blut wird heute hier vergossen werden«, rief er, »es sei denn, wir regeln dies unter Offizieren.«

Abaddon packte Decados Arm, als dieser vortrat. »Nein, Decado! Du begreifst seine Macht nicht!«

»Er ist ein Mann, nichts weiter«, erwiderte Decado.

»Nein, er ist weit mehr. Er verfügt über die Macht des Chaos. Wenn jemand gegen ihn kämpfen muß, dann laß es Acuas sein.«

»Bin ich nicht Anführer eurer Truppe?«

»Ja, aber ...«

»Kein Aber. Gehorche mir!« Decado riß sich los und trat vor, bis ihn nur noch ein paar Schritte von dem schwarzgerüsteten Padaxes trennten.

»Was schlägst du vor, Templer?«

»Ein Duell zwischen den Offizieren. Die Männer des Besiegten räumen das Feld.«

»Das reicht mir nicht!« sagte Decado kalt. »Ich will mehr!«

»Und was?«

»Ich habe die Wege der Mystiker lange studiert. Es ist ... war ... Teil meiner früheren Berufung. Es heißt, daß in alten Kriegen die Streiter die Seelen ihrer Armeen in sich trugen. Wenn sie starben, starben auch ihre Truppen.«

»Das stimmt«, sagte Padaxes und verbarg seine Freude.

»Dann fordere ich das!«

»So soll es sein. Ich schwöre es bei dem Geiste.«

»Schwöre nicht, Krieger. Deine Eide gelten mir nichts. Beweise es!«

»Hab Geduld. Ich werde zuerst die Riten befolgen. Dann kämpfen wir«, sagte Padaxes. Decado nickte und ging zurück zu den anderen.

»Das kannst du nicht tun, Decado!« rief Acuas. »Du verdammst uns alle!«

»Plötzlich gefällt euch das Spiel wohl nicht mehr, wie?« fauchte Decado ihn an.

»Das ist es nicht. Dieser Mann, dein Gegner, hat Kräfte, über die du nicht verfügst. Er kann deine Gedanken lesen, jede deiner Bewegungen sehen, noch ehe du sie ausführst. Wie, um alles in der Welt, willst du ihn besiegen?«

Decado lachte. »Bin ich noch euer Anführer?«

Acuas warf einen raschen Blick auf den früheren Abt. »Ja«, sagte er, »du bist der Anführer.«

»Dann wirst du, sobald er sein Ritual beendet hat, die Lebenskraft der Dreißig mit der meinen verschmelzen.«

»Sag mir nur eins, bevor ich sterbe«, bat Acuas sanft. »Warum opferst du dich auf diese Weise? Warum verdammst du deine Freunde?«

Decado zuckte die Achseln. »Wer weiß?«

Die Dunklen Templer fielen vor Padaxes auf die Knie, als er die Namen der niederen Dämonen intonierte und den Geist des Chaos anrief, bis seine Stimme sich zu einem Schrei steigerte. Die Sonne stieg über den östlichen Horizont, doch seltsamerweise fiel kein Licht auf die Ebene.

»Es ist vollbracht«, flüsterte Abaddon. »Er hat Wort gehalten. Die Seelen seiner Krieger sind in ihm.«

»Dann tu das gleiche«, befahl Decado. Die Dreißig knieten mit gesenkten Köpfen vor ihrem Anführer nieder. Decado spürte nichts, doch er wußte, daß sie ihm gehorcht hatten.

»Dec, bist du das?« rief Ananais. Decado bedeutete ihm zu schweigen und trat Padaxes entgegen. Das schwarze Schwert zuckte vor, um sogleich von dem Silberstahl in Decados Hand abgewehrt zu werden. Der Kampf hatte begonnen. Tenaka und seine Gefährten beobachteten, wie die Krieger sich umkreisten und zuschlugen, wie die Klingen vorzuckten und klirrend aufeinanderprallten.

Der Kampf wogte hin und her, und allmählich sprach Verzweiflung aus jeder Bewegung Padaxes'. Angst schlich sich in sein Herz. Obwohl er jede Regung seines Gegners voraussah, bewegte dieser sich mit einer so schattengleichen Geschwindigkeit, daß es Padaxes nichts nutzte. Er sandte einen Impuls der Angst aus, doch Decado lachte nur, denn der Tod hatte nichts Schreckliches für ihn. Und plötzlich erkannte Padaxes, daß sein Schicksal besiegelt war, und es erboste ihn schrecklich, daß ein Sterblicher ihm den Tod bringen sollte. Er unternahm einen letzten verzweifelten Angriff und erlebte entsetzt, wie er Decados Gedanken im letzten Moment lesen konnte. Padaxes sah die Riposte im Bruchteil einer Sekunde, ehe sie ausgeführt wurde.

Der Silberstahl fegte seine eigene Klinge beiseite und grub sich in seine Leiste. Er sank zu Boden, sein Blut tränkte das Gras … und die Seelen seiner Männer starben mit ihm.

Sonnenstrahlen durchbrachen die Dunkelheit, und die Dreißig erhoben sich, erstaunt, daß in ihren Adern noch immer Leben war.

Acuas trat vor.

»Wie?« fragte er. »Wie hast du gesiegt?«

»Das ist kein Geheimnis, Acuas«, antwortete Decado leise. »Er war nur ein Mann.«

»Aber das bist du auch!«

»Nein. Ich bin Decado. Der Eis-Töter! Folgt mir auf eigene Gefahr.«

Decado nahm seinen Helm ab und sog tief die kühle Morgenluft ein. Tenaka schüttelte den Kopf, um die letzten Spuren der Angst zu vertreiben.

»Dec!« rief er. Decado lächelte und ging zu ihm. Die beiden umfaßten ihre Handgelenke im Kriegergruß. Ananais, Galand und Parsal gesellten sich zu ihnen.

»Bei allen Göttern, Dec, du siehst gut aus. Sehr gut!« sagte Tenaka herzlich.

»Du auch, General. Ich bin froh, daß wir rechtzeitig gekommen sind.«

»Hättest du etwas dagegen«, fragte Ananais, »mir zu erklären, wie all diese Krieger gestorben sind?«

»Nur, wenn du mir das mit deiner Maske erklärst. Es ist lächerlich, daß jemand, der so eitel ist wie du, sein gutes Aussehen versteckt.«

Ananais wandte sich ab, während die anderen unbehaglich dastanden. Stille breitete sich aus.

»Will mich denn niemand unserem Retter vorstellen?« fragte Valtaya schließlich, und die Spannung löste sich. Die Dreißig standen abseits, als die Unterhaltung einsetzte; dann teilten sie sich in Gruppen zu je sechs und zogen los, um Holz für die Lagerfeuer zu sammeln.

Acuas, Balan, Katan und Abaddon zogen sich zu einer einzeln stehenden Ulme zurück. Katan entfachte das Feuer, und die vier ließen sich im Kreis nieder und starrten scheinbar schweigend in die Flammen.

»Sprich, Acuas«, verlangte Abaddon auf gedanklichem Wege.

»Ich bin betrübt, Abaddon, denn unser Anführer ist keiner der unseren. Unser Orden ist alt, und wir haben stets nach hohen geistigen Idealen gesucht. Wir ziehen nicht aus Freude am Töten in den Krieg, sondern wir sterben, um das Licht zu verteidigen. Decado aber ist nichts weiter als ein Killer.«

»Du bist das Herz der Dreißig, Acuas, denn du bist ein Mann starker Gefühle, ein guter Mann. Du nimmst Anteil. Du liebst. Aber manchmal können Gefühle blind machen. Verurteile Decado noch nicht.«

»Wie hat er den Templer getötet?« fragte Balan. »Das war unvorstellbar.«

»Die Augen der Dreißig, und doch kannst du nicht sehen, Balan. Aber ich werde es dir auch nicht erklären. Mit der Zeit wirst du es mir sagen. Ich glaube, daß die

Quelle Decado zu uns geschickt hat, und ich habe ihn angenommen. Will einer von euch mir sagen, warum er unser Anführer ist?«

Der dunkeläugige Katan lächelte. »Weil er der Geringste unter uns ist.«

»Aber mehr als das«, sagte Abaddon.

»Es ist seine einzige Rolle«, meinte Acuas.

»Erkläre mir das, Bruder«, bat Balan.

»Als Ritter könnte er nicht mit uns reden, nicht mit uns reisen. Jede Bewegung, die wir machten, wäre eine Erniedrigung für ihn. Doch wir ziehen in einen Krieg, den er versteht. Als unser Anführer wird sein Mangel an Talent von seiner Autorität ausgeglichen.«

»Sehr gut, Acuas. Und jetzt soll das Herz uns sagen, wo die Gefahr liegt.«

Acuas schloß die Augen, konzentrierte sich und schwieg mehrere Minuten.

»Die Templer werden zurückschlagen. Sie werden nicht zulassen, daß diese Niederlage ungerächt bleibt.«

»Weiter!«

Ceska hat tausend Mann ausgeschickt, um die Rebellion in Skoda niederzuwerfen. Sie werden in weniger als einer Woche am Ziel sein.«

Etwa dreißig Schritt von ihrem Feuer saß Decado mit Tenaka, Ananais, Pagan und Steiger zusammen.

»Komm schon, Dec«, sagte Ananais. »Wie bist du bloß Anführer dieser Zauberer-Krieger geworden? Erzähl uns die Geschichte.«

»Woher weißt du, daß ich kein Zauberer bin?« konterte Decado.

»Nein, im Ernst«, flüsterte Anananais mit einem Blick auf die weißgekleideten Ritter. »Ich meine, sie sind ein unheimlicher Haufen. Keiner von ihnen sagt ein Wort.«

»Ganz im Gegenteil«, widersprach Decado. »Sie unterhalten sich angeregt – in Gedanken.«

»Unsinn!« sagte Ananais, schlug das Zeichen des Schützenden Horns und legte eine Hand aufs Herz.

Decado lächelte. »Ich sage die Wahrheit. Er drehte sich um und rief Katan, der zu ihnen kam. »Mach schon, Ani, frag etwas«, befahl er.

»Ich komme mir so dumm vor«, murmelte Ananais.

»Dann frage ich eben«, sagte Steiger. »Sag mir, mein Freund, ist es wahr, daß ihr Ritter sprechen könnt, ohne zu reden?«

»Das ist wahr«, antwortete Katan sanft.

»Würdest du uns das zeigen?«

»Wie?« fragte Katan.

»Der große Mann dort drüben«, sagte Steiger mit gesenkter Stimme und deutete auf ihn. »Könntest du ihn bitten, seinen Helm abzunehmen und wieder aufzusetzen?«

»Wenn es euch Spaß macht«, sagte Katan. Alle Augen richteten sich auf den großen Krieger, der etwa vierzig Schritt von ihnen entfernt war.

Gehorsam nahm er den Helm ab, lächelte und setzte ihn wieder auf.

»Das ist unglaublich!« stieß Steiger hervor. »Wie hast du das gemacht?«

»Das ist schwer zu erklären«, erwiderte Katan. »Bitte, entschuldigt mich jetzt.« Er verbeugte sich vor Decado und ging zurück zu den anderen.

»Seht ihr, was ich meine?« fragte Ananais. »Unheimlich. Nicht menschlich.«

»In meinem Land gibt es auch Menschen mit ähnlichen Gaben«, sagte Pagan.

»Und was tun sie bei euch?« fragte Steiger.

»Sehr wenig. Wir verbrennen sie bei lebendigem Leibe«, antwortete Pagan.

»Ist das nicht ein bißchen übertrieben?«

»Vielleicht«, antwortete der schwarze Mann. »Andererseits halte ich auch nichts davon, mit Traditionen zu brechen!«

Tenaka ließ sie allein und ging zu Renya hinüber, die mit Valtaya, Parsal und der Frau aus dem Dorf zusammensaß. Als Renya ihn kommen sah, schlug ihr Herz schneller.

»Willst du ein Stück mit mir gehen?« fragte er. Sie nickte, und zusammen entfernten sie sich von den Feuern. Die Sonne schien hell und schimmerte auf den silbernen Fäden in Tenakas Haar. Sie sehnte sich danach, ihn zu berühren, doch ihr Instinkt hieß sie warten.

»Es tut mir leid, Renya«, sagte er und nahm ihre Hand. Sie blickte in die schrägen, violetten Augen und sah den Kummer darin.

»Hast du die Wahrheit gesagt? Hättest du den Dolch benutzt?«

Er schüttelte den Kopf.

»Willst du, daß ich bei dir bleibe?« fragte sie leise.

»Möchtest du bleiben?«

»Ich habe keinen anderen Wunsch.«

»Dann vergib mir, daß ich so dumm war«, bat er. »Auf solche Dinge verstehe ich mich nicht gut. Mit Frauen war ich schon immer ungeschickt.«

»Ich bin sehr froh, das zu hören«, sagte sie lächelnd.

Ananais beobachtete sie, und sein Blick fiel auf Valtaya. Sie unterhielt sich mit Galand und lachte.

Ich hätte mich von dem Bastard töten lassen sollen, dachte er.

8

Die Reise nach Skoda dauerte drei Tage, denn sie mußten wachsam sein. Acuas erzählte Decado, daß der Kommandant der Festung Delnoch nach dem Tod seiner Soldaten Patrouillen in ganz Skultik und den umgebenden Landstrichen ausgeschickt hatte, während im Süden Reiter der Legion das Land nach Rebellen durchkämmten.

Tenaka nahm sich Zeit, mit den Führern der Dreißig zu reden, denn trotz der vielen Legenden wußte er nur wenig über ihren Orden. Den Geschichten nach waren die Dreißig Halbgötter mit ehrfurchtgebietenden Kräften, die auszogen, um im Krieg gegen das Böse zu sterben. Das letztemal waren sie in Dros Delnoch aufgetaucht, als der Albino Serbitar an der Seite des Bronzegrafen kämpfte und sie die Horden Ulrics zurückschlugen, des größten Nadir-Feldherrn aller Zeiten.

Doch obwohl Tenaka viele Fragen stellte, erfuhr er nur wenig.

Sie waren höflich und zuvorkommend, doch ihre Antworten schwebten wie Wolken über seinem Kopf, unverständlich für normale Menschen. Decado war nicht anders; er lächelte lediglich und wechselte das Thema.

Tenaka war nicht religiös, doch er fühlte sich unter diesen Krieger-Priestern unbehaglich, und seine Gedanken kehrten immer wieder zu den Worten des blinden Suchers zurück.

»Gold, Eis und Schatten ...« Der Mann hatte vorausgesagt, daß die drei zusammenkommen würden. Und sie waren zusammengetroffen. Der Blinde hatte auch die Bedrohung durch die Templer vorausgesagt.

In der ersten Nacht ging Tenaka zu dem alten Abaddon, und die beiden entfernten sich gemeinsam vom Feuer.

»Ich habe dich in Skultik gesehen«, sagte Tenaka. »Du wurdest von einem Bastard angegriffen.«

»Ja. Ich möchte mich für die Täuschung entschuldigen.

Es war eine Prüfung, mein Sohn. Aber nicht nur für dich – auch für uns.«

»Das verstehe ich nicht.«

»Das brauchst du auch nicht. Hab keine Angst vor uns, Tenaka. Wir sind hier, um dir zu helfen, wo wir nur können.«

»Warum?«

»Weil es der Quelle dient.«

»Kannst du mir nicht einmal ohne religiöse Rätsel antworten? Ihr seid Menschen – was gewinnt ihr bei diesem Krieg?«

»Nichts auf dieser Welt.«

»Weißt du, warum ich herkam?«

»Ja, mein Sohn. Um deine Seele von Schuld und Kummer zu befreien und Ceska zu töten.«

»Und jetzt?«

»Jetzt bist du gefangen zwischen Mächten, die du nicht beherrschen kannst. Dein Kummer wird von deiner Liebe zu Renya überstrahlt, aber die Schuld bleibt. Du hast dem Ruf nicht gehorcht, du hast deine Freunde verlassen, so daß sie von Ceskas Bastarden niedergemetzelt wurden. Du fragst dich, ob es anders verlaufen wäre, wenn du dem Ruf gefolgt wärst. Hättest du die Bastarde besiegen können? Mit dieser Frage quälst du dich.«

»Hätte ich die Bastarde besiegen können?«

»Nein, mein Sohn.«

»Könnte ich es jetzt?«

»Nein«, antwortete Abaddon traurig.

»Was tun wir dann hier? Wo liegt der Sinn?«

»Das mußt du mir sagen, denn du bist der wahre Anführer.«

»Ich bin kein Fackelträger, Priester! Ich bin ein Mann. Ich wähle mein eigenes Schicksal.«

»Selbstverständlich tust du das. Ich habe auch nichts anderes behauptet. Aber du bist ein Mann von Ehre. Wenn dir Verantwortung aufgebürdet wird, kannst du vor ihr davonlaufen? Nein – so bist du nicht, und so wirst du niemals sein. Das macht dich zu dem, was du bist. Deswegen folgen dir Menschen, obwohl sie dein Blut hassen. Sie vertrauen dir.«

»Ich mag keine aussichtslosen Kämpfe, Priester. Du hat vielleicht den Wunsch zu sterben, aber ich nicht. Ich bin kein Held – ich bin Soldat. Wenn die Schlacht verloren ist, trete ich den Rückzug an und formiere meine Truppe neu. Und wenn der Krieg vorüber ist, lege ich mein Schwert nieder.«

»Das verstehe ich«, meinte Abaddon.

»Dann sollst du dies wissen: ganz gleich, wie aussichtslos dieser Krieg ist, ich werde kämpfen, um zu siegen. Was immer ich tun muß, das werde ich tun. Nichts kann schlimmer sein als Ceska.«

»Jetzt sprichst du von den Nadir. Willst du meinen Segen?«

»Du sollst nicht meine Gedanken lesen, Priester!«

»Ich habe deine Gedanken nicht gelesen, nur deine Worte. Du weißt, daß die Nadir die Drenai hassen. Du wirst einen blutigen Tyrannen durch einen anderen ersetzen – mehr nicht.«

»Vielleicht. Aber ich werde es trotzdem versuchen.«

»Dann werden wir dir helfen.«

»Ohne Eide, ohne Drängen, ohne Ratschläge?«

»Ich habe dir gesagt, daß dein Plan mit den Nadir zu viele Gefahren birgt. Ich werde mich nicht wiederholen. Aber du bist der Anführer – es ist deine Entscheidung.«

»Ich habe es nur Arvan erzählt. Die anderen würden es nicht verstehen.«

»Ich werde nichts sagen.«

Daraufhin verließ Tenaka den Abt und wanderte in die Nacht hinaus. Abaddon setzte sich mit dem Rücken gegen einen Baum. Er war müde, und seine Seele war bedrückt. Er fragte sich, ob die Äbte vor ihm auch solche Zweifel gekannt hatten. Hatte der Dichter Vintar auch eine solche Last getragen, als er mit den Dreißig nach Delnoch ritt? Bald würde er es wissen.

Er spürte, daß Decado sich näherte. Der Krieger war besorgt, doch sein Zorn ließ nach. Abaddon schloß die Augen und lehnte den Kopf an die rauhe Borke des Baumes.

»Können wir reden?« fragte Decado.

»Die Stimme kann sprechen, zu wem es ihr gefällt«, antwortete Abaddon, ohne die Augen zu öffnen.

»Können wir so reden wie früher, als ich noch dein Schüler war?«

Abaddon setzte sich auf und lächelte sanft. »Dann setz dich zu mir, mein Schüler.«

»Mein Zorn und meine scharfen Worte tun mir leid.«

»Worte sind nichts als Geräusche, mein Sohn. Ich habe dich unter großen Druck gesetzt.«

»Ich fürchte, ich bin nicht der Anführer, den sich die Quelle wünschen würde. Ich möchte zu Acuas' Gunsten zurücktreten. Ist das gestattet?«

»Warte noch ein Weilchen. Triff noch keine Entscheidung. Erzähl mir lieber, warum du deine Meinung geändert hast.«

Decado stützte sich auf den Ellenbogen und starrte zu den Sternen hinauf. Seine Stimme war leise, kaum mehr als ein Flüstern. »Als ich die Templer herausforderte und euer aller Leben aufs Spiel setzte. Das war unwürdig, und ich habe mich geschämt. Aber ihr habt gehorcht. Ihr habt eure Seelen in meine Hände gelegt. Und es war mir egal.«

»Aber jetzt ist es dir nicht mehr egal, Decado?«

»Nein. Ganz und gar nicht.«

»Das macht mich glücklich, mein Junge.«

Eine Weile saßen sie schweigend da, bis Decado wieder das Wort ergriff. »Sag mir, Vater Abt, wie kommt es, daß der Templer so rasch fiel?«

»Hast du erwartet, zu sterben?«

»Ich hielt es für möglich.«

»Der Mann, den du erschlagen hast, war einer der Sechs, der Herrscher der Templer. Sein Name war Padaxes. Er war ein böser Mann, ein ehemaliger Priester der Quelle, der von seinen Lüsten überwältigt wurde. Es stimmt, er hatte Macht. Das haben sie alle. Verglichen mit gewöhnlichen Menschen, sind sie unbesiegbar. Tödlich! Aber du, mein lieber Decado, bist kein gewöhnlicher Mensch. Auch du verfügst über Macht. Aber sie ist noch unreif. Wenn du kämpfst, setzt du Kräfte frei, die dich zu einem unvergleichlichen Krieger machen. Hinzu kommt, daß du nicht nur für dich selbst kämpftest, sondern für andere. Dadurch wurdest du unbesiegbar. Das Böse ist niemals wahrhaft stark, denn es wird aus der Angst geboren. Warum der Templer so rasch fiel? Weil er deine Stärke prüfte und die Möglichkeit seines eigenen Todes erkannte. In diesem Moment hätte er zurückgeschlagen, wenn er wahren Mut besessen hätte. Statt dessen erstarrte er und starb. Aber er wird zurückkehren, mein Sohn. Mit noch größerer Macht!«

»Er ist tot.«

»Aber die Templer nicht. Es sind sechshundert, und noch viele Schüler dazu. Der Tod des Padaxes und zwanzig seiner Männer wird wie ein Peitschenhieb auf ihren Orden gewirkt haben. Selbst in diesem Augenblick sind sie dabei, sich auf die Jagd vorzubereiten. Und sie haben uns gesehen. Den ganzen Tag schon habe ich gespürt, daß das Böse gegenwärtig ist. Während wir uns hier unterhalten, kauern sie jenseits des Schildes, den Acuas und Katan über unserem Lager aufrechterhalten.«

Decado schauderte. »Können wir sie besiegen?«

»Nein. Aber wir sind auch nicht hier, um zu siegen.«

»Warum denn?«

»Wir sind hier, um zu sterben«, antwortete Abaddon.

Argonis war müde und hatte einen ziemlichen Kater. Das Fest war wild gewesen, und die Mädchen ... oh, die Mädchen! Man konnte stets darauf vertrauen, daß Egan die richtigen Frauen fand. Argonis zügelte seinen wilden Wallach, als der Späher herangaloppierte. Er hob die Hand, damit die Kolonne anhielt.

Der Späher zerrte so heftig an den Zügeln, daß sein Pferd stieg und mit den Hufen in der Luft schlug. Er salutierte.

»Wir haben Reiter gesichtet, Hauptmann. Etwa vierzig. Sie sind unterwegs in Richtung Skoda. Sie sind gut gerüstet und wirken militärisch. Gehören sie zu uns?«

»Das werden wir gleich feststellen«, sagte Argonis und gab der Kolonne ein Signal. Es konnte sein, daß es sich um einen Spähtrupp aus Delmoch handelte, aber in diesem Fall würden sie nicht geradewegs in die Höhle des Löwen – der Rebellen – ziehen, nicht mit nur vierzig Mann. Argonis warf einen Blick zurück, um sich Bestätigung zu verschaffen, und als er die hundert Legionsreiter ansah, bekam er sie.

Es würde eine Erleichterung sein, endlich etwas zu erleben. Vielleicht würde es ihm sogar zu einem klaren Kopf verhelfen. Militär, hatte der Kundschafter gesagt. Das wäre mal eine Abwechslung nach den ungeschickten Dörflern, die mit Forken und Äxten um sich schlugen.

Als sie den Kamm einer Hügelkette erreichten, blickte Argonis über die sanft gewellte Ebene, die bis fast an den Fuß der Skoda-Berge reichte. Der Späher ritt an seine Seite, und Argonis beschattete die Augen und betrachtete prüfend die Reiter dort unten.

»Unsere Leute, Hauptmann?« fragte der Späher.

»Nein. In Delnoch teilen sie rote Mäntel aus oder blaue für die Offiziere – aber niemals weiße. Ich nehme an, es handelt sich um vagrische Räuber.«

In diesem Moment fiel der Trupp dort unten in Galopp und kam auf die Zuflucht verheißenden Berge zu.

»Im Galopp!« brüllte Argonis und zog seinen Säbel, und hundert schwarzgekleidete Reiter setzten ihm nach. Hufe donnerten über den harten Boden.

Mit dem Vorteil, daß es für sie bergab ging und dadurch, daß sie im Winkel auf den Feind zuhielten, verringerte sich der Abstand zusehends.

Erregung brandete in Argonis auf, während er sich tief über den Hals seines Pferdes beugte. Der Morgenwind kühlte sein Gesicht, sein Säbel funkelte in der Sonne.

»*Keine Gefangenen!*« brüllte er. Er war nun nahe genug heran, um einzelne Reiter unterscheiden zu können und festzustellen, daß drei davon Frauen waren. Dann sah er den schwarzen Mann, der neben einer der anderen Frauen ritt und ihr offensichtlich Mut zusprach. Sie saß schief im Sattel und schien irgend etwas in den Armen zu halten. Ihr Begleiter beugte sich vor und nahm ihr das Bündel ab, und als sie die Zügel mit beiden Händen faßte, legte ihr Pferd an Tempo zu. Argonis grinste. Was für eine vergebliche Geste! Die Legion würde sie einholen, ehe sie die Berge erreicht hatten.

Plötzlich rissen die weißgekleideten Reiter ihre Pferde herum. Es war ein beeindruckendes Beispiel von Disziplin, denn die Bewegung erfolgte vollkommen gleichzeitig, und ehe Argonis reagieren konnte, hatten sie kehrt gemacht und griffen an. Panik erfaßte Argonis. Hier war er, führte die Jagd in vorderster Reihe an, und jetzt hielten dreißig Verrückte auf ihn zu. Er zerrte an den Zügeln, und seine Männer taten es ihm nach, verwirrt und verunsichert.

Die Dreißig trafen wie ein Sturmwind auf sie. Ihre silbernen Klingen zischten sirrend durch die Luft. Pferde scheuten, und Männer schrien, wenn sie aus dem Sattel stürzten. Dann rissen die weißgekleideten Reiter ihre Pferde erneut herum und galoppierten davon.

Argonis tobte vor Wut. »Ihnen nach!« schrie er, hielt aber klugerweise sein eigenes Pferd zurück und ließ seine Männer an sich vorbeidonnern. Die Berge waren jetzt schon näher, und der Feind hatte den langen Aufstieg zum ersten Tal begonnen. Ein Pferd stolperte und stürzte, so daß eine blonde Frau ins Gras fiel. Drei seiner Reiter jagten zu ihr. Ein großer Mann in Schwarz mit maskiertem Gesicht riß sein Pferd herum und galoppierte los, um einzugreifen. Argonis beobachtete fasziniert, wie der Maskierte sich unter einem wütenden Hieb duckte und dem ersten Reiter den Bauch aufschlitzte, sich dann im Sattel herumschwang, um einen Überkopfhieb des zweiten abzuwehren. Er gab seinem Pferd die Sporen und krachte in den dritten, so daß Pferd und Reiter zu Boden gingen.

Die Frau war wieder auf den Beinen und rannte davon. Der Maskierte parierte einen Hieb des zweiten Reiters und zog dem Mann sein Schwert rückhändig über die Kehle. Dann war er frei. Er steckte sein Schwert ein, galoppierte zu der Frau, beugte sich vor und zog sie vor sich in den Sattel. Dann waren sie in den Bergen verschwunden.

Argonis ritt zum Schauplatz des Geschehens. Einunddreißig Krieger seines Trupps lagen am Boden, achtzehn waren tot, weitere sechs tödlich verwundet.

Seine Männer kehrten zurück, geschlagen und demoralisiert. Lepus, der Kundschafter, kam zu Argonis und schwang sich aus dem Sattel. Knapp salutierend, hielt er Argonis' Pferd, als der Offizier abstieg.

»Wer, bei allen Göttern war das?« fragte Lepus.

»Ich weiß es nicht. Aber sie haben uns ... wie Kinder aussehen lassen.«

»Wird das in deinem Bericht stehen, Hauptmann?«

»Halt den Mund!«

»Jawohl, Hauptmann!«

»In ein paar Tagen sind tausend Reiter der Legion hier. Dann werden wir sie ausräuchern! Sie können schwerlich ein ganzes Gebirge verteidigen. Wir werden diese weißgekleideten Hunde wiedersehen.«

»Ich weiß nicht, ob ich das möchte«, meinte Lepus.

Tenaka brachte sein Pferd an einem gewundenen Flußlauf zum Stehen, der am Westrand des Tales durch einen Ulmenhain plätscherte. Er drehte sich nach Ananais um und sah, daß der Krieger im Schritt ritt; hinter ihm saß im Damensitz Valtaya. Sie hatten es ohne Verluste geschafft, was nur den einzigartigen Fähigkeiten der Dreißig zu verdanken war.

Tenaka stieg ab, damit sein Pferd grasen konnte, löste den Sattelgurt und tätschelte dem Tier den Rücken. Renya kam heran und sprang aus dem Sattel. Ihr Gesicht war gerötet, ihre Augen strahlten vor Erregung.

»Sind wir jetzt in Sicherheit?«

»Für den Augenblick ja«, antwortete er.

Ananais schwang sein Bein über den Sattelknauf und ließ sich zu Boden gleiten; dann drehte er sich um, um Valtaya hinunterzuhelfen. Sie lächelte ihn an und legte die Arme um seine Schultern.

»Wirst du immer in meiner Nähe sein, um mir das Leben zu retten?«

»Immer ist eine lange Zeit, meine Dame«, antwortete er, die Hände um ihre Taille gelegt.

»Hat dir schon mal jemand gesagt, daß du schöne Augen hast?«

»In letzter Zeit nicht«, sagte er, ließ sie los und ging davon.

Galand hatte die Szene beobachtet und ging zu Valtaya.

»Ich würde es an deiner Stelle vergessen, Mädchen«, sagte er. »Der Mann ist nicht zu erobern.«

»Aber du, nicht wahr, Galand?«

»Ja, ich schon! Aber laß dir Zeit, ehe du ja sagst. Ich bin nicht gerade eine gute Partie.«

Valtaya lachte. »Du bist besser als du glaubst.«

»Aber es heißt trotzdem ›nein‹, nicht wahr?«

»Ich glaube nicht, daß du eine Frau suchst, oder?«

»Wenn wir Zeit hätten«, antwortete Galand ernsthaft und nahm ihre Hand. »Du bist eine gute Frau, Val, und ich glaube nicht, daß ein Mann es besser treffen könnte. Ich wünschte, ich hätte dich zu anderen Zeiten kennengelernt.«

»Die Zeiten sind, was wir aus ihnen machen. Es gibt andere Völker auf dieser Welt, wo man sich Männer wie Ceska vom Leibe hält. Friedliche Völker.«

»Ich will kein Fremder sein, Val. Ich möchte in meinem eigenen Land bei meinen eigenen Leuten leben. Ich möchte ...« Galands Worte erstarben, und Valtaya sah den Kummer in seinen Augen. Sie legte ihre Hand auf seinen Arm, doch er wandte den Blick ab.

»Was ist, Galand? Was wolltest du sagen?«

»Es spielt keine Rolle, Kamerad.« Er wandte ihr den Rücken zu. Seine Augen waren klar, ohne seine Gefühle zu verraten. »Sag mir, was du in unserem narbigen Gefährten siehst.«

»Ich weiß nicht. Die Frage ist für eine Frau schwer zu beantworten. Komm, wir wollen uns etwas zu essen holen.«

Decado, Acuas, Balan und Katan verließen die Gruppe und ritten zurück zum Taleingang, um auf die grüne Ebene hinabzusehen, wo die Legion sich um ihre Verwundeten kümmerte. Die Toten hatte man in Decken gewickelt und über ihre Sättel gelegt.

»Ihr habt gute Arbeit geleistet«, sagte Decado, nahm seinen Helm ab und hängte ihn an den Sattelknauf.

»Es war abstoßend«, sagte Katan.

Decado fuhr im Sattel herum. »Es war eure Entscheidung, Krieger zu werden. Jetzt nehmt sie auch an!«

»Das weiß ich«, antwortete der Priester mit den dunklen Augen. Er lächelte reumütig und rieb sich das Gesicht. »Aber ich kann mich nicht recht dafür begeistern.«

»Das habe ich auch nicht gemeint. Ihr habt eure Wahl getroffen, gegen das Böse zu kämpfen, und ihr habt gerade einen kleinen Sieg errungen. Das Kind da hinten wäre jetzt tot, wären du und die anderen nicht gewesen.«

»Auch das weiß ich. Ich bin kein Kind mehr. Aber es ist schwer.«

Die vier stiegen ab, setzten sich ins Gras und genossen den Sonnenschein. Decado zog seinen weißen Mantel aus und faltete ihn sorgfältig zusammen. Er schloß die Augen, denn er verspürte plötzlich ein seltsames Gefühl, wie eine kühle Brise in seinem Kopf, wie leise Wellenbewegungen in seinen Gedanken, wie ein fernes Echo von Wellen, die auf einen Strand laufen. Er legte sich zurück, ließ sich friedlich treiben und bewegte sich auf die Quelle dieses Gefühls in seinem Innern zu. Es erstaunte ihn nicht, als die wispernden Wogen zu leisen Stimmen wurden, und er erkannte die von Acuas.

»Ich habe noch immer das Gefühl, daß Abaddon unrecht haben könnte. Habt ihr Decados Kampfeslust gespürt, als wir die Reiter angriffen? Die Kraft war so stark, daß sie mich fast angesteckt hätte.«

»Abaddon sagt, wir sollen noch kein Urteil fällen.« Das kam von Katan.

»Aber er ist nicht mehr der Abt«, sagte Balan.

»Er wird immer der Abt der Schwerter bleiben. Wir müssen ihn respektieren.« Wieder Katan.

»Es macht mir Unbehagen«, pulsierte Acuas. »Wo ist sein Talent? In der Geschichte der Dreißig hat es noch nie einen Anführer gegeben, der weder reisen noch sprechen konnte.«

»Vielleicht sollten wir die Möglichkeiten überdenken, die uns offenstehen«, pulsierte Katan. »Falls Abaddon in seiner Wahl der Stimme fehlgegangen ist, dann würde das bedeuten, das Chaos hätte die Quelle besiegt. Das wiederum würde jede andere Entscheidung negieren, die Abaddon je getroffen hat und uns außerhalb des Schicksals stellen.«

»Nicht unbedingt«, widersprach Balan. »Wir alle sind menschlich. Abaddon hätte einfach nur einen Fehler machen können. Er wird von der Quelle geleitet, aber sehr viel hängt von Auslegungen ab. Estins Tod und Decados Ankunft waren vielleicht nur ein zufälliges Zusammentreffen – oder aber ein finsterer Plan.«

»Oder von der Quelle herbeigeführt?« pulsierte Acuas.

»Ganz recht.«

Decado öffnete die Augen und setzte sich auf. »Was haben sie vor?« fragte er laut und deutete auf die Legion.

»Sie warten darauf, daß ihre Armee eintrifft«, antwortete Acuas. »Ihr Anführer, ein Mann namens Argonis, erzählt seinen Männern gerade, daß sie uns hier in den Bergen ausräuchern wollen und zusammen mit jedem anderen Rebellen in Skoda vernichten werden. Er versucht, ihnen wieder Mut zu machen.«

»Aber es gelingt ihm nicht«, warf Balan ein.

»Erzählst du uns vom Drachen?« bat Katan, und Decado lächelte.

»Das ist lange her«, sagte er. »Es kommt mir vor wie in einem anderen Leben.«

»Hat dir das Leben gefallen?« wollte Acuas wissen.

»Ja und nein. Mehr nein als ja, denke ich. Der Drache war seltsam. Auf eine gewisse Art hat er wohl ein Band geschaffen ähnlich dem, das euch verbindet – nur daß wir natürlich kein Talent hatten und weder reisen noch sprechen konnten, wie ihr es tut. Aber wir waren eine Familie, Brüder. Und wir hielten das Reich zusammen.«

»Du mußt sehr traurig gewesen sein, als Ceska deine Freunde vernichtete«, meinte Balan.

»Ja. Aber ich war Priester, und mein Leben hatte sich sehr verändert. Ich hatte meinen Garten und meine Pflanzen. Die Welt war wirklich sehr klein geworden.«

»Es hat mich sehr erstaunt, daß du auf einem so kleinen Fleckchen so viele Gemüsesorten ziehen konntest«, sagte Balan.

Decado kicherte. »Ich habe Tomaten im Innern von Kartoffeln gezogen«, sagte er. »Ich legte einen Samen in eine Kartoffel, und während die Tomaten nach oben wuchsen, wuchsen die Kartoffeln nach unten. Mit dem Ergebnis war ich recht zufrieden.«

»Vermißt du deinen Garten?« fragte Acuas.

»Nein. Und das macht mich traurig.«

»Hat dir dein Leben als Priester gefallen?« fragte Katan.

Decado blickte den schlanken jungen Mann mit dem sanften Gesicht an. »Gefällt dir dein Leben als Krieger?« fragte er zurück.

»Nein. Überhaupt nicht.«

»In gewisser Weise habe ich mein Leben genossen. Es war gut, sich eine Zeitlang zu verstecken.«

»Wovor hast du dich versteckt?« fragte Balan.

»Ich glaube, du weißt die Antwort. Ich handle mit dem Tod, mein Freund – das habe ich immer getan. Manche Menschen können malen, andere schaffen schöne Dinge aus Stein oder mit Worten. Ich töte. Aber Stolz und Scham passen nicht gut zusammen, und ich fand die Disharmonie erschreckend. Im Augenblick des Tötens war es ein Segen, aber danach ...«

»Was geschah danach?« fragte Acuas.

»Kein Lebender konnte es im Kampf mit Waffen mit mir aufnehmen. Deshalb waren meine Feinde keine Gegner, sondern Opfer. Ich war kein Krieger mehr, ich war ein Mörder. Dann wuchsen die Zweifel in mir. Als der Drache aufgelöst wurde, reiste ich auf der Suche nach Gegnern durch die Welt, doch ich fand keine. Dann erkannte ich, daß es nur einen einzigen Mann gab, mit dem ich mich messen konnte, und ich beschloß, ihn herauszufordern. Auf dem Weg zu seinem Wohnort in Ventria saß ich drei Tage lang in einem Sandsturm fest. Das verschaffte mir Zeit, darüber nachzudenken, was ich eigentlich tat. Wißt ihr, der Mann war mein Freund. Doch wäre der Sturm nicht gekommen, hätte ich ihn getötet. Damals bin ich nach Hause zurückgekehrt, zu den Drenai, und habe versucht, mein Leben zu ändern.«

»Und was ist aus deinem Freund geworden?« fragte Katan.

Decado lächelte. »Er wurde ein Fackelträger.«

9

Der Ratssaal hatte schon bessere Tage gesehen. Jetzt hatten die Ulmenholzintarsien an den Wänden ein Muster aus Holzwurmlöchern, und das bemalte Mosaik, das Druss die Legende darstellte, war zu großen Teilen abgefallen, so daß man den grauen Schimmel auf dem Verputz sehen konnte.

Etwa dreißig Männer und ein Dutzend Frauen und Kinder saßen auf den Holzbänken und lauschten einer Frau, die auf dem Senatssessel saß. Sie war groß und starkknochig und hatte breite Schultern. Ihr dunkles Haar war dicht und voll wie eine Löwenmähne, und ihre grauen Augen funkelten vor Zorn.

»Hört euch doch bloß an!« rief sie, sprang auf und strich ihren schweren grünen Rock glatt. »Reden, reden, reden! Und was soll das alles? Wollt ihr aufgeben? Wollt ihr euch Ceskas Gnade unterwerfen? Petar, steh auf!«

Ein Mann erhob sich mit gesenktem Kopf. Er wurde tiefrot.

»Heb deinen Arm!« brüllte die Frau, und der Mann tat wie geheißen. Die Hand fehlte, und der Stumpf zeigte noch Spuren des Teers, mit dem die Wunde verschlossen worden war.

»*Das* ist Ceskas Gnade! Bei allen Göttern, ihr habt laut genug gejubelt, als meine Männer aus den Bergen kamen und die Soldaten von eurem Land verjagten. Damals konntet ihr gar nicht genug für uns tun! Und jetzt, wo sie zurückkommen, wollt ihr euch lieber winselnd verstecken. Aber ihr könnt euch nirgendwo verstecken. Die Vagrier lassen uns nicht über ihre Grenze, und ihr könnt sicher sein, daß Ceska uns nicht vergeben und vergessen wird!«

Ein Mann mittleren Alters erhob sich neben dem hilflosen Petar. »Es hat keinen Sinn zu schreien, Rayvan. Was haben wir denn für eine Wahl? Wir können sie nicht besiegen. Wir werden alle sterben.«

»Jeder stirbt mal, Vorak!« zürnte die Frau. »Oder weißt

du das noch nicht? Ich habe sechshundert kämpfende Männer, die behaupten, wir könnten die Legion schlagen. Und noch weitere fünfhundert warten nur darauf, zu uns zu stoßen, wenn wir erst mehr Waffen haben.«

»Angenommen, wir treiben die Legion zurück«, sagte Vorak, »was geschieht, wenn Ceska seine Bastarde schickt? Von welchem Nutzen sind deine Kämpfer dann?«

»Das werden wir sehen, wenn es soweit ist«, versprach sie.

»Wir werden gar nichts sehen. Geh dorthin zurück, wo du hergekommen bist, und laß uns unseren Frieden mit Ceska machen. Wir wollen dich hier nicht«, rief Vorak.

»Ach, du sprichst jetzt wohl für alle, was, Vorak?« Rayvan stieg von der Empore und marschierte auf den Mann zu. Er schluckte schwer, als sie drohend vor ihm stand; dann packte sie ihn am Kragen und schleuderte ihn gegen die Wand. »Sieh hinauf und sage mir, was du siehst«, befahl sie.

»Es ist eine Wand, Rayvan, mit einem Bild darauf. Jetzt laß mich los!«

»Das ist nicht einfach nur ein Bild, du Feigling! Das ist Druss! Das ist der Mann, der sich Ulrics Horden entgegenstellte. Und er hat sich nicht die Mühe gemacht, die Feinde zu zählen. Du machst mich krank!«

Sie ließ ihn los, ging zurück zur Empore und wandte sich an die Menge. »Ich könnte auf Vorak hören. Ich könnte meine sechshundert Mann nehmen und wieder in den Bergen verschwinden. Aber ich weiß, was dann geschehen würde – ihr würdet alle getötet. Ihr habt keine andere Wahl als zu kämpfen.«

»Wir haben Familien, Rayvan«, protestierte ein anderer.

»Ja, und auch sie werden sterben.«

»Das sagst du!« rief der Mann. »Aber wir werden mit Sicherheit getötet, wenn wir uns der Legion widersetzen.«

»Dann macht, was ihr wollt«, fuhr sie auf. »Aber geht mir aus den Augen – alle! Früher gab es einmal Männer in diesem Land. Hinaus!«

Petar drehte sich an der Tür noch einmal um. »Beurteile uns nicht zu streng, Rayvan«, bat er.

»Hinaus!« schrie sie. Sie ging zum Fenster und blickte über die Stadt hinweg, die in der Frühlingssonne schimmerte. Eine schöne Stadt, aber nicht zu verteidigen, denn sie hatte keine Stadtmauer. Rayvan stieß eine Reihe von Verwünschungen aus, was sie mit seltener Kunstfertigkeit beherrschte. Danach fühlte sie sich etwas besser.

Draußen auf den gewundenen Straßen und freien Plätzen drängten sich Menschen zusammen, und obwohl Rayvan ihre Worte nicht hören konnte, wußte sie, worum sich alle Gespräche drehten.

Unterwerfung. Die Möglichkeit, am Leben zu bleiben. Und hinter den Worten das treibende Gefühl: Angst!

Was war mit den Leuten los? Hatte Ceskas Schreckensherrschaft den Menschen ihre Kraft geraubt? Rayvan drehte sich um und starrte das verblassende Mosaik an. Druss die Legende, kräftig gebaut und stark, mit der Axt in der Hand. Die Skoda-Berge im Hintergrund schienen den Mann widerzuspiegeln: weißhäuptig und unbezwingbar.

Rayvan betrachtete ihre Hände: kurz, kräftig und schwielig. Jahre der Arbeit – harter Knochenarbeit – hatten ihnen die Schönheit genommen. Sie war froh, daß es keinen Spiegel gab. Einst war sie ›das Mädchen aus den Bergen‹ gewesen, mit schmaler Taille und mit Blumen bekränzt. Aber die Jahre – so gute Jahre – waren nicht besonders freundlich zu ihr gewesen. Ihr dunkles Haar war nun mit Silber durchwirkt, und ihr Gesicht war hart wie Granit von Skoda. Nur wenige Männer blickten sie noch begehrlich an, was ihr nach zwanzig Jahren Ehe und neun Kindern jedoch recht war.

Sie kehrte zum Fenster zurück und blickte über die Stadt hinweg auf die Berge. Aus welcher Richtung würde der Feind kommen? Und wie sollte sie ihm begegnen? Ihre Männer waren zuversichtlich. Hatten sie nicht mehrere hundert Soldaten besiegt und dabei selbst nur vierzig

Mann verloren? Das hatten sie tatsächlich – aber die Feinde waren überrascht worden, und außerdem waren sie ein feiger Haufen gewesen. Diesmal würde es anders aussehen.

Rayvan dachte lange und angestrengt über die bevorstehende Schlacht nach.

Sie werden uns in Stücke hauen! dachte sie und fluchte, als sie sich erinnerte, wie die Soldaten ihr Land überrannt und ihren Mann und zwei ihrer Söhne abgeschlachtet hatten. Und die Menge hatte zugeschaut, verängstigt und eingeschüchtert, bis Rayvan, mit einem gekrümmten Fleischmesser bewaffnet, vorgestürzt war und es in die Hüfte des Offiziers gerammt hatte.

Dann war die Hölle losgebrochen.

Aber jetzt ... jetzt war es Zeit, für den Tanz zu bezahlen.

Sie ging durch den Saal und blieb mit in die Seite gestemmten Armen vor dem Mosaik stehen.

»Ich habe immer damit geprahlt, von dir abzustammen, Druss«, sagte sie. »Aber das stimmt nicht, soweit ich weiß. Doch ich wünschte, es wäre so! Mein Vater hat immer von dir gesprochen. Er war Soldat in Delnoch und hat Monate damit verbracht, die Chroniken des Bronzegrafen zu studieren. Er wußte mehr über dich als jeder andere. Ich wünschte, du könntest zurückkommen ... komm von deiner Wand herunter! Die Bastarde würden *dich* nicht aufhalten. Du würdest nach Drenan marschieren und Ceska die Krone vom Kopf reißen. Ich kann das nicht, Druss. Ich weiß nicht das geringste vom Krieg. Und ich habe auch keine Zeit, es zu lernen.«

Knarrend öffnete sich die Tür.

»Rayvan?«

Als sie sich umdrehte, sah sie ihren Sohn Lucas, der einen Bogen in der Hand hielt.

»Was gibt es?« fragte sie.

»Reiter, etwa fünfzig, sind auf dem Weg in die Stadt.«

»Verflucht! Wie sind sie an den Spähern vorbeigekommen?«

»Das weiß ich nicht. Lake sammelt alle Männer, die er finden kann.«

»Wieso nur fünfzig?«

»Sie schätzen uns offenbar nicht sehr hoch ein«, antwortete Lucas grinsend. Er sah gut aus mit seinen dunklen Haaren und den grauen Augen. Neben Lake war er der beste ihrer Nachwuchskrieger, wie sie wußte.

Sie verließen den Saal und gingen durch den marmorgepflasterten Flur auf die breiten Treppen hinaus, die zur Straße führten. Die Neuigkeit hatte sich bereits herumgesprochen, und Vorak erwartete sie mit mehr als fünfzig Kaufleuten im Rücken.

»Das ist es, Rayvan!« rief er, als sie in den Sonnenschein hinaustrat. »Der Krieg ist vorbei.«

»Was soll das heißen?« fragte sie, mühsam an sich haltend.

»Du hast damit angefangen – es ist deine Schuld. Jetzt werden wir dich ihnen ausliefern.«

»Laß mich ihn töten«, flüsterte Lucas und griff nach einem Pfeil.

»Nein!« zischte Rayvan. Sie suchte mit den Augen die gegenüberliegenden Häuser ab – in jedem Fenster lag ein Bogenschütze mit gespannter Waffe. »Geh zurück in den Saal, und nimm den Ausgang zur Bäckergasse. Hol Lake, und dann seht zu, daß ihr nach Vagria kommt. Wenn ihr könnt, rächt mich eines Tages.«

»Ich verlasse dich nicht, Mutter.«

»Du tust, was ich dir sage!«

Er fluchte; dann aber zog er sich rückwärts ins Innere des Gebäudes zurück. Rayvan stieg langsam die Stufen hinunter. Ihr Gesicht war ausdruckslos, die grauen Augen fest auf Vorak gerichtet. Er wich zurück.

»Bindet sie!« rief er, und mehrere Männer stürzten vor und fesselten ihr die Arme auf dem Rücken.

»Ich werde zurückkommen, Vorak. Ich werde aus dem Grab zurückkommen«, versprach sie. Er schlug ihr mit der flachen Hand ins Gesicht. Sie gab keinen Laut von sich, obwohl ihr Blut aus der aufgesprungenen Lippe rann. Sie zerrten Rayvan durch die Menge hinaus aus der Stadt auf die Ebene, wo die Reiter bereits näher kamen. Der Anführer war ein großer Mann mit grausamem Gesicht. Er stieg vom Pferd, und Vorak rannte zu ihm.

»Wir haben die Verräterin gefangengenommen, Herr. Sie hat die Rebellion angeführt. Wir anderen sind unschuldig.«

Der Mann nickte und ging auf Rayvan zu. Sie starrte in seine schräggestellten, violetten Augen.

»Aha«, sagte sie leise, »selbst die Nadir reiten für Ceska, was?«

»Dein Name, Weib!« herrschte er sie an.

»Rayvan. Merk ihn dir gut, Barbar, denn meine Söhne werden ihn dir ins Herz schnitzen.«

Er wandte sich an Vorak. »Was sollen wir deiner Meinung nach mit ihr tun?«

»Tötet sie! Statuiert ein Exempel. Tod allen Verrätern!«

»Aber du bist treu?«

»Ja, das bin ich. War ich immer. Ich war es auch, der zuerst von den Rebellen in Skoda berichtete. Du müßtest von mir gehört haben – ich bin Vorak.«

»Und die Männer, die bei dir sind – sind sie auch treu?«

»Es gibt keine besseren. Alle sind Ceska treu ergeben.«

Der Mann nickte und wandte sich wieder an Rayvan. »Wie kam es, daß sie dich gefangennahmen, Weib?«

»Wir alle machen Fehler.«

Der Mann hob die Hand, und dreißig weißgekleidete Reiter schwärmten aus, um die Menge zu umzingeln.

»Was tust du?« fragte Vorak.

Der Mann zog sein Schwert und prüfte die Klinge mit dem Daumen. Dann wirbelte er auf dem Absatz herum; die Klinge sauste nieder, und Voraks Kopf fiel von den Schultern, die Augen vor Entsetzen weit aufgerissen.

Der Kopf rollte dem Mann vor die Füße, während der Körper zusammensackte. Blut quoll aus dem Halsstumpf. Die Männer fielen auf die Knie und flehten um Gnade.

»Ruhe!« brüllte ein Riese mit schwarzer Maske, der auf einem kastanienbraunen Wallach saß. Der Lärm verebbte; nur hier und dort waren noch einzelne Schluchzer zu hören.

»Ich habe nicht den Wunsch, euch alle zu töten«, sagte Tenaka Khan. »Also werden wie euch ins Tal schaffen und dort freilassen, damit ihr euren Frieden mit der Legion schließen könnt. Ich wünsche euch viel Glück – ich glaube wirklich, ihr werdet es brauchen. Jetzt steht auf und verschwindet.«

Von den Dreißig angetrieben, setzten die Männer sich in Richtung Osten in Marsch, während Tenaka Rayvans Arme losband.

»Wer bist du?« fragte sie.

»Tenaka Khan, aus dem Hause des Bronzegrafen«, antwortete er mit einer Verbeugung.

»Ich bin Rayvan – aus dem Hause Druss', der Legende«, erklärte sie, die Hände in die Hüften gestemmt.

Steiger wanderte allein durch die Gärten von Gathere hinter dem Rathaus. Er hatte zugehört, wie Tenaka und Rayvan über die bevorstehende Schlacht sprachen, aber er hatte nichts Vernünftiges beizutragen. Also war er leise hinausgeschlüpft, mit schwerem Herzen. Er war ein Idiot gewesen, sich ihnen anzuschließen. Was hatte er schon zu bieten? Er war kein Krieger.

Er setzte sich auf eine steinerne Bank und starrte in ein kleines Wasserbecken, in dem Goldfische zwischen Lilien hin- und herschossen. Steiger war ein einsames Kind gewesen. Es war nicht leicht gewesen, mit dem reizbaren Orrin zu leben und zu wissen, daß der alte Mann all seine Hoffnungen darin gesetzt hatte, daß Steiger sein würdiger Nachfolger würde. Die Familie hatte unter einem schlechten Stern gestanden, und Steiger war der letzte dieser Linie – wenn man Tenaka Khan nicht mitzählte. Und das taten die meisten.

Doch Arvan – wie Steiger damals noch hieß – hatte Zuneigung zu dem jungen Nadir gefaßt, bei jeder Gelegenheit seine Gesellschaft gesucht und Geschichten über das Leben in der Steppe verschlungen. Seine Bewunderung hatte sich zu Heldenverehrung ausgewachsen in jener Nacht, als der Meuchelmörder in sein Zimmer eingedrungen war.

Der Mann, ganz in Schwarz und mit einer Kapuze, hatte ihm eine behandschuhte Hand auf den Mund gelegt. Arvan, ein sensibler, verängstigter Sechsjähriger, war vor Angst ohnmächtig geworden und erst in der kalten Winterluft wieder aufgewacht. Als er die Augen öffnete, sah er, daß er vom Wehrgang auf das weit unten liegende Pflaster des Hofes starrte. Er wand sich im Griff des Mannes und spürte, wie dessen Finger sich lösten.

»Wenn dir dein Leben etwas wert ist, laß es!« sagte eine Stimme.

Der Meuchelmörder fluchte leise, doch sein Griff wurde wieder fester.

»Und wenn ich ihn am Leben lasse?« fragte er mit gedämpfter Stimme.

»Dann bleibst du auch am Leben«, sagte Tenaka Khan.

»Du bist nur ein Junge. Ich könnte dich töten.«

»Dann mach nur weiter«, sagte Tenaka, »und versuch dein Glück.«

Einige Sekunden zögerte der Attentäter. Dann zog er Arvan langsam wieder über die Brüstung und stellte ihn auf die Stufen. Er wich in die Schatten zurück und war verschwunden. Arvan lief zu Tenaka, und der Jüngling steckte sein Schwert weg und nahm ihn auf den Arm.

»Er wollte mich töten, Tani.«

»Ich weiß. Aber jetzt ist er weg.«

»Warum wollte er mich töten?«

Tenaka hatte keine Antwort darauf. Ebensowenig wie Orrin. Doch nach diesem Vorfall wurde ein Wächter vor Arvans Tür postiert, und fortan trat die Angst als ständiger Begleiter in sein Leben … »Guten Tag.«

Steiger blickte auf und sah eine junge Frau in einem fließenden Gewand aus dünner weißer Wolle am Beckenrand stehen. Ihr Haar war dunkel und sanft gelockt, die grünen Augen mit Gold gesprenkelt. Steiger stand auf und verbeugte sich.

»Warum so finster?« fragte sie.

Er zuckte die Achseln. »Ich würde eher sagen, melancholisch. Wer bist du?«

»Ravenna, Rayvans Tochter. Warum bist du nicht drinnen bei den anderen?«

Er grinste. »Ich verstehe nichts von Kriegen, Feldzügen und Schlachten.«

»Wovon verstehst du denn etwas?«

»Von Kunst, Literatur, Dichtung und allem, was schön ist.«

»Das ist aber nicht zeitgemäß, mein Freund.«

»Steiger. Nenn mich Steiger.«

»Ein merkwürdiger Name, Steiger. Kletterst du viel?«

»Meistens Wände hinauf!« Er deutete auf die Bank. »Willst du dich zu mir setzen?« fragte er.

»Nur kurz. Ich muß noch Besorgungen machen.«

»Ich bin sicher, die können warten. Sag mir, wie kommt es, daß eine Frau Anführerin eines Aufstands wird?«

»Um das zu verstehen, müßtest du meine Mutter kennen. Sie stammt von Druss der Legende ab, weißt du, und sie läßt sich von nichts und niemandem einschüchtern. Einmal hat sie, nur mit einem Stock bewaffnet, einen Berglöwen verjagt.«

»Eine bemerkenswerte Dame«, sagte Steiger.

»Das ist sie wirklich. Aber sie versteht auch nichts von Kriegen, Feldzügen oder Schlachten. Doch sie wird es lernen. Das solltest du auch.«

»Ich würde lieber mehr über dich erfahren, Ravenna«, sagte er und setzte sein gewinnendstes Lächeln auf.

»Ich sehe schon, es gibt Feldzüge, auf die du dich verstehst«, erwiderte sie und stand auf. »Es war nett, dich kennenzulernen.«

»Warte! Können wir uns wiedersehen? Heute abend, vielleicht?«

»Vielleicht. Wenn du deinem Namen Ehre machst.«

In jener Nacht, als Rayvan in ihrem breiten Bett lag und die Sterne betrachtete, spürte sie ein stärkeres Gefühl des Friedens als je zuvor während der letzten paar hektischen Monate. Sie hatte nicht gewußt, wie mühsam es sein konnte, Anführerin zu sein. Noch hatte sie vorgehabt, eine zu werden. Sie hatte nichts weiter getan, als den Mann zu töten, der ihren Gatten erschlagen hatte – aber von da an war es gewesen, als würde sie einen vereisten Berghang hinabschliddern.

Nach wenigen Wochen kontrollierte Rayvans kleiner Trupp bereits den größten Teil Skodas. Das waren jene Tage der Begeisterung gewesen, mit jubelnden Mengen, voller Kameradschaft. Dann verbreiteten sich in den Bergen Gerüchte, daß eine Armee aufgestellt würde, und rasch änderte sich die Stimmung. Rayvan hatte sich in der Stadt belagert gefühlt, ehe der Feind überhaupt erschienen war.

Jetzt war ihr leicht ums Herz.

Tenaka Khan war kein gewöhnlicher Mann. Sie lächelte und schloß die Augen, um sich sein Bild ins Gedächtnis zu rufen. Er bewegte sich wie ein Tänzer, hatte seinen Körper vollkommen unter Kontrolle, und er trug sein Selbstvertrauen so deutlich sichtbar wie einen Mantel. Der geborene Krieger!

Ananais war rätselhafter, aber, bei allen Göttern, er hatte etwas von einem Adler an sich. Er war ein Mann, der aus den Bergen kam. Er war es, der sich erboten hatte, die Grünschnäbel auszubilden, und Lake war mit ihm in die Berge zu ihrem Lager gegangen. Die beiden Brüder Galand und Parsal hatten sie begleitet – tapfere Männer, die sich nicht unterkriegen ließen.

Über den Schwarzen war sie sich nicht recht im klaren.

Er sah aus wie ein Bastard, fand sie. Aber trotzdem, er war ein gutaussehender Teufel. Und es gab keinen Zweifel, daß er sich in der Gewalt hatte.

Rayvan drehte sich um und versuchte, das Kissen ein wenig bequemer zu richten.

Schick du nur deine Legion, Ceska! Wir werden ihr eine bittere Lektion erteilen!

Am anderen Ende des Flurs, in einem Zimmer, das nach Osten blickte, lagen Tenaka und Renya in unbehaglichem Schweigen nebeneinander.

Tenaka stützte sich auf den Ellenbogen und betrachtete sie, doch Renya erwiderte seinen Blick nicht.

»Was ist?« fragte er.

»Nichts.«

»Das ist gelogen. Bitte, Renya, rede mit mir.«

»Es war der Mann, den du getötet hast.«

»Du kanntest ihn?«

»Nein. Aber er war unbewaffnet – es war nicht nötig.«

»Ich verstehe«, sagte er, schwang seine langen Beine aus dem Bett und ging zum Fenster. Sie betrachtete seine nackte Silhouette, die sich im Mondlicht abzeichnete.

»Warum hast du das getan?«

»Es mußte sein.«

»Erklär es mir.«

»Er war Anführer des Mobs und ganz offenkundig Ceskas Mann. Dadurch, daß ich ihn so plötzlich getötet habe, waren sie eingeschüchtert. Du hast sie gesehen – alle bewaffnet, viele davon mit Bogen. Sie hätten sich gegen uns wenden können, aber sein plötzlicher Tod hat sie verschreckt.«

»Mich hat es auf jeden Fall verschreckt. Das war das reinste Abschlachten!«

Er drehte sich zu ihr um. »Das ist kein Spiel, Renya. Viele Menschen werden sterben, noch ehe die Woche vorbei ist.«

»Trotzdem war es nicht richtig.«

»*Richtig*? Das hier ist kein Gericht, Weib! Ich bin keiner

von jenen Helden in goldener Rüstung, die immer das Rechte tun. Ich habe mir gedacht, daß sein Tod uns ermöglichen würde, eine Krebsgeschwulst aus dieser Stadt zu entfernen, ohne selbst Verluste zu erleiden. Außerdem hatte er den Tod verdient.«

»Es berührt dich nicht, oder? Jemandem das Leben zu nehmen? Es kümmert dich nicht, daß er vielleicht Familie hatte, Kinder, eine Mutter.«

»Du hast recht, es kümmert mich nicht. Es gibt nur zwei Menschen auf der Welt, die ich liebe – du bist der eine und Ananais der andere. Jener Mann hatte seine Entscheidung getroffen. Er hat sich auf eine Seite gestellt und ist dafür gestorben. Ich bedauere es nicht, und in einem Monat habe ich es wahrscheinlich schon vergessen.«

»Wie kannst du nur so etwas Furchtbares sagen?«

»Wäre es dir lieber, ich würde dich anlügen?«

»Nein. Ich dachte nur, du wärst ... anders.«

»Verurteile mich nicht. Ich bin nur ein Mann, der sein Bestes tut. Ich kann nicht anders.«

»Komm wieder ins Bett.«

»Ist der Streit vorbei?«

»Wenn du es willst«, log sie.

Im Zimmer über ihnen grinste Pagan und entfernte sich vom Fenster.

Frauen waren seltsame Wesen. Sie verlieben sich in einen Mann und versuchen dann, ihn zu ändern. Meist gelang es ihnen auch – und dann wunderten sie sich den Rest ihres Lebens darüber, wie sie bloß einen so langweiligen Jasager heiraten konnten.

Ein leises schabendes Geräusch schreckte ihn aus seinen Gedanken, und er ging zurück zum Fenster, um hinaus in die dunklen Schatten zu spähen.

Ein Mann kletterte etwa sechs Meter zu seiner Rechten die Wand empor – es war Steiger.

»Was tust du da?« fragte Pagan leise.

»Ich pflanze Rüben an«, zischte Steiger. »Was glaubst du wohl, was ich hier tue?«

Pagan warf einen Blick zu dem dunklen Fenster über ihnen. »Warum hast du nicht einfach die Treppe genommen?«

»Ich wurde gebeten, auf diese Weise zu kommen. Ich habe ein Stelldichein.«

»Verstehe. Dann viel Spaß!«

»Dir auch.«

Pagan zog seinen Kopf wieder zurück. Seltsam, wieviel Mühe ein Mann auf sich nehmen konnte, nur um sich Ärger einzuhandeln.

»Was geht da vor?« ertönte die Stimme Tenaka Khans.

»Willst du wohl leise sein?« schnaubte Steiger.

Pagan ging wieder zum Fenster, lehnte sich hinaus und sah Tenaka, der nach oben starrte.

»Er hat ein Stelldichein ... oder so etwas«, erklärte Pagan.

»Wenn er fällt, wird er sich den Hals brechen.«

»Er fällt nie«, sagte Belder aus einem Fenster zur Linken. »Eher fällt der Mond vom Himmel.«

»Erklärt mir mal jemand, wieso ein Mann die Wand heraufklettert?« rief Rayvan.

»Er hat ein Stelldichein!« brüllte Pagan.

»Warum hat er nicht die Treppe genommen?«

»Das hatten wir alles schon. Er wurde gebeten, auf diesem Weg zu kommen.«

»Oh. Dann will er gewiß zu Ravenna«, sagte sie.

Steiger klammerte sich an die Wand, im Gespräch mit den Senilen Ewigen vertieft.

Inzwischen biß Ravenna in dem dunklen Zimmer oben in ihr Kissen, um das Lachen zu unterdrücken.

Ohne Erfolg.

Zwei Tage blieb Ananais bei den Kämpfern von Skoda, teilte sie in Einheiten zu je zwanzig Mann ein und nahm sie hart ran. Insgesamt waren es fünfhundertzweiundachtzig, die meisten von ihnen kräftig und zäh. Männer, die zu ihren Bergen paßten. Aber sie waren undiszipliniert und nicht an organisierten Kampf gewöhnt. Hätte Ananais Zeit gehabt, hätte er aus ihnen eine Kampftruppe formen können, die es mit allem, was Ceska aufzubieten hatte, hätte aufnehmen können. Aber er hatte keine Zeit.

Am ersten Morgen hatte er gemeinsam mit Lake die Männer gemustert und ihre Waffen überprüft. Sie besaßen nicht einmal hundert Schwerter.

»Das Schwert ist auch keine Waffe für einen Bauern«, erklärte Lake. »Aber wir haben viele Äxte und Bögen.« Ananais nickte und ging weiter. Schweiß rann ihm unter seiner Maske übers Gesicht und brannte in den Narben, die nicht heilen wollten. Ananais' Verärgerung wuchs.

»Such mir zwanzig Leute, die zu Hauptleuten taugen«, befahl er. Dann ging er rasch zu der Hütte, in der er sein Quartier aufgeschlagen hatte. Galand und Parsal folgten ihm.

»Was ist los?« fragte Galand, nachdem die drei sich in dem kühlen Raum niedergelassen hatten.

»Das fragst du? Da draußen sind fast sechshundert Mann, die in wenigen Tagen tot sein werden. Das ist los!«

»Du bist wohl ein kleiner Schwarzseher, was?« fragte Parsal gleichmütig.

»Noch nicht. Aber ich bin nahe dran«, gab Ananais zu. »Die Männer sind zäh und willig. Aber man kann so einen Haufen nicht gegen die Legion kämpfen lassen. Wir haben nicht einmal ein Signalhorn. Und selbst wenn wir eins hätten, gäbe es niemanden, der die Signale verstehen würde.«

»Dann müssen wir eben rasch zuschlagen und uns wieder zurückziehen«, schlug Galand vor.

»Du warst nie Offizier, oder?« fragte Ananais.

»Nein. Ich hatte nicht die richtige Herkunft«, fuhr Galand auf.

»Aus welchem Grund auch immer, die Tatsache ist schlicht die, daß ihr nicht zu Anführern ausgebildet wurdet. Wir können nicht zuschlagen und verschwinden, denn das würde bedeuten, unsere Truppen aufzuspalten. Dann würde die Legion uns einzeln nachsetzen, und wir hätten keine Ahnung, was mit dem Rest unserer Armee geschieht. Außerdem würde es der Legion die Möglichkeit eröffnen, in Skoda einzudringen und die Zerstörung von Dörfern und Städten fortzusetzen.«

»Was schlägst du also vor?« fragte Parsal, goß Wasser aus einem Krug und reichte den beiden anderen einen Becher.

Ananais wandte sich ab, hob die Maske an und schlürfte lautstark das kalte Wasser. Dann drehte er sich wieder um. »Um ehrlich zu sein, ich weiß es noch nicht. Wenn wir zusammenbleiben, werden sie uns in Stücke hauen, und das an einem einzigen Tag. Wenn wir uns aufteilen, werden sie die Dörfer niederbrennen. Beides ist nicht reizvoll. Ich habe Lake gebeten, mir Karten von der Gegend zu besorgen. Wir haben vielleicht zwei Tage, um die Männer so zu drillen, daß sie wenigstens den grundlegendsten Befehlen folgen – wir müssen Jagdhörner nehmen und einfache Systeme ausarbeiten. Galand, ich möchte, daß du zu den Leuten gehst und die hundert besten aussuchst – ich will Männer, die auch Reitern gegenüber standhaft bleiben. Parsal, du nimmst dir die Bogenschützen vor. Auch von denen will ich die besten zu einer Einheit zusammenschmieden. Ich muß dann noch wissen, welche die besten Läufer sind. Und schickt Lake zu mir.«

Als die beiden gegangen waren, nahm Ananais behutsam die schwarze Ledermaske ab. Dann füllte er eine Schale mit Wasser und kühlte die zornig-roten Narben. Die Tür ging auf, und er fuhr herum, so daß er dem Eintretenden den Rücken zuwandte. Nachdem er die Maske wieder aufgesetzt hatte, bot er Lake einen Stuhl an. Rayvans ältester Sohn war ein gutaussehender Mann, schlank und kräftig. Seine Augen hatten die Farbe des Winterhimmels, und er bewegte sich mit katzenhafter Anmut und dem Selbstvertrauen eines Mannes, der weiß, daß er zwar Grenzen hat, aber noch nie an sie gestoßen ist.

»Du bist von deiner Armee wohl nicht besonders beeindruckt?« fragte er.

»Mich beeindruckt ihr Mut.«

»Es sind Männer aus den Bergen«, sagte Lake, lehnte sich zurück und legte die langen Beine auf den Tisch. »Aber du hast meine Frage nicht beantwortet.«

»Es war auch keine Frage«, erwiderte Ananais. »Du kennst die Antwort schon. Ich bin nicht beeindruckt. Aber sie sind ja auch keine Armee.«

»Können wir die Legion zurückschlagen?«

Ananais dachte über die Frage nach. Viele andere hätte er angelogen, aber diesen Mann nicht. Lake war zu scharfsinnig.

»Wahrscheinlich nicht.«

»Aber du wirst bleiben?«

»Ja.«

»Warum?«

»Eine gute Frage. Ich kann sie nicht beantworten.«

»Wirklich nicht?«

»Warum bleibst du?« entgegnete Ananais.

»Das ist mein Land, und es sind meine Leute. Und meine Familie hat ihnen das alles eingebrockt.«

»Deine Mutter, meinst du?«

»Wenn du so willst.«

»Sie ist eine gute Frau.«

»Das ist sie. Aber ich möchte wissen, warum du bleiben willst.«

»Weil es das ist, was ich immer tue, Junge. Ich kämpfe. Ich gehöre zum Drachen. Verstehst du das?«

Lake nickte. »Also berührt dich der Krieg zwischen Gut und Böse nicht?«

»Doch, aber nicht sehr. Die meisten Kriege werden aus Gier geführt. Aber wir hier sind glücklicher dran – wir kämpfen um unser Leben und um das der Menschen, die wir lieben.«

»Und das Land«, warf Lake ein.

»Unsinn!« fuhr Ananais auf. »Kein Mensch kämpft um Erde und Gras. Auch nicht um Berge. Die Berge waren vor dem Untergang schon hier, sie werden noch hier sein, wenn die Erde das nächste Mal bebt.«

»Ich sehe das anders.«

»Natürlich – du bist noch jung und voller Feuer. Ich aber bin älter als das Meer. Ich bin über den Berg gegangen und habe ins Auge der Schlange geblickt. Ich habe alles gesehen, Jung-Lake. Und es hat mich nicht besonders beeindruckt.«

»So! Dann verstehen wir uns wenigstens«, grinste Lake. »Was soll ich tun?«

»Ich möchte, daß Männer in die Stadt geschickt werden. Wir haben nur siebentausend Pfeile, und das reicht nicht. Wir haben keine Rüstungen – besorg uns welche. Ich möchte, daß die ganze Stadt auf den Kopf gestellt wird. Wir brauchen Lebensmittel, Haferflocken, Mehl, Trockenfleisch, Früchte. Und ich brauche Pferde, etwa fünfzig. Wenn du mehr auftreiben kannst – um so besser.«

»Und wie sollen wir das alles bezahlen?«

»Gib den Händlern Schuldscheine.«

»Sie werden keine Zahlungsversprechungen von Toten annehmen.«

»Gebrauche deinen Verstand, Lake. Wenn die Händler sich weigern, dann nehmt ihr euch, was ihr braucht! Jeder, der sich weigert, wird als Verräter angeprangert und entsprechend behandelt – und das wissen die Händler!«

»Ich werde niemanden töten, nur weil er nicht zulassen will, daß wir ihn berauben.«

»Dann geh wieder zu deiner Mutter und schick mir jemanden, der siegen will!« tobte Ananais.

Am Morgen des dritten Tages trafen die ersten Waffen und Lebensmittel ein.

Am Morgen des vierten Tages hatten Galand, Parsal und Lake die zweihundert Mann ausgesucht, die sich der Legion stellen sollten, wie Ananais es angeordnet hatte. Parsal hatte auch die besten Bogenschützen zu einer Gruppe von knapp hundert Mann zusammengefaßt.

Als die Sonne über die Gipfel im Osten kletterte, versammelte Ananais die Männer auf einer großen Wiese unterhalb des Lagers. Viele von ihnen trugen Schwerter, eine Leihgabe des Waffenschmieds der Stadt. Alle Bogenschützen hatten zwei Köcher mit Pfeilen, und selbst eine Brustplatte war hier und da an den neuen Infanteristen zu sehen. Parsal, Lake und Galand an seiner Seite, kletterte Ananais auf einen Karren, stemmte die Hände in die Hüften und betrachtete prüfend die Soldaten, die vor ihm saßen.

»Keine schönen Reden, Freunde«, begann er. »Wir haben letzte Nacht erfahren, daß die Legion nicht mehr fern ist. Morgen werden wir in der Lage sein, sie angemessen zu begrüßen. Sie reiten zum unteren Osttal, das ihr wohl das Teufelsgrinsen nennt, wie man uns sagte.

Es sind ungefähr zwölfhundert Krieger, alle gut gerüstet und zu Pferde. Zweihundert davon sind Bogenschützen – die anderen Lanzenträger und Schwertkämpfer.« Er hielt inne, damit die Zahlen wirken konnten und beobachtete, wie die Männer Blicke tauschten. Zu seiner Freude stellte er fest, daß sie keine Zeichen von Angst zeigten.

»Ich habe nie etwas davon gehalten, die Männer unter meinem Befehl zu belügen, also sage ich euch folgendes: Unsere Chance auf einen Sieg ist gering. Sehr gering! Es ist wichtig, daß wir das begreifen.

Ihr kennt meinen Ruf. Aber ihr kennt mich nicht als Mensch. Doch ich bitte euch zuzuhören, was ich euch zu sagen habe, so als ob eure Väter euch etwas ins Ohr flüsterten. In vielen Fällen werden Schlachten durch die Taten eines einzelnen gewonnen. Jeder von euch könnte den Unterschied zwischen Sieg und Niederlage ausmachen.

Druss die Legende war ein solcher Mann. Er machte aus der Schlacht am Skelnpaß einen der größten Siege der Drenai aller Zeiten. Aber er war auch nur ein Mann – aus Skoda.

Eines Tages wird einer von euch oder zehn oder hundert die Schlacht wenden. In einem Augenblick der Panik oder durch eine Sekunde Heldentum.« Wieder machte er eine Pause und hob die Hand, mit einem Finger zum Himmel deutend.

»Eine einzige Sekunde! Jetzt werde ich von einigen von euch den ersten Beweis für euren Mut verlangen. Falls hier jemand ist, der glaubt, seine Freunde im morgigen Kampf vielleicht zu enttäuschen, dann sollte er das Lager noch vor dem Abend verlassen.

Ich schwöre bei allem, was mir teuer ist, daß ich auf keinen Mann hinabsehe, der so handelt. Denn morgen ist es entscheidend, daß die Männer, die dem Tod ins Auge blicken, nicht schwankend werden.

Gleich wird ein Mann zu uns kommen, ein Krieger, der von niemandem auf dieser Welt übertroffen wird, der fähigste General, den ich je kannte, und der tödlichste Kämpfer unter der Sonne. Er wird eine Gruppe von Soldaten mitbringen, die ganz besondere Talente haben; diese Krieger werden sich unter euch mischen, und ihren Befehlen ist ohne Zögern Folge zu leisten. Und das meine ich ernst!

Zum Schluß habe ich noch eine Bitte für mich selbst. Ich war der Flügel-Gan der besten Armee der Welt – des Drachen. Sie waren meine Familie, meine Freunde, meine Brüder. Und sie sind tot, verraten und verkauft von diesem Volk. Aber der Drache war mehr als eine Armee, er war ein Ideal. Ein Traum, wenn ihr so wollt. Er war eine Kraft wider die Dunkelheit, gebildet von Männern, die mit einem Eimer Wasser in die Hölle marschiert wären und gewußt hätten, sie würden das Feuer löschen.

Aber ihr braucht keine glitzernde Rüstung oder eine Standarte, um der Drache zu sein. Ihr müßt es nur wollen.

Die Kräfte der Dunkelheit ballen sich um uns, wie Sturm um eine Laterne. Sie glauben, wir würden uns wie die Schafe in den Bergen verstecken. Aber ich will, daß sie den Atem des Drachen im Genick spüren und die Zähne des Drachen in ihren Eingeweiden! Ich will, daß diese schwarzen Hundesöhne zu Pferde im Feuer des Drachen verbrennen!« Er schrie jetzt, hatte die Fäuste geballt in die Luft gereckt, um seine Worte zu unterstreichen. Er holte tief Atem, dann noch einmal, und plötzlich breitete er seine Arme aus, als wollte er sie alle umfassen.

»Ich will, daß ihr der Drache seid. Ich will, daß ihr als Drache denkt. Wenn der Feind angreift, will ich, daß ihr wie der Drache kämpft!

Könnt Ihr das? Nun, kannst du?« brüllte er einen Mann in der ersten Reihe an.

»Bei den Göttern, ja!« rief der Mann.

»Kannst du es?« fragte Ananais und deutete auf einen Krieger ein paar Reihen weiter hinten. Der Mann nickte. »Gebrauche deine Stimme!« brüllte der General.

»Ich kann es!« rief der Mann.

»Und kennst du auch das Gebrüll des Drachen?«

Der Mann schüttelte den Kopf.

»Das Brüllen des Drachen ist Tod. Tod. *Tod!* Wir wollen dich hören, dich allein!«

Der Mann räusperte sich und begann zu schreien, wobei er heftig errötete.

»Helft ihm, ihr anderen!« rief Ananais und fiel in den Ruf den anderen ein.

»Tod, Tod, Tod ...« Der Lärm schwoll an, breitete sich aus, bis er von den schneebedeckten Gipfeln der Berge widerhallte, gewann an Kraft und Zuversicht, hypnotisch, und schweißte die Männer zusammen.

Ananais kletterte von dem Wagen und zog Lake zu sich heran.

»Jetzt du, mein Freund. Und halte ihnen diese ›kämpft-für-euer-Land-Rede‹. Beim Donner, jetzt sind sie dafür bereit.«

»Keine schönen Reden, nein, wirklich«, sagte Lake grinsend.

»Hinauf mit dir, Lake! Bring ihr Blut zum Kochen!«

10

Pagan brachte Parise, die Frau aus dem Dorf, zu einem Gasthaus im Südviertel der Stadt, wo er dem Wirt drei Goldmünzen gab. Die Augen des Mannes traten hervor, als er das kleine Vermögen in seiner Handfläche glitzern sah.

»Ich möchte, daß die Frau und das Kind von allem das Beste erhalten«, sagte Pagan leise. »Bei Freunden lasse ich noch mehr Gold zurück, wenn diese Summe nicht ausreichen sollte.«

»Ich werde sie behandeln wie meine eigene Schwester«, sagte der Mann.

»Gut«, erwiderte Pagan und beugte sich breit grinsend über ihn. »Denn wenn du es nicht tust, werde ich dein Herz verspeisen.«

»Du brauchst mir nicht zu drohen, schwarzer Mann«, sagte der dickliche, kahl werdende Wirt, nahm die Schultern zurück und ballte die kräftigen Fäuste. »Ich brauche keine Anweisung, wie man eine Frau behandelt.«

Pagan nickte. »Die Zeiten sind zu schlecht, als daß man nur auf Vertrauen bauen kann.«

»Da hast du recht. Willst du ein Glas mit mir trinken?«

Die beiden Männer saßen beim Bier zusammen, während Parise in der Abgeschiedenheit ihrer neuen Unterkunft ihr Kind nährte. Der Wirt hieß Ilter, und er lebte schon seit dreiundzwanzig Jahren in der Stadt, seit sein Hof während der großen Dürre nichts mehr eingebracht hatte. »Du weißt, daß du mir zuviel Geld gegeben hast, nicht wahr?« fragte er.

»Ich weiß«, antwortete Pagan. Ilter nickte und leerte sein Glas.

»Ich habe noch nie einen schwarzen Mann gesehen.«

»In meinem Land, jenseits der dunklen Dschungel und der Mondberge, haben die Menschen noch nie einen Wei-

»Glaubst du, *ich*?« fuhr Rayvan auf. »Sag mir deine Meinung.«

»Es gefällt mir nicht. Aber ich habe keine andere Lösung anzubieten. Wie Tenaka sagt, wenn wir zuschlagen und uns zurückziehen, öffnen wir ihnen Skoda. Und auf diese Weise können wir nicht siegen. Aber zwei Drittel Verluste …«

Rayvan erhob sich und stöhnte, als ihr rheumatisches Knie einzuknicken drohte. Sie ging über den Hang davon und ließ sich an einem kleinen Flüßchen nieder, das eilig über Kiesel rauschte, die wie Perlen unter der Oberfläche schimmerten. Tief in der Tasche ihres Kettenhemds fand sie einen Zwieback. Er war an den Eisenringen in drei Teile zerbrochen.

Sie kam sich wie eine Närrin vor.

Was tat sie hier? Was wußte sie schon vom Krieg?

Sie hatte gute Söhne großgezogen, und ihr Mann war ein wunderbarer Mensch gewesen, groß und freundlich und sanft wie Gänsedaunen. Als die Soldaten ihn niederschlugen, hatte sie unverzüglich reagiert. Doch seitdem lebte sie eine Lüge – in ihrer neuen Rolle als Rebellenführerin zu schwelgen, Entscheidungen zu treffen und eine Armee zu befehligen. Doch es war alles nur Schein – wie auch ihre Behauptung, von Druss abzustammen. Sie senkte den Kopf und biß sich auf die Finger, um nicht zu weinen.

Was bist du, Rayvan? fragte sie sich.

Eine dicke Frau mittleren Alters im Kettenhemd eines Mannes.

Morgen, spätestens übermorgen würden vierhundert junge Männer für sie sterben … ihr Blut würde an ihren Händen kleben. Unter den Toten würden auch ihre Söhne sein – jene, die noch am Leben waren. Sie tauchte die Hände ins Wasser und wusch sich das Gesicht.

»Oh, Druss, was soll ich nur tun? Was würdest du tun?«

Sie bekam keine Antwort. Sie hatte auch keine erwartet. Die Toten waren tot – keine goldenen Schatten in geisterhaften Palästen, die liebevoll auf ihre Nachkommen hinabschauten. Es gab niemanden, der ihre Hilfeschreie hörte, keine lebende Seele. Wenn nicht der Fluß und die perlengleichen Steine sie hören konnten oder das weiche Frühlingsgras oder die rote Heide. Sie war allein.

In gewisser Weise war das schon immer so gewesen. Ihr Mann, Laska, war ein großer Trost gewesen, und sie hatte ihn geliebt. Doch nie mit der alles verzehrenden Leidenschaft, von der sie immer träumte. Er war wie ein Fels gewesen, ein solider, beständiger Berg von einem Mann, an den sie sich klammern konnte, wenn niemand sie sah. Er besaß eine innere Stärke, und es störte ihn nicht, wenn sie in der Öffentlichkeit über ihn herrschte und scheinbar alle familiären Entscheidungen traf. In Wirklichkeit hörte sie in der Stille ihres Zimmers auf seinen Rat und handelte oft genug danach.

Jetzt war Laska nicht mehr, und mit ihm auch ihr anderer Sohn Geddis, und sie saß hier allein in einem lächerlichen Kettenhemd. Sie blickte zu den Bergen am Eingang zum Teufelsgrinsen und stellte sich die Legion in ihren schwarzen Mänteln vor, wie sie ins Tal ritten, und dachte wieder an den Hieb, der Laska gefällt hatte. Er hatte keinen Angriff erwartet und saß am Brunnen und unterhielt sich mit Geddis. Es mußten etwa zweihundert Skoda-Männer in der Gegend gewesen sein, die auf die Viehversteigerung warteten. Sie hatte nicht gehört, was zwischen dem Offizier und ihrem Mann vorgefallen war, denn sie war etwa zehn Meter weit entfernt und schnitt Fleisch zum Rösten. Aber sie hatte gesehen, wie das Schwert durch die Luft sauste und tief in den Körper ihres Mannes drang. Dann war sie losgestürmt, das Fleischmesser in der Faust.

Jetzt kam die Legion zurück, um Rache zu nehmen – nicht nur an ihr, sondern an den unschuldigen Menschen von Skoda. Zorn flackerte in ihr auf – diese Hunde glaubten, sie könnten einfach in die Berge reiten und das Gras mit dem Blut ihres Volkes tränken!

Sie erhob sich und ging langsam zurück zu Tenaka Khan. Er saß reglos wie eine Statue da und sah sie an, ohne daß in seinen schrägstehenden violetten Augen etwas zu lesen war. Dann stand er auf. Sie blinzelte, denn die Bewegung war unglaublich schnell und flüssig gewesen – in einem Moment reglos, im nächsten in Bewegung. In dieser Bewegung lag eine Perfektion, die ihr Zuversicht gab, auch wenn sie nicht erklären konnte, weshalb.

»Du hast eine Entscheidung getroffen?« fragte er.

»Ja. Wir werden tun, was du vorschlägst. Aber ich bleibe bei den Männern in der Mitte.«

»Wie du willst, Rayvan. Ich werde am Eingang des Tales sein.«

»Ist das klug?« fragte sie. »Ist das nicht sehr gefährlich für unseren General?«

»Ananais wird das Zentrum übernehmen, Decado die rechte Flanke. Ich werde zurückkommen, um die linke zu decken. Wenn ich fallen sollte, wird Galand meinen Platz einnehmen. Jetzt muß ich Ananais suchen gehen, denn ich möchte, daß seine Männer die ganze Nacht hindurch arbeiten.«

Die Anführer der Dreißig trafen sich in einer geschützten Senke am Osthang des Teufelsgrinsen. Im hellen Mondschein arbeiteten vierhundert Männer, entfernten die Grassoden und hoben Gräben in der weichen, schwarzen Erde aus.

Die fünf Priester saßen in einem engen Kreis, ohne zu reden, denn Acuas war auf Reisen. Sie erhielten Berichte von den zehn Kriegern, welche die Vorbereitungen überwachten. Acuas schwebte hoch am Nachthimmel, schwelgte in der Freiheit der Lüfte, denn dort gab es keine Schwerkraft, keine Notwendigkeit zu atmen, keine Fesseln aus Fleisch und Knochen. Hier, hoch über der Welt, konnten seine Augen alles sehen und seine Ohren das süße Lied der Sonnenwinde hören. Es war berauschend, und seine Seele schwelgte in der unermeßlichen Schönheit des Universums.

Es kostete ihn Mühe, zu seinen Pflichten zurückzukehren, doch Acuas war an Disziplin gewöhnt. In Gedanken flog er zu den äußeren Spähern, die den Schild gegen die Templer aufrechterhielten, und er spürte die Bosheit jenseits dieser Barriere.

»Wie steht es, Oward?« pulsierte er.

»Es ist schwer, Acuas. Ihre Kraft nimmt ständig zu. Wir können sie nicht mehr lange aufhalten.«

»Es ist wichtig, daß die Templer die Vorbereitungen nicht sehen.«

»Wir sind fast an unserer Grenze, Acuas. Nicht mehr lange, und sie brechen durch. Dann wird das Sterben beginnen.«

»Ich weiß. Haltet sie zurück!«

Acuas eilte hinab zum Eingang des Tales, wo die Legion lagerte.

Darüber schwebte der Krieger Astin.

»Ich grüße dich, Acuas!«

»Ich grüße dich. Etwas Neues?«

»Ich glaube nicht, Acuas, aber die Templer haben uns jetzt ausgeschlossen, so daß ich die Gedanken ihrer Anführer nicht mehr wahrnehmen kann. Doch sie sind zuversichtlich. Sie erwarten keine ernsthafte Gegenwehr.«

»Haben die Templer versucht, zu dir durchzudringen?«

»Noch nicht. Der Schild hält. Wie steht es mit Oward und den anderen?«

»Sie werden bis an ihre Grenzen beansprucht. Warte nicht zu lange, Astin. Ich möchte nicht, daß ihr abgeschnitten werdet.«

»Acuas«, pulsierte Astin, als der andere aufbrechen wollte.

»Ja?«

»Die Männer, die wir aus der Stadt geführt haben ...«

»Ja?«

»Sie wurden alle von der Legion erschlagen. Es war furchtbar.«

»Ich hatte befürchtet, daß es so kommt.«

»Sind wir für ihren Tod verantwortlich?«

»Ich weiß es nicht, mein Freund. Ich fürchte, ja. Sei vorsichtig.«

Acuas kehrte in seinen Körper zurück und öffnete die Augen. Er schilderte den anderen die Lage und wartete, daß Decado sich äußerte.

»Mehr können wir nicht tun«, sagte Decado, »es ist entschieden. In weniger als drei Stunden dämmert der Morgen, und die Legion wird zuschlagen. Wie ihr wißt, braucht Tenaka fünf von uns, die zu seiner Truppe stoßen. Ich überlasse dir die Wahl der Männer, Acuas. Der Rest von uns wird mit Ananais im Zentrum kämpfen. Die Frau, Rayvan, wird bei uns sein – Ananais wünscht, daß wir sie um jeden Preis schützen.«

»Keine leichte Aufgabe«, meinte Balan.

»Ich habe auch nicht behauptet, daß es leicht ist«, erwiderte Decado. »Aber wir müssen es versuchen. Für die Kampfmoral ist die Frau lebenswichtig, denn die Skoda-Männer kämpfen ebenso für sie wie für das Land.«

»Das verstehe ich schon, Decado«, sagte Balan glattzüngig. »Aber wir können für nichts garantieren. Wir kämpfen im offenen Gelände ohne Pferde und ohne eine Rückzugsmöglichkeit.«

»Heißt das, du kritisierst Tenakas Plan?« fragte Abaddon.

»Nein«, antwortete Balan. »Wir alle hier sind Studenten des Krieges, und taktisch ist seine Kampfstrategie durchdacht, technisch brillant, sogar. Aber sie hat bestenfalls eine dreißigprozentige Erfolgschance.«

»Sechzig«, widersprach Decado.

Balan hob eine Augenbraue. »Wirklich? Erklär mir das.«

»Ich weiß, daß ihr über Kräfte verfügt, die über die normaler Menschen weit hinausgehen. Ich weiß auch, daß ihr sehr viel von Strategie versteht. Aber hüte dich vor Stolz, Balan.«

»Inwiefern?« fragte Balan mit der Andeutung eines höhnischen Lächelns.

»Weil eure Ausbildung eben nur *Ausbildung* war. Wenn wir die Schlacht als Spiel um Chancen betrachten, dann sind dreißig Prozent der Wahrheit nahe. Aber das hier ist kein Spiel. Ananais' Stärke ist gewaltig, und seine Fähigkeiten sind noch größer. Darüber hinaus besitzt er eine persönliche Macht über die Menschen, die euren eigenen geistigen Gaben nahekommt. Wo er steht, werden auch andere stehen bleiben. Er hält sie mit der Kraft seines Willens bei der Stange. Das macht ihn zum geborenen Führer. Jede Erfolgseinschätzung in einem derartigen Plan hängt vom Willen der Menschen ab, standhaft zu bleiben und zu sterben. Sie werden vielleicht geschlagen und gemordet, aber sie werden nicht davonlaufen.

Hinzu kommt noch die Schnelligkeit, mit der Tenaka Khan zu denken vermag. Wie Ananais besitzt auch er große Fähigkeiten, und er versteht unvergleichlich viel von Strategie. Und sein Zeitgefühl ist einzigartig. Er besitzt zwar nicht Ananais' Führerqualitäten, aber das liegt nur an seinem gemischten Blut. Drenai werden es sich zweimal überlegen, ehe sie einem Nadir folgen.

Und schließlich ist da noch die Frau, Rayvan. Ihre Männer werden um so verbissener kämpfen, weil sie bei ihnen ist. Überdenk deine Einschätzung noch einmal, Balan.«

»Ich werde noch einmal nachdenken und deine Ausführungen berücksichtigen«, sagte der Priester.

Decado nickte und wandte sich an Ananais. »Wie weit sind die Templer noch entfernt?«

»Sie werden zur morgigen Schlacht noch nicht da sein, der Quelle sei Dank! Hundert von ihnen sind zwei Tagesritte von hier. Die anderen halten sich in Drenan auf, während sich ihre Führer, die Sechs, mit Ceska treffen.«

»Dann ist das ein Problem für einen anderen Tag«, sagte Decado. »Ich werde mich jetzt schlafen legen.«

Zum erstenmal ergriff der dunkeläugige Katan das Wort. »Willst du uns nicht vorbeten, Decado?«

Decado lächelte sanft. In den Worten des jungen Priesters lag keine Spur eines Vorwurfs.

»Nein, Katan. Du bist der Quelle näher als ich, und du bist die Seele der Dreißig. Bete du vor.«

Katan verbeugte sich, und die Gruppe schloß in schweigender Übereinstimmung die Augen. Decado entspannte sich und lauschte auf das ferne Meeresrauschen. Er trieb dahin, bis die ›Stimme‹ Katans anschwoll, und schwebte darauf zu.

Das Gebet war kurz und vollkommen in seiner Aufrichtigkeit, und es berührte Decado, als er hörte, daß der junge Priester ihn beim Namen nannte und den Herrn des Himmels bat, ihn zu beschützen.

Später, als Decado zu den Sternen emporsah, kam Abaddon und nahm neben ihm Platz. Der schlanke Krieger setzte sich wieder auf und streckte den Rücken.

»Freust du dich auf morgen?« fragte der Abt.

»Ich fürchte, ja.«

Der alte Mann lehnte sich an einen Baum und schloß die Augen. Er sah müde aus, aller Kraft beraubt. Die Falten in seinem Gesicht, einst so fein wie Spinnweben, wirkten jetzt wie eingemeißelt.

»Ich habe dich in Gefahr gebracht, Decado«, flüsterte er. »Ich habe dich in eine Welt gestoßen, die du sonst nie gesehen hättest. Ich habe ständig für dich gebetet. Es wäre schön zu wissen, ob ich recht hatte. Aber das wird nicht geschehen.«

»Ich kann dir nicht helfen, Abaddon.«

»Ich weiß. Jeden Tag habe ich dich in deinem Garten beobachtet und überlegt. In Wahrheit war es mehr Hoffnung als Gewißheit. Wir sind keine wahren Dreißig – das waren wir nie. Der Orden wurde zu Zeiten meines Vaters aufgelöst, aber ich spürte – in meiner Arroganz – daß die Welt uns brauchte. Also habe ich die Länder duchstreift und Kinder mit dieser besonderen Gabe gesucht. Ich tat mein Bestes, um sie zu lehren und betete, daß die Quelle mich leiten möge.«

»Vielleicht hattest du recht«, sagte Decado leise.

»Ich weiß es nicht mehr. Ich habe sie heute abend allesamt beobachtet und ihre Gedanken geteilt. Wo Ruhe sein sollte, war Aufregung, ja, Kampfeslust. Es begann, als du Padaxes getötet hast und sie sich über deinen Sieg freuten.«

»Was hast du von ihnen erwartet? Keiner ist älter als fünfundzwanzig! Und sie haben nie ein normales Leben geführt ... sich betrunken ... eine Frau geküßt. Ihr Menschsein wurde stets unterdrückt.«

»Glaubst du wirklich? Ich würde eher sagen, ihr Menschsein wurde verstärkt.«

»Für dieses Gespräch bin ich vielleicht nicht der richtige Partner«, gab Decado zu. »Ich weiß nicht, was du von ihnen erwartest. Sie werden für dich sterben. Ist das nicht genug?«

»Nein. Bei weitem nicht. Dieser finstere kleine Krieg ist bedeutungslos angesichts des unendlichen Feldes menschlicher Bestrebungen. Glaubst du nicht auch, diese Berge hier haben das alles schon einmal gesehen? Spielt es eine Rolle, daß wir alle vielleicht morgen sterben? Wird die Welt sich deswegen auch nur ein bißchen langsamer drehen? Werden die Sterne heller strahlen? In hundert Jahren ist keiner von denen mehr am Leben, die heute hier sind. Spielt das eine Rolle? Vor vielen Jahren starb Druss die Legende auf den Mauern von Dros Delnoch, um die eindringenden Nadir aufzuhalten. Ist das jetzt noch von Bedeutung?«

»Für Druss war es von Bedeutung. Und für mich auch.«

»Warum?«

»Weil ich ein Mensch bin, Priester, ganz einfach. Ich weiß nicht, ob die Quelle existiert, und im Grunde ist es mir egal. Alles, was ich habe, bin ich selbst und meine Selbstachtung.«

»Es muß doch mehr geben. Es muß den Triumph des

Lichts geben. Der Mensch ist bedrängt von Gier, Lust und der Jagd nach dem Vergänglichen. Doch Freundlichkeit, Verständnis und Liebe gehören genauso zur Menschlichkeit.«

»Willst du damit sagen, daß wir die Legion lieben sollen?«

»Ja. Und wir müssen sie bekämpfen.«

»Das ist mir zu hoch«, erklärte Decado.

»Ich weiß. Aber ich hoffe, daß du es eines Tages verstehen wirst. Ich werde nicht mehr sein, um es mitzuerleben. Aber ich bete darum.«

»Was soll das morbide Gerede? So etwas passiert schnell am Abend vor einer Schlacht.«

»Ich bin nicht morbid, Decado. Morgen ist mein letzter Tag auf Erden. Ich weiß es. Ich habe es gesehen. Es macht nichts ... ich hatte nur gehofft, daß du mich heute abend überzeugen könntest, daß ich recht hatte, zumindest, was dich betrifft.«

»Was willst du, daß ich darauf antworte?«

»Es gibt nichts, was du antworten könntest.«

»Dann kann ich dir nicht helfen. Du weißt, wie mein Leben aussah, ehe ich dir begegnete. Ich war ein Killer und schwelgte im Tod. Ich möchte nicht schwächlich klingen, aber ich habe nie darum gebeten, so zu sein – ich *war* einfach so. Ich hatte weder die Kraft noch den Willen, mich zu ändern. Verstehst du? Aber dann hätte ich beinahe einen Mann getötet, den ich liebte. Ich kam zu euch. Ihr habt mir einen Platz gegeben, an dem ich mich verstecken konnte, und ich war dankbar. Jetzt bin ich wieder da, wo ich hingehöre, mit einem Schwert in Reichweite und dem anrückenden Feind.

Ich leugne die Quelle nicht. Ich weiß nur nicht, welches Spiel sie spielt, warum sie zuläßt, daß die Ceskas dieser Welt am Leben bleiben. Ich will es auch nicht wissen. Solange mein Arm stark ist, werde ich Ceskas Bösem entgegentreten, und am Ende aller Dinge, wenn die Quelle zu mir sagt: ›Decado, du verdienst die Unsterblichkeit nicht‹, dann werde ich antworten: ›So sei es.‹ Ohne Bedauern.

Vielleicht hast du recht. Vielleicht stirbst du morgen. Wenn wir anderen überleben, werde ich mich um deine jungen Krieger kümmern. Ich werde versuchen, sie auf deinem Weg zu führen. Ich glaube, daß sie dich nicht enttäuschen werden. Aber dann wirst du mit der Quelle sein, und du mußt sie bitten zu helfen.«

»Und wenn ich mich geirrt habe?« fragte der Abt, beugte sich vor und ergriff Decados Arm. »Was, wenn ich die Dreißig nur aufgrund meiner Arroganz ins Leben gerufen habe?«

»Ich weiß es nicht, Abaddon. Aber du hast im Glauben an deinen Gott gehandelt, ohne daran zu denken, was du gewinnen könntest. Selbst wenn du unrecht hast, sollte dein Gott dir vergeben. Falls er es nicht tut, ist er nicht wert, daß man ihm folgt. Falls einer deiner Priester einen Fehler macht, würdest du ihm nicht vergeben? Vergibst du mehr als dein Gott?«

»Ich weiß es nicht. Ich bin mir über gar nichts mehr sicher.«

»Du hast mir einmal erzählt, Gewißheit und Glaube gehörten nicht zusammen. Hab Glauben, Abaddon.«

»Es ist nicht leicht, Decado, am Tag seines Todes zuversichtlich zu sein.«

»Warum hast du ausgerechnet mich ausgesucht? Ich kann dir nicht helfen, deinen Glauben zu finden. Warum hast du nicht mit Katan oder Acuas geredet?«

»Ich hatte das Gefühl, du würdest mich verstehen.«

»Nein, das tue ich nicht. Du warst immer so sicher, hast immer Harmonie ausgestrahlt, Ruhe. Du hattest Sterne im Haar, und deine Worte waren Weisheit. War das alles nur Fassade? Kommen deine Zweifel so plötzlich?«

»Ich habe dich einmal beschuldigt, du würdest dich in deinem Garten verstecken. Nun, auch ich habe mich versteckt. Es war leicht, Zweifel zu unterdrücken, als die Klostermauern sich fest um uns erhoben. Ich hatte meine

Bücher und meine Schüler. Damals schien es ein großartiger Plan des Lichts zu sein. Aber jetzt sind Menschen tot, und die Wirklichkeit ist anders. Diese fünfzig Männer, die Rayvan gefangennehmen wollten – sie hatten Angst und wollten leben, aber wir haben sie aus der Stadt auf die Ebene getrieben, nur damit sie dort abgeschlachtet wurden. Wir haben ihnen nicht einmal die Möglichkeit gelassen, sich von ihren Frauen und Kindern zu verabschieden.«

»Jetzt verstehe ich«, sagte Decado. »Du hast uns als Weiße Templer betrachtet, die gegen das Böse ausziehen, bejubelt von der Menge, eine kleine Gruppe von Helden in silberner Rüstung und weißen Mänteln. Nein, so hätte es nie sein können, Abaddon. Das Böse lebt in einem Abgrund. Wenn du es bekämpfen willst, mußt du in den Schlamm hinunter. Auf weißen Mänteln sieht man Schmutz besser als auf schwarzen, und Silber läuft an. Jetzt laß mich allein und sprich mit deinem Gott. Er hat mehr Antworten als ich.«

»Wirst du für mich beten, Decado?« flehte der Abt.

»Warum sollte die Quelle auf mich hören, wenn sie dir schon nicht zuhört? Bete für dich selbst, Mann!«

»Bitte! Tu es für mich.«

»Na schön. Aber geh jetzt schlafen.«

Decado sah dem alten Mann nach, wie er in die Dunkelheit davonging. Dann legte er sich wieder hin und betrachtete die Sterne.

11

Als die Sonne blutrot aufging, stand Tenaka Khan auf der Höhe und blickte zur Ebene hinab. Bei ihm waren hundert mit Bögen, Schwertern und Äxten bewaffnete Männer. Nur etwa dreißig von ihnen hatten Schilde, und diese Krieger postierte Tenaka auf dem freien Feld gegenüber dem Abstieg zur Ebene. Die Berge türmten sich beiderseits der kleinen Truppe auf, während sich hinter ihnen das Teufelsgrinsen verbreiterte und in waldbedeckte Hügel auslief.

Die Männer wurden allmählich unruhig, und Tenaka fand keine Worte für sie. Sie schlichen vorsichtig um den Nadirkrieger herum und warfen ihm mißtrauische Blicke zu. Sie würden an seiner Seite kämpfen, aber nur, weil Rayvan sie darum gebeten hatte.

Tenaka beschattete die Augen mit der Hand und stellte fest, daß die Legion sich in Bewegung gesetzt hatte. Er konnte erkennen, wie die Sonne auf ihren Speerspitzen glitzerte und auf den polierten Brustplatten funkelte.

Nächst dem Drachen war die Legion die beste Kampftruppe der Drenai. Tenaka zog sein Schwert und prüfte die Klinge mit dem Daumen. Mit einem kleinen Wetzstein schliff er die Klinge noch einmal nach.

Galand kam zu ihm. »Viel Glück, General!« sagte er.

Tenaka grinste und warf einen Blick auf seinen kleinen Trupp. Die Gesichter der Männer wirkten entschlossen, unnachgiebig. Zahllose Jahrhunderte hindurch hatten Männer wie sie das Drenaireich zusammengehalten und die größten Armeen der Welt zurückgeschlagen: die Horden Ulrics, Gorbens Unsterbliche und während der Chaos-Kriege die wilden Räuber aus Vagria.

Und jetzt standen sie wieder einer Übermacht entgegen.

Donnernde Hufe näherten sich von der trockenen Ebene den Bergen, von denen es widerhallte wie Trommeln der Verdammnis. Links von den Männern mit den Schilden stand Rayvans Sohn Lucas und legte einen Pfeil auf den Bogen. Er schluckte hart und wischte sich mit dem Ärmel über die Stirn. Er schwitzte heftig – seltsam, wieviel Flüssigkeit sich auf seinem Gesicht bilden konnte, wo sein Mund doch so trocken war. Er warf einen Blick auf den Nadirgeneral und sah, daß er ruhig mit dem Schwert in der Hand dastand, die violetten Augen auf die herannahenden Reiter gerichtet. Auf seiner Stirn stand nicht ein Schweißtropfen.

Hundesohn, dachte Lucas. Unmenschlicher Hundesohn!

Die Reiter hatten den Hang vor dem Teufelsgrinsen erreicht, so daß die Attacke sich etwas verlangsamte.

Ein einzelner Pfeil flog ihnen entgegen und fiel knapp dreißig Schritt vor den Reitern zu Boden.

»Wartet, bis der Befehl kommt!« brüllte Galand und warf einen Blick auf den reglos dastehenden Tenaka.

Die Reiter jagten weiter, mit angelegten Lanzen.

»Jetzt?« fragte Galand, als der erste Reiter die Stelle passierte, an der der Pfeil gelandet war. Tenaka schüttelte den Kopf.

»Augen geradeaus!« rief Galand, als nervöse Bogenschützen die Hälse reckten, um das Kommando zu sehen.

Die Legionäre ritten zu fünfzig Mann nebeneinander in fünfundzwanzig Reihen. Tenaka schätzte den Abstand zwischen den Reihen auf etwa sechs Längen. Es war ein wohlgeordneter Angriff.

»Jetzt!« sagte er.

»Schickt sie zur Hölle!« rief Galand, und hundert Pfeile blitzten in der Sonne auf. Die vorderste Linie der Reiter verschwand, als die Pfeile ihr Ziel trafen, die Pferde. Männer wurden kopfüber auf die Felsen geschleudert, wenn ihre wiehernden Pferde stiegen und stürzten. Die zweite Angriffsreihe kam ins Stocken, doch der Abstand zwischen den Reihen genügte den Reitern, um über die Gestürzten hinwegzusetzen. Aber sie gerieten in einen zweiten Pfeilhagel, der ihre Pferde tötete oder verletzte. Als die benommenen Angreifer wieder auf die Füße kamen, brachten ihnen weitere Pfeile den Tod, drangen in entblößtes Fleisch. Trotz allem wurde der Angriff fortgesetzt, und die Reiter waren fast am Ziel.

Lucas, der noch einen Pfeil übrig hatte, erhob sich. Ein Lanzenträger brach aus seiner Reihe aus, und Lucas schoß, ohne zu zielen. Der Pfeil prallte vom Kopf des Pferdes ab; das Tier scheute vor Schmerz, doch sein Reiter klammerte sich fest. Lucas ließ seinen Bogen fallen und rannte los, zog im Laufen sein Jagdmesser. Er sprang auf den Rücken des Tieres und rammte dem Reiter das Messer in die Brust, doch der Mann warf sich zur Seite, und unter dem doppelten Gewicht brach das Pferd zusammen. Lucas landete auf dem Reiter, und der Sturz sowie sein Gewicht trieben diesem die Klinge bis zum Heft ins Fleisch. Der Mann stöhnte auf und starb. Lucas versuchte, sein Messer freizubekommen, aber es saß zu fest. Er zog sein Schwert und stürzte sich auf den nächsten Lanzenträger.

Tenaka duckte sich unter einem Hieb, sprang dann den Reiter an und zerrte ihn aus dem Sattel. Ein rückhändiger Stich in die Kehle ließ den Mann an seinem eigenen Blut ersticken.

Tenaka schwang sich in den Sattel. Die Bogenschützen hatten sich vom Paß, der ins Tal führte, zurückgezogen und spickten die Legion mit Pfeilen, während sie den Hang hinaufkam. Männer und Pferde drängten sich im Eingang zum Tal. Alles war Chaos. Hier und dort hatten sich Reiter durchgekämpft, und Skoda-Krieger, bewaffnet mit Schwertern und Äxten, hieben und hämmerten vom Boden auf sie ein.

»Galand!« rief Tenaka. Der schwarzbärtige Krieger, der an der Seite seines Bruders kämpfte, ließ von seinem Gegner ab und blickte auf. Tenaka deutete auf die Masse vor ihnen, und Galand schwenkte sein Schwert zum Zeichen, daß er verstanden hatte.

»Zu mir, Skoda!« brüllte er. »Zu mir!« Mit seinem Bruder und ungefähr zwanzig Kriegern griff er die sich zusammendrängenden Männer an. Die Reiter ließen die Lanzen fallen und griffen nach den Schwertern, als der Keiltrupp zuschlug. Tenaka riß sein Pferd herum, um an ihrer Seite zu kämpfen.

Einige blutige Minuten lang ging der Kampf weiter; dann ertönte ein Horn auf der Ebene, und die Legion machte kehrt und verließ das Schlachtfeld.

Galand, der aus einer Platzwunde am Kopf blutete, rannte zu Tenaka. »Sie werden sofort wieder angreifen«, sagte er. »Wir können sie nicht aufhalten.« Tenaka schob sein Schwert in die Scheide. Er hatte fast die Hälfte seiner Truppe verloren.

Lucas kam herbeigelaufen. »Wir müssen die Verwundeten wegbringen«, flehte er.

»Keine Zeit!« erwiderte Tenaka. »Nehmt eure Positionen ein – aber haltet euch zum Rückzug bereit, wenn ich den Befehl erteile.« Er trieb sein Pferd an und ritt zum Paß. Die Legion hatte am Fuß des Hanges kehrt gemacht und formierte sich wieder zu je fünfzig Mann nebeneinander.

Hinter Tenaka sammelten die Skoda-Schützen verzweifelt ihre Pfeile ein und zerrten sie aus den Toten. Tenaka hob den Arm und winkte sie zu sich, und sie gehorchten, ohne zu zögern.

Wieder erklang das Horn, und die schwarzgekleideten Reiter stürmten voran. Diesmal ohne Lanzen, mit den Schwertern in den Fäusten. Wieder hallte das Donnern der Hufe von den Bergen wider.

Als sie noch dreißig Schritt entfernt waren, hob Tenaka den Arm. »Jetzt!« schrie er. Hunderte von Pfeilen zischten durch die Luft. »Zurück!« brüllte er sofort.

Die Skoda-Krieger machten kehrt und rannten davon, auf die trügerische Sicherheit der bewaldeten Hügel zu.

Tenaka schätzte, daß die Legion fast dreihundert Mann in der Schlacht verloren hatte und noch mehr Pferde. Er wendete und galoppierte zu den Hügeln. Galand und Parsal waren vor ihm und halfen Rayvans verwundetem

Sohn. Lucas hatte einen Pfeil aus dem Körper eines Legionskriegers ziehen wollen, doch der Mann war noch nicht tot gewesen und hatte ihm sein Schwert ins linke Bein gerammt.

»Überlaß ihn mir!« rief Tenaka im Näherkommen. Er beugte sich hinab, hob Lucas hoch und legte ihn quer vor sich über den Sattel. Dann warf er einen Blick über die Schulter zurück. Die Legion hatte den Paß erreicht und nahm jetzt die Verfolgung der flüchtenden Krieger auf. Galand und Parsal jagten nach Norden davon.

Tenaka bog nach Nordwesten ab, und die Legionsreiter setzten ihm nach.

Vor ihm lag der erste Hügel, hinter dem Ananais mit der gesamten Kampftruppe wartete. Tenaka trieb sein Pferd an, doch mit dem doppelten Gewicht hatte das Tier hart zu kämpfen. Auf der Hügelkuppe lagen nur noch fünfzehn Längen zwischen Tenaka und seinen Verfolgern, aber vor ihm waren Ananais und vierhundert Mann, und Tenakas müdes Tier rannte weiter. Ananais rückte vor und winkte Tenaka nach links. Er zügelte sein Pferd und lenkte es durch die Hindernisse, die er während der langen Nacht hatte anlegen lassen.

Hinter ihm zügelten hundert Legionsreiter ihre Pferde und warteten auf weitere Befehle. Tenaka half Lucas aus dem Sattel und glitt dann selbst vom Pferd.

»Wie ist es gelaufen?« fragte Ananais.

Tenaka hob drei Finger.

»Fünf wären besser gewesen«, sagte er.

»Es war ein disziplinierter Angriff, Ani, eine Reihe nach der anderen.«

»Das muß man ihnen lassen – sie waren immer gut diszipliniert. Trotzdem, der Tag ist noch jung.«

Rayvan bahnte sich einen Weg zu ihm. »Haben wir viele Krieger verloren?«

»Etwa vierzig Mann beim Angriff. Aber in den Wäldern wird der Feind noch mehr schnappen«, antwortete Tenaka.

Decado und Acuas kamen herbei.

»General«, sagte Acuas, »der Anführer der Legion kennt jetzt unsere Position. Er ruf die Reiter für einen Frontalangriff zusammen.«

»Danke. Das hatten wir gehofft.«

»Ich hoffe, er macht schnell«, sagte Acuas und kratzte sich den blonden Bart. »Die Templer haben unsere Abschirmung durchbrochen und werden bald von unseren Vorbereitungen erfahren. Dann werden sie dem Hauptmann der Legion alles übermitteln.«

»Wenn das geschieht, sind wir tot«, murmelte Ananais.

»Könnt ihr den Hauptmann nicht mit all euren Kräften abschirmen?« fragte Tenaka.

»Das können wir«, erklärte Acuas steif, »aber es wäre mit einem großen Risiko für die Männer verbunden, die diese Aufgabe übernehmen.«

»Rein zufällig«, schnaubte Ananais«, gehen wir anderen auch ein Risiko ein.«

»Es wird geschehen«, sagte Decado. »Acuas, kümmere dich darum.« Acuas nickte und schloß die Augen.

»Nun mach schon, Bursche«, drängte Ananais.

»Er ist schon dabei«, sagte Decado leise. »Laß ihn in Ruhe.«

Die rauhen, schrillen Töne der Signalhörner der Legion durchdrangen die Luft, und innerhalb von Sekunden erschien eine Reihe schwarzgekleideter Reiter auf dem gegenüberliegenden Hügel.

»Zurück in die Mitte!« sagte Ananais zu Rayvan.

»Behandle mich nicht wie ein Milchmädchen!«

»Ich behandle dich wie einen Anführer, Frau! Wenn du beim ersten Angriff fällst, ist die Schlacht vorbei.« Rayvan zog sich zurück, und die Männer aus Skoda machten ihre Bögen bereit.

Ein einziger Hornstoß kündigte den Angriff an, und die Reiter fegten den flachen Hügel herab. Angst glomm in den Reihen der Verteidiger auf; Ananais konnte es deutlich spüren. »Ruhig, Jungs«, rief er gelassen.

Tenaka reckte den Hals, um die Formation des Feindes zu sehen; hundert Reiter nebeneinander, eine Länge Abstand zwischen den Reihen. Er fluchte leise. Die ersten Reiter erreichten den Fuß des Hügels und nahmen sogleich den Hang in Angriff, auf dem die Verteidiger warteten, doch auf der Steigung wurden sie langsamer. Dadurch kam die zweite Reihe der ersten näher. Tenaka lächelte. Dreißig Schritt vor den Verteidigern traf die erste Reihe der Reiter auf die getarnten Gräben, die mit weicher Erde und dünnen Zweigen abgedeckt waren. Die Reiter und Pferde versanken, als wären sie von einem unsichtbaren Riesen niedergezerrt worden. Die zweite Reihe, zu nah dran, ging in einem Durcheinander wild auskeilender Pferde mit zu Boden.

»Attacke!« rief Ananais, und dreihundert Skoda-Krieger jagten sich schlagend und hämmernd heran. Die übrigen hundert Krieger schickten Pfeilhagel über die Köpfe ihrer Kameraden hinweg in die Reihen der Lanzenträger. Diese hatten ihre Pferde gezügelt und boten den Bogenschützen sitzende Zielscheiben. Vom Hügel herab fluchte und schimpfte Karespa, der Legionsgeneral. Er drehte sich im Sattel um und befahl seinem Hornisten, zum Rückzug zu blasen. Die schrillen Töne erreichten die Kämpfenden, und die Legion zog sich zurück. Karespa winkte, deutete nach links, und die Lanzenträger rissen ihre Pferde herum, um die Flanke anzugreifen. Ananais zog seine Truppe auf den Hügelkamm zurück.

Die Legion griff erneut an – nur, damit ihre Pferde über die im hohen Gras gespannten Stolperdrähte stürzten. Wieder ließ Karespa zum Rückzug blasen. Da er keine andere Wahl hatte, ließ er seine Männer absteigen und zu Fuß vorrücken, mit den Bogenschützen als Nachhut. Sie kamen nur langsam voran, da die Männer in den ersten Reihen ängstlich zögerten. Sie trugen keine Schilde und hatten Furcht, den Bogenschützen der Skoda-Krieger zu nahe zu kommen.

Knapp außer Schußweite blieb die erste Reihe stehen

und machte sich für einen hektischen Wettlauf bereit. In diesem Augenblick erhoben sich Lake und fünfzig Mann hinter ihnen, warfen ihre mit langen Gräsern getarnten Decken zur Seite und kletterten aus den verborgenen Gräben neben den Felsen. Von seinem Standort auf dem Hügel blinzelte Karespa ungläubig, denn für ihn sah es so aus, als kämen die Männer direkt aus dem Erdboden.

Rasch legte Lake einen Pfeil auf die Sehne, und seine Männer taten es ihm nach. Ihr Ziel waren die feindlichen Bogenschützen. Fünfzig Pfeile sirrten davon, dann noch einmal fünfzig. Es war die Hölle. Ananaìs führte seine vierhundert Mann überraschend zum Angriff, und die Legion brach unter dem Ansturm niedersausender Klingen zusammen. Karespa wollte erneut den Rückzug befehlen, als sein Hornbläser plötzlich von einem schwarzbärtigen Krieger aus dem Sattel geworfen wurde. Der Mann stand jetzt mit gezogenem Dolch grinsend neben Karespas Pferd. Andere Krieger standen in der Nähe und lächelten humorlos.

Galand setzte das Horn an die Lippen und ließ das schmerzliche Signal zur Kapitulation ertönen. Dreimal erklang das Horn, bis auch der letzte Legionskrieger seine Waffen niedergelegt hatte.

»Es ist vorbei, General«, sagte Galand. »Sei so gut und steig ab.«

»Ich will verdammt sein, wenn ich das tue!« fauchte Karespa.

»Du wirst tot sein, wenn du es nicht tust«, versprach Galand.

Karespa glitt aus dem Sattel.

Unten im Tal saßen sechshundert Legionskrieger im Gras, während die Skoda-Männer zwischen ihnen umhergingen und ihnen Waffen und Brustplatten abnahmen.

Decado schob sein Schwert in die Scheide und ging zu Acuas, der neben dem gefallenen Abaddon kniete. Der Abt hatte keine sichtbare Wunde.

»Was ist passiert?« fragte Decado.

»Er hatte den stärksten Geist von uns allen. Seine Gabe war weit größer als unsere. Er hat freiwillig Karespa vor den Templern abgeschirmt.«

»Er wußte, daß er heute sterben würde«, sagte Decado.

»Er wird nicht heute sterben«, fauchte Acuas. »Habe ich dir nicht gesagt, daß Gefahren damit verbunden wären?«

»Ja. Und Abaddon ist gefallen. Viele sind heute gestorben.«

»Ich rede nicht vom Tod, Decado. Ja, sein Körper ist erschlagen, aber die Templer haben seine Seele in ihrer Gewalt.«

Steiger saß auf der hohen Mauer des Turmgartens und beobachtete die fernen Berge, um Anzeichen für die siegreiche Legion auszumachen. Anfangs war er erleichtert gewesen, als Tenaka ihn gebeten hatte zurückzubleiben; jetzt aber war er unsicher. Gewiß, er war kein Krieger und wäre in der Schlacht kaum von Nutzen gewesen. Aber trotzdem – dann hätte er wenigstens gewußt, wie es ausgegangen war.

Dunkle Wolken ballten sich zusammen und ließen keine Sonnenstrahlen mehr durch. Steiger zog den blauen Mantel fester um die Schultern und verließ die Mauer, um zwischen den windgeschützten Beeten einherzuwandern. Vor etwa sechzig Jahren hatte ein alternder Ratsherr den Garten erbaut. Seine Sklaven hatten mehr als drei Tonnen Erde auf den Turm geschleppt. Jetzt wuchsen hier Bäume, Büsche und Blumen aller Art. In einer Ecke wuchsen Lorbeer und Holunder neben Ulme und Stechpalme, während vor der grauen Mauer Kirschbäume rosa und weiß erblühten. Durch den gesamten Garten wand sich ein verschlungener Pfad zwischen den Blumenbeeten hindurch. Steiger schlenderte diesen Weg entlang und erfreute sich am Duft der Blumen.

Renya erklomm die Wendeltreppe und trat in den Garten hinaus, gerade als die Sonne wieder durch die Wolken brach. Sie sah, daß Steiger allein war. Das dunkle Haar hatte er mit einem schwarzen Lederstirnband zurückgehalten. Er sieht gut aus, dachte sie … und einsam. Er trug kein Schwert und betrachtete gerade eine gelbe Blume am Rand eines Steingartens.

»Guten Morgen«, sagte sie, und er blickte auf. Renya trug eine hellgrüne Wolltunika und hatte einen rostfarbenen Seidenschal um den Kopf geschlungen. Ihre Beine waren nackt, und sie trug keine Sandalen.

»Guten Morgen, meine Dame. Hast du gut geschlafen?«

»Nein. Und du?«

»Ich fürchte nein. Wann, meinst du, werden wir es wissen?«

Renya zuckte die Achseln. »Früh genug.«

Er nickte zustimmend, und gemeinsam schlenderten sie durch den Garten, bis es sie schließlich zu jener Seite zog, an der sich das Teufelsgrinsen befand.

»Warum bist du nicht mit ihnen gegangen?« fragte sie.

»Tenaka bat mich zu bleiben.«

»Warum?«

»Er hat eine Aufgabe für mich und will nicht, daß ich sterbe, ehe ich versucht habe, die Aufgabe zu erfüllen.«

»Dann ist es also eine gefährliche Aufgabe?«

»Wie kommst du darauf?«

»Du sagst ›versuchen‹. Das klingt, als ob du bezweifelst, daß es dir gelingt.«

Er lachte grimmig. »Zweifeln? Ich bezweifle nicht – ich weiß es. Aber es spielt keine Rolle. Niemand kann ewig leben. Vielleicht kommt es nicht dazu. Zuerst müssen sie die Legion schlagen.«

»Das werden sie«, sagte Renya und kauerte sich mit hochgezogenen Beinen auf eine steinerne Bank.

»Wie kannst du da so sicher sein?«

»Es sind keine Männer, die sich besiegen lassen. Tenaka wird einen Weg finden, um zu gewinnen. Und wenn er dich gebeten hat, ihm zu helfen, dann muß er sicher sein, daß du eine Chance hast.«

»Wie einfach die Frauen die Welt der Männer betrachten«, bemerkte Steiger.

»Überhaupt nicht. Es sind die Männer, die die einfachsten Dinge kompliziert machen.«

»Eine tödliche Riposte, meine Dame. Ich bin überwältigt.«

»Gibst du dich so leicht geschlagen, Steiger?«

Er setzte sich neben sie. »Ich bin leicht zu schlagen, Renya, weil mir das Siegen nicht sehr viel bedeutet. Nur das Leben! Ich laufe davon, um zu überleben. Als ich noch jung war, waren stets Meuchelmörder um mich herum. Meine ganze Familie ist ihnen zum Opfer gefallen. Das war Ceskas Schuld. Heute weiß ich es, aber damals schien er meinem Großvater und mir ein Freund zu sein. Jahrelang wurde mein Zimmer bewacht, wenn ich schlief, wurde mein Essen vorgekostet, mein Spielzeug nach verborgenen Giftnadeln abgesucht. Es war nicht gerade das, was man eine glückliche Kindheit nennt.«

»Aber jetzt bist du ein Mann«, sagte sie.

»Kein besonders mutiger Mann Aber einen Trost gibt es. Wenn ich härter wäre, wäre ich längst tot.«

»Oder siegreich.«

»Ja«, gab er zu, »vielleicht siegreich. Aber als sie Orrin töteten – meinen Großvater – lief ich davon. Ich gab die Grafenwürde auf und lebte im Verborgenen. Belder kam mit mir – der letzte Diener. Ich war eine große Enttäuschung für ihn.«

»Wie hast du überlebt?«

Er grinste. »Ich wurde ein Dieb. Daher auch der Name. Ich kletterte in die Häuser und stahl Wertsachen. Es heißt, daß der Bronzegraf seine Laufbahn auch so begann, und deshalb glaube ich, lediglich die Familientradition weiterzuführen.«

»Als Dieb braucht man gute Nerven. Man hätte dich erwischen und hängen können.«

»Du hast mich noch nie laufen sehen – ich renne wie der Wind.«

Renya lächelte und stand auf, um einen Blick über die Mauer nach Süden zu werfen. Dann setzte sie sich wieder. »Was verlangt Tenaka von dir?«

»Nichts Besonderes. Er will nur, daß ich wieder Graf werde und Dros Delnoch übernehme, zehntausend Soldaten unterwerfe und die Tore öffne, damit eine Nadirarmee durchziehen kann. Das ist alles!«

»Nein, im Ernst, was will er von dir?«

Steiger beugte sich vor. »Das habe ich dir gerade gesagt.«

»Das glaube ich nicht. Das ist verrückt!«

»Trotzdem ...«

»Es ist unmöglich.«

»Allerdings, Renya, allerdings. Doch liegt in dem Plan eine gewisse Ironie. Denk doch mal: Der Nachkomme des Bronzegrafen, der die Festung gegen Ulric verteidigte, soll jetzt die Festung einnehmen und den Nachkommen Ulrics mit seiner Armee einziehen lassen.«

»Wo will er diese Armee hernehmen? Die Nadir hassen ihn ebenso wie die Drenai.«

»Das schon, aber er ist Tenaka Khan«, meinte Steiger trocken.

»Und wie willst du die Festung einnehmen?«

»Ich habe keine Ahnung. Wahrscheinlich marschiere ich hinein, erkläre, wer ich bin, und bitte die Leute, sich mir zu unterwerfen.«

»Ein guter Plan – direkt und einfach«, sagte sie mit unbewegter Miene.

»So sind die besten Pläne immer«, erwiderte er. »Erzähl mir, wie du in die ganze Sache hineingeraten bist.«

»Ich bin einfach unter einem Glücksstern geboren«, erklärte Renya und stand wieder auf. »Verdammt! Warum kommen sie denn nicht?«

»Wie du schon sagtest – wir werden es früh genug erfahren. Willst du mit mir frühstücken?«

»Ich glaube nicht. Valtaya ist in der Küche. Sie wird dir bestimmt etwas richten.«

Er spürte, daß sie allein sein wollte, und so kletterte Steiger die Treppe hinunter, dem Duft von gebratenem Speck folgend.

Er begegnete Valtaya, die hinauf wollte, und ging weiter zur Küche, wo Belder sich durch einen Berg von Speck, Eiern und Bohnen kämpfte.

»Ein Mann in deinem Alter sollte eigentlich den Appetit verloren haben«, meinte Steiger und setzte sich dem knorrigen Krieger gegenüber.

Belder sah ihn finster an. »Wir sollten bei ihnen sein«, sagte er.

»Tenaka bat mich zu bleiben«, erklärte Steiger.

»Ich kann mir kaum vorstellen, warum«, fauchte Belder voller Sarkasmus. »Denk nur, wie nützlich wir gewesen wären.«

Steiger verlor die Geduld. »Auch wenn ich das noch nicht gesagt haben sollte«, bemerkte er spitz, »ich habe dich ziemlich satt, Belder. Entweder du hältst den Mund oder du verschwindest.«

»Letzteres wird mir ein Vergnügen sein«, sagte der alte Mann.

»Dann tu es! Und laß deine scheinheiligen Vorträge. Seit Jahren lamentierst du über meine zügellose Lebensweise, meine Ängste und meine Fehler. Aber du bist nicht aus Treue bei mir geblieben. Du bist geblieben, weil auch du davonläufst. Ich habe es dir leicht gemacht, dich zu verstecken. Tenaka bat mich zu bleiben, nicht dich – du hättest gehen können.«

Steiger stand auf und verließ den Raum. Der alte Mann stützte den Kopf auf die Ellbogen und schob den Teller von sich.

»Ich bin aus Treue geblieben«, flüsterte er.

Nach der Schlacht wanderte Tenaka allein in die Berge. Sein Herz war schwer, und eine furchtbare Melancholie senkte sich über ihn.

Rayvan sah ihn davongehen und wollte ihm nach, doch Ananais hielt sie auf.

»Es ist nun mal seine Art«, sagte der Riese. »Laß ihn.«

Rayvan zuckte die Achseln und kümmerte sich wieder um die Verwundeten. Notdürftige Tragen waren aus den Lanzen und Mänteln der Legion gefertigt worden. Die Dreißig, die ihre Rüstung abgelegt hatten, gingen zwischen den Verwundeten umher und setzten ihre erstaunlichen Kräfte ein, um die Schmerzen zu lindern, während die Wunden genäht wurden.

Auf dem Schlachtfeld wurden die Toten nebeneinander gelegt, Legionsreiter neben Skoda-Krieger. Sechshundertelf Lanzenträger waren an diesem Tag gefallen, und zweihundertsechsundvierzig Skoda-Männer lagen neben ihnen.

Rayvan wanderte an den Reihen der Toten entlang, blickte in die starren Gesichter, rief sich den Namen jedes einzelnen ins Gedächtnis und betete für jeden. Viele von ihnen hatten Höfe oder ein Stück Land gepachtet, hatten Frauen und Kinder, Schwestern und Mütter. Rayvan kannte sie alle. Sie rief Lake zu sich und bat ihn, Papier und Kohle zu holen, um eine Liste der Toten aufzustellen.

Ananais wusch sich das Blut von Haut und Kleidern und rief dann den Legionsgeneral Karespa zu sich. Der Mann war mürrisch und nicht in der Stimmung, sich zu unterhalten.

»Ich werde dich töten müssen, Karespa«, sagte Ananais bedauernd.

»Das verstehe ich.«

»Gut. Willst du mit mir essen?«

»Nein, danke. Mir ist gerade der Appetit vergangen.«

Ananais nickte verständnisvoll.

»Ziehst du eine bestimmte Todesart vor?«

Der Mann zuckte die Achseln. »Was spielt das für eine Rolle?«

»Dann wird es ein Schwerthieb sein. Es sei denn, du möchtest es lieber selbst tun?«

»Scher dich zum Teufel!«

»Dann werde ich es tun. Du hast bis zum Morgengrauen Zeit, dich vorzubereiten.«

»Das brauche ich nicht. Tu es jetzt, solange ich in der richtigen Stimmung bin.«

»Na schön.« Ananais nickte einmal, und ein Schmerz explodierte wie Höllenfeuer in Karespas Rücken. Er versuchte, sich umzudrehen, doch Dunkelheit umfing seinen Geist. Galand zog sein Schwert aus dem Körper des Toten und wischte es am Mantel des Generals sauber. Dann setzte er sich neben Ananais.

»Es ist eine Schande«, sagte der schwarzbärtige Krieger.

»Wir konnten ihn nicht gehen lassen, bei allem, was er wußte.«

»Das glaube ich auch. Bei den Göttern, General, wir haben gesiegt! Ist das nicht unglaublich?«

»Nicht, wenn Tenaka es geplant hat.«

»Komm schon, alles Mögliche hätte passieren können! Sie hätten nicht angreifen müssen. Sie hätten ebensogut die Pferde zurücklassen und die Bogenschützen vorschicken können, um uns zurückzutreiben.«

»Hätten. Könnten. Haben Sie aber nicht. Sie haben nach Plan gehandelt. Nach dem Kavallerie-Handbuch ist der offenkundige Angriff zu Pferde gegen ungeübte Fußtruppen die sofortige Attacke. Die Legion besteht aus disziplinierten Männern, und deshalb handeln sie nach dem Handbuch. Soll ich dir Kapitel und Absatz nennen?«

»Nicht nötig«, murmelte Galand. »Ich nehme an, du hast es geschrieben.«

»Nein. Die letzten Änderungen hat Tenaka Khan vor achtzehn Jahren vorgenommen.«

»Aber nur mal angenommen ...«

»Wozu, Galand? Er hatte doch recht.«

»Aber er konnte nicht wissen, wo Karespa mit seinem Hornbläser warten würde. Und doch hat er Parsal und mir befohlen, zu diesem Hügel zu gehen.«

»Von wo sonst hätte Karespa die Schlacht beobachten können?«

»Er hätte bei seinen Männern bleiben können.«

»Und seinem Hornbläser die Entscheidungen überlassen sollen?«

»Bei dir hört sich das so einfach an. Aber Schlachten sind nicht so. Strategie ist eine Sache, Herz und Können eine andere.«

»Das bestreite ich nicht. Die Legion hat nicht ihren besten Kampf geliefert. Unter ihnen sind viele gute Männer, und ich glaube nicht, daß sie ihrer Aufgabe gern nachgekommen sind. Aber das ist Vergangenheit. Jetzt werde ich die Männer der Legion fragen, ob sie sich uns anschließen wollen.«

»Und wenn sie ablehnen?«

»Dann schicke ich sie ins Tal hinaus – wo du mit hundert Bogenschützen warten wirst. Niemand darf mit dem Leben davonkommen.«

»Du bist grausam, General!«

»Ich bin am Leben. Und ich habe vor, am Leben zu bleiben.«

Galand stand auf. »Ich hoffe es, General. Und ich hoffe, Tenaka Khan kann noch ein Wunder vollbringen, wenn die Bastarde kommen.«

»Das ist morgen«, sagte Ananais. »Wir wollen das Heute genießen.«

12

An einem geschützten Wasserfall hoch in den Bergen, wo die Luft kühl und rein war und der Schnee in Flecken auf den Hängen lag, fand Tenaka die Einsamkeit, die er brauchte. Langsam und sorgfältig entfachte er in einem Kreis aus Steinen ein Feuer und setzte sich, um die Flammen zu betrachten. Er fühlte keinen Jubel über den Sieg; seine Gefühle hatte er zusammen mit dem Blut der Erschlagenen abgewaschen. Nach einer Weile ging er zum Fluß, denn er erinnerte sich an die Worte Asta Khans, des uralten Schamanen des Stammes der Wolfsschädel.

»Alle Dinge auf der Welt sind für die Menschen erschaffen worden, doch alles dient zwei Zwecken. Die Wasser fließen, daß wir von ihnen trinken können, doch sie sind auch Symbole für die Vergänglichkeit des Menschen. Sie spielen unser Leben in rauschender Schönheit wider, geboren in der Reinheit der Berge. Wie kleine Kinder plappern und laufen sie, strömen und wachsen, während sie zu großen Flüssen werden. Dann werden sie breit und langsam, bis sie sich schließlich träge winden, wie alte Männer, um sich mit dem Meer zu vereinigen. Und wie die Seelen der Menschen in der Großen Leere mischen und vermengen sie sich, bis die Sonne sie als Regentropfen wieder hinaufträgt, damit sie erneut auf den Bergen niedergehen.«

Tenaka tauchte die Hand in das fließende Wasser. Er fühlte sich fehl am Platz, außerhalb der Zeit. Ein Vogel setzte sich auf einen Felsen in der Nähe, ohne ihn zu beachten. Er war klein und braun und auf der Suche nach Nahrung. Plötzlich tauchte er ins Wasser, und Tenaka sprang auf, beugte sich vor und beobachtete, wie er unter Wasser zu fliegen schien: ein geisterhafter Anblick. Er kam wieder an die Oberfläche, hüpfte auf einen Stein und schüttelte das Gefieder; dann tauchte er wieder in den Fluß. Auf seltsame Weise beruhigte Tenaka dieser Anblick.

Er beobachtete den Vogel noch eine Weile; dann legte er sich ins Gras und sah zu, wie sich am blauen Himmel Wolken zusammenballten.

Ein Adler segelte mit ausgebreiteten Schwingen hoch im Aufwind, scheinbar reglos, während er mit der warmen Luft aufstieg.

Ein Alpenschneehuhn flatterte heran, die Federn noch gefleckt und teils weiß – eine perfekte Tarnung, da noch immer hier und dort ein wenig Schnee lag. Tenaka betrachtete den Vogel. Im Winter war sein Gefieder reinweiß vor dem Schnee, während er im Sommer grau und braun gefleckt war, so daß er auf den Felsen hocken konnte – das Abbild eines Steins. Das Gefieder war sein einziger Schutz.

Das Schneehuhn flog auf, und der Adler stieß herab wie ein Pfeil. Aber er flog gegen die Sonne, und sein Schatten fiel auf das Schneehuhn, das gerade noch ausweichen konnte, als die Klauen zuschlagen wollten. Der gefleckte kleine Vogel floh ins Gebüsch.

Der Adler ließ sich, ganz gekränkte Würde, auf einem Ast in Tenakas Nähe nieder. Der Nadirkrieger lehnte sich zurück und schloß die Augen.

In der Schlacht hatten sie großes Glück gehabt, und die Strategie würde nicht noch einmal wirken. Sie hatten sich eine Atempause verschafft, mehr nicht. Ceska hatte die Legion ausgeschickt, um einige Rebellen das Fürchten zu lehren – hätten sie gewußt, daß es um Tenaka Khan ging, hätten sie eine andere Taktik verfolgt. Jetzt wußten sie es ... Jetzt würden sich Ceskas konzentrierte Fähigkeiten gegen Tenaka richten.

Wie viele Männer würde Ceska jetzt gegen sie aufbringen?

Da war der Rest der Legion – viertausend Mann. Etwa zehntausend einfache Soldaten. Die Pikenträger von Drenan, bei der letzten Zählung zweitausend. Aber erschreckender als alles andere waren die Bastarde. Wie viele hatte er wohl erschaffen? Fünftausend? Zehntausend?

Und wie mußte man sie gegen normale Männer aufrechnen? Ein Bastard gegen fünf? Selbst dann waren diese Bestien fünfundzwanzigtausend Soldaten wert.

Ceska würde kein zweites Mal den Fehler begehen, die Rebellion in Skoda zu unterschätzen.

Müdigkeit legte sich wie ein Leichentuch auf Tenaka. Sein erster Plan war so einfach gewesen: Ceska töten und sterben. Jetzt wirbelten die Verwicklungen seines Vorlebens in seinen Gedanken herum wie Nebelfetzen.

So viele waren tot, so viele würden noch sterben.

Er ging zurück zu seinem Feuer und legte Holz nach; dann legte er sich daneben und wickelte sich in seinen Mantel. Er dachte an Illae und sein Zuhause in Ventria. Wie schön waren diese Jahre gewesen.

Dann erschien Renyas Gesicht in seinen Gedanken, und er lächelte. Sein Leben lang hatte er Glück gehabt. Er war traurig und einsam gewesen, aber er hatte Glück gehabt. Eine so hingebungsvolle Mutter wie Shillat zu haben, das war Glück.

Oder einen Mann wie Ananais zu finden, der ihm zur Seite stand. Oder beim Drachen zu sein, Illae zu lieben, Renya zu finden …

Ein so günstiges Schicksal war ein Geschenk, das die Einsamkeit und den Schmerz, zurückgewiesen zu werden, mehr als wettmachte. Tenaka begann zu zittern. Er legte noch mehr Holz nach, legte sich wieder hin und wartete auf die Übelkeit, von der er wußte, daß sie kommen würde. Zuerst setzten die Kopfschmerzen ein, helle Lichter, die in seinen Augen flackerten. Er atmete tief und versuchte, vor dem Ansturm Ruhe zu finden. Der Schmerz wurde stärker und wühlte mit feurigen Krallen in seinem Kopf.

Vier Stunden lag zerrte der Schmerz furchtbar an ihm. Dann ließ er nach, und Tenaka schlief ein …

Er war in einem dunklen Gang, der bergab führte und in dem es eiskalt war. Zu seinen Füßen lagen die Skelette mehrerer Ratten. Er trat über sie hinweg, und die Skelette bewegten sich, die Knochen klapperten in der Stille. Sie huschten davon in die Dunkelheit. Tenaka schüttelte den Kopf und versuchte, sich daran zu erinnern, wo er war. Vor ihm hing ein Toter in Ketten; sein Fleisch war verwest.

»Hilf mir!« bat der Mann.

»Du bist tot. Ich kann dir nicht helfen.«

»Warum willst du mir nicht helfen?«

»Du bist tot.«

»Wir alle sind tot. Und niemand will uns helfen.«

Tenaka ging weiter, auf der Suche nach einer Tür. Der Gang führte ständig abwärts. Dann erweiterte er sich zu einer Halle mit hohen Säulen, die sich ins Nichts emporschwangen. Schattenhafte Gestalten erschienen mit schwarzen Schwertern in den Händen.

»Jetzt haben wir dich, Fackelträger«, sagte eine Stimme.

Sie trugen keine Rüstung, und das Gesicht des Anführers kam ihm bekannt vor. Tenaka zermarterte sich das Hirn, sich an den Namen des Mannes zu erinnern, doch es wollte ihm nicht einfallen.

»Padaxes«, sagte der Mann. »Selbst hier kann ich deine verschreckten Gedanken lesen. Padaxes, der unter Decados Schwert starb. Und – bin ich tot? Nein! Aber du, Fackelträger – du wirst tot sein, denn du hast das Reich des Geistes betreten. Wo sind deine Templer? Wo sind die elenden Dreißig?«

»Das ist ein Traum«, sagte Tenaka. »Ihr könntet mich nicht berühren.«

»Glaubst du?« Feuer schoß aus der Klinge und versengte Tenakas Schulter. Er warf sich nach hinten. Angst wallte in ihm auf. Padaxes lachte schrill. »Glaubst du es jetzt immer noch?«

Tenaka kam auf die Füße und zog sein Schwert. »Dann kommt«, sagte er. »Laßt mich sehen, wie ihr ein zweites Mal sterbt.«

Die Dunklen Templer rückten vor und bildeten einen Halbkreis um ihn. Plötzlich wurde Tenaka sich bewußt, daß er nicht allein war. Einen Augenblick glaubte er, wie in seinem früheren Traum, daß die Dreißig zu ihm gekommen wären, doch als er sich umdrehte, sah er einen mächtigen, breitschultrigen Nadirkrieger in einer Tunika aus Ziegenleder. Andere waren neben ihm.

Die Templer zögerten, und der Nadir neben Tenaka hob sein Schwert. »Vertreibt diese Schatten!« befahl er seinen Kriegern. Schweigend stürmten hundert hohläugige Stammeskrieger vor, und die Templer ergriffen die Flucht.

Der Nadir wandte sich an Tenaka. Sein Gesicht war breit und flach, seine Augen durchdringend und violett. Eine Aura von Macht und Stärke strahlte von ihm aus, wie Tenaka es noch nie bei einem Menschen erlebt hatte, und plötzlich wußte er, wen er vor sich hatte. Er fiel vor dem Mann auf die Knie und machte eine tiefe Verbeugung.

»Du kennst mich, Blut von meinem Blute?«

»Ja, großer Khan«, sagte Tenaka. »Ulric, Herrscher der Horden!«

»Ich habe dich gesehen, Junge. Beobachtet, wie du aufgewachsen bist, denn mein alter Schamane Nosta Khan ist noch immer bei mir. Was ich sah, hat mir gefallen ... Aber ich habe es nicht anders erwartet, bei deinem Blut.«

»Nicht alle sehen das so«, meinte Tenaka.

»Die Welt ist voller Narren«, fuhr Ulric auf. »Ich habe gegen den Bronzegrafen gekämpft, und er war ein mächtiger Mann ... ein Mann voller Zweifel; aber er überwand sie. Er stand auf den Mauern von Dros Delnoch und trotzte mir mit seiner jämmerlichen Truppe, und dafür liebte ich ihn. Er war ein Kämpfer und ein Träumer. Selten. So selten!«

»Dann bist du ihm begegnet?«

»Da war noch ein anderer Krieger bei ihm – ein alter Mann, Druss. Todesgänger nannten wir ihn. Als er fiel, ließ ich seinen Leichnam in unser Lager bringen, und wir haben ihm einen Scheiterhaufen errichtet. Stell dir das vor! Einem Feind! Wir standen kurz vor dem Sieg. Und in jener Nacht marschierte der Bronzegraf – mein größter Feind –

mit seinen Generälen in mein Lager, um an der Bestattung teilzunehmen.«

»Das ist verrückt!« sagte Tenaka. »Du hättest ihn überwältigen und die Festung einnehmen können!«

»Hättest du ihn gefangengenommen, Tenaka?«

Tenaka dachte über die Frage nach. »Nein«, antwortete er schließlich.

»Ich habe es auch nicht gekonnt. Also mach dir keine Sorgen über deine Abstammung. Laßt schlechtere Männer ruhig höhnen.«

»Bin ich nicht tot?« fragte Tenaka.

»Nein.«

»Wieso bin ich dann hier?«

»Du schläfst. Diese Maden von Templern haben deinen Geist hierher verschleppt, aber ich werde dir helfen zurückzukehren.«

»Welche Hölle ist das hier? Und wieso bist du hier?«

»Mein Herz hat mich im Krieg gegen Ventria im Stich gelassen. Dann kam ich hierher. Es ist die Große Leere, zwischen den Welten der Quelle und des Geistes. Es scheint, daß keine von beiden mich beansprucht, und so existiere ich hier mit meinen Männern. Ich habe nie etwas anderes angebetet als mein Schwert und meinen Verstand – jetzt büße ich dafür. Aber ich kann es ertragen. Schließlich bin ich ein Mann.«

»Du bist eine Legende.«

»Es ist nicht schwer, eine Legende zu werden, Tenaka, wenn das Schicksal es so will.«

»Kannst du die Zukunft sehen?«

»Teilweise.«

»Werde ich ... werden meine Freunde erfolgreich sein?«

»Frag mich nicht. Ich kann dein Schicksal nicht ändern, auch wenn ich es noch so sehr wünschte. Dies ist dein Weg, Tenaka. Und du mußt ihn gehen wie ein Mann. Du wurdest geboren, diesen Weg zu gehen!«

»Ich verstehe, Herr. Ich hätte nicht fragen sollen.«

»Es schadet nichts zu fragen«, sagte Ulric lächelnd. »Komm, schließ die Augen – du mußt in die Welt des Blutes zurückkehren.«

Tenaka erwachte. Es war Nacht, doch sein Feuer brannte noch immer hell und warm, und jemand hatte eine Decke über ihn gebettet, als er schlief. Er stöhnte, rollte sich auf die Seite und stützte sich auf den Ellbogen. Auf der anderen Seite des Feuers saß Ananais; der Flammenschein tanzte flackernd auf seiner Maske.

»Wie fühlst du dich?« fragte der Riese.

»Gut. Ich habe die Ruhe gebraucht.«

»Sind die Schmerzen weg?«

»Ja. Hast du etwas zu essen mitgebracht?«

»Natürlich. Du hast mir eine Weile Sorgen gemacht. Du bist totenblaß geworden, und dein Puls schlug ganz langsam, fast unmerklich.«

»Jetzt geht es mir wieder gut.« Tenaka setzte sich auf, und Ananais warf ihm einen Leinenbeutel mit getrocknetem Fleisch und Früchten zu. Sie aßen schweigend. Der Wasserfall glitzerte im Mondlicht wie Diamanten auf einem Säbel. Schließlich ergriff Ananais das Wort.

»Vierhundert Mann von der Legion haben sich uns angeschlossen. Decado sagt, sie werden tapfer kämpfen. Er behauptet, seine Priester hätten die Gedanken der Krieger gelesen. Nur drei haben sie abgewiesen. Zweihundert weitere haben sich entschlossen, zu Ceska zurückzukehren.«

Tenaka rieb sich die Augen. »Und?«

»Und was?«

»Und was geschah mit denen, die sich zur Rückkehr entschlossen?«

»Ich habe sie in den Tod geschickt.«

»Ani, mein Freund, mir geht es wieder gut. Also, sag's mir.«

»Ich ließ sie im Tal erschlagen. Es war notwendig. Sie hätten unsere Stärke verraten können.«

»Die war ohnehin bekannt, Ani – die Templer beobachten uns.«

»Na schön. Aber trotzdem – es sind immerhin zweihundert Mann weniger, die der Feind gegen uns schicken kann.«

Schweigen senkte sich über sie, und Ananais hob vorsichtig seine Maske und betastete das rote Narbengewebe.

»Nimm das Ding ab«, sagte Tenaka. »Du mußt Luft an die Haut lassen.«

Ananais zögerte; dann seufzte er und nahm die Ledermaske ab. Im roten Feuerschein sah er wie ein Dämon aus, unmenschlich und schrecklich. Er richtete seine blauen Augen starr auf Tenaka, als ob er nach Anzeichen von Abscheu suchte.

»Sag mir, was du von der Schlacht hältst«, bat Tenaka.

»Es lief alles nach Plan. Ich war erfreut über Rayvans Männer, und ihr Sohn Lake ist ein Glückstreffer. Der schwarze Mann hat tapfer gekämpft. Er ist ein gewaltiger Krieger. Wenn ich ein Jahr hätte, könnte ich aus diesen Skoda-Leuten einen neuen Drachen formen.«

»Wir haben aber kein Jahr.«

»Ich weiß«, sagte Ananais. »Ich schätze, zwei Monate.«

»Wir können sie nicht schlagen, Ani. So nicht.«

»Hast du einen Plan?«

»Ja. Aber er wird dir nicht gefallen.«

»Wenn es bedeutet, daß wir siegen, wird er mir gefallen«, versprach Ananais. »Wie sieht er aus?«

»Ich habe vor, die Nadir zu holen.«

»Du hast recht – es gefällt mir *nicht*. Es stinkt zum Himmel! Wenn Ceska schon übel ist – die Nadir sind noch schlimmer. Bei allen Göttern, Mann, unter Ceska sind wir wenigstens noch Drenai. Hast du den Verstand verloren?«

»Uns bleibt nichts anderes übrig, mein Freund. Wir haben fast tausend Mann. Wir können Skoda nicht halten. Wir wären schon in höchster Bedrängnis, wenn wir einem einzigen Angriff standhalten müßten.«

»Hör mir zu, Tani! Du weißt, daß ich dir deine Abstammung nie vorgeworfen habe. Ich liebe dich mehr als einen Bruder. Aber ich hasse die Nadir wie nichts sonst auf der Welt. Und ich bin nicht der einzige. Niemand hier wird Seite an Seite mit den Nadir kämpfen. Und nur mal angenommen, du bringst eine Armee her? Was, zur Hölle, passiert, wenn wir siegen? Gehen die Nadir dann einfach nach Hause? Nein! Sie werden die Armee Drenais geschlagen haben, das Land wird ihnen gehören, und dann haben wir den nächsten Bürgerkrieg.«

»Ich sehe das anders.«

»Und wie willst du sie herbringen? Es gibt keine geheimen Wege durch die Berge, nicht einmal über die Sathuli-Pässe. Keine Armee kann von Norden kommen, außer durch Delnoch, und selbst Ulric ist an diesen Toren gescheitert.«

»Ich habe Steiger gebeten, Dros Delnoch einzunehmen.«

»Oh, Tani, du bist verrückt geworden! Steiger ist ein Geck und ein Hasenfuß, der sich bisher nicht einmal am Kampf beteiligt hat. Als wir das Dorfmädchen retteten, hat er den Kopf in den Händen vergraben und einfach im Gras gelegen. Als wir auf Pagan stießen, blieb er bei den Frauen. Als wir den gestrigen Einsatz planten, hat er gezittert wie Espenlaub, und du hast ihm gesagt, er solle zurückbleiben. Und er soll Delnoch einnehmen?

Tenaka legte wieder Holz aufs Feuer und schob die Decke von seinen Schultern. »Das weiß ich alles, Ani. Aber es läßt sich machen! Steiger ist wie sein Vorfahr, der Bronzegraf. Er zweifelt an sich, und er hat große Ängste. Aber hinter diesen Ängsten verbirgt sich ein guter Mann, mutig und edel. Und er ist klug und schnell im Denken.«

»Unsere Hoffnungen ruhen also auf Steiger?« fragte Ananais.

»Nein. Sie ruhen auf meiner Einschätzung Steigers.«

»Laß die Wortklauberei. Das ist doch dasselbe.«

»Ich brauche dich auf meiner Seite, Ananais.«

Ananais nickte. »Warum nicht? Wir reden ja nur vom

Tod. Ich bleibe bei dir, Tani. »Was ist das Leben schon, wenn ein Mann nicht auf seine Freunde zählen kann, nachdem er den Verstand verloren hat?«

»Danke, Ani. Das meine ich ehrlich.«

»Ich weiß. Aber ich bin völlig erledigt. Ich schlafe jetzt ein Weilchen.«

Ananais legte sich hin, den Mantel als Kopfkissen benutzend. Die Nachtluft tat seinem narbigen Gesicht gut. Er war müde – müder als je zuvor. Es war die Müdigkeit der Enttäuschung. Tenakas Plan war ein Alptraum, doch es gab keine Alternative. Ceska hielt das Land in den Klauen der Bastarde, und vielleicht, nur vielleicht, würde eine Eroberung durch die Nadir die Nation retten. Doch Ananais bezweifelte es.

Von morgen an würde er seine Krieger so hart ausbilden, wie sie es noch nie erlebt hatten. Sie würden laufen, bis sie umfielen, kämpfen, bis ihre Arme vor Erschöpfung schmerzten. Er würde sie hart rannehmen und eine Truppe formen, die es nicht nur mit Ceskas Legionen aufnehmen konnte, sondern hoffentlich auch überleben würde, um die neuen Feinde zu bekämpfen. Tenakas Nadir.

In der Mitte des Tales wurden die Leichen der Gefallenen in einen hastig ausgehobenen Graben gelegt und mit Steinen und Erde bedeckt. Rayvan sprach ein Gebet, und die Überlebenden knieten vor dem Massengrab und flüsterten einige Abschiedsworte für ihre Freunde, Brüder, Väter und Verwandten.

Nach der Zeremonie zogen sich die Dreißig in die Hügel zurück und ließen Decado, Rayvan und ihre Söhne allein. Es dauerte eine Weile, bis ihr Fehlen bemerkt wurde.

Decado verließ das Feuer und machte sich auf die Suche nach ihnen, doch das Tal war groß, und bald stellte er fest, daß er seine Aufgabe unmöglich lösen konnte. Der Mond stand hoch am Himmel, als Decado schließlich zu dem Schluß gelangte, daß sie ihn absichtlich zurückgelassen hatten. Sie wollten nicht, daß er sie fand.

Er setzte sich neben einen weißen Felsen und entspannte seinen Geist, trieb hinab in das wispernde Reich des Unterbewußten.

Schweigen.

Zorn stieg in ihm auf und störte seine Konzentration, doch er zwang sich zur Ruhe und suchte noch einmal diese Zuflucht auf.

Dann hörte er den Schrei. Zuerst war es ein leiser, gedämpfter Schrei, der zu einem seelendurchdringenden Ausdruck der Qual anschwoll. Decado lauschte eine Weile und versuchte, die Quelle auszumachen. Dann erkannte er die Stimme. Es war Abaddon.

Und er wußte, wohin die Dreißig gereist waren: um den Abt der Schwerter zu retten und zu befreien, damit er sterben konnte. Er wußte auch, daß es eine Torheit der schlimmsten Art war. Er hatte Abaddon versprochen, sich um seine Schüler zu kümmern. Doch jetzt, nachdem der alte Mann nur einen Tag tot war, hatten sie ihn verlassen, um sich auf eine vergebliche Reise zu begeben und ins Reich der Verdammten einzudringen.

Eine furchtbare Traurigkeit übermannte Decado, denn er konnte ihnen nicht folgen. Also betete er, doch er bekam, wie erwartet – keine Antwort.

»Was für ein Gott bist du?« fragte er in seiner Verzweiflung. »Was erwartest du von deinen Anhängern? Du gibst nichts und verlangst alles. Mit den Geistern der Dunkelheit gibt es wenigstens so etwas wie eine Verbindung. Abaddon ist für dich gestorben und muß noch immer leiden. Jetzt werden auch seine Schüler leiden. Warum antwortest du mir nicht?«

Schweigen.

»Du existierst gar nicht! Es gibt keine Macht der Reinheit. Alles, was ein Mensch hat, ist sein Wille, Gutes zu tun. Ich verstoße dich. Ich will nichts mehr mit dir zu tun haben.«

Dann entspannte Decado sich und drang weiter in sein Inneres vor, suchte die Mysterien, die Abaddon ihn während seiner Studienjahre zu lehren versprochen hatte. Decado hatte in der Vergangenheit schon des öfteren versucht, in die Mysterien einzudringen, aber nie mit einer solchen Verzweiflung. Er reiste tiefer, taumelnd und sich drehend im Rauschen seiner Erinnerungen. Er sah wieder die Schlachten und Gefechte, die Ängste und die Mißerfolge. Weiter und weiter, durch die bittere Traurigkeit seiner Kindheit, zurück zu den ersten Regungen im Mutterleib und weiter zurück bis zur Teilung, Same und Ei, treibend, wartend.

Dunkelheit.

Bewegung. Das Fallen von Ketten, jubelnde Freiheit.

Licht.

Decado schwebte frei, wurde angezogen von dem reinen silbernen Licht des Mondes. Durch reine Willensanstrengung unterbrach er seinen Aufstieg und blickte hinunter auf die geschwungene Schönheit des Teufelsgrinsen, doch eine dunkle Wolke trieb unter ihm und versperrte ihm die Sicht. Er blickte auf seinen Körper hinab, weiß und nackt im Mondschein, und Freude durchströmte seine Seele.

Der Schrei ließ ihn erstarren. Er erinnerte sich an seine Aufgabe, und seine Augen sprühten kaltes Feuer. Aber er konnte nicht nackt und unbewaffnet reisen. Er schloß seine geistigen Augen und stellte sich eine Rüstung vor: die schwarzsilberne des Drachen.

Und sie war da. Doch kein Schwert hing an seiner Hüfte, kein Schild an seinem Arm.

Er versuchte es noch einmal. Nichts.

Die längst vergangenen Worte des Abtes kamen durch die Jahre zurück. »Bei der Reise des Geistes trägt ein Krieger der Quelle das Schwert seines Glaubens, und sein Schild ist die Stärke seines Vertrauens.«

Decado besaß weder das eine noch das andere.

»Verflucht!« brüllte er in die kosmische Nacht. »Noch

immer machst du mir einen Strich durch die Rechnung, selbst wenn ich für *dich* handle!« Wieder schloß er die Augen. »Wenn es Glaube ist, den ich brauche, dann habe ich Glauben. An mich. An Decado, den Eis-Töter. Ich brauche kein Schwert, denn meine Hände sind der Tod.«

Und er flog dahin wie ein Mondstrahl, angezogen von dem Schrei. Er verließ die Welt der Menschen mit beängstigender Geschwindigkeit. Schwebte über dunkle Berge und düstere Ebenen hinweg. Zwei blaue Planeten lauerten über dem Land, und die Sterne schienen schwach und kalt.

Unter ihm lag eine trutzige schwarze Burg auf einem Hügel. Er hielt in seinem Flug inne und schwebte über den steinernen Brüstungen. Ein dunkler Schatten sprang ihn an, und er wich aus, als ein Schwert an seinem Kopf vorbeisauste. Seine Hand schoß vor, packte das Gelenk des anderen und wirbelte ihn herum. Decados Linke hieb auf seinen Gegner nieder, dessen Genick brach, und er verschwand. Decado schoß herum, als sich ein zweiter Angreifer auf ihn stürzte. Der Mann trug die dunkle Uniform der Templer. Decado sprang zurück, als das Schwert einen glitzernden Halbkreis vor ihm beschrieb. Als ein Rückhandhieb seinen Nacken zu treffen drohte, duckte sich Decado, tauchte unter der Klinge hinweg und rammte dem Mann seinen Schädel unters Kinn. Der Templer taumelte. Decado ließ seine Hand vorschießen, und die Finger gruben sich in die Kehle des Templers. Auch dieser Gegner verschwand.

Vor ihm war eine halboffene Tür, die zu einer Treppe führte. Decado lief los, hielt dann inne, da seine Sinne ihn zur Vorsicht mahnten. Mit den Füßen voran sprang er gegen die Tür, so daß sie in den Angeln krachte, und ein Mann stöhnte auf und kam zum Vorschein und brach zusammen. Sich wieder auf die Füße rollend, hämmerte Decado dem Mann einen Fuß gegen die Brust und trat ihm den Brustkorb ein.

Er stürmte weiter, nahm drei Stufen auf einmal und

erreichte schließlich einen großen runden Saal. In der Mitte standen die Dreißig in einem engen Kreis, von allen Seiten umgeben von dunkelgekleideten Templern. Schwerter krachten lautlos; kein Laut war zu hören. Zahlenmäßig mehr als zwei zu eins unterlegen, kämpften die Dreißig um ihr Leben.

Und drohten zu verlieren!

Sie hatten nur noch eine Wahl. Flucht. Als Decado dieser Gedanke durch den Kopf schoß, stellte er zum erstenmal fest, daß er sich nicht mehr in die Luft erheben konnte – als er diese düstere Festung betreten hatte, hatten seine Kräfte ihn verlassen. Aber warum? Im gleichen Moment wußte er die Antwort. Sie lag in dem, was er zu Abaddon gesagt hatte: Das Böse lebt im Abgrund. Wenn du es bekämpfen willst, muß du in den Schlamm hinuntersteigen.

Sie befanden sich in dem Abgrund, und die Kräfte des Lichts waren hier schwächer, so wie die Kräfte der Dunkelheit vor den Herzen starker Männer versagten.

»Zu mir!« brüllte Decado. »Die Dreißig zu mir!«

Für einen Augenblick wurde der Kampf unterbrochen, als die Templer innehielten, um zu sehen, wer da gerufen hatte. Dann trennten sich sechs von ihnen, um Decado anzugreifen. Acuas drängte sich in die Lücke und ging den Kriegerpriestern voran zur Treppe.

Die Dreißig hieben und schlugen sich den Weg frei; ihre Silberklingen schimmerten wie Fackeln in der Düsternis. Auf den kalten Steinen lagen keine Toten – jeder, der in dieser blutlosen Schlacht von einem Schwert durchbohrt wurde, verschwand einfach, als hätte es ihn nie gegeben. Nur neunzehn Priester waren noch übrig.

Decado beobachtete, wie der Tod sich auf ihn stürzte. Sein Können war gewaltig, aber kein Mensch konnte es unbewaffnet mit sechs Männern aufnehmen und überleben. Doch er würde es versuchen. Eine tiefe Ruhe überkam ihn, und er lächelte die Gegner an.

Zwei Schwerter aus gleißendem Licht erschienen in seinen Händen, und er griff mit vernichtender Geschwindigkeit an. Ein linker Hieb, Parade, Riposte, ein rechter Schlag, ein linker Streich. Drei lagen am Boden und lösten sich auf wie Rauch im Wind. Die anderen drei Templer wichen zurück – in die Zauberklingen der Dreißig.

»Mir nach!« rief Decado. Er drehte sich um, rannte die Treppe hinauf und auf die Wehrgänge hinaus. Er sprang auf die Mauer und blickte auf die spitzen Felsen hinab, die erschreckend tief unten lagen.

Die Dreißig drängten ins Freie.

»Fliegt!« befahl Decado.

»Wir werden abstürzen!« rief Balan.

»Nur, wenn ich es euch befehle, du Hundesohn! Und jetzt bewegt euch!«

Balan warf sich über die Brüstung, dicht gefolgt von den anderen sechzehn Überlebenden. Als letzter sprang Decado. Zuerst fielen sie, doch als sie dem Sog der Burg entkommen waren, stiegen sie hinauf in die Nacht und eilten zurück in die Wirklichkeit von Skoda.

Decado kehrte in seinen Körper zurück und schlug die Augen auf. Langsam ging er nach Osten zum Wald, angezogen von der pulsierenden Verzweiflung, die von den jungen Priestern ausstrahlte. Er fand sie auf einer Lichtung zwischen zwei kleinen Hügeln. Sie hatten die Körper der elf Erschlagenen in eine Reihe gelegt und beteten nun mit gesenkten Köpfen.

»Steht auf!« befahl Decado. »Auf die Füße!« Schweigend gehorchten sie. »Bei den Göttern, wie lächerlich ihr seid! Trotz all eurer Gaben seid ihr nichts als Kinder. Sagt mir, wie verlief die Rettung, Kinder? Haben wir Abaddon befreit? Werden wir jetzt ein Fest feiern? Seht mir in die Augen!« Er ging zu Acuas. »Nun, Gelbbart, du hast dich selbst übertroffen. Du hast erreicht, was weder die Templer noch Ceskas Truppen geschafft haben. Du hast elf deiner Kameraden vernichtet.«

»Das ist nicht gerecht!« rief Katan mit Tränen in den Augen.

»Schweig!« donnerte Decado. »Gerecht? Ich spreche von der Wirklichkeit. Habt ihr Abaddon gefunden?«

»Nein«, gestand Acuas leise.

»Habt ihr herausgefunden, warum nicht?«

»Nein.«

»Weil sie niemals seine Seele hatten – das würde ihre Kräfte weit übersteigen. Sie haben euch durch Täuschung in eine Falle gelockt. Das beherrschen sie hervorragend. Jetzt sind elf von euren Brüdern erschlagen. Und diese Bürde tragt ihr.«

»Und was ist mit dir?« schrie Katan. Sein sonst so ernstes Gesicht war wutverzerrt. »Wo warst du, als wir dich brauchten? Was für ein Anführer bist du? Du glaubst nicht an das, was wir glauben. Du bist nichts als ein Mörder! Du hast kein Herz, Decado. Du bist der Eis-Töter. Wir haben wenigstens für etwas gekämpft, an das wir glauben, und wir sind gereist, um für einen Mann zu sterben, den wir liebten. Gut, wir hatten unrecht – aber wir hatten auch keinen Anführer mehr, seit Abaddon tot ist.«

»Ihr hättet zu mir kommen sollen«, verteidigte sich Decado.

»Warum? Du warst der Anführer, und du hättest da sein sollen. Wir haben dich gesucht. Oft. Aber selbst, als du deine Talente entdeckt hattest, wofür wir gebetet hatten, bliebst du immer am Rand unserer Gebete. Du kamst nie nach vorn. Wann ißt du denn mit uns? Wann redest du mit uns? Du schläfst allein, weit weg vom Feuer. Du bist ein Außenseiter. Wir sind hier, um für die Quelle zu sterben. Warum bist du hier?«

»Ich bin hier, um zu siegen, Katan. Wenn ihr sterben wollt, stürzt euch in euer Schwert. Oder bittet mich – ich erledige das in einer Sekunde. Ihr seid hier, um für die Quelle zu kämpfen, um sicherzustellen, daß das Böse in diesem Land nicht triumphiert. Aber ich werde nichts mehr sagen. Ich bin der gewählte Anführer, und ich verlange keine Schwüre von euch. Keine Versprechungen. Die, die mir gehorchen wollen, kommen morgen früh zu mir. Wir werden zusammen essen – ja, und zusammen beten. Die, die ihren eigenen Weg gehen wollen, können das tun. Und jetzt lasse ich euch allein, damit ihr eure Toten begraben könnt.«

Die jubelnde Menge begleitete die siegreiche Armee von den Feldern, die sich einen Kilometer südlich der Stadt befanden, ins Zentrum zu den provisorischen Unterkünften. Doch der Jubel verstummte bald, denn jeder dachte das gleiche? Was jetzt? Wann wird Ceska mit seinen Bastarden kommen?

Tenaka, Rayvan, Ananais, Decado und die anderen Hauptleute der neuen Armee trafen sich im Ratssaal, während Rayvans Söhne Lake und Lucas Karten des Geländes im Norden und Süden zeichneten.

Nach einem Nachmittag hitziger Diskussion wurde offenkundig, daß ein großer Teil Skodas nicht zu verteidigen war. Der Paß am Teufelsgrinsen konnte zwar mit einer Mauer versperrt und bemannt werden, doch man würde tausend Krieger benötigen, den Paß auf Dauer zu halten, während im Norden und Süden weitere sechs Pässe den Zugang zu den Tälern und Wiesen Skodas erlaubten.

»Es ist, als ob man einen Kaninchenbau verteidigen wollte«, sagte Ananais. »Selbst ohne seine Bastarde kann Ceska fünfzigmal mehr Männer in die Schlacht werfen. Sie könnten uns an sechzehn Fronten gleichzeitig angreifen. Wir können das Gebiet einfach nicht abdecken.«

»Die Armee wird wachsen«, meinte Rayvan. »Selbst in diesem Moment kommen weitere Männer aus den Bergen herab. Die Nachricht wird sich auch außerhalb Skodas verbreiten, und die Rebellen werden sich uns in Scharen anschließen.«

»Gewiß«, gab Tenaka zu, »aber darin liegt ein Problem. Ceska wird Spione, Agenten und Bangemacher schicken, die in unsere Truppe einsickern.«

»Die Dreißig helfen uns, wo sie können, um Verräter auszumachen«, erklärte Decado. »Aber wenn zu viele kommen, können wir nicht mehr mit ihnen fertig werden.«

»Dann müssen wir die Pässe bemannen und die Dreißig unter den Männern verteilen«, sagte Tenaka.

Und so ging es weiter. Einige wollten zu ihren Höfen zurückkehren, um die Felder für den Sommer zu bestellen, andere wollten einfach nur die Nachricht von ihrem Sieg zu Hause verbreiten. Lake klagte, daß die Lebensmittelvorräte nicht ausreichten. Galand berichtete, daß zwischen den Skodamännern und den neuen Freiwilligen von der Legion Kämpfe ausbrachen.

Den ganzen Nachmittag bis in den Abend hinein suchten die Anführer Antworten auf die vielen Fragen. Schließlich kamen sie überein, daß die Hälfte der Männer nach Hause gehen könnte, solange sie versprachen, auch die Höfe derer zu bestellen, die blieben. Am Ende des Monats sollte die erste Hälfte zurückkehren und zu Hause durch die zweite Hälfte ersetzt werden.

Ananais kochte vor Wut. »Und was ist mit der Ausbildung?« tobte er. »Wie, bei allen Göttern, soll ich die Männer auf den Krieg vorbereiten?«

»Es sind keine normalen Soldaten«, sagte Rayvan leise. »Es sind hart arbeitende Männer, die Frauen und Kinder ernähren müssen.«

»Was ist mit der Schatzkammer der Stadt?« fragte Steiger.

»Warum fragst du?« wollte Rayvan wissen.

»Wieviel ist dort?«

»Keine Ahnung.«

»Das sollten wir feststellen. Seit wir Skoda beherrschen, gehört das Geld uns. Wir könnten damit Lebensmittel und Vorräte von den Vagriern kaufen. Sie lassen uns vielleicht nicht über ihre Grenzen, aber unser Geld werden sie nicht ablehnen.«

»Schimpft mich ruhig eine Närrin!« sagte Rayvan.

»Natürlich müssen wir das tun. Lake, sieh sofort in der Schatzkammer nach – falls sie noch nicht leergeräumt ist.«

»Wir haben sie bewachen lassen, Mutter«, sagte Lake.

»Dann geh und zähl das Geld.«

»Das wird die ganze Nacht dauern!«

Sie funkelte ihn zornig an, und er seufzte.

»Na schön, Rayvan«, sagte er. »Ich gehe. Aber sei gewarnt – sobald ich fertig bin, wecke ich dich mit der Summe!«

Rayvan grinste ihn an und wandte sich dann an Steiger. »Du hast Verstand. Willst du nach Vagria gehen und kaufen, was wir brauchen?«

»Das kann er nicht«, warf Tenaka ein. »Er hat eine andere Mission.«

»Ach was!« murmelte Ananais.

»Ich schlage vor«, sagte Rayvan, »daß wir die Sitzung unterbrechen und zu Abend essen. Ich könnte ein ganzes Pferd verschlingen. Können wir nicht morgen weitermachen?«

»Nein«, widersprach Tenaka. »Morgen reise ich ab.«

»Du reist ab?« fragte Rayvan erstaunt. »Aber du bist unser General.«

»Ich muß, meine Dame, um eine Armee aufzutreiben. Aber ich werde wiederkommen.«

»Wo willst du eine Armee finden?«

»Bei meinem Volk.«

Das plötzliche Schweigen im Saal war drückend. Männer tauschten nervöse Blicke aus; nur Ananais wirkte ungerührt. Er lehnte sich in seinem Stuhl zurück und legte die Füße auf den Tisch.

»Erkläre uns das«, murmelte Rayvan.

»Ich glaube, ihr wißt genau, was ich meine«, sagte Tenaka kühl. »Das einzige Volk, das genug Krieger hat, um Ceska Kopfschmerzen zu bereiten, sind die Nadir. Wenn ich Glück habe, werde ich eine Armee aufstellen.«

»Du willst diese mörderischen Wilden nach Drenan bringen? Sie sind schlimmer als Ceskas Bastarde«, sagte

Rayvan und erhob sich. »Das werde ich nicht zulassen! Eher sterbe ich, als daß diese Barbaren einen Fuß nach Skoda setzen!«

In der ganzen Runde hieben Männer zum Zeichen ihrer Zustimmung mit den Fäusten auf den Tisch. Dann stand Tenaka auf und hob, um Ruhe bittend, die Hände.

»Ich kann eure Bedenken verstehen. Ich bin bei den Nadir aufgewachsen und weiß, wie sie sind. Aber sie fressen keine Kinder, und sie paaren sich auch nicht mit Dämonen. Es sind Menschen, Menschen, die für den Krieg leben. Das ist ihre Natur. Und sie haben Ehre. Aber ich bin nicht hier, um mein Volk zu verteidigen – ich bin hier, um euch die Möglichkeit zu geben, den Sommer zu überleben.

Glaubt ihr, wir hätten einen großen Sieg errungen? Ihr habt lediglich ein kleines Scharmützel gewonnen. Ceska wird fünfzigtausend Mann gegen euch schicken, wenn der Sommer kommt. Womit wollt dir diesem Heer begegnen?

Und wenn sie euch schlagen, was geschieht dann mit euren Familien? Ceska wird eine Wüste aus Skoda machen! Wo jetzt Bäume stehen, werden Galgen stehen: ein Land voller Kadaver, öde und gefoltert.

Es gibt keine Sicherheit, daß ich bei den Nadir eine Armee zusammenbekomme. Für sie bin ich mit dem Makel des Rundaugenbluts behaftet – verflucht und weniger als ein Mensch. Denn sie sind genauso wie ihr. Nadirkinder werden mit Geschichten über eure Greueltaten groß, und unsere Legenden sind voll von Geschichten über eure Völkermorde.

Ich frage nicht um eure Erlaubnis für das, was ich tue. Um ehrlich zu sein, schere ich mich keinen Deut darum! Ich reise morgen ab.«

Er setzte sich wieder. Alles schwieg, und Ananais beugte sich zu ihm hinüber.

»Es war doch gar nicht nötig, so um den heißen Brei herumzureden«, sagte er. »Du hättest es ihnen ganz unverblümt sagen können.«

Seine Bemerkung rief ein unfreiwilliges Schnauben von Rayvan hervor, das sich in ein kehliges Lachen verwandelte. Am ganzen Tisch wich die Spannung lautem Gelächter, während Tenaka mit verschränkten Armen dasaß, rot im Gesicht und mit ernster Miene.

Endlich ergriff Rayvan das Wort. »Mein Freund, dein Plan gefällt mir nicht. Und ich glaube, daß ich für jeden hier spreche. Aber du warst ehrlich zu uns. Ohne dich wären wir alle jetzt Geierfraß.« Sie seufzte, stützte sich auf den Tisch und legte eine Hand auf Tenakas Arm. »Du scherst dich sehr wohl einen Deut darum, sonst wärst du nicht hier. Und wenn du unrecht hast – so sei es denn. Ich stehe hinter dir. Bring deine Nadir her, wenn du kannst, und ich werde den ersten Ziegendreck fressenden Hundesohn umarmen, der mit dir hier einreitet.«

Tenaka entspannte sich und blickte in ihre grünen Augen. »Du bist wirklich eine bemerkenswerte Frau, Rayvan«, flüsterte er.

»Du tätest gut daran, das nicht zu vergessen, General!«

13

Ananais verließ in der Abenddämmerung die Stadt, froh, ihrer lärmenden Beengtheit zu entkommen. Einst hatte er das Stadtleben genossen, mit seinen endlosen Festen und Jagden. Es gab schöne Frauen, die er lieben und Männer, mit denen er sich im Ringen oder Schwertkampf messen konnte. Es gab Falken und Turniere und Tänze, da das zivilisierteste westliche Volk in Vergnügen schwelgte.

Aber damals war er der Goldene gewesen – und Gegenstand vieler Legenden.

Er nahm die schwarze Maske von seinem zerfetzten Gesicht, damit der Wind die Narben kühlen konnte. Er ritt einen mit Ebereschen bestandenen Hügel hinauf, glitt aus dem Sattel und setzte sich, um die Berge zu betrachten. Tenaka hatte recht – es hatte keinen Grund gegeben, die Männer der Legion zu töten. Es war ihr Recht gewesen, zurück in die Heimat zu gehen. Mehr noch: ihre Pflicht. Aber Haß war eine starke Kraft, und in Ananais' Herz hatte der Haß sich tief eingegraben. Er haßte Ceska für das, was er dem Land und dem Volk angetan hatte, und er haßte das Volk dafür, daß es dies zuließ. Er haßte die Blumen wegen ihrer Schönheit und die Luft, weil sie ihn atmen ließ.

Vor allem aber haßte er sich selbst dafür, daß er nicht den Mut fand, sein Elend zu beenden. Was wußten diese Skoda-Bauern von den Gründen, daß er bei ihnen war? Sie hatten ihm am Tag der Schlacht zugejubelt und noch einmal, als sie die Stadt erreichten. ›Schwarzmaske‹ nannten sie ihn – ein Held der Vergangenheit nach dem Abbild des unsterblichen Druss.

Was wußten sie von seinem Kummer?

Er starrte auf die Maske hinab. Selbst darin lag Eitelkeit, denn sie hatte eine Nase. Er hätte genausogut zwei Löcher hineinschneiden können.

Er war ein Mann ohne Gesicht und ohne Zukunft. Nur

die Vergangenheit brachte ihm noch Freude – aber gleichzeitig auch den Schmerz. Alles, was er noch besaß, war seine gewaltige Kraft – und die ließ allmählich nach. Er war sechsundvierzig Jahre alt, und seine Zeit lief ab.

Zum tausendsten Mal erinnerte er sich des Kampfes mit dem Bastard in der Arena. Hätte es einen anderen Weg gegeben, das Biest zu töten? Hätte er sich diese Qualen ersparen können? Er ließ den Kampf noch einmal vor seinem geistigen Auge ablaufen. Es gab keine andere Möglichkeit – das Ungeheuer war doppelt so groß und um die Hälfte schneller gewesen als er. Es war ein Wunder, daß er es überhaupt erschlagen hatte.

Sein Pferd wieherte. Es hatte die Ohren flach angelegt und warf unruhig den Kopf hin und her. Ananais setzte die Maske wieder auf und wartete. Nach wenigen Sekunden hörte er den leisen Hufschlag eines trottenden Pferdes.

»Ananais!« rief Valtaya aus der Dunkelheit. »Bist du da?« Er fluchte leise, denn er war nicht in der Stimmung für Gesellschaft.

»Hier drüben! Auf der Leeseite des Hügels.«

Sie ritt heran, glitt aus dem Sattel und warf die Zügel über den Hals des Tieres. Ihr goldenes Haar wirkte im Mondschein silbern, und ihre Augen spiegelten die Sterne wider.

»Was willst du?« fragte er, wandte sich ab und setzte sich ins Gras. Sie zog ihren Mantel aus und breitete ihn auf dem Boden aus, ehe sie sich niederließ.

»Warum hast du dich hierher zurückgezogen?«

»Um allein zu sein. Ich habe über vieles nachzudenken.«

»Sag ein Wort, dann reite ich wieder weg«, sagte sie.

»Ich glaube, das solltest du tun«, erwiderte er. Doch sie rührte sich nicht, und er hatte es auch nicht erwartet.

»Auch ich bin einsam«, murmelte sie. »Aber ich will nicht allein sein. Ich bin einsam, und hier gibt es keinen Platz für mich.«

»Ich habe dir nichts zu bieten, Frau!« fuhr er sie an. Seine Stimme war rauh, als er diese Worte hervorstieß.

»Du könntest mir wenigstens deine Gesellschaft anbieten«, sagte sie, und dann öffneten sich die Schleusen. Tränen rannen ihr übers Gesicht; sie ließ den Kopf hängen und begann zu schluchzen.

»Pssst, Frau! Kein Grund zu weinen. Warum solltest du weinen? Du brauchst nicht einsam zu sein. Du bist sehr anziehend, und Galand ist hingerissen von dir. Er ist ein guter Mann.« Aber als das Schluchzen nicht aufhörte, rückte er näher an sie heran, legte seinen Riesenarm um ihre Schultern und zog sie an sich. Sie lehnte den Kopf an seine Brust, und die Schluchzer verebbten zu abgehacktem Weinen. Er tätschelte ihr den Rücken und strich ihr übers Haar. Ihr Arm legte sich um seine Hüften, und sie drängte ihn sanft auf den Mantel nieder. Ein überwältigendes Verlangen ergriff Ananais; er begehrte sie mehr als alles, was das Leben zu bieten hatte. Ihr Körper schmiegte sich gegen den seinen, und er spürte die Wärme ihres Busens an seiner Brust.

Ihre Hand wanderte zu seiner Maske, doch er packte ihr Handgelenk mit einer Geschwindigkeit, die sie verblüffte.

»Nicht«, flehte er und ließ ihre Hand los. Doch langsam nahm sie ihm die Maske ab, und er schloß die Augen, als die kühle Nachtluft über sein Gesicht strich. Ihre Lippen berührten seine Stirn, dann seine Lider, die entstellten Wangen. Er hatte keine Lippen, um ihre Küsse zu erwidern, und weinte. Sie hielt ihn fest, bis die Tränen versiegten.

»Ich habe geschworen«, sagte er schließlich, »daß ich eher sterbe als zulasse, daß eine Frau mich so sieht.«

»Eine Frau liebt einen Mann. Ein Gesicht ist kein Mann, ebensowenig wie ein Bein ein Mann ist oder eine Hand. Ich liebe dich, Ananais. Und deine Narben sind ein Teil von dir. Verstehst du das?«

»Es gibt einen Unterschied«, sagte er, »zwischen Liebe

und Dankbarkeit. Ich habe dich gerettet, aber du schuldest mir nichts. Niemals.«

»Du hast recht – ich bin dankbar. Aber ich würde mich dir nicht aus Dankbarkeit geben. Ich bin kein Kind. Ich weiß, daß du mich nicht liebst. Warum solltest du auch? Du konntest unter allen Schönheiten in Drenan wählen und hast sie zurückgewiesen. Aber ich liebe dich, und ich will dich – selbst für die kurze Zeit, die uns bleibt.«

»Du weißt es also?«

»Natürlich weiß ich das! Wir werden Ceska nicht besiegen – wir hätten es nie gekonnt. Aber das ist nicht wichtig. Er wird sterben. Alle Menschen sterben.«

»Glaubst du, es ist sinnlos, was wir tun?«

»Nein. Es wird immer solche … muß immer solche … geben, die sich gegen die Ceskas dieser Welt stemmen. Damit in künftigen Zeiten die Menschen wissen, daß es immer Helden gegeben hat, die sich der Dunkelheit entgegenstellten. Wir brauchen Männer wie Druss und den Bronzegrafen, wie Egel und Karnak, Bild und Eisenriegel. Sie verleihen uns Stolz und ein Gefühl für Sinn. Und wir brauchen Männer wie Ananais und Tenaka Khan. Es spielt keine Rolle, daß der Fackelträger nicht siegen kann – Hauptsache, das Licht scheint für eine kleine Weile.«

»Du bist sehr belesen, Val«, meinte er.

»Ich bin nicht dumm, Ananais.« Sie beugte sich über ihn und küßte wieder sein Gesicht. Sanft drückte sie ihren Mund auf den seinen. Er stöhnte, und seine starken Arme umfingen sie.

Rayvan konnte nicht schlafen. Die Luft war drückend und schwer; ein Gewitter kam auf. Sie warf die dicke Decke von sich und stieg aus dem Bett; dann wickelte sie ihren kräftigen Körper in einen Wollmantel. Sie öffnete das Fenster weit, doch kein Lufthauch kam von den Bergen.

Die Nacht war samtschwarz, und kleine Fledermäuse schossen um den Turm und stießen hinab zu den Obstbäumen im Garten. Ein Dachs, eingefangen in einem Strahl Mondlicht, starrte zu ihrem Fenster hinauf und huschte dann ins Unterholz. Eine sachte Bewegung erregte ihre Aufmerksamkeit, und vom Fenster aus konnte sie schwach einen weißgekleideten Krieger ausmachen, der neben einem Rosenstrauch kniete. Dann stand er auf, und an der fließenden Bewegung erkannte sie Decado.

Rayvan verließ das Zimmer und ging lautlos durch die langen Flure, die Wendeltreppe hinunter und in den Garten. Decado lehnte an einer niedrigen Mauer und betrachtete den Mondschein auf den Bergen. Er hörte Rayvan kommen und drehte sich um, sie zu begrüßen, den Hauch eines Lächelns auf den dünnen Lippen.

»Genießt du die Einsamkeit?« fragte sie.

»Ich denke nur ein wenig nach.«

»Das ist ein guter Ort dafür. Friedlich.«

»Ja.«

»Ich bin dort oben geboren«, sagte sie und deutete nach Osten. »Mein Vater hatte einen kleinen Hof oberhalb der Baumgrenze, vor allem Vieh und Ponies. Es war ein schönes Leben.«

»Wir werden nichts von all dem behalten können, Rayvan.«

»Ich weiß. Wenn die Zeit kommt, werden wir uns weiter ins Hochland zurückziehen, wo die Pässe enger werden.«

Er nickte. »Ich glaube nicht, daß Tenaka zurückkommt.«

»Schreib ihn noch nicht ab, Decado. Er ist ein kluger Mann.«

»Das brauchst du mir nicht zu sagen. Ich habe sechs Jahre unter ihm gedient.«

»Magst du ihn?«

Ein plötzliches Lächeln erhellte sein Gesicht und nahm die Jahre von ihm. »Natürlich mag ich ihn. Er ist der einzige Freund, den ich je hatte.«

»Was ist mit deinen Männern, den Dreißig?«

»Was soll mit ihnen sein?« entgegnete er wachsam.

»Betrachtest du sie nicht als deine Freunde?«

»Nein.«

»Warum folgen sie dir dann?«

»Wer weiß? Sie haben einen Traum: das Verlangen zu sterben. Das geht über meinen Verstand. Erzähl mir von eurem Hof. Warst du glücklich dort?«

»Ja. Ein guter Mann, brave Kinder, ein schönes Stück Land unter freiem Himmel. Was kann eine Frau auf der Reise zwischen Leben und Tod mehr verlangen?«

»Hast du deinen Mann geliebt?«

»Was ist denn das für eine Frage?« fuhr sie auf.

»Ich wollte dich nicht beleidigen. Aber du nennst ihn nie beim Namen.«

»Das hat nichts mit mangelnder Liebe zu tun. Im Gegenteil. Wenn ich seinen Namen ausspreche, ruft er mir nur ins Gedächtnis, was ich verloren habe. Aber ich trage sein Bild in meinem Herzen. Verstehst du das?«

»Ja.«

»Warum hast du nie geheiratet?«

»Ich hatte nie den Wunsch, nie das Bedürfnis, mein Leben mit einer Frau zu teilen. Ich fühle mich in Gesellschaft von Menschen nicht wohl, es sei denn, unter meinen eigenen Bedingungen.«

»Dann warst du klug«, meinte Rayvan.

»Glaubst du?«

»Ja. Du und deine Freunde, ihr seid euch sehr ähnlich, weißt du das? Ihr alle seid unvollständig – schrecklich traurig und sehr allein. Kein Wunder, daß ihr euch zueinander hingezogen fühlt. Wir anderen können unser Leben teilen, Scherze machen und Geschichten erzählen, wir können zusammen lachen und weinen. Wir leben und lieben und wachsen. Wir geben uns jeden Tag ein bißchen Trost, und das hilft uns zu überleben. Aber ihr habt nichts Derartiges zu geben. Statt dessen gebt ihr euer Leben – euren Tod!«

»So einfach ist das nicht, Rayvan.«

»Das Leben ist selten einfach, Decado. Aber ich bin nur eine schlichte Frau aus den Bergen und male die Bilder so, wie ich sie sehe.«

»Ach, komm, an dir ist nun wirklich nichts einfach! Aber laß uns einmal annehmen, daß du recht hast. Glaubst du, daß Tenaka, Ananais oder ich uns ausgesucht haben, wie wir sind? Mein Großvater hatte einen Hund. Er wollte, daß der Hund die Nadir haßte, und so beschäftigte er einen alten Stammeskrieger, der jede Nacht auf den Hof kommen und den Welpen schlagen mußte. Der Welpe wuchs heran. Er haßte diesen alten Mann und jeden, der schrägstehende Augen besaß. Würdest du den Hund dafür verantwortlich machen? Tenaka wuchs inmitten von Haß auf, und wenngleich er es nicht zurückgab, hat der Mangel an Liebe doch seine Spuren hinterlassen. Er hat sich eine Frau gekauft und sie mit allem überhäuft, was er besaß. Jetzt ist sie tot, und er hat nichts mehr.

Und Ananais? Du brauchst ihn nur anzusehen, um zu wissen, unter welchen Qualen er leidet. Aber das ist noch nicht die ganze Geschichte. Sein Vater starb im Wahn, nachdem er Ananais' Mutter vor dessen Augen umgebracht hatte. Und zuvor hatte er mit Anis' Schwester geschlafen – sie starb im Kindbett.

Und was mich betrifft, meine Geschichte ist fast noch schlimmer und trauriger. Also erspare mir deine Predigten, Rayvan. Wäre einer von uns auf den Hängen dieser Berge aufgewachsen, wären wir bessere Menschen geworden, da bin ich sicher.«

Daraufhin lächelte sie, hockte sich auf die Mauer und drehte sich so, daß sie auf ihn hinabschauen konnte. »Dummer Junge!« sagte sie. »Ich habe nicht gesagt, daß ihr bessere Menschen sein sollt. Ihr drei seid die besten, und ich liebe euch. Du bist nicht wie der Hund deines Großvaters, Decado – du bist ein Mann. Und ein Mann kann seine Vergangenheit überwinden, so, wie er einen starken Gegner überwinden kann. Sieh dich doch nur öfter einmal um! Sieh dir die Menschen an, wie sie sich berühren und sich ihre Liebe zeigen. Aber sieh nicht kalt zu, wie ein Beobachter. Bleib nicht draußen, außerhalb des Lebens, sondern nimm Teil daran. Es gibt Menschen, die darauf warten, dich zu lieben. Das solltest du nicht leichtfertig abweisen.«

»Wir sind, was wir sind. Bitte, verlange nicht mehr. Ich bin ein Schwertkämpfer. Ananais ist ein Krieger. Tenaka ist ein unvergleichlicher General. Unsere Herkunft hat uns zu dem gemacht, was wir sind. Ihr braucht uns, so wie ihr uns seht.«

»Kann sein. Aber vielleicht könntet ihr noch größer sein.«

»Jetzt ist nicht die Zeit für Experimente. Komm, ich bringe dich zurück auf dein Zimmer.«

Steiger saß auf dem breiten Bett und starrte die altersdunkle Tür an. Tenaka war fort, doch er konnte den großen Nadirkrieger noch immer sehen und die leisen Befehle hören.

Es war eine Farce – er saß in der Falle, verstrickt in dieses Netz aus Helden.

Dros Delnoch einnehmen?

Ananais könnte Dros Delnoch einnehmen, indem er es allein angriff, sein Silberschwert in der Morgensonne funkelnd. Tenaka könnte es mit Hilfe eines improvisierten Planes einnehmen, einem Geniestreich, zu dem nichts weiter benötigt wurde als ein Stück Schnur und drei Kieselsteine. Das waren Männer, für Legenden geschaffen, von den Göttern gezeugt, um Stoff für Sagen zu liefern.

Aber wo paßte Steiger da hinein?

Er ging zu dem langen Spiegel an der Wand. Ein großgewachsener junger Mann blickte ihm daraus entgegen; das dunkle schulterlange Haar wurde von einem schwarzen Lederstirnband zurückgehalten. Die Augen blickten wach und intelligent; das Kinn war kantig und strafte die Sagendichter Lügen. Die eingefaßte Rindslederweste saß gut und wurde in der schmalen Taille von einem breiten Schwertgürtel gehalten. An seiner linken Hüfte hing ein Dolch. Die Beinkleider waren aus feinstem dunklen Leder, die Stiefel schenkellang nach Art der Legion. Er griff nach seinem Schwert, ließ es in die Scheide fahren, so daß es an seiner Seite hing.

»Du armer Tölpel!« sagte der Krieger im Spiegel zu ihm. »Du hättest zu Hause bleiben sollen.«

Er hatte versucht, Tenaka begreiflich zu machen, wie schlecht gerüstet er sich fühlte, doch der Nadir hatte nur sanft gelächelt und ihn gar nicht beachtet.

»Du bist von hohem Blute, Arvan. Es wird dich hindurchtragen«, hatte er erklärt. Worte! Nichts als Worte. Blut war nichts weiter als eine Flüssigkeit – es barg keine Geheimnisse, keine Mysterien. Mut war eine Sache der Seele und keine Gabe, die ein Mann seinen Söhnen vererben konnte.

Die Tür ging auf, und Steiger schaute über die Schulter, als Pagan eintrat. Der schwarze Mann lächelte zur Begrüßung und ließ sich dann in einem ausladenden Ledersessel nieder. Im Licht der Lampe wirkte er riesig; die wuchtigen breiten Schultern füllten den ganzen Sessel aus. Ganz wie die anderen, dachte Steiger. Ein Mann, um Berge zu versetzen.

»Kommst du, mir Lebewohl zu sagen?« fragte er, um das Schweigen zu brechen.

Der schwarze Mann schüttelte den Kopf. »Ich komme mit dir.«

Die Erleichterung durchzuckte Steiger fast körperlich, doch er verbarg seine Gefühle.

»Warum?«

»Warum nicht? Ich reite gern.«

»Du kennst meinen Auftrag?«

»Du sollst eine Festung einnehmen und die Tore für Tenakas Krieger öffnen.«

»Es ist nicht ganz so einfach, wie es sich bei dir anhört«, sagte Steiger, ging zurück zum Bett und setzte sich. Das

Schwert verhakte sich zwischen seinen Beinen, und er richtete es wieder.

»Mach dir keine Sorgen, dir wird schon etwas einfallen«, meinte Pagan grinsend. »Wann willst du aufbrechen?«

»In etwa zwei Jahren.«

»Sei nicht zu hart zu dir selbst, Steiger. Das ist nicht gut. Ich weiß, daß deine Mission schwer ist. Dros Delnoch ist eine Stadt mit sechs Mauern und einer Festung. Mehr als siebentausend Krieger sind dort stationiert – und etwa fünfzig Bastarde. Aber wir werden tun, was wir können. Tenaka sagt, du hättest einen Plan.«

Steiger kicherte. »Wie nett von ihm. Er hat ihn sich vor Tagen ausgedacht und darauf gewartet, daß ich auch darauf komme.«

»Dann erzähl mir davon.«

»Die Sathuli – ein Berg- und Wüstenvolk, wild und unabhängig. Seit Jahrhunderten kämpften sie gegen die Drenai um die Rechte an den Delnoch-Bergen. Im Ersten Nadirkrieg unterstützten sie meinen Ahnen, den Bronzegrafen. Dafür schenkte er ihnen das Land. Ich weiß nicht, wie viele es sind. Vielleicht zehntausend, vielleicht weniger. Aber Ceska hat den ursprünglichen Vertrag gebrochen, und es sind wieder Grenzkämpfe ausgebrochen.«

»Also willst du Hilfe bei den Stämmen suchen?«

»Ja.«

»Aber ohne große Hoffnung auf Erfolg?«

»Allerdings. Die Sathuli haben die Drenai immer gehaßt, und es ist kein Verlaß auf sie. Schlimmer noch, sie verabscheuen die Nadir. Und selbst wenn sie helfen – wie, bei allen Göttern, bringe ich sie dazu, die Festung wieder zu verlassen?«

»Du solltest dir immer nur ein Problem vornehmen, Steiger!«

Steiger stand auf. Wieder verhedderte er sich in seinem Schwert, so daß er beinahe stolperte. Er riß die Scheide vom Gürtel und schleuderte sie aufs Bett.

»Ein Problem nach dem anderen? Also schön. Sehen wir uns die Probleme mal an. Ich bin kein Krieger, kein Schwertkämpfer. Ich war nie Soldat. Ich habe Angst vor Kämpfen und habe nie besondere Fähigkeiten für Taktik gezeigt. Ich bin kein Führer. Es würde mir schon schwerfallen, eine hungrige Meute dazu zu bringen, mir in die Küche zu folgen. Welches Problem sollen wir zuerst angehen?«

»Setz dich, Junge«, sagte Pagan, lehnte sich vor und stützte die Hände auf die Armlehnen. Steiger nahm Platz. Sein Zorn verebbte. »Jetzt hör mir zu! In meinem eigenen Land bin ich König. Ich bin durch Tod und Blut auf den Thron gekommen, und ich war der erste meiner Rasse, der den Opal nahm. Als ich ein junger Mann voller Stolz war, kam ein alter Priester zu mir. Er sagte, ich würde für meine Verbrechen im ewigen Feuer schmoren. Ich befahl meinen Soldaten, aus Hunderten von Bäumen ein Feuer zu errichten. Man konnte nicht näher als bis auf dreißig Schritt heran, und die Flammen schlugen bis in den Himmel. Dann befahl ich den Soldaten, das Feuer zu löschen. Zehntausend Mann warfen sich in die Flammen, und das Feuer erstarb. ›Wenn ich zur Hölle gehe‹, sagte ich zu dem Priester, ›dann werden meine Männer mir folgen und die Flammen löschen.‹ Von dem Großen See der Seelen bis zu den Mondbergen habe ich das Reich beherrscht. Ich habe Giftanschläge und Dolchstiche überlebt, falsche Freunde und edle Feinde, verräterische Söhne und die Sommerpest. Und doch will ich dir folgen, Steiger.«

Steiger schluckte, als er den Schein der Laterne auf dem ebenholzschwarzen Gesicht des Mannes tanzen sah.

»Warum? Warum willst du mir folgen?«

»Weil es getan werden muß. Und jetzt werde ich dir eine wichtige Erkenntnis verraten. Wenn du klug bist, nimmst du sie dir zu Herzen. Alle Menschen sind dumm. Sie sind voller Angst und Unsicherheit – das macht sie schwach. Immer scheint der andere stärker zu sein, zuversichtlicher, fähiger. Es ist eine Lüge der schlimmsten Art, denn wir belügen nur uns selbst.

Nimm dich als Beispiel. Als ich hier hereinkam, war ich dein schwarzer Freund Pagan – groß, stark und freundlich. Aber was bin ich jetzt? Bin ich jetzt nicht ein wilder König, der dir weit überlegen ist? Schämst du dich nicht, daß du mich mit deinen kleinen Nöten belästigt hast?«

Steiger nickte.

»Und doch, bin ich denn ein König? Habe ich meinen Soldaten wirklich befohlen, mit ihren Leibern ein Feuer zu löschen? Woher willst du das wissen? Das kannst du gar nicht! Du hast auf die Stimme deiner Unfähigkeit gehört, weil du geglaubt hast, in meiner Macht zu sein. Wenn ich mein Schwert ziehe, bist du tot!

Und dann wieder sehe ich einen aufgeweckten, mutigen jungen Mann, wenn ich dich anschaue, gut gebaut, in der Blüte seiner Männlichkeit. Du könntest der größte aller Meuchelmörder sein, der tödlichste Krieger unter der Sonne. Du könntest ein Kaiser sein, ein General, ein Dichter …

Kein Führer, Steiger? Jeder kann Führer sein, denn alle wollen geführt werden.«

»Ich bin nicht Tenaka Khan«, erwiderte Steiger. »Ich bin nicht vom selben Schlag.«

»Erzähl mir das in einem Monat. Aber von nun an spiele deine Rolle. Du wirst überrascht sein, wie viele Leute du täuschen kannst. Rede nicht über deine Zweifel! Das Leben ist ein Spiel, Steiger. Spiel mit.«

Steiger grinste. »Warum nicht? Aber sag mir eins – hast du deine Männer wirklich in das Feuer geschickt?«

»Sag du's mir«, erwiderte Pagan. Seine Züge wurden hart, und seine Augen glühten im Schein der Lampe.

»Nein, hast du nicht!«

Pagan grinste. »Stimmt. Ich sorge dafür, daß bei Morgengrauen die Pferde bereit sind – wir sehen uns dann.«

»Achte darauf, daß du viel Honigkuchen einpacken läßt. Belder ist ganz wild drauf.«

Pagan schüttelte den Kopf. »Der alte Mann kommt nicht mit uns. Er ist nicht gut für dich, und er hat kein Feuer mehr. Er bleibt hier.«

»Wenn du mir folgst, dann tu, was ich dir sage!« fauchte Steiger. »Drei Pferde, und Belder reitet mit uns!«

Der schwarze Mann hob die Brauen; dann breitete er die Hände aus. »Also schön.« Er öffnete die Tür.

»Na, wie war das?« fragte Steiger.

»Nicht schlecht für den Anfang. Wir sehen uns morgen früh.«

Als Pagan in sein Zimmer zurückkehrte, war er ernster Stimmung. Er hievte sein riesiges Bündel aufs Bett und breitete die Waffen aus, die er am nächsten Tag mitnehmen wollte: zwei Jagdmesser, scharf wie Rasierklingen, vier Wurfmesser, die in umgehängten Scheiden steckten, ein zweischneidiges Kurzschwert und eine doppelköpfige Handaxt, die er an den Sattel binden wollte.

Er zog sich nackt aus, nahm ein Fläschchen mit Öl aus seinem Gepäck und begann sich einzureiben, wobei er die Muskelpakete an den breiten Schultern kräftig massierte. Die feuchte Luft hier im Westen drang ihm allmählich in die Knochen.

Seine Gedanken wanderten durch die Jahre zurück. Er konnte noch immer das Knistern der Flammen hören und die Schreie seiner Krieger, die sich ins Feuer stürzten ...

Tenaka kam aus den Bergen und auf die vagrische Ebene hinab. Die Sonne ging links hinter ihm auf, und über ihm ballten sich Wolken zusammen. Er fühlte sich im Frieden mit sich und der Welt, und wenn auch gewaltige Probleme seiner harrten, er fühlte sich leicht und frei von aller Last.

Er fragte sich, ob seine Nadirherkunft schuld daran war, daß er sich in der Stadt mit ihren hohen Mauern und den Läden vor den Fenstern unwohl fühlte. Der Wind frischte auf, und Tenaka lächelte.

Morgen konnte der Tod in einer Pfeilspitze auf ihn zufliegen. Aber heute … heute war es schön.

Er verdrängte alle Gedanken an Skoda. Mit diesen Problemen konnten sich Ananais und Rayvan beschäftigen. Auch Steiger war jetzt auf sich gestellt und ritt seinem Schicksal entgegen. Tenaka konnte nichts weiter tun, als seinen Teil der Geschichte zu erfüllen.

Seine Gedanken wanderten zurück zu seiner Kindheit bei den Stämmen. Speer, Wolfsschädel, Grünaffen, Grabberg, Seelenräuber. So viele Lager, so viele Territorien.

Ulrics Stamm galt als derjenige mit den besten Kämpfern. Die Herren der Steppe, die Kriegsbringer. Wolfsschädel waren sie, und ihre Wildheit im Krieg war Legende. Aber wer herrschte jetzt über die Wölfe? Jongir mußte längst tot sein.

Tenaka dachte an die Kameraden seiner Jugend.

Sprechendes Messer, rasch erzürnt und nur schwer bereit zu verzeihen. Schlau, einfallsreich, ehrgeizig.

Abadai Wahrsprecher, verschlagen und fromm in der Art der Schamanen.

Tsuboy, genannt Sattelsschädel, nachdem er einen Räuber getötet und den Schädel des Mannes an seinen Sattelknauf gehängt hatte.

Alles Enkel von Jongir. Alle stammten sie von Ulric ab.

Tenakas violette Augen wurden finster und kalt, als er wieder an das Trio dachte. Jeder hatte deutlich gezeigt, wie sehr er das Halbblut haßte.

Abadai war der Bösartigste gewesen und hatte beim Fest der langen Messer sogar zu Gift gegriffen. Nur Shillat, Tenakas tapfere Mutter, hatte gesehen, wie das Pulver in den Becher ihres Sohnes geschüttet wurde.

Aber niemand hatte Tenaka direkt herausgefordert, denn selbst mit vierzehn hatte er schon den Namen Klingentänzer erworben und konnte mit jeder Kriegswaffe hervorragend umgehen.

Und er saß nachts lange an den Lagerfeuern, lauschte den alten Männern, wenn sie sich an vergangene Kriege erinnerten und saugte alles Wissen über Strategie und Taktik in sich auf wie ein Schwamm. Mit fünfzehn kannte er jeden Kampf und jedes Gefecht in der Geschichte der Wolfsschädel.

Tenaka zügelte sein Pferd und starrte zu den fernen Delnoch-Bergen hinüber.

Nadir sind wir
der Jugend geboren
Äxteschwinger
Blutvergießer
doch Sieger sind wir.

Er lachte und stieß seinem Wallach die Fersen in die Flanken. Das Tier schnaubte und fiel in vollen Galopp, rannte mit trommelnden Hufen durch die Stille des Morgens.

Tenaka ließ das Pferd einige Minuten frei laufen, bevor er es erst in leichten Galopp, dann in Schritt fallen ließ. Sie hatten noch viele Kilometer vor sich, und wenn das Tier auch stark war, wollte er es nicht zu sehr ermüden.

Bei allen Göttern, es tat gut, ganz ohne Menschen zu sein! Selbst ohne Renya.

Sie war schön, und er liebte sie, aber er war ein Mann, der die Einsamkeit brauchte – Freiheit, damit er seine Pläne schmieden konnte.

Sie hatte schweigend zugehört, als er ihr sagte, daß er allein reisen wolle. Er war auf eine bittere Auseinandersetzung gefaßt gewesen, doch es hatte nichts dergleichen gegeben. Statt dessen hatte sie ihn umarmt, und sie hatten sich ohne Leidenschaft, aber mit großer Zärtlichkeit geliebt.

Falls er dieses wahnsinnige Unternehmen überlebte, würde er sie in sein Herz schließen und mit nach Hause nehmen. Falls er überlebte. Er schätzte die Wahrscheinlichkeit auf hundert zu eins, vielleicht sogar nur tausend zu eins. Plötzlich durchzuckte ihn ein Gedanke. War er denn ein Narr? Er hatte Renya, und in Ventria wartete ein Vermögen auf ihn. Warum das alles aufs Spiel setzen?

Liebte er die Drenai? Er dachte über die Frage nach, wohl wissend, daß die Antwort nein lautete. Doch er wollte sich über seine Gefühle klar werden. Das Volk hatte ihn nie akzeptiert, nicht einmal als General des Drachen. Und das Land war zwar schön, besaß aber nichts von der wilden Großartigkeit der Steppe. Was waren also seine Gefühle?

Der Tod von Illae hatte ihn aus der Bahn geworfen, so kurz nach der Vernichtung des Drachen. Die Scham, die er spürte, weil er seine Freunde abgewiesen hatte, hatte sich mit dem Schmerz über Illaes Tod vermischt, und auf eine seltsame Art betrachtete er ihren Tod als Strafe dafür, daß er seine Pflicht nicht erfüllt hatte. Nur Ceskas Tod – und sein eigener – konnte diese Schande abwaschen. Aber jetzt war es anders.

Ananais würde auch allein die Stellung halten, wenn nötig, im Vertrauen auf Tenakas Versprechen, zurückzukehren. Und Freundschaft war etwas unendlich Stärkeres und Dauerhafteres als Liebe zum Land. Tenaka würde über die tiefsten Höllenschluchten reiten, die größten Härten unter der Sonne erdulden, um sein Versprechen gegenüber Ananais einzulösen.

Er warf einen Blick zurück auf die Skoda-Berge. Dort würde bald ernsthaft mit dem Sterben begonnen. Rayvans Truppe stand auf dem Amboß der Geschichte und blickte trotzig zu Ceskas Hammer empor.

Ananais war kurz vor Morgengrauen mit ihm aus der Stadt geritten, und sie hatten auf einer Hügelkuppe angehalten.

»Paß auf dich auf, du Dreckfresser von Nadir!«

»Und du, Drenai, paß auf deine Täler auf!«

»Ernsthaft, Tani, gib auf dich acht. Hol deine Armee und komm schnell zurück. Wir haben nicht viel Zeit. Ich vermute, man wird Truppen aus Delnoch gegen uns schicken, um uns für den Hauptangriff mürbe zu machen.«

Tenaka nickte. »Sie werden vorstoßen, zuschlagen und uns ermüden. Nutze die Dreißig. Sie werden schon bald von unschätzbarem Wert sein. Hast du dir schon Gedanken über ein zweites Quartier gemacht?«

»Ja. Wir schaffen Vorräte ins Hochland südlich der Stadt. Dort gibt es zwei schmale Pässe, die wir halten können. Aber wenn sie uns dorthin zurückdrängen, sind wir am Ende. Dann können wir nirgends mehr hin.«

Die beiden Männer schüttelten sich die Hände und umarmten sich herzlich.

»Ich möchte, daß du weißt ...«, begann Tenaka, doch Ananais unterbrach ihn.

»Ich weiß, mein Junge! Du wirst dich beeilen. Verlaß dich darauf, daß die alte Schwarzmaske die Festung hält!«

Tenaka grinste und ritt hinaus auf die vagrische Ebene.

14

Sechs Tage lang gab es keinerlei feindliche Aktivitäten an der Ostgrenze Skodas. Flüchtlinge, die von Folter, Hunger und Schrecken erzählten, strömten in die Berge. Die Dreißig wiesen jene ab, die logen oder heimlich mit Ceska sympathisierten.

Doch Tag um Tag wuchs ihre Zahl. Die äußeren Landstriche wurden von immer mehr Menschen verlassen. In mehreren Tälern wurden Lager eingerichtet, und Ananais plagten Probleme mit der Lebensmittelversorgung und den sanitären Einrichtungen. Rayvan übernahm es, die Flüchtlinge in Arbeitsgruppen zu teilen, um Latrinengruben auszuheben und für die Alten und Schwachen primitive Unterkünfte zu bauen.

Stündlich trafen junge Männer ein, die sich freiwillig zur Armee meldeten, und es wurde Galand, Parsal und Lake überlassen, sie auszuwählen und Posten in der Skoda-Miliz für sie zu finden.

Doch immer fragten sie nach Schwarzmaske, dem dunkelgekleideten Riesen. ›Ceskas Fluch‹ nannten sie ihn, und unter den Neuankömmlingen befanden sich auch Sagendichter, deren Lieder des Nachts an den Lagerfeuern erklangen. Ananais war das lästig, doch er verbarg seine Gefühle, denn er wußte, wie wertvoll die Legenden in den kommenden Tagen sein würden.

Jeden Morgen ritt er hinaus in die Berge, um die Täler und Hänge zu studieren, die Pässe zu suchen und die Entfernungen und möglichen Angriffswinkel abzuschätzen. Er setzte Männer ein, um Erdwälle und Gräben anzulegen und Felsen und Steine als Deckung zusammenzutragen. Pfeile und Lanzen wurden an verschiedenen Stellen versteckt, Säcke voller Lebensmittel hoch in die Bäume gehängt und unter dichtem Blattwerk verborgen. Jeder Gruppenführer wußte von mindestens drei solcher geheimen Lager.

Bei Einbruch der Dunkelheit rief Ananais die Gruppenführer an sein Feuer und befragte sie nach den Übungen des Tages, ermutigte sie, eigene Ideen, Strategien und Pläne vorzubringen. Sorgfältig merkte er sich jene, die danach handelten, und er behielt sie bei sich, während er andere entließ. Trotz all seiner Begeisterung war Lake ein scharfer Denker, der intelligent reagierte. Seine Kenntnis des Geländes war umfassend, und er leistete Ananais hervorragende Dienste. Auch Galand war ein fähiger Krieger. Die Männer respektierten ihn. Er war solide, verläßlich und treu. Sein Bruder Parsal war kein großer Denker, doch sein Mut stand außer Frage. Zu diesem inneren Kreis gesellte Ananais noch zwei Männer: Turs und Thorn. Es waren Einzelgänger, die nur wenig sagten. Beide waren ehemalige Räuber, die ihren Lebensunterhalt bestritten, indem sie vagrisches Gebiet durchstreiften und Vieh und Pferde stahlen, um sie in den Tälern weiter östlich zu verkaufen.

Turs war jung und voller Feuer. Sein Bruder und zwei seiner Schwestern waren bei jenem Überfall getötet worden, der Rayvan zur Rebellin gemacht hatte. Thorn war älter, zäh wie Leder und hager wie ein Wolf. Die Skodamänner respektierten die beiden und lauschten schweigend, wenn sie sprachen.

Es war Thorn, der am siebten Tag nach Tenakas Abreise die Neuigkeiten des Herolds überbrachte.

Ananais erkundete die östlichen Hänge des Berges Carduil, als Thorn ihn fand. Er ritt mit Thorn so schnell er konnte nach Osten.

Die Pferde waren schweißbedeckt, als Ananais endlich das Tal der Dämmerung erreichte, wo Decado und sechs der Dreißig ihn erwarteten. Um sie versammelt waren etwa zweihundert Skodakrieger, die die Ebene beobachteten.

Ananais kletterte auf einen vorspringenden Felsen. Unter ihm befanden sich sechshundert Krieger, die das Rot von Delnoch trugen. Auf einem weißen Pferd in ihrer

Mitte saß ein älterer Mann in hellblauen Kleidern. Sein Bart war lang und weiß. Ananais erkannte ihn und grinste säuerlich.

»Wer ist das?« fragte Thorn.

»Breight. Sie nennen ihn den Überlebenskünstler. Es überrascht mich nicht – er ist seit über vierzig Jahren Ratgeber.«

»Er muß Ceskas Mann sein«, meinte Thorn.

»Er ist niemandes Mann, aber eine gute Wahl, ihn zu schicken, denn er ist Diplomat und Patrizier. Er könnte dir erzählen, daß Wölfe Eier legen, und du würdest ihm glauben.«

»Sollten wir nicht Rayvan holen?«

»Nein. Ich werde mit ihm reden.«

In diesem Augenblick ritten sechs Männer an die Seite des alten Ratgebers. Ihre Mäntel und Rüstungen waren schwarz. Als Ananais ihrem Blick begegnete, gefror das Blut in seinen Adern zu Eis.

»Decado!« rief er, als die Angst ihn packte. Sofort hüllte die Wärme der Freundschaft ihn ein, als Decado und seine sechs Krieger die Macht ihres Geistes einsetzten, um ihn zu schützen.

Wütend brüllte Ananais Breight an, näherzukommen. Der alte Mann zögerte, doch einer der Templer beugte sich zu ihm hinüber, und er gab seinem Pferd die Sporen und ritt ungeschickt den steilen Hang hinauf.

»Das ist weit genug!« sagte Ananais und ging auf ihn zu.

»Bist du das, Goldener?« fragte Breight. Seine Stimme war tief und volltönend. Seine Augen waren braun und ausnehmend freundlich.

»Ich bin es. Sag, was du zu sagen hast.«

»Es besteht kein Grund, grob zu sein, Ananais. Habe ich nicht als erster gejubelt, als du für deine Triumphe in den Schlachten geehrt wurdest? Habe ich dir nicht deinen ersten Auftrag beim Drachen beschafft? War ich nicht der Trauzeuge deiner Mutter?«

»All das und noch mehr, alter Mann! Aber jetzt bist du der speichelleckende Lakai eines Tyrannen, und die Vergangenheit ist tot.«

»Du beurteilst meinen Herrn Ceska falsch - er hat nur das beste für die Drenai im Sinn. Es sind schwere Zeiten, Ananais. Sehr schwere. Unsere Feinde führen einen lautlosen Krieg gegen uns und berauben uns der Nahrung. Kein einziges Königreich um uns herum will sehen, wie die Erleuchtung der Drenai blüht, denn sie kündet vom Ende ihrer Verderbnis.«

»Erspar mir diesen Unsinn, Breight! Ich habe keine Lust, mit dir zu streiten. Was willst du?«

»Ich sehe, daß deine schrecklichen Wunden dich bitter gemacht haben, und das tut mir leid. Ich bringe dir königliche Vergebung! Mein Herr ist tief verletzt durch deine Handlungen gegen ihn, doch in der Vergangenheit hast du dir einen Platz in seinem Herzen erworben. Zu deiner Ehre hat er jedem Mann vergeben, der sich in Skoda gegen ihn erhebt. Darüber hinaus verspricht er, persönlich jede Beschwerde zu prüfen, die du vorzubringen hast, sei sie nun echt oder eingebildet. Kann jemand gerechter sein?«

Breight hatte die Stimme erhoben, damit auch die lauschenden Verteidiger alles mithören konnten, und seine Augen suchten in ihren Reihen nach Reaktionen.

»Ceska würde nicht einmal wissen, was ›gerecht‹ bedeutet, wenn man es ihm in den Hintern brennt«, sagte Ananais. »Der Mann ist eine Schlange.«

»Ich verstehe deinen Haß, Ananais. Sieh dich doch an – vernarbt, entstellt, unmenschlich. Aber es ist doch gewiß noch etwas Menschliches in dir? Warum sollten durch deinen Haß Tausende unschuldiger Seelen einen schrecklichen Tod erleiden? Ihr könnt nicht gewinnen! Die Bastarde versammeln sich, und es gibt keine Armee auf der Welt, die gegen sie bestehen könnte. Willst du Verheerung unter diese Menschen bringen? Sieh in dein Herz!«

»Ich werde nicht mit dir streiten, Alter. Da unten warten deine Männer. Unter ihnen sind die Templer, die sich von Kinderfleisch nähren. Deine halbmenschlichen Kreaturen sammeln sich in Drenan, und täglich strömen Tausende Unschuldiger in diese kleine Bastion der Freiheit hier. Das alles straft deine Worte Lügen. Ich bin nicht einmal wütend auf dich, Breight, Überlebenskünstler! Du hast deine Seele für seidene Ruhekissen verkauft. Aber ich verstehe dich – du bist ein verängstigter alter Mann, der nie gelebt hat, weil er nie gewagt hat zu leben.

In diesen Bergen hier gibt es Leben, und die Luft schmeckt wie Wein. Du hast recht, wenn du sagst, daß wir vielleicht nicht gegen die Bastarde bestehen können. Wir wissen es, denn wir sind nicht dumm. Hier wartet kein Ruhmesglanz auf uns. Aber wir sind Männer und die Söhne von Männern, und wir beugen vor niemandem das Knie. Warum schließt du dich uns nicht an und lernst die Freuden der Freiheit kennen?«

»Freiheit? Du sitzt in einem Käfig, Ananais. Die Vagrier werden euch nicht nach Osten in ihr Land lassen, und wir warten im Westen. Du täuschst dich selbst. Was kostet dich die Freiheit? In einigen Tagen werden die Armeen des Kaisers hier aufmarschieren und die ganze Ebene füllen. Du hast Ceskas Bastarde gesehen – nun, es kommen noch mehr. Riesige Kreaturen, geschaffen aus den Affen des Ostens, aus den großen Bären des Nordens, aus den Wölfen des Südens. Sie schlagen zu wie der Blitz, und sie ernähren sich von Menschenfleisch. Eure erbärmliche Armee wird beiseitegefegt werden wie ein Staubkorn im Sturm. Dann erzähl mir etwas von Freiheit, Ananais. Ich wünsche mir nicht die Freiheit des Grabes.«

»Und doch kommt sie zu dir, Breight, mit jedem weißen Haar, mit jeder faulenden Falte. Der Tod wird zu dir kommen und seine kalte Hand auf deine Augen legen. Du kannst ihm nicht entkommen! Verschwinde, alter Mann, deine Tage sind gezählt!«

Breight blickte zu den Verteidigern empor und breitete die Arme aus.

»Laßt euch von diesem Mann nicht täuschen!« rief er.

»Mein Herr, Ceska, ist ein Mann von Ehre, und er wird sein Versprechen halten.«

»Geh nach Hause und stirb!« rief Ananais, machte auf dem Absatz kehrt und ging zurück zu seinen Männern.

»Der Tod wird früher zu dir als zu mir kommen«, kreischte Breight, »und er wird schrecklich sein.« Damit riß der alte Mann sein Pferd herum und galoppierte davon.

»Ich glaube, der Krieg wird morgen beginnen«, murmelte Thorn.

Ananais nickte und winkte Decado zu sich. »Was meinst du?«

Decado zuckte die Achseln. »Wir konnten den Schutzschild nicht durchdringen, denn die Templer errichtet haben.«

»Haben sie den unseren durchbrochen?«

»Nein.«

»Dann sind wir gleichauf«, sagte Ananais. »Aber sie haben versucht, uns mit Worten zu gewinnen. Ab jetzt werden es Schwerter sein, und sie werden versuchen, uns durch einen Überraschungsangriff zu demoralisieren. Die Frage ist, wo der Angriff stattfindet. Und was sollen wir dagegen unternehmen?«

»Nun«, antwortete Decado, »der große Tertullion wurde einmal gefragt, was er tun würde, wenn ihn ein Mann angriffe, der stärker, schneller und unendlich geschickter sei als er.«

»Was hat er geantwortet?«

»Er sagte, er würde ihm den dummen Schädel einschlagen, weil er ein Lügner wäre.«

»Klingt gut«, warf Thorn ein, »aber Worte sind jetzt nichts weiter als Schweinemist.«

»Da hast du recht«, sagte Ananais grinsend. »Was schlägst du also vor, Mann aus den Bergen?«

»Wir werden ihnen die dummen Schädel einschlagen!«

Die Hütte war in ein warmes rotes Glühen getaucht, denn die Scheite im Kamin waren heruntergebrannt. Ananais lag auf dem Bett, den Kopf auf die Arme gelegt. Valtaya saß neben ihm und rieb ihm Schultern und Rücken mit Öl ein, knetete die Muskeln, löste die Spannungen um seine Wirbelsäule herum. Ihre Finger waren kräftig, und die langsamen, rhythmischen Bewegungen ihrer Hände wirkten beruhigend. Ananais seufzte und fiel in einen Halbschlaf, in dem er von besseren Tagen träumte.

Als ihre Finger vor Müdigkeit zu brennen begannen, nahm sie sie von seinen breiten Schultern und übte eine Weile Druck auf ihre Handflächen aus. Sein Atem wurde tiefer. Sie deckte ihn zu und zog sich einen Stuhl heran. Dann setzte sie sich und betrachtete sein verunstaltetes Gesicht. Die Narbe unter seinem Auge wirkte jetzt kühler und trockener, und sanft rieb sie Öl auf die Haut. Sein Atem ging leicht schnüffelnd, wenn er durch die ovalen Löcher Luft holte, wo einst seine Nase gewesen war. Valtaya lehnte sich zurück. Trauer breitete sich wie ein wachsender Schmerz in ihr aus. Er war ein guter Mann, der sein Schicksal nicht verdiente. Sie hatte all ihre Nerven, all ihren Mut gebraucht, ihn zu küssen, und selbst jetzt konnte sie ihn nicht ansehen, ohne Abscheu zu empfinden. Und doch liebte sie ihn.

Das Leben war grausam und unendlich schmerzlich.

Sie hatte in ihrem Leben mit vielen Männern geschlafen. Mal war es Berufung gewesen, mal ihr Beruf. In letzterem waren viele häßliche Männer zu ihr gekommen. Bei ih nen hatte sie gelernt, ihre Gefühle zu verbergen. Jetzt war sie froh über diese Lektionen; denn als sie Ananais die Maske abgenommen hatte, hatten sie zwei Gefühle gleichzeitig übermannt. Das eine war der grauenhafte Schrecken über sein zerstörtes Gesicht. Das andere war die furchtbare Angst in seinen Augen. So stark er auch war, in diesem Moment war er zerbrechlich wie Glas. Sie ließ ihren Blick zu seinem Haar schweifen, dichte goldene Locken, durchwirkt mit Silber. Der Goldene! Wie gut mußte er einmal ausgesehen haben. Wie ein Gott. Sie fuhr sich mit der Hand durch ihr eigenes helles Haar und strich es sich aus der Stirn.

Müde erhob sie sich und streckte den Rücken. Das Fenster war nur angelehnt, und sie stieß es weit auf. Draußen lag das Tal still unter der Mondsichel.

»Ich wünschte, ich wäre noch einmal jung«, flüsterte sie. »Dann würde ich diesen Dichter heiraten.«

Katan schwebte hoch über den Bergen und wünschte, sein Körper könnte ebenso hoch fliegen wie sein Geist. Er wollte die Luft schmecken, den rauhen Wind auf seiner Haut spüren. Unter ihm ragten die Skoda-Berge wie Speerspitzen auf. Er flog höher, und jetzt boten die Berge ein anderes Bild. Katan lächelte.

Skoda war eine steinerne Rose geworden, mit ausgezackten Blütenblättern auf einem grünen Feld. Ringe aus turmartigem Granit, miteinander verwoben, um eine riesige Blüte zu bilden.

Im Nordosten konnte Katan gerade noch die Festung Dros Delnoch erkennen, während im Südosten die glitzernden Städte der Drenai lagen. Es war alles so schön. Von hier oben gab es keine Grausamkeit, keine Folter, keine Schrecken. Hier war kein Raum für Menschen mit ihrem kleinlichen Geist und dem grenzenlosen Ehrgeiz.

Er wandte sich wieder der Rose von Skoda zu. Die äußeren Blütenblätter verbargen neun Täler, durch die eine Armee marschieren konnte. Er besah sie sich alle, schätzte Konturen und Steigungen ein, stellte sich Reihen von kämpfenden Männern vor, angreifende Reiter, fliehende Fußsoldaten. Er prägte sich sämtliche Einzelheiten ein; dann bewegte er sich auf den zweiten Ring von Bergen zu. Hier gab es nur vier Haupttäler, doch drei trügerische Pässe wanden sich bis zu den offenen Wiesen und Wäldern.

In der Mitte der Rose drängten sich die Berge zusammen, und es gab nur zwei Zugänge von Osten – die Täler, die Tarsk und Magadon genannt wurden.

Als er seine Aufgabe beendet hatte, kehrte Katan zu seinem Körper zurück und erstattete Decado Bericht. Er konnte ihm keine Hoffnung machen.

»Es gibt neun Haupttäler und eine ganze Reihe weiterer schmaler Pässe am äußeren Ring. Selbst am inneren Ring, um Carduil herum, gibt es zwei Angriffswege. Unsere Truppe könnte nicht mal einen halten. Es ist unmöglich, eine Verteidigung zu planen, die nur eine Erfolgschance von zwanzig zu eins hat. Und mit Erfolg meine ich, einem einzigen Angriff zu widerstehen.«

»Sag niemandem etwas davon«, befahl Decado. »Ich möchte mit Ananais reden.«

»Wie du willst«, erwiderte Katan kühl.

Decado lächelte sanft. »Es tut mir leid, Katan.«

»Was?«

»Was ich bin«, antwortete der Krieger und wanderte den Hügel hinauf, bis er die Hochfläche erreichte, die mehrere Täler überblickte. Dies war ein gutes Land – geschützt und friedlich. Der Boden war nicht reich wie die sentranischen Ebenen im Nordosten, doch gut bestellt blühten die Höfe, und das Vieh wurde vom Gras zwischen den Wäldern fett.

Decados Familie waren Bauern weit im Osten gewesen, und er vermutete, daß die Liebe, Dinge wachsen zu lassen, ihm schon während des Augenblicks der Empfängnis eingepflanzt worden war. Er kauerte sich nieder und grub mit seinen kräftigen Fingern tief in der Erde. Sie bestand aus Lehm, und das Gras wuchs dick und saftig.

»Darf ich mich zu dir setzen?« fragte Katan.

»Bitte.«

Die beiden Männer saßen eine Weile schweigend da und beobachteten in der Ferne grasende Rinder.

»Ich vermisse Abaddon«, sagte Katan plötzlich.

»Ja. Er war ein guter Mann.«

»Er war ein Mann mit einer Vision. Aber er hatte keine Geduld und nur begrenzten Glauben.«

»Wie kannst du das sagen?« fragte Decado. »Sein Glaube war stark genug, um die Dreißig wieder aufzubauen.«

»Eben! Er beschloß, daß man dem Bösen mit roher Gewalt begegnen müsse. Und doch verlangt unser Glaube, daß das Böse nur durch Liebe überwunden werden kann.«

»Das ist verrückt. Wie behandelt ihr denn einen Feind?«

»Wie könnte man ihn besser behandeln als ihn zum Freund zu machen?» entgegnete Katan.

»Die Worte hören sich gut an, das Argument ist jedoch trügerisch. Du kannst dir Ceska nicht zum Freund machen – entweder du wirst Sklave oder du stirbst.«

Katan lächelte. »Was spielt das für eine Rolle? Die Quelle herrscht über alle Dinge, und die Ewigkeit spottet über Menschenleben.«

»Du meinst, es spielt keine Rolle, ob wir sterben?«

»Natürlich nicht. Die Quelle nimmt uns auf, und wir werden ewig leben.«

»Und wenn es keine Quelle gibt?« fragte Decado.

»Dann ist der Tod um so willkommener. Ich hasse Ceska nicht. Er tut mir leid. Er hat ein Reich des Schreckens aufgebaut. Und was erreicht er damit? Jeder Tag bringt ihn dem Grab näher. Ist er zufrieden? Blickt er mit Liebe auf ein einziges Ding? Er umgibt sich mit Kriegern, um sich vor Attentätern zu schützen und braucht dann wieder Krieger, die *diese* Krieger im Auge behalten und Verräter aufspüren. Aber wer behält die Beobachter im Auge? Was für ein elendes Leben!«

»Dann«, sagte Decado, »sind die Dreißig also gar keine Krieger der Quelle?«

»Sie sind es, wenn sie glauben.«

»Du kannst nicht alles haben, Katan.«

Der junge Mann kicherte. »Vielleicht. Wie bist du zum Krieger geworden?«

»Alle Menschen sind Krieger, denn das Leben ist ein

Kampf. Die Bauern bekämpfen Trockenheit, Überschwemmung, Krankheiten. Der Seemann kämpft gegen Sturm und Meer. Ich hatte nicht die Kraft dafür, und so bekämpfe ich Menschen.«

»Und was bekämpft ein Priester?«

Decado blickte dem ernsten jungen Mann ins Gesicht. »Der Priester kämpft gegen sich selbst. Er kann eine Frau nicht mit aufrichtiger Lust betrachten, ohne daß Schuldgefühle in ihm brennen. Er kann sich nicht betrinken, um zu vergessen. Er kann nicht einen einzigen Tag die Schönheit der Welt genießen, ohne sich zu fragen, ob er nicht lieber eine würdige Tat vollbringen sollte.«

»Für einen Priester hast du eine geringe Meinung von deinen Brüdern.«

»Ganz im Gegenteil, ich habe eine hohe Meinung von ihnen«, erwiderte Decado.

»Du warst sehr hart zu Acuas. Er hat wirklich geglaubt, er würde Abaddons Seele retten.«

»Das weiß ich, Katan. Und dafür bewundere ich ihn – euch alle. Es war nicht leicht für mich, denn ich habe nicht euren Glauben. Für mich ist die Quelle ein Geheimnis, das ich nicht lösen kann. Und doch habe ich Abaddon versprochen, dafür zu sorgen, daß seine Mission erfüllt wird. Ihr seid gute junge Männer, und ich bin bloß ein alter, in den Tod verliebter Krieger.«

»Sei nicht zu hart mit dir selbst. Du bist auserwählt. Das ist eine große Ehre.«

»Zufall! Ich kam zum Tempel, und Abaddon las mehr daraus, als gut gewesen wäre.«

»Nein« widersprach Katan. »Vergiß nicht: Du kamst an dem Tag, an dem einer unserer Brüder starb. Mehr noch – du bist nicht einfach nur ein Krieger, du bist wahrscheinlich der größte Schwertkämpfer unseres Zeitalters. Du hast ganz allein die Templer besiegt. Und mehr noch, du hast Gaben entwickelt, mit denen wir anderen schon geboren wurden. Du kamst zu unserer Rettung ins Schloß der Leere. Da *mußt* du der natürliche Anführer sein. Und wenn du es bist ... was hat dich dann zu uns geführt?«

Decado lehnte sich zurück und betrachtete die vorbeiziehenden Wolken.

»Ich glaube, es gibt Regen«, meinte er.

»Hast du es mit Beten versucht, Decado?«

»Es würde trotzdem regnen.«

»Hast du es versucht?« beharrte der Priester.

Decado setzte sich auf und seufzte tief. »Natürlich habe ich es versucht. Aber ich bekomme keine Antwort. Ich habe es in der Nacht versucht, als ihr in die Leere reistet ... aber die Quelle wollte mir nicht antworten.«

»Wie kannst du das sagen? Hast du in dieser Nacht nicht zu schweben gelernt? Hast du uns nicht durch die Nebel der Un-Zeit gefunden? Glaubst du, das hättest du aus eigener Kraft geschafft?«

»Ja.«

»Dann hast du deine eigenen Gebete erhört?«

»Ja.«

Katan lächelte. »Dann bete weiter. Wer weiß, zu welchen Höhen dich das noch tragen wird.«

Jetzt war es an Decado zu kichern. »Du spottest über mich, junger Katan! Das kann ich nicht zulassen. Dafür wirst du heute abend vorbeten – ich glaube, Acuas braucht eine Pause.«

»Es wird mir eine Freude sein.«

Auf den Feldern galoppierte Ananais auf seinem schwarzen Wallach. Tief über den Hals des Tieres gebeugt, trieb er es an; die Hufe trommelten auf den trockenen Boden. In jenen wenigen Sekunden des Dahinrasens vergaß er seine Probleme, schwelgte in der Freiheit. Hinter ihm ritten Galand und Thorn dichtauf, doch ihre Pferde waren keine Gegner für Ananais' Wallach, und der Krieger erreichte den Fluß mit zwanzig Längen Vorsprung. Er sprang aus dem Sattel, tätschelte das Pferd, hielt es vom Wasser fern und führte es am Zügel herum, damit es sich abkühlte. Die anderen stiegen ebenfalls ab.

»Das ist unfair!« sagte Galand. »Dein Pferd ist mindestens eine Hand höher als unsere und auf Schnelligkeit gezüchtet.«

Thorn sagte nichts; er grinste nur schief und schüttelte den Kopf. Er mochte Ananais und begrüßte die Änderung, die mit ihm vorgegangen war, seit die hellhaarige Frau in seiner Hütte wohnte. Er wirkte lebendiger – mehr im Einklang mit der Welt.

Die Liebe. Thorn war viele Male verliebt gewesen, und selbst mit zweiundsechzig hoffte er noch auf mindestens zwei oder drei Romanzen. Da gab es eine Witwe, die einen Hof im hohen, einsamen Land im Norden besaß. Er sah oft zum Frühstück bei ihr vorbei. Sie hatte sich noch nicht für ihn erwärmt, aber das würde schon noch kommen – Thorn kannte die Frauen. Es hatte keinen Sinn, etwas zu überstürzen ... sanfte Worte, das war die Antwort. Man mußte ihnen Fragen über sie stellen ... interessiert sein. Die meisten Männer gingen durchs Leben, fest entschlossen, so schnell zur Brunft zu kommen, wie die Frau es nur zuließ. Sinnlos! Erst reden. Lernen. Dann berühren, zärtlich, liebevoll. Sich kümmern. Dann lieben und bleiben. Thorn hatte das alles früh gelernt, denn er war immer häßlich gewesen. Andere Männer haßten ihn seiner Erfolge wegen, aber nie wollten sie von ihm lernen. Narren!

»Eine weitere Karawane aus Vagria kam heute morgen«, sagte Galand und kratzte sich den Bart. »Aber das Gold aus der Schatzkammer geht zur Neige. Die verdammten Vagrier haben ihre Preise verdoppelt.«

»Es ist ein guter Markt für Verkäufer«, sagte Ananais. »Was haben sie mitgebracht?«

»Pfeilspitzen, Eisen, ein paar Schwerter. Vor allem Mehl und Zucker. Ach ja, und einiges an Leder und Häuten. Die hatte Lake bestellt. Die Lebensmittel sollten für einen Monat reichen – aber nicht länger.«

Thorns trockenes Kichern unterbrach Galand mitten in seinem Bericht.

das schwarze Seelen-Schwert in der Hand, den dunklen Schild am Arm. Der Krieger parierte den Hieb und trat einen Schritt zurück.

»Komm und stirb«, lud Caphas ihn ein. »Zwölf von euch sind bereits tot. Komm und leiste ihnen Gesellschaft.«

Der Krieger antwortete nicht, und nur seine blauen Augen waren durch die Schlitze in dem silbernen Visier zu sehen. Die Augen blickten gelassen, und die ruhige Zuversicht, die aus ihnen strahlte, drang Caphas ins Herz. Sein Schild schrumpfte.

»Du kannst mich nicht anrühren«, kreischte er. »Der Geist ist stärker als die Quelle. Du bist mir gegenüber machtlos!«

Der Krieger schüttelte den Kopf.

»Verdammt sollst du sein!« rief Caphas, als sein Schild verschwand. Er griff an, wild um sich schlagend.

Acuas parierte den Schlag mühelos und stieß dann seine Klinge tief in die Brust des Templers. Der Mann rang nach Luft, als das eisige Schwert in sein geistiges Fleisch schnitt. Dann rann seine Seele aus ihm heraus, und hinter ihm sank sein Körper zu Boden.

Acuas verschwand. Zweihundert Schritt entfernt im Wald öffnete er die Augen seines Körpers und fiel in die helfenden Arme von Decado und Katan.

»Alle Tempelwächter sind tot«, sagte er.

»Gute Arbeit!« lobte Decado.

»Ich fühle mich von ihrer Bosheit ausgelaugt. Selbst sie zu berühren ist, als wäre man verflucht.«

Decado ging schweigend zurück zu Ananais, der mit hundert Kriegern wartete. Thorn hockte zu seiner Linken, Galand zu seiner Rechten. Fünfzig Krieger waren Männer der Legion, deren Ananais sich nicht ganz sicher war.

Obwohl er Decados Instinkten vertraute, war er den Gaben der Dreißig gegenüber noch immer mißtrauisch. Heute abend würde er sehen, ob diese Männer wirklich hinter ihm standen. Er war sich ihrer Schwerter in seiner Nähe unangenehm bewußt.

Ananais führte die Truppe zum Waldrand. Dahinter lagen die Zelte der Delnoch-Armee – Hunderte an der Zahl – von denen jedes sechs Mann beherbergte. Jenseits der Zelte waren die Pferde angepflockt.

»Ich will Breight lebend, und ich will die Pferde«, flüsterte Ananais. »Galand, nimm dir fünfzig Mann und hole die Pferde. Die anderen folgen mir.« Er schlich tief geduckt voran; seine dunkelgekleideten Krieger schwärmten hinter ihm aus.

Als sie zu den Zelten kamen, verteilten sie sich; lautlos hoben Bewaffnete die Zeltklappen und schlichen hinein. Dolche wurden in die Kehlen der Schlafenden gestoßen, und die Männer starben ohne einen Laut. Am Rand des Lagers wachte ein schlafender Soldat vom Druck seiner vollen Blase auf; er rollte sich aus seiner Decke und trat hinaus an die Nachtluft. Als erstes sah er einen schwarz maskierten Riesen, der sich auf ihn stürzte, gefolgt von zwanzig mit Schwertern Bewaffneten. Er schrie einmal auf ... und starb.

Plötzlich herrschte überall Chaos, als Männer mit Schwertern in den Fäusten aus den Zelten stürmten. Ananais schlug zwei Krieger aus dem Weg. Er fluchte laut. Breights Zelt lag direkt vor ihm. Es trug das Emblem der Drenai-Herolde: ein weißes Pferd auf blauem Seidengrund.

»Zu mir, Legion!« brüllte er und rannte los. Ein Soldat stürzte sich mit einem Speer auf ihn, doch Ananais wich aus, und sein eigenes Schwert sauste in einem engen Bogen nieder und zerschmetterte dem Mann die Rippen. Ananais stürmte weiter, riß die Zeltklappe auf und trat hinein. Breight hatte sich unter dem Bett verkrochen, doch Ananais zerrte ihn an den Haaren hervor und stieß ihn in die Nacht hinaus.

Der alte Thorn rannte zu Ananais, als dieser mit Breight aus dem Zelt auftauchte. »Es gibt Schwierigkeiten, Schwarzmaske«, erklärte er.

Die fünfzig Mann von der Legion hatten sich dicht um

Breights Zelt geschart, doch überall um sie herum standen Delnoch-Krieger bereit, die auf den Befehl warteten, loszustürzen. Ananais zerrte Breight auf die Füße und bahnte sich einen Weg nach vorn.

»Befiehl deinen Männern, die Waffen niederzulegen, oder ich schneide dir die Kehle durch«, zischte er.

»Ja, ja«, wimmerte der Graubart und hob die Hände. »Männer Ceskas, legt eure Waffen nieder. Mein Leben ist zu kostbar, als daß es so weggeworfen werden dürfte. Laßt sie gehen, ich befehle es euch!«

Ein dunkler Templer trat vor. »Du bist nichts wert, alter Mann! Gar nichts! Du hattest eine Aufgabe – nämlich diese Hunde hier zu überreden, aus diesen Bergen zu verschwinden. Du hast versagt.«

Sein Arm holte aus; dann schwang er vor, und ein schwarzer Dolch bohrte sich in Breights Kehle. Der alte Mann taumelte und ging in die Knie. »Und jetzt ergreift sie!« rief der Templer. Die Delnoch-Krieger stürmten vor. Ananais hieb und schlug um sich, als die beiden Truppen aufeinanderprallten; er zog die Gegner an wie Licht die Motten. Sein Schwert zuckte schneller, als das Auge zu folgen vermochte. Die Legion kämpfte hart und gut, und der alte Thorn parierte und hieb gekonnt.

Plötzlich übertönte Hufgedonner das Klirren von Stahl, und die Reihen von Delnoch gerieten ins Wanken, als sie sich umdrehten und sahen, wie sich ein frischer Trupp in den Kampf stürzte.

Galands Gruppe traf den Rücken der Delnochmänner wie ein Hammerschlag und trieb den Feind auseinander. Als Ananais vorstürzte, während er seinen Männern befahl, ihm zu folgen, traf ihn ein Schwert in die Seite. Er stöhnte und wehrte rückhändig einen weiteren Hieb ab, daß es den Angreifer von den Beinen riß. Decado trieb sein Pferd zu Ananais, den linken Arm ausstreckend. Ananais packte ihn und schwang sich hinter dem Priester in den Sattel. Andere Männer der Legion taten es ihm gleich, und die Skoda-Krieger galoppierten aus dem

Lager. Ananais warf einen Blick zurück, um zu sehen, wo Thorn blieb. Er sah, daß Thorn sich an Galand klammerte.

»Wirklich ein zäher alter Bursche!« sagte Ananais.

Decado sagte nichts. Er hatte gerade einen Bericht von Balan erhalten, dessen Aufgabe es war, die Lage in Drenan zu erkunden, um die Bewegungen von Ceskas Hauptarmee zu studieren. Die Nachrichten waren nicht gut.

Ceska hatte keine Zeit verschwendet.

Die Bastarde waren bereits in Marsch gesetzt, und es gab keine Möglichkeit, daß Tenaka Khan rechtzeitig mit einer Nadirarmee eintreffen würde, um sie aufzuhalten.

Balan zufolge würde die Armee in vier Tagen ihr Lager in den Tälern Skodas aufschlagen.

Tenaka Khan konnte nur noch eins tun: sie rächen. Denn keine Macht der Welt konnte die Werungeheuer Ceskas aufhalten.

Ananais ritt aufrecht sitzend in die Stadt, obwohl die Müdigkeit wie ein Fels auf ihm lastete. Er hatte einen Tag und zwei Nächte mit seinen Unteroffizieren verbracht und sie über Ceskas Blitzmarsch informiert. Viele andere Führer hätten diese Bedrohung verschwiegen, aus Angst vor Desertationen und dem Verlust an Moral, doch Ananais hatte sich nie so verhalten. Männer, die jede Nacht auf den Tod warteten, hatten ein Recht zu erfahren, was ihnen bevorstand.

Aber jetzt war er müde.

Die Stadt war ruhig, denn der Morgen war erst zwei Stunden alt. Doch selbst jetzt schon spielten vereinzelt Kinder auf den Straßen, die innehielten, als Schwarzmaske vorbeiritt. Sein Pferd rutschte um ein Haar auf dem glatten Pflaster aus, und Ananais zog seinen Kopf hoch und tätschelte ihm den Hals.

»Fast so müde wie ich, was, alter Junge?«

Ein alter Mann, dicklich und mit beginnender Glatze, trat aus einem Garten rechts vor ihm. Sein Gesicht war zorngerötet.

»Du!« rief er. Ananais zügelte sein Pferd, und der alte Mann ging auf ihn zu. Hinter ihm drängelten sich etwa zwanzig Kinder.

»Hast du mir etwas zu sagen, mein Freund?«

»Ich bin nicht dein Freund, du Schlächter! Ich wollte nur, daß du diese Kinder siehst.«

»Jetzt habe ich sie gesehen. Es sind gute Kinder.«

»Gut, nicht wahr? Ihre Eltern waren auch gut, aber jetzt verfaulen sie im Teufelsgrinsen. Und wofür? Damit du mit deinem blanken Schwert spielen kannst!«

»Ist das alles?«

»Nein, verflucht noch mal! Was geschieht mit diesen Kindern, wenn die Bastarde kommen? Ich war früher Soldat, und ich weiß, daß ihr diese Höllenbrut nicht aufhalten könnt – sie werden in die Stadt kommen und alles umbringen, was lebt. Was wird dann aus diesen Kindern?«

Ananais stieß seinem Pferd die Fersen in die Flanken, damit es sich in Bewegung setzte.

»So ist es richtig!« rief der alte Mann. »Reite du nur vor dem Problem davon. Aber vergiß ihre Gesichter nicht – hörst du?«

Ananais ritt durch die gewundenen Straßen, bis er zum Rathaus gelangte. Ein junger Mann kam auf ihn zu, sich um sein Pferd zu kümmern, und Ananais stieg die Marmorstufen empor.

Rayvan saß allein in der Halle und starrte – wie sie es oft tat – die verblaßte Wandmalerei an. Sie hatte in den letzten Tagen an Gewicht verloren. Sie trug wieder das Kettenhemd und den breiten Gürtel; ihr dunkles Haar war zurückgekämmt und im Nacken zusammengebunden.

Sie lächelte, als sie Ananais sah, und winkte ihn zu sich. »Willkommen, Schwarzmaske«, sagte sie. »Wenn du schlechte Nachrichten bringst, behalte sie noch eine Weile für dich. Ich habe selbst genug davon.«

»Was ist passiert?« fragte Ananais. Sie machte eine abwehrende Handbewegung und schloß die Augen, unfähig zu sprechen. Dann holte sie tief Luft und atmete langsam aus. »Scheint die Sonne?« fragte sie.

»Ja.«

»Schön. Ich sehe so gern die Sonne auf den Bergen. Sie verheißt das Leben. Hast du schon gegessen?«

»Nein.«

»Dann laß uns in die Küche gehen und etwas suchen. Wir essen dann oben im Turmgarten.«

Sie setzten sich in den Schatten eines großen, blühenden Busches. Rayvan hatte einen Laib Brot und etwas Käse mitgenommen, doch keiner von ihnen aß. Das Schweigen selbst war tröstlich.

»Wie ich gehört habe, hattest du Glück, mit dem Leben davonzukommen«, sagte Rayvan schließlich. »Was macht die Hüfte?«

»Bei mir heilt alles schnell. Die Wunde war nicht tief, und die Naht wird halten.«

»Mein Sohn Lucas – er starb letzte Nacht. Wir mußten ihm das Bein abnehmen, Wundbrand.«

»Das tut mir leid«, sagte Ananais lahm.

»Er war sehr tapfer. Jetzt sind nur noch Lake und Ravenna übrig. Bald wird niemand mehr da sein. Warum mußte alles so kommen, Schwarzmaske? Kannst du mir das sagen?«

»Ich weiß es nicht. Wir haben einen Verrückten an die Macht kommen lassen.«

»Wirklich? Manchmal denke ich, daß ein Mensch nur soviel Macht haben kann, wie wir zulassen. Kann Ceska Berge versetzen? Kann er die Sterne auslöschen? Kann er Regen machen? Er ist auch nur ein Mensch, und wenn niemand ihm gehorchte, würde er stürzen. Aber alle gehorchen, nicht wahr? Es heißt, daß er eine Armee von vierzigtausend Mann hat. Männern! Drenai-Männern, die bereit sind, gegen andere Drenai-Männer zu marschieren. In den Nadirkriegen wußten wir wenigstens, wer unser Feind war. Jetzt haben wir keinen Feind. Nur untreue Freunde.«

»Was soll ich dazu sagen?« erwiderte Ananais. »Ich habe keine Antworten. Du hättest Tenaka fragen sollen. Ich bin nur ein Krieger. Ich erinnere mich an einen Lehrer, der immer sagte, alle Jäger dieser Welt hätten Augen, die nach vorn blicken: Löwen, Falken, Wölfe, Menschen. Und alle Gejagten haben die Augen an den Seiten, damit sie eine bessere Chance haben, den Jäger zu erspähen. Er sagte, der Mensch würde sich nicht vom Tiger unterscheiden. Wir sind die Killer der Natur, und wir haben ein großes Verlangen zu töten. Selbst die Helden, deren wir uns erinnern, spiegeln unsere Liebe zum Krieg wider. Druss, die größte Tötungsmaschine aller Zeiten – es ist sein Bild, das du im Ratssaal immer betrachtest.«

»Das stimmt«, gab Rayvan zu. »Aber es gibt einen Unterschied zwischen Druss und Ceska. Die Legende hat stets dafür gekämpft, daß andere frei sein konnten.«

»Mach dir doch nichts vor, Rayvan. Druss kämpfte, weil er es liebte zu kämpfen, weil er es gut verstand! Studiere sein Leben. Er ging nach Osten und kämpfte für den Tyrannen Gorben. Seine Armee vernichtete Städte, Dörfer, ganze Völker. Druss war ein Teil davon, und er hätte keine Entschuldigung dafür gehabt. Und auch du solltest nicht versuchen, ihn zu rechtfertigen.«

»Willst du damit sagen, daß es niemals wahre Helden gab?«

»Ich würde einen Helden selbst dann nicht erkennen, würde er mich in den Hintern treten! Hör gut zu, Rayvan, in jedem von uns steckt ein Tier. Wir tun unser Bestes im Leben, aber oft sind wir gemein oder kleinlich oder unnötig grausam. Wir wollen nicht so sein, aber so sind wir nun mal. An die meisten Helden erinnern wir uns, weil sie gesiegt haben. Um zu siegen, muß man skrupellos sein.

Zielstrebig. Druss war so, und deshalb hatte er keine Freunde – nur Bewunderer.«

»Können wir siegen, Ananais?«

»Nein. Aber wir können dafür sorgen, daß Ceska so leidet, daß jemand anders vielleicht siegt. Wir werden Tenakas Rückkehr nicht mehr erleben. Ceska ist bereits unterwegs. Aber wir müssen ihn aufhalten, ihm Verluste zufügen, die Aura der Unbesiegbarkeit vernichten, die er um seine Bastarde geschaffen hat.«

»Aber selbst der Drache konnte nicht gegen diese Ungeheuer bestehen.«

»Der Drache wurde verraten und auf freiem Feld niedergemacht. Und viele von ihnen waren alte Männer. Sie waren nicht der wahre Drache. Wir sind der wahre Drache – und wir werden sie leiden lassen, bei den Göttern!«

»Lake hat einige Waffen entwickelt, die er dir gern zeigen möchte.«

»Wo ist er?«

»In den alten Ställen im Südviertel. Aber du solltest erst ein wenig ruhen. Du siehst erschöpft aus.«

»Das mache ich.« Er stand schwerfällig auf, taumelte leicht und mußte lachen. »Ich werde alt, Rayvan.« Er ging ein paar Schritte; dann machte er kehrt und legte ihr seine riesige Hand auf die Schulter. »Ich kann nicht gut Anteilnahme zeigen, Rayvan. Aber es tut mir leid um Lucas. Er war ein guter Mann. Er hat dir Ehre gemacht.«

»Geh und ruh dich aus. Die Tage werden kürzer, und du wirst deine Kraft brauchen. Ich verlasse mich auf dich – wir alle tun das.«

Nachdem er gegangen war, trat sie ans Fenster und blickte auf die Berge hinaus.

Sie fühlte sich dem Tod sehr nahe.

Und er war ihr gleichgültig.

Tenaka Khan schmäumte vor Wut. Seine Hände waren mit Lederriemen straff gefesselt, sein Körper an den Stamm einer schlanken Ulme gebunden. Vor ihm saßen fünf Männer um ein Lagerfeuer und durchwühlten seine Satteltaschen. Sie hatten seine kleine Börse mit Gold entdeckt, die jetzt neben dem Anführer lag – einem einäugigen, dicken und mürrischen Schurken. Tenaka blinzelte das Blut fort, das ihm ins rechte Auge rann und verschloß seinen Geist vor den Schmerzen, die seine Prellungen verursachten.

Er war zu sehr mit sich selbst beschäftigt gewesen, als er in den Wald ritt. Ein Stein aus einer Schleuder hatte ihn an der Schläfe getroffen, so daß er halb bewußtlos aus dem Sattel fiel. Aber sogar dann, als sich die Gesetzlosen auf ihn stürzten, hatte er sein Schwert gezogen und einen von ihnen getötet, ehe sie ihn mit Keulen und Stöcken zusammenschlugen. Die letzten Worte, die er hörte, ehe die Dunkelheit ihn umfing, waren: »Er hat meinen Bruder getötet – bringt ihn nicht um, ich will ihn lebend.«

Und jetzt war er hier, nicht einmal vier Tagesreisen von Skoda entfernt, an einen Baum gefesselt und nur wenige Augenblicke von einem schmählichen Tod entfernt. Enttäuschung und Zorn nagten an ihm, und er zerrte an den Stricken, doch sie waren fachkundig geknotet. Seine Beine schmerzten, und sein Rücken brannte.

Der einäugige Gesetzlose stand auf und ging zu Tenaka. Sein Gesicht war eine bittere Maske.

»Du verfluchter Barbar – du hast meinen Bruder ermordet!«

Tenaka schwieg.

»Na, dafür wirst du büßen. Ich werde dich in kleine Stücke schneiden, dein Fleisch auf dem Feuer rösten und dich dann zwingen, es zu essen. Wie gefällt dir das?«

Tenaka beachtete ihn nicht, und die Faust des Mannes schoß vor. Tenaka spannte die Bauchmuskeln genau in dem Moment, als der Schlag ihn traf, doch der Schmerz war trotzdem furchtbar. Sein Kopf fiel zur Seite. Der Mann schlug ihm ins Gesicht.

»Sprich mit mir, du Miststück!« zischte der Gesetzlose.

Tenaka spuckte Blut und fuhr sich mit der Zunge über die geschwollene Lippe.

»Du wirst schon mit mir reden! Ehe die Sonne untergeht, wirst du mir ein süßes Lied singen.«

»Stich ihm die Augen aus, Baldur!« sagte einer der Gesetzlosen.

»Nein. Ich will, daß er alles sieht.«

»Dann eben nur eins«, drängte der Mann.

»Ja«, meinte Baldur, »dann nur eins.« Er zog seinen Dolch und traf auf Tenaka zu. »Wie würde dir das gefallen, Nadir? Wenn eins deiner Augen von deiner Wange baumelt?«

Ein geisterhafter Schrei hallte durch die Nacht, hoch und unheimlich.

»Was, bei allen sieben Höllen, war das?« fragte Baldur und fuhr herum. Die anderen schlugen das Zeichen des Schützenden Horns und griffen nach ihren Waffen.

»Es klang ziemlich nah«, sagte einer, ein kleiner Mann mit sandfarbenem Bart.

»Vielleicht eine Katze. Hat sich wie eine Katze angehört«, sagte Baldur. »Facht das Feuer an.« Zwei Männer schlurften heran und sammelten trockenes Holz, während Baldur sich wieder Tenaka zuwandte. »Hast du so was schon mal gehört, Nadir?«

Tenaka nickte.

»Und? Was ist es?«

»Walddämon«, sagte Tenaka.

»Erzähl mir keine Märchen! Ich habe mein Leben lang im Wald gelebt.«

Tenaka zuckte die Achseln.

»Was es auch ist, ich mag es nicht«, sagte Baldur. »Also wirst du doch nicht langsam sterben. Ich werde dir einfach den Bauch aufschlitzen. Oder vielleicht holt dich ja der Walddämon.«

Sein Arm schwang hoch …

… und ein schwarzgefiederter Pfeil erschien plötzlich

in seiner Kehle. Für einen Moment blieb Baldur wie erstarrt stehen. Dann ließ er das Messer fallen und griff langsam nach dem Pfeil. Seine Augen wurden groß, seine Knie gaben nach; dann fiel er zu Boden. Ein zweiter Pfeil schoß über die Lichtung und traf den hellhaarigen Gesetzlosen ins rechte Auge. Er fiel schreiend. Die übrigen rannten auf die zufluchtverheißenden Bäume zu. Ihre Waffen waren vergessen. Eine Weile herrschte Stille; dann trat eine kleine Gestalt unter den Bäumen hervor, einen Bogen in der Hand.

Sie trug Tunika und Beinkleider aus hellbraunem Leder, und eine grüne Kapuze bedeckte ihr Haar. An ihrer Hüfte hing ein kurzes, schlankes Schwert.

»Wie geht es dir, Tenaka?« fragte Renya zuckersüß.

»Ich freue mich aufrichtig, dich zu sehen«, antwortete er. »Binde mich los.«

»Dich losbinden?« fragte sie und hockte sich ans Feuer. »Einen großen, starken Mann wie dich? Ach, komm! Du brauchst doch wohl nicht die Hilfe einer Frau?«

»Jetzt ist nicht die richtige Zeit für Scherze, Renya. Binde mich los.«

»Und dann komme ich mit dir?«

»Natürlich«, antwortete er, wohl wissend, daß ihm keine Wahl blieb.

»Bist du sicher, daß ich keine Behinderung wäre?«

Tenaka biß die Zähne zusammen, um nicht vor Wut zu explodieren, als Renya um den Baum herumging und die Lederriemen mit ihrem Schwert zerschnitt. Tenaka taumelte und stürzte, als die Riemen nachgaben. Renya half ihm ans Feuer.

»Wie hast du mich gefunden?« fragte er.

»Das war nicht schwer«, wich sie aus. »Wie fühlst du dich?«

»Lebendig. So gerade eben. Ich werde vorsichtiger sein müssen, wenn wir über die Berge kommen.«

Renyas Kopf fuhr hoch, ihre Nasenflügel bebten. »Sie kommen zurück«, sagte sie.

»Verflucht! Hol mir mein Schwert.« Er blickte sich um,

doch sie war im Wald verschwunden. Er fluchte und kam mühsam auf die Beine. Dann sah er sich um und griff nach seinem Schwert, das auf der anderen Seite des Feuers lag. Er fühlte sich schwach.

Wieder setzte das furchtbare Heulen ein, und sein Blut gefror. Plötzlich trat Renya wieder auf die Lichtung. Sie grinste über das ganze Gesicht.

»Sie rennen so schnell, ich glaube nicht, daß sie stehenbleiben, ehe sie ans Meer kommen«, sagte sie. »Warum schläfst du nicht ein Weilchen?«

»Wie machst du das?«

»Ein Talent von mir«, antwortete Renya.

»Ich habe dich unterschätzt, Frau«, sagte Tenaka und streckte sich neben dem Feuer aus.

»Der ewige Spruch aller Männer«, murmelte Renya.

Es wurde bereits wieder Nacht, als Renya und Tenaka die verlassene Festung Dros Corteswain erreichten, die sich in die Schatten der Delnoch-Berge schmiegte. Gebaut in den Tagen Egels, des ersten Bronzegrafen, zur Verteidigung gegen vagrische Eindringlinge, wurde die Festung jetzt seit über vierzig Jahren nicht mehr genutzt.

»Unheimlich, findest du nicht?« fragte Renya und lenkte ihre graue Stute nah an Tenaka heran.

»Corteswain war immer schon eine Torheit«, antwortete Tenaka und warf einen Blick zu den düsteren Wehrgängen empor. »Egels einziger Fehler. Es ist die einzige Festung im Reich der Drenai, die nie eine Schlacht gesehen hat.«

Das Hufgeklapper ihrer Pferde hallte in der Nacht wider, als sie auf das Haupttor zuritten. Das Holz war verrottet, und die steinerne Öffnung lachte ihnen wie ein zahnloser Mund entgegen.

»Können wir nicht hier draußen lagern?« fragte Renya.

»Zu viele Walddämonen«, erwiderte Tenaka und duckte sich, als sie nach ihm schlug.

»Halt!« rief eine zittrige Stimme, und Tenakas Augen wurden schmal.

Im offenen Torbogen stand ein alter Mann in rostigem Kettenhemd. In den Händen hielt er einen Speer, dessen Spitze abgebrochen war. Tenaka zügelte sein Pferd.

»Dein Name, Reiter!« rief der alte Mann.

»Ich bin Schwerttänzer. Das ist meine Frau.«

»Kommt ihr in Frieden?«

»Wir sind für niemanden eine Bedrohung, sofern man uns nicht bedroht.«

»Dann könnt ihr hereinkommen«, sagte der alte Mann. »Der Gan erlaubt es.«

»Bist du der Gan von Dros Corteswain?« fragte Tenaka.

»Nein. Das ist der Gan«, erwiderte der alte Mann und deutete neben sich. »Seht ihr ihn denn nicht?«

»Doch, gewiß. Verzeihung! Mein Kompliment für deinen diensthabenden Offizier.«

Tenaka ritt durch den Torbogen und stieg ab. Der alte Mann humpelte auf ihn zu. Er sah aus wie mindestens achtzig; sein Haar war dünn und strähnig und klebte wie Nebel an dem gelben Schädel. Sein Gesicht war eingefallen, und unter seinen wäßrigen Augen zeigten sich blaue Schatten.

»Keine falsche Bewegung«, warnte er. »Seht zu den Wehrgängen hinauf. Da stehen Bogenschützen, die jeden eurer Schritte beobachten.« Tenaka sah hinauf – die Brüstungen waren leer bis auf einige schlafende Tauben.

»Sehr wirkungsvoll«, sagte er. »Gibt es hier etwas zu essen?«

»O ja. Für die, die hier willkommen sind.«

»Sind wir willkommen?«

»Der Gan sagt, du siehst aus wie ein Nadir.«

»Das bin ich auch. Aber ich habe die Ehre, in der Armee der Drenai zu dienen. Ich bin Tenaka Khan vom Drachen. Würdest du mich dem Gan vorstellen?«

»Es sind zwei Gans«, erklärte der alte Mann. »Das hier

ist Gan Orrin – er ist der erste Gan. Hogun ist unser Kundschafter.«

Tenaka verbeugte sich tief. »Ich habe schon von Gan Orrin gehört. Mein Kompliment für die Verteidigung von Dros Delnoch.«

»Der Gan sagt, ihr seid willkommen und könnt ihn in seinem Quartier aufsuchen. Ich bin sein Adjutant. Ich heiße Ciall – Dun Ciall.«

Der alte Mann legte seinen zerbrochenen Speer beiseite und schlenderte davon zu der dunklen Inneren Festung. Tenaka löste den Sattelgurt, damit sein Pferd umherstreifen und Gras suchen konnte. Renya tat es ihm nach; dann folgten sie Dun Ciall.

»Es ist verrückt!« sagte Renya. »Hier ist keine Menschenseele.«

»Er scheint aber harmlos zu sein. Vor allem hat er etwas zu essen. Ich will mit unseren Vorräten so gut haushalten wie nur möglich. Hör zu – der Mann redet von den ursprünglichen Gans von Dros Delnoch, als mein Ahnherr gegen Ulric kämpfte. Orrin und Hogun waren die Befehlshaber, ehe Rek zum Bronzegrafen wurde. Laß dem Alten seinen Sparren – aus Freundlichkeit.«

Im Quartier des Gan hatte Ciall einen Tisch für drei Personen gedeckt. Ein Krug mit rotem Wein stand in der Mitte, und in einem Kessel über dem Feuer schmorte ein Eintopf. Mit zitternden Händen füllte der alte Mann ihre Teller, sprach ein Gebet zur Quelle und griff nach seinem Holzlöffel. Tenaka probierte den Eintopf. Er war bitter, schmeckte aber nicht schlecht.

»Sie sind alle tot«, sagte Ciall. »Ich bin nicht verrückt. Ich weiß, daß sie tot sind. Aber sie sind trotzdem hier.«

»Wenn du sie siehst, dann sind sie auch hier«, sagte Renya.

»Verkaufe mich nicht für dumm, Frau! Ich sehe sie, und sie erzählen mir Geschichten, wunderbare Geschichten. Sie haben mir vergeben. Die Menschen nicht, aber Geister sind besser als Menschen. Sie wissen mehr. Sie wissen, daß ein Mann nicht immer stark sein kann. Sie wissen, daß es Zeiten gibt, in denen man nichts anderes tun kann als davonzulaufen. Sie haben mir vergeben – gesagt, ich könnte Soldat sein. Sie vertrauen mir, daß ich mich um die Festung kümmere.«

Plötzlich stöhnte Ciall und griff sich an die Seite. Renya sah, daß Blut durch das rostige Kettenhemd auf die Holzbank floß.

»Du bist verletzt«, sagte sie.

»Es ist nichts. Ich spüre gar nichts. Ich bin jetzt ein guter Soldat – das sagen sie mir.«

»Zieh dein Kettenhemd aus«, sagte Tenaka sanft.

»Nein. Ich bin im Dienst.«

»Zieh es aus, habe ich gesagt«, donnerte Tenaka. »Bin ich nicht Gan? Solange ich hier bin, dulde ich keine Disziplinlosigkeit.«

»Jawohl, Gan«, sagte Ciall und fummelte an den uralten Riemen herum. Renya trat hinzu, um ihm zu helfen, und langsam konnten sie das Kettenhemd lösen. Der alte Mann gab keinen Laut von sich. Sein Rücken war von Peitschenhieben aufgerissen. Renya durchsuchte Schränke und Laden, bis sie ein altes Hemd fand. »Ich brauche Wasser«, sagte sie.

»Wer hat das getan, Ciall?« fragte Tenaka.

»Reiter ... gestern. Sie suchten jemanden.« Die Augen des alten Mannes funkelten. »Sie suchten nach dir, Nadirfürst.«

»Das glaube ich auch.«

Renya kam mit einer randvoll mit Wasser gefüllten Kupferschale zurück. Behutsam wusch sie den Rücken des alten Mannes; dann riß sie das Hemd in Streifen, um die schlimmsten Wunden zu verbinden.

»Warum haben sie dich ausgepeitscht? Glauben sie, du wüßtest, wo ich bin?«

»Nein«, antwortete Ciall traurig. »Ich glaube, es hat ihnen einfach Spaß gemacht. Die Geister konnten nichts tun. Aber ich habe ihnen leid getan – sie sagen, ich hätte mich tapfer gehalten.«

»Warum bleibst du hier, Ciall?« fragte Renya.

»Ich bin fortgelaufen. Als die Nadir angriffen, rannte ich weg. Ich wußte nicht wohin.«

»Wie lange ist das her?«

»Lange, lange. Wahrscheinlich schon Jahre. Es ist sehr nett hier. Viele Leute, mit denen ich reden kann. Sie haben mir vergeben, versteht ihr? Und was ich hier tue, ist sehr wichtig.«

»Was tust du denn?« fragte Tenaka.

»Ich bewache Egels Stein. Er steht am Tor, und es heißt, daß das Reich der Drenai untergehen wird, wenn Corteswain nicht mehr besetzt ist. Egel wußte Bescheid. Er war hier, wißt ihr, aber ich durfte ihn nicht sehen, als er kam; ich war noch nicht lange genug hier, und die Geister hatten noch kein Vertrauen zu mir.«

»Schlaf jetzt, Ciall«, sagte Tenaka. »Du brauchst Ruhe.«

»Zuerst muß ich eure Pferde verstecken«, sagte Ciall. »Die Reiter kommen bestimmt zurück.«

»Das mache ich«, versprach Tenaka. »Renya, hilf ihm zu Bett.«

»Ich kann nicht hier schlafen – das Bett gehört dem Gan.«

»Orrin erlaubt es dir. Er will Hogun besuchen und heute nacht bei ihm schlafen.«

»Er ist ein guter Mann«, sagte Ciall. »Ich bin stolz, unter ihm zu dienen. Sie alle sind gute Männer, auch wenn sie tot sind.«

»Schlaf jetzt, Ciall. Wir sehen uns morgen früh.«

»Bist du der Nadirfürst, der den Angriff auf die ventrischen Räuber bei Purdol geführt hat?«

»Der bin ich.«

»Vergibst du mir?«

»Ich vergebe dir«, sagte Tenaka Khan.

Tenaka erwachte von Hufgeklapper auf dem gepflasterten Hof. Er warf die Decke beiseite und weckte Renya, und zusammen schlichen sie zum Fenster. Etwa zwanzig Reiter waren im Hof versammelt. Sie trugen die roten Mäntel von Delnoch und schimmernde Bronzehelme mit schwarzen Federbüschen. Der Anführer war ein großer Mann mit dreifach gegabeltem Bart. Neben ihm befand sich einer der Gesetzlosen, die Tenaka gefangengenommen hatten.

Ciall humpelte in den Hof, den abgebrochenen Speer in der Hand.

»Halt!« rief er. Sein Ruf löste die Spannung. Die Reiter lachten.

Der Hauptmann hob schweigengebietend die Hand und beugte sich über den Hals seines Pferdes.

»Wir suchen zwei Reiter, alter Mann. Sind sie hier?«

»Ihr seid in der Festung nicht willkommen. Der Gan befiehlt euch davonzureiten.«

»Hast du denn deine Lektion gestern nicht gelernt, du Dummkopf?«

»Müssen wir euch zwingen zu gehen?« entgegnete Ciall.

Der Gesetzlose beugte sich vor und flüsterte etwas, worauf der Hauptmann nickte. Er drehte sich im Sattel um. »Der Fährtenleser sagte, sie sind hier. Ergreift den Alten und bringt ihn zum Reden.«

Die Reiter stiegen ab. Ciall stieß einen Schlachtruf aus und rannte los; der Offizier wandte ihm noch immer halb den Rücken zu, als Ciall ihm den abgebrochenen Speer in die Seite rammte. Er schrie und wäre beinahe gestürzt. Ciall riß den Speer heraus und stieß noch einmal zu, doch ein Reiter zu seiner Linken senkte die Lanze, trieb sein Pferd an, und Ciall wurde von den Füßen gerissen, als die Eisenspitze tief in seinen Körper drang. Die Lanze zerbrach, und der alte Mann sackte auf das Pflaster.

Der Offizier richtete sich im Sattel auf. »Bringt mich hier weg, sonst verblute ich!« befahl er.

»Was ist mit den Reitern?« fragte der Fährtenleser.

»Die sind mir vollkommen egal! Von Delnoch bis hier

sind Männer auf der Suche nach ihnen. Sie können nicht entkommen. Bringt mich hier weg!« Der Fährtenleser nahm die Zügel seines Hauptmannes, und der Trupp galoppierte durch das Tor davon. Tenaka rannte auf den Hof hinaus und kniete neben dem tödlich verwundeten Ciall nieder.

»Gute Arbeit, Dun Ciall«, sagte er und hob den Kopf des alten Mannes an.

Ciall lächelte. »Sie haben es getan«, sagte er. »Der Stein.«

»Aber du wirst hier sein. Mit dem Gan und den anderen.«

»Ja. Der Gan hat eine Botschaft für dich, aber ich verstehe sie nicht.«

»Wie lautet sie?«

»Er sagt, du sollst den König jenseits des Tores suchen. Verstehst du das?«

»Ja.«

»Ich hatte einst eine Frau ...«, wisperte Ciall. Und starb.

Tenaka schloß dem alten Mann die Augen; dann hob er den zerbrechlichen Körper und trug ihn in den Schatten des Torturms, wo er ihn zu Füßen von Egels Stein bettete. Den zerbrochenen Speer drückte er dem Toten in die Hand.

»Letzte Nacht«, sagte er, »habe ich zur Quelle gebetet. Ich weiß nicht genug, um an irgendeinen Gott zu glauben, aber wenn es dich gibt, dann bitte ich, daß du seine Seele zu dir nimmst. Er war kein schlechter Mensch.«

Renya wartete im Hof, als Tenaka zurückkam.

»Armer Mann«, sagte er. Er nahm sie in die Arme und küßte sie auf die Stirn.

»Zeit zu gehen«, sagte er.

»Du hast gehört, war er sagte – überall sind Reiter.«

»Zuerst einmal müssen sie uns sehen. Zweitens müssen sie uns fangen. Wir sind nur eine Stunde von den Bergen entfernt, und wohin ich gehe, werden sie uns nicht folgen.«

Sie ritten den ganzen Vormittag hindurch, immer am Waldrand entlang, wachsam, wenn sie durch offenes Gelände mußten. Sie versuchten, möglichst unauffällig zu bleiben. Zweimal sahen sie Reiter in der Ferne. Gegen Mittag hatten sie den Fuß der Delnoch-Berge erreicht, und Tenaka führte sie ins Hochland hinauf. Bei Einbruch der Dämmerung waren die Pferde erschöpft, und sie stiegen ab, um einen Lagerplatz zu suchen.

»Bist du sicher, daß wir hier hinüberkommen?« fragte Renya und wickelte sich fester in ihren Mantel.

»Ja. Aber vielleicht müssen wir die Pferde zurücklassen.«

»Es ist kalt.«

»Es wird noch kälter. Wir müssen noch fast tausend Meter höher steigen.«

In der Nacht kauerten sie sich unter ihren Decken eng zusammen. Tenaka schlief unruhig. Die Aufgabe, die er sich gestellt hatte, war gewaltig. Warum sollten die Nadir ihm folgen? Sie haßten ihn mehr als die Drenai. Der Krieger zweier Welten! Er öffnete die violetten Augen, betrachtete die Sterne und wartete auf den Sonnenaufgang.

Er war prächtig und badete den Himmel in glühendes Rot – wie eine riesige Wunde, die im Osten blutete.

Nach einem hastigen Frühstück brachen sie wieder auf und stiegen höher ins Gebirge.

Dreimal im Laufe des Vormittages mußten sie absteigen, um die Pferde über Schneefelder zu führen. Weit unter ihnen erspähte Renya die roten Mäntel der Delnoch-Reiter.

»Sie haben uns gefunden!« rief sie.

Tenaka drehte sich um. »Sie sind zu weit zurück. Mach dir ihretwegen keine Sorgen.«

Eine Stunde vor Sonnenuntergang erreichten sie eine Anhöhe. Vor ihnen ging es bedrohlich steil in die Tiefe. Zu ihrer Linken schmiegte sich ein schmaler Pfad an die nackte, eisige Felswand. Nirgends war der Pfad breiter als knapp zwei Meter.

»Da wollen wir doch wohl nicht rüber?« fragte Renya.

»Doch.«

Tenaka stieß seinem Pferd die Fersen in die Flanken und ritt los. Fast augenblicklich rutschte das Tier aus, fing sich aber wieder. Tenaka hielt den Kopf des Pferdes mit den Zügeln hoch und redete beruhigend auf das Tier ein. Sein linkes Bein berührte die Felswand, sein rechtes hing über dem Abgrund. Tenaka wagte nicht, sein Gewicht zu verlagern und sich umzudrehen, ob Renya ihm folgte. Das Pferd schritt langsam weiter, die Ohren flach an den Schädel gelegt, die Augen angstgeweitet. Im Gegensatz zu den Ponies der Nadir oder Sathuli war es nicht für die Berge gezüchtet.

Der Pfad wand sich immer um den Berg herum, wurde an einigen Stellen breiter, an anderen dagegen beängstigend schmal, bis sie schließlich an eine abschüssige Fläche aus purem Eis gelangten, die quer über den Weg verlief. Tenaka hatte gerade genug Platz, um aus dem Sattel zu gleiten, und ging vorsichtig vorwärts. Dann kniete er nieder, um das Eis zu prüfen. Die Oberfläche war mit frisch gefallenem Schnee überpudert, aber darunter schimmerte das blanke Eis.

»Können wir zurück?« rief Renya.

»Nein. Wir haben nirgendwo Platz, um die Pferde zu wenden. Und die Delnoch-Reiter werden inzwischen den Pfad erreicht haben. Wir müssen weiter.«

»Da rüber?«

»Wir müssen die Pferde am Zügel führen«, sagte Tenaka. »Aber wenn ein Tier abzustürzen droht, halte es nicht fest. Verstanden?«

»Das ist doch verrückt«, sagte sie und starrte auf die Hunderte von Metern tiefer liegenden Felsen hinunter.

»Da kann ich dir nur beipflichten«, erwiderte er mit schiefem Grinsen. »Halte dich dicht an der Felswand und schling die Zügel nicht um die Hand. Halte sie nur locker fest. Bereit?«

Tenaka trat auf die abschüssige Eisfläche, die Füße vorsichtig auf den Pulverschnee setzend.

Er zog an den Zügeln, doch sein Pferd weigerte sich, einen Schritt zu tun; seine Augen waren weit aufgerissen vor Angst, und es stand kurz vor einer Panik. Tenaka ging zurück, schlang den Arm um den Hals des Tieres und flüsterte ihm ins Ohr.

»Kein Problem für dich, Großherz«, flüsterte er. »Du hast doch Mut. Es ist nichts weiter als ein schwieriger Pfad. Ich bin ja bei dir.« Einige Minuten sprach er auf das Tier ein, tätschelte und streichelte den schlanken Hals. »Vertrau mir, Großer. Geh ein Stück mit mir.«

Er trat auf das Eisfeld und zog an den Zügeln, und das Pferd tat einen Schritt. Langsam und vorsichtig verließen sie die Sicherheit des Pfades.

Renyas Pferd glitt aus, fing sich aber wieder. Tenaka hörte das Scharren der Hufe, konnte sich jedoch nicht umdrehen. Der feste Felsboden war nur noch Zentimeter entfernt, doch als Tenaka seinen Fuß darauf setzte, rutschte sein Pferd plötzlich aus und wieherte entsetzt. Tenaka packte die Zügel fest mit der rechten Hand; mit der linken hielt er sich an einem Vorsprung in der Felswand fest.

Als das Pferd auf den Abgrund zurutschte, spürte Tenaka, wie seine Rückenmuskeln sich spannten. Es kam ihm vor, als würden ihm die Arme ausgerissen. Er wollte die Zügel loslassen, konnte aber nicht, da er sie sich instinktiv um das Handgelenk geschlungen hatte. Wenn das Pferd stürzte, würde es ihn mit sich reißen.

So plötzlich wie es den Halt verloren hatte, fand das Tier wieder Stand und mit Tenakas Hilfe kämpfte es sich auf den Pfad. Das Pferd stieß ihn mit der Nase an, und er klopfte ihm den Hals. Sein Handgelenk blutete, wo das Leder ihm ins Fleisch geschnitten hatte.

»Verrückt«, sagte Renya, als auch sie mit ihrem Pferd wieder sicheren Boden erreicht hatte.

»Kann ich nicht leugnen«, erwiderte Tenaka. »Aber wir haben es geschafft. Ab hier wird der Pfad breiter. Es kommen nur noch wenige gefährliche Stellen. Und ich glaube nicht, daß die Drenai uns über diesen Weg folgen.«

»Ich habe das Gefühl, du bist unter einem Glücksstern geboren, Tenaka Khan. Aber verbrauche nicht all dein Glück, ehe wir bei den Nadir sind.«

Sie lagerten in einer flachen Höhle und fütterten die Pferde, ehe sie ein Feuer aus Buschwerk anzündeten, das sie an die Sättel gebunden hatten. Tenaka streifte die Lederweste ab und legte sich neben dem Feuer auf seine Decke, während Renya ihm den Rücken massierte. Die Anstrengung, das Pferd vor dem Absturz zu bewahren, hatte ihren Preis gefordert, und der Nadirfürst konnte seinen rechten Arm kaum noch bewegen. Sanft tastete Renya das Schulterblatt und die geschwollenen Muskeln ab.

»Du siehst schrecklich aus«, sagte sie. »Ein Flickenteppich aus blauen Flecken.«

»Du solltest es mal von meiner Seite aus fühlen.«

»Du wirst langsam zu alt für so was«, erklärte sie boshaft.

»Ein Mann ist so alt, wie er sich fühlt, Weib!« fauchte er.

»Und wie alt fühlst du dich?«

»Ungefähr neunzig«, gestand er.

Sie deckte ihn zu, setzte sich und starrte in die Nacht hinaus. Es war friedlich hier, weit weg vom Krieg. Renya lag nicht viel daran, Ceska zu besiegen – es ging ihr vor allem darum, bei Tenaka Khan zu sein. Männer waren so dumm; sie verstanden überhaupt nichts von der Wirklichkeit des Lebens.

Liebe! Das war es, was zählte. Liebe des einen für den anderen. Die Berührung von Händen, von Herzen. Die Wärme des Zueinandergehörens, die Freude zu teilen. Tyrannen würde es immer geben. Die Menschen schienen ohne sie nicht auszukommen. Denn ohne Tyrannen konnte es auch keine Helden geben. Und ohne Helden konnten die Menschen nicht leben.

Renya wickelte sich in ihren Umhang und legte das

letzte Holz aufs Feuer. Tenaka schlief; sein Kopf ruhte auf seinem Sattel.

»Wo würdest du ohne Ceska sein, Liebster?« fragte sie, wohl wissend, daß er sie nicht hören konnte. »Ich glaube, du brauchst ihn mehr als mich.«

Seine violetten Augen öffneten sich, und er lächelte schläfrig.

»Stimmt nicht«, sagte er. Dann fielen ihm die Augen wieder zu.

»Lügner«, flüsterte sie und kuschelte sich an ihn.

16

Steiger, Belder und Pagan lagen auf dem Bauch und spähten zum Lager der Drenai hinunter. Zwanzig Soldaten lagerten dort an fünf Feuern. Die Gefangenen saßen Rücken an Rücken in der Mitte des Lagers. Wächter patrouillierten in der Nähe.

»Bist du sicher, daß das nötig ist?« fragte Belder.

»Ja«, antwortete Steiger. »Wenn wir zwei Sathulikrieger retten, verschafft uns das einen großen Vorteil, wenn wir die Stämme um Hilfe bitten.«

»Ich fürchte, sie sind zu gut bewacht«, brummte der alte Mann.

»Da gebe ich dir recht«, sagte Pagan. »Ein Wächter ist nur zehn Schritt von den Gefangenen entfernt. Zwei andere gehen am Waldrand Streife, und ein vierter ist im Wald postiert.«

»Kannst du ihn ausfindig machen?«

Pagan grinste. »Natürlich. Aber was ist mit den drei anderen?«

»Finde den Kerl im Wald, und bring mir seine Rüstung«, befahl Steiger.

Pagan schlüpfte davon, und Belder robbte zu Steiger hinüber. »Du willst doch wohl nicht da runter?«

»Doch, natürlich. Es ist ein Täuschungsmanöver – darauf verstehe ich mich gut.«

»Du wirst es nicht schaffen. Sie werden uns gefangennehmen.«

»Bitte, Belder, jetzt keine Moralpredigten. Sonst werde ich noch eingebildet.«

»Na, ich gehe jedenfalls nicht da runter.«

»Ich kann mich auch nicht erinnern, dich darum gebeten zu haben.«

Es dauerte fast eine halbe Stunde, bis Pagan zurückkehrte. Er hatte die Kleider des Wachpostens in dessen roten Mantel gewickelt.

»Ich habe die Leiche so gut es ging versteckt«, sagte er. »Wann werden sie die Wachen ablösen?«

»In einer Stunde – vielleicht etwas früher«, sagte Belder. »Das reicht nicht.«

Steiger öffnete das Bündel, durchwühlte den Inhalt und schnallte sich dann die Brustplatte um. Sie paßte nicht besonders, aber besser zu groß als zu klein, dachte er.

»Wie sehe ich aus?« fragte er, als er den Helm mit dem Federbusch aufsetzte.

»Lächerlich«, erklärte Belder. »Du wirst sie keine Minute täuschen.«

»Alter Mann«, zischte Pagan, »du bist eine Landplage! Wir sind erst seit drei Tagen zusammen, und ich habe dich schon satt. Halt endlich den Mund.«

Belder wollte schon zu einer scharfen Erwiderung ansetzen, doch der Ausdruck in den Augen des schwarzen Hünen ließ ihn verstummen. Der Mann war bereit, ihn zu töten!

»Was hast du für einen Plan?« fragte Pagan.

»Es sind drei Wächter, aber nur einer ist in der Nähe der Gefangenen. Ich habe vor, ihn abzulösen.«

»Und die beiden anderen?«

»Weiß ich noch nicht.«

»Es ist jedenfalls ein Anfang«, meinte Pagan. »Wenn der erste Teil deines Plans klappt, gehst du zu den beiden anderen Posten hinüber. Halt dein Messer bereit und schlag zu, wenn ich eingreife.«

Steiger fuhr sich mit der Zunge über die Lippen. Halt dein Messer bereit? Er war nicht sicher, ob er es über sich brachte, jemandem die Klinge in den Körper zu rammen.

Zusammen schlichen die beiden Männer durch das Unterholz zum Lager. Der Mond schien hell, aber gelegentlich verbarg ihn eine Wolke, so daß die Lichtung im Dunkeln lag. Die Feuer waren heruntergebrannt, und die Krieger schliefen fest.

Pagan legte seinen Mund dicht an Steigers Ohr und raunte: »Es sind etwa zehn Schritt bis zu dem ersten schlafenden Soldaten. Beim nächstenmal, wenn eine Wolke den Mond verdunkelt, schleich dich an und leg dich flach auf den Boden. Wenn die Wolke weiterzieht, setz dich auf und streck dich. Achte darauf, daß der Wächter dich sieht.«

Minuten vergingen in schweigender Anspannung, bis es wieder dunkel wurde. Sofort war Steiger auf den Beinen und schlich voran. Er lag in dem Augenblick wieder flach auf der Erde, als die Wolke weiterzog.

Dann setzte er sich auf, streckte die Arme aus und winkte dem Wächter. Er erhob sich, blickte sich um und nahm eine Lanze, die neben einem schlafenden Krieger lag. Tief Luft holend, ging er gähnend über die Lichtung.

»Konnte nicht schlafen«, erklärte er dem Mann. »Der Boden ist zu feucht.«

»Du solltest mal für eine Weile hier stehen«, brummte der Mann.

»Warum nicht?« bot Steiger ihm an. »Geh schon – schlaf eine Runde. Ich übernehme die Wache.«

»Sehr großzügig von dir«, sagte der Wächter. »Ich werde sowieso bald abgelöst.«

»Wie du willst«, meinte Steiger und gähnte wieder.

»Ich habe dich noch nie gesehen«, sagte der Mann. »Zu wem gehörst du?«

Steiger grinste. »Stell dir einen Mann mit dem Gesicht eines Warzenschweins und dem Hirn einer zurückgebliebenen Taube vor.«

»Dun Gideus«, sagte der Mann. »So ein Pech!«

»Ich kenne schlimmere Schinder«, meinte Steiger.

»Ich nicht«, entgegnete der andere. »Manchmal denke ich, es muß einen besonderen Ort geben, wo sie diese Idioten züchten. Ich meine – wozu die Sathuli angreifen? Als ob wir in Skoda nicht schon genug Probleme hätten. Begreife ich nicht!«

»Ich auch nicht«, sagte Steiger. »Trotzdem, solange der Sold kommt ...«

»Dann hast du deinen bekommen? Ich warte schon seit vier Monaten darauf«, sagte der Mann empört.

»Das war ein Scherz«, erklärte Steiger. »Natürlich habe ich ihn auch nicht.«

»Damit macht man keine Scherze, Mann. Es braut sich schon genug Ärger zusammen.«

Ein zweiter Wächter trat zu ihnen. »Cal, ist das die Ablösung?«

»Nein, er konnte bloß nicht schlafen.«

»Na, dann wecke ich sie mal. Ich bin es leid, herumzustehen«, sagte der zweite Soldat.

»Sei nicht dumm«, riet der erste. »Wenn du Gideus weckst, läßt er uns auspeitschen.«

»Warum verschwindet ihr nicht und ruht euch ein wenig aus?« schlug Steiger vor. »Ich kann auf Posten stehen – ich bin sowieso hellwach.«

»Verdammt, das mache ich«, sagte der erste. »Ich falle gleich tot um. Danke, Freund.« Damit schlug er Steiger auf die Schulter und ging davon, um sich neben den anderen niederzulegen.

»Wenn du dich auch im Wald langmachen willst, wecke ich dich, sobald ich sehe, daß die Ablösung sich bereit macht«, bot Steiger dem zweiten an.

»Nein, aber vielen Dank. Das letztemal, als ein Wachmann schlafend gefunden wurde, hat Gideus ihn hängen lassen. Mistkerl! Das Risiko möchte ich nicht eingehen.«

»Wie du willst«, sagte Steiger gleichmütig, obwohl ihm das Herz bis zum Halse schlug.

»Die Hurensöhne haben uns schon wieder den Urlaub gestrichen«, sagte der Wächter. »Ich habe meine Frau und die Kleinen seit vier Monaten nicht gesehen.« Steiger ließ sein Messer in seine Hand gleiten. »Der Hof wirft kaum noch was ab. Diese verfluchten Steuern! Trotzdem, ich bin wenigstens noch am Leben.«

»Ja, das ist auch schon etwas«, stimmte Steiger ihm zu.

»Das Leben ist elend, was? Jetzt werden sie uns jeden Tag nach Skoda schicken, damit wir noch mehr von unseren eigenen Leuten umbringen. Das Leben ist elend, da gibt es gar nichts.«

»Ja.« Das Messer hinter dem Rücken verbergend, packte Steiger es fester, bereit, es dem anderen in die Kehle zu rammen. Plötzlich fluchte der Mann. »Ich nehme dein Angebot an«, sagte er. »Das ist die dritte Nacht, in der ich zur Wache eingeteilt bin. Aber du versprichst, mich zu wecken?«

»Versprochen«, sagte Steiger, den die Erleichterung wie eine Woge überflutete.

Doch dann trat Pagan aus den Schatten und schnitt dem anderen Wächter die Kehle durch. Steiger reagierte augenblicklich – sein Messer fuhr hoch, drang dem Mann unter dem Kinn in den Hals und weiter ins Hirn. Er sank lautlos zusammen, doch Steiger sah den Blick in den Augen, als er starb, und wandte sich ab.

Pagan kam zu ihm. »Gute Arbeit. Jetzt laß uns die Gefangenen befreien und dann verschwinden.«

Die beiden Gefangenen hatten schweigend alles mit angesehen. Beide trugen die Gewänder der Sathuli-Stämme und hatten ihre Gesichter zum Teil unter einem fließenden Burnus verborgen. Pagan ging zu ihnen und schnitt ihre Fesseln durch; Steiger kniete neben dem ersten Krieger, als der Mann den Burnus abnahm und tief Luft holte. Sein Gesicht war dunkel und kräftig, mit einer gebogenen Nase über einem schwarzen Vollbart. Die tiefliegenden Augen sahen im Mondlicht schwarz aus.

»Warum?« fragte er.

»Wir unterhalten uns später«, sagte Steiger. »Unsere Pferde stehen dort drüben. Seid leise.«

Die beiden Sathuli folgten ihnen in den dunklen Wald. Wenige Minuten später stießen sie auf Belder und die Pferde.

»Jetzt sag mir warum«, wiederholte der Sathuli.

»Ich möchte, daß ihr mich zu eurem Lager bringt. Ich muß mit den Sathuli reden.«

»Es wird die Sathuli nicht interessieren, was du zu sagen hast.«

»Das kannst du doch gar nicht wissen«, erwiderte Steiger.

»Ich weiß, daß ihr Drenai seid, und das reicht mir.«

»Du weißt überhaupt nichts«, sagte Steiger, nahm den Helm ab und schleuderte ihn ins Gebüsch. »Aber ich will jetzt nicht mit dir streiten. Nehmt euch ein Pferd und bringt mich zu euren Leuten.«

»Warum sollten wir?«

»Weil ihr mir etwas schuldet.«

»Wir schulden dir gar nichts. Wir haben dich nicht gebeten, uns zu befreien.«

»Hör mir zu, du Kind von einem Mann! Ich bin von den Totenbergen zurückgekehrt, durch die Nebel der Jahrhunderte. Sieh mir in die Augen. Siehst du dort die Schrecken der Hölle? Ich habe dort mit Joacim gespeist, dem größten aller Sathuli-Fürsten. Du wirst mich in die Berge führen und euren Anführer entscheiden lassen. Bei Joacims Seele, soviel bist du mir schuldig!«

»Es ist leicht, von dem großen Joacim zu sprechen«, sagte der Mann unbehaglich, »er ist ja seit mehr als hundert Jahren tot.«

»Er ist nicht tot«, widersprach Steiger. »Sein Geist lebt, und ihm ist speiübel von der Feigheit der Sathuli. Er bat mich, euch die Gelegenheit zu geben, eure Ehre wiederherzustellen – aber es liegt bei euch.«

»Wer bist du?«

»In euren Grabkammern wirst du mein Bild finden, an der Seite Joacims. Sieh mir ins Gesicht, Mann, und sag mir, wer ich bin.«

Der Sathuli leckte sich die Lippen. Er war unsicher und voller abergläubischer Furcht.

»Du bist der Bronzegraf?«

»Ich bin Regnak, der Bronzegraf. Und jetzt bring mich in die Berge!«

Sie ritten die Nacht hindurch, hielten sich nach links in die Delnoch-Berge und erklommen zahlreiche Pässe, die ins Herz des Gebirges führten. Viermal wurden sie von

Sathuli-Spähern aufgehalten, doch stets erlaubte man ihnen, weiterzuziehen. Schließlich, als die Sonne schon fast ihren Mittagsstand erreicht hatte, gelangten sie in die Innere Stadt – tausend weiße steinerne Gebäude, die den Kessel eines verborgenen Tales füllten. Nur ein Bauwerk hatte mehr als ein Stockwerk: der Palast der Sathuli.

Steiger war noch nie dort gewesen, wie überhaupt nur wenige Drenai. Kinder liefen herbei, um ihnen zuzusehen, und als sie sich dem Palast näherten, schlossen sich ihnen etwa fünfzig weißgekleidete Krieger an, die mit Krummsäbeln bewaffnet waren und sich beiderseits von ihnen aufreihten. Am Palasttor erwartete sie ein Mann mit verschränkten Armen. Er war groß gewachsen und breitschultrig, sein Gesicht stolz.

Steiger hielt vor dem Tor und wartete.

Der Mann ging auf ihn zu, die dunkelbraunen Augen fest auf Steigers Gesicht gerichtet.

»Du behauptest, ein toter Mann zu sein?« fragte der Sathuli. Steiger wartete, ohne etwas zu erwidern. »Wenn das so ist, dann hast du bestimmt nichts dagegen, wenn ich dich mit meinem Schwert durchbohre?«

»Ich kann sterben wie jeder andere«, sagte Steiger. »Ich bin schon einmal gestorben. Aber du wirst mich nicht töten, also laß uns mit diesen Spielchen aufhören. Befolge die Gesetze der Gastfreundschaft und biete uns Erfrischungen an.«

»Du spielst deine Rolle gut, Bronzegraf. Steigt ab und folgt mir.«

Er führte sie in den Westflügel des Palastes und in ein riesiges Marmorbad, in dem sie von zwei Dienern umsorgt wurden, die Parfüm ins Wasser spritzten. Belder sagte nichts.

»Wir können uns hier nicht allzu lange aufhalten, Graf«, sagte Pagan. »Wieviel Zeit willst du ihnen geben?«

»Das habe ich noch nicht entschieden.«

Pagan ließ seine massige Gestalt ins warme Wasser sinken und tauchte unter. Steiger rief einen der Diener herbei und bat um Seife. Der Mann zog sich unter Verbeugungen zurück und kehrte mit einem Kristallgefäß wieder. Steiger schüttete sich den Inhalt über den Kopf und wusch sich die Haare; dann bat er um Rasiermesser und Spiegel und rasierte sich. Er war müde, fühlte sich nach dem Bad aber wieder einigermaßen menschlich. Als er die Marmorstufen emporstieg, kam ein Diener mit einem Bademantel, den er Steiger um die Schultern legte. Dann führte er ihn in ein Schlafgemach, wo Steiger seine Kleider, frisch ausgebürstet, vorfand. Er nahm ein sauberes Hemd aus der Satteltasche, zog sich rasch an, kämmte sich und legte sorgfältig sein Stirnband an. Einem Impuls folgend, nahm er das Stirnband wieder ab und suchte in seinen Taschen nach dem Silberreif mit dem Opal. Er setzte ihn auf, und ein anderer Diener brachte ihm einen Spiegel. Er dankte dem Mann, wobei er mit Genugtuung die Ehrfurcht in dessen Augen sah.

Er nahm den Spiegel und betrachtete sich.

Konnte er als Rek, der Krieger-Graf, durchgehen?

Pagan hatte ihn auf die Idee gebracht, als er sagte, daß die Menschen immer zu glauben bereit wären, andere wären stärker, schneller und fähiger als sie selbst. Es war alles nur eine Frage der Selbstdarstellung. Er hatte gesagt, Steiger könnte ein Fürst, ein Meuchelmörder oder ein General sein.

Warum dann nicht auch ein toter Held?

Wer konnte ihm schon das Gegenteil beweisen?

Steiger trat aus dem Zimmer. Ein Stammeskrieger mit einem Speer verbeugte sich und bat, ihm zu folgen. Der Mann führte ihn in einen großen Saal, in dem der junge Mann vom Tor saß, die beiden Sathuli, die er gerettet hatte, und ein alter Mann in verblichenem braunem Gewand.

»Willkommen«, begrüßte ihn der Anführer der Sathuli. »Hier ist jemand, der dich gern kennenlernen möchte.« Er deutete auf den alten Mann. »Das ist Raffir, ein heiliger Mann. Er ist ein Nachfahre Joacim Sathulis und ein großer

Geschichtsgelehrter. Er hat viele Fragen zur Belagerung von Dros Delnoch.«

»Es wird mir ein Vergnügen sein, seine Fragen zu beantworten.«

»Bestimmt. Er hat aber noch eine andere Gabe. Er spricht mit den Geistern der Toten. Heute abend wird er sich in Trance versetzen, und ich bin sicher, es wird dir eine Freude sein, das mitzuerleben.«

»Selbstverständlich.«

»Ich für meine Person«, sagte der Sathuli, »freue mich darauf. Ich habe oft Raffirs Geistesstimme gelauscht und ihn gefragt. Aber den Vorzug zu haben, solche Freunde zusammenzubringen ... nun, das erfüllt mich mit Stolz.«

»Sprich gerade heraus, Sathuli!« sagte Steiger. »Ich bin nicht in der Stimmung für kindische Spielchen.«

»Ich bitte tausendmal um Vergebung, edler Gast. Ich wollte lediglich sagen, daß Raffirs geistiger Führer niemand anders ist als dein Freund, der große Joacim. Ich werde eurer Unterhaltung voller Faszination lauschen.«

»Sei nicht so nervös!« sagte Pagan, als Steiger im Zimmer auf- und ablief. Sie hatten die Diener fortgeschickt, und Belder, entsetzt über die jüngsten Entwicklungen, ging im Garten spazieren.

»Ich habe allen Grund, nervös zu sein«, erwiderte Steiger gereizt.

»Bist du sicher, daß der alte Mann wirklich ein Seher ist?«

»Was spielt das für eine Rolle? Wenn er ein Betrüger ist, wird der Fürst ihm befohlen haben, mich zu verleugnen. Wenn er ein Seher ist, wird Joacims Geist mich verleugnen. Es gibt keine andere Möglichkeit.«

»Du könntest den alten Mann als Betrüger entlarven«, meinte Pagan ohne rechte Überzeugung.

»Ihren Heiligen in ihrem eigenen Tempel verunglimpfen? Das hieße, die Gastfreundschaft übermäßig zu strapazieren.«

»Ich hasse es, wie Belder zu reden, aber es war deine Idee. Du hättest es vorher durchdenken müssen.«

»Ich hasse es, wenn du wie Belder redest.«

»Könntest du aufhören, hin- und herzulaufen? Hier, iß ein paar Früchte.« Pagan warf ihm einen Apfel zu, doch Steiger ließ ihn fallen.

Die Tür wurde geöffnet, und Belder trat ein. »Es ist furchtbar. Furchtbar!« sagte er düster.

Steiger sank in einen weißen Ledersessel. »Das wird bestimmt eine spannende Nacht.«

»Ob wir unsere Waffen tragen dürfen?« fragte Pagan.

»Wahrscheinlich«, sagte Belder, »obwohl ich nicht begreife, wie du mit tausend Sathuli fertig werden willst.«

»Ich möchte nicht ohne Waffe in der Hand sterben.«

»Tapfer gesprochen«, sagte Steiger. »Ich nehme den Apfel. Ich möchte nicht ohne ein Stück Obst in der Hand sterben. Könntet ihr bitte mit dem Gerede vom Sterben aufhören? Das ist nicht gerade aufmunternd.«

Die Unterhaltung plätscherte ziellos weiter, bis ein Diener an die Tür klopfte und sie aufforderte, ihm zu folgen. Steiger bat den Diener, einen Moment zu warten, während er zu dem mannshohen Spiegel an der Wand ging und sich betrachtete. Es erstaunte ihn, daß er lächelte. Er warf sich mit dramatischem Schwung den Mantel um die Schultern und rückte den Opal-Stirnreif zurecht.

»Bleib an meiner Seite, Rek«, sagte er. »Ich brauche alle Hilfe, die ich bekommen kann.«

Das Trio folgte dem Diener durch den Palast, bis sie den Eingang zum Tempel erreichten, wo ein Mann sich verbeugte und sie einließ. Steiger ging durch die kühlen Schatten in den eigentlichen Tempel. Die Sitze zu allen Seiten waren mit schweigenden Stammeskriegern besetzt, während der Fürst und Raffir nebeneinander auf einer Empore saßen. Steiger richtete sich auf und marschierte den Gang hinunter; dann nahm er seinen

Mantel ab und drapierte ihn sorgfältig über der Stuhllehne.

Der Fürst erhob sich und verbeugte sich vor Steiger. Steiger meinte, ein boshaftes Funkeln in den dunklen Augen zu sehen.

»Ich heiße unseren edlen Gast heute abend hier willkommen. Noch nie hat ein Drenai einen Fuß in diesen Tempel gesetzt. Aber dieser Mann hier behauptet, der Fluch der Nadir zu sein, der lebendige Geist des Bronzegrafen, Blutsbruder des großen Joacim. Daher ziemt es sich, daß er Joacim an diesem heiligen Ort wieder begegnet.

Friede eurer Seele, Brüder. Öffnet eure Herzen der Musik der Leere. Laßt Raffir mit der Dunkelheit sprechen ...«

Steiger schauderte, als die riesige Versammlung die Köpfe senkte. Raffir lehnte sich in seinem Stuhl zurück. Seine Augen waren weit geöffnet; dann sah man nur noch das Weiße der Augäpfel. Steiger wurde übel vor Angst.

»Ich rufe dich, Geisterfreund!« rief Raffir. Seine Stimme war hoch und zittrig. »Komm zu uns an diesen heiligen Ort. Laß uns teilhaben an deiner Weisheit.«

Die Kerzen im Tempel flackerten plötzlich, als wäre ein Windstoß durch das Gebäude gefahren.

»Komm zu uns, Geisterfreund! Führe uns!«

Wieder tanzten die Kerzenflammen – und diesmal verloschen viele. Steiger leckte sich die Lippen; Raffir war kein Scharlatan.

»Wer ruft Joacim Sathuli?« hallte eine tiefe, wohlklingende Stimme durch den Saal. Steiger fuhr auf seinem Stuhl zusammen, denn die Stimme kam aus der faltigen Kehle Raffirs.

»Blut von deinem Blute ruft dich, großer Joacim«, sagte der Fürst. »Hier ist ein Mann, der behauptet, dein Freund zu sein.«

»Dann laß ihn sprechen«, sagte der Geist, »denn ich habe deine jammernde Stimme zu oft gehört.«

»Sprich!« befahl der Fürst, an Steiger gewandt. »Du hast den Befehl gehört.«

»Du hast *mir* gar nichts zu befehlen, du Hund!« fuhr Steiger ihn an. »Ich bin Rek, der Bronzegraf, und ich habe zu einer Zeit gelebt, als die Sathuli noch Männer waren. Joacim war ein Mann – und mein Bruder. Sag mir, Joacim, wie gefallen dir diese Söhne deiner Söhne?«

»Rek? Ich kann dich nicht sehen. Bist du das?«

»Ich bin es, Bruder. Hier unter diesen Schatten deiner selbst. Warum kannst du nicht bei mir sein?«

»Ich weiß nicht ... so viel Zeit. Rek! Unsere erste Begegnung. Erinnerst du dich an deine Worte?«

»Ja. ›Und was ist dein Leben wert, Joacim?‹ Und du hast geantwortet: ›Ein zerbrochenes Schwert.‹«

»Ja. Ja, ich erinnere mich. Und die letzten Worte? Jene, die mich nach Dros Delnoch brachten?«

»Ich ritt dem Tod in der Festung entgegen und sagte: ›Vor mir liegt nichts als Krieg und Feinde. Ich möchte gern denken, daß ich wenigstens einen Freund hinter mir lasse.‹ Ich bat dich, meine Hand als Freund zu nehmen.«

»Rek, du bist es! Mein Bruder! Wie kommt es, daß du noch einmal das Leben in Fleisch und Blut genießt?«

»Die Welt hat sich nicht geändert, Joacim. Das Böse steigt noch immer an die Oberfläche wie Schaum in der Brühe. Ich kämpfe einen Krieg ohne Verbündete und mit nur wenigen Freunden. Ich kam zu den Sathuli, wie schon in der Vergangenheit.«

»Was brauchst du, mein Bruder?«

»Ich brauche Männer.«

»Die Sathuli werden dir nicht folgen. Ich liebe dich, Rek, denn du warst ein großer Mann. Aber es wäre ungehörig, wenn ein Drenai den erwählten Stamm führen würde. Du mußt verzweifelt sein, auch nur darum zu bitten. Aber in deiner großen Not biete ich dir die Cheiam zu deiner Verfügung an. Oh, Rek, mein Bruder, ich wünschte, ich könnte wieder an deiner Seite sein, den Säbel in der Faust! Ich sehe noch die Nadir vor mir, wie sie über die letzte Mauer klettern, höre noch ihre haßerfüllten Schreie. Wir waren Männer, nicht wahr?«

»Wir waren Männer«, antwortete Steiger. »Selbst mit der Wunde in deiner Seite warst du noch voller Kraft.«

»Mit meinem Volk steht es nicht zum besten, Rek. Schafe, angeführt von Ziegen. Nutze die Cheiam gut. Und möge der Herr aller Dinge dich segnen.«

Steiger schluckte schwer. »Hat er dich gesegnet, mein Freund?«

»Ich habe, was ich verdiene. Lebwohl, mein Bruder.«

Eine grenzenlose Traurigkeit überfiel Steiger, und er sank auf die Knie. Tränen strömten ihm über die Wangen. Er versuchte vergeblich, sein Schluchzen zu unterdrücken, und Pagan lief zu ihm und half ihm auf die Füße.

»Soviel Kummer in seiner Stimme«, sagte Steiger. »Bring mich fort von hier.«

»Wartet!« befahl der Fürst. »Die Zeremonie ist noch nicht vorüber.«

Doch Pagan beachtete ihn nicht und führte den weinenden Steiger aus dem Tempel. Nicht ein Sathuli versperrte ihnen den Weg, als sie in ihre Zimmer zurückkehrten. Dort half Pagan Steiger auf das mit weißem Satin bezogene Bett und holte ihm Wasser aus einem steinernen Krug. Es war kühl und süß.

»Hast du je solche Trauer gehört?« fragte Steiger.

»Nein«, gestand Pagan. »Aber sag – wie hast du das gemacht? Bei allen Göttern, das war eine unglaubliche Vorstellung!«

»Das war nur eine weitere Täuschung. Es hat mich krank gemacht! Was ist das für eine Kunst, einen gequälten, blinden Geist zu täuschen? Bei den Göttern, Pagan, er ist seit über hundert Jahren tot. Er und Rek sind sich nach der Schlacht nur selten begegnet – sie gehörten zwei verschiedenen Kulturen an.«

»Aber du kanntest alle Worte ...«

»Die Tagebücher des Grafen. Nicht mehr und nicht weniger. Ich habe Geschichte studiert. Sie trafen sich zuerst, als die Sathuli meinen Ahnherrn aus dem Hinterhalt überfielen und Rek Joacim im Zweikampf besiegte. Sie kämpften lange, und dann brach Joacims Schwert. Aber Rek schonte sein Leben, und damit begann ihre Freundschaft.«

»Du hast dir eine schwierige Rolle ausgesucht. Du bist kein Schwertkämpfer.«

»Das brauche ich auch nicht zu sein. Es genügt, so zu tun als ob. Ich glaube, ich werde jetzt schlafen. Bei den Göttern, bin ich müde ... und ich schäme mich so furchtbar.«

»Du hast keinen Grund, dich zu schämen. Aber sag mir eins. Wer sind die Cheiam?«

»Die Söhne Joacims. Ich glaube, es ist ein Kult. Ich bin mir aber nicht sicher. Laß mich jetzt schlafen.«

»Schlaf gut, Rek, du hast es dir verdient.«

»Es ist nicht nötig, mich auch unter vier Augen bei diesem Namen zu nennen.«

»O doch. Wir alle müssen von nun an mit deiner Rolle leben. Ich weiß gar nichts über deinen Ahnherrn. Aber ich glaube, er wäre stolz auf dich gewesen. Man braucht eiserne Nerven, um so etwas durchzustehen.« Doch Steiger bekam das Lob nicht mehr mit, denn er war bereits eingeschlafen.

Pagan ging in den Vorraum hinaus.

»Wie geht es ihm?« fragte Belder.

»Es geht ihm gut. Aber ich gebe dir einen Rat, alter Mann: keine bissigen Bemerkungen mehr! Von nun an ist er der Bronzegraf und wird auch so behandelt.«

»Wie wenig du doch weißt, schwarzer Mann!« fauchte Belder. »Er spielt keine Rolle. Er ist der Bronzegraf! Von Rechts und von Blutes wegen. Er glaubt nur, daß er eine Rolle spielt. Nun, laß ihn. Was du jetzt siehst, ist die Wirklichkeit! Es war immer da – ich wußte es. Das hat mich ja so bitter gemacht. Bissige Bemerkungen? Ich bin stolz auf den Jungen, so stolz, daß ich singen könnte!«

»Laß es«, sagte Pagan grinsend. »Du hast eine Stimme wie eine kranke Hyäne!«

Steiger erwachte, als eine rauhe Hand sich auf seinen Mund legte. Es war kein schönes Erwachen. Der Mond schickte einen silbernen Strahl durch das offene Fenster, und der Wind blähte die Seidenvorhänge. Aber der Mann, der sich über Steigers Bett beugte, war nur eine Silhouette.

»Keinen Laut«, warnte eine Stimme. »Du bist in großer Gefahr!« Er nahm die Hand weg und setzte sich aufs Bett.

Steiger richtete sich langsam auf. »In Gefahr?« flüsterte er.

»Der Fürst hat befohlen, dich zu töten.«

»Wie aufmerksam!«

»Ich bin hier, um dir zu helfen.«

»Freut mich, das zu hören.«

»Das ist kein Scherz, Graf. Ich bin Magir, der Führer der Cheiam, und wenn du dich nicht sofort bewegst, wirst du dich erneut in den Hallen der Toten finden.«

»Wohin bewegen?«

»Aus der Stadt. Heute nacht. Wir haben hoch in den Bergen ein Lager, wo du in Sicherheit bist.« Ein leicht schabendes Geräusch kam vom Fenster, als ob ein Seil über Stein scheuerte. »Zu spät!« flüsterte Magir. »Sie sind schon da. Hol dein Schwert.«

Steiger krabbelte über das Bett und zerrte sein Schwert aus der Scheide. Ein dunkler Schatten sprang durchs Fenster, doch Magir hielt ihn auf. Sein Krummdolch blitzte, und ein schrecklicher Schrei zerriß die Stille der Nacht. Als zwei weitere Attentäter ins Zimmer kletterten, schrie Steiger so laut er konnte und stürzte vor, sein Schwert schwingend. Es drang in Fleisch, und der Mann fiel ohne einen Laut. Steiger stolperte gerade in dem Moment über den Toten, als ein Dolch über seinen Kopf hinwegsauste. Er rollte sich auf den Rücken und stieß dem Gegner die Klinge in den Bauch. Stöhnend vor Schmerzen taumelte der Mann zurück und stürzte aus dem Fenster.

»Phantastisch!« sagte Magir. »Ich habe noch nie eine so hervorragend ausgeführte Rolle gesehen. Du könntest selbst ein Cheiam sein.«

Steiger lehnte sich gegen die Wand; das Schwert entglitt seinen kraftlosen Fingern.

Pagan riß die Tür auf. »Alles in Ordnung, Rek?« fragte er. Steiger wandte sich um und sah den schwarzen Riesen wie eine Ebenholzstatue den Türrahmen ausfüllen, während die Tür an zerborstenen Angeln leise schaukelte.

»Du hättest die Tür doch *aufmachen* können«, seufzte Steiger. »Himmel, das ganze Theater hier bringt mich um!«

»Wo wir gerade davon sprechen«, sagte Pagan, »ich habe in meinem Zimmer vorhin zwei Männer getötet. Belder ist tot – sie haben ihm die Kehle durchgeschnitten.«

Steiger erhob sich mühsam. »Sie haben *ihn* getötet? Warum?«

»Du hast den Fürsten beleidigt«, erklärte Magir. »Er muß dich töten, er hat keine andere Wahl.«

»Und was ist mit Joacims Geist? Was war der Sinn, ihn zurückzuholen?«

»Das kann ich nicht beantworten, Graf. Aber ihr müßt jetzt gehen.«

»Jetzt? Er hat meinen Freund getötet – wahrscheinlich den einzigen, den ich je hatte. Er war wie ein Vater für mich. Geht und laßt mich allein – alle beide.«

»Mach keine Dummheiten«, warnte Pagan.

»Dummheiten! Es ist alles so dumm. Das Leben ist eine Farce – eine dumme, widerliche Farce, gespielt von Narren. Nun, hier ist ein Narr, der genug hat. Also verschwindet!«

Steiger zog sich rasch an, schnallte den Schwertgurt um und nahm die Klinge in die Hand. Er ging zum Fenster und lehnte sich hinaus. Ein Seil baumelte im Nachtwind, und Steiger packte es, sprang über den Sims und ließ sich Hand um Hand in den Hof hinab.

Vier Wächter beobachteten ihn schweigend, wie er leichtfüßig auf dem Marmorpflaster landete. Er ging in die Mitte des Hofes und starrte zu den Fenstern des fürstlichen Schlafgemachs empor.

»Fürst der Feiglinge, *komm heraus!*« rief er. »Fürst der Lüge und der Täuschung, zeige dich! Joacim sagte, du wärst ein Schaf. Komm heraus!«

Die Wächter warfen sich einen Blick zu, rührten sich aber nicht.

»Ich bin am Leben, Fürst. Der Bronzegraf lebt! Alle deine Meuchelmörder sind tot, und du wirst ihnen gleich folgen. Komm heraus – oder ich werde dir deine Seele dort nehmen, wo du bist. Komm heraus!«

Die Vorhänge am Fenster öffneten sich, und der Fürst stand da, das Gesicht rot vor Zorn. Er beugte sich über das steinerne Sims und rief zu den Wächtern hinab:

»Tötet ihn!«

»Komm und tu's selbst, du Schakal!« brüllte Steiger. »Joacim nannte mich seinen Freund, und das bin ich. In deinem eigenen Tempel hast du ihn gehört, und doch schickst du Mörder auf mein Zimmer. Du rückgratloser Hurensohn! Du entehrst deinen Vorfahren und brichst eure eigenen Gesetze der Gastfreundschaft. Dreckskerl! Komm herunter!«

»Ihr habt mich gehört – tötet ihn!« kreischte der Fürst. Die Wächter setzten sich mit gesenkten Lanzen in Bewegung.

Steiger ließ sein Schwert sinken; seine blauen Augen richteten sich fest auf den ersten Krieger.

»Ich werde nicht mit euch kämpfen«, sagte er. »Aber was soll ich Joacim sagen, wenn ich ihn das nächstemal treffe? Und was werdet ihr ihm sagen, wenn ihr den Weg in die Hölle antretet?« Der Mann zögerte, und Pagan rannte hinter Steiger über den Hof, zwei Schwerter in Händen. Magir war an seiner Seite.

Die Wächter wappneten sich für den Angriff.

»Laßt ihn in Ruhe!« schrie Magir. »Er ist der Graf, und seine Herausforderung ist rechtens.«

»Komm herunter, Fürst der Feiglinge!« rief Steiger. »Deine Zeit ist gekommen!«

Der Fürst kletterte über das Sims und sprang die drei

Meter auf das Pflaster hinab; sein weißes Gewand flatterte im Wind. Er ging zu einem der Wächter, nahm ihm den Säbel ab und schwenkte ihn, um die Ausgewogenheit zu prüfen.

»Jetzt wirst du sterben«, sagte der Fürst. »Ich weiß, daß du ein Lügner bist. Du bist nicht der längst verstorbene Graf – du bist ein Betrüger.«

»Beweise es!« fauchte Steiger. »Komm schon. Ich bin der größte Schwertkämpfer, den die Welt je gesehen hat. Ich habe die Nadirhorden zurückgeschlagen. Ich habe das Schwert des Joacim Sathuli zerbrochen. Komm und stirb!«

Der Fürst leckte sich die Lippen und starrte in Steigers funkelnde Augen. Schweiß rann ihm über die Wangen, und in diesem Moment wußte er, daß sein Schicksal besiegelt war. Plötzlich erschien ihm das Leben sehr kostbar, und er war ein viel zu wichtiger Mann, als daß er zulassen konnte, daß ein Dämon aus der Tiefe ihn in einen Zweikampf lockte. Seine Hand begann zu zittern.

Er fühlte die Blicke seiner Männer auf sich ruhen, schaute sich um und mußte feststellen, daß der Hof von Sathuli-Kriegern umringt war. Und doch war er allein. Keiner dieser Krieger würde ihm zu Hilfe kommen. Er mußte angreifen – aber das bedeutete den Tod. Mit einem wilden Aufschrei und erhobenem Säbel stürzte er sich nach vorn. Steiger stieß dem Fürsten sein Schwert ins Herz, zog es mit einem Ruck wieder heraus, und der Körper sank leblos aufs Pflaster.

Magir trat an Steigers Seite. »Jetzt mußt du gehen. Sie werden dich aus den Bergen lassen. Aber dann nehmen sie die Verfolgung auf, um seinen Tod zu rächen.«

»Das ist nicht wichtig«, erwiderte Steiger. »Ich kam her, um diese Männer zu gewinnen. Ohne sie sind wir eh verloren.«

»Du hast die Cheiam, mein Freund. Wir würden dir in die Hölle folgen!«

Steiger blickte auf den toten Fürsten hinab. »Er hat

nicht einmal versucht zu kämpfen – er ist einfach losgerannt, um zu sterben.«

»Er war ein Hund und der Sohn eines Hundes. Ich spucke auf ihn!« sagte Magir. »Er war deiner nicht würdig, Graf, obwohl er der beste Schwertkämpfer der Sathuli war.«

»Wirklich?« fragte Steiger erstaunt.

»Ja. Aber er wußte, daß du ein größerer Mann warst als er, und dieses Wissen vernichtete ihn, noch ehe dein Schwert es konnte.«

»Der Mann war ein Narr. Wenn er nur …«

»Rek«, unterbrach Pagan, »es ist Zeit zu gehen. Ich hole die Pferde.«

»Nein. Ich möchte, daß Belder begraben wird, ehe wir diesen Ort verlassen.«

»Meine Männer werden sich darum kümmern«, sagte Magir. »Aber dein Freund spricht weise. Ich lasse eure Pferde in den Hof bringen. Es ist nur eine Stunde bis zu unserem Lager. Dort können wir ausruhen und über deine Pläne sprechen.«

»Magir?«

»Ja, Graf?«

»Ich danke dir.«

»Es war meine Pflicht, Graf. Ich dachte, ich würde diese Pflicht verabscheuen, denn die Cheiam lieben die Drenai nicht. Aber du bist ein Mann.«

»Sag mir, wer sind die Cheiam?«

»Wir sind jene, die Blut trinken, die Söhne Joacims. Wir verehren nur einen Gott: Shelli, den Geist des Todes.«

»Wie viele seid ihr?«

»Nur hundert, Graf. Aber beurteile uns nicht nach unserer Zahl. Sieh auf die Zahl der Toten, die unter unseren Waffen fallen.«

17

Der Mann war bis zum Hals eingegraben, die trockene Erde rings um ihn festgestampft. Ameisen krochen über sein Gesicht, und die Sonne brannte auf seinen kahlrasierten Schädel. Er hörte Pferde kommen, konnte sich aber nicht umdrehen.

»Die Pest über dich und deine Familie!« schrie er.

Dann hörte er, wie jemand vom Pferd stieg, und ein barmherziger Schatten fiel auf ihn. Als er aufblickte, sah er eine große Gestalt in schwarzem Leder und Reitstiefeln vor sich. Das Gesicht konnte er nicht sehen. Eine Frau führte die Pferde am Zügel; der Mann hockte sich vor ihn nieder. »Wir suchen die Zelte der Wölfe«, sagte er.

Der Eingegrabene spuckte eine Ameise aus. »Gut für euch!« sagte er. »Warum sollte ich euch helfen! Glaubt ihr, ich bin als Wegweiser hier?«

»Ich hatte eher daran gedacht, dich auszugraben.«

»Spar dir die Mühe. Die Hügel hinter dir sind voller Packratten. Sie würden es nicht gerade begrüßen.«

›Packratten‹ wurden die Angehörigen eines Stammes der Grünaffen seit einer Schlacht vor etwa hundert Jahren genannt. Nach dieser Schlacht hatte man ihnen ihre Ponies weggenommen und sie gezwungen, ihre Habseligkeiten auf dem Rücken zu tragen. Die anderen Stämme hatten diese Demütigung nie vergessen – wie auch die Grünaffen selbst nicht.

»Wie viele sind es?« fragte Tenaka.

»Keine Ahnung. Für mich sehen sie alle gleich aus.«

Tenaka hielt dem Mann seine lederne Feldflasche an die Lippen, und er trank gierig.

»Von welchem Stamm bist du?« fragte Tenaka.

»Ich bin froh, daß du mich das erst fragst, nachdem du mir Wasser gegeben hast«, antwortete der Mann. »Ich bin Subodai von den Speeren.«

Tenaka nickte. Die Speere wurden von den Wolfsschädeln aus einem einleuchtenden Grund gehaßt: ihre Krieger waren ebenso grausam und geschickt wie sie selbst.

Die Nadir hatten nur selten Achtung vor dem Feind. Schwächere Gegner wurden mit Herablassung behandelt, überlegene gehaßt. Die Speere waren zwar nicht überlegen, aber schwächer waren sie ganz gewiß nicht.

»Wie kommt es, daß ein Speer den Packratten in die Hände fällt?« fragte Tenaka.

»Pech«, erwiderte Subodai, nachdem er noch ein paar Ameisen ausgespuckt hatte. »Mein Pony hat sich ein Bein gebrochen, und dann haben mich vier von ihnen angesprungen.«

»Nur vier?«

»Ich war nicht so recht in Form.«

»Ich glaube, ich werde dich ausgraben.«

»Keine besonders gute Idee, Wolfsschädel! Ich könnte gezwungen sein, dich zu töten.«

»Ich mache mir keine Sorgen wegen eines Mannes, der sich von nur vier Packratten überwältigen ließ. Renya, grab ihn aus.«

Tenaka zog sich ein Stück zurück, nahm mit überkreuzten Beinen Platz und betrachtete die Hügel. Es waren keinerlei Anzeichen von Bewegung zu sehen, aber er wußte, daß sie beobachtet wurden. Er reckte den verletzten Rücken – in den letzten fünf Tagen war er gut verheilt.

Renya kratzte die festgestampfte Erde weg und befreite so die Arme des Mannes, die hinter seinem Rücken gefesselt waren. Sobald er sie frei hatte, stieß er Renya beiseite und mühte sich selbst so lange ab, bis er sich ausgegraben hatte. Ohne ein Wort an Renya zu richten, ging er zu Tenaka und kauerte sich vor ihn.

»Ich habe beschlossen, dich nicht zu töten«, sagte Subodai.

»Für einen Speer bist du sehr klug«, sagte Tenaka, ohne den Blick von den Hügeln zu wenden.

»Das stimmt. Ich sehe, deine Frau ist eine Drenai. Zierlich!«

»Ich liebe zierliche Frauen.«

»Es spricht etwas für sie«, pflichtete Subodai ihm bei. »Verkaufst du mir ein Schwert?«

»Womit willst du bezahlen?«

»Ich gebe dir ein Packratten-Pony.«

»Deine Großzügigkeit wird nur noch von deinem Selbstvertrauen übertroffen«, stellte Tenaka fest.

»Du bist Schwerttänzer, das Drenai-Halbblut«, sagte Subodai, zog seine gegürtete Felljacke aus und klopfte Ameisen von seinem kräftigen, untersetzten Körper.

Tenaka machte sich nicht die Mühe zu antworten; er beobachtete eine Staubwolke in den Hügeln, wo offenbar einige Männer auf ihre Pferde stiegen.

»Mehr als vier«, sagte Subodai. »Was ist mit dem Schwert?«

»Sie verschwinden«, sagte Tenaka. »Sie werden mit Verstärkung zurückkommen.« Er erhob sich, ging zu seinem Pferd und schwang sich in den Sattel. »Lebwohl, Subodai.«

»Warte!« rief der Nadir. »Das Schwert!«

»Du hast noch nicht mit dem Pony bezahlt.«

»Das werde ich schon noch – ich brauche nur Zeit.«

»Ich habe keine Zeit. Was hast du sonst noch zu bieten?«

Subodai steckte in der Klemme. Falls er ohne eine Waffe hier zurückgelassen wurde, war er innerhalb einer Stunde tot. Er überlegte, ob er Tenaka angreifen sollte, verwarf die Idee aber sogleich wieder – der zuversichtliche Blick aus den violetten Augen war entmutigend.

»Ich habe sonst nichts«, sagte Subodai. »Aber ich kann dir ansehen, daß du etwas im Sinn hast.«

»Sei für zehn Tage mein Leibeigener und führe mich zu den Wölfen«, schlug Tenaka vor.

Subodai spie aus. »Das ist kaum besser als hier zu sterben. Zehn Tage, sagst du?«

»Zehn Tage.«

»Und heute zählt als der erste Tag?«

»Ja.«

»Einverstanden.« Subodai streckte die Hand aus. Tenaka ergriff sie und zog ihn zu sich aufs Pferd. »Ich bin froh, daß mein Vater das nicht mehr erleben muß«, murmelte der Nadir.

Während sie nach Norden galoppierten, dachte Subodai über seinen Vater nach. Ein starker Mann und ein guter Reiter – und ein Mann mit Temperament!

Sein Temperament hatte ihn auch das Leben gekostet. Nach einem Pferderennen, das Subodai gewann, hatte sein Vater ihn beschuldigt, den Sattelgurt seiner Stute gelockert zu haben. Der Streit hatte sich zu einem Kampf mit Fäusten und Messern ausgeweitet.

Subodai sah immer noch den erstaunten Ausdruck auf dem Gesicht seines Vaters vor sich, als ihm das Messer seines Sohnes in die Brust drang. Ein Mann sollte immer wissen, wann er sein Temperament zügeln muß.

Der Nadir drehte sich im Sattel um; seine schwarzen Augen blieben auf Renya haften. Das war mal eine Klassefrau! Vielleicht nicht gut für die Steppe – aber für vieles andere. Noch neun Tage würde er Schwerttänzer dienen – dann würde er ihn töten und seine Frau nehmen.

Er betrachtete die Pferde. Es waren schöne Tiere. Plötzlich grinste er, als die Lebensfreude ihn wieder übermannte.

Die Frau würde er nehmen.

Die Pferde würde er behalten.

Denn sie waren es wert, mehr als einmal geritten zu werden.

Lake schwitzte heftig beim Drehen des dicken hölzernen Griffes, mit dem er den Bogenarm mit der ledergeflochtenen Halbkugel zurückkurbelte. Ein junger Mann in Lederschürze reichte ihm ein locker zusammengeschnürtes Bündel von fünfzig Pfeilen, die Lake in die Schale seiner Maschine legte. In zehn Metern Entfernung lehnten zwei

Gehilfen eine dicke hölzerne Tür an die gegenüberliegende Wand.

Ananais saß in einer Ecke, an die graue Wand des alten Stalles gelehnt. Bis jetzt hatte es allein über zehn Minuten gedauert, die Maschine zu laden. Zehn Minuten für fünfzig Pfeile! Ein Bogenschütze konnte in derselben Zeit doppelt so viele Pfeile abschießen. Doch Lake gab sich viel Mühe, und Ananais sah keinen Grund, ihn zu entmutigen.

»Fertig?« fragte Lake seine Gehilfen am anderen Ende des Raumes. Beide nickten und brachten sich dann rasch hinter großen Hafer- und Weizensäcken in Sicherheit.

Lake warf Ananais einen um Zustimmung bittenden Blick zu; dann betätigte er den Auslöser. Der massive Arm schoß vor, und fünfzig Pfeile hämmerten in das Holz der Tür; einige drangen sogar durch sie hindurch bis zur Wand, wo sie funkensprühend herunterfielen. Ananais ging zu der Tür, beeindruckt von der Durchschlagskraft. Die Tür war in einem kläglichen Zustand. In der Mitte, wo mehr als ein Drittel der Pfeile getroffen hatte, war ein großes Loch.

»Was meinst du?« fragte Lake ängstlich.

»Sie müßten breiter streuen«, sagte Ananais. »Wenn wir diese Ladung auf einen Haufen angreifender Bastarde losgelassen hätten, wäre fast die Hälfte der Pfeile nur in zwei der Biester eingedrungen. Sie müßten seitlich streuen – kannst du das hinkriegen?«

»Ich glaube schon. Aber gefällt dir die Maschine?«

»Hast du Schrot?«

»Ja.«

»Dann lade es in die Kugel.«

»Aber dann geht sie zu Bruch!« protestierte Lake. »Sie wurde entworfen, um Pfeile zu verschießen.«

Ananais legte dem jungen Mann eine Hand auf die Schulter. »Sie ist dazu bestimmt zu töten, Lake. Versuch's mit dem Schrot.«

Einer der Gehilfen brachte einen Sack mit Schrot und schüttete ein paar hundert kieselsteingroße Bleikugeln in die Kupferschale. Ananais übernahm es, den Hebelarm zurückzukurbeln, und der Lederriemen konnte binnen vier Minuten wieder eingehakt werden.

Dann stellte Ananais sich daneben und nahm den Auslöser in die Hand. »Geht zur Seite«, befahl er. »Und vergeßt die Säcke. Geht raus.« Die Helfer brachten sich eilends in Sicherheit, und Ananais zog an dem Riemen. Der massige Hebelarm schoß nach vorn, und die Kugeln donnerten gegen die eichene Tür. Der Lärm war ohrenbetäubend, und das Holz zersplitterte ächzend, so daß die Tür in mehrere Teile zerbrach. Ananais betrachtete die Lederkappe des Arms – sie war verbogen und zerrissen.

»Besser als Pfeile, Jung-Lake«, sagte er, als der junge Mann zu seiner Maschine rannte und die Schale und den Lederzug prüfte.

»Ich werde eine Schale aus Messing anfertigen«, sagte er, »und die Streuung vergrößern. Wir werden zwei Kurbeln brauchen, zu beiden Seiten eine. Und ich lasse das Schrot so feilen, daß es an jeder Seite Spitzen hat.«

»Wie schnell kannst du so eine Maschine bauen?« fragte Ananais.

»Ich habe bereits drei fertig. Für die Verbesserungen brauchen wir einen Tag, dann haben wir vier.«

»Gute Arbeit, Kamerad!«

»Mir macht nur Kummer, wie wir sie ins Tal bringen sollen.«

»Mach dir darüber keine Gedanken – wir wollen die Maschinen nicht in vorderster Front aufstellen. Nimm sie mit zurück in die Berge; Galand wird dir sagen, wo du sie postieren sollst.«

»Aber sie könnten helfen, die Schlachtordnung zu halten«, meinte Lake. Ananais nahm ihn am Arm und führte ihn aus den Ställen hinaus an die klare Nachtluft.

»Versteh doch, mein Freund: *nichts* kann uns helfen, die vordersten Reihen zu halten. Wir haben nicht die Männer dazu. Es gibt zu viele Pässe und Pfade. Wenn wir zu lange warten, werden wir abgeschnitten und umzingelt. Die

Waffen sind hervorragend, und wir werden sie einsetzen – aber weiter hinten.«

Lakes Ärger schwand und wich einer dumpfen, müden Resignation. Tagelang hatte er sich rastlos angetrieben auf der Suche nach etwas, nach irgendeiner Möglichkeit, die Flut zu wenden. Aber er war nicht dumm, und insgeheim hatte er gewußt, daß auch die Maschinen keine entscheidende Wende bringen konnten.

»Wir können die Stadt nicht schützen«, sagte er.

»Städte lassen sich wieder aufbauen«, erwiderte Anais.

»Aber viele Leute werden sich weigern, die Stadt zu verlassen. Die meisten! Es würde mich jedenfalls nicht wundern.«

»Dann werden sie sterben, Lake.«

Der junge Mann zog sich die Lederschürze aus und setzte sich auf ein Faß. Er knüllte die Schürze zu einer Kugel zusammen und schleuderte sie zu Boden. Ananais hatte Mitleid mit ihm, denn er wußte, daß Lake auf seine zerbrochenen Träume blickte.

»Bei den Göttern, Lake, ich wünschte, ich könnte etwas sagen, um dich aufzumuntern. Ich weiß, wie du dich fühlst ... ich fühle genauso. Es beleidigt den Sinn für natürliche Gerechtigkeit, wenn der Feind alle Vorteile auf seiner Seite hat. Ich erinnere mich an einen meiner alten Lehrer, der einmal sagte, daß hinter jeder dunklen Wolke die Sonne nur darauf wartet, dich zu verbrennen.«

Lake grinste. »Ich hatte auch mal so einen Lehrer. Ein merkwürdiger alter Knabe, der in einer Hütte nahe den Bergen im Westen lebte. Er sagte, im Leben gebe es drei Sorten von Menschen: Gewinner, Verlierer und Kämpfer. Die Gewinner widerten ihn an mit ihrer Arroganz, die Verlierer mit ihrem Gejammer und die Kämpfer mit ihrer Dummheit.«

»Zu welcher Sorte zählte er sich selbst?«

»Er sagte, er hätte alle drei Rollen durchprobiert, aber keine hätte ihm gefallen.«

»Na, jedenfalls hat er es versucht. Mehr kann man nicht tun, Lake. Auch wir werden es versuchen. Wir werden sie schlagen und treffen. Wir werden sie in einem ständigen Kleinkrieg in den Schlamm drücken. Knochen und Schädel, Stahl und Feuer. Und mit Glück, wenn Tenaka zurückkommt, wird er sie mit seinen Nadir in Grund und Boden stampfen.«

»Wir scheinen im Moment nicht gerade vom Glück verfolgt zu sein«, meinte Lake.

»Für sein Glück ist man selbst verantwortlich. Ich glaube nicht an Götter, Lake. Habe ich nie getan. Wenn es sie gibt, scheren sie sich sehr wenig – wenn überhaupt – um gewöhnliche Sterbliche. Ich glaube nur an mich selbst. Und weißt du, warum? Weil ich nie verloren habe! Man hat mich mit Speeren durchbohrt, niedergestochen und vergiftet. Ich bin hinter einem wilden Pferd hergeschleift worden, wurde von einem Stier auf die Hörner genommen und von einem Bären gebissen. Aber ich habe nie verloren. Sogar mein Gesicht hat mir ein Bastard abgerissen, aber ich bin immer noch da. Das Siegen wird zur Gewohnheit.«

»Es ist schwer, es dir nachzutun, Schwarzmaske. Ich habe einmal einen Wettlauf gewonnen und war Dritter bei den offenen Wettkämpfen im Ringen. Oh ... und als Kind hat mich mal eine Biene gestochen, und ich habe tagelang geweint.«

»Du schaffst es, Lake! Sobald ich dir beigebracht habe, ein guter Lügner zu sein! Und jetzt wieder rein mit dir und an die Arbeit. Kümmere dich um die Maschinen, die du dir ausgedacht hast.«

Drei Tage lang, vom Morgengrauen bis Sonnenuntergang, zogen Rayvan und Scharen von Helfern durch die Stadt und bereiteten die Menschen auf die Evakuierung in die Berge vor. Es war eine undankbare Aufgabe. Viele weigerten sich, überhaupt darüber nachzudenken, und mache spotteten sogar über die Bedrohung, die Rayvan ihnen ausmalte. Warum sollte Ceska die Stadt angreifen? fragten sie. Deswegen war die Stadt ja ohne Mauern erbaut worden: Es gab keinen Grund, sie zu überfallen. Streitigkeiten flammten auf, Türen wurden zugeschlagen. Rayvan ertrug Beleidigungen und Demütigungen und zog weiter durch die Straßen.

Am Morgen des vierten Tages sammelten sich die Flüchtlinge auf den Feldern östlich der Stadt. Sie hatten ihren Besitz auf Karren geladen, von denen einige von Maultieren, andere von Ponies oder gar Ochsen gezogen wurden. Die weniger glücklichen schleppten ihre Habseligkeiten in Leinensäcken auf dem Rücken. Alles in allem waren es weniger als zweitausend Flüchtlinge – mehr als doppelt so viele hatten sich entschlossen, in der Stadt zu bleiben.

Galand und Lake setzte sich an die Spitze auf dem langen, mühsamen Marsch ins Hochland, wo bereits dreihundert Männer in versteckten Tälern Holzhütten zimmerten.

Lakes Maschinen, eingehüllt in geöltes Leder, lagen auf sechs Wagen, die an der Spitze der Kolonne mitgeführt wurden.

Rayvan, Decado und Ananais schauten zu, als die Flüchtlinge aufbrachen. Dann schüttelte Rayvan den Kopf, fluchte und ging ohne ein weiteres Wort zurück in den Ratssaal. Die beiden Männer folgten ihr. Sobald sie drinnen war, brach ihr Zorn sich Bahn.

»Was, in des Chaos Namen, geht bloß in ihren Köpfen vor?« tobte sie. »Haben sie noch nicht genug von Ceskas Terror? Manche von ihnen sind jahrelang meine Freunde gewesen. Sie sind verläßliche, kluge, vernünftige Menschen. Wollen sie denn unbedingt sterben?«

»So einfach ist das nicht, Rayvan«, sagte Decado leise. »Sie kennen die Schliche des Bösen nicht, und sie können sich nicht vorstellen, weshalb Ceska die Bevölkerung der Stadt abschlachten sollte. Für sie ergibt das keinen Sinn.

Und du fragst, ob sie von Ceskas Herrschaft noch nicht genug haben. Kurz und knapp – nein! Sie haben Männer gesehen, denen man die Arme abgehackt hatte, aber sie können sich fragen: Hat er es vielleicht verdient? Sie haben von Hunger und Krankheit in anderen Gegenden gehört, doch Ceska hatte immer eine Antwort darauf parat. Er schiebt mit seltenem Geschick stets die Schuld von sich. Und ehrlich gesagt: Die Leute *wollen* es auch gar nicht wissen. Für die meisten Menschen bedeutet Leben ihr Zuhause und ihre Familien, zu sehen, wie die Kinder heranwachsen, zu hoffen, daß das nächste Jahr besser wird als dieses.

In Südventria lebt eine ganze Gemeinde auf einer Vulkaninsel. Ungefähr alle zehn Jahre spuckt der Berg Asche, Staub und brennendes Gestein und tötet Hunderte von Menschen. Und dennoch bleiben sie, immer in der Überzeugung, das Schlimmste sei nun überstanden.

Aber quäle dich nicht, Rayvan. Du hast getan, was du konntest. Mehr kann niemand verlangen.«

Sie sank auf ihrem Stuhl zusammen und schüttelte den Kopf. »Ich hätte Erfolg haben können. Rund viertausend Menschen werden hier unten sterben. Grauenhaft! Und das alles, weil ich einen Krieg angefangen habe, den ich nie gewinnen kann.«

»Unsinn!« widersprach Ananais. »Warum tust du dir das an? Der Krieg ist ausgebrochen, weil Ceskas Männer in die Berge kamen und unschuldige Menschen niedermetzelten. Du hast nur deinen Mann verteidigt. Wo wären wir denn, würden wir solche Greuel einfach hinnehmen? Mir gefällt die Lage nicht. Sie stinkt schlimmer als ein seit Tagen toter Fisch im Sommer! Aber es ist nicht meine Schuld. Ebensowenig wie deine. Du willst einen Schuldigen? Dann beschuldige die, die Ceska an die Macht gebracht haben. Die Soldaten, weil sie ihm noch immer folgen. Seine Mutter, weil sie ihm das Leben schenkte. Aber jetzt genug davon! Jeder Mann und jede Frau da unten hatte die Wahl, sie konnten frei entscheiden. Ihr

Schicksal liegt in ihren eigenen Händen. Du bist nicht für sie verantwortlich.«

»Ich will nicht mit dir streiten, Schwarzmaske. Aber irgendwo bei dieser furchtbaren Geschichte *muß* jemand sich verantwortlich fühlen. Ich habe den Krieg nicht verursacht, wie du sagst. Aber ich habe mich dazu ausersehen, diese Menschen zu führen, und jeder, der stirbt, geht auf mein Konto. Ich kann es nun einmal nicht anders sehen. Weil ich liebe. Kannst du das verstehen?«

»Nein«, gab Ananais offen zu. »Aber ich akzeptiere es.«

»Ich verstehe es«, sagte Decado. »Aber deine Liebe sollte denen gelten, die dir vertraut haben und in die Berge zogen. Mit den Flüchtlingen von außerhalb Skodas und den Stadtbewohnern haben wir jetzt über siebentausend Menschen dort. Wir werden Probleme mit Lebensmitteln, Hygiene und Krankheiten bekommen. Wir müssen Versorgungslinien aufbauen. Lager, Vorräte, Medizin. Das alles verlangt Organisation und Arbeitskraft. Und jeder Mann, den wir dabei verlieren, ist ein Krieger weniger gegen Ceska.«

»Ich werde die Organisation selbst übernehmen«, sagte Rayvan. »Ich kenne etwa zwanzig Frauen, die mir dabei helfen könnten.«

»Bei allem Respekt«, sagte Ananais, »aber du wirst auch Männer brauchen. So zusammengepfercht, gehen den Leuten schnell die Nerven durch, und einige gelangen bestimmt zu der Überzeugung, sie bekämen kleinere Rationen als andere. Viele der Männer unter den Flüchtlingen sind Feiglinge, und oft macht gerade das sie zu Raufbolden. Es wird Diebe geben – und bei so vielen Frauen auch Männer, die versuchen, ihren Vorteil daraus zu ziehen.«

Rayvans graue Augen funkelten. »Damit werde ich schon fertig, Schwarzmaske. Glaub mir! Niemand wird meine Autorität in Frage stellen.«

Unter seiner Maske mußte Ananais grinsen. Rayvans Stimme klang wie Donner, und ihr eckiges Kinn war kampflustig vorgereckt. Wahrscheinlich hat sie recht, dachte er. Es muß schon ein kühner Mann sein, der sich mit ihr anlegt.

Während der nächsten Tage teilte Ananais seine Zeit zwischen der kleinen Armee, die den äußeren Bergring besetzte, und der Errichtung einer behelfsmäßigen Festung auf dem Inneren Ring. Kleinere Pfade in die Täler wurden versperrt und die Hauptzugänge – die Täler Tarsk und Magadon – hastig mit Felsblöcken zugemauert. In den langen Stunden des Tageslichts verstärkten die harten Männer von Skoda die Befestigungen, indem sie große Felsen von den Bergen herabrollten und sie an den Taleingängen verteilten. Langsam wuchsen die Mauern. Flaschenzüge und hölzerne Türme wurden von geschickten Baumeistern aufgestellt, mit denen große Felsen an Seilen hochgezogen und an ihren Platz gehievt werden konnten, wo sie mit einer Mischung aus Lehm und Felsstaub fest zementiert wurden.

Der Oberste Baumeister – und Architekt der Mauern – war ein vagrischer Einwanderer namens Leppoe. Er war groß, dunkel und hatte eine beginnende Glatze. Leppoe war unermüdlich. In seiner Nähe bewegten die Männer sich vorsichtig, denn er hatte die aufreibende Angewohnheit, durch einen Mann hindurchzublicken und dabei völlig zu ignorieren, wenn er Probleme wälzte. Und dann, wenn er das Problem gelöst hatte, lächelte er plötzlich und wurde freundlich und herzlich. Nur wenige Arbeiter konnten mit seinem Tempo Schritt halten, und oft arbeitete er bis spät in die Nacht, plante Verbesserungen oder übernahm die Vorarbeiterstellung einer Arbeitsgruppe und trieb seine Männer selbst im Mondschein hart an.

Als die Mauern ihrer Vollendung entgegensahen, brachte Leppoe noch eine zusätzliche Verbesserung an. Planken wurden ausgelegt und schufen so, kunstvoll aneinandergefügt, Rampen, während die äußeren Mauern mit Mörtel glatt verputzt wurden, so daß ein Erklettern weiter erschwert wurde.

Ungefähr in der Mitte jeder Mauer ließ Leppoe zwei von Lakes Geschützen aufstellen. Sie wurden von Lake und den zwölf Männern, die er für ihre Bedienung ausgebildet hatte, auf ihre Reichweite und Streuung hin getestet. Säckeweise wurde Bleischrot neben den Waffen gelagert, dazu mehrere tausend Pfeile.

»Sieht alles ziemlich stark aus«, meinte Thorn zu Ananais. »Aber Dros Delnoch ist es nicht!«

Ananais schritt die Mauer von Magadon ab und versuchte, mögliche Angriffslinien zu berechnen. Die Mauern boten Schutz vor Ceskas Kavallerie, doch die Bastarde würden keine Schwierigkeiten haben, diese Mauern zu erklettern. Leppoe hatte Wunder bewirkt, sie bis zu fünf Meter hoch zu errichten, doch das war noch nicht genug. Lakes Geschütze würden bis zu einer Entfernung von zehn Metern von den Mauern schwere Verwüstungen anrichten, doch auf kürzere Distanz würden sie nutzlos sein.

Ananais schickte Thorn zu Pferd in das gegenüberliegende Tal von Tarsk. Dann ließ er zwei Männer dieselbe Strecke laufen. Thorn brauchte weniger als fünf Minuten, die Läufer fast zwölf.

Der General hatte ein großes Problem. Ceska würde vermutlich in beiden Tälern gleichzeitig zuschlagen, und wenn eins überrannt wurde, war das andere dem Untergang geweiht. Also mußte irgendwo eine dritte Truppe bereitstehen, zwischen den beiden anderen, die sofort losschlagen konnte, wenn irgendwo eine Bresche entstand. Doch Mauern konnten in wenigen Sekunden nachgeben, und Signalfeuer waren nutzlos, da sich zwischen den beiden Taleingängen die Skoda-Berge türmten.

Leppoe löste das Problem jedoch durch den Vorschlag, ein Verbindungs- und Nachrichtensystem in Form eines Dreieckes einzurichten. Am Tage konnte man Nachrichten mit Hilfe von Spiegeln oder Laternen ins Tal schicken, wo eine Gruppe von Männern ständig auf der Lauer lag. Sobald die Nachricht empfangen war, würde die Gruppe sie auf die gleiche Weise ins zweite Tal weiterleiten. Zwischen den Tälern sollte ein Trupp von fünfhundert Mann lagern, und sobald sie ein Signal erhielten, würden sie wie der Teufel losreiten. Das Ganze wurde viele Male geübt, sowohl am Tag als auch bei Dunkelheit, bis Ananais überzeugt war, daß es hundertprozentig klappte. Innerhalb von vier Minuten konnte ein Hilferuf ausgeschickt werden und der Hilfstrupp eintreffen. Ananais wären zwei Minuten lieber gewesen, aber er war auch so zufrieden.

Valtaya war mit Rayvan in die Berge gezogen und hatte die Aufsicht über die medizinischen Vorräte übernommen. Ananais vermißte sie schrecklich; er hatte eine seltsame dunkle Vorahnung, die er nicht abschütteln konnte. Er hatte nie viele Gedanken an den Tod verschwendet; jetzt aber plagten sie ihn ständig. Als Valtaya sich in der vorigen Nacht verabschiedet hatte, war ihm elender zumute gewesen als je zuvor. Er hatte sie in die Arme genommen und darum gekämpft, das auszusprechen, was er empfand. Er wollte sie verzweifelt wissen lassen, wie tief seine Liebe zu ihr war.

»Ich ... ich werde dich vermissen.«

»Es wird nicht lange dauern«, sagte sie, küßte seine vernarbte Wange und wandte die Augen von seinem zerstörten Mund ab.

»Und ... paß ... auf dich auf.«

»Und du auf dich.«

Als er ihr aufs Pferd half, galoppierten einige Männer auf die Hütte zu, und er suchte hastig nach seiner Maske. Und dann war sie fort. Er sah ihr nach, bis die Dunkelheit sie verschluckte.

»Ich liebe dich«, sagte er schließlich, jedoch zu spät. Er riß sich die Maske vom Gesicht und schrie mit voller Kraft:

»Ich liebe dich!« Die Worte hallten in den Bergen wider, während er auf die Knie sank und mit den Fäusten auf die Erde hämmerte. »Verdammt, verdammt, verdammt! Ich liebe dich!«

18

Tenaka, Subodai und Renya hatten eine Stunde Vorsprung vor den Stammeskriegern, der jedoch trotz der kräftigen Drenai-Pferde allmählich schwand, da Tenakas Pferd nun die doppelte Last zu tragen hatte. Auf einem staubigen Hügel beschattete Tenaka die Augen mit der Hand und versuchte, ihre Verfolger zu zählen, doch das war nicht so einfach, da sie in einer wirbelnden Staubwolke näherkamen.

»Ich würde sagen, ein Dutzend, nicht mehr«, sagte Tenaka schließlich.

Subodai zuckte die Achseln. »Könnten auch viel weniger sein«, meinte er.

Tenaka schwang sich wieder in den Sattel und hielt Ausschau nach einem möglichen Platz für einen Hinterhalt. Er führte sie bergan zu einer Stelle, an der die Felsen wie eine ausgestreckte Faust über den Pfad ragten. Hier machte der Weg eine Biegung nach links. Tenaka richtete sich in den Steigbügeln auf und sprang auf den Felsen. Überrascht rutschte Subodai nach vorn und griff nach den Zügeln.

»Reitet bis zu dem dunklen Hügel dort drüben, dann kommt im Bogen langsam hierher zurück«, befahl Tenaka.

»Und was hast du vor?« fragte Renya.

»Ich werde ein Pony für meinen Leibeigenen besorgen«, antwortete Tenaka grinsend.

»Komm, Frau!« knurrte Subodai und galoppierte voran. Renya und Tenaka tauschten einen Blick …

»Ich glaube nicht, daß es mir gefallen wird, die unterwürfige Frau von der Steppe zu spielen«, flüsterte sie.

»Ich habe dich gewarnt«, erinnerte er sie lächelnd.

Sie nickte und galoppierte hinter Subodai her.

Tenaka legte sich flach auf den Felsen und beobachtete die näherkommenden Reiter. Sie waren etwa acht Minuten hinter Subodai. Als sie dichter heran waren, betrachtete Tenaka die Reiter genauer; es waren neun. Sie trugen die Ziegenlederwesten der Steppe, dazu runde, pelzverbrämte Lederhelme. Die Gesichter waren flach und fahl, die Augen schwarz wie die Nacht, kalt und grausam. Jeder trug eine Lanze, und an den Gürteln hingen Schwerter und Messer. Tenaka wartete auf die Nachhut.

Sie donnerten über den schmalen Pfad, wurden aber vor der Biegung langsamer. Als sie vorbeiritten, zog Tenaka die Beine an, dann, als der letzte Reiter unter ihm vorbeigaloppierte, ließ er sich fallen wie ein Stein und hämmerte dem Mann seine Stiefel ins Gesicht, so daß es ihn aus dem Sattel katapultierte. Tenaka landete auf dem Boden, rollte sich ab, kam wieder auf die Füße und packte die Zügel des Ponys. Das Tier blieb stehen, die Nüstern vor Schreck weit gebläht. Tenaka tätschelte es sanft; dann führte er es zu dem gestürzten Krieger. Der Mann war tot. Tenaka zog ihm die Weste aus und streifte sie über seine eigene. Dann nahm er Lanze und Helm des Toten, schwang sich in den Sattel und jagte hinter den anderen her.

Der Pfad wand sich weiter um mehrere Biegungen, so daß die Reiter weit auseinandergezogen wurden. Tenaka schloß zu dem Mann vor ihm auf, kurz vor der nächsten Biegung.

»Hallo!« rief er. »Warte!« Der Mann zügelte sein Pferd, während seine Kameraden außer Sicht gerieten.

»Was ist los?« fragte er. Tenaka schloß zu ihm auf und deutete in die Luft. Als der Mann aufblickte, traf Tenakas Faust ihn am Hals, und er fiel ohne einen Laut aus dem Sattel. Von weiter vorn ertönte Triumphgeschrei. Tenaka fluchte und galoppierte los. Als er um die Biegung kam, sah er Subodai und Renya, die Schwerter in den Fäusten. Sie standen den sieben Reitern gegenüber.

Tenaka fuhr wie ein Donnerschlag in die Reihe; seine Lanze warf einen Reiter aus dem Sattel. Dann war sein Schwert aus der Scheide, und ein zweiter Gegner stürzte schreiend zu Boden.

Subodai stieß einen gellenden Kriegsruf aus und gab seinem Pferd die Sporen, er blockte einen wilden Hieb ab und ließ sein Schwert niedersausen, das seinem Gegner das Schulterblatt zertrümmerte. Der Mann stöhnte, doch er war ein zäher Bursche und griff erneut an. Subodai duckte sich unter seinem Schwert; dann schlitzte er dem Mann gekonnt den Bauch auf.

Zwei Reiter attackierten nun Renya, fest entschlossen, wenigstens ein bißchen Beute zu machen. Sie wurden jedoch von einem wilden Schnauben empfangen, als Renya aus dem Sattel heraus den ersten ansprang, so daß Roß und Reiter zu Boden gingen. Ihr Dolch schlitzte dem Mann so schnell die Kehle auf, daß er keinen Schmerz verspürte und sich nur wunderte, warum er so rasch schwächer wurde. Renya war sofort wieder auf den Füßen und stieß den markerschütternden Schrei aus, der die Gesetzlosen in Drenai so entsetzt hatte. Die Ponies stiegen vor Angst auf die Hinterbeine, und der Gegner, der Renya am nächsten war, ließ seine Lanze fallen und packte mit beiden Händen die Zügel. Renya sprang ihn an und hieb ihm eine Faust an die Schläfe. Er flog aus dem Sattel, versuchte wieder aufzustehen, sank dann aber bewußtlos zurück.

Die übrigen beiden Stammeskrieger rissen sich los und rasten davon, als Subodai zu Tenaka galoppierte.

»Deine Frau …«, flüsterte er und tippte sich an die Stirn. »Sie ist verrückt wie ein Mondkalb!«

»Ich mag es, wenn Frauen verrückt sind«, erwiderte Tenaka.

»Du bewegst dich gut, Schwerttänzer. Du bist mehr Nadir als Drenai, denke ich.«

»Es gibt Leute, die das nicht gerade für ein Kompliment halten.«

»Idioten. Ich habe keine Zeit für Dummköpfe. Wie viele von den Pferden darf ich behalten?« fragte der Nadir, der prüfend die sechs Ponies betrachtete.

»Alle«, antwortete Tenaka.

»Warum so großzügig?«

»Dann brauche ich dich nicht zu töten«, entgegnete Tenaka. Die Worte trafen Subodai wie ein eisiges Messer, doch er zwang sich zu einem Grinsen und erwiderte den kühlen Blick aus Tenakas violetten Augen. Subodai erkannte das Wissen darin, und das machte ihm Angst. Tenaka wußte von seinem Vorhaben, ihn zu töten und auszurauben – das war so sicher, wie Ziegen Hörner haben.

Subodai zuckte die Achseln. »Ich hätte gewartet, bis meine Leibeigenschaft zu Ende ist«, sagte er.

»Ich weiß. Komm, wir wollen weiter.«

Subodai schauderte. Der Mann war übermenschlich. Er starrte die Ponies an und zuckte die Achseln. Ob übermenschlich oder nicht – in Tenakas Gesellschaft wurde er reich.

Vier Tage lang zogen sie nach Norden, umritten Dörfer und Gemeinden. Doch am fünften Tag gingen ihnen die Lebensmittel aus, und sie ritten in ein Zeltdorf, das sich ins Tal eines Bergflusses schmiegte. Es war nur ein kleines Dorf mit nicht mehr als vierzig männlichen Einwohnern. Ursprünglich hatten sie zum Stamm der Doppelhaar weit im Osten gehört, aber sie hatten sich gespalten, und jetzt waren sie Keistas – ›Kein Stamm‹ – und Freiwild für alle. Sie begrüßten die Reisenden mit Vorsicht, da sie nicht wußten, ob sie einer größeren Gruppe angehörten. Tenaka konnte förmlich sehen, wie ihre Gedanken arbeiteten – das Nadirgesetz der Gastfreundschaft besagte, daß keinem Gast ein Leid geschehen durfte, solange er sich im Lager aufhielt. Aber draußen auf der Steppe …

»Seid ihr weit von eurem Stamm entfernt?« fragte der Keista-Anführer, ein stämmiger Krieger mit einem Narbengesicht.

»Ich bin nie weit von meinem Volk«, antwortete Tenaka und nahm eine Schale mit Trauben und getrockneten Früchten entgegen.

»Dein Mann da ist ein Speer«, meinte der Anführer.

»Wir wurden von Packratten verfolgt«, sagte Tenaka. »Wir haben sie erschlagen und ihre Ponies genommen. Es ist traurig, wenn ein Nadir einen andern Nadir töten muß.«

»Aber das ist nun mal der Lauf der Welt«, bemerkte der Anführer.

»Nicht zu Ulrics Zeiten.«

»Ulric ist schon lange tot.«

»Manche behaupten, er wird wiederkommen«, sagte Tenaka.

»Die Menschen sagen immer solche Dinge über große Männer. Ulric ist nichts weiter als totes Fleisch und staubige Knochen.«

»Wer führt die Wölfe?« fragte Tenaka.

»Bist du ein Wolfsschädel?«

»Ich bin, was ich bin. Wer führt die Wölfe?«

»Du bist Schwerttänzer.«

»Ja.«

»Warum bist du zurück in die Steppe gekommen?«

»Warum schwimmen Lachse flußaufwärts?«

»Um zu sterben«, antwortete der Anführer. Zum ersten Mal lächelte er.

»Alles muß einmal sterben«, sagte Tenaka. »Einst war diese Wüste hier ein Ozean. Selbst der Ozean starb, als die Welt zerbrach. Wer führt die Wölfe?«

»Sattelschädel ist der Khan. Behauptet er wenigstens. Doch Sprechendes Messer hat eine Armee von fünftausend Kriegern. Der Stamm hat sich gespalten.«

»Dann tötet jetzt nicht nur ein Nadir den anderen, sondern auch ein Wolf den anderen?«

»Der Lauf der Welt«, wiederholte der Anführer.

»Welcher ist am nächsten?«

»Sattelschädel. Zwei Tage nach Nordosten.«

»Ich werde heute bei euch bleiben. Morgen gehe ich zu ihm.«

»Er wird dich töten. Schwerttänzer!«

»Ich bin nicht so leicht zu töten. Sag das auch deinen jungen Männern.«

»Wie du wünschst.« Der Anführer erhob sich, um das

Zelt zu verlassen, blieb aber am Ausgang noch einmal stehen. »Bist du nach Hause gekommen, um zu herrschen?«

»Ich bin nach Hause gekommen.«

»Ich habe es satt, Keista zu sein«, sagte der Mann.

»Meine Reise ist gefährlich«, erwiderte Tenaka. »Wie du sagst, Sattelschädel wird meinen Tod wünschen. Und du hast nur wenige Männer.«

»Im bevorstehenden Krieg werden wir ohnehin von der einen oder anderen Seite vernichtet«, sagte der Mann. »Aber du – du hast etwas von einem Adler an dir. Ich werde dir folgen, wenn du willst.«

Tenaka überkam eine tiefe Ruhe. Ein innerer Friede schien aus der Erde zu seinen Füßen zu strömen, von den fernen blauen Bergen; er schien in dem langen Gras der Steppe zu wispern. Tenaka schloß die Augen und öffnete seine Ohren der Musik der Stille. Jeder Nerv seines Körpers schien angespannt, als das Land zu ihm sprach.

Zu Hause!

Nach vierzig Jahren erfuhr Tenaka Khan, was dieses Wort bedeutete.

Er schlug die Augen auf. Der Anführer stand ganz still da und beobachtete ihn. Er hatte schon oft Männer in einem Zustand der Trance gesehen, und immer verspürte er Ehrfurcht, aber auch Trauer darüber, daß ihm diese Erfahrung versagt blieb.

Tenaka lächelte. »Folge mir«, sagte er, »und ich gebe dir die Welt.«

»Werden wir dann Wölfe sein?«

»Nein. Wir sind die Kommenden Nadir. Wir sind der Drache.«

Gegen Morgengrauen saßen die vierzig Männer der Keista bis auf drei Wachen in zwei Reihen vor Tenakas Zelt. Hinter ihnen saßen die Kinder, achtzehn Jungen und drei Mädchen. Zum Schluß kamen die Frauen, zweiundfünfzig an der Zahl.

Subodai stand etwas abseits, verblüfft von dieser neuen Wendung der Ereignisse. Das machte doch keinen Sinn!

Wer wollte denn am Vorabend eines Bürgerkriegs einen neuen Stamm gründen? Und was konnte Tenaka schon mit dieser schäbigen Bande von Ziegenzüchtern gewinnen? Das alles ging über den Verstand des Speerkriegers. Er schlenderte zu einem leeren Zelt und bediente sich mit weichem Käse und einem Laib kräftigen schwarzen Brotes.

Was spielte das alles für eine Rolle?

Wenn die Sonne hoch stand, würde er Tenaka bitten, ihn freizulassen, dann seine sechs Ponies nehmen und nach Hause reiten. Für vier Ponies konnte er sich eine gute Frau kaufen, und er würde eine Weile in den Bergen im Westen entspannen. Er kratzte sich das Kinn und fragte sich, was wohl mit Tenaka Khan geschehen würde.

Subodai fühlte sich seltsam unbehaglich bei dem Gedanken, davonzureiten. Für ihn gab es nur selten Augenblicke wirklichen Interesses im harten Leben der Steppe. Kämpfen, Liebe, Kinder, Essen. Doch dem, was diese vier Dinge bieten konnten, waren Grenzen gesetzt. Subodai war vierunddreißig Jahre alt und hatte die Speere aus einem Grund verlassen, den keiner seiner Kameraden verstand: Er langweilte sich!

Er trat hinaus in die Sonne. Ziegen liefen am Rand des Lagers herum, dicht bei den angepflockten Ponies, und hoch am Himmel kreiste ein Sperber.

Tenaka trat in den Sonnenschein hinaus und stellte sich vor die Keistas – die Arme über der Brust verschränkt, mit ungerührter Miene.

Der Anführer ging auf ihn zu, fiel vor ihm auf die Knie, verbeugte sich tief und küßte Tenakas Füße. Einer nach dem anderen folgten die Keistas seinem Beispiel.

Renya beobachtete das Schauspiel vom Zelt aus. Die ganze Zeremonie störte sie, wie auch die fast unmerkliche Veränderung, die sie an ihrem Liebsten wahrgenommen hatte.

In der letzten Nacht, als sie zusammen unter den Felldecken lagen, hatte Tenaka sie geliebt. Da waren die ersten, winzigen Funken der Angst in ihr Unterbewußtsein gedrungen. Die Leidenschaft blieb, der Schauer der Berührung, die atemlose Erregung. Aber Renya spürte etwas Neues, Fremdes in Tenaka, das sie nicht deuten konnte. Irgendwo in seinem Innern hatte sich ein Tor geöffnet, und ein anderes war zugeschlagen. Die Liebe war weggeschlossen. Aber was hatte ihren Platz eingenommen?

Jetzt betrachtete sie den Mann, den sie liebte, während die Zeremonie ihren Fortgang nahm. Sie konnte sein Gesicht nicht sehen, wohl aber die Gesichter seiner neuen Anhänger: sie glühten.

Als die letzte der Frauen sich zurückzog, drehte Tenaka Khan sich wortlos um und ging zurück in sein Zelt. Da wurden die Funken in Renya zu einem Feuer, denn sein Gesicht spiegelte wider, was er geworden war. Er war nicht länger der Krieger zwischen den Welten. Die Steppe hatte sein Drenai-Blut aufgesaugt, und was übrigblieb, war reines Nadir-Blut.

Renya wandte die Augen ab.

Gegen Mittag hatten die Stammeskrieger dafür gesorgt, daß die Frauen die Zelte abbauten und auf Wagen verstauten. Die Ziegen wurden eingefangen, und der neue Stamm brach nach Nordosten auf. Subodai hatte nicht darum gebeten, aus seiner Leibeigenschaft entlassen zu werden; er ritt neben Tenaka und Gitasi, dem Anführer der Keistas.

In dieser Nacht lagerten sie auf der Südseite eines bewaldeten Bergrückens. Gegen Mitternacht, als Tenaka und Gitasi sich am Lagerfeuer unterhielten, riß Hufgeklapper die Männer aus dem Schlaf. Sie rollten sich aus ihren Decken und griffen hastig nach Schwert und Bogen. Tenaka blieb, wo er war, mit überkreuzten Beinen am Feuer sitzend. Er flüsterte Gitasi etwas zu, und der narbengesichtige Anführer lief zu seinen Männern und beruhigte sie.

Das Hufgeklapper wurde lauter, und mehr als hundert

Krieger ritten ins Lager. Tenaka beachtete sie nicht und kaute seelenruhig weiter auf einem Streifen Trockenfleisch.

Die Reiter brachten ihre Pferde zum Stehen. »Du bist auf Wolfsschädelland«, sagte der erste Krieger und glitt aus dem Sattel. Er trug einen mit Pelz verbrämten bronzenen Helm und eine lackierte, schwarze Brustplatte mit goldenen Verzierungen.

Tenaka Khan sah zu ihm auf. Der Mann war knapp fünfzig Jahre alt, und seine kräftigen Arme waren von einem dichten Netz von Narben überzogen. Tenaka deutete auf einen Platz am Feuer.

»Willkommen in meinem Lager«, sagte er leise. »Setz dich und iß.«

»Ich esse nicht mit Keistas«, sagte der Mann. »Du befindest dich auf Wolfsschädelland.«

»Setz dich und iß«, wiederholte Tenaka, »oder ich töte dich gleich hier.«

»Hast du den Verstand verloren?« fragte der Krieger und packte sein Schwert fester. Tenaka Khan beachtete ihn nicht, und der Mann holte wütend mit seinem Schwert aus. Doch Tenakas Bein schoß vor, hakte sich um seine Beine und riß ihn von den Füßen. Er fiel polternd, als Tenaka sich nach rechts abrollte, ein blitzendes Messer in der Hand. Die Spitze ruhte an der Kehle des Mannes.

Ein zorniges Gebrüll kam von den Reitern.

»Schweigt in Gegenwart von Höhergestellten!« brüllte Tenaka. »Also, Ingis, willst du dich jetzt hinsetzen und essen?«

Ingis blinzelte, als das Messer fortgenommen wurde. Er hob sein Schwert auf und setzte sich.

»Schwerttänzer?«

»Sag deinen Männern, sie sollen absteigen und sich friedlich verhalten«, sagte Tenaka. »Heute abend wird es kein Blutvergießen geben.«

»Wieso bist du hier, Mann? Das ist Wahnsinn.«

»Wo sollte ich sonst sein?«

Ingis schüttelte den Kopf, befahl aber seinen Männern abzusteigen. Dann wandte er sich wieder an Tenaka.

»Sattelschädel wird verwirrt sein. Er wird nicht wissen, ob er dich töten oder zum General machen soll.«

»Sattelschädel war schon immer verwirrt«, erwiderte Tenaka. »Es überrascht mich, daß du ihm folgst.«

Ingis zuckte die Achseln. »Er ist wenigstens ein Krieger. Dann bist du also nicht zurückgekommen, um ihm zu folgen?«

»Nein.«

»Ich werde dich töten müssen, Schwerttänzer. Du bist zu mächtig, um dich als Feind zu haben.«

»Ich bin nicht gekommen, um Sprechendem Messer zu folgen.«

»Warum dann?«

»Sag du es mir, Ingis.«

Der Krieger blickte Tenaka in die Augen. »Jetzt weiß ich, daß du verrückt bist. Wie kannst du nur hoffen zu herrschen? Sattelschädel hat achtzigtausend Krieger. Sprechendes Messer ist schwach, er hat nur sechstausend. Wie viele hast du?«

»Alle, die du hier siehst.«

»Wie viele sind das? Fünfzig? Sechzig?«

»Vierzig.«

»Und du glaubst, du kannst den Stamm übernehmen?«

»Hältst du mich für verrückt? Du hast mich gekannt, Ingis. Du hast mich aufwachsen sehen. Bin ich dir da wahnsinnig erschienen?«

»Nein. Du hättest ...« Ingis fluchte und spie ins Feuer. »Aber du bist fortgegangen. Bist ein Herr bei den Drenai geworden.«

»Sind die Schamanen schon zusammengekommen?« fragte Tenaka.

»Nein. Asta Khan hat für morgen abend den Rat einberufen.«

»Wo?«

»An Ulrics Grab.«

»Ich werde dort sein.«

Ingis beugte sich vor. »Du scheinst nicht zu verstehen«, flüsterte er. »Es ist meine Pflicht, dich zu töten.«

»Warum?« fragte Tenaka ruhig.

»Warum? Weil ich in Sattelschädels Diensten stehe. Selbst hier zu sitzen und mit dir zu reden ist Verrat.«

»Wie ich schon sagte, Ingis, meine Truppe ist sehr klein. Du verrätst niemanden. Aber denk mal darüber nach: Du bist verpflichtet, dem Khan der Wölfe zu folgen, doch er wird erst morgen gewählt.«

»Ich will nicht mit Worten spielen, Tenaka. Ich habe Sattelschädel meine Unterstützung gegen Sprechendes Messer zugesagt. Das werde ich nicht zurücknehmen.«

»Das solltest du auch nicht«, erwiderte Tenaka. »Sonst wärst du kein Mann. Aber ich bin auch gegen Sprechendes Messer, und das macht uns zu Verbündeten.«

»Nein, nein, nein! Du bist gegen beide, und das macht uns zu Feinden.«

»Ich bin ein Mann mit einem Traum, Ingis – Ulrics Traum. Diese Männer hier bei mir waren einst Doppelhaar. Jetzt gehören sie mir. Der Stämmige da hinten beim Zelt ist ein Speer. Jetzt gehört er mir. Diese vierzig Krieger stehen stellvertretend für drei Stämme. Vereint gehört uns die Welt. Ich bin niemandes Feind. Noch nicht.«

»Du hattest schon immer einen scharfen Verstand und einen guten Schwertarm. Hätte ich gewußt, daß du kommst, hätte ich vielleicht gewartet, ehe ich mich verpflichtete.«

»Du wirst morgen schon sehen. Für heute – iß und ruhe dich aus.«

»Ich kann nicht mit dir essen«, sagte Ingis und erhob sich. »Aber ich werde dich nicht töten. Nicht heute abend.« Er ging zu seinem Pony und schwang sich in den Sattel. Seine Männer liefen zu ihren Tieren, und mit einer Handbewegung führte Ingis sie hinaus in die Nacht.

Subodai und Gitasi gingen zum Feuer, wo Tenaka Khan seelenruhig sein Abendbrot beendete.

»Warum?« fragte Subodai. »Warum haben sie uns nicht getötet?«

Tenaka grinste; dann gähnte er übertrieben. »Ich bin müde. Ich werde jetzt schlafen.«

Draußen im Tal wurde Ingis dieselbe Frage von seinem Sohn Sember gestellt.

»Ich kann es nicht erklären«, sagte Ingis. »Du würdest es nicht verstehen.«

»Dann mach, daß ich es verstehe! Er ist ein Halbblut, dem ein zusammengewürfelter Haufen von Keista-Abschaum folgt. Und er hat dich nicht einmal gebeten, ihm zu folgen.«

»Gratuliere, Sember! Die meiste Zeit entgehen dir selbst die einfachsten Dinge, aber jetzt übertriffst du dich selbst.«

»Was soll das heißen?«

»Ganz einfach. Du bist darüber gestolpert, warum ich den Mann nicht getötet habe. Er hat keine Aussicht auf Erfolg. Er muß sich einem Kriegsherrn stellen, der zwanzigtausend Krieger unter sein Banner schart. Und trotzdem hat er *nicht* um Hilfe gebeten. Frag dich selbst warum.«

»Weil er ein Dummkopf ist.«

»Es gibt Zeiten, Sember, da könnte ich fast glauben, daß deine Mutter heimlich einen Liebhaber hatte. Wenn ich dich ansehe, frage ich mich wirklich, ob du aus meinem Stall bist.«

19

Tenaka wartete in stiller Dunkelheit, während die Bewegungen in dem kleinen Lager nachließen. Dann hob er die Klappe seines Zeltes und beobachtete die Wächter. Sie suchten mit den Augen die Bäume rings um das Lager ab und zeigten keinerlei Interesse daran, was innerhalb des Lagers vor sich ging. Tenaka schlüpfte aus dem Zelt und hielt sich in den Schatten der knorrigen Bäume, während er lautlos in die noch tiefere Dunkelheit des Waldes schlich. Er bewegte sich vorsichtig und hatte bereits einige Kilometer zurückgelegt, als der Boden vor ihm abfiel und dann zu den fernen Bergen hin allmählich wieder anstieg. Etwa zwei Stunden vor Sonnenaufgang kam er aus dem Wald und begann, langsam bergan zu steigen. Rechts unterhalb von ihm lag das marmorverkleidete Grabmal Ulrics – und die Armeen von Sprechendes Messer und Sattelschädel.

Ein Bürgerkrieg war unvermeidlich, und Tenaka hatte gehofft, den Khan – wer immer es auch sein mochte – davon zu überzeugen, daß es gewinnträchtig wäre, die Drenai-Rebellen zu unterstützen. Gold war in der Steppe rar. Jetzt mußte es anders gehen.

Er kletterte weiter, bis er eine Klippe sah, in der sich Höhlenöffnungen wie Pockennarben abzeichneten. Er war schon einmal hiergewesen, vor vielen Jahren, als Jongir Khan einem Schamanenrat beiwohnte. Damals hatte Tenaka mit Jongirs Kindern und Enkeln vor den Höhlen gesessen, während der Khan in die Dunkelheit reiste. Es hieß, daß an diesen uralten Plätzen grauenvolle Rituale abgehalten wurden und daß niemand dort ungebeten erscheinen durfte. Die Höhlen waren, so verkündeten es die Schamanen, die Tore zur Vorhölle, wo in jedem Winkel Dämonen lauerten.

Tenaka erreichte den Eingang zur größten Höhle, wo er innehielt, um Ordnung in seine Gedanken zu bringen.

Es gibt keinen anderen Weg, sagte er sich.

Und trat in die Höhle.

Die Dunkelheit war vollkommen. Tenaka stolperte. Er ging weiter, die Hände vor sich ausgestreckt.

Als die Höhlen sich ausdehnten, hierhin und dorthin abzweigten, sich teilten und wieder vereinten, kämpfte Tenaka die aufsteigende Panik nieder. Es war wie in einem Bienenstock. Er konnte in dieser blinden Düsternis verloren herumwandern, bis er an Hunger und Durst starb.

Er ging weiter, tastete sich an den kalten Wänden entlang. Plötzlich endete die Wand und bog im rechten Winkel ab. Tenaka ging mit vorgestreckten Händen weiter. Kühle Luft berührte sein Gesicht. Er blieb stehen und lauschte. Er hatte den Eindruck, daß um ihn herum überall freier Raum war, aber noch stärker war das Gefühl, daß sich andere Menschen in der Nähe befanden.

»Ich suche Asta Khan«, sagte er. Seine Stimme hallte in der Höhle wider.

Schweigen.

Von links und rechts kamen schlurfende Geräusche, und er stand regungslos da, die Arme vor der Brust verschränkt. Hände berührten ihn, unzählige Hände. Er spürte, wie ihm das Schwert aus der Scheide gezogen wurde, ebenso das Messer. Dann zogen die Hände sich zurück.

»Nenne deinen Namen!« befahl eine Stimme, trocken und feindselig wie der Wüstenwind.

»Tenaka Khan.«

»Du hast uns vor vielen Jahren verlassen.«

»Ich bin zurückgekehrt.«

»Offensichtlich.«

»Ich bin nicht freiwillig gegangen. Ich wurde fortgeschickt von den Nadir.«

»Zu deinem eigenen Schutz. Du wärst getötet worden.«

»Vielleicht.«

»Warum bist du zurückgekehrt?«

»Das ist nicht so schnell zu beantworten.«

»Dann laß dir Zeit.«

»Ich kam, um einem Freund zu helfen. Ich kam, um eine Armee aufzustellen.«

»Einem Drenai-Freund?«

»Ja.«

»Und dann?«

»Dann sprach das Land zu mir.«

»Geschah das mit Worten?«

»Keine Worte. Es sprach schweigend, von Herz zu Seele. Es hieß mich als Sohn willkommen.«

»Ungerufen hier zu erscheinen bedeutet den Tod.«

»Wer entscheidet, was ein Ruf ist?« fragte Tenaka.

»Ich.«

»Dann sag mir, Asta Khan – wurde ich gerufen?«

Die Dunkelheit wich von Tenakas Augen, und er fand sich in einer großen Halle wieder. Fackeln spendeten zu allen Seiten Licht. Die Wände waren glatt; Kristalle in allen Farben schimmerten im Gestein, und Stalaktiten hingen wie glitzernde Speere von der gewaltigen Kuppel der Decke. Die Höhle war voller Menschen, den Schamanen sämtlicher Stämme.

Tenaka blinzelte, da seine Augen sich an das Licht gewöhnen mußten. Die Fackeln waren nicht urplötzlich entzündet worden. Sie hatten die ganze Zeit über gebrannt – nur war er blind gewesen.

»Laß mich dir etwas zeigen, Tenaka«, sagte Asta Khan und führte ihn aus der Höhle. »Das ist der Pfad, den du nahmst, um zu mir zu kommen.«

Direkt vor ihm gähnte ein Abgrund, der von einer schmalen steinernen Brücke überspannt wurde.

»Du hast diese Brücke in Blindheit überquert. Und daher … ja, du wurdest gerufen. Folge mir!«

Der alte Schamane führte ihn über die Brücke zurück in einen kleinen Raum, der direkt am Eingang zur Haupthöhle lag.

»Was soll ich für dich tun?« fragte Asta Khan.

»Die Schamanen-Queste beginnen.«

»Sattelschädel braucht die Queste nicht. Es ist seinem Feind zahlenmäßig überlegen und kann allein im Kampf gewinnen.«

»Tausende von Brüdern werden sterben.«

»Das ist nun mal die Art der Nadir, Tenaka.«

»Die Schamanen-Queste würde nur den Tod von zweien bedeuten«, entgegnete Tenaka.

»Sprich offen, junger Mann! Ohne die Queste hast du keinerlei Chance zu herrschen. Mit ihr stehen deine Chancen eins zu drei. Bedeutet dir ein Bürgerkrieg wirklich so viel?«

»Ja. Ich träume Ulrics Traum. Ich möchte eine Nation aufbauen.«

»Und was ist mit deinen Drenai-Freunden?«

»Sie sind noch immer meine Freunde.«

»Ich bin kein Dummkopf, Tenaka Khan. Ich habe viele, viele Jahre gelebt und kenne die Herzen der Menschen. Gib mir deine Hand und laß mich in deinem Herzen lesen. Aber eins sollst du wissen – wenn Falschheit in dir ist, werde ich dich töten.«

Tenaka streckte die Hand aus, und der alte Mann ergriff sie. Einige Minuten verstrichen; dann ließ Asta Khan die Hand des Jüngeren los.

»Die Macht der Schamanen wird auf vielerlei Weise ausgeübt. Im allgemeinen greifen wir nur selten direkt in die Geschicke der Stämme ein. Verstehst du?«

»Ja.«

»In diesem Fall werde ich deiner Bitte entsprechen. Aber wenn Sattelschädel davon hört, wird er seinen Henker schicken. Es wird eine Herausforderung geben – das ist alles, was er tun kann.«

»Ich verstehe.«

»Möchtest du etwas über ihn erfahren?«

»Nein.«

»Du bist zuversichtlich.«

»Ich bin Tenaka Khan.«

Das Tal der Gräber erstreckte sich zwischen zwei eisengrauen Bergketten. Sie wurden Die Riesen genannt, und Ulric selbst hatte diesen Ort zu seinem Begräbnisplatz bestimmt. Es hatte den großen Kriegsherrn amüsiert, sich vorzustellen, wie diese zeitlosen Wächter über seine sterblichen Überreste wachten. Das Grab selbst war aus Sandstein erbaut und mit Marmor verkleidet. Vierzigtausend Sklaven waren während der Arbeit an diesem Monolithen gestorben, der wie die Krone geformt war, die Ulric nie getragen hatte. Sechs spitze Türme umringten die weiße Kuppel, und riesige Runen waren auf jeder Fläche eingraviert, die aller Welt verkündeten, daß hier Ulric der Eroberer lag, der größte Kriegsherr der Nadir.

Und Ulrics typischer Humor durchdrang selbst diesen totenbleichen Koloß. Das einzige Bild, das den Khan zeigte, stellte ihn auf seinem Pony dar, wie er die Krone der Könige trug. Zwanzig Meter über dem Boden und hinter einem geschwungenen Tor sollte die Statue Ulric darstellen, wie er vor den Mauern von Dros Delnoch wartete, seiner einzigen Niederlage. Auf seinem Kopf saß die Krone, welche die ventrischen Bildhauer dorthin gesetzt hatten, da sie sich nicht vorstellen konnten, daß ein Mann eine nach Millionen zählende Armee befehligen konnte, ohne König zu sein. Es war ein subtiler Scherz, doch Ulric hätte seine Freude daran gehabt.

Westlich und östlich des Grabes lagerten die Armeen der verfeindeten Stammesbrüder: Shirrat Sprechendes Messer und Tsuboy Sattelschädel. Mehr als einhundertfünfzigtausend Mann warteten auf den Ausgang der Schamanen-Queste.

Tenaka führte seine Leute ins Tal hinab. Er saß stocksteif auf seinem Drenai-Hengst, und Gitasi an seiner Seite wurde von einer Woge des Stolzes erfaßt. Er war kein Keista mehr – er war wieder ein Mann.

Tenaka Khan ritt zu einer Stelle südlich des Grabes und stieg ab. Die Nachricht von seinem Kommen hatte sich in beiden Lagern verbreitet, und Hunderte von Kriegern strömten zu seinem Lagerplatz.

Gitasis Frauen waren emsig damit beschäftigt, die Zelte aufzubauen, während die Männer sich um ihre Ponies kümmerten und sich dann um Tenaka Khan scharten. Er saß mit verschränkten Beinen auf der Erde und starrte das riesige Grabmal an. Seine Augen schienen in die Ferne zu blicken und verbargen seine Gedanken.

Ein Schatten fiel auf ihn. Er wartete einige lange Sekunden, ließ die Beleidigung wachsen; dann erhob er sich geschmeidig. Dieser Augenblick mußte kommen – es war der Eröffnungszug in einem nicht allzu feinsinnigen Spiel.

»Bist du das Halbblut?« fragte der Mann. Er war jung, etwa Mitte zwanzig, und groß für einen Nadir. Tenaka Khan blickte ihn kühl an und bemerkte die ausgeglichene Haltung, die schlanken Hüften und die breiten Schultern, die kräftigen Arme und die mächtige Brust. Der Mann war ein Schwertkämpfer, der Selbstvertrauen ausstrahlte. Er würde der Henker sein.

»Und wer bist du, Junge?« fragte Tenaka Khan.

»Ich bin ein wahrer Nadirkrieger, der Sohn eines Nadirkriegers. Es stört mich, daß ein Wechselbalg vor dem Grabe Ulrics steht.«

»Dann geh und kläffe woanders weiter«, sagte Tenaka Khan.

Der Mann lächelte.

»Laß uns mit diesem Unsinn aufhören«, sagte er gewandt. »Ich bin hier, um dich zu töten. Laß uns beginnen.«

»Du bist noch sehr jung, um dir den Tod zu wünschen«, sagte Tenaka. »Und ich bin alt genug, um mich zu weigern. Wie heißt du?«

»Purtsai. Warum willst du das wissen?«

»Wenn ich schon einen Bruder töten muß, möchte ich gern seinen Namen kennen. Das bedeutet, daß sich jemand an ihn erinnern wird. Zieh dein Schwert, Junge.«

Die Menge zog sich zurück und bildete einen großen Kreis um die Duellanten. Purtsai zog einen Krummsäbel und einen Dolch. Tenaka zog sein eigenes Kurzschwert und fing geschickt das Messer auf, das Subodai ihm zuwarf.

So begann der Zweikampf.

Purtsai war gut, geschickter als die überwiegende Mehrheit der Stammeskrieger. Seine Fußarbeit war außergewöhnlich, und er besaß eine Geschmeidigkeit, wie sie unter den untersetzten, kräftigen Kriegern der Nadir nicht oft zu finden war. Seine Schnelligkeit war verblüffend, seine Nerven kühl.

Nach zwei Minuten war er tot.

Subodai schlenderte heran, die Hände in die Hüften gestemmt, und starrte auf den Toten hinab. Dann grinste er die zuschauenden Krieger an und spie aus. Er schob einen Fuß unter den Leichnam und drehte ihn auf den Rücken.

»Das war der beste von euch?« fragte er die Menge. Er schüttelte in spöttischem Kummer den Kopf. »Was soll bloß aus euch werden?«

Tenaka ging zu seinem Zelt und duckte sich unter der Klappe hindurch. Drinnen wartete Ingis auf ihn, der mit überkreuzten Beinen auf dem Fellteppich saß und einen Becher Nyis trank, einen Schnaps, der aus Ziegenmilch gebraut wurde. Tenaka setzte sich dem Kriegsherrn gegenüber.

»Du hast nicht lange gebraucht«, sagte Ingis.

»Er war jung und hatte noch viel zu lernen.«

Ingis nickte. »Ich habe Sattelschädel davon abgeraten, ihn zu schicken.«

»Er hatte keine Wahl.«

»Nein. Und so … bist du hier.«

»Hast du es bezweifelt?«

Ingis schüttelte den Kopf. Er nahm den Bronzehelm ab und kratzte sich die Kopfhaut unter dem schütteren, eisengrauen Haar. »Die Frage ist, Schwerttänzer, was soll ich mit dir anfangen?«

»Macht dir das Sorgen?«

»Ja.«

»Warum?«

»Weil ich in der Klemme sitze. Ich möchte dich unterstützen, weil ich glaube, daß du die Zukunft bist. Aber ich kann nicht, weil ich geschworen habe, Sattelschädel zu helfen.«

»Ein haariges Problem«, gab Tenaka Khan zu und schenkte sich einen Becher Nyis ein.

»Was soll ich tun?« fragte Ingis. Tenaka blickte in sein starkes, aufrichtiges Gesicht. Er brauchte nur zu fragen, und der Mann gehörte ihm – er würde seinen Eid gegenüber Sattelschädel brechen und seine Krieger statt dessen auf Tenaka einschwören. Tenaka war versucht, widerstand aber ohne große Mühe. Ingis wäre nicht mehr derselbe, wenn er seinen Eid brach – denn das würde ihn für den Rest seines Lebens verfolgen.

»Heute abend«, sagte Tenaka, »beginnt die Schamanen-Queste. Diejenigen, die sich um die Führerschaft bewerben, werden erprobt, und Asta Khan wird den Kriegsherrn ausrufen. Das ist der Mann, dem du zu folgen verpflichtet bist. Bis dahin bist du an Sattelschädel gebunden.«

»Und wenn er mir befiehlt, dich zu töten?«

»Dann mußt du mich töten, Ingis.«

»Wir sind doch allesamt Dummköpfe«, sagte der Nadirgeneral bitter. »Ehre? Was weiß Sattelschädel schon von Ehre? Ich verfluche den Tag, an dem ich geschworen habe, ihm zu dienen.«

»Geh jetzt. Denke nicht mehr daran«, befahl Tenaka Khan. »Ein Mann macht nun mal Fehler, doch er kann damit leben. Auch wenn es manchmal Dummheiten sind. Wir sind, was wir sagen, aber nur, solange unsere Worte aus Stahl sind.«

Ingis stand auf und verbeugte sich.

Nachdem er gegangen war, schenkte Tenaka sich seinen Becher noch einmal voll und lehnte sich zurück in die dicken Kissen, die auf dem Teppich verstreut waren.

»Komm raus, Renya!« rief er. Sie trat aus den Schatten des Schlafabteils, setzte sich neben ihn und nahm seine Hand.

»Ich hatte Angst um dich, als der Krieger dich herausforderte.«

»Meine Zeit ist noch nicht gekommen.«

»Er hätte wohl dasselbe gesagt.«

»Ja, aber er hatte unrecht.«

»Und du? Hast du dich so sehr verändert? Bist du jetzt unfehlbar?«

»Ich bin zu Hause, Renya. Ich fühle mich anders. Ich kann es nicht erklären, ich habe noch nicht versucht, es zu durchdenken. Aber es ist wunderbar. Bevor ich herkam, war ich unvollständig. Einsam. Hier bin ich ein Ganzes.«

»Ich verstehe.«

»Nein, das glaube ich nicht. Du glaubst, ich kritisiere dich. Du hörst mich von Einsamkeit reden und wunderst dich. Versteh mich nicht falsch. Ich liebe dich, und du bist für mich eine Quelle steter Freude. Aber mein Ziel war nicht klar, und deshalb war ich, wie die Schamanen mich als Kind immer nannten: der Fürst der Schatten. Ich war eine Schatten in einer Welt steinerner Realität. Jetzt bin ich kein Schatten mehr. Ich habe ein Ziel.«

»Du willst König werden«, sagte sie traurig.

»Ja.«

»Du willst die Welt erobern.«

Er antwortete nicht. »Du hast Ceskas Schreckensherrschaft gesehen und den Wahnsinn des Ehrgeizes. Und jetzt willst du größeres Entsetzen verbreiten, als Ceska sich auch nur träumen läßt.«

»Es muß nicht unbedingt Entsetzen sein.«

»Mach dir doch nichts vor, Tenaka Khan. Du brauchst doch nur einen Blick aus diesem Zelt zu werfen. Das sind Wilde – sie leben, um zu kämpfen ... um zu töten. Ich weiß nicht, warum ich überhaupt mit dir darüber rede. Du bist für meine Worte unerreichbar. Schließlich bin ich nur eine Frau.«

»Du bist meine Frau.«

»Das war ich. Jetzt nicht mehr. Du hast jetzt eine andere Frau. Ihre Brüste sind die Berge, und ihr Samen wartet darauf, sich dort draußen über die Welt zu ergießen. Was bist du für ein Held, großer Khan! Dein Freund wartet auf dich. In der Blindheit seiner Treue erwartet er, dich an der Spitze deiner Nadir auf einem weißen Pferd heranreiten zu sehen. Dann wird das Böse fallen, und die Drenai werden frei sein. Stell dir sein Erstaunen vor, wenn du statt dessen sein Volk überfällst.«

»Es reicht jetzt, Renya. Ich werde Ananais nicht verraten. Ich werde nicht in Drenai einmarschieren.«

»Jetzt vielleicht nicht. Aber eines Tages wird dir keine Wahl bleiben. Es wird nichts anderes übrigbleiben.«

»Ich bin noch nicht der Khan.«

»Glaubst du an Gebete, Tenaka?« fragte sie plötzlich, mit Tränen in den Augen.

»Manchmal.«

»Dann denke daran: Ich bete darum, daß du heute abend verlierst, selbst wenn es deinen Tod bedeutet.«

»Wenn ich verliere, *wird* es meinen Tod bedeuten«, sagte Tenaka Khan.

Doch sie war schon fort.

Der alte Schamane hockte sich in den Staub und blickte angespannt in ein Kohlebecken auf einem eisernen Ständer. Um ihn herum saßen die Hauptleute der Nadir, die Kriegsherrn, die Herrscher der Horden.

Abseits der Menge, in einem Kreis aus Steinen, saßen die drei Verwandten: Tsuboy Sattelschädel, Shirrat Sprechendes Messer und Tenaka Khan.

Die Kriegsherrn beobachteten einander voller Neugier und Interesse. Sattelschädel hatte eine kantige, kräftige Gestalt. Er trug das Haar in Flechten und einen gegabelten Bart. Sein Oberkörper war nackt und glänzte vor Öl.

Sprechendes Messer war schlank, sein langes Haar silbern durchwirkt. Er hatte es im Nacken zusammengebunden. Sein Gesicht war lang und traurig, was durch den herabhängenden Schnurrbart noch betont wurde. Seine Augen jedoch waren scharf und lebhaft.

Tenaka Khan saß ruhig bei ihnen und betrachtete das Grab, das im Mondschein silbrig schimmerte. Sattelschädel knackte laut mit den Knöcheln und spannte die Rückenmuskeln. Er war nervös. Seit Jahren plante er, die Führung der Wolfsschädel zu übernehmen. Und jetzt, wo seine Armee stärker war als die seines Bruders, mußte er mit einem einzigen Wurf um seine Zukunft spielen. So groß war die Macht der Schamanen. Er hatte versucht, Asta Khan zu ignorieren, doch selbst seine eigenen Kriegsherrn – geachtete Krieger wie Ingis – hatten ihn bedrängt, sich Rat bei ihrer Weisheit zu holen. Niemand wollte mit ansehen müssen, wie ein Wolf über den anderen herfiel. Sattelschädel fluchte innerlich.

Asta Khan richtete sich auf. Der Schamane war alt, älter als irgendein anderer Stammesangehöriger, und seine Weisheit war Legende. Er ging langsam auf die drei zu. Er kannte sie gut – wie er auch ihre Väter und Großväter gekannt hatte –, und er sah die Ähnlichkeit zwischen ihnen.

Er hob den rechten Arm. »Nadir sind wir!« rief er, und seine Stimme strafte sein Alter Lügen, denn sie war voll und kräftig und klang über die versammelten Menschenmassen hinweg, die den Ruf feierlich erwiderten.

»Von dieser Queste gibt es kein Zurück!« sagte der Schamane zu dem Trio. »Ihr seid miteinander verwandt! Jeder von euch beruft sich darauf, vom großen Khan abzustammen. Könnt ihr euch nicht untereinander einigen, wer der Führer sein soll?«

Er wartete einige Sekunden, doch die drei schwiegen.

»Dann lauscht der Weisheit Asta Khans. Ihr glaubt, daß ihr gegeneinander kämpfen müßt – ich sehe, daß eure Körper bereit und eure Waffen scharf sind. Aber es wird keinen blutigen Kampf geben. Statt dessen schicke ich euch an einen Ort, der nicht von dieser Welt ist. Derjenige, der zurückkehrt, wird Khan sein, denn er wird Ulrics Helm finden. Der Tod wird euch näher sein, denn ihr werdet durch sein Reich wandern. Ihr werdet furchtbare Dinge sehen, die Schreie der Verdammten hören. Wollt ihr noch immer diese Queste?«

»Laß uns anfangen!« knurrte Sattelschädel. »Mach dich bereit zu sterben, Wechselbalg!« flüsterte er Tenaka zu.

Der Schamane trat vor und legte eine Hand auf Sattelschädels Kopf. Die Augen des Kriegsherrn fielen zu; sein Kopf sank auf die Brust. Sprechendes Messer folgte ... dann Tenaka.

Asta Khan kauerte sich vor das schlafende Trio; dann schloß er die Augen. »Steht auf!« befahl er.

Die drei Männer öffneten die Augen und blinzelten überrascht. Sie befanden sich noch immer an Ulrics Grab, aber sie waren allein. Verschwunden waren die Krieger, die Zelte, die Lagerfeuer.

»Was bedeutet das?« fragte Sprechendes Messer.

»Das ist Ulrics Grab«, antwortete Asta Khan. »Ihr müßt nichts weiter tun als den Helm des schlafenden Khans holen.«

Sprechendes Messer und Sattelschädel stoben in Richtung des Grabmals davon. Es hatte keinen sichtbaren Eingang, keine Tür, nur glatten weißen Marmor.

Tenaka setzte sich, und der Schamane hockte sich neben ihn.

»Warum suchst du nicht zusammen mit deinen Vettern?« fragte er.

»Ich weiß, wo ich suchen muß.«

Asta Khan nickte. »Ich wußte, daß du zurückkommen würdest.«

»Woher?«

»Es steht geschrieben.«

Tenaka beobachtete, wie seine Vettern das Grab umrundeten, und wartete auf den Augenblick, da beide außer

Sicht waren. Dann stand er auf und rannte zu der Kuppel. Sie zu erklettern war nicht schwierig, denn die Marmorplatten waren an den Sandstein genietet, und dadurch fanden seine Hände dort Halt, wo die Blöcke aneinanderstießen. Er hatte bereits den halben Weg zur Statue Ulrics zurückgelegt, als die beiden anderen ihn entdeckten. Dann hörte er Sattelschädel fluchen und wußte, daß sie ihm auf den Fersen waren.

Er erreichte den Torbogen. Er war über zwei Meter tief, und Ulrics Statue stand ganz hinten.

Der König jenseits des Tores!

Tenaka bewegte sich behutsam weiter.

Hinter dem Torbogen war die Tür verborgen. Er drückte dagegen, und sie öffnete sich knarrend.

Sattelschädel und Sprechendes Messer erreichten sie fast gleichzeitig. In ihrer Angst, daß Tenaka ihnen voraus war, hatten sie ihre Feindschaft beinahe vergessen. Als sie die offene Tür sahen, eilten sie voran, doch Sattelschädel blieb in dem Moment stehen, als Sprechendes Messer hineintrat. Als Sprechendes Messers Fuß die Schwelle überschritt, gab es ein lautes Krachen, und drei Speere drangen ihm in Brust, Rücken und Hals. Er sackte zusammen. Sattelschädel ging um den Toten herum und sah, daß die Speere an einem Brett befestigt gewesen waren, das Brett wiederum an einer Reihe von Seilen. Er hielt den Atem an und lauschte angestrengt. Er hörte, wie ganz leise Sand auf Stein rieselte. Er ließ sich auf die Knie nieder – dort im Türrahmen lag zerbrochenes Glas. Sand rieselte heraus.

Sobald Sprechendes Messer das Glas zerbrochen hatte, war das Gleichgewicht gestört worden und die Todesfalle in Betrieb gesetzt. Aber wie hatte Tenaka diesen Tod umgangen? Sattelschädel fluchte und trat vorsichtig durch die Tür. Wo das Halbblut gehen konnte, mußte er ihm doch folgen können! Als Sattelschädel verschwunden war, trat Tenaka hinter der geisterhaften Statue des Khan hervor. Er hielt kurz inne, um die Falle zu betrachten, die Sprechendes

Messer getötet hatte; dann ging er lautlos in das Grab hinein.

Der Gang hätte eigentlich völlig im Dunkeln liegen müssen, doch ein seltsames grünes Licht glühte von den Wänden. Tenaka ließ sich auf Hände und Knie nieder und kroch vorwärts, wobei er prüfend die Wände zu beiden Seiten betrachtete. Es mußte noch mehr Fallen geben. Aber wo?

Der Gang endete an einer Wendeltreppe, die hinab in die Eingeweide des Grabmals führte. Tenaka prüfte die ersten Stufen – sie schienen fest zu sein. Die Wand war mit Zedernholz getäfelt. Tenaka setzte sich auf die oberste Stufe. Warum, fragte er sich, sollte man einen Treppenabgang vertäfeln?

Er riß ein Paneel von der Wand und ging langsam, Stufe um Stufe, die Treppe hinunter. Auf halbem Wege spürte er eine leichte Bewegung unter seinem rechten Fuß und zog ihn sofort zurück. Er nahm das Brett, legte es flach auf die Stufen, ließ sich flach darauf nieder und hob die Füße. Die Planke begann zu rutschen. Sie wurde schneller, und dann spürte Tenaka, wie eine Stahlklinge zischend über seinen Kopf sauste. Die Planke wurde immer schneller und holperte die Stufen hinunter. Noch dreimal löste sie Todesfallen aus, doch der improvisierte Schlitten war so schnell, daß Tenaka ungeschoren blieb. Er versuchte, mit den Stiefeln entlang der Wand zu bremsen, denn seine Arme und Beine wurden durch die wilde Fahrt arg geprellt.

Am Fuß der Treppe stieß die Planke auf den Boden, so daß Tenaka durch die Luft geschleudert wurde. Sofort entspannte er die Muskeln und rollte sich zu einer Kugel zusammen. Als er an die gegenüberliegende Wand prallte, blieb ihm die Luft weg. Er grunzte und erhob sich auf die Knie. Vorsichtig tastete er seine Rippen ab. Mindestens eine fühlte sich gebrochen an. Er blickte sich in der Kammer um. Wo war Sattelschädel? Sekunden später erhielt er die Antwort. Als er das Klappern auf der Treppe hörte, grinste er und trat aus dem Weg. Sattelschädel schoß an ihm vorbei, sein Brett zerbarst in Stücke, und sein Körper krachte gegen die Wand. Tenaka zuckte bei dem Aufprall zusammen.

Sattelschädel stöhnte und kam mühsam auf die Füße. Als er Tenaka sah, richtete er sich auf.

»Ich habe nicht lange gebraucht, um hinter deinen Plan zu kommen, Halbblut!«

»Du erstaunst mich. Wieso bist du hinter mir?«

»Ich hatte mich bei der Leiche versteckt.«

»Nun, hier sind wir«, sagte Tenaka und deutete auf den Sarkophag, der auf einer Empore mitten im Raum stand. »Wir müssen nur noch den Helm holen.«

»Ja«, sagte Sattelschädel mißtrauisch.

»Öffne den Sarg«, sagte Tenaka lächelnd.

»Öffne du ihn.«

»Komm schon, Vetter. Wir können doch nicht den Rest unseres Lebens hier verbringen. Wir öffnen ihn gemeinsam.«

Sattelschädels Augen wurden schmal. Der Sarg war mit Sicherheit durch eine Falle geschützt, und er wollte nicht sterben. Doch, wenn er zuließ, daß Tenaka den Sarg öffnete, würde dieser nicht nur Ulrics Helm, sondern – wichtiger noch – auch dessen Schwert bekommen.

Sattelschädel grinste. »Also schön«, sagte er. »Gemeinsam!«

Sie gingen zum Sarg und hoben den Marmordeckel an, der knirschend zur Seite glitt. Die beiden Männer gaben ihm noch einen letzten Stoß; dann fiel der Deckel zu Boden, wo er in drei Teile zerbrach. Sattelschädel langte nach dem Schwert, das auf der Brust des Skeletts lag. Tenaka packte den Helm und sprang zur Seite. Sattelschädel kicherte.

»Na, Vetter? Was machst du jetzt?«

»Ich habe den Helm«, antwortete Tenaka.

Sattelschädel machte einen Satz nach vorn, wild um sich schlagend, doch Tenaka wich ihm aus, ließ stets den Sarg zwischen sich und seinem Gegner.

»Das könnten wir jetzt für alle Zeit so weiter treiben«, sagte Tenaka. »Wir könnten eine Ewigkeit damit verbringen, um diesen Sarg herum zu rennen.«

Sein Gegner räusperte sich und spie aus. Tenaka hatte recht – das Schwert war nutzlos, solange der Gegner nicht in Reichweite kam.

»Gib mir den Helm«, sagte Sattelschädel. »Dann bleiben wir beide am Leben. Wenn du versprichst, mir zu dienen, mache ich dich zu meinem Kriegsherrn.«

»Nein, ich werde dir nicht dienen«, erwiderte Tenaka. »Aber du kannst den Helm haben – unter einer Bedingung.«

»Nenne sie!«

»Daß du mir dreißigtausend Reiter überläßt, damit ich sie zu den Drenai bringen kann.«

»Was? Wozu?«

»Das können wir später besprechen. Schwörst du es?«

»Ja. Gib mir den Helm.«

Als Tenaka den Helm über den Sarg warf, fing Sattelschädel ihn geschickt aus der Luft und setzte ihn sich schwungvoll auf. Er zuckte zusammen, als eine scharfe Metallkante seine Kopfhaut ritzte.

»Du bist ein Dummkopf, Tenaka. Hat Asta Khan nicht gesagt, es würde nur einer zurückkehren? Jetzt habe ich alles.«

»Du hast gar nichts, Hohlkopf. Du bist tot!« sagte Tenaka.

»Leere Drohungen«, höhnte Sattelschädel.

Tenaka lachte. »Ulrics letzter Scherz! Niemand kann diesen Helm tragen. Hast du die scharfe Spitze gespürt, Vetter, als die vergiftete Nadel durch deine Haut drang?«

Das Schwert entglitt Sattelschädels Hand, und seine Beine gaben unter ihm nach. Er versuchte aufzustehen, doch der Tod zerrte ihn in seinen Höllenschlund hinab. Tenaka holte sich den Helm zurück und legte das Schwert wieder in den Sarg.

Langsam stieg er die Treppe hinauf und drückte sich an

den Klingen vorbei, die aus der Vertäfelung ragten. Sobald er an der frischen Luft war, setzte er sich und legte den Helm in den Schoß. Er war aus Bronze, mit weißem Pelz besetzt und mit Silberdraht verziert.

Weit unten saß Asta Khan und betrachtete den Mond und Tenaka, der zu ihm hinunterkletterte. Der alte Mann sah sich nicht um, als Tenaka sich ihm näherte.

»Willkommen, Tenaka Khan, Herrscher der Heere!« sagte er.

»Bring mich nach Hause«, befahl Tenaka.

»Noch nicht.«

»Warum nicht?«

»Du mußt erst noch jemanden kennenlernen.« Weißer Nebel stieg wallend vom Boden auf, umwirbelte sie; dann trat eine mächtige Gestalt aus den Schwaden.

»Du hast dich gut gemacht«, sagte Ulric.

»Danke, Herr.«

»Hast du die Absicht, dein Wort gegenüber deinen Freunden zu halten?«

»Ja.«

»Also werden die Nadir den Drenai zu Hilfe kommen?«

»Ja.«

»Es ist, wie es sein sollte. Ein Mann muß zu seinen Freunden stehen. Aber du weißt, daß die Drenai vor dir fallen müssen? Solange sie überleben, können die Nadir nicht gedeihen.«

»Das weiß ich.«

»Dann bist du bereit, sie zu erobern – ihre Herrschaft zu beenden?«

»Ja.«

»Gut. Folge mir in den Nebel.«

Tenaka tat, wie ihm geheißen, und der Khan führte ihn ans Ufer eines dunklen Flusses. Dort saß ein alter Mann, der sich umdrehte, als Tenaka näherkam. Es war Aulin, der frühere Priester der Quelle, der in der Kaserne des Drachen gestorben war.

»Hast du dein Wort gehalten?« fragte er. »Hast du dich um Renya gekümmert?«

»Ja.«

»Dann setz dich neben mich, und ich werde mein Wort halten.«

Tenaka setzte sich, und der alte Mann lehnte sich zurück und starrte auf das dunkel dahinströmende, glucksende Wasser.

»Ich habe viele Maschinen der Älteren entdeckt. Ich habe ihre Bücher und Aufzeichnungen studiert. Ich habe Experimente gemacht. Ich habe viele ihrer Geheimnisse enträtselt. Sie wußten, daß der Niedergang bevorstand und haben viele Hinweise für künftige Generationen hinterlassen. Die Erde ist eine Kugel, wußtest du das?«

»Nein«, antwortete Tenaka.

»Sie ist es! Am oberen Ende der Kugelachse ist eine Welt aus Eis. Und am unteren Ende auch. Um die Mitte herum ist sie glühend heiß. Und die Kugel dreht sich um die Sonne. Wußtest du das?«

»Aulin, für solche Dinge habe ich keine Zeit. Was wolltest du mir sagen?«

»Bitte, Krieger, hör mich an. Ich wollte mein Wissen so gern teilen – es ist wichtig für mich.«

»Dann sprich weiter.«

»Die Welt dreht sich, und das Eis an den Enden der Achse wächst mit jedem Tag, Millionen Tonnen von Eis, jeden Tag, Jahrtausende lang. Zum Schluß beginnt die Kugel zu trudeln, dann kippt sie. Und wenn sie kippt, steigen die Ozeane und überschwemmen das Land. Und das Eis breitet sich aus und bedeckt ganze Kontinente. Das ist der Niedergang. Das geschah mit den Älteren. Verstehst du? Es macht den Traum der Menschen zunichte.«

»Ich verstehe. Was willst du mir sagen?«

»Die Maschinen der Älteren – sie arbeiten nicht so, wie Ceska glaubt. Es gibt keine Verschmelzung von Mensch und Tier. Es ist eher ein Verschmelzen von Lebenskräften, die in einem schwankenden Gleichgewicht gehalten werden. Die Älteren wußten, daß es wichtig war – lebenswichtig – daß der Geist eines Menschen die Vorherrschaft behielt. Der Schrecken der Bastarde ist das Ergebnis, daß das Tier die Oberhand hat!«

»Wie kann mir dieses Wissen helfen?« fragte Tenaka.

»Ich habe einmal gesehen, wie ein Bastard zurückverwandelt wurde; er wurde wieder ein Mensch und starb.«

»Wie?«

»Er hat etwas gesehen, das ihn zutiefst erschütterte.«

»Was?«

»Die Frau, die einst seine Gefährtin war.«

»Stimmt das?

»Natürlich! Ist das hilfreich?«

»Ich weiß nicht«, sagte Tenaka. »Vielleicht.«

»Dann werde ich dich jetzt verlassen«, sagte Aulin. »Ich kehre ins Grau zurück.«

Tenaka sah ihm nach, wie er in den Nebel schlurfte. Dann stand er auf und drehte sich um, als Ulric zu ihm trat.

»Der Krieg hat bereits begonnen«, sagte der Khan. »Du wirst nicht mehr rechtzeitig eintreffen, um deine Freunde zu retten.«

»Dann werde ich rechtzeitig da sein, um sie zu rächen«, antwortete Tenaka.

»Was wollte der alte Mann dir über den Niedergang erzählen?«

»Ich weiß nicht. Etwas über sich drehendes Eis. Es war nicht wichtig«, erklärte Tenaka.

Der alte Schamane bat Tenaka, sich zu setzen, und der neue Khan gehorchte. Die Augen fielen ihm zu. Als er sie wieder öffnete, saß er wie zuvor vor dem Grabmal, beobachtet von den Reihen der Nadirgeneräle. Zu seiner Linken lag Shirrat Sprechendes Messer – sein Brustkorb war aufgerissen, Blut rann in den Staub. Zu seiner Rechten lag

Sattelschädel, an dessen Schläfe ein kleines Rinnsal Blut trocknete. Vor ihm lag Ulrics Helm.

Asta Khan stand auf und wandte sich an die Generäle.

»Es ist vorbei, und es hat begonnen. Tenaka Khan herrscht über die Wölfe.«

Der alte Mann nahm den Helm, ging zu dem Kohlebecken, raffte seine zerfetzten Ledergewänder zusammen und verließ das Lager. Tenaka blieb, wo er war, betrachtete prüfend die Gesichter vor ihm und spürte deren Feindseligkeit. Diese Männer waren bereit zum Krieg, Anhänger von Sprechendes Messer und Sattelschädel. Nicht ein Mann unter ihnen hatte an Tenaka als Khan gedacht. Jetzt hatten sie einen neuen Führer, und von diesem Moment an mußte Tenaka stets wachsam sein. Seine Mahlzeiten mußten vorgekostet werden ... sein Zelt bewacht. Unter diesen Männern gab es viele, die seinen Tod wünschten.

Und zwar schnell!

Es war einfach, Khan zu werden. Die wahre Kunst bestand darin, anschließend am Leben zu bleiben.

Eine Bewegung in den Reihen erregte Tenakas Aufmerksamkeit. Ingis erhob sich und ging auf ihn zu. Er zog sein Schwert aus der Scheide und reichte es mit dem Griff voran Tenaka.

»Ich werde dein Mann«, sagte Ingis und kniete nieder.

»Willkommen, Krieger. Wie viele Brüder bringst du mit?«

»Zwanzigtausend.«

»Das ist gut«, sagte der Khan.

Einer nach dem anderen marschierten die Generäle nach vorn. Der Morgen dämmerte bereits, als der letzte sich zurückzog und Ingis noch einmal zu Tenaka kam.

»Die Familien von Sattelschädel und Sprechendes Messer wurden gefangengenommen. Sie werden in der Nähe deines Lagerplatzes festgehalten.«

Tenaka stand auf und reckte sich. Ihm war kalt, und er war sehr müde. Mit Ingis an seiner Seite entfernte er sich von dem Grabmal.

Eine große Menschenmenge hatte sich versammelt, um den Tod der Gefangenen mitzuerleben. Tenaka betrachtete die Gefangenen, die schweigend in Reihen knieten, die Arme auf dem Rücken zusammengebunden. Es waren zweiundzwanzig Frauen, sechs Männer und ein Dutzend Knaben.

Subodai trat vor. »Willst du sie selbst töten?«

»Nein.«

»Dann werden Gitasi und ich es tun«, sagte er vergnügt.

»Nein.« Tenaka ging weiter und ließ den verblüfften Subodai stehen.

Der neue Khan blieb vor den Frauen stehen, den Gemahlinnen der toten Kriegsherren.

»Ich habe eure Gatten nicht getötet«, sagte er. »Es gibt also keine Blutfehde zwischen uns. Doch ich habe ihr Eigentum geerbt. So sei es! Ihr wart Teil dieses Eigentums, und so erkläre ich euch zu Gemahlinnen von Tenaka Khan. Bindet sie los!« befahl er.

Leise vor sich hinmurmelnd ging Subodai an der Reihe entlang. Eine junge Frau rannte los, als sie frei war, und warf sich Tenaka zu Füßen.

»Wenn ich wahrlich deine Frau bin, was ist dann mit meinem Sohn?«

»Laßt auch die Kinder frei«, befahl Tenaka.

Nur die sechs Männer blieben jetzt übrig, enge Verwandte der toten Kriegsherren.

»Dies ist ein neuer Tag«, sagte Tenaka zu ihnen. »Ich lasse euch die Wahl. Versprecht mir zu dienen, und ihr bleibt am Leben. Weigert euch, und ihr werdet sterben.«

»Ich spucke auf dich, Halbblut!« rief ein Mann. Tenaka trat vor und streckte die Hand nach Subodais Schwert aus. Dann köpfte er den Mann mit einem einzigen Hieb.

Nicht einer der fünf Gefangenen sprach, und Tenaka ging die Reihe entlang und tötete sie alle. Dann rief er Ingis zu sich, und die beiden Männer setzten sich leise in den Schatten des Zeltes.

Dort blieben sie drei Stunden, in denen der Khan seine Pläne erläuterte. Anschließend schlief Tenaka.

Und während er schlief, umringten zwanzig Männer mit gezogenen Schwertern sein Zelt.

20

Parsal kroch weiter, schob sich durch das hohe Gras. Der Schmerz in seinem verstümmelten Bein war von der sengenden Qual des vorherigen Nachmittags zu einem pochenden Schmerz verebbt, der gelegentlich aufflammte, so daß er das Bewußtsein verlor. Er wußte nicht mehr, wohin er kroch, nur daß er eine so große Entfernung wie möglich zwischen sich und das Grauen bringen mußte.

Er kroch über ein Feld voller Kieselsteine, und ein scharfer Stein stach ihm ins Bein. Stöhnend rollte er sich auf die Seite.

Ananais hatte ihm befohlen, so lange auszuharren, wie sie nur konnten, und sich dann nach Magadon zurückzuziehen. Dann war er mit Galand in ein anderes Tal geritten. Die Ereignisse des Nachmittags überschwemmten immer wieder Parsals Gedanken, und er konnte sie nicht verdrängten ... Mit vierhundert Mann hatten sie an einem engen Paß gewartet. Die Reiter waren zuerst gekommen, waren mit gesenkten Lanzen die Hänge hinauf galoppiert. Parsals Bogenschützen hatten sie in Stücke gerissen. Die Fußsoldaten waren nicht so leicht zurückzuschlagen, da sie gut gerüstet und durch ihre Bronzeschilde geschützt waren. Parsal war mit dem Schwert nie so geschickt gewesen wie sein Bruder, aber er hatte sich gut geschlagen, bei den Göttern!

Die Männer von Skoda hatten gekämpft wie die Tiger, und Ceskas Infanterie wurde zurückgedrängt. An diesem Punkt hätte er den Befehl zum Rückzug geben sollen.

Dummkopf!

Aber er war in einer solchen Hochstimmung gewesen. So stolz! Noch nie im Leben hatte er eine Kampftruppe angeführt. Beim Drachen hatten sie ihn abgewiesen, während sie seinen Bruder aufgenommen hatten. Und jetzt hatte er eine mächtige Armee zurückgeschlagen.

Und er wartete noch einen weiteren Angriff ab.

Die Bastarde waren vorgestürmt wie Höllendämonen. Und wenn er hundert Jahre alt werden sollte, nie würde er diesen Angriff vergessen. Die Ungeheuer machten einen entsetzlichen Lärm, heulten ihre Blutgier heraus, während sie sich auf ihre Opfer stürzten. Riesige Bestien mit geifernden Mäulern und blutroten Augen, scharfen Klauen und funkelnden Schwertern.

Pfeile konnten ihr Fleisch kaum durchdringen, und sie fegten die Kämpfer von Skoda beiseite, wie ein Erwachsener ein ungezogenes Kind wegstößt.

Parsal gab nicht den Befehl, die Beine in die Hand zu nehmen; das war unnötig. Der Mut der Skodamänner zerrann wie Wasser in der Wüste, und der Trupp brach auseinander. In seiner Wut stürzte sich Parsal auf einen Bastard, zielte einen mächtigen Hieb auf dessen Kopf, doch sein Schwert zerbarst an dem dicken Schädel, und das Wesen wandte sich ihm zu. Parsal wurde zurückgeworfen, und der Bastard stürzte sich auf ihn. Seine gewaltigen Kiefer schlossen sich um Parsals linkes Bein und rissen das Fleisch von den Knochen. Ein tapferer Skodakrieger sprang auf den Rücken des Ungeheuers und trieb einen langen Dolch in seinen Hals. Es ließ von Parsal ab und riß dem Krieger die Kehle auf. Parsal rollte sich über einen Hügel davon und kollerte ins Tal hinab. So hatte sein langer Weg begonnen.

Jetzt wußte er, daß es für die Skodamänner keinen Sieg gab. Ihre Träume waren närrisch. Nichts und niemand konnte gegen einen Bastard bestehen. Parsal wünschte, er wäre auf seinem Hof in Vagria geblieben, weit weg von diesem wahnsinnigen Krieg.

Irgend etwas packte sein Bein, und er setzte sich auf und schwang seinen Dolch. Ein klauenbewehrter Arm schlug ihm die Waffe aus der Hand, und drei Bastarde kauerten sich um ihn – mit funkelnden Augen und aufgerissenen Mäulern, aus denen der Geifer tropfte.

Barmherzigerweise verlor er das Bewußtsein.

Und das Mahl begann.

Pagan schlich weiter, bis er auf weniger als hundert Meter an das Westviertel der Stadt herangekommen war. Sein Pferd hatte er hinten im Wald versteckt. Rauch stieg wie wirbelnder Nebel von den brennenden Häusern auf, und es war schwierig, überhaupt etwas zu erkennen. Gruppen von Bastarden schleppten Tote aus der Stadt, um auf den Wiesen vor der Stadt ihr Festmahl abzuhalten. Pagan hatte die Ungeheuer noch nie gesehen und beobachtete sie mit grimmiger Faszination. Die meisten waren über zwei Meter groß und muskelbepackt.

Pagan wußte nicht, was er tun sollte. Er hatte eine Botschaft von Steiger an Ananais, aber wo sollte er sie jetzt abliefern? Lebte der schwarzmaskierte Krieger überhaupt noch? War der Krieg vorbei? Wenn ja, mußte Pagan seinen Plan ändern. Er hatte geschworen, Ceska zu töten, und er war nicht der Mann, der einen Schwur leichtnahm. Irgendwo inmitten dieser Armee stand das Zelt des Kaisers – er mußte es nur finden und den Hurensohn umbringen.

Das war alles!

Der Tod von Pagans Angehörigen und Stammesbrüdern lastete schwer auf ihm, und er war entschlossen, sie zu rächen. Sobald er Ceska getötet hatte, würde der Schatten des Kaisers ins Land der Schatten geschickt, um den Erschlagenen zu dienen. Eine angemessene Bestrafung.

Pagan sah eine Weile zu, wie die Ungeheuer fraßen, prägte sich ihre Bewegungen ein und lernte soviel er konnte für den Tag, an dem er gegen sie kämpfen mußte. Er gab sich keinen Illusionen hin – dieser Tag würde kommen. Mensch gegen Ungeheuer, von Angesicht zu Angesicht. Das Ungeheuer mochte stark sein, schnell und tödlich, doch König Kataskicana hatte sich den Titel Kriegsherr nicht umsonst verdient. Auch er war stark, schnell und tödlich. Und darüber hinaus war er gerissen.

Pagan bahnte sich einen Weg zurück in den Wald. Als er dort angelangt war, erstarrte er, seine Nasenflügel bebten. Seine Augen wurden zu schmalen Schlitzen, und seine Axt glitt ihm in die Faust.

Sein Pferd stand noch da, wo er es zurückgelassen hatte, doch das Tier zitterte vor Angst; es hatte die Ohren flach an den Kopf gelegt und die Augen weit aufgerissen.

Pagan griff in seine Ledertunika und holte ein kurzes, schweres Wurfmesser heraus. Er leckte sich die Lippen und suchte prüfend das Unterholz ab. Verstecke gab es in der Nähe kaum; er selbst befand sich an einer der wenigen geschützten Stellen, so daß nur noch drei andere offensichtliche Möglichkeiten übrigblieben. Also, schloß er, stand er höchstens drei Feinden gegenüber. Ob sie wohl Bogen hatten? Unwahrscheinlich, denn in diesem Fall mußten sie aufstehen, zielen und auf ein sich rasch bewegendes Ziel schießen. Waren sie menschlich? Unwahrscheinlich, denn das Pferd war verängstigt, und gewöhnliche Menschen würden nicht eine solche Angst hervorrufen.

Also lauerten möglicherweise drei Bastarde im Gebüsch.

Als er seine Entscheidung gefällt hatte, erhob sich Pagan und ging auf sein Pferd zu. Ein Bastard sprang aus den Büschen rechts von ihm, ein weiterer aus einem Busch zur Linken. Sie bewegten sich unglaublich schnell. Pagan wirbelte auf dem Absatz herum; sein rechter Arm fuhr herab, und das Messer drang in die rechte Augenhöhle des ersten Ungeheuers. Das zweite war schon fast über ihm, als der schwarze Mann sich auf die Knie fallen ließ und sich nach vorn warf, so daß er in die Beine des Ungeheuers krachte. Der Bastard stürzte über ihn. Pagan rollte sich herum und hieb die Axt tief in die Lende der Bestie. Dann war er auf den Beinen und rannte. Er riß die Zügel von dem Ast und schwang sich in den Sattel, gerade als der Bastard auf ihn losstürmte. Pagan lehnte sich im Sattel zurück und riß an den Zügeln, so daß das entsetzte Tier stieg und mit den Vorderhufen schlug. Es traf das Ungeheuer mitten ins Gesicht. Der Bastard ging zu Boden, und Pagan lenkte das Pferd zurück in den Wald, wobei er sich unter den tiefhängenden Zweigen duckte. Sobald sie aus dem Wald heraus waren, galoppierten sie nach Westen.

Die Götter waren mit ihm gewesen, denn er hatte sich sehr verschätzt. Wären es drei Bastarde gewesen, wäre er jetzt tot. Er hatte mit dem Messer auf die Kehle des Untiers gezielt, doch es hatte so schnell angegriffen, daß er um ein Haar sein Ziel verfehlt hatte.

Pagan ließ das Pferd langsamer laufen, als sie die brennende Stadt hinter sich gelassen hatten.

Im ganzen Tiefland würde es von Ceskas Spähern nur so wimmeln. Pagan hatte nicht den Wunsch, in eine noch größere Gefahr hineinzugeraten als die, der er gerade entronnen war. Er tätschelte seinem Pferd den Hals.

Er hatte Steiger bei den Cheiam zurückgelassen. Der neue Bronzegraf hatte an Haltung gewonnen, und seine Pläne zur Einnahme der Festung waren gut vorangeschritten. Ob diese Pläne aufgingen, war eine andere Frage, aber zumindest ging Steiger mit Selbstvertrauen an seine Aufgabe. Pagan kicherte. Der junge Drenai war in seiner neuen Rolle mehr als überzeugend, und Pagan konnte fast glauben, daß Steiger tatsächlich der legendäre Graf war.

Fast. Wieder kicherte Pagan.

Gegen Sonnenuntergang gelangte er an eine Baumgruppe an einem Fluß. Er hatte keine Spuren vom Feind gesehen und erkundete die Gegend sorgfältig. Doch als er in eine kleine Senke kam, erwartete ihn eine Überraschung.

Etwa zwanzig Kinder saßen um den Leichnam eines Mannes herum.

Pagan stieg ab und band sein Pferd an. Ein großer Junge mit einem Messer in der Faust stellte sich ihm in den Weg.

»Wenn du ihn anfaßt, töte ich dich«, sagte der Junge.

»Ich werde ihn nicht berühren«, sagte Pagan. »Steck dein Messer weg.«

»Bist du ein Bastard?«

»Nein, ein Mensch.«

»Du siehst nicht aus wie ein Mensch – du bist schwarz.«

Pagan nickte ernst. »Das stimmt. Du dagegen bist weiß und sehr klein. Ich zweifle nicht an deinem Mut, aber du glaubst doch nicht ernsthaft, du könntest es mit mir aufnehmen?«

Der Junge leckte sich die Lippen, rührte sich jedoch nicht vom Fleck.

»Wenn ich dein Feind wäre, mein Junge, hätte ich dich schon längst getötet. Geh zur Seite!« Er setzte sich in Bewegung, ohne den Jungen zu beachten; dann kniete er neben dem Toten nieder. Er war dicklich und hatte eine beginnende Glatze; die großen Hände waren in seine Weste gekrallt.

»Was ist passiert?« fragte Pagan ein kleines Mädchen, das am dichtesten bei dem Toten saß. Sie sah weg, und der Junge mit dem Messer antwortete.

»Er hat uns gestern hergebracht. Er sagte, wir könnten uns verstecken, bis die Ungeheuer wieder weg sind. Aber heute morgen, als er mit Melissa spielte, griff er sich an die Brust und fiel um.«

»Ich war es nicht«, sagte Melissa. »Ich habe überhaupt nichts getan.«

Pagan fuhr dem Kind durch das aschblonde Haar. »Natürlich hast du das nicht getan. Habt ihr etwas zu essen dabei?«

»Ja«, antwortete der Junge. »Da drüben in der Höhle.«

»Ich heiße Pagan, und ich bin ein Freund von Schwarzmaske.«

»Kümmerst du dich jetzt um uns?« fragte Melissa.

Pagan lächelte sie an; dann stand er auf und reckte sich. Die Bastarde würden inzwischen unterwegs sein, und er hatte keine Chance, ihnen zu entgehen, wenn er mit zwanzig Kindern im Schlepptau zu Fuß war. Er kletterte auf einen nahen Hügel und beschattete die Augen, um die Berge abzusuchen. Sie würden mindestens zwei Tage brauchen, um die Entfernung zu Fuß zu überwinden –

zwei Tage in offenem Gelände. Er drehte sich um und sah den Jungen mit dem Messer hinter sich auf einem Stein sitzen. Er war groß und etwa elf Jahre alt.

»Du hast Melissas Frage nicht beantwortet«, sagte der Junge.

»Wie heißt du, mein Junge?«

»Ceorl. Willst du uns helfen?«

»Ich weiß nicht, ob ich kann«, erwiderte Pagan.

»Ich kann es nicht allein«, sagte Ceorl, die Augen fest auf Pagan gerichtet.

Pagan setzte sich ins Gras. »Versuch, mich zu verstehen, Junge. Es gibt so gut wie keine Möglichkeit, daß wir es bis zu den Bergen schaffen. Die Bastarde sind wie wilde Tiere im Dschungel. Sie folgen Spuren nach dem Geruch. Sie sind schnell und können weite Strecken zurücklegen. Ich muß Schwarzmaske eine Nachricht überbringen; ich bin auch in diesen Krieg verwickelt. Ich habe eine eigene Mission und habe geschworen, sie zu erfüllen.«

»Ausflüchte«, sagte Ceorl. »Nichts als Ausflüchte. Na gut, dann bringe ich sie eben selbst hin – glaub mir.«

»Ich bleibe eine Zeitlang bei euch«, sagte Pagan. »Aber sei gewarnt! Ich mag es nicht besonders, von plappernden Kindern umgeben zu sein – es macht mich reizbar.«

»Du kannst Melissa nicht den Mund verbieten. Sie ist noch sehr jung und sehr verängstigt.«

»Und du – hast du keine Angst?«

»Ich bin ein Mann«, sagte Ceorl. »Ich weine schon seit Jahren nicht mehr.

Pagan nickte und erhob sich geschmeidig. »Laß uns die Vorräte holen und aufbrechen.«

Gemeinsam scharten sie die Kinder um sich. Jedes Kind trug einen kleinen Rucksack mit Proviant und eine Wasserflasche. Pagan hob Melissa und zwei weitere Kleinkinder auf das Pferd und führte sie hinaus auf die Ebene. Sie hatten den Wind im Rücken, und das war gut ... es sei denn, vor ihnen lauerten die Bastarde. Ceorl hatte recht, was Melissa betraf: Sie plapperte ununterbrochen und erzählte Pagan Geschichten, denen er kaum zu folgen vermochte. Gegen Abend begann sie im Sattel zu schwanken, und Pagan hob sie vom Pferd und nahm sie auf den Arm.

Sie hatten vielleicht fünf Kilometer zurückgelegt, als Ceorl zu Pagan gelaufen kam und ihn am Ärmel zupfte.

»Was ist los?«

»Sie sind sehr müde. Ich habe gerade gesehen, daß Ariane da hinten am Wegrand sitzt – ich glaube, sie ist eingeschlafen.«

»Na schön. Geh zurück und hole sie her, wir werden hier lagern.«

Die Kinder drängten sich um Pagan zusammen, während er Melissa ins Gras legte. Die Nacht war kühl, aber nicht kalt.

»Erzählst du uns eine Geschichte?« fragte das Mädchen.

Mit leiser Stimme erzählte er ihnen von der Mondgöttin, die über silberne Stufen zur Erde hinabstieg, um das Leben einer Sterblichen zu führen. Dort begegnete sie dem schönen Prinzen Anidigo. Er liebte sie, wie seitdem nie wieder ein Mann eine Frau geliebt hat, doch sie war scheu und floh vor ihm. In einer silbernen Kutsche, die völlig rund war, fuhr sie zum Himmel empor. Er konnte ihr nicht folgen und ging zu einem weisen Zauberer, der ihm eine Kutsche aus reinem Gold machte. Anidigo schwor, daß er nicht eher zurückkehren würde, als er das Herz der Mondgöttin gewonnen hatte. Seine goldene Kutsche war ebenfalls völlig rund und schwang sich wie ein strahlender Feuerball zum Himmel hinauf. Rund und rund um die Erde fuhr er, doch er konnte sie nie einholen. Bis heute nicht.

»Seht mal nach oben!« sagte Pagan. »Dort fährt sie – und bald wird Anidigo kommen, und sie flieht.«

Das letzte Kind fiel in einen traumlosen Schlaf, und Pagan ging zu Ceorl hinüber.

»Du kannst gut Geschichten erzählen.«

»Ich habe viele Kinder«, antwortete Pagan.

»Wenn sie dich so ärgern, warum hast du dann so viele?« fragte der Junge.

»Das ist nicht leicht zu erklären«, sagte Pagan grinsend.

»Oh, ich verstehe schon«, fuhr Ceorl auf. »So klein bin ich nicht mehr.«

Pagan versuchte es zu erklären. »Ein Mann kann seine Kinder lieben und sich trotzdem über sie ärgern. Eins von ihnen nimmt jetzt meinen Platz zu Hause ein und herrscht über mein Volk. Aber ich bin ein Mann, der stets auch das Alleinsein braucht. Kinder verstehen das nicht.«

»Warum bist du schwarz?«

»Das war es also mit dem Philosophieren! Ich bin schwarz, weil es in meinem Land sehr heiß ist. Eine dunkle Haut schützt vor der Sonne. Wird deine Haut im Sommer nicht auch dunkler?«

»Und deine Haare, warum sind sie so kraus?«

»Das weiß ich nicht, junger Mann. Ich weiß auch nicht, warum meine Nase so breit ist und meine Lippen dicker sind als deine. So ist es eben.«

»Sieht da, wo du herkommst, jeder so aus wie du?«

»Für mich nicht.«

»Kannst du kämpfen?«

»Du steckst voller Fragen, Ceorl!«

»Ich weiß gern Bescheid. Kannst du kämpfen?«

»Wie ein Tiger!«

»Das ist so eine Art Katze, nicht wahr?«

»Ja. Eine sehr große Katze und ausgesprochen unfreundlich.«

»Ich kann auch kämpfen«, erklärte Ceorl. »Ich bin ein guter Kämpfer.«

»Das glaube ich. Aber wir wollen hoffen, daß du es nicht beweisen mußt. Geh jetzt schlafen.«

»Ich bin nicht müde. Ich halte Wache.«

»Tu, was ich dir sage, Ceorl. Du kannst morgen Wache halten.«

Der Junge nickte und ging zurück zu den anderen Kindern. Binnen weniger Minuten war er eingeschlafen. Pagan dachte noch eine Weile an seine Heimat. Dann ging auch er zu den Kindern hinüber. Melissa schlief immer noch tief und fest, eine Flickenpuppe im Arm. Die Puppe war schon alt, hatte keine Augen mehr und nur noch zwei dünne Strähnen aus gelben Fäden als Haare.

Steiger hatte ihm von seiner seltsamen religiösen Überzeugung erzählt. Die Götter, sagte Steiger, sind alle so alt, daß sie senil geworden sind. Ihre ungeheure Macht entlud sich jetzt in sinnlosen Spielen mit den Menschen. Die Götter führten sie in die Irre und brachten sie in schreckliche Situationen.

Pagan wurde rasch zum Gläubigen.

Ein fernes Heulen hallte durch die Nacht. Dann ein zweites und ein drittes. Pagan fluchte leise und zog sein Schwert. Er nahm einen kleinen Wetzstein aus seinem Lederbeutel, spuckte darauf und schärfte die Schwertklinge; dann band er die Axt von der Satteltasche und schärfte auch diese.

Der Wind drehte, so daß er ihren Geruch nach Osten trug. Pagan wartete, während er leise zählte. Er war bei achthundertsieben angekommen, als das Heulen an Intensität zunahm. In Anbetracht der veränderlichen Windgeschwindigkeit bedeutete dies, daß die Bastarde zwischen zwölf und achtzehn Kilometer hinter ihnen waren – und das war nicht genug.

Das Barmherzigste wäre es, allen Kindern lautlos im Schlaf die Kehle durchzuschneiden und ihnen so das Grauen zu ersparen, das sie erwartete. Doch Pagan wußte auch, daß er drei von den Kleinsten auf seinem Pferd mitnehmen konnte.

Er zog seinen Dolch und schlich zu ihnen.

Aber welche drei?

Mit einem unterdrückten Fluch rammte er den Dolch wieder in die Scheide und weckte Ceorl.

»Die Bastarde sind in der Nähe«, sagte er. »Weck die Kinder – wir müssen weiter.«

»Wie nahe sind sie?« fragte Ceorl mit vor Angst weit aufgerissenen Augen.

»Eine Stunde hinter uns, wenn wir Glück haben.«

Ceorl rollte sich auf die Füße und ging zu den Kleinsten. Pagan setzte sich Melissa auf die Schultern. Sie ließ die Puppe fallen, und er hob sie wieder auf und stopfte sie in seine Tunika. Die Kinder drängten sich um ihn.

»Siehst du die Gipfel da drüben?« fragte er Ceorl. »Geht in diese Richtung! Ich komme wieder.«

»Versprichst du es?«

»Ich verspreche es.« Pagan schwang sich in den Sattel. »Setz zwei der kleineren Kinder hinter mich.« Ceorl tat wie ihm geheißen. »Und jetzt haltet euch gut fest, Kinder – wir machen einen Ausritt.«

Pagan gab seinem Hengst die Sporen, der in die Nacht davonschoß und die Strecke bis zu den Bergen in Windeseile zurücklegte. Melissa wachte auf und fing an zu weinen, und so zog Pagan die Puppe aus seiner Jacke und drückte sie dem Mädchen in die Arme. Nachdem sie einige Minuten schnell galoppiert waren, sah er rechts von ihnen einen vorspringenden Felsen. Er lenkte den Hengst dorthin zwischen die Blöcke. Der Pfad war nur schmal, weniger als anderthalb Meter breit, und erweiterte sich oben zu einer flachen Senke. Sie hatte keinen anderen Zugang als den Pfad.

Pagan half den Kindern vom Pferd. »Wartet hier auf mich«, sagte er und ritt wieder hinab in die Ebene. Fünfmal legte er die Strecke zurück, und beim letztenmal hatten Ceorl und die vier anderen älteren Jungen den Felsen fast erreicht, als Pagan noch einmal loswollte. Er sprang aus dem Sattel und reichte dem Jungen die Zügel.

»Bring das Pferd oben in die Senke und wartet dort auf mich.«

»Was hast du vor?«

»Tu, was ich dir sage, Kind!«

Ceorl trat einen Schritt zurück. »Ich wollte doch nur helfen.«

»Tut mir leid, mein Junge. Halte dein Messer bereit. Ich versuche, sie aufzuhalten. Aber wenn sie durchkommen … benutz dein Messer für die jüngsten Kinder. Verstehst du?«

»Ich glaube, das kann ich nicht«, stammelte Ceorl.

»Dann tu, was dein Herz dir sagt. Viel Glück, Ceorl!«

»Ich … Ich will aber nicht sterben.«

»Ich weiß. Und jetzt geh hinauf und tröste sie.«

Pagan zog seine Axt aus dem Sattel und band Köcher und Bogen los. Der Bogen war aus vagrischem Horn, und nur ein sehr starker Mann konnte ihn spannen. Pagan setzte sich auf den Pfad und spähte nach Osten.

Es hieß, daß die Könige auf dem Opalthron immer wußten, wann ihr Tag gekommen war.

Pagan wußte es.

Er legte die Sehne auf den Bogen und zog seine Tunika aus, so daß der Nachtwind seinen Körper kühlen konnte.

Mit tiefer Stimme begann er, das Lied der Toten zu singen.

Am vereinbarten Treffpunkt saßen Ananais und seine Offiziere beisammen und besprachen die Aktionen des Tages. Nachdem sie vom ersten Bergring zurückgedrängt worden waren, hatte sich die Skoda-Armee in sieben Teile aufgespalten, die sich ins Hochland zurückzogen und die vorrückenden Truppen aus dem Hinterhalt überfielen, wenn sie ins Gelände ausschwärmten. Diese plötzlichen Überfälle waren eine Plage für Ceskas Armeen und verlangsamten ihr Vordringen, wobei die Verluste auf seiten der Skoda-Truppen erstaunlich gering blieben – mit Ausnahme von Parsals Trupp, von dem nicht ein Mann überlebt hatte.

»Sie bewegen sich schneller als wir dachten«, sagte Katan. »Und sie haben Verstärkung aus Delnoch bekommen.«

»Ich würde sagen, es sind insgesamt fünfzigtausend«,

sagte Thorn. »Wir können die Stellung nicht halten – mit Ausnahme von Tarsk und Magadon.«

»Wir werden den Feind auch weiterhin treffen«, sagte Ananais. »Wie lange kannst du die Macht dieser verdammten Templer noch in Schach halten, Katan?«

»Ich glaube, sie finden jetzt schon Wege, um durchzudringen.«

»Sobald sie es schaffen, werden unsere Überfälle zu Selbstmordkommandos.«

»Ich weiß, Schwarzmaske. Aber hier haben wir es nicht mit einer exakten Wissenschaft zu tun. Der Kampf in der Leere tobt unvermindert weiter, doch wir werden langsam zurückgedrängt.«

»Tut euer bestes, mein Junge«, sagte Ananais. »Also schön – wir greifen noch einen Tag an. Dann ziehen wir sämtliche Männer hinter die Mauern zurück.«

»Hast du allmählich auch das Gefühl, daß wir einem Wirbelsturm ins Auge spucken?« fragte Thorn.

Ananais grinste. »Vielleicht, aber noch haben wir nicht verloren! Katan, ist es sicher, wenn wir reiten?«

Der Priester schloß die Augen, und die Männer warteten ein paar Minuten. Dann zuckte Katan plötzlich zusammen, und er riß die Augen auf.

»Nach Norden«, sagte er. »Wir müssen sofort los!«

Der Priester sprang auf, stürzte beinahe, fing sich wieder und lief zu seinem Pferd. Ananais folgte ihm.

»Thorn!« rief er. »Bring deine Männer zurück zu den anderen. Die übrigen folgen mir!«

Katan ritt ihnen in halsbrecherischem Galopp nach Norden voran, gefolgt von Ananais mit zwanzig Kriegern. Es war kurz vor Sonnenaufgang, und die Bergspitzen rechts von ihnen waren in tiefes Rot getaucht.

Der Priester gab seinem Pferd die Peitsche, und Ananais, der dicht hinter ihm war, schrie: »Du bringst es noch um, du Narr!« Doch Katan beachtete ihn nicht. Tief über den Hals des Tieres gebeugt, jagte er dahin. Vor ihnen war eine Felsnase; Katan zerrte an den Zügeln, sprang aus dem Sattel und rannte auf eine schmale Felsspalte zu.

Ananais zog sein Schwert und folgte ihm.

In der Spalte lagen zwei tote Bastarde, aus deren Kehlen schwarzgefiederte Pfeile ragten. Ananais stürmte weiter. Noch ein totes Ungeheuer, ins Herz getroffen. Er kam um eine Biegung und hörte das bestialische Grollen und das Klirren von Stahl auf Stahl. Er sprang über drei weitere tote Bastarde und bog mit erhobenem Schwert um die nächste Ecke. Zwei tote Bastarde lagen vor ihm. Ein drittes Untier attackierte Katan, und zwei weitere waren in einen wilden Kampf mit jemandem verwickelt, den Ananais nicht sehen konnte.

»Zu mir, Drachen!« brüllte Ananais. Einer der beiden Bastarde wandte sich ihm zu, doch er wehrte einen wütenden Hieb ab und stieß dem Ungeheuer sein Schwert tief in den Bauch. Die Bestie holte mit den Krallen aus, und Ananais sprang zurück, als seine Männer, wild um sich schlagend, hinzukamen. Das Biest ging unter einem Schauer von Hieben zu Boden. Katan erledigte seinen Gegner mit spielerischer Leichtigkeit und stürmte dann weiter, um dem Krieger beizustehen. Aber das war nicht mehr nötig. Pagan hämmerte dem Ungeheuer seine Axt in den Nacken; dann sank er zu Boden.

Ananais lief zu ihm und sah, daß sein Körper von Wunden übersät war. Die Brust war aufgerissen; das Fleisch hing in blutigen Fetzen von den Knochen. Der linke Arm war fast abgerissen, sein Gesicht zerfetzt.

Der schwarze Mann atmete stoßweise, doch seine Augen strahlten, und er versuchte, zu lächeln, als Ananais seinen Kopf in seinem Schoß barg.

»Da oben sind Kinder«, flüsterte Pagan.

»Wir holen sie. Bleib still liegen.«

»Wozu, mein Freund?«

»Bleib still liegen.«

»Wie viele habe ich erledigt?«

»Neun.«

»Das ist gut. Ich bin froh, daß ihr gekommen seid – die beiden letzten wären … schwierig gewesen.«

Katan kniete neben Pagan nieder und legte seine Hand auf dessen blutigen Kopf. Alle Schmerzen fielen von dem sterbenden Krieger ab.

»Ich habe auf meiner Mission versagt«, sagte Pagan. »Ich hätte schon in der Stadt hinter Ceska her sein müssen.«

»Wir kriegen ihn für dich«, versprach Ananais.

»Sind die Kinder unverletzt?«

»Ja«, versicherte Katan. »Wir bringen sie gerade herunter.«

»Sie dürfen mich nicht sehen. Es würde sie ängstigen.«

»Mach dir keine Sorgen«, sagte Katan.

»Achtet darauf, Melissas Puppe mitzunehmen … das Mädchen ist ohne sie verloren.«

»Wir passen schon auf.«

»Als ich jung war, habe ich Männer ins Feuer geschickt. Das hätte ich nicht tun sollen. Das werde ich immer bereuen. Na, Schwarzmaske, jetzt werden wir nie erfahren, wer der Bessere ist, was?«

»Ich weiß es schon«, sagte Ananais. »Ich wäre nicht mit neun Bastarden fertiggeworden. Ich hätte so was überhaupt nicht für möglich gehalten.«

»Alles ist möglich.« Pagans Stimme erstarb zu einem Flüstern. »Nur Reue vergeht nicht.« Er hielt inne. »Steiger hat einen Plan.«

»Hat er Aussicht auf Erfolg?« fragte Ananais.

Pagan grinste. »Alles ist möglich. Er hat mir eine Botschaft an dich mitgegeben, aber jetzt ist sie nutzlos. Er wollte dich wissen lassen, daß zehntausend Drenaisoldaten unterwegs sind. Aber sie waren vor mir da.«

Ceorl zwängte sich zu Pagan durch und kniete mit Tränen in den Augen neben ihm nieder.

»*Warum?*« fragte er. »Warum hast du das für uns getan?«

Doch Pagan war tot.

Ananais nahm den Jungen beim Arm. »Er hat es getan, weil er ein Mann war – ein wirklich großer Mann.«

»Er mochte Kinder nicht einmal.«

»Ich glaube, da irrst du dich, mein Junge.«

»Er hat es selbst gesagt. Wir würden ihn ärgern, hat er gesagt. Warum hat er sich für uns töten lassen?«

Ananais wußte keine Antwort darauf, doch Katan trat zu ihnen.

»Weil er ein Held war. Und so etwas macht einen Helden aus. Verstehst du das?«

Ceorl nickte. »Ich wußte nicht, daß er ein Held war. Er hat es mir nicht gesagt.«

»Vielleicht wußte er es selbst nicht«, meinte Katan.

Galand nahm den Tod seines Bruders sehr schwer. Er zog sich in sich selbst zurück und unterdrückte seine Gefühle. Seine dunklen Augen verrieten nichts von dem Kummer, der ihn quälte. Er führte seine Männer bei mehreren Überfällen auf die Drenai-Reiterei, schlug hart zu und zog sich blitzschnell zurück. Trotz seines Verlangens, Rache zu nehmen, blieb er ein disziplinierter Krieger – der rücksichtslose Angriff war nichts für Galand, nur das kalkulierte Risiko. Unter seinen dreihundert Mann gab es nur leichte Verluste, und als sie in die Mauern von Magadon galoppierten, hatten sie nur siebenunddreißig ihrer Kameraden in den Bergen begraben müssen.

Bei Magadon gab es keine Tore, so daß die Männer ihre Pferde laufen ließen und die Strickleitern hinaufkletterten, die ihre Kameraden zu ihnen herunterließen. Galand war der letzte, der über die Brüstung kletterte. Oben angelangt, drehte er sich um und warf einen Blick nach Osten. Dort irgendwo lag Parsal und verfaulte im Gras. Kein Grab, kein Zeichen.

Der Krieg hatte Galands Tochter gefordert – und nun auch seinen Bruder.

Bald wird er auch mich selbst fordern, dachte er.

Seltsam, daß dieser Gedanke keinen Schrecken für ihn hatte.

Von seinen Männern waren vierzig verwundet. Er ging mit ihnen zu dem Blockhaus, in dem Valtaya und ein Dutzend Frauen sich um die Verletzten kümmerten.

Galand winkte der blonden Frau zu, die zurücklächelte; dann wandte sie sich wieder ihrer Arbeit zu. Sie nähte einen leichten Schnitt am Oberschenkel eines Kriegers.

Er schlenderte hinaus in den Sonnenschein, wo einer seiner Männer ihm einen Laib Brot und einen Krug Wein brachte. Galand dankte ihm und ließ sich mit dem Rücken gegen einen Baum gelehnt nieder. Das Brot war frisch, der Wein jung. Von seinen Gruppenführern schloß sich ihm Oranda an, ein junger Bauer. Er trug einen dicken Verband am Oberarm.

»Sie sagen, es wäre eine saubere Wunde – nur sechs Stiche. Bald kann ich wieder einen Schild halten.«

»Gut«, sagte Galand geistesabwesend. »Möchtest du auch etwas Wein?«

Oranda nahm einen Schluck. »Er ist noch ziemlich jung«, meinte er.

»Vielleicht sollten wir ihn noch ein, zwei Monate reifen lassen.«

»Der Punkt geht an dich«, sagte Oranda und griff noch einmal nach dem Krug.

Eine Weile saßen sie schweigend beisammen, und in Galand wuchs die Anspannung, während er auf die unvermeidliche Bemerkung wartete.

»Es tut mir leid um deinen Bruder«, sagte Oranda schließlich.

»Alle Menschen sterben«, erwiderte Galand.

»Ja. Ich habe Freunde bei diesem Trupp verloren. Die Mauern sehen stark aus, nicht wahr? Ich habe als Kind hier oft gespielt und den wilden Pferden zugesehen.«

Galand erwiderte nichts. Oranda reichte ihm den Weinkrug und wünschte, er könnte einfach aufstehen und weggehen, doch er wollte nicht grob sein. Als Valtaya sich zu ihnen gesellte, begrüßte Oranda sie mit einem dankbaren Lächeln und stahl sich davon.

Galand blickte auf und lächelte.

»Du siehst zauberhaft aus, meine Dame. Wie eine Erscheinung.« Sie hatte die blutbespritzte Lederschürze ausgezogen und trug jetzt ein Kleid aus hellblauer Baumwolle, das sich reizvoll um ihre Figur schmiegte.

»Deine Augen müssen müde sein, Schwarzbart. Mein Haar ist strähnig, ich habe rote Ringe unter den Augen und fühle mich gräßlich.«

»Das hängt alles vom Auge des Betrachters ab«, sagte er.

Sie setzte sich neben ihn und legte ihm eine Hand auf den Arm.

»Es tut mir ehrlich leid wegen Parsal.«

»Alle Menschen sterben«, sagte er, der Wiederholung müde.

»Aber ich bin froh, daß du lebst.«

»Wirklich?« fragte er mit kühlem Blick. »Warum?«

»Was für eine seltsame Frage von einem Freund.«

»Ich bin nicht dein Freund, Val. Ich bin der Mann, der dich liebt. Das ist ein Unterschied.«

»Es tut mir leid, Galand. Ich kann nichts dazu sagen – du weißt, daß ich mit Ananais lebe.«

»Und – bist du glücklich?«

»Natürlich – soweit man mitten im Krieg überhaupt glücklich sein kann.«

»Warum liebst du ihn?«

»Die Frage kann ich dir nicht beantworten. Das kann keine Frau. Warum liebst du mich?«

Er setzte den Weinkrug an die Lippen, ohne auf die Frage einzugehen.

»Es tut weh, daß es für keinen von uns eine Zukunft gibt«, sagte er, »selbst wenn wir diesen Kampf überleben. Ananais wird sich niemals niederlassen, um ein normales Eheleben zu führen. Er ist kein Bauer, kein Kaufmann …

Er wird dich in irgendeiner Stadt zurücklassen. Und ich werde wieder auf meinen Hof gehen. Und keiner von uns wird glücklich sein.«

»Trink nicht so viel, Galand. Das macht dich melancholisch.«

»Meine Tochter war ein so vergnügtes Kind ... und ein richtiger Rabauke. Ich habe ihr oft den Hintern versohlt und viele Tränen fortgewischt. Hätte ich gewußt, wie kurz ihr Leben ist ... und jetzt Parsal ... ich hoffe, er starb schnell. Ich glaube, ich sehe das ziemlich egoistisch«, sagte er plötzlich. »Kein einziges lebendes Wesen trägt mein Blut, außer mir. Wenn ich sterbe, wird es sein, als wäre ich nie gewesen.«

»Deine Freunde werden trauern«, sagte sie.

Er entzog seinen Arm ihrer tröstenden Berührung und starrte sie zornig an.

»Ich habe keine Freunde! Ich hatte nie welche.«

21

Der Kaiser saß in seinem Zelt, umgeben von seinen Offizieren. Sein Kriegsherr Darik saß an seiner Seite. Das Zelt war sehr groß und hatte vier Abteilungen. Die größte, in der die Krieger jetzt versammelt waren, bot Platz für fünfzig Personen, auch wenn sich im Moment nur zwanzig eingefunden hatten.

Ceska war mit den Jahren fett geworden, und seine Haut war teigig und voller Pickel. Seine dunklen Augen glitzerten mit katzenhafter Intelligenz, und es hieß, daß er die Künste der Dunklen Templer erlernt habe und Gedanken lesen könne. Seine Offiziere lebten in einem Zustand ständiger kalter Furcht, denn oft deutete er plötzlich auf einen Mann und schrie: »Verräter!« Der Mann starb dann qualvoll.

Darik war der Krieger, dem er am meisten vertraute, ein General voller List und Tücke, der nur dem legendären Baris vom Drachen nachstand. Ein großer Mann Anfang der Fünfzig, schlank und drahtig. Darik war glattrasiert und sah jünger aus, als er war.

Nachdem er die Berichte gehört und die Anzahl der Toten erfahren hatte, ergriff Darik das Wort: »Die Überfälle wirken beiläufig, wie zufällig, und doch spüre ich eine gedankliche Einheit dahinter. Was meinst du, Maymon?«

Der Dunkle Templer nickte. »Wir haben ihre Verteidigungslinien fast durchbrochen, aber schon jetzt können wir eine ganze Menge sehen. Sie haben die beiden Pässe, die unter den Namen Tarsk und Magadon bekannt sind, durch Mauern befestigt. Und sie erwarten Hilfe aus dem Norden, wenn auch nicht mit großer Zuversicht. Wie du erwartet hast, ist Ananais ihr Anführer, aber es ist diese Frau, Rayvan, die sie zusammenhält.«

»Wo ist sie?« fragte der Kaiser.

»Hoch in den Bergen.«

»Könnt ihr an sie heran?«

»Nicht aus der Leere. Sie wird beschützt.«

»Sie können doch nicht alle ihre Freunde schützen?« meinte Ceska.

»Nein, Herr«, gab Maymon ihm recht.

»Dann nehmt die Seele eines Menschen, der ihr nahe steht. Ich will, daß diese Frau stirbt.«

»Ja, Herr. Aber zuerst müssen wir die Mauer der Dreißig durchbrechen.«

»Was gibt es Neues von Tenaka Khan?« fauchte Ceska.

»Er entkam nach Norden. Sein Großvater Jongir starb vor zwei Monaten, und dort braut sich ein Bürgerkrieg zusammen.«

»Schick eine Botschaft an den Kommandanten von Delnoch mit dem Befehl, genau Ausschau nach einer Nadirarmee zu halten.«

»Ja, Herr.«

»Laßt mich jetzt allein«, befahl der Kaiser. »Alle, bis auf Darik.«

Dankbar gehorchten die Offiziere und gingen hinaus in die Nacht. Um das Zelt herum standen fünfzig Bastarde, die größten und wildesten Ungeheuer von Ceskas Armee. Die Offiziere schauten sie nicht an, als sie an ihnen vorbeigingen.

Drinnen im Zelt schwieg Ceska einige Minuten.

»Sie hassen mich alle«, sagte er. »Kleine Männer, kleine Geister. Was sind sie denn ohne mich?«

»Sie sind gar nichts, Herr«, sagte Darik.

»Genau. Und was ist mit dir, General?«

»Herr, du kannst in unseren Gedanken lesen wie in einem offenen Buch. Du kannst in unsere Herzen sehen. Ich bin dir treu ergeben, doch an dem Tag, an dem du an mir zweifelst, werde ich mir in dem Augenblick das Leben nehmen, wenn du es befiehlst.«

»Du bist der einzige Getreue im Reich. Ich will, daß sie alle sterben! Skoda soll ein Leichenhaus werden, an das man sich in alle Ewigkeit erinnert.«

»Es wird geschehen, wie du befiehlst, Herr. Sie können sich gegen uns nicht halten.«

»Der Geist des Chaos reitet mit meiner Truppe, Darik. Aber er braucht Blut, viel Blut. Meere von Blut! Er ist niemals zufrieden.«

Ceskas Augen nahmen einen gehetzten Ausdruck an, und er verfiel in Schweigen. Darik saß ganz still. Die Tatsache, daß sein Kaiser wahnsinnig war, beunruhigte ihn nicht im mindesten, doch Ceskas Verfall war etwas anderes. Darik war ein seltsamer Mann. Er interessierte sich nur für den Krieg und die Strategie, und was er dem Kaiser gesagt hatte, war die reine Wahrheit. Wenn der Tag kam – und kommen mußte er –, an dem Ceskas Wahnsinn sich gegen ihn richtete, dann würde er sich umbringen. Dann hatte das Leben ihm nichts mehr zu bieten. Darik hatte nie ein menschliches Wesen geliebt oder sich von schönen Dingen verzaubern lassen. Ihm lag nichts an Gemälden, Dichtkunst, Literatur, den Bergen oder der sturmgepeitschten See.

Krieg und Tod waren seine Welt. Aber selbst diese Welt liebte er nicht – sie hielt lediglich sein Interesse wach.

Plötzlich kicherte Ceska. »Ich war einer der letzten, die sein Gesicht sahen«, sagte er.

»Wessen Gesicht, Herr?«

»Ananais', des Goldenen. Er war Arenakämpfer und der Liebling der Massen. Eines Tages, als er den Applaus und den Jubel der Menge entgegennahm, habe ich einen meiner Bastarde in die Arena geschickt. Es war ein riesiges Biest, eine Dreifachkreuzung aus Wolf, Bär und Mensch. Ananais hat das Ungeheuer getötet. Er hat es getötet!« Ceska kicherte wieder. »Aber er hat vor den Zuschauern sein Gesicht verloren.«

»Wie das, Herr? Mochten die Leute das Ungeheuer?«

»O nein! Er hat einfach *das Gesicht verloren*! Das ist ein Wortspiel.«

Darik kicherte pflichtschuldigst.

»Ich hasse ihn. Er hat als erster Zweifel gesät. Er wollte den Drachen gegen mich führen, doch Baris und Tenaka Khan haben ihn zurückgehalten. Der edle Baris! Er war besser als du, weißt du.«

»Ja, Herr. Du hast es bereits früher erwähnt.«

»Aber er war nicht so treu wie du. Du bleibst mir doch treu, nicht wahr, Darik?«

»Ja, Herr.«

»Du willst nicht so werden wie Baris, oder?«

»Nein, Herr.«

»Ist es nicht seltsam, wie einige Eigenschaften bleiben?« wunderte sich Ceska.

»Wie meinst du das, Herr?«

»Ich meine – Baris ist immer noch ein Anführer. Die anderen sehen immer noch zu ihm auf. Ich möchte zu gern wissen, warum!«

»Ich weiß es nicht, Herr. Du siehst aus, als wäre dir kalt – soll ich dir etwas Wein holen?«

»Du würdest mich doch nicht vergiften, oder?«

»Nein, Herr. Aber du hast recht – ich sollte ihn vorkosten.«

»Ja. Probier ihn.«

Darik goß Wein in einen goldenen Kelch und trank einen Schluck. Seine Augen wurden groß.

»Was ist, General?« fragte Ceska und beugte sich vor.

»Da ist etwas drin, Herr. Der Wein schmeckt salzig.«

»Meere von Blut«, sagte Ceska kichernd.

Tenaka Khan erwachte eine Stunde vor Sonnenaufgang und streckte die Hand nach Renya aus, doch das Bett war leer. Dann erinnerte er sich wieder und setzte sich auf, um sich den Schlaf aus den Augen zu reiben. Er glaubte, daß jemand seinen Namen gerufen hatte, doch es mußte wohl ein Traum gewesen sein.

Die Stimme erklang wieder, und Tenaka schwang die Beine aus dem Bett und blickte sich im Zelt um.

»Schließ die Augen, mein Freund, und entspanne dich«, sagte die Stimme.

Tenaka legte sich wieder hin. Vor seinem geistigen Auge erschien das schlanke, asketische Gesicht Decados.

»Wie lange brauchst du noch, bis du bei uns bist?«

»Fünf Tage. Wenn Steiger die Tore öffnet.«

»Dann werden wir tot sein.«

»Ich kann nicht schneller.«

»Wie viele Männer bringst du mit?«

»Vierzigtausend.«

»Du hast dich verändert, Tani.«

»Ich bin derselbe. Wie steht es bei Ananais?«

»Er vertraut auf dich.«

»Und die anderen?«

»Pagan und Parsal sind tot. Wir sind in die letzten Täler zurückgedrängt worden. Wir halten vielleicht noch drei Tage durch – aber nicht länger. Die Bastarde übersteigen unsere schlimmsten Befürchtungen.«

Tenaka erzählte ihm von seiner geisterhaften Begegnung mit Aulin und was der alte Mann gesagt hatte. Decado lauschte schweigend.

»Dann bist du also der Khan«, sagte er schließlich.

»Ja.«

»Leb wohl, Tani.«

In Tarsk öffnete Decado die Augen. Acuas und die Dreißig saßen im Kreis um ihn und hatten ihre Kräfte miteinander verbunden.

Jeder von ihnen hatte Tenaka Khans Worte gehört, aber noch wichtiger war, daß jeder in seine Gedanken eingedrungen war und sie geteilt hatte.

Decado holte tief Luft. »Nun?« fragte er Acuas.

»Wir sind verraten«, antwortete der Kriegerpriester.

»Noch nicht«, widersprach Decado. »Er wird kommen.«

»Das habe ich nicht gemeint.«

»Ich weiß, was du gemeint hast. Aber die Zukunft soll sich um sich selbst kümmern. Unsere Aufgabe hier ist es, den Menschen von Skoda zu helfen. Keiner von uns wird noch am Leben sein, um zu sehen, was danach geschieht.«

»Aber wo liegt dann der Sinn?« fragte Balan. »Irgend etwas Gutes sollte durch unseren Tod bewirkt werden. Helfen wir denn lediglich dabei, einen Tyrannen gegen einen anderen auszutauschen?«

»Und wenn schon«, sagte Decado leise. »Die Quelle weiß es am besten. Wenn wir nicht daran glauben, ist alles umsonst.«

»Dann glaubst du jetzt also?« fragte Balan skeptisch.

»Ja, Balan, ich glaube. Ich habe es immer getan. Denn selbst in meiner Wut haderte ich mit der Quelle. Das allein war schon ein Eingeständnis des Glaubens, wenn ich es auch nicht erkannte. Aber der heutige Abend hat mich überzeugt.«

»Der Verrat eines Freundes hat dich überzeugt?« fragte Acuas erstaunt.

»Nein, nicht Verrat. Hoffnung. Ein Lichtschimmer. Ein Zeichen der Liebe. Aber darüber sprechen wir morgen. Heute abend müssen wir Abschied nehmen.«

»Abschied?« fragte Acuas.

»Wir sind die Dreißig«, antwortete Decado. »Unsere Aufgabe ist fast erfüllt. Als Stimme der Dreißig bin ich der Abt der Schwerter. Ich werde hier sterben, doch die Dreißig müssen weiterleben. Wir haben heute abend gesehen, daß eine neue Gefahr heranwächst und die Drenai uns in künftigen Tagen wieder brauchen werden. Wie in der Vergangenheit, so soll es auch jetzt sein. Einer von uns muß gehen, den Mantel des Abtes nehmen und eine neue Gruppe von Kriegern der Quelle heranbilden. Dieser Mann ist Katan, die Seele der Dreißig.«

»Das kann ich nicht sein«, widersprach Katan. »Ich glaube nicht an Mord und Tod.«

»Eben!« sagte Decado. »Doch du bist auserwählt. Mir scheint, daß die Quelle uns immer dazu ausersieht, Aufgaben zu erfüllen, die wider unsere Natur sind. Warum, weiß ich nicht … aber sie wird es wissen.

Ich bin zum Anführer nicht geeignet. Und doch hat die Quelle mir gestattet, ihre Macht zu sehen. Ich bin zufrieden. Wir anderen werden uns ihrem Willen beugen. Nun, Katan, bete uns zum letztenmal vor.«

In Katans Augen standen Tränen, als er betete. Eine tiefe Trauer überkam ihn. Zum Schluß umarmte er die Gefährten und ging in die Nacht davon. Wie würde er es schaffen? Wo würde er die neuen Dreißig finden? Er stieg auf sein Pferd und ritt ins Hochland in Richtung Vagria.

Auf einem Kamm, der die Flüchtlingssiedlung überblickte, sah er den jungen Ceorl am Wegrand sitzen. Er zügelte sein Pferd und stieg ab.

»Warum bist du hier, Ceorl?«

»Ein Mann kam zu mir und befahl mir, hier zu bleiben und auf dich zu warten.«

»Was für ein Mann?«

»Ein Mann aus einem Traum.«

Katan setzte sich neben den Jungen. »War es das erste Mal, daß er zu dir gekommen ist?«

»Dieser Mann, meinst du?«

»Ja.«

»Ja. Aber ich sehe oft andere – sie reden mit mir.«

»Kannst du zauberische Dinge tun, Ceorl?«

»Ja.«

»Was, zum Beispiel?«

»Manchmal, wenn ich Dinge berühre, weiß ich, wo sie herkommen. Ich sehe Bilder. Und manchmal, wenn jemand zornig auf mich ist, höre ich, was er denkt.«

»Erzähl mir von dem Mann, der zu dir kam.«

»Sein Name ist Abaddon. Er sagte, er wäre der Abt der Schwerter.«

Katan senkte den Kopf und bedeckte das Gesicht mit den Händen.

»Warum bist du traurig?« fragte Ceorl.

Katan holte tief Luft; dann lächelte er. »Ich bin nicht traurig … jetzt nicht mehr. Du bist der erste, Ceorl. Aber es werden andere kommen. Du wirst mit mir reiten, und ich werde dich vieles lehren.«

»Werden wir Helden sein, wie der schwarze Mann?«

»Ja«, antwortete Katan. »Wir werden Helden sein.«

Ceskas Armeen kamen bei Sonnenaufgang. Sie marschierten in Zehnerreihen, angeführt von den Legionsreitern. Die lange Kolonne wand sich über die Ebene und gabelte sich, als sie zum Paß kam, der ins Tal von Magadon führte. Ananais war nur eine Stunde zuvor mit Thorn, Lake und einem Dutzend Männern dorthin geritten. Jetzt lehnte er an der Brüstung und beobachtete, wie die Truppen sich verteilten und ihre Zelte aufschlugen. Die Hälfte der Armee zog weiter nach Tarsk.

Ananais blinzelte in die aufgehende Sonne. »Ich glaube, das ist Darik – da in der Mitte. Das ist aber ein Kompliment!«

»Ich glaube nicht, daß ich mich mit allzu vielen solcher Komplimente wohl fühlen würde«, murmelte Thorn. »Darik ist ein Schlächter!«

»Mehr als das, mein Freund«, sagte Ananais, »er ist ein Meister des Krieges. Und das macht ihn zu einem Meisterschlächter.«

Eine Weile sahen die Verteidiger in grimmiger, schweigender Faszination den Vorbereitungen zu. Wagen folgten der Armee, hochbeladen mit roh gezimmerten Leitern, eisernen Enterhaken, Seilen und Vorräten.

Eine Stunde später, als Ananais im Gras schlief, marschierten Ceskas Bastarde auf die Ebene. Ein junger Krieger weckte den schlafenden General, der sich die Augen rieb und sich aufsetzte.

»Die Ungeheuer sind da«, flüsterte der Mann. Ananais sah seine Angst und klopfte ihm auf die Schulter.

»Keine Sorge, Kamerad! Sieh zu, daß du einen Stock im Gürtel hast!«

»Einen Stock, General?«

»Ja. Wenn sie der Mauer zu nahekommen, schleuderst du ihn weg und rufst: ›Such!‹«

Der Scherz half zwar nicht, aber er heiterte Ananais auf, der noch immer kicherte, als er die Stufen zur Brüstung emporstieg. Decado lehnte an dem hölzernen Schaft des Riesenbogens, als Ananais zu ihm kam. Der Anführer der Dreißig sah ausgelaugt und hager aus; die Augen blickten in die Ferne.

»Wie fühlst du dich, Dec? Du siehst müde aus.«

»Alt, Schwarzmaske.«

»Fang du nicht auch noch mit dem Schwarzmasken-Unsinn an. Ich mag meinen Namen.«

»Der andere paßt aber besser zu dir«, sagte Decado grinsend.

Die Bastarde hatten sich hinter den Zelten niedergelassen und bildeten einen großen Kreis um ein einzelnstehendes schwarzes Seidenzelt.

»Das muß Ceska sein«, meinte Ananais. »Er geht kein Risiko ein.«

»Anscheinend müssen wir alle Bastarde für uns behalten«, mutmaßte Decado. »Ich sehe keine Anzeichen dafür, daß sie sich teilen.«

»Unser Glück!« sagte Ananais. »Von ihrem Standpunkt aus macht es jedoch Sinn. Es spielt keine Rolle, welche Mauer sie überwinden – eine reicht, dann sind wir am Ende.«

»Tenaka wird in fünf Tagen hier sein«, erinnerte Decado ihn.

»Wir werden nicht mehr da sein, um ihn zu sehen.«

»Vielleicht, Ananais …«

»Ja?«

»Es spielt keine Rolle. Wann, glaubst du, werden sie angreifen?«

»Komm schon! Was wolltest du eben sagen?«

»Nichts. Vergiß es.«

»Was ist los mit dir? Du siehst trauriger aus als eine kranke Kuh!«

Decado lachte gezwungen. »Ja – ich werde nicht nur älter, auch ernster. Es ist ja nicht so, als ob wir uns über irgend etwas Sorgen machen müßten – nur über zwanzigtausend Feinde und ein Rudel Höllenbiester.«

»Da hast du wohl recht«, stimmte Ananais ihm zu. »Aber ich wette, Tenaka macht sie verdammt schnell zu Kleinholz.«

»Das würde ich gerne sehen«, sagte Decado.

»Wenn Wünsche Meere wären, wären wir alle Fische«, sagte Ananais.

Der große Krieger ging davon und legte sich wieder ins Gras, um sein Nickerchen fortzusetzen. Decado setzte sich auf die Brüstung und beobachtete ihn.

War es klug, Ananais vorzuenthalten, daß Tenaka jetzt Khan des größten Feindes der Drenai war? Aber was wäre damit erreicht, es ihm zu sagen? Er vertraute Tenaka, und wenn ein Mann wie Ananais sein Vertrauen schenkte, war es härter geschmiedet als Silberstahl. Für Ananais wäre es unvorstellbar, daß Tenaka ihn verraten könnte.

Es war gnädig, ihn mit diesem unerschütterten Glauben sterben zu lassen.

Oder nicht?

Hatte ein Mann nicht das Recht, die Wahrheit zu erfahren?

»Decado!« rief eine Stimme in seinem Geist. Es war Acuas, und Decado schloß die Augen, um sich auf die Stimme zu konzentrieren.

»Ja?«

»Der Feind hat Tarsk erreicht. Keine Spur von den Bastarden.«

»Sie sind alle hier!«

»Dann werden wir zu euch kommen. Ja?«

»Ja«, antwortete Decado. Er hatte acht Priester bei sich in Magadon behalten und die anderen neun nach Tarsk geschickt.

»Wir haben getan, was du vorgeschlagen hast, und sind in den Geist der Ungeheuer eingedrungen. Aber ich glaube nicht, daß dir gefallen wird, was wir dort gefunden haben.«

»Sag's mir.«

»Sie gehörten zum Drachen! Ceska hat vor fünfzehn Jahren damit begonnen, sie zusammenzutreiben. Einige der jüngeren sind Männer, die gefangen wurden, als der Drache sich neu formierte.«

»Ich verstehe.«

»Macht das einen Unterschied?«

»Nein«, erwiderte Decado. »Es verstärkt nur den Kummer.«

»Das tut mir leid. Läuft alles wie geplant?«

»Ja. Bist du sicher, daß wir nahe an sie heranmüssen?«

»Ja«, erklärte Acuas. »Je näher, desto besser.«

»Die Templer?«

»Sie haben die Mauer in der Leere durchbrochen. Wir hätten um ein Haar Balan verloren.«

»Wie geht es ihm?«

»Er erholt sich bereits wieder. Hast du Ananais von Tenaka Khan erzählt?«

»Nein.«

»Du mußt es am besten wissen.«

»Das hoffe ich. Kommt her, sobald ihr könnt.«

Unten im Gras lag Ananais in einem traumlosen Schlaf. Valtaya sah ihn dort und bereitete eine Mahlzeit aus gebratenem Fleisch und warmem Brot zu. Nach einer Stunde brachte sie ihm das Essen, und gemeinsam gingen sie in den Schatten einiger Bäume, wo er seine Maske abnahm und aß. Sie konnte ihm beim Essen nicht zusehen und ging umher, um Blumen zu pflücken. Als er fertig war, kam sie wieder zu ihm.

»Setz die Maske auf«, bat sie. »Es könnte jemand vorbeikommen.«

Seine strahlend blauen Augen brannten sich in die ihren; dann wandte er den Blick ab und setzte die Maske auf.

»Es ist gerade jemand gekommen«, sagte er traurig.

22

Im Laufe des Vormittags erklangen im Lager des Feindes die Signalhörner, und rund zehntausend Krieger begannen, sich zielstrebig zwischen den Wagen zu bewegen – sie machten Leitern los, banden Taue an Enterhaken und rückten Schutzschilde zurecht.

Ananais lief zu der Mauer, wo Lake sich über seinen Riesenbogen beugte, um Seile und Knoten zu prüfen.

Die Armee stellte sich im Tal auf; die Sonne funkelte auf Schwertern und Speeren. Eine Trommel begann zu dröhnen, und die Truppe setzte sich in Bewegung.

Auf der Mauer leckten die Verteidiger sich die trockenen Lippen und wischten sich die schweißnassen Handflächen an den Tuniken ab.

Der langsame Rhythmus der Trommeln hallte von den Bergen wider.

Entsetzen traf die Verteidiger wie eine Flutwelle. Männer schrien, sprangen von der Mauer und rollten sich im Gras zusammen.

»Die Templer!« brüllte Decado. »Es ist nur ein Trugbild!«

Doch die Panik brandete weiter über die Reihen der Skoda-Krieger hinweg. Ananais versuchte sie zu beruhigen, doch auch seine Stimme zitterte vor Angst. Immer mehr Männer sprangen von der Mauer, während die Trommeln näherkamen.

Hunderte strömten jetzt zurück und kamen stolpernd zum Stehen, als sie die Frau sahen, die dort in ihrem rostigen Kettenhemd vor ihnen stand.

»Wir laufen nicht davon!« rief Rayvan. »Wir sind Skoda! Wir sind die Nachfahren von Druss der Legende! *Wir laufen nicht davon!*«

Sie zog ein Kurzschwert und schritt durch die Reihen der Männer hindurch zur Mauer. Nur eine Handvoll Krieger war noch auf der Brüstung, und diese Männer waren geisterhaft blaß und zitterten. Rayvan stieg die Stufen empor. Ihre Angst wuchs, als sie die Wehrgänge erreichte.

Ananais taumelte auf sie zu und streckte eine Hand aus, die Rayvan dankbar ergriff.

»Sie können uns nicht schlagen«, sagte sie mit zusammengebissenen Zähnen. Ihre Augen waren weit aufgerissen.

Die Männer von Skoda drehten sich um und sahen sie trotzig in der Mitte der Mauer stehen. Sie sammelten ihre Schwerter auf und setzten sich wieder in Bewegung, gegen die Mauer aus Angst ankämpfend, die sich vor ihnen aufbaute.

Decado und die Dreißig versuchten, der Kraft entgegenzuwirken und errichteten einen Schild um Rayvan.

Und dann verschwand die Angst.

Die Skoda-Krieger stürmten zurück auf die Mauer, jetzt von Wut erfüllt. Beschämt durch den Mut, den die Frau gezeigt hatte, die sie anführte, standen sie ihren Mann. Jedes Gesicht zeigte wilde Entschlossenheit.

Die Trommeln verstummten. Ein Signalhorn erklang.

Mit wütendem Gebrüll stürmten zehntausend Krieger vor.

Lake und seine Arbeiter zogen die Seile an den zwei Schleudern zurück und füllten die Schalen mit Bleischrot. Als die Feinde noch fünfzig Schritt entfernt waren, hob Lake den Arm. Bei vierzig Schritt ließ er ihn fallen und löste die Sperre. Die Schleuder peitschte nach vorn. Die zweite Maschine folgte einen Moment später.

Die ersten Reihen der Feinde wurden niedergemäht, und die Verteidiger stießen ein lautes Jubelgeschrei aus. Sie packten ihre Bogen und schickten einen Pfeilhagel nach dem anderen gegen die angreifenden Krieger. Doch diese waren schwer gepanzert und mit Schilden geschützt.

Leitern wurden krachend gegen die Mauer gelehnt, und Enterhaken flogen über die Brüstung.

»Jetzt geht es los!« sagte Ananais.

Der erste Krieger, der die Brüstung erreichte, starb mit Ananais' Schwert in der Kehle. Als er fiel, riß er den Mann mit, der nach ihm kam.

Und dann waren sie hinüber, und der Kampf Mann gegen Mann begann.

Decado und die Dreißig kämpften als Einheit zur Rechten von Ananais. Dort gelang es keinem einzigen Krieger, über die Brüstung zu kommen.

Doch links von ihnen schlugen die Eindringlinge eine Bresche. Ananais griff sie an, stach und hieb und tötete. Wie ein Löwe unter Wölfen hämmerte er sich durch ihre Reihen, und die Skoda-Krieger sammelten sich hinter ihm und brüllten ihren Trotz heraus. Rayvan stieß einem Krieger ihre Klinge in die Brust, doch er holte noch im Fallen aus, so daß sein Schwert ihr die Wange aufschlitzte. Sie taumelte, und ein zweiter Mann stürmte auf sie zu. Lake, der seine Mutter in Gefahr sah, schleuderte seinen Dolch, der den Angreifer mit dem Griff hinter dem Ohr traf. Im Fallen ließ er sein Schwert los, und Rayvan tötete ihn mit einem beidhändigen Hieb in den Hals.

»Komm da weg, Mutter!« rief Lake gellend.

Decado hörte den Schrei, löste sich von den Dreißig und rannte zu Rayvan, um ihr auf die Füße zu helfen.

»Lake hat recht«, sagte er. »Du bist viel zu wichtig, um hier dein Leben aufs Spiel zu setzen.«

»Hinter dir!« schrie sie auf, als ein Krieger mit erhobener Axt über die Mauer sprang. Decado wirbelte auf dem Absatz herum und stieß zu. Sein Schwert prallte gegen die Brust des Mannes – und zerbrach. Zwei weitere Krieger kamen über die Brüstung, und Decado stürzte vor, packte die am Boden liegende Axt und rollte sich wieder auf die Füße. Er wehrte einen Überkopf-Hieb ab; dann stürzte er den Krieger mit einem Rückhandstreich von der Mauer. Der zweite Mann stieß seine Klinge in Decados Schulter, doch Lake, der von hinten herangestürmt kam, spaltete dem Mann mit seinem Schwert den Schädel.

Die Angreifer wichen zurück.

»Bringt die Verwundeten von der Mauer«, rief Ananais. »Der Feind wird jeden Moment wieder angreifen.«

Ananais ging an der Mauer entlang und zählte hastig die Toten und Verletzten. Mindestens hundert Krieger würden nicht mehr kämpfen. Noch zehn solcher Angriffe, und sie waren am Ende.

Galand bahnte sich einen Weg von links heran und traf Ananais in der Mitte der Mauer.

»Wir könnten gut noch tausend Mann und eine höhere Mauer brauchen«, sagte Galand mißmutig.

»Sie haben tapfer gekämpft. Beim nächstenmal werden die Verluste geringer sein. Die schwächsten unserer Männer sind bei diesem Ansturm gefallen.«

»Mehr bedeuten sie dir nicht?« fuhr Galand ihn an. »Wesen mit Schwertern? Manche gut, manche schlecht?«

»Für Streitereien haben wir jetzt keine Zeit, Galand!«

»Du machst mich krank!«

»Ich weiß, daß Parsals Tod ...«

»Laß mich in Ruhe!« fauchte Galand und drängte sich an ihm vorbei.

»Um was ging es denn?« fragte Thorn, der gerade die Stufen der Brüstung herabkam. Man hatte ihm einen Verband um eine leichte Schnittverletzung am Kopf angelegt.

»Ich weiß es nicht.«

»Ich habe etwas zu essen mitgebracht«, sagte Thorn und reichte Ananais ein mit Weichkäse belegtes Brot. Ananais hatte gerade einen Bissen genommen, als die Trommeln wieder einsetzten.

Vor Sonnenuntergang wurden weitere fünf Angriffe zurückgeschlagen, und auch ein nächtlicher Angriff wurde unter schweren Verlusten für die Drenai abgewehrt.

Ananais blieb bis zwei Stunden vor Morgengrauen auf der Mauer, doch Decado versicherte ihm, daß keine weiteren Angriffe geplant wären, so daß der General schließlich von den Wehrgängen stolperte. Valtaya hatte ein Zimmer im Lazarett, doch er widerstand der Versuchung, zu ihr zu gehen; statt dessen zog er sich unter die Bäume zurück und fiel auf einem grasbewachsenen Hügel in tiefen Schlaf.

Vierhundert Mann waren aus dem Kampf; die Verwundeten überfluteten das Krankenhaus und mußten auf Decken ins Gras zwischen den Gebäuden gebettet werden.

Ananais hatte Verstärkung angefordert – zweihundertfünfzig Mann aus der Reservetruppe.

Wie er von Acuas erfuhr, waren die Verluste in Tarsk geringer gewesen; aber dort hatte es auch nur drei Angriffe gegeben. Turs, der junge Krieger, der die Tarsk-Truppe anführte, hatte sich den Berichten zufolge gut gehalten.

Es war jetzt offensichtlich, daß der Hauptangriff bei Magadon erfolgen sollte. Ananais hoffte, daß die Bastarde noch nicht morgen geschickt würden, doch im Herzen wußte er, daß genau dies geschehen würde.

Gegenüber vom Lazarett warf sich ein junger Krieger unruhig im Schlaf hin und her, als seine Alpträume schlimmer wurden. Plötzlich versteifte er sich, und ein erstickter Schrei erstarb in seiner Kehle. Er öffnete die Augen und richtete sich auf. Dann tastete er nach seinem Messer. Er drehte es um und stieß es sich langsam zwischen den Rippen in die Brust, bis es in sein Herz drang. Dann zog er es heraus und stand auf. Kein Blut rann aus der Wunde ...

Langsam ging er zum Lazarett und starrte durch das offene Fenster. Drinnen arbeitete Valtaya noch immer und kämpfte um das Leben der Verwundeten.

Der Mann zog sich vom Fenster in den Wald zurück, wo etwa zweihundert Flüchtlinge ihre provisorischen Zelte aufgeschlagen hatten. An einem Lagerfeuer saß Rayvan, ein Baby auf den Armen, und unterhielt sich mit drei Frauen.

Der tote Mann ging auf sie zu.

Rayvan blickte auf und sah ihn – sie kannte ihn gut.

»Kannst du nicht schlafen, Oroda?«

Er antwortete nicht.

Dann sah Rayvan das Messer und runzelte die Stirn. Als der Mann neben ihr niederkniete, sah sie in seine Augen. Tot und leer starrten sie zurück, ohne etwas zu sehen.

Das Messer blitzte auf. Rayvan wich aus und drehte sich, so daß sie mit ihrem Körper das schlafende Kind schützte. Die Klinge ritzte ihre Hüfte. Sie ließ das Kind los, wehrte den nächsten Stoß mit dem Unterarm ab und hämmerte dem Mann die rechte Faust ans Kinn. Er fiel, stand jedoch wieder auf. Rayvan stemmte sich hoch. Die anderen Frauen kreischten, und das Kind hatte zu schreien angefangen. Als der Tote näherkam, wich Rayvan zurück; sie fühlte, wie Blut an ihrem Bein hinabrann. Dann stürzte ein Mann vor, der einen Schmiedehammer schwang und ihn auf den Schädel des Toten niedersausen ließ. Der Schädel brach, doch der Mann verzog keine Miene.

Ein Pfeil drang dem Toten in die Brust. Er blickte lediglich darauf hinunter und zog ihn langsam heraus. Galand lief herbei, gerade als der Tote Rayvan erreichte. Als er das Messer zückte, holte Galand aus, und der Messerarm flog abgetrennt vom Körper. Der Leichnam taumelte … und stürzte.

»Die wollen dich aber wirklich unbedingt tot sehen«, sagte Galand.

»Sie wollen uns alle tot sehen«, erwiderte Rayvan.

»Morgen wird ihr Wunsch in Erfüllung gehen«, meinte er.

Valtaya hatte die Schnittwunde an Rayvans Hüfte mit neun Stichen genäht. Jetzt schmierte sie eine dicke Salbe über die Wunden.

»Damit es keine häßlichen Narben gibt«, erklärte Valtaya.

»Das spielt bei mir keine Rolle mehr«, meinte Rayvan. »Wenn du erst einmal in meinem Alter bist, bemerkt kein

Mensch mehr eine Narbe auf der Hüfte – verstehst du, was ich meine?«

»Unsinn. Du bist eine gutaussehende Frau.«

»Eben. Es gibt kaum Männer, die eine gutaussehende Frau bemerken. Du bist Schwarzmaskes Geliebte, nicht wahr?«

»Ja.«

»Kennst du ihn schon lange?«

»Nein, nicht lange. Er hat mir das Leben gerettet.«

»Ich verstehe.«

»Was verstehst du?«

»Du bist ein nettes Mädchen, aber vielleicht nimmst du deine Schulden ein bißchen zu ernst.«

Valtaya setzte sich neben das Bett und rieb sich die Augen. Sie war zu müde, zu müde zum Schlafen.

»Urteilst du immer so rasch über Leute, denen du begegnest?«

»Nein«, sagte Rayvan und setzte sich vorsichtig auf. Sie spürte, wie die Nähte zogen. »Aber Liebe steht in den Augen geschrieben, und eine Frau weiß, wenn eine andere Frau verliebt ist. Als ich dich nach Schwarzmaske fragte, hast du mir deine Traurigkeit gezeigt. Und dann sagtest du, er hätte dir das Leben gerettet. Es war nicht schwer, den offensichtlichen Schluß daraus zu ziehen.«

»Ist es so falsch, jemandem etwas zurückzahlen zu wollen?«

»Nein, das ist nicht falsch – vor allem jetzt nicht. Jedenfalls ist er ein guter Mann.«

»Ich habe ihm weh getan«, sagte Valtaya. »Ich wollte es nicht, ich war müde. Meist versuche ich, sein Gesicht nicht zu beachten, aber ich habe ihn gebeten, die Maske wieder aufzusetzen.«

»Lake hat ihn einmal ganz kurz ohne Maske gesehen. Er sagte, Ananais' Gesicht wäre grauenhaft entstellt.«

»Er hat kein Gesicht«, sagte Valtaya. »Die Nase und die Oberlippe sind abgerissen, und die Wangen bestehen nur noch aus Narbengewebe. Eine Narbe will nicht heilen und eitert. Es ist entsetzlich. Er sieht aus wie ein Toter. Ich habe versucht … ich kann nicht …«

»Denk nicht zu schlecht von dir, Mädchen«, sagte Rayvan sanft, beugte sich vor und tätschelte Valtaya den Rücken. »Du hast es versucht. Die meisten Frauen hätten nicht einmal das getan.«

»Ich schäme mich so. Ich habe ihm einmal gesagt, ein Gesicht macht keinen Mann aus. Er war der Mann, den ich zu lieben versuchte, aber sein Gesicht … verfolgt mich.«

»Du hattest recht! Die Antwort liegt in deinen Worten – der Mann, den du *versucht* hast zu lieben. Du hast zuviel von dir verlangt.«

»Aber er ist so edel und … so tragisch. Er war der Goldene … er hatte alles.«

»Ja. Und er war eitel.«

»Woher willst du das wissen?«

»Das ist nicht schwer. Denk doch mal an seine Geschichte: Der reiche junge Patrizier, der General beim Drachen wurde. Aber was geschah dann? Er hat sich an den Spielen in der Arena beteiligt und dort Menschen getötet, um die Massen zu unterhalten. Viele Männer, gegen die er kämpfte, waren Gefangene, gezwungen zu kämpfen und zu sterben. Sie hatten keine Wahl. Er schon! Aber er konnte nicht ohne den Beifall leben. Darin liegt nichts Edles. Männer? Was wissen sie schon? Sie werden nie erwachsen.«

»Du bist sehr hart zu ihm – er ist bereit, für dich zu sterben.«

»Nicht für mich. Für sich selbst. Er will Rache.«

»Das ist ungerecht!«

»Das Leben ist ungerecht«, sagte Rayvan. »Versteh mich nicht falsch. Ich mag ihn gern. Sehr gern sogar. Er ist ein guter Mann. Aber Männer kommen nicht einfach in zwei Kategorien daher, eine aus Gold, die andere aus Blei. Sie sind eine Mischung aus beidem.«

»Und was ist mit Frauen?« fragte Valtaya.

»Reines Gold, Mädchen«, antwortete Rayvan kichernd. Valtaya lächelte.

»So ist es schon besser«, meinte Rayvan.

»Wie machst du das? Woher nimmst du diese Kraft?«

»Ich tue nur so.«

»Das kann nicht sein. Du hast heute die Flut gewendet – du warst großartig.«

»Das war leicht. Sie haben meinen Mann und meine Söhne getötet, und es gibt nichts mehr, worunter ich leiden könnte. Mein Vater hat immer gesagt, du kannst einen Mann nicht aufhalten, der weiß, daß er recht hat. Zuerst hielt ich das für Unsinn. Ein Pfeil im Bauch hält jeden auf. Aber jetzt weiß ich, was er meinte. Ceska ist so unnatürlich wie ein Schneesturm im Juli. Er kann keinen Erfolg haben, solange sich genügend Menschen gegen ihn stellen. Im ganzen Reich wird sich die Nachricht über die Rebellen von Skoda verbreiten, und andere Gruppen werden sich ebenfalls erheben. Diese Regimenter werden zusammenschmelzen. Ehrbare Männer werden zu den Schwertern greifen. Er *kann* nicht gewinnen.«

»Er kann hier gewinnen.«

»Das wird nicht von Dauer sein.«

»Ananais glaubt, daß Tenaka Khan mit einer Nadirarmee zurückkommt.«

»Ich weiß«, sagte Rayvan. »Mir ist bei dem Gedanken nicht besonders wohl.«

Im Raum nebenan lag Decado wach; seine verletzte Schulter pochte. Er lächelte, als er Rayvan hörte. Einer Frau wie ihr kann man nichts vormachen, dachte er.

Er starrte an die hölzerne Decke und versuchte, die Schmerzen in seiner Wunde zu ignorieren. Er fühlte sich friedlich. Katan war gekommen, um ihm von dem Jungen Ceorl zu erzählen, und Decado war den Tränen nahe gewesen. Alles rückte an seinen Platz. Der Tod war nicht länger lebende Angst.

Decado richtete sich in eine sitzende Position auf. Seine Rüstung lag auf einem Tisch rechts von ihm. Serbitars Rüstung. Die Dreißig von Delnoch.

Es hieß, daß Serbitar voller Zweifel gewesen war, und

Decado hoffte, daß diese Zweifel sich am Ende zerstreut hatten. Es tat so gut zu *wissen*. Er fragte sich, wie er so blind gegenüber der Wahrheit hatte sein können, wenn die Tatsachen sich ihm doch in so kristallener Klarheit zeigten.

Ananais und Tenaka, zueinander hingezogen bei der Kaserne des Drachen. Steiger und Pagan. Decado und die Dreißig. Rayvan.

Jeder einzelne ein Glied in einem Gewebe aus Geheimnis und Magie. Und wer wußte, wie viele andere Glieder gleichermaßen wichtig waren? Valtaya, Renya, Galand, Lake, Parsal, Thorn, Turs?

Pagan war aus einem fernen Land hergezogen worden, um ein ganz bestimmtes Kind zu retten. Aber wen würde das Kind retten?

Ein Muster in einem Muster in einem Muster ...

Vielleicht waren die Ereignisse selbst nur Bindeglieder. Die legendäre Schlacht um Dros Delnoch war Ursache dafür, daß zwei Generationen später Tenaka Khan gezeugt wurde. Und Steiger. Und der Drache.

Es war alles zu unermeßlich für Decado.

Der Schmerz in seiner Schulter flackerte noch einmal auf, und er stöhnte.

Morgen würden die Schmerzen vorbei sein.

Im Morgengrauen begann der erste von drei weiteren Angriffen. Beim letzten gaben ihre Reihen beinahe nach, doch Ananais, zwei Schwerter schwingend, warf sich den Angreifern wie ein Berserker entgegen und hieb und stach auf sie ein. Als sie zurückgedrängt wurden, ertönte ein einziges Hornsignal im Lager des Feindes, und die Bastarde formierten sich, fünftausend an der Zahl.

Die Ungeheuer stapften vorwärts, und die Männer der Legion zogen sich zurück und machten den Weg für sie frei.

Ananais schluckte hart und blickte links und rechts die Mauer entlang. Dies war der Moment, den sie gefürchtet hatten. Aber diese Männer von Skoda wankten nicht, und Stolz wallte in ihm auf.

»Heute abend gibt es für jeden einen warmen Fellteppich!« brüllte er.

Grimmiges Gelächter antwortete auf diesen Scherz.

Die Bastarde warteten, während die Dunklen Templer sich zwischen ihnen verteilten – sie strahlten Visionen von Blut und Gemetzel aus, um das tierische Naturell der Bestien aufzupeitschen.

Das Geheul begann.

Auf der Mauer rief Decado Balan zu sich. Der dunkelhäutige Priester kam und verbeugte sich förmlich.

»Es ist an der Zeit«, sagte Decado.

»Ja.«

»Du wirst zurückbleiben.«

»Was?« fragte Balan verblüfft. »Weshalb?«

»Weil sie dich brauchen werden. Um die Verbindung nach Tarsk herzustellen.«

»Ich will nicht allein sein, Decado!«

»Du wirst nicht allein sein. Wir alle werden bei dir sein.«

»Nein. Du bestrafst mich!«

»Das ist nicht wahr. Bleib dicht bei Ananais und schütze ihn, so gut du kannst. Und auch Rayvan.«

»Laß jemand anders bleiben. Ich bin der Schlechteste von allen, der Schwächste. Ich brauche euch. Ihr könnt mich nicht allein lassen.«

»Hab Vertrauen, Balan. Und gehorche mir.«

Der Priester stolperte von der Brüstung und rannte Hals über Kopf in den Schatten der Bäume.

Auf der Ebene schwoll das Heulen zu einem entsetzlichen Crescendo an.

»Jetzt!« brüllte Decado.

Die siebzehn Kriegerpriester glitten über die Brüstung und ließen sich auf die Ebene hinab. Dann marschierten sie auf die Ungeheuer zu, die nur noch wenige hundert Schritt entfernt waren.

»Was, bei allen Göttern?« rief Ananais. »Decado!« brüllte er.

Die Dreißig rückten in einer weit auseinandergezogenen Linie vor; ihre weißen Mäntel flatterten im Wind. Die Schwerter hielten sie in den Händen.

Die Ungeheuer griffen sie an, gefolgt von den Templern, die sie mit Gedankenstößen von furchtbarer Gewalt antrieben.

Die Dreißig fielen auf die Knie.

Der erste der Bastarde, ein riesiges Ungeheuer von fast zweieinhalb Metern Größe, taumelte, als die Vision ihn traf. Stein. Kalter Stein. Behauen.

Blut, frisches Blut, von salzigem Fleisch tropfend.

Das Ungeheuer lief weiter.

Stein. Kalter Stein. Flügel.

Blut.

Stein.

Flügel. Geformte Flügel.

Dreißig Schritt trennten die Dreißig noch von den Bastarden. Ananais konnte nicht länger hinsehen und wandte dem Schauspiel den Rücken zu.

Der Anführer der Bastarde stieß auf den vor ihm knienden, silbern gekleideten Krieger hinab.

Stein. Geformter Stein. Flügel. Marschierende Männer. Stein …

Das Biest schrie.

Drache. Steinerner Drache. MEIN DRACHE!

Entlang der gesamten Reihe gerieten die Bastarde ins Stocken. Das Heulen verebbte. Das Bild wurde stärker. Längst vergessene Erinnerungen kämpften sich an die Oberfläche. Schmerz, furchtbarer Schmerz brannte in den entsetzlichen Gestalten.

Die Templer bedrängten sie hart und schickten glühende Gedankenblitze zu den Ungeheuern. Ein Bastard drehte sich um und holte aus; seine Klauen rissen dem Templer den Kopf von den Schultern.

Der massige Bastard, der die anderen führte, machte

vor Decado halt. Sein riesiger Kopf hing herab; die Zunge hing aus dem Maul. Decado sah zu ihm auf. Er hielt das Bild fest in den Gedanken des Bastards verankert und sah den Kummer in seinen Augen. Er *wußte*. Die lange Zunge formte mühsam ein einziges Wort, das Decado kaum verstehen konnte:

»Baris. Ich Baris!«

Das Biest drehte sich um und rannte heulend auf die Templer zu. Andere folgten ihm, und die Templer standen wie angewurzelt, unfähig zu begreifen, was da vor sich ging. Aber nicht alle Bastarde hatten früher zum Drachen gehört, und scharenweise rannten sie durcheinander, bis sich einer auf die silbergekleideten Krieger konzentrierte.

Er lief los, gefolgt von einem Dutzend anderer Ungeheuer.

In ihrem Trancezustand waren die Dreißig wehrlos. Nur Decado hatte die Kraft, sich zu bewegen ... aber er tat es nicht. Die Bastarde fielen über sie her, knurrend, schnaubend, zuschlagend.

Decado schloß die Augen, und seine Schmerzen endeten.

Die Templer fielen zu Hunderten, als die Ungeheuer ihr Lager stürmten. Der gewaltige Bastard, der einst Baris gewesen war, der General des Drachen, sprang Maymon an, als dieser davonzulaufen versuchte. Mit einem Biß trennte er ihm den Arm von der Schulter. Maymon schrie auf, doch ein wütender Hieb mit der Klaue zerriß ihm das Gesicht und ertränkte den Schrei in Blut.

Baris sprang auf die Füße und rannte zu Ceskas Zelt.

Darik schleuderte ihm einen Speer entgegen, der ihn in die Brust traf, doch die Waffe drang nicht tief genug ein, und der Bastard zog sie heraus und stürmte weiter.

»Legion, zu mir!« brüllte Darik. Bogenschützen spickten die Ungeheuer mit Pfeilen, aber sie waren nicht aufzuhalten.

Überall brachen die Bastarde zusammen und stießen röhrend ihre Todesschreie aus.

Doch Baris lief weiter. Darik beobachtete erstaunt, wie der riesige Bastard vor seinen Augen zu schrumpfen schien. Ein Pfeil drang in seine Brust, und er taumelte; dann stürzte Darik vor und stieß ihm sein Schwert in den Rücken. Er versuchte sich umzudrehen … und starb. Darik rollte ihn mit dem Fuß herum. Das Biest erschauerte, so daß Darik noch einmal zustieß. Dann stellte er fest, daß die Bewegung nichts mehr mit Leben zu tun hatte: Die Bestie nahm wieder menschliche Gestalt an. Er wandte sich ab.

Überall auf der Ebene starben die Ungeheuer – alle, bis auf die kleine Gruppe bei den silbernen Kriegern, die dieses Chaos angerichtet hatten.

Ceska saß in seinem Zelt. Darik trat ein und verbeugte sich.

»Die Ungeheuer sind tot, Majestät.«

»Ich kann neue machen«, erwiderte Ceska. »Stürmt die Mauer!«

Steiger blickte auf den toten Templer hinunter. Zwei Sathulikrieger liefen herbei, um das Pferd des Toten einzufangen, während Magir den Pfeil aus der Kehle des Mannes riß und einen Lappen hineinstopfte, um das Blut zu stillen.

Hastig lösten sie die Riemen von der schwarzen Brustplatte des Mannes und nahmen sie ihm ab. Steiger wischte die Blutflecken fort. Zwei Krieger zogen den Templer weiter aus, während Steiger seine Lederbörse öffnete, die in der Brustplatte verborgen gewesen war. Darin befand sich eine Schriftrolle, die mit dem Zeichen des Wolfes versiegelt war. Steiger steckte sie zurück in die Börse.

»Versteckt die Leiche«, sagte er und lief zurück in den Wald.

Drei Tage lang hatten sie an den einsamen Wegen durch Skultik auf einen Boten gewartet. Magir hatte ihn mit einem Pfeil niedergestreckt – beste Schützenleistung.

Zurück im Lager betrachtete Steiger das Siegel. Das Wachs war grün marmoriert. Bei den Sathuli gab es nichts dergleichen. Er spielte mit der Idee, das Siegel zu erbrechen; dann aber steckte er es wieder in den Beutel.

Sathuli-Kundschafter hatten Neuigkeiten von Tenaka Khan gebracht. Er war weniger als einen Tagesmarsch von der Festung entfernt, und Steigers Plan mußte unverzüglich in die Tat umgesetzt werden.

Steiger ging zu der Rüstung und probierte die Brustplatte an. Sie war ihm ein wenig zu groß. Er zog sie wieder aus, stach mit seinem Dolch ein Loch in die Riemen und schnallte sie um. Besser.

Der Helm paßte gut, doch Steiger wäre wohler gewesen, wenn der Mann nicht ausgerechnet ein Templer gewesen wäre. Es hieß, daß sie in Gedanken miteinander in Verbindung treten konnten. Er hoffte, daß in Delnoch keine Templer waren.

»Wann gehst du hinein?« fragte Magir.

»Heute. Nach Mitternacht.«

»Warum so spät?«

»Mit etwas Glück schläft der Kommandant. Er wird verschlafen sein und weniger geneigt, mich auszufragen.«

»Das ist ein großes Risiko, Graf.«

»Erinner mich nicht daran.«

»Ich wünschte, wir hätten mit zehntausend Krummsäbeln auf die Festung losgehen können.«

»Ja«, stimmte Steiger ihm unbehaglich zu. »Das wäre schön gewesen. Trotzdem, was soll's.«

»Du bist ein seltsamer Mann, Graf. Immer ein Scherz auf den Lippen.«

»Das Leben ist traurig genug, Magir. Das Lachen sollte wie ein Schatz gehütet werden.«

»Wie die Freundschaft«, sagte der Sathuli.

»Genau.«

»War es schlimm, tot zu sein?«

»Nicht so schlimm, wie ohne Hoffnung am Leben zu sein.«

Magir nickte ernst. »Ich hoffe, dieses Abenteuer ist nicht umsonst.«

»Warum sollte es?«

»Ich traue den Nadir nicht.«

»Du bist ein mißtrauischer Mann, Magir. Ich vertraue Tenaka Khan. Als ich noch ein Kind war, hat er mir das Leben gerettet.«

»Dann ist er also auch wiedergeboren?«

»Nein.«

»Das verstehe ich nicht.«

»Ich bin nicht erwachsen aus dem Grabe gestiegen, Magir. Ich bin groß geworden wie jedes andere Kind.«

»Es gibt so vieles, was ich nicht verstehe. Aber lassen wir das für ein andermal. Jetzt müssen wir uns vorbereiten.«

Steiger nickte, verwundert über seine eigene Dummheit. Wie leicht konnte ein Mann sich verraten!

Magir beobachtete, wie Steiger die schwarze Rüstung anlegte, und er spürte das Unbehagen des Grafen. In diesem Augenblick erkannte er, daß nicht alles so war, wie er geglaubt hatte. Und doch hatte der Geist Joacims ihm vertraut.

Das war genug.

Steiger zerrte den Sattelgurt an dem schwarzen Wallach fest und schwang sich auf den Rücken des Tieres; den Helm hängte er über den Knauf.

»Leb wohl, mein Freund«, sagte er.

»Möge der Gott des Schicksals mit dir sein«, erwiderte Magir.

Steiger ritt durch die Bäume davon. Nach mehr als einer Stunde tauchten endlich die Tore von Dros Delnoch vor ihm auf; die große Mauer spannte sich quer über den Paß. Es war so lange her, daß er zu Hause gewesen war.

Zwei Wächter salutierten, als er unter dem Fallgittertor hindurchritt. Dann wandte er sich nach links, der Inneren Festung zu. Ein Soldat kam herbei und nahm die Zügel seines Pferdes. Steiger marschierte los, und ein zweiter Wächter kam zu ihm.

»Bring mich zum Gan«, befahl Steiger.

»Gan Paldin schläft, Herr.«

»Dann weck ihn!« fauchte Steiger mit kalter, unpersönlicher Stimme.

»Jawohl, Herr. Folgt mir bitte, Herr«, sagte der Mann.

Er führte Steiger durch den engen, fackelerhellten Gang, durch die Halle der Helden, die von Statuen gesäumt war, und die Marmortreppe hinauf zu Paldins Gemächern. Einst hatten sie Steigers Großvater gehört. Der Wächter klopfte ein paarmal an die Tür, ehe eine verschlafene Stimme antwortete. Dann schwang die Tür auf. Gan Paldin hatte sich ein wollenes Gewand übergeworfen. Er war klein, mittleren Alters, und hatte große, vorquellende Augen. Steiger konnte ihn auf Anhieb nicht leiden.

»Hätte das nicht Zeit gehabt?« fragte Paldin gereizt.

Steiger reichte ihm die Schriftrolle, und Paldin riß sie auf und las sie rasch.

»Nun«, sagte er, »ist das alles? Oder hast du noch eine persönliche Botschaft?«

»Ich habe noch eine Botschaft, Herr. Vom Kaiser persönlich. Er erwartet Hilfe aus dem Norden, und du sollst den Nadir die Tür öffnen. Verstanden?«

»Seltsam«, murmelte Paldin. »Ich soll die Nadir passieren lassen, sagst du?«

»Richtig.«

Paldin fuhr herum und griff einen Dolch von seinem Nachttisch. Die Klinge blitzte auf und saß an Steigers Kehle.

»Würdest du mir dann vielleicht erklären, was diese Nachricht zu bedeuten hat?« fragte er und hielt die Schriftrolle so, daß Steiger sie lesen konnte.

Halte Ausschau nach einer Nadirarmee. Haltet um jeden Preis stand. Ceska.

»Ich habe nicht die Absicht, hier noch länger mit einem

Messer an der Kehle zu stehen«, sagte Steiger steinern. »Ich habe nicht den Wunsch, einen General zu töten. Nimm sofort das Messer weg, sonst setzt du dich dem Zorn der Templer aus.«

Paldin erbleichte, nahm das Messer jedoch nicht fort. Der Wächter hatte sein Schwert gezogen und stand jetzt hinter Steiger.

»Gut!« sagte Steiger. »Jetzt lies die Nachricht noch einmal. Du wirst feststellen, daß es heißt: ›Halt Ausschau nach einer Nadirarmee.‹ Daher meine Nachricht für dich. ›Haltet um jeden Preis stand‹ bezieht sich auf die Rebellen und die verfluchten Sathuli. Was der Kaiser von dir verlangt, ist Gehorsam. Er braucht die Nadir, verstehst du?«

»Das geht aus der Nachricht nicht klar hervor.«

»Für mich ist das deutlich genug«, fuhr Steiger ihn an. »Der Kaiser hat ein Abkommen mit den Nadir getroffen. Sie schicken eine Armee, um ihm zu helfen, die Rebellen zu vernichten – dort und anderswo.«

»Ich brauche eine Bestätigung«, wandte Paldin ein.

»Wirklich? Du widersetzt dich also den Befehlen des Kaisers?«

»Keineswegs. Ich bin ihm treu ergeben. Das war ich schon immer. Das kommt nur so unerwartet.«

»Ich verstehe. Du zürnst dem Kaiser, weil er dich nicht in all seine Pläne einweiht?«

»Verdreh mir nicht die Worte im Mund! Das habe ich nicht gesagt.«

»Sehe ich in deinen Augen aus wie ein Dummkopf, Paldin?«

»Nein, das ...«

»Was wäre ich für ein Dummkopf, hier mit einem Brief anzukommen, der mich zum Lügner stempelt?«

»Ja, das sehe ich ein ...«

»Nun, dann gibt es nur zwei Möglichkeiten. Ich bin ein Dummkopf, oder ...«

»Ich verstehe«, murmelte Paldin.

»Wie auch immer«, sagte Steiger ein wenig freundlicher, »deine Vorsicht ist nicht unbegründet. Ich hätte ja auch ein Verräter sein können.«

»Eben.«

»Deswegen erlaube ich dir, eine Botschaft um Bestätigung zu schicken.«

»Danke.«

»Schon gut. Du hast hier schöne Räume?«

»Ja.«

»Hast du sie gründlich durchsucht?«

»Wonach?«

»Verstecke, in denen Spione kauern und lauschen können.«

»Solche Stellen gibt es hier nicht.«

Steiger lächelte und schloß die Augen. »Ich werde für dich suchen«, erklärte er.

Gan Paldin und der Wächter schwiegen, während sich Steiger langsam einmal um die eigene Achse drehte. Dann schoß sein Finger vor. »Dort!« sagte er.

Paldin zuckte zusammen. »Wo?«

Steiger öffnete die Augen. »Da, an der Vertäfelung. Ein Geheimgang!« Er ging zu der geschnitzten Eichenvertäfelung und drückte einen Knopf. Die Vertäfelung glitt zur Seite und gab den Blick auf einen schmalen Gang und eine Treppe frei.

»Du solltest wirklich vorsichtiger sein«, mahnte Steiger. »Ich denke, ich werde jetzt schlafen und mich morgen mit deiner Botschaft wieder auf den Rückweg machen. Oder wäre es dir lieber, wenn ein anderer Bote noch heute nacht aufbräche?«

»Äh ... nein«, antwortete Paldin, der in die spinnwebverhangene Kammer spähte. »Wie hast du das gemacht?«

»Befrage nicht die Macht des Geistes«, sagte Steiger.

23

Ananais stieg von der Mauer und gesellte sich unten im Gras zu Thorn, Lake und Galand. Man hatte ihnen Wein und Fleisch gebracht, und die Gruppe aß in müdem Schweigen. Ananais hatte nicht gesehen, wie sein alter Freund in Stücke gerissen wurde, aber er hatte sich rechtzeitig umgedreht, daß er noch sehen konnte, wie die Macht der Templer von der furchtbaren Wut der sterbenden Bastarde zerfetzt wurde.

Danach hatte die Legion noch einmal angegriffen, allerdings nur halbherzig. Sie wurde mit Leichtigkeit zurückgeschlagen. Darik ordnete eine Pause an, während die Leichen weggebracht wurden: fünftausend Bastarde, dreihundert Templer und noch weitere tausend Soldaten waren in jenen entsetzlichen Minuten ums Leben gekommen.

Ananais sah Balan allein unter den Bäumen sitzen. Er nahm einen Krug Wein und ging zu ihm. Balan bot ein Bild des Jammers; er ließ den Kopf hängen und starrte zu Boden. Ananais setzte sich neben ihn.

»Sag es mir!« befahl er.

»Was soll ich dir sagen?« erwiderte der Priester. »Sie haben ihr Leben für dich gegeben.«

»Was haben sie gemacht?«

»Ich kann es dir nicht beschreiben, Schwarzmaske. Einfach ausgedrückt, haben sie ein Bild in die Köpfe der Ungeheuer projiziert. Dieses Bild hat in ihnen das erweckt, was noch menschlich war – es hat sie zerrissen.«

»Hätten sie das nicht auch aus der Sicherheit der Mauer tun können?«

»Vielleicht. Aber je näher du einem Menschen bist, um so stärker ist deine Macht. Sie mußten so nahe dran sein, um sicherzugehen.«

»Und jetzt bist nur noch du übrig.«

»Ja. Nur Balan!«

»Wie sieht es in Tarsk aus?«

»Ich werde es für dich feststellen«, sagte Balan und schloß die Augen. Ein paar Augenblicke später öffnete er sie wieder. »Alles in Ordnung. Sie halten die Mauer.«

»Wie viele Männer haben sie verloren?«

»Dreihundert können nicht mehr kämpfen. Aber nur hundertvierzig sind gefallen.«

»Nur«, murmelte Ananais. »Danke.«

»Danke nicht mir«, sagte Balan. »Ich verabscheue alles, was mit diesem wahnsinnigen Unternehmen zu tun hat.«

Ananais ließ ihn allein, ging zurück zu den Bäumen und nahm seine Maske ab, so daß die kühle Nachtluft seine brennende Haut beruhigen konnte. Er blieb an einem Wasserlauf stehen, tauchte den Kopf ins kühle Naß und trank in tiefen Zügen. Dort sah Rayvan ihn und rief ihn an, damit er Zeit hatte, die Maske wieder aufzusetzen.

»Wie steht es?« fragte sie.

»Besser, als wir erwartet hatten. Aber mehr als vierhundert Männer sind an beiden Mauern gefallen. Und mindestens vierhundert werden nicht mehr kämpfen können.«

»Wie viele bleiben uns damit noch?«

»Etwa dreihundert hier. In Tarsk fünfhundert.«

»Können wir durchhalten?«

»Wer kann das wissen? Vielleicht noch einen Tag. Vielleicht auch zwei.«

»Immer noch ein Tag zu wenig«, sagte Rayvan.

»Ja. Ein quälender Gedanke, nicht wahr?«

»Du siehst müde aus. Ruh dich ein wenig aus.«

»Ja. Was macht deine Wunde?«

»Die Narbe auf meinem Gesicht kann mein Aussehen nur verbessern. Die Hüfte tut noch weh.«

»Du hast dich wacker geschlagen.«

»Sag das lieber den Toten.«

»Das brauche ich nicht«, sagte Ananais. »Sie sind für dich gestorben.«

»Was wirst du tun, falls wir siegen, Schwarzmaske?«

»Eine seltsame Frage angesichts der Umstände.«

»Überhaupt nicht. Was wirst du tun?«

»Soldat bleiben, nehme ich an. Den Drachen wieder aufbauen.«

»Was ist mit Heiraten?«

»Mich würde doch keine nehmen. Unter dieser Maske bin ich nicht gerade schön.«

»Zeig's mir«, bat sie.

»Warum nicht?« Er nahm die Maske ab.

»Ja«, sagte sie. »Das ist grauenhaft. Es überrascht mich, daß du das überlebt hast. Die Spuren der Fänge sitzen fast an der Kehle.«

»Stört es dich, wenn ich die Maske wieder aufsetze? Ich fühle mich ohne das Ding nicht besonders wohl.«

»Setz die Maske auf, wenn du möchtest. Es heißt, daß du früher der schönste Mann im ganzen Reich warst.«

»Das stimmt, meine Dame. In jenen Tagen hätte mein Anblick dich von den Füßen gerissen.«

»Das will nicht viel heißen. Ich hatte immer Schwierigkeiten damit, nein zu sagen ... und das selbst bei häßlichen Männern. Ich habe sogar einmal mit Thorn geschlafen, obwohl ich annehme, daß er sich nicht mehr daran erinnert. Das ist dreißig Jahre her – vor meiner Heirat, möchte ich betonen.«

»Dann mußt du aber noch sehr jung gewesen sein.«

»Wie galant! Aber es stimmt. Wir sind hier in den Bergen, Schwarzmaske, und hier gibt es wenig Abwechslung. Aber sag mir eins, liebst du Valtaya?«

»Das geht dich nichts an«, fuhr er auf.

»Allerdings nicht. Aber antworte mir trotzdem.«

»Ja.«

»Es wird dir jetzt weh tun, Ananais ...«

»Ich habe mich schon gewundert, worauf du hinauswillst.«

»Nun, ganz einfach: Wenn du sie liebst, laß sie in Ruhe.«

»Hat sie dich gebeten, mit mir zu sprechen?«

»Nein. Aber sie ist verwirrt, unsicher. Ich glaube nicht,

daß sie dich liebt. Ich glaube, sie ist dankbar und versucht, es dir zu zeigen.«

»Ich nehme, was ich bekommen kann, seit ich kein Gesicht mehr habe«, sagte er bitter.

»Das glaube ich dir nicht.«

»Laß mich in Ruhe, Rayvan. Bitte!«

Als sie gegangen war, blieb Ananais noch stundenlang sitzen, ohne schlafen zu können. In Gedanken durchlebte er all seine Triumphe noch einmal, doch seltsamerweise lag in diesen Erinnerungen keine Befriedigung mehr. Jubelnde Mengen, gefügige Frauen, neidische Männer – er fragte sich, ob er das alles wirklich so sehr genossen hatte.

Wo waren die Söhne, die er hätte aufziehen sollen?

Wo war die Frau seines Herzens?

Valtaya?

Sei ehrlich zu dir selbst, Mann. War es jemals Valtaya? Wärst du immer noch der Goldene, würdest du auch nur einen zweiten Blick auf sie verschwenden? Die Sonne ging am Horizont auf, und Ananais kicherte, dann lachte er laut.

Ach, zum Teufel! Er hatte so gut gelebt, wie ein Mann nur leben konnte.

Bedauern hatte keinen Sinn. Die Vergangenheit war tot, und die Zukunft war ein blutiges Schwert in einem Tal in Skoda.

Du bist fast fünfzig, sagte er sich, und du bist noch immer stark. Männer folgen dir. Das Volk der Drenai ist von dir abhängig. Vielleicht ist dein Gesicht nicht mehr vorhanden, aber du weißt, wer du bist.

Ananais, der Goldene.

Schwarzmaske. Ceskas Fluch.

Ein Signalhorn ertönte. Ananais stemmte sich hoch und ging zurück auf die Brüstung.

Renya lag schon die dritte Nacht wach, wütend und verunsichert. Die Wände ihres kleinen Zeltes schienen sie niederzudrücken; die Hitze lastete schwer auf allem. Seit zwei Tagen bereiteten die Nadir sich nun auf den Krieg vor, sammelten Proviant und wählten sorgfältig ihre Ponies aus. Tenaka hatte zwei Kriegsherren bestimmt, die ihn begleiten sollten: Ingis und Murapi. Renya hatte dies von Subodai erfahren, denn seit der Nacht vor der Schamanen-Queste hatten Tenaka und sie kein Wort miteinander gewechselt.

Sie setzte sich auf und warf die Schaffelldecke zu Boden. Sie war müde, aber so angespannt wie ein Bogen. Sie wußte warum, aber das Wissen nutzte ihr nichts. Sie befand sich in einer Zwickmühle, gefangen zwischen ihrer Liebe zu dem Mann und dem Haß auf seine Mission. Und sie war verloren, denn ihre Gedanken kreisten unablässig um ihn.

Renyas Kindheit hatte vor allem aus Zurückweisung bestanden, denn sie war mißgestaltet und konnte bei den Spielen der anderen Kinder nicht mithalten. Sie spotteten über ihr lahmes Bein und ihren krummen Rücken, und so zog sie sich in ihr Zimmer zurück ... und in ihre Gedanken. Aulin hatte Mitleid mit ihr gehabt und ihr mit Hilfe der Schreckensmaschinen das Geschenk der Schönheit verliehen. Aber auch wenn sie sich äußerlich verändert hatte – im Innern war Renya dieselbe geblieben – mit Angst vor Zuneigung, Angst vor Liebe, weil dies bedeutete, ihr Herz zu öffnen und Mauern niederzureißen. Doch die Liebe hatte sie getroffen wie das Messer eines Angreifers, und sie fühlte sich hereingelegt, betrogen. Tenaka war ein Held gewesen, ein Mann, dem sie vertrauen konnte. Und so hatte sie das Messer willkommen geheißen. Jetzt aber mußte sie feststellen, daß es in Gift getaucht war.

Sie konnte nicht mit ihm leben.

Sie konnte nicht ohne ihn leben.

Das stickige Zelt bedrückte sie, und so ging sie hinaus in die Nacht. Das Lager dehnte sich über fast einen Kilometer aus. Tenakas Zelt bildete das Zentrum. Subodai stöhnte und drehte sich um, als sie vorbeiging. »Schlaf, Weib!« murmelte er.

»Ich kann nicht.«

Er fluchte, setzte sich auf und kratzte sich den Kopf. »Was ist los mit dir?«

»Das geht dich nichts an!«

»Seine Frauen stören dich«, entschied Subodai. »Das ist für eine Drenai-Frau ganz normal. Gierig.«

»Das hat nichts mit seinen Frauen zu tun«, fauchte Renya.

»Behauptest du! Wie kommt es dann, daß er dich aus seinem Bett geworfen hat, he?«

»Ich habe mich selbst hinausgeworfen.«

»Hm. Du bist eine attraktive Frau, daß muß ich schon sagen.«

»Schläfst du deshalb vor meinem Zelt? Wartest du darauf, daß ich dich hineinhole?«

»Psst! Das darfst du nicht mal flüstern«, sagte Subodai ein wenig lauter. »Ein Mann könnte deswegen seinen Kopf verlieren – oder schlimmeres. Ich will dich nicht, Frau. Du bist merkwürdig, richtig verrückt. Ich habe dich wie ein Tier heulen gehört und gesehen, wie du diese dummen Packratten angesprungen hast. Ich möchte dich nicht in meinem Bett – vor lauter Angst könnte ich nicht schlafen.«

»Warum bist du dann hier?«

»Der Khan hat es befohlen.«

»Dann bist du jetzt sein Hund? Sitz! Platz! Schlaf vor dem Zelt.«

»Ja, ich bin sein Hund. Ich bin stolz darauf, sein Hund zu sein. Besser der Hund eines Königs als ein König unter Schakalen.«

»Warum?« fragte Renya.

»Was meinst du mit warum? Ist das denn nicht klar? Was ist das Leben anderes als Verrat? Wir fangen jung an, voller Hoffnung. Die Sonne tut gut, die Welt wartet nur auf uns. Aber jedes Jahr zeigt dir, wie klein du bist, wie unbedeutend vor der Macht der Jahreszeiten. Dann alterst du. Deine Kraft läßt nach, und die Welt lacht über dich im Gespött der Jüngeren. Und du stirbst. Allein. Unerfüllt. Aber manchmal ... manchmal gibt es einen Mann, der nicht unbedeutend ist. Er kann die Welt verändern, den Jahreszeiten ihre Macht rauben. Er ist die Sonne.«

»Und du glaubst, Tenaka Khan ist so ein Mann?«

»Glauben?« fragte Subodai. »Was weiß ich schon? Vor ein paar Tagen war er noch Schwerttänzer. Allein. Dann hat er mich zum Gefährten erwählt. Einen Speer. Dann Gitasi. Dann Ingis. Dann das Volk. Verstehst du? Es gibt nichts, was er nicht könnte. Nichts!«

»Er kann seine Freunde nicht retten.«

»Dummes Weib. Du verstehst noch immer nichts.«

Renya beachtete ihn nicht weiter und ging auf die Mitte des Lagers zu. Er folgte ihr verstohlen in einem Abstand von etwa zehn Schritten. So konnte er sie mit unverhohlenem Vergnügen betrachten. Seine dunklen Augen blieben an ihren langen Beinen haften und wanderten dann hinauf zu den sanften Kurven ihrer Hüften. Gott, was für eine Frau! So jung und stark. So eine katzenhafte Anmut.

Er begann zu pfeifen, brach aber sofort ab, als er das Zelt des Khans sah. Dort standen keine Wachen. Er lief zu Renya und packte sie am Arm, damit sie stehenblieb.

»Faß mich nicht an«, zischte sie.

»Da stimmt etwas nicht«, sagte er.

Ihr Kopf fuhr hoch; ihre Nasenflügel nahmen die Gerüche der Nacht auf. Doch der Gestank der Nadir war überall, so daß sie nichts entdecken konnte.

Dunkle Schatten bewegten sich auf das Zelt zu.

»Attentäter!« brüllte Subodai, zerrte sein Schwert aus der Scheide und stürmte vorwärts. Die dunklen Schatten stürzten sich auf ihn. Tenaka Khan öffnete die Zeltklappe, das Schwert in der Faust, und sah, wie Subodai sich einen Weg bahnte, wild um sich schlagend. Tenaka beobachtete, wie er stolperte und unter den sausenden Klingen zu Boden ging.

Dann trat er ins Freie, um sich den Mördern zu stellen.

Ein unheimliches Heulen hallte durch das Lager, und die Attentäter wurden langsamer.

Dann war der Dämon unter ihnen. Ein Rückhandhieb schickte einen Mann drei Meter durch die Luft. Ein zweiter fiel, als die klauenbewehrte Hand der Bestie ihm die Kehle aufschlitzte. Ihre Schnelligkeit war ehrfurchtgebietend. Tenaka lief los, parierte den Schlag eines untersetzten Kriegers und stieß dem Mann sein Schwert zwischen die Rippen.

Ingis rannte mit vierzig Kriegern herbei, und die Attentäter ließen ihre Waffen sinken und standen mit mürrischem Blick vor dem Khan.

Tenaka säuberte sein Schwert und steckte es wieder in die Scheide.

»Stell fest, wer sie geschickt hat«, befahl er Ingis; dann ging er zu Subodai. Aus seinem linken Arm schoß Blut, und er hatte eine tiefe Wunde in der Seite.

Tenaka verband den Arm. »Du wirst am Leben bleiben«, sagte er. »Aber es überrascht mich, daß du dich von ein paar nächtlichen Schleichern besiegen läßt.«

»Bin ausgerutscht«, verteidigte Subodai sich murmelnd.

Zwei Männer kamen herbei, um den verwundeten Krieger in Tenakas Zelt zu tragen. Der Khan stand auf und blickte sich suchend nach Renya um, doch sie war nirgends zu sehen. Er fragte die umstehenden Krieger, und zwei von ihnen behaupteten, sie hätten sie nach Westen laufen sehen. Tenaka ließ sich sein Pferd bringen.

Ingis näherte sich ihm. »Es ist zu unsicher, allein ihre Verfolgung aufzunehmen.«

»Ja. Aber ich muß es tun.«

Er schwang sich in den Sattel und galoppierte durch das Lager. Es war zu dunkel, um Spuren zu erkennen, aber er ritt weiter, hinaus auf die Steppe.

Keine Spur von ihr.

Mehrmals ließ er sein Pferd in Schritt fallen und rief

nach ihr, doch er bekam keine Antwort. Schließlich hielt er an und spähte in alle Richtungen. Links vor ihm war eine Baumgruppe, von dichten Büschen abgeschirmt. Er trabte darauf zu, und plötzlich stieg das Pferd, vor Angst wiehernd. Tenaka beruhigte das Tier, tätschelte seinen Hals und sprach leise auf es ein, konnte es aber nicht dazu bringen, weiterzugehen. Er stieg ab und zog sein Schwert.

Was immer dort in den Büschen war, es konnte nicht Renya sein, denn das Pferd kannte sie.

»Renya!« rief er. Der Laut, der seinen Ruf erwiderte, war anders als alles, war er je zuvor gehört hatte: ein hohes, schrilles Klagen. Er schob sein Schwert in die Scheide und ging langsam weiter.

»Renya! Ich bin es, Tenaka!«

Die Büsche barsten auseinander, und ihr Körper traf ihn mit ungeheurer Wucht, so daß er von den Füßen gerissen wurde und auf dem Rücken landete. Eine Hand schloß sich um seine Kehle, die andere hing über seinen Augen; die Finger waren zu Klauen gekrümmt. Er blieb still liegen und starrte in ihre gelbgefleckten Augen. Die Pupillen waren zu Schlitzen geworden, lang und oval. Langsam hob er seine Hand an die ihre. Das katzenhafte Glitzern erstarb in ihren Augen, und der Griff um seine Kehle lockerte sich. Dann fielen ihre Augen zu, und sie sackte nach vorn in seine Arme. Sanft rollte er sie auf den Rücken.

Hufgedröhn von der Steppe ließ ihn sich aufrichten. Ingis galoppierte heran, gefolgt von seinen vierzig Kriegern. Er sprang aus dem Sattel. »Ist sie tot?«

»Nein, sie schläft. Was gibt es Neues?«

»Die Hunde wollten nichts sagen. Ich habe alle bis auf einen getötet, und der wird gerade verhört.«

»Gut. Und Subodai?«

»Er hat Glück gehabt. Die Wunden werden rasch heilen.«

»Dann ist alles gut«, sagte Tenaka. »Jetzt hilf mir, meine Frau nach Hause zu bringen.«

»Alles ist gut?« wiederholte Ingis. »Da läuft ein Verräter frei herum, den wir finden müssen.«
»Er hat versagt, Ingis. Morgen früh ist er tot.«
»Wie kannst du da so sicher sein?«
»Warte ab, du wirst es sehen.«

Tenaka wartete, bis Renya sicher in seinem Zelt untergebracht war, ehe er Ingis dorthin begleitete, wo der Attentäter verhört wurde. Sie hatten den Mann an einen Baum gebunden und ihm nacheinander jeden einzelnen Finger gebrochen. Tenaka trat hinzu und gebot den Folterern Einhalt.
»Dein Auftraggeber ist tot«, sagte er. »Deine Qualen sind also nicht mehr nötig. Wie möchtest du sterben?«
»Ist mir egal.«
»Hast du Familie?«
»Sie wissen nichts davon«, sagte der Mann. In seinen Augen glomm Angst auf.
»Sieh mich an, Mann, und glaube mir. Ich werde deiner Familie nichts zuleide tun. Dein Auftraggeber ist tot, und du bist gescheitert. Das ist Strafe genug. Ich will nur eins wissen: warum?«
»Ich bin zum Gehorsam verpflichtet«, sagte der Mann.
»Du warst mir verpflichtet.«
»Nein. Nur meinem Kriegsherrn – er war dir verpflichtet, aber ich habe keinen Schwur gebrochen. Wie ist er gestorben?«
Tenaka zuckte die Achseln. »Möchtest du gern die Leiche sehen?«
»Ich möchte gern an seiner Seite sterben«, antwortete der Mann. »Ich werde ihm in den Tod folgen, denn er war gut zu mir.«
»Schön.« Tenaka schnitt seine Fesseln los. »Mußt du getragen werden?«
»Ich kann laufen, verdammt«, fauchte der Mann. Von Tenaka, Ingis und den vierzig Kriegern gefolgt, ging er

durch das Lager voran, bis er zum Zelt von Murapi kam, vor dem zwei Mann Wache standen.

»Ich bin gekommen, den Leichnam zu sehen«, sagte er. Die Wachen blickten ihn verblüfft an – und dann traf den Mann die Erkenntnis wie ein Schlag.

Er wirbelte zu Tenaka herum. »Was hast du mir angetan?« rief er.

Die Zeltklappe ging auf, und Murapi stand vor ihnen. Er war mittleren Alters und kräftig gebaut. Er lächelte dünn.

»Unter allen Männern«, sagte er ruhig, »hätte ich nicht gedacht, daß du diesen brechen könntest. Das Leben steckt voller Überraschungen!«

Der Mann fiel auf die Knie. »Ich wurde hereingelegt, Herr«, schluchzte er.

»Das spielt keine Rolle, Nagati. Wir werden auf der Reise darüber sprechen.«

Tenaka trat vor. »Du hast einen Lebensschwur gebrochen, Murapi. Warum?«

»Es war ein Spiel, Tenaka«, erwiderte der Mann gleichmütig. »Wenn du recht hast, stehen uns die Tore von Dros Delnoch offen, und damit das ganze Reich der Drenai. Aber du willst nur deine Drenai-Freunde retten. Es war ein Spiel.«

»Du kennst den Preis des Verlierers?«

»Ja. Darf ich mich selbst töten?«

»Ja.«

»Und du wirst meiner Familie nichts antun?«

»Nein.«

»Du bist großherzig.«

»Wärst du bei mir geblieben, hättest du herausfinden können, wie großherzig.«

»Ist es zu spät?«

»Ja, allerdings. Du hast eine Stunde Zeit.«

Als Tenaka sich umdrehte, um zurück zu seinem Zelt zu gehen, kam Ingis an seine Seite. »Du hast ein feines Gespür, Tenaka Khan.«

»Hattest du etwas anderes erwartet, Ingis?«

»Keineswegs, Herr. Darf ich Sember, meinem Sohn, das Kommando über Murapis Wölfe übertragen?«

»Nein. Ich werde sie befehligen.«

»Gut, Herr.«

»Morgen sollen sie mein Zelt bewachen.«

»Du lebst wohl gern gefährlich?«

»Gute Nacht, Ingis.«

Tenaka trat in sein Zelt und ging zu Subodais Lager. Der Krieger schlief tief und fest, und er hatte eine frische Farbe. Dann ging Tenaka in den hinteren Teil, in dem Renya lag. Er berührte ihre Stirn, und sie erwachte. Ihre Augen waren wieder menschlich.

»Hast du mich gefunden?« flüsterte sie.

»Ich habe dich gefunden.«

»Dann weißt du es also?«

»Ich weiß es.«

»Meistens kann ich es beherrschen. Doch heute abend waren es so viele, und ich dachte, du müßtest sterben. Ich habe die Kontrolle verloren.«

»Du hast mich gerettet.«

»Wie geht es Subodai? Lebt er?«

»Ja.«

»Er verehrt dich.«

»Ja.«

»So … müde«, sagte sie. Die Augen fielen ihr zu, und Tenaka beugte sich vor, um sie auf den Mund zu küssen.

Sie schlug die Augen noch einmal auf. »Du versuchst, Ananais zu retten, nicht wahr?« Dann klappten ihre Lider wieder zu. Er zupfte ihre Decke zurecht und ging ins Hauptzelt zurück.

Dort setzte er sich und schenkte sich einen Becher Nyis ein, den er langsam trank.

Versuchte er, Ananais zu retten?

Wirklich?

Oder war er froh, daß ihm die Entscheidung abgenommen war?

Wenn Ananais sterben mußte, was sollte ihn dann davon abhalten, seinen Krieg tief ins Land der Drenai hineinzutragen?

Es stimmte, daß er sich nicht sehr beeilte, aber wozu auch. Decado hatte ihm gesagt, daß sie nicht durchhalten konnten. Was hätte es denn für einen Zweck, seine Männer Tag und Nacht anzutreiben, nur damit sie völlig erschöpft das Schlachtfeld erreichten?

Welchen Zweck?

Er stellte sich vor, wie Ananais trotzig Ceskas Horden gegenüberstand, das Schwert in der Hand, die blauen Augen funkelnd.

Er fluchte leise.

Und schickte nach Ingis.

24

Die Legion stürmte los, und Lakes Riesenbögen verschossen ihr letztes Bleischrot. Scharenweise sanken die Männer zu Boden, die meisten mit Verletzungen an den Beinen, denn die Fußsoldaten waren jetzt vorsichtiger und schützten sich mit ihren Schilden. Bogenschützen schickten den vorrückenden Reihen schwarze Wolken von Pfeilen entgegen; dann wurden krachend die Leitern gegen die Mauern gelehnt.

Die Männer von Skoda hatten alle Müdigkeit überwunden und kämpften verbissen. Ihre Schwerter waren schartig, die Arme schmerzten. Doch sie hielten aus.

Lake holte mit seiner Streitaxt aus und hieb sie in einen Helm, der über der Brüstung auftauchte. Die Axt drang in den Schädel des Gegners und wurde Lake aus der Hand gerissen, als der Mann abstürzte. Der nächste versuchte, sich auf die Mauer zu schwingen, doch Ananais stürmte hin, schlug zu, und der Angreifer stürzte Hals über Kopf in die Tiefe. Ananais reichte eins seiner beiden Schwerter Lake; dann stürmte er nach rechts, wo ihre Reihen zu wanken begannen.

Balan schloß sich ihm an. Die Verteidiger fingen und sammelten sich wieder. Auf der linken Seite brachen drei Krieger der Legion durch, sprangen von der Brüstung und rannten auf das Lazarett zu. Der erste fiel mit einem Pfeil im Rücken. Der zweite stolperte, als ein Pfeil seinen Helm traf und ihn betäubte. Dann trat Rayvan mit einem Schwert in der Hand aus dem Gebäude.

Die Männer grinsten und stürmten los.

Mit erstaunlicher Schnelligkeit blockte Rayvan den ersten Hieb ab; dann stürzte sie sich auf die Männer. Ihr Gewicht riß sie zu Boden. Ihr Schwert sauste herab und schlitzte dem ersten Gegner die Kehle auf.

Der zweite Mann rollte sich aus dem Knäuel. »Du Miststück!« brüllte er.

Rayvan stemmte sich hoch, als der Mann auf sie lossprang. Dann schoß Thorn einen Pfeil ab, der dem Soldaten in den Oberschenkel drang; er schrie vor Schmerz auf und drehte sich um die eigene Achse. Rayvan bohrte ihm ihr Schwert in den Rücken. Ein paar Augenblicke beobachtete sie die Schlacht an der Mauer … die Reihen würden nicht mehr lange halten.

Galand kämpfte jetzt an Ananais' Seite, immer dort, wo die Schlacht am heftigsten tobte. Die Legion spürte, daß sie dem Sieg nahe war. Die Krieger wichen nicht zurück, sondern sammelten sich am Fuß der Mauer und setzten ihre Leitern an. Immer mehr Legionskrieger erreichten die Mauerbrüstung.

Ananais spürte, wie ihm der Kampf entglitt, und kalte Wut breitete sich in ihm aus. Obwohl die Chancen gegen sie standen und trotz seiner Gewißheit, daß sie nicht siegen konnten, erzürnte es ihn maßlos. Er hatte in seinem Leben niemals einen Kampf verloren. Jetzt, im Angesicht des Todes wurde ihm selbst dieser kleine Trost genommen.

Er wehrte einen Stoß ab, wirbelte seine Klinge herum und stieß sie unter einen schwarzen Helm. Der Mann fiel nach hinten und ließ dabei sein Schwert fallen, das Ananais auffing. Dann stürzte er sich in das Gewühl, brachte jetzt mit zwei Schwertern Tod und Vernichtung. Er blutete aus vielen kleinen Wunden, doch seine Kraft war ungemindert.

Hinter der Mauer erhob sich ein gewaltiges Gebrüll. Ananais konnte sich nicht umdrehen, sah aber die Verwirrung in den Gesichtern der Legionssoldaten. Plötzlich war Rayvan neben ihm, einen Schild am Arm und ein Schwert in der Faust. Die Legion wurde zurückgedrängt.

Die Frauen von Skoda waren gekommen!

Da es ihnen an Fertigkeit im Umgang mit Waffen mangelte, stürzten sie sich blindlings ins Getümmel und hieben wild um sich, so daß sie den Feind durch ihre schiere Zahl niedermachten.

Der letzte Legionskrieger wurde von der Mauer geschleudert, und die Skoda-Männer nahmen ihre Bögen und schickten die Eindringlinge damit bis außer Schußweite zurück.

»Schafft die Toten von der Brüstung!« rief Ananais.

Eine Zeitlang tat sich nichts, während die Männer ihre Frauen und Töchter, Schwestern und Mütter umarmten. Andere knieten bei den Toten und weinten.

»Dafür haben wir jetzt keine Zeit«, sagte Ananais, doch Rayvan nahm ihn beim Arm.

»Dafür ist immer Zeit, Schwarzmaske. Das macht uns zu Menschen. Laß sie.«

Ananais nickte und sank an der Brüstung zusammen, lehnte seinen schmerzenden Rücken an die Mauer.

»Du erstaunst mich, Frau!«

»Dann bist du aber leicht zu erstaunen«, sagte sie und glitt neben ihn an die Mauer.

Er blickte sie an und grinste. »Ich wette, in jungen Jahren warst du eine Schönheit.«

»Du auch, soviel ich gehört habe.«

Er kicherte und schloß die Augen.

»Warum heiraten wir nicht?« schlug er vor.

»Wir werden morgen tot sein.«

»Dann sollten wir von einer langen Verlobungszeit Abstand nehmen.«

»Du bist zu alt für mich, Schwarzmaske.«

»Wie alt bist du?«

»Sechsundvierzig«, antwortete Rayvan.

»Perfekt.«

»Du mußt ganz schön verzweifelt sein. Und du blutest – geh und laß deine Wunden versorgen.«

»Ein Heiratsantrag – und schon kommandierst du mich herum.«

»Frauen sind nun mal so. Und jetzt ab mit dir!«

Sie sah ihm nach, wie er zum Krankenhaus ging; dann zog sie sich hoch und blickte zur Legion hinunter. Sie formierte sich neu.

Rayvan wandte sich zu den Verteidigern. »Bringt die Toten von der Mauer, ihr Holzköpfe!« rief sie. »Kommt schon. Bewegt euch. Ihr Frauen, nehmt euch Schwerter und sucht euch Helme«, setzte sie hinzu. In ihrer Nähe lag ein toter Legionssoldat, und sie nahm ihm den Helm ab, ehe sie ihn über die Brüstung rollte. Der Helm war aus Bronze und hatte einen schwarzen Federbusch. Er paßt gut, dachte sie, als sie den Kinnriemen festschnürte.

»Du siehst hinreißend aus, Rayvan«, sagte Thorn.

»Du stehst wohl auf Behelmte, was, du alter Hirsch?«

»Ich habe immer auf dich gestanden, Weib! Seit dem Tag auf der Nordweide.«

»Ach, du erinnerst dich? Das ist ein Kompliment.«

Thorn lachte. »Ich glaube nicht, daß dich je ein Mann vergessen könnte.«

»Nur du kannst mitten in einer Schlacht an so etwas denken. Du bist ein brünftiger Hirsch, alter Mann! Anais hatte wenigstens den Anstand, mich zu fragen, ob ich ihn heiraten will.«

»Hat er es endlich geschafft? Tja, er kann seine Augen nicht bei sich behalten, und in deinem Fall kann ich's ihm nicht verdenken.«

»In einem Tag werden seine Augen nicht weit wandern können«, sagte sie.

Die Legion griff erneut an.

Eine Stunde lang kämpfte sie, um einen Fußbreit auf der Brüstung zu gewinnen, doch die Verteidiger hatten frische Kraft und neuen Mut gesammelt. Lake hatte säckeweise kleine Steine sammeln lassen, die er in die Schalen seiner riesigen Bögen schüttete. Dreimal pfiffen die Geschütze und trafen die Legion, ehe eins der Geräte unter der Last zusammenbrach.

Die Eindringlinge wichen zurück.

Als die Sonne am dritten Tag aufging, hielt die Mauer noch immer.

Ananais rief Balan zu sich. »Was gibt es Neues aus Tarsk?

»Es ist seltsam«, sagte Balan. »Heute morgen hat ein Angriff stattgefunden, dann nichts mehr. Die Armee sitzt bloß da.«

»Ich wünschte beim Himmel, das würden sie hier auch tun«, sagte Ananais.

»Sag mir, Schwarzmaske, glaubst du?«

»An was?«

»Du hast vom Himmel gesprochen.«

»Ich weiß nicht genug, um zu glauben.«

»Decado hat mir versprochen, ich würde nicht allein sein. Und doch bin ich es. Die anderen sind nicht mehr. Entweder sind sie tot, und ich bin ein Narr, oder die Quelle hat sie aufgenommen und mich nicht.«

»Warum sollte sie dich nicht aufnehmen?«

Balan zuckte die Achseln. »Ich hatte niemals den Glauben, ich hatte nur Talent. Mein Glaube war Teil eines Gemeinschaftsglaubens. Verstehst du? Die anderen glaubten, und ich spürte ihren Glauben. Jetzt, da sie fort sind … ich weiß nicht mehr.«

»Ich kann dir nicht helfen, Balan.«

»Das kann niemand.«

»Vielleicht ist es besser zu glauben, als nicht zu glauben«, meinte Ananais.

»Es gibt Hoffnung, das Böse auf der Welt besiegen zu können«, sagte Balan.

»Irgend so etwas. Sag mir, bleiben Männer und Frauen in eurem Himmel zusammen?«

»Ich weiß nicht. Darüber wird seit Jahrhunderten gestritten«, sagte der Priester.

»Aber die Möglichkeit besteht?«

»Ich denke schon.«

»Dann komm mit mir«, bat Ananais und zog den anderen hoch. Sie gingen über die Wiese zu den Zelten der Flüchtlinge, wo Rayvan mit ihren Freundinnen saß.

Sie blickte ihm entgegen, bis Ananais vor ihr stehenblieb und sich verbeugte.

»Frau, ich habe einen Priester bei mir. Willst du mich heiraten?«

»Du bist ein Trottel«, sagte sie kichernd.

»Ganz und gar nicht. Ich wollte immer die Frau finden, mit der ich den Rest meines Lebens verbringen kann. Aber ich habe sie nie gefunden. Jetzt sieht es so aus, als würde ich den Rest meines Lebens mit dir verbringen. Also habe ich mir gedacht, ich könnte eine ehrbare Frau aus dir machen.«

»Das ist alles schön und gut«, sagte sie und erhob sich. »Es gibt da nur ein Problem. Ich liebe dich nicht.«

»Ich liebe dich auch nicht. Aber wenn du erst meine Qualitäten schätzen lernst, wird es sicher noch werden.«

»Also gut«, sagte Rayvan mit einem breiten Grinsen. »Aber erst in der dritten Nacht wird gemeinsam geschlafen! Alte Sitte der Berge!«

»Einverstanden«, sagte Ananais. »Ich habe sowieso Kopfschmerzen.«

»Was für ein Unsinn«, fauchte Balan. »Damit will ich nichts zu tun haben – das ist eine Verhöhnung des heiligen Bundes.«

Ananais legte Balan eine Hand auf die Schulter. »Nein«, widersprach er leise. »Es ist ein Augenblick leichten Herzens inmitten des Schreckens. Sieh dir das Lächeln ringsum an.«

Balan seufzte. »Also schön. Tretet beide vor.«

Flüchtlinge strömten aus den Zelten, als die Neuigkeit sich verbreitete, und ein paar Frauen pflückten Blumen und flochten Girlanden daraus. Wein wurde gebracht. Die Nachricht drang auch in die Krankenstation, wo Valtaya gerade mit ihrer Arbeit fertig geworden war. Sie ging in die Nacht hinaus, ihrer eigenen Gefühle nicht sicher.

Ananais und Rayvan gingen Hand in Hand zur Brüstung, und die Männer jubelten sich die Kehlen heiser. Als sie die Stufen erreichten, hob Ananais seine Frau auf die Schultern und trug sie auf die Mauer.

»Laß mich runter, du Hornochse!« schrie sie.

»Ich trage dich doch nur über die Schwelle«, erklärte er.

Die Männer umringten sie, und das Gelächter drang bis ins Lager der Legion.

Ceska rief Darik zu sich.

»Was geht da vor?« wollte er wissen.

»Ich weiß es nicht, Herr.«

»Sie lachen über mich! Warum haben deine Männer die Mauer nicht eingenommen?«

»Das werden sie, Herr! Bei Morgengrauen, das verspreche ich.«

»Wenn nicht, wirst du es bereuen, Darik. Ich bin diesen verfluchten Ort satt. Ich will nach Hause.«

Drei blutige Stunden tobte die Schlacht am Morgen des dritten Tages weiter, doch die Legion konnte die Mauer nicht einnehmen. Ananais konnte seine Freude kaum für sich behalten, denn trotz seiner Müdigkeit spürte er, daß das Kriegsglück sich gewendet hatte. Ohne die Bastarde kämpfte die Legion längst nicht mehr so entschlossen. Die Soldaten zögerten, ihr Leben zu riskieren, während die Männer von Skoda mit frohem Herzen und voller Zuversicht kämpften. Der berauschende Wein des Sieges pochte in Ananais' Adern, und er lachte und scherzte mit den Männern und schleuderte den fliehenden feindlichen Soldaten Flüche hinterher.

Doch kurz vor Mittag tauchte im Osten eine Marschkolonne auf, und das Lachen erstarb.

Zwanzig Offiziere ritten in Ceskas Lager und brachten fünfhundert Arena-Bastarde aus Drenan mit, speziell gezüchtete Ungeheuer von zweieinhalb Metern Größe, eine Mischung aus den Seelen von Menschen, Bären aus dem Norden, Affen des Ostens, Löwen, Tigern und den grauen Wölfen des Westens.

Ananais stand ganz regungslos da; seine blauen Augen suchten den Horizont ab.

»Komm schon, Tani«, flüsterte er. »Bei allem, was heilig ist, laß es nicht so enden.«

Rayvan, Balan, Lake und Galand traten zu ihm.

»Es gibt keine Gerechtigkeit«, sagte Rayvan bissig. Die anderen nahmen ihre Bemerkung schweigend auf, ein Schweigen, das sich längs der ganzen Mauer ausbreitete.

Die riesigen Bastarde hielten sich nicht im Lager auf, sondern rückten in breiter Reihe ausgefächert vor, gefolgt von den Offizieren.

Thorn zupfte Ananais am Ärmel. »Hast du einen Plan, General?« fragte er. Ananais blickte auf den alten Mann hinab und verkniff sich eine bissige Antwort, als er die Angst sah, die sich in Thorns Gesicht eingegraben hatte. Er sah grau aus und hatte die Lippen fest zusammengekniffen.

»Keinen Plan, mein Freund.«

Die Ungeheuer griffen nicht an, sondern stampften mit riesigen Keulen, gezahnten Schwertern, Streitkolben und Äxten voran. Ihre Augen waren blutrot; die Zungen hingen aus den klaffenden Mäulern. Sie rückten lautlos vor. Es war eine seltsam zermürbende Stille, die den Mut der Verteidiger verzehrte. Die Männer wurden unruhig.

»Du mußt dir einfallen lassen, was du ihnen sagen kannst, General«, drängte Rayvan ihn.

Ananais schüttelte den Kopf; sein Blick war trüb und leer. Wieder einmal hatte er das Gefühl, in der Arena zu stehen, schmeckte die Bitterkeit der ungewohnten Angst, sah, wie das Fallgitter sich langsam hob ... hörte, wie die Zuschauermenge merkwürdig still wurde. Gestern hätte er sich diesen furchteinflößenden Ungeheuern stellen können. Aber den Sieg schon in Sichtweite zu haben – so dicht, daß er den süßen Hauch bereits auf der Stirn verspürte ...

Ein Soldat sprang von der Mauer, und Rayvan fuhr herum.

»Olar! Jetzt ist nicht die Zeit zu gehen!«

Der Mann blieb stehen und ließ den Kopf hängen.

»Komm zurück und bleib bei uns, Kamerad. Wir gehen alle zusammen unter – das macht uns zu dem, was wir sind. Wir sind Skoda. Wir sind eine Familie. Wir lieben dich.«

Olar blickte auf. Tränen liefen ihm übers Gesicht, und er zog sein Schwert.

»Ich wollte nicht weglaufen, Rayvan. Ich wollte an der Seite meiner Frau und meines Sohnes stehen.«

»Ich weiß, Olar. Aber wir müssen wenigstens versuchen, die Mauer zu halten.«

Lake stieß Ananais an. »Zieh dein Schwert, Mann!« Doch der Riese rührte sich nicht. Er war nicht mehr bei ihnen, sondern kämpfte wieder einmal zu einer anderen Zeit an einem anderen Ort in einer steinernen Arena.

Rayvan richtete sich zu ihrer vollen Größe auf.

»Haltet euch tapfer, meine Krieger! Denkt daran, Hilfe ist unterwegs. Schlagt diese Ungeheuer zurück, dann haben wir eine Chance!«

Doch ihre Stimme ging in dem entsetzlichen, blutrünstigen Brüllen der Bastarde unter, die jetzt zum Angriff übergingen. Hinter ihnen folgte die Legion.

Rayvan wich zurück, als die Ungeheuer die Mauer erreichten. Sie brauchten weder Taue noch Leitern – sie sprangen aus vollem Lauf und klammerten sich dann an die fünf Meter hohe Brüstung.

Schimmernder Stahl traf auf schnaubende Mäuler und zerfetzende Klauen, doch die ersten Verteidiger wurden beiseite gefegt. Rayvan stieß ihr Schwert in ein klaffendes Maul, und der Bastard fiel rücklings; die Zähne zerbissen die Klinge. Ananais blinzelte und kehrte in die Gegenwart zurück. Seine beiden Schwerter funkelten in Sonnenlicht. Ein Ungeheuer türmte sich drohend über ihm auf, doch Ananais duckte sich unter einem wütenden Axthieb, stieß der Bestie sein rechtes Schwert in den Bauch und drehte die Klinge in der Wunde. Er zog das Schwert wieder heraus, und schon stürzte sich ein anderer Bastard auf ihn, der einen Streitkolben schwang. Ananais ließ das rechte

Schwert fallen, packte das andere mit beiden Händen und hieb die Klinge durch den Arm des Ungeheuers. Die klauenbewehrte Hand sauste durch die Luft, immer noch den Streitkolben umklammernd. Der Bastard schrie vor Schmerz und Wut und sprang Ananais an. Der Krieger duckte sich und trieb sein Schwert beidhändig in den Bauch des Ungeheuers, als es über ihm aufragte. Das Schwert wurde ihm aus den Händen gerissen.

Balan sprang von der Brüstung und lief etwa zwanzig Schritt zurück. Dort drehte er sich um, kniete sich ins Gras und schloß die Augen. Irgendwo in all diesem Schmerz und Entsetzen mußte ein Sinn und ein Triumph liegen. Gestern hatte die vereinte Kraft der Dreißig die Bastarde in Männer zurückverwandelt. Heute gab es nur noch Balan.

Er befreite seinen Geist von allen Gedanken, griff nach der Nüchternheit der Leere, errichtete aus seinem Mangel an Gedanken eine Verbindung zu den Ungeheuern. Er tastete sich hinaus …

Und schrak vor dem Blutdurst und der Wut zurück. Er wappnete sich, tastete sich erneut vor.

Haß! Schrecklicher, brennender, alles verzehrender Haß. Er spürte ihn und brannte mit ihm, haßte die Bastarde, ihre Herren, Ananais, Rayvan und diese Welt der makellosen Körper.

Nein. Nicht hassen. Kein Haß. Das Entsetzen spülte über ihn hinweg. Er war unberührt, unbefleckt. Er würde ein von Menschen geschaffenes Ungeheuer nicht hassen, ebensowenig wie die Menschen, die sie erschaffen hatten.

Die Mauer aus Haß war überall um ihn, doch er drängte sie zurück.

Er konnte keine einzelnen Gedanken finden, um die Bastarde aufzurütteln, denn sie waren keine früheren Drachen-Mitglieder. Er konnte nur das einzige Gefühl benutzen, von dem er sicher sein konnte, daß diese Bestien es als Menschen gekannt hatten.

Liebe.

Die Liebe einer Mutter in einer kalten erschreckenden Nacht. Die Liebe einer Frau, wenn alle anderen sich als falsche Freunde erwiesen. Die Liebe einer Tochter, die sich freigebig in einer raschen Umarmung zeigte, im ersten Lächeln eines Babys, die Liebe eines Freundes.

Seine Kraft wuchs, und er sandte seine Gefühle aus wie eine Meeresbrandung.

Auf der Mauer tobte das Gemetzel fürchterlich.

Ananais, aus einem Dutzend Schnitt- und Stichwunden blutend, beobachtete entsetzt, wie ein Bastard Rayvan ansprang und sie von der Brüstung riß. Er setzte ihm nach. Sie drehte sich in der Luft, so daß der Bastard auf dem Rücken landete und Rayvan auf ihm. Ihr Gewicht drückte ihm die Luft aus den Lungen, und sie nutzte ihre Chance und rammte ihm ihren Dolch in den Hals; dann warf sie sich zur Seite, als das Biest mit seinen Klauen zuschlug. Es kam schwankend auf die Beine, und Ananais stieß ihm sein Schwert in den Rücken. Über ihnen wurde die Reihe durchbrochen, und die Ungeheuer schwärmten über die Brüstung. Die Überlebenden von Skoda rannten davon, doch die Bastarde setzten ihnen nach und schlugen sie nieder.

Plötzlich taumelte das Ungeheuer, das Balan am nächsten war. Es ließ sein Schwert fallen und hielt sich den Kopf. Ein Heulen der Verzweiflung erfüllte die Luft, und überall wichen die Bastarde zurück, während die Skoda-Krieger ungläubig zusahen.

»Tötet sie!« rief Galand, stürmte los und hieb sein Schwert in einen pelzigen Nacken. Das brach den Bann, und die Skoda-Krieger fielen über die betäubten Ungeheuer her und mähten sie in Scharen nieder.

»Nein!« wisperte Balan. »Ihr Dummköpfe!«

Zwei Bastarde wandten sich gegen den knienden Priester. Ein Streitkolben sauste herab und riß ihn von den Füßen; dann zerfetzten Klauen seine Brust, und seine Seele entwich schreiend seinem Fleisch.

Die Wut der Ungeheuer kehrte zurück, und ihr mörderisches Gebrüll übertönte das Klirren von Stahl. Galand, Rayvan und Lake stürmten mit einer Schar Krieger zu dem aus Holz errichteten Lazarett. Während Ananais sich einen Weg zu ihnen freischlug, riß eine Klaue seinen Rücken auf, zerfetzte die Lederweste und brach ihm eine Rippe. Er wirbelte herum, stach zu, und das Ungeheuer fiel. Hände zogen ihn ins Haus, und die hölzerne Tür wurde zugeschlagen.

Eine haarige Faust zerschmetterte die hölzernen Läden vor dem Fenster, und Galand rannte hinüber und spießte sein Schwert durch die Hand des Bastards. Eine klauenbewehrte Kralle packte seine Weste und zerrte ihn gegen die hölzerne Wand. Er schrie auf, als riesige Kiefer sich um sein Gesicht schlossen; dann packten die Fänge seinen Schädel, der wie eine Melone zerplatzte. Sein Körper wurde durch das Fenster gezerrt.

Eine Axt zersplitterte den oberen Teil der Tür und verfehlte Ananais' Kopf nur knapp. Valtaya kam aus dem Zimmer nebenan; ihr Gesicht war kreidebleich vor Angst. Sie hatte Nadel, Faden und einen blutigen Lappen in der Hand, doch alles entglitt ihren Fingern, als sie die Wer-Ungeheuer durch das offene Fenster klettern sah.

»Ananais!« schrie sie, und er machte einen Satz zurück, als die Tür zerbarst, und ein riesiger Bastard mit einer Axt hereinstürmte. Ananais schlug wütend zu und riß eine furchtbare Wunde in den Bauch des Bastards, so daß dessen Gedärme auf den Boden hingen. Das Wesen stolperte und fiel, wobei es die Axt fallen ließ, die Ananais rasch ergriff.

Rayvan sah, wie zwei Bastarde auf Valtaya zuliefen und stellte sich ihnen kühn in den Weg, ihr Schwert schwingend. Ein rückhändiger Hieb schickte sie zu Boden. Ananais köpfte ein Ungeheuer mit dem Gesicht eines Löwen und eilte Valtaya zu Hilfe.

Er hämmerte seine Axt in den Rücken des ersten Bastards und zog seine Waffe so schnell er konnte wieder heraus, doch das zweite Ungeheuer beugte sich bereits drohend über Valtaya.

»Hier, du Höllenhund!« brüllte Ananais, und das Wesen schwenkte seinen großen Kopf herum, um sich auf die lächerlich kleine, schwarzmaskierte Gestalt zu konzentrieren. Es fegte die Axt beiseite, ohne die Wunde zu beachten, die sie dabei in seinen Oberarm riß. Dann fuhren die Klauen herab, rissen Ananais die Maske vom Gesicht und schleuderten ihn zu Boden. Er schlug hart auf und verlor seine Axt. Das Biest stürmte auf ihn zu, doch er rollte sich herum und sprang ihm mit den Füßen zuerst entgegen. Zähne brachen, als Ananais' Stiefel ihr Ziel trafen, und die Bestie krachte donnernd gegen die Wand. Ananais holte in mörderischem Bogen mit der Axt aus und hieb sie dem Bastard in die Seite.

»Hinter dir!« schrie Rayvan, doch es war zu spät.

Der Speer drang in Ananais' Rücken und durch seinen Brustkorb. Er stöhnte, drehte seine kräftige Gestalt und entriß den Speer so den Klauen des Bastards. Der machte einen Satz und versuchte zurückzuweichen, doch der Speer prallte gegen die Wand. Ananais senkte den Kopf, packte das Ungeheuer und zog es in einer Bärenumarmung an sich.

Fangzähne rissen an Ananais' Hals und Gesicht, doch seine mächtigen Arme zerrten die Kreatur weiter auf die Speerspitze zu, die aus seiner Brust ragte. Der Bastard heulte vor Angst und Wut.

Rayvan sah dies alles, und die Zeit schien stillzustehen.

Ein Mann gegen ein Ungeheuer.

Ein sterbender Mann gegen ein Wesen der Dunkelheit. Ihr Herz flog ihm zu in diesem Augenblick, als sie sah, wie die Muskeln an seinen Armen schwollen und sich gegen die Kraft des Ungeheuers stemmten. Sie kam taumelnd auf die Beine und rammte ihren Dolch in den Rücken der Bestie. Das war alle Hilfe, die sie geben konnte ... aber es war genug. Mit einem letzten Aufbäumen zog Ananais das Biest an sich, und die Speerspitze fand ihr Ziel.

Draußen hallte Hufgedonner von den Bergen wider. Die Männer der Legion blickten mit schmalen Augen nach Osten und versuchten, die Reiter in der Staubwolke zu erkennen.

Bei Ceskas Zelt stürzte Darik los, eine Hand über die Augen haltend. Was, bei allen Göttern, ging da vor? Waren das Reiter aus Delnoch? Dariks Unterkiefer fiel herab, als die ersten Reiter aus der Staubwolke auftauchten.

Nadir!

Er rief nach seinen Männern, auf daß sie einen schützenden Ring um den Kaiser bildeten, und zog sein Schwert.

Das war unmöglich! Wie hatten sie Delnoch so schnell einnehmen können?

Die Legionskrieger bildeten mit ihren Schilden eine Mauer gegen die Reiter. Doch sie waren zu wenige, und keiner von ihnen hatte einen Speer. Die ersten Reiter setzten über die Schilde hinweg und rissen ihre Pferde herum, um von hinten anzugreifen.

Und dann brach die Mauer zusammen. Die Männer stoben nach allen Richtungen auseinander, als die Nadir über sie herfielen. Darik starb im Eingang zum kaiserlichen Zelt mit einer Lanze in der Brust.

Tenaka Khan sprang aus dem Sattel und ging mit gezogenem Schwert ins Zelt.

Ceska saß auf seinem seidenbespannten Bett.

»Ich habe dich immer gemocht, Tenaka«, sagte er.

Der Khan ging weiter; seine violetten Augen funkelten.

»Du hättest der Bronzegraf sein sollen. Wußtest du das? Ich hätte dich bis Ventria jagen und töten können, aber ich tat es nicht.« Ceska schob seinen feisten Körper vom Bett und kniete händeringend vor Tenaka nieder. »Töte mich nicht. Laß mich gehen – ich werde dir nie mehr Ärger machen!«

Das Schwert zuckte vor und drang zwischen Ceskas Rippen. Der Kaiser fiel hintenüber.

»Siehst du?« sagte er. »Du kannst mich nicht töten. Die

Macht des Chaos-Geistes ist mit mir. Ich kann nicht sterben!« Er fing an zu lachen, hoch und schrill. »Ich kann nicht sterben – ich bin unsterblich. Ich bin ein Gott!« Er zog sich mühsam auf die Beine. »Siehst du?« Er blinzelte einmal; dann sank er auf die Knie.

»Nein!« schrie er und fiel vornüber aufs Gesicht. Mit einem Schlag trennte Tenaka ihm den Kopf ab. Er packte ihn an den Haaren, ging hinaus und stieg auf sein Pferd. Er galoppierte zur Mauer, wo die Legion wartete. Jeder Legionssoldat auf der Ebene war erschlagen worden, und die Nadir sammelten sich hinter dem Khan und warteten auf den Befehl zum Angriff.

Tenaka hielt den blutigen Kopf Ceskas in die Höhe.

»Das ist euer Kaiser! Legt die Waffen nieder, und niemand wird getötet.«

Ein dicklicher Offizier lehnte an der Mauer. »Warum sollten wir deinem Wort glauben, Nadir?«

»Weil es das Wort Tenaka Khans ist. Falls noch irgendein Bastard hinter dieser Mauer am Leben ist, tötet ihn. Auf der Stelle, wenn euch euer Leben lieb ist.«

Im Lazarett versuchten Rayvan, Lake und Valtaya die Lanze zu zerbrechen, die Ananais an den toten Bastard nagelte. Thorn hinkte herein, aus einer Wunde in der Seite blutend.

»Aus dem Weg«, sagte er und hob eine am Boden liegende Axt auf. Mit einem Schlag zerschmetterte er den Speer. »Jetzt zieht ihn heraus.« Behutsam lösten sie Ananais von dem Speer und trugen ihn zu einem Bett, wo Valtaya die Blutungen in Brust und Rücken stillte.

»Lebe, Ananais«, flehte Rayvan. »Bitte, lebe!«

Lake wechselte einen Blick mit Thorn. Valtaya setzte sich neben Ananais und nahm seine Hand. Der Krieger öffnete die Augen und flüsterte etwas, doch niemand konnte es verstehen. Tränen standen in Ananais' Augen, und er schien durch Valtaya hindurchzusehen. Er versuchte aufzustehen, fiel jedoch zurück. Rayvan wandte sich ab.

Tenaka Khan stand in der Tür. Er ging zum Bett, beugte sich über den Krieger und setzte ihm behutsam die Maske wieder auf. Rayvan trat zur Seite, als Ananais zu sprechen versuchte. Tenaka beugte sich tief über ihn.

»Wußte ... du ... würdest kommen.«

»Ja, mein Bruder. Ich bin gekommen.«

»Alles ... jetzt ... zu Ende.«

»Ceska ist tot. Das Land ist frei. Du hast gesiegt, Ani! Du hast durchgehalten. Ich wußte, daß du es schaffst. Im Frühling nehme ich dich mit, damit du die Steppen kennenlernst. Ich werde dir vieles zeigen: Ulrics Grab, das Tal der Engel. Alles, was du willst.«

»Nein. Keine ... Lügen.«

»Nein«, sagte Tenaka hilflos. »Keine Lügen. Warum, Ani? Warum mußt du mir sterben?«

»Besser ... tot. Keine Bitterkeit. Kein Zorn. Jetzt ... nicht mehr viel ... von einem Helden.«

In Tenakas Kehle saß ein Kloß, und Tränen rannen ihm übers Gesicht und tropften auf die zerfetzte Ledermaske. Ananais schloß die Augen.

»*Ani!*«

Valtaya hob seinen Arm, um den Puls zu fühlen. Sie schüttelte den Kopf. Tenaka stand auf; sein Gesicht war wutverzerrt.

»Ihr!« tobte er und deutete auf Rayvan und die anderen. »Ihr elender Abschaum! Er war mehr wert als tausend von euch!«

»Vielleicht stimmt das, General«, sagte Rayvan. »Und welche Stelle weist *dir* das zu?«

»Die Herrschaft«, sagte er und marschierte hinaus.

Draußen warteten Gitasi, Subodai und Ingis mit über tausend Nadirkriegern. Die Legion war entwaffnet worden.

Plötzlich erklang ein Signalhorn im Westen, und alle Köpfe fuhren herum. Der Krieger Turs und fünfhundert Skodamänner marschierten ins Tal, gefolgt von zehntausend Legionskriegern, schwer bewaffnet und in

Kampfformation. Rayvan stieß Tenaka zur Seite und lief zu Turs.

»Was ist geschehen?« fragte sie.

Turs grinste. »Die Legion hat gemeutert und sich uns angeschlossen. Wir sind gekommen, so schnell wir konnten.« Der junge Krieger warf einen Blick auf all die Toten, die auf und hinter der Brüstung lagen.

»Wie ich sehe, hat Tenaka sein Wort gehalten.«

»Ich hoffe es«, sagte Rayvan. Sie richtete sich auf und ging zurück zu Tenaka.

»Vielen Dank für deine Hilfe, General«, sagte sie förmlich. »Ich möchte dir sagen, daß das ganze Volk der Drenai mir zustimmen wird. Ich würde dir gern für eine Weile die Gastfreundschaft von Dros Delnoch anbieten. Solange du noch hier bist, werde ich nach Drenan reisen und ein Zeichen unserer Dankbarkeit beschaffen. Wie viele Männer hast du mitgebracht?«

»Vierzigtausend, Rayvan«, antwortete Tenaka lächelnd.

»Wären zehn Goldraq pro Kopf ein angemessenes Zeichen unserer Dankbarkeit?«

»Allerdings!«

»Geh ein Stück mit mir«, bat sie und führte ihn in den Wald jenseits der Mauer.

»Kann ich dir noch immer trauen, Tenaka?« fragte sie.

Er blickte sich um. »Was sollte mich davon abhalten, das Land zu erobern?«

»Ananais«, antwortete sie schlicht.

Er nickte ernst. »Du hast recht – zum jetzigen Zeitpunkt wäre es Verrat. Schick das Gold nach Delnoch, und ich verschwinde nach Norden. Aber ich werde zurückkommen, Rayvan. Auch die Nadir haben ein Schicksal zu erfüllen.« Er wandte sich zum Gehen.

»Tenaka?«

»Ja?«

»Danke für alles. Das meine ich ernst.«

Er lächelte, und für einen Moment kehrte der alte Tenaka zurück. »Geh zurück auf deinen Hof, Rayvan. Genieße das Leben – du hast es verdient.«

»Glaubst du nicht, daß ich mich für die Staatsgeschäfte eigne?«

»Du würdest dich sehr gut dafür eignen. So gut, daß ich dich nicht zum Feind haben möchte.«

»Die Zeit wird es zeigen«, sagte sie.

Sie schaute ihm nach, wie er zu seinen Männern zurückkehrte

Allein, senkte Rayvan den Kopf.

Und weinte um die Toten.

Epilog

Rayvan war als Herrscherin beliebt, und die Drenai vergaßen schon bald die Jahre unter Ceskas Schreckensherrschaft. Die Maschinen in Graven wurden zerstört. Lake baute den Drachen wieder auf und erwies sich als geschickter und charismatischer General. Steiger heiratete Ravenna, Rayvans Tochter, und nahm seine Stellung als Graf von Dros Delnoch ein, Hüter des Nordens.

Tenaka Khan kämpfte in vielen Bürgerkriegen und nahm jeden besiegten Stamm in seine Armee auf. Renya gebar ihm drei Söhne.

Auf den Monat genau zehn Jahre nach Ceskas Niederlage, starb Renya im Kindbett. Tenaka versammelte seine Armee und ritt nach Süden, nach Dros Delnoch.

Steiger, Lake und Rayvan erwarteten ihn.

Und die Tore waren geschlossen.

ENDE

DAVID GEMMELLS REICHE:

DIE DRENAI-SAGA

EINE ENZYKLOPÄDIE
VON ALEXANDER HUISKES
UND HARALD LANGE

TEIL 2

BERÜHMTE GEMEINSCHAFTEN

Der **Drache** ist Drenais berühmteste Kampfeinheit – man rühmt ihn als die beste Armee der Welt – und zählt zehntausend Mann, gekleidet in schwarzsilberne Rüstungen. Er wird nach dem Ersten Nadirkrieg von Magnus Wundweber gegründet. Seine Aufgabe ist es zuvorderst, Drenai vor Nadirinvasionen zu schützen, wobei er nach der Devise vorgeht, daß der erste Schlag entscheidend sei. Im Zweiten Nadirkrieg beweist der Drache erstmals seinen Nutzen. Um so größer ist die Überraschung und teilweise auch der Widerwillen, als kurz nach dem Ende des Zweiten Nadirkrieges mit Tenaka Khan ein Nadir-Halbblut dem Drachen beitritt und sogar zum General aufsteigt. Allerdings wird der Drache schon bald darauf qua Dekret Ceskas aufgelöst (siehe Zeittafel im Teil 1 der Enzyklopädie; enthalten in David Gemmell *Die Legende*, Bastei-Lübbe, Band 20 307). Nur kurz scheint sich Widerstand unter dem Helden Ananais zur Absetzung Ceskas durch den Drachen zu formieren, wird aber im Keim erstickt, als sich sowohl Tenaka, der General des Drachen, und Baris, der Gan des Drachen, dagegen aussprechen und die Männer daran erinnern, daß sie für die Demokratie leben und kämpfen und sie nicht einfach beseitigen können, weil deren Beschlüsse ihnen nicht zusagen. Zum Zeitpunkt seiner Auflösung gehören dem

Drachen u.a. an: Tenaka Khan (General), Baris (Oberster General/Gan), Ananais (Flügel-Gan), Ringar, Argonin, Decado (Tenakas Bursche), Galand (Schwertmeister des 3. Flügels), Elias (Gan des 3. Flügels) und Beltzer (Bote).

Mit der Botschaft: ›*Der Drache ruft*‹ wird fünfzehn Jahre später die Einheit des Drachen von Ceska selbst nach Drenan zurückbeordert — und läuft in Ceskas Falle: Der Drache wird von einem Heer aus Bastarden vernichtet, und die Überlebenden werden selbst zu Bastarden gemacht.

Die **Gilde** ist die Vereinigung der Assassinen, der jedes Volk mit Ausnahme der Nadir angehören darf. Anfangs handelt es sich um eine mysteriöse, schattengleiche Organisation, die im verborgenen arbeitet. Unter Karnak – seit etwa 32 n.O. – werden die Geschäfte der Gilde allmählich legalisiert, um dadurch in einer vom Krieg gebeutelten Zeit ein weiteres Steueraufkommen eintreiben zu können. Es gibt zwei fundamentale Gilderegeln:

1. Morde müssen durch Dolch, blanke Schwertklinge oder Würgeschlinge erfolgen. Gift und Feuer sind untersagt, da die Gilde keine unschuldigen Opfer in die Attentate zu verwickeln sucht.

2. Die Gelder werden direkt an die Gilde gezahlt. Beim Gildenpatriarchen wird ein unterzeichnetes Dokument hinterlegt, das die Gründe für den Auftrag nennt, denn Aufträge mit emotionalem oder religiösem Hintergrund werden von der Gilde abgelehnt. Solange der Auftraggeber sein Ansinnen geschäftlich oder politisch begründet, wird allerdings nicht weiter nachgefragt.

Die **Quellenpriester** wissen: ›*Die Macht der Quelle lag immer im Fehlen der Macht. Es ist, als würdest du einem Feind einen Speer an die Brust setzen, um ihn dann beiseite zu legen. Selbst wenn dein Feind dich tötet – falls er so etwas tut –, weiß er, daß er es nicht aus eigener Kraft tut, sondern weil du es so entschieden hast. Damit Leben existieren kann, muß es eine durch Gleichgewicht geschaffene Harmonie geben, die Gezeitenliebe. Für jeden Mann, der lebt und stiehlt oder tötet, muß es einen anderen geben, der gibt und Leben rettet. Die Quelle lehrt uns, nur gute Taten zu tun – ehrlich zu leben, Böses mit Gutem zu vergelten, um die Flut des Bösen einzudämmen.*‹ Die Priester sind vom Geist der Liebe und Vergebung und Güte durchdrungen, leben im Zölibat, ernähren sich vegetarisch und sind jeglichem Alkoholgenuß abhold. Außerdem ist es ihnen verboten, Blut zu vergießen oder gar zu kosten, denn nach ihrem Glauben trägt das Blut die Seele. Ursprünglich sind sie ausschließlich in schlichte blaue Baumwollroben gekleidet, denn Blau ist die Farbe der Harmonie. Zur Zeit der Vagrischen Kriege werden sie von den vagrischen Eroberern in ganz Drenai dahingeschlachtet, verbrannt, gehängt oder verstümmelt. Da sie sich gemäß ihrem Glauben weder verbergen noch andere, unauffälligere Kleidung anlegen, sterben viele in diesen Jahren.

Eine Gabe vieler Quellenpriester ist es, die Emotionen eines Menschen durch seine für andere unsichtbare Aura erkennen zu können (Blau steht für Harmonie, Purpur für kontrollierte Wut usw.), und selbst durch einfaches Berühren seiner Kleidung werden alle damit verbundenen Erinnerungen und Emotionen für den Priester wachgerufen: Dieses Empfinden ist so stark, daß ein Priester unfähig sein kann, die ehemalige Kleidung eines gewalttätigen (oder gar bösen) Menschen anzulegen. Priester mit dem Talent werden gemeinhin **Mystiker** genannt; sie vermögen es auch, ihren Geist in die Leere zu senden und körperlos an fremden Orten zu weilen und vieles mehr. Seit der Gründung der *Dreißig* sind es fast immer

Mystiker, die diesem Orden von Kriegerpriestern beitreten und ihr Talent – ihre Gabe – weiterentwickeln, so wie Dardalion selbst es gefordert hat: ›*Wir können nicht einfach Seelen-Krieger werden. Es muß einen Orden geben, und unsere Mission muß endlich sein. Wir müssen in unseren Herzen die Stärke unseres Glaubens und das Vertrauen in unsere Sache halten. Wir wollen nicht zur Quelle reisen, wenn Haß in uns ist. Wir beten für unsere Feinde, und wir vergeben ihnen in unseren Herzen. Wenn wir nicht vergeben, wird der Haß blühen.*‹

Die Dreißig sind ein Orden von Kriegerpriestern der *Quelle*, der von **Dardalion** gegründet wurde. Dreh- und Angelpunkt aller Einsätze der *Dreißig* ist es, daß sie ohne Haß kämpfen müssen und stets nur als Verteidiger des Lichtes auftreten dürfen. Dabei vereinigen sie verschiedene Spielarten ihres Talents: Zum ersten sind sie – seit den zweiten *Dreißig* – hervorragende Kämpfer sowohl in der physischen als auch in der spirituellen Welt. In letzterer rüsten sie sich mit der Rüstung der Treue, dem Schwert des Glaubens und dem Schild des Vertrauens. Zum zweiten vermögen sie dies auch auf der immateriellen Ebene zu sein, als Reisende in der Leere. Zum dritten können sie ihre Geister zu einem einzigen Wesen verschmelzen, dem Einen, dessen Stärke sich mit jedem einzelnen Kriegerpriester potenziert, dabei aber zunehmend auch selbst an Identität gewinnt. Ohne die *Augen der Dreißig* bestünde bei jeder solchen Verwandlung die Gefahr, daß die Seelen der Teilnehmer in der Leere stranden und auf ewig der Eine bleiben. Zum vierten ist die Kraft zu nennen, materielle Feinde abzuwehren, wobei sie sich aus der Angst speist: Jeder Kriegerpriester kann seine eigene Angst auf andere projizieren und verstärken. Mittels dieser Gabe ist es ihnen möglich, bei ihren Gegnern unvorstellbares Grauen auszulösen, das bis zum Tod des Betroffenen führen kann. Fünftens ist die reine Schutzmacht wider Zauberei oder Reisende in der Leere zu nennen. Die *Dreißig* können (wie die meisten Zauberer) einen magischen Schild errichten, der vor diesen Gefahren schützt.

Der Gründer jeder *Dreißig* wird **Abt** genannt. Der eigentliche Anführer ist *Die Stimme der Dreißig*, derjenige, der auch den Befehl geben kann, zum Einen zu werden; beide Ämter wurden zum ersten Mal von Dardalion bekleidet. Später wird als Anführer stets der am wenigsten Vollkommene der Akolythen bestimmt, da hierdurch seine Aufgabe um so schwieriger und fordernder ist. Er erhält das Amt nicht als Belohnung, sondern als Chance, aufzustehen und sich dieser Position gewachsen zu zeigen. Es gibt zwei weitere Ämter, die sich als notwendig erwiesen haben: Zum ersten ist dies **Die Seele der Dreißig**, zum zweiten **Die Augen der Dreißig**. Der *Seele* (auch Herz genannt) fällt die Aufgabe zu, die Prinzipien des Ordens zu bewahren und den anderen stets vor Augen zu führen. Die *Augen* ist einer der Kriegerpriester, der die Gabe hat, jede Täuschung zu durchschauen und damit als einziger den Einen wieder in seine dreißig Einzelteile zerfallen zu lassen.

Der erste Orden der *Dreißig* war Zauberkundigen bereits in Visionen angekündigt worden und setzte sich aus **Dardalion** als Begründer und neunundzwanzig weiteren Quellenpriestern zusammen, die die Passivität ihres Ordens nicht länger ertragen konnten. Sie alle wurden – bis auf Dardalion – im Vagrischen Krieg durch die Ritter der Dunklen Bruderschaft abgeschlachtet: Sie hatten lediglich auf mentaler Ebene in silbernen Rüstungen mit schimmernden Schwertern gekämpft, nicht jedoch auf der Ebene des Fleisches. Auf diese Weise konnten sie dahingemordet werden. Nur Dardalion überlebte durch einen glücklichen Zufall und gründete den Orden neu, nun aber in der Absicht, die Priester auch an der Waffe auszubilden. Außer ihm gehörten diesem zweiten Orden viele legendäre Helden an, doch die Schlacht von Kar-

Barzac überlebten nur Ekodas und Vishna. Ekodas verließ den Orden, und Vishna zog gemäß Dardalions Vermächtnis alleine nach Ventria, um dort einen neuen Tempel der *Dreißig* zu gründen.

Im Laufe der Zeit entwickelte sich der Orden weiter: Die Kriegerpriester der *Dreißig* verbrachten ihr Leben damit, reinen Herzens zu werden, ehe sie loszogen, um in einem fernen Krieg zu sterben. Solange sie in ihren Tempeln lebten, pflegte jeder von ihnen seinen eigenen Rosenstock, der als Inbegriff des Selbst galt. Sie ließen sich nicht von jedermann dingen, sondern nur von Verzweifelten, die für eine gerechte Sache stritten. Die *Dreißig* zogen nur noch in aussichtslose Kämpfe, in denen sie alle bis auf einen den Tod finden würden. Der Lohn, den man ihnen entrichtete und den der Überlebende erhielt, wurde dazu benutzt, einen neuen Tempel zu gründen, so daß der Orden nie ausstarb.

Die *Dreißig* stritten auch an der Seite von Druss der Legende in Dros Delnoch: Angeführt wurden sie von ihrem Abt **Vintar** und der Stimme **Serbitar**, und sie waren für lange Zeit die letzten *Dreißig*. Nach ihrem Tod verschwanden ihre silbernen Rüstungen, weißen Mäntel, ihre Schwerter aus Silberstahl, die Schwertscheiden und auch die Helme, auf denen in der Schrift der Älteren die Zahlen von eins bis dreißig eingraviert waren. Mit der Machtergreifung Ceskas starb die Tradition der *Dreißig* scheinbar endgültig aus, denn dieser ließ den Orden auflösen.

Eine Generation später nahm **Abaddon** die verbotene Tradition wieder auf, denn er wußte intuitiv, daß sie nicht aussterben durfte, weil man die Kriegerpriester noch brauchen würde. Er nahm die Rüstungen von Serbitars *Dreißig* an sich, zog los, um Kinder mit dem Talent zu suchen, und gründete etwa sechzig Kilometer von Sousa entfernt einen neuen Tempel der *Dreißig*. Da der Tempel bei der Revolte gegen Ceska erst seit knapp fünfzehn Jahren bestand, waren die *Dreißig* bis auf Abaddon und Decado alle jünger als fünfundzwanzig Jahre. Die damalige Seele der *Dreißig*, **Katan**, wurde auserwählt, einen neuen Tempel der Dreißig zu gründen und neuer Abt der Schwerter zu werden. Als erstes neues Mitglied des Ordens entdeckte er den Jungen Ceorl. Nach dem Fall Drenais an die Nadir gab es noch Tempel der Dreißig in Mashrapur und an anderen abgelegenen Stätten.

Die **Dunkle Bruderschaft** wird auch **Ritter des Blutes** genannt, von manchen auch *Blutritter* oder *Karmesinrote Ritter*. Sie wurde etwa 300 Jahre v.O. in Kiatze von einem Magier namens **Zhi Zhen** gegründet und gewann rasch an Macht. Als sie sogar versuchte, sich über den Kaiser zu erheben, befahl dieser den Orden auszulöschen. Nach vielen Kämpfen wurde man Zhi Zhens habhaft und spießte ihn auf einen goldenen Speer. Die Bruderschaft selbst aber überlebte, indem sie nach Westen floh und in **Vagria** wieder erblühte. Sie integrierte sich in die *Vagrischen Hunde des Chaos*. Dort kämpfte sie auf der Seite des vagrischen Generals **Kaem** bei der Belagerung von Dros Purdol und wurde durch die *Dreißig* geschlagen. Durch Genuß des Lorassiumblatts und gewisse Riten wurde den Angehörigen der Bruderschaft zeitweilig das *Talent* verliehen, über das Quellenpriester lebenslang verfügen.

Nach dem Ende des Vagrischen Krieges glaubte man die Bruderschaft vernichtet, doch das Gegenteil war der Fall: Sie erlebte unter Zhu Chao in Gulgothir eine neue Blüte, infiltrierte viele der adligen Familien in Ventria, Gothir und Drenai und schürte neue Konflikte. Etwa sechshundert Ritter und sechs Anführer, darunter die beiden höchsten Offiziere, der Albino Innicas und der schlanke, grauhaarige Casta, unterstanden Zhu Chao allein in Gulgothir.

Auch nach Zhu Chaos Fall war die Seele der Dunklen

Bruderschaft nicht ausgelöscht: Sie manifestierte sich neu als **Die Dunklen Templer**, eine obszöne Parodie der *Dreißig*, die in zehn Tempeln mit je sechsundsechzig Kriegern organisiert war und von den *Sechs* geleitet wurde, darunter der grausame Padaxes, der mit Kaiser Ceska im Bunde war. Wie ihre Vorgänger verehrten auch diese dunkel uniformierten Krieger den Geist des Chaos, und ihre Kräfte waren nicht minder dunkel und tödlich als jene der Bruderschaft. Jede Form des Lasters war den Templern ein Vergnügen, doch verweichlichten sie dadurch nicht etwa; sie blieben hervorragende Krieger. Im allgemeinen Sprachgebrauch redete man von de Templern auch als von den Hunden der *Finsternis*. Um sich selbst die *Gabe* zu verleihen, zerkauten die Dunklen Templer das längliche Karassim-Blatt, feierten in ihren Tempeln drogenberauschte Orgien und folterten in finsteren Opferzeremonien ihre Gefangenen im Namen des Chaos-Geistes.

GLAUBE

In Drenai herrscht der Glaube an die ***Quelle*** vor. Daneben existiert auch ihr Widerpart, der **Chaos-Geist**, den man noch unter verschiedenen anderen Namen kennt: *Fürst der Lüge, Morgenstern, Herr des Dunklen Lichtes, Schöpfer des Chaos usw. Unter den Nadir kennt man ihn als Den Geist der Dunklen Taten*. Wer ihm dient, der glaubt auch an brutale Gewalt, Arglist, Täuschung und Schrecken und Macht.

Die ***Quelle*** ist auch das Weltverständnis und -konzept der meisten Völker, wobei es verschiedene Theorien zur Quelle gibt:

Pantheistischer Glaube geht davon aus, daß das Universum in einem einzigen Ausbruch von Energie von der *Quelle* geschaffen wurde: Aus dem Nichts entstand das Etwas.

Daraus wird nun gefolgert, daß dieses Etwas nur aus der Substanz der *Quelle* entstanden sein kann und daß darum Gott in allem gegenwärtig ist.

Höllenglaube benennt die Quelle als eine außerweltliche Kraft. Auf der Welt selbst regiert der Chaos-Geist, die rebellischen Engel wider Gott, gegen den die Quelle in einen furchtbaren Kampf verwickelt ist, um Sein Wort auch auf der Erde durchzusetzen.

Allen Theorien gemein ist, daß sie das Unbegreifliche begreifbar zu machen versuchen. Und darin liegt die eigentliche Gefahr: Denn Disput führt zu Disharmonie und arbeitet demnach dem Chaos-Geist in die Hände. Von Belang ist nur, zu wissen, daß Er existiert — und Ihm zu vertrauen.

Der Glaube an die *Quelle* ist aber nicht der einzige. Es gibt noch eine Reihe weiterer, wenn auch nicht so bedeutender religiöser Schulen. Eine weitgehend unbekannte Gottheit der Gothir beispielsweise ist **Bar**, der zumindest in der Formulierung ›In Bars Namen!‹ Unsterblichkeit gefunden hat, während der Geist des Todes, **Shelli**, sich die seine durch den Glauben der *Cheiam* der Sathuli sichert. All diese Götter werden unter dem großen Begriff **Ewige** zusammengefaßt und meist als nachgeordnete Instanzen der *Quelle* akzeptiert.

Es gibt ganze Völkerschaften, die von der *Quelle* weder etwas wissen noch wissen wollen: Im Kral-Reich wird ausschließlich der Gott **Shem** angebetet. Die Nadir glauben an das **Land** selbst (siehe unten), was andere aber durchaus als Spielart der *Quelle* verstehen könnten. Daneben haben die Nadir noch andere Naturgeister, etwa **Lao Shin** (*Der Geist der Berge*), **Wu Deyang** (*Der Reisende*) oder auch **Der Alles Sieht**. Das Tätowierte Volk schließlich betrachtet die gesamte Welt als Lebewesen, ähnlich wie die Nadir das Land, und so verstehen sie ihr Dasein auch als Teil des *Traums der Welt*. Allerdings kennen die Tätowierten neben der Welt noch eine weitere Göttin, genannt Die **Jägerin**, deren blindes Auge der Mond und deren gutes Auge die Sonne darstellt. Ihr Glaube ist somit dual in die Welt als Gottheit der Erde und die Jägerin als die des Himmels eingeteilt.

Neben Göttern existieren auch eine Anzahl von Dämonen, die häufig massiver in die Geschicke der Welt eingreifen als die Götter: **Shemak** ist einer der mächtigsten Dämonen, dessen Symbol der Doppelkreis ist. Er erscheint in wechselnden Formen, manifestiert sich aber zumeist aus schwarzem Rauch, wobei seine grün glosenden Augen und Haare ein hervorstechendes Merkmal sind. Shemak ist auch als *Der Herr Aller Begierden* bekannt.

Sein Name wird nicht nur von Zauberern verwendet, sondern auch von vielen anderen in dem bekannten Ausruf: ›Shemaks Eier!‹ **Kashti** ist ein weiterer Dämon, der vor allem unter den Drenai bekannt ist. Wie Shemak ist auch er in die Alltagssprache als Fluch eingegangen: ›Kasthis Zähne!‹ **Missael** gehört ebenfalls zu den Dämonen, die gerne angerufen werden: ›Bei Missaels Knochen!‹ ist ein beliebter Fluch.

MAGIE

Magie äußert sich auf mehrerlei Formen: Zum ersten ist da die schwächste und (da sie unabhängig von Zauberformeln, Bewußtsein und dergleichen wirkt) zugleich stärkste Magieform: die unerklärliche Gabe, die manchen Menschen innewohnt – etwa die Heilkräfte des Zyklopen Kai, Waylanders Gefahreninstinkt oder sein Talent zu überleben. Diese Spielart kann nicht bewußt eingesetzt, gesteuert oder verbessert werden; sie ist einfach da, und so gibt es viele, die sie nicht als Magie anerkennen.

Die zweite Form der Magie ist ebenso umstritten: Es handelt sich dabei um ein magisches *Talent*, das sich auf verschiedene Arten äußern kann: Die Telepathie ist die häufigste davon. Jedes Mitglied der *Dreißig* verfügt über dieses Talent, ebenso wie die Mitglieder der Dunklen Bruderschaft und eine Reihe anderer Lebewesen. Von den Priestern der *Quelle* und vielen anderen wird diese Magie jedoch nicht als solche gesehen, sondern als eine Gabe der *Quelle*. Wer sie besitzt, wird als *Mystiker* bezeichnet. Die Bruderschaft sichert sich ihre finstere Magie, die Alpträume sendet und Verzweiflung sät, durch den Genuß von Lorassium, die Templer durch Zerkauen von Karassim, wobei die Magie Menschen in den Selbstmord treiben und anschließend den toten Körper bewegen und kontrollieren kann. Die Magie der Dunklen ist keine Gabe – weder der Quelle noch des Chaos-Geistes.

Die dritte und machtvollste Magie ist die der *Hexer-Beschwörer* und *Schamanen*, wie sie von Hewla, Zhu Chao und den Schamanen der Nadir repräsentiert wird. Mittels blutiger Rituale vermögen es diese Zauberer, Kontakt zu dämonischen Sphären herzustellen und deren Macht zu benutzen, insbesondere die der Diener Shemaks. Um etwa einen Taifun auf offener See zu bewerkstelligen, fordern die Dämonen das Leben von einhundert Kindern. Weniger machtvolle Dämonen be-gnügen sich auch mit dem Blut von Hühnern. Diese Magie ist es, die von allen Beschwörern eingesetzt wird, wohingegen die echten Nadir-Schamanen es ablehnen, Mitglieder ihres Volkes zu opfern. Außer dem Blutopfer sind auch andere Dinge für das Gelingen bzw. die Mächtigkeit von Beschwörungen wichtig, beispielsweise der Zeitpunkt: Die größten und ausgeprägtesten Opfer wurden zu bestimmten

Gelegenheiten gebracht, wie dem Vorabend der Wintersonnenwende.

Es gibt auch eine Magie, die nur die Leben derer fordert, auf die sie gerichtet ist: Unter den Nadir-Schamanen ist dies die Magie des Gestaltwandels, die auch ›*das neunte Tor der Hölle öffnen*‹ genannt wird: Sie verschmilzt Menschen mit Tieren. Ursprünglich benutzten die Schamanen stets die stärksten Männer ihrer Stämme, doch schon zu Kesa Khans Zeiten sind es die Kranken und Behinderten, die zu Gestaltwandlern werden: Auf diese Weise kämen sie zu einem letzten Hauch von wahrem Leben, sagen die Nadir. Die Gestaltwandler sind reißende Bestien, die um des Tötens willen töten; deswegen besitzt diese Magie einen Sicherungsmechanismus: Fleisch, das die Verwandelten essen, vergiftet sie, und an dem Wasser, das sie zu trinken ver-suchen, ersticken sie. Nach spätestens einer Woche sind sie verhungert.

Neben dieser Blutmagie gibt es auch andere Formeln wie die *Sechs Worte der Macht*, die keinerlei Opfer benötigen. Diese Zauber sind normalerweise aber minder mächtig, beispielsweise Beobachtungsmagie; allerdings vermögen Schamanen vom Range Kesa Khans auch blaue verheerende Lichtblitze aus ihren Fingerspitzen auf Gegner zu schleudern.

Magie dieser dritten Art kann nicht auf Gold ausgesprochen werden; auch hält Gold diese Magie zuverlässig ab, ebenso wie schon die Magie der Älteren.

Zum vierten ist noch die bereits erwähnte und heute nahezu ausgelöschte Magie der Älteren zu nennen, die paritätisch auf Zauberkunst und Naturwissenschaften beruht und darum so brisant und zerstörerisch wirkt. Nur Metalle vermochten ihr länger standzuhalten, insbesondere Blei, und nur Gold vermochte die Magie völlig zu absorbieren.

Die bekannteste Magie der Älteren war jene, die unter der Herrschaft Ceskas in Drenai die Bastarde erschuf.

Bastarde waren riesige, gewalttätige Bestien, Verschmelzungen aus Mensch und Tier, wobei sie um so mächtiger und gefährlicher wurden, je mehr Tiere beteiligt waren. Üblich war es, einen Menschen mit einem Wolf oder Bär zu verschmelzen; Bastarde, die aus allen drei Arten hervorgegangen waren, wurden zu Recht als unbesiegbare Mörder gefürchtet, und nur Ananais schaffte es im Zweikampf, eine solche Bestie zu besiegen. Von den Älteren war aber nicht die Verschmelzung von Lebewesen beabsichtigt, sondern nur die Verschmelzung von *Lebenskräften*. Die Älteren wußten, wie wichtig es war, daß der Menschengeist die Oberhand behielt — wie in Renyas Fall, aber nicht wie bei den Bastarden. In der Folge konnte die Bindung der Bastarde durch große seelische Erschütterungen und durch seelischen Schmerz aufgehoben werden, so daß der Menschengeist wieder die Oberhand gewann.

Die legendäre **Bronzerüstung** wurde vor langer Zeit von dem großen **Axellian** geschaffen. Sie setzt sich im wesentlichen aus einem geflügelten Helm und einer gepanzerten Brustplatte zusammen; die beiden dazugehörigen Klingen sind Schwerter aus Silberstahl, einem Metall, das niemals stumpf wird. Erster Träger der Rüstung, lange, nachdem sie geschaffen wurde, war **König Orien**, durch den sie auch einen Großteil ihrer Berühmtheit und ihrer Symbolkraft für die Drenai erhielt. Als König Orien zugunsten seines Sohnes Niallad abdankte, deponierte er die Bronzerüstung in einer Höhle in den Mondbergen, entgegen dem Rat seines engen Freundes Derian:

»Aber, Herr, sie ist nicht magisch. Ihr wart magisch. Das hier ist lediglich Metall, das Ihr getragen habt. Es war Orien, der König, der die Drenai stark gemacht hat. Und jetzt wollt Ihr uns verlassen.«

Der König, jetzt angetan mit einer braunen Tunika aus

Rehleder, legte dem Staatsmann die Hände auf die Schultern.

»Meine Vision ist wahrlich düster: Ich sehe eine schreckliche Armee über das Volk der Drenai herfallen; ich sehe, wie unsere Truppen zersprengt werden und sich verbergen – und ich sehe diese Rüstung wie eine Fackel leuchten, wie sie Menschen anzieht und ihnen Glauben schenkt. Streck die Hand aus und berühre sie«, befahl der König. Als Derian tat, wie ihm geheißen, glitt seine Hand durch das Abbild. Er fuhr zurück, als hätte ihn etwas gestochen.

»Was habt Ihr getan?«

»Ich habe gar nichts getan, aber dies ist das erste Versprechen des Traums. Nur der Erwählte kann die Rüstung beanspruchen.«

Von den Nadir wurde die Rüstung sowohl als Fluch der Nadir und Bedrohung künftiger Nadir-Generationen gefürchtet als auch im Inneren des Raboas verehrt, da man sie nur als Abbild sah, jedoch nicht berühren konnte.

Die Leere ist der Ort, an den – dem Glauben der Menschen nach – die Seelen der Verstorbenen geschleudert werden. Sie ist ein Ort des Geistes, des Wanderns und Umherstreifens. Sie ist die Große Leere zwischen dem, was war und dem, was ist. Alles, was dort geschieht, ist sowohl real als auch irreal. Alles, was man dort sieht, einschließlich der eigenen Ausrüstung, wird vom Verstand produziert. Es ist der Platz, an dem Wünsche und Sehnsüchte ebenso wahr werden wie Ängste und Alpträume.

Es ist der Ort, den die Geister der *Dreißig* und aller anderen Mystiker durchstreifen können, der Äther der Welt. Nur der *Pfad der Seelen,* ein silberner Weg, führt sicher durch die Leere, wenn man von einem erfahrenen Schamanen geführt wird. Doch allgegenwärtig lauert für den einzelnen Reisenden in der Leere die Gefahr des **Soges**: Wenn man sich zu weit von sich selbst entfernt, seine Identität verliert, zerbricht der Geist und kehrt in die Nebel zurück, aus denen er geschaffen wurde.

pedo mellon a minno

Sprich »Freund« und tritt ein!

Die Erfindung von Sprachen ist die Grundlage von J. R. R. Tolkiens Werk. *Der Herr der Ringe* spielt vor dem Hintergrund der Geschichte der unsterblichen Elben und ihrer Sprachen, die eine Zeit von mehr als zehntausend Jahren umfasst.

Lernen Sie die Sprachen der Elben des Dritten Zeitalters kennen, das feierliche Quenya und das anmutige Sindarin. Schreiben Sie in der Schrift der Elben, in Tengwa-Buchstaben und Certhas-Runen. Verstehen Sie, was sich hinter den Namen der Wesen, Orte und Dinge verbirgt.

Die Sprachen von Mittelerde sind der Schlüssel zum Buch des Jahrhunderts.

3-404-20476-X

BASTEI
LÜBBE